國家古籍整理出版
專項經費資助項目

● 曾棗莊 曾濤 編纂

宋代藝話全編

第三册

巴蜀書社

龔明之藝話（六則）

龔明之（一〇九一～一一八二）字熙仲，自號五休居士，蘇州崑山（今江蘇崑山）人，況從子。性至孝，屢試不中第。後以鄭興裔舉薦赴廷試，授高州文學，監衡州南嶽廟。淳熙五年，以宣教郎致仕歸鄉。九年卒，年九十二。嘗採錄吳中故老嘉言懿行及遺聞趣事、風俗人文，口授其子吳昱，編爲《中吳紀聞》六卷。

《中吳紀聞》（選錄　六則）

梅聖俞與僧良玉詩

崑山慧聚寺僧良玉，字蘊之。僧行甚高，旁通文史之學，又善書，工琴棋。因遊京師，梅聖俞見而喜之，以姓名聞於朝，賜以紫衣。其東歸也，聖俞以詩送之曰："來衣荼褐袍，歸變棋色服。扁舟洞庭去，落日松江宿。水煙晦琴徽，山月上巖屋。野童遙相迎，風葉鳴橡槲。"後潛遁故山，專以講經爲務，號所居曰"雨花堂"。

唐郎官題名

唐郎官題名碑，承平時在學舍中堂之後，已漸刓闕，兵火後不復存矣。序文乃張長史楷書。長史以草聖得名，未嘗作楷書，世尤愛之。題名之人雖不一，亦盡得古筆法。唐世崇尚字學，用此以取人，凡書皆可觀。今所傳止序文爾。長史蘇人，故立碑於此。

楊惠之塑天王像

慧聚寺有毘沙門天王像，形模如生，乃唐楊惠之所作。惠之初學畫，見吳道子藝甚高，遂更爲塑工，亦能名天下。徐稚山侍郎以此像得塑中三昧，嘗記其事，謂其傍二侍女尤佳，且戒後人不可妄加塗飾。近爲一俗工修治，遂失初意。以上文淵閣四庫全書本《中吳紀聞》卷一。

三高亭

越上將軍范蠡、江東步兵張翰、贈右補闕陸龜蒙，各有畫像在吳江鱸鄉亭旁。東坡先生嘗有《吳江三賢畫像》詩。後易其名曰"三高",且更爲塑像。臞菴主人王文孺獻其地雪灘,因遷之。今在長橋之北,與垂虹亭相望,石湖居士爲之記。《中吳紀聞》卷三。

王元之畫像

虎丘御書閣下,有王黃州畫像。東坡過蘇日見之,自謂想其遺風餘烈,願爲執鞭而不可得,因爲之作贊。今猶書其上。《中吳紀聞》卷四。

郟子高

郟僑,字子高,比部公之子。負才挺特,與范無外爲忘形交。鄉人至今稱之,謂之"郟長官",晚歲自號"凝和子"。崑山上方有層屋,曰翠微,子高多遊歷山中。嘗賦詩云:"行客倦奔馳,尋師到翠微。相看無俗語,一笑任天機。曲沼淡寒玉,橫山鎖落暉。情根枯未得,愛此幾忘歸。"《訪淩峰賢上人》云:"步入淩峰閣,尋師師未歸。憑欄寂無語,唯見白雲飛。"簡公約有素琴堂,又爲賦詩云:"素琴之堂虛且清,素琴之韻淪杳冥。神閒意定默自鳴,宮商不動誰與聽。堂中道人骨不俗,貌龐形端顏瑩玉。我嘗見之醒心目,寧必絲桐絃斷續。於乎!靖節已死不復聞,成虧相半疑昭文。阮手鍾耳相吐吞,素琴之道詎可論。道人道人聽我語,紛紛世俗誰師古。金徽玉軫方步武,虛堂榜名無自苦。"《中吳紀聞》卷五。

張元幹藝話（二九則）

張元幹（一〇九一～一一六一）字仲宗，號蘆川居士，又號真隱山人，福州永福（今福建永泰）人。早年問道於陳瓘，並向徐俯學作詩，政和二年曾見蘇轍於潁川，與洪芻、洪炎、蘇庠、向子諲、呂本中等結爲詩友，以文章學問馳名於政、宣年間。政和中以太學上舍釋褐。宣和七年，爲陳留縣丞。靖康初，金兵攻汴京，李綱爲親征行營使，辟入其幕，後與綱同日被謫。汴京失陷，避難吳越。高宗即位，起爲將作監丞、撫諭使，隨高宗至明州。紹興元年，以右朝奉郎致仕，歸鄉里，年僅四十一。胡銓上書乞斬秦檜，責新州安置，張元幹作《賀新郎》詞送行。二十一年，坐賦詞事繫獄，削籍除名。三十一年卒，年七十一。張元幹博覽群書，尤喜好杜詩韓文，又與江西詩派中人來往，故其詩歌創作受江西詩派影響。他推崇黃庭堅"點化金丹手段"，注重"活法"。詩歌"文詞雅健，氣格豪邁，有唐人風"（蔡戡《蘆川歸來詞序》），清吳之振《宋詩鈔·蘆川歸來集鈔序》亦謂其近體詩"清新而有法度，蔚然出塵，知淵源有自也"。以詞著稱，他在北宋滅亡前已有詞名，早年詞的內容多爲流連光景、離別相思，風格清麗嫵媚。北宋滅亡後，詞風一變，內容多以感慨國家興亡、抒發壯志難酬的憤懣爲主，風格也激越高昂，豪邁奔放，充滿勃鬱不平之氣。著有《蘆川歸來集》十五卷（曾噩《蘆川歸來集序》），久佚，清四庫館臣自《永樂大典》重輯編定爲十卷、附錄一卷。又有《蘆川詞》一卷。

一　墨菊

老眼驚花暗，斜枝落紙愁。晚來聞冷雨，幻出一籬秋。文淵閣四庫全書本《蘆川歸來集》卷四。

二　題忠上人墨梅

寒梢的皪點昏鴉，雪後風前皎月華。結習未除羞老眼，更看淡墨幻空花。《蘆川歸來集》卷四。

三　岷山萬松圖

疊嶂連娟入翠微，喬松蔽日有孫枝。江流不盡松聲遠，雲棧行人力困時。《蘆川歸來集》卷四。

四　跋趙唐卿所藏《訪戴圖》

萬壑千巖一剡溪，漫天雲凍雪風飛。人蹤鳥跡俱沉絕，獨有扁舟興盡歸。

王孫胸次足丘壑，幻出山陰訪戴圖。草屋柴扉閉風雨，客來空去得知無。《蘆川歸來集》卷四。

五　跋東坡木石

玉局老仙天下人，平生愛與石傳神。長江絕島風濤裏，千古常令墨色新。《蘆川歸來集》卷四。

六　跋《醉道士圖》

黃冠師未用事時，見之圖畫，自有蕭散出塵之想。今日盜賊徧天下，雖使此曹骨碎，未快人憤。《蘆川歸來集》卷九。

七　跋《倚竹圖》

《楚辭》凡稱美人，與古樂府所謂《妾薄命》，蓋皆君子傷時不遇，以自況也。好事者用少陵"天寒翠袖薄，日暮倚修竹"，使入圖畫。工則工矣，視"小姑嫁彭郎"，抑何以異？《蘆川歸來集》卷九。

八　跋《深谷戲猿圖》

自荊州上峽江，深麓茂林間猿猱甚多，常十百爲群，反玩行旅，此余所見者。觀紙上通臂攫拏之狀，苟得忘危，亦可爲愛官職者戒。《蘆川歸來集》卷九。

九　跋《飛泉圖》

頃在龍舒，夏六月，與客遊灊山天休觀。飛瀑當戶，聲如轟霆，落蒼壁萬仞下，使人骨毛竦寒，幾欲挾纊。今觀此圖，自可却暑。《蘆川歸來集》卷九。

一〇　跋《牧童牛渡圖》

牛用於世多矣，寧戚扣而歌，田單火之戰，丙吉問其喘，不獨爲耕具也。與權所藏《牧童牛渡圖》，放浪於春陂平阪間，了無觳觫之狀。將收稼穡之功，孰謂太平無象，今日見之，不覺涕流。《蘆川歸來集》卷九。

一一　跋《野次孤峰圖》

蓋自玉局老僊作枯槎怪石，後人宗師之，至有真贋莫辨者，此爲庶幾。《蘆川歸來集》卷九。

一二　跋少游帖

吾家頃歲藏少游《訪龍井辯才師行記》手稿，字畫遒媚，深有二王楷法。建炎丁未，寓居西湖，秋八月，兵亂亡去，今踰一紀矣。忽見史侯持正所攜帖，念之惘然。紹興庚申初夏五日，真隱山人書於水口精舍。《蘆川歸來集》卷九。

一三　跋蘇黃門帖

蘇黃門頃自海康歸許下，安居云久。政和二年，晚生猶及識之，衣冠儼古，語簡而色莊，真元祐鉅公也。已而與其外孫文驥德稱相遇澶淵，出書帖富甚。

今觀史侯所藏數幅，蓋中年筆札也，兵火之餘，豈易得哉。是宜什襲，遺諸子孫，不妨模以墨本，流傳於世。《蘆川歸來集》卷九。

一四　跋東坡枯木

盤根錯節，無藤蘿之蔓衍；而深根固柢，非霜雪之彫枯。類婆娑之桂影，或扶疏之珊瑚。豈陋人者能爲此圖！《蘆川歸來集》卷九。

一五　老燕墨戲二鬼

議者多謂鬼無形似，畫師易工，予不然之。觀此戲筆，自有情狀，宜爲好事者所愛。《蘆川歸來集》卷九。

一六　跋龍眠《佛祖因地》

釋典開卷多稱世尊在耆闍窟山中，或云在給孤獨園雙木下。至於少林面壁、庾嶺傳衣，未有不遠離人境者。

此圖佛祖儀相簡古，行住坐臥皆在山林，故古道場至今天下據形勝處，蓋其源流如此。《蘆川歸來集》卷九。

一七　跋《楚甸落帆》

往年自豫章下白沙，嘗作《滿江紅》詞，有所謂"綠卷芳洲生杜若，數帆帶雨煙中落"之句。此畫頗與吾眼界熟，要是胸次不凡者爲之，寧無感慨。《蘆川歸來集》卷九。

一八　跋洞庭山水樣

士人胸中有丘壑者，若能遊戲水墨間，作平山遠水，固非畫工所及。舊傳宋復古八法，謂之活筆，想見風味，此蓋得其彷彿云。《蘆川歸來集》卷九。

一九　跋趙祖文《貧士圖》後

晉、宋間人物風流，如陶淵明環堵蕭然，不蔽風日，短褐穿結，簞瓢屢空，臥北窗下，涼風時至，自謂羲皇上人。

此詩獨不顯姓字，要是當時隱君子耶？抑自況也。貧者士之常，胸次所養果厚，必無寒餓憔悴色，故能安於青松白雲之下，而操孤鸞別鶴之音，優哉游哉，聊以卒歲，宜其淵明願留而保歲寒也。嚮使望塵雅拜者稍知金谷園中竟不免禍敗，詎肯相率以諂事人耶？

紹興己未中秋前三夕，菴居不寐，風雨驟來，悽然有感，篝燈起坐，取無量所示祖文《東方貧士圖》作跋，遲明歸之。《蘆川歸來集》卷九。

二〇　跋《山居圖》

建炎初載秋八月，錢塘營卒嬰城作亂，官軍四集矣。臨川王叔毅爲新城令，提鄉兵來，旗幟精明，號令甚武。一日，服短後衣，投刀入真承祖寨，陳攻打破賊策，尤覺眉目有英氣。是時，坐上見所持湖山形勢，水墨寫成，自云戲筆也，濃淡遠邇，歷歷可觀。予始知叔毅善畫，傲睨古人，胸中略無一點塵土。

後十二年，青社趙無量通守晉安，出示叔毅所圖《山居》，開卷恍然，殆前身輞川、今代龍眠歟。念與無量、叔毅爲齊年故人，各已四十有九，齒髮嚮衰，而萍蓬無定，頗欲挹此圖，區處住山活計，庶幾如對晤語，無量豈亦有意耶？此段因緣，要當爲我舉似叔毅。儻問予山居之樂，則未必在二子下風也。紹興己未中秋，蘆川老隱跋。《蘆川歸來集》卷九。

二一　跋米元章《下蜀江山圖》

紹興八年季冬既望，趙無量會飯瀹茗竟，出所藏米元章《下蜀江山》橫卷。此老風流，晉、宋間人物也，故能發雲煙杳靄之象於墨色濃淡中，連峰修麓，渾然天開，有千里遠而不見落筆處，詎可作畫觀耶！六朝興亡，實同此歎。《蘆川歸來集》卷九。

二二　跋《江天暮雨圖》

劉質夫建炎初與余別於雲間，今乃相遇臨安官舍，出此短軸求跋。

頗憶丙午之冬，吾三人者，蘇粹中在焉，情文投合，皆親友好兄弟。嘗絶江同宿焦山蘭若，夜濤澎湃聲入夢寐中。回首垂三十年矣，人生能幾別，其樂未易復得也。詩有自然之句，而句有見成之字，政恐思索未到，或容易放過，便不佳爾。粹中行且來，便當痛飲話舊，仍和我句：

千山忽暗雨來時，天末濃雲送落暉。老眼平生飽風浪，猶憐別浦釣船歸。《蘆川歸來集》卷九。

二三　跋米元暉山水

士人胸次灑落，寓物發興，江山雲氣，草木風煙，往往意到時爲之，聊復寫懷。是謂遊戲水墨三昧，不可與畫史同科也。蘆川老隱云。《蘆川歸來集》卷九。

二四　跋東坡墨帖

往在東都時，見王丈樂道出示汝陰所藏歐陽文忠公雜書盈軸，多用片紙問事於宋景文諸公，不以前輩自居，而恥於下問，此其爲儒宗也。

觀東坡先生帖尾所質謝幼槃取官稿事，諄復尤審。乃知三蘇游文忠公門，同一關鍵，可爲後生文字輕脱妄發之戒。《蘆川歸來集》卷九。

二五　蘇養直詩帖跋尾六篇

往在豫章，問句法於東湖先生徐師川，是時洪芻駒父、弟琰玉父、蘇堅伯固、子庠養直、潘淳子真、吕本中居仁、汪藻彦璋、向子諲伯恭，爲同社詩酒之樂。予既冠矣，亦獲攘臂其間，大觀庚寅辛卯歲也。

九人者，宰木久已拱矣，獨予華髮蒼顏，羇寓西湖之上，始及識德友。一日，出示養直翰墨凡六大軸，各索題跋。適連宵雨作春泥，良是中原禁煙天氣，篝燈擁火，追記舊遊，悄悄不能寐。乘醉爲書，且念向來社中人物之盛，予雖有愧群公，尚幸强健云。

右甲卷。

養直未見東坡時，出語落筆便脱去翰墨畦逕，自有一種風味，真所謂飄飄然凌雲之志，所以受知於東坡先生，許其爲神仙中人也。

德友所藏詩詞，多是《後湖集》中所未有，要當流傳墨本，用貽好事者，吾德友終能深襲獨秘耶？如《木犀詞》末句"身到十洲三島，心遊萬壑千巖"，是豈軒冕所能籠絡也？平生大節如此，縱非仙去，自足以高一世。此語可爲知者道。蘆川老隱云。

右丁卷。

養直此軸十數帖，皆爲德友往返尺書也。其間情話，無非輸肺肝。雖甚匆遽時，行書小草，濃澹欹正，初若信手，而筆意俱到，句中有味，覽之使人忘倦。至於論虞尤佐人物："挂冠神武之興，此舉固清；然二十四考中書令者，復何人斯？"此論可垂方來，不當只付之戲笑也。蘆川老隱云。

右戊卷。

養直二十三帖作一軸，筆意圓熟，詞采精明，如珠走槃，略無定勢，而璀璨奪目，光彩射人。反復尋繹，沈著痛快，誠不在楊少師之下，李西臺所不及也。德友尤宜寶惜之。

此老不妄許可人，而乃拳拳如此。觀其《卜居帖》中所謂"山色雲濤四環，正當山水佳處。此段果成，異日遂爲煙波主人。公若肯入社，當分半座"，在他人殆未易得此語也，德友其能忘懷耶？

頃年江左親舊説養直別業在澧陽，三兩載必一往檢過，經行佳處，所至痛飲，未嘗不與人傾倒。篙師打皷發船，張帆呼風，每苦養直醉卧江上酒壚邊，鼾息如雷也。高標遠韻，當求之晉、宋間，此生那復見斯人耶？蘆川老隱云。

右己卷。《蘆川歸來集》卷九。

二六　題范叔儀所藏姪智夫山水短軸

西北山川，峻極雄壯，良由土厚水深，以故風俗醇古。自昔賢傑生其地者，得所鍾禀，渾全質直，忠信嚴重，宜乎功名節義代不乏人。此語可爲知者道。

雒陽范恬智夫嘗與乃叔戲作短軸，蓋取范寬筆法，展卷便覺關陝氣象歷歷在眼。向來惠崇輩愛寫江南黄落村，平遠彌望，數峰隱約，雖曰造化融結有殊，然而秀發可喜，終近輕浮，何能起予滯思？吾叔儀讀之，當亦憮然。蘆川老隱跋。《蘆川歸來集》卷九。

二七　跋蘇庭藻隸書後（一）

士抱美質，必加砥礪，以立廉隅，始克有成。若挾所長，傲形於色，掩其美矣。《傳》不云乎："雖有周公之才之美，使驕且吝，其餘不足觀也已。"

庭藻，潤公五世孫，種種落筆，便有見處。要是蘭方茁，知其爲國香。但年少氣豪，高視萬物之表，太露圭角，傷鋒犯手，未免遭人訾訾。能痛鋤傲慢，善擇交友，涵養器業，且飽讀古人書，自然左右逢原，豈易量耶？

予及從景謨宗丞公游，景謨宗丞公常呼予在輩行，此言未爲過。一日，故人凌世高出示庭藻隸字甚古，把玩久之，可喜亦可念，因書於卷末。廷藻其志之。丁丑結制前九日，老隱跋。《蘆川歸來集》卷九。

二八　跋蘇庭藻隸書後（二）

近世隸學，罕師西漢筆法，易入八分者，無他，蓋習《魏受禪碑》，一落畦逕，便不可醫，此手法大病也。

庭藻始留心作隸字，便得拙意。開卷未論是非，而氣象奇古，已覺度勝。積之歲月，當過人十數等。紹興丁丑夏四月己未，老隱云。《蘆川歸來集》卷九。

二九　跋張安國所藏山水小卷

世所謂胸次有丘壑者，窮而士，達而公卿，其心未嘗須臾不住煙雲水石間，又況如吾宗安國得友人把玩短軸，褾而藏之，每出以示諸好事。雖烏帽黄塵，汩沒困頓，開卷便覺萬里江山在眼界中，可想蜀僧爲同舍郎周旋落筆時。然則安國不忘故舊，風味如此，胸次可知矣。《蘆川歸來集》卷九。

范公偁藝話（五則）

范公偁（生卒年不詳），范仲淹玄孫、范純仁曾孫，生平無考。所著《過庭錄》，是一部學術史料價值較高的筆記，也是研究范氏家族的珍貴資料。

《過庭錄》（選錄　五則）

王履道，同先子避地嶺外，甚熟。因見有顏持約王維畫《嘉陵江山圖》，蓋明皇幸蜀過嘉陵，愛其江山，命吳道子圖於大同殿壁。王維復畫小簇云："江山已暗大同殿，絃管猶喧凝碧池。別寫嘉陵三百里，右丞心事與誰知？"蓋謂此也。

光祿侍居相府，同晁以道往見東坡。頃有從官來，東坡揖坐書院中，出見良久。光祿於坡書笈中見一小策，寫云："武宗元中岳畫壁，有類韓文《南海碑》，呵呵。"光祿與晁再三繹之，不曉。坡歸，疑不已。晁輒發問，具告曲折，云不知何義。坡笑曰："此戲言耳！武宗元，真廟朝比部員外郎也，畫手妙一時。中岳告成，召宗元圖羽儀於壁，以名手十餘人從行。既至，武獨佔東壁，遣群工居西，幕以幃帳。群工規模未定，武乃畫一長腳襆頭執撾者在前。諸人愕然，且怪笑之，問曰：'比部以上命至，乃畫此一人何耶？'武曰：'非爾所知。'既而武畫先畢，其間羅列森布，大小臣僚，下至廝役，貴賤形止，各當其分，幾欲飛動。諸人始大服。《南海碑》首曰：海於天地間，萬物最鉅。亦何意哉？其後運思施設，極盡奇怪。宗元之畫，是以似之也。"

王齊叟彥齡，霖弟也，有絕才，九流無所不能。宣和間，上愛琵琶，博選工妙處樂府，彥齡往視，工者彈撥，因默問一二，工失措，再拜就學焉。能袒裼舞長曲，左右周旋如神，睹者失色。又以蹴踘馳天下名。嘗畫梅影圖，形影毫釐不差；萬荷圖狀極纖細，生意各殊，識者奇寶之。以五行自推，年止三十九，果如其言。臨終有禪頌云："醉魂今夜不須尋，請看武陵溪上月。"

光祿舊藏麻師一《雪雀圖》，奇甚，士夫嘗就看之。光祿居許，李之儀端叔時任許幕屬，以詩借云："圖中塵跡已冥冥，説著麻翁耳便醒。凍雀高低棲舞白，枯槎零亂倚寒青。欲憑妙手聊模寫，暫借遺蹤作典刑。老去未能忘著相，他年要伴草堂靈。"

滕甫元發，視文正爲皇考舅，自少侍文正側。文正愛其才，待如子。視忠宣爲叔，每恃才好勝，忠宣未嘗與較。皇祐元年，同忠宣貢京師，忠宣篋中物，滕嘗自取之付酒，或濟困乏者，忠宣初不問也。是年，忠宣登第，滕失意歸。文正責怒滕，欲夏楚，其無間如此。愛擊角球，文正每戒之不聽。一日，文正尋大郎肄業，乃擊球於外。文正怒，命取球，令小吏直面以鐵槌碎之。球爲鐵所擊一作激，起中小吏之額。小吏會痛間，滕在傍拱手微言曰："快哉！"文正亦優之。至登第仕宦始去。後四十年，忠宣自右相出帥太原，與滕爲代。將行，滕設宴津館，會忠宣及魏國夫人，慷慨道昔日事，痛飲達旦。滕手作數語云："當年風月，共遊王謝之庭。"又云："道四十年之舊話，曷盡歡情。"其詩云："負鼎早爲湯右相，有文今作魯夫人。"蓋魏時封魯國，一時傳其精確。以上文淵閣四庫全書本《過庭録》。

徐度藝話（五則）

徐度（生卒年不詳）字仲立，一字敦立。睢陽（今河南商丘東南）人。徐處仁子。特賜進士出身。刻意爲學，長於典故，周必大稱其"詞章爲學者之宗，德業係國人之望"（《賀徐漕度除江東啓》）。著有《國紀》《却埽編》等，今存《却埽編》三卷。

《却埽編》（選録　五則）

宗室士睙字明發，少好學，喜爲文，多技藝。嘗畫韓退之、皇甫持正訪李長吉事爲《高軒過圖》，極蕭灑，一時名士皆爲賦之。又嘗學書於米元章，予嘗見所藏元章一帖曰："草不可妄學，黃庭堅、鍾離景伯可以爲戒。"而魯直集中有答僧書云："米元章書公自鑒其如何，不必同蘇翰林玄論也。"乃知二公論書素不相可如此。

程嗣真字儒臣，文簡公之子也。少喜學書，自謂獨得古人用筆之妙。嘗評近代能書者曰：蘇才翁書，筆勢遲怯，吳越人無識，頗學之。自余爲辨之後，此間人亦知非也。蔡君謨但能模學前人點畫，及能草字而已。周子發書妙出前輩，至於草書，殊未得自悟之意。古人自悟者，惟張旭與余而已。錢塘關氏蓄其書數卷，信爲高古，今世不復見矣。

張友正字義祖，退傅鄧公之子。自少學書，常居一小閣上，杜門不治他事，積三十年不輟，遂以書自名。神宗常評其草書爲本朝第一。予頃在館中，與其族孫巨山同舍，嘗出所藏義祖家書數卷，每幅不過數十字便了，詞語皆如晉宋間人，蓋閱古書之久，不自知其然也。

杜岐公既致仕還家，年已七十，始學草書即工。余嘗於其孫鼎家見一帖，論草書曰："草書之法，當使意在筆先，筆絶意在爲佳耳。筆勢縱逸，有如飛動。"紙尾書"時年七十八"字。又見有少時所節史記一編，字如蠅頭，字字端楷，首尾如一，又極詳備。如《禹本紀》九州所貢名品略具。蘇子瞻作《李氏山房記》，言余猶及見老儒先生，自言其少時欲求《史記》《漢書》而不可得，幸而得之，皆手自書，日夜讀誦，惟恐不及，正此類邪！以上文淵閣四庫全書本《却埽編》卷中。

　　東坡既南竄，議者復請悉除其所爲之文，詔從之。於是士大夫家所藏既莫敢出，而吏畏禍，所在石刻多見毀。徐州黄樓，東坡所作，而子由爲之賦，坡自書。時爲守者獨不忍毁，但投其石城濠中，而易樓名"觀風"。宣和末年，禁稍弛，而一時貴遊以蓄東坡之文相尚，鬻者大見售，故工人稍稍就濠中摹此刻。有苗仲先者，適爲守，因命出之，日夜摹印，既得數千本，忽語僚屬曰："蘇氏之學，法禁尚在，此石奈何獨存？"立碎之。人聞石毀，墨本之價益增。仲先秩滿，攜至京師，盡鬻之，所獲不貲。《却埽編》卷下。

胡珵藝話（一則）

　　胡珵（生卒年不詳）字德輝，毗陵（今江蘇常州）人。嘗從楊時、劉安世學。登宣和三年進士第。靖康時，爲樞密院編修官，陳東上書論蔡京等爲六賊，胡珵嘗爲其潤色文字。李綱爲相，在其幕中，爲黃潛善等所忌，坐貶梧州。紹興初，召試翰林。五年，爲祕書省正字兼史館校勘。七年，爲校書郎。八年，爲著作郎。九年，與朱松等六人同上疏論和議之非，忤秦檜，出知嚴州，後坐廢，饑寒窮困而死。楊萬里稱胡珵有氣節經術，深於文，謂其《子城記》"古其辭，聱牙恢奇"。著有《蒼梧集》，今已佚。

天慶觀觀畫龍

　　道人龍中來，醉與神物會。寫茲蜿蜓質，日月爲冥晦。崩騰江海姿，素壁起濤瀨。呼吸見雌雄，抉石疑可碎。蕭森殿陰古，衆真儼飛斾。注觀恐騰躍，夜半失像繪。飛光者明珠，靈秘一何怪。爛爛照甍棟，那得久在外。偷兒伺酣睡，不怕嬰鱗害。願言愼所託，未用期一快。文淵閣四庫全書本《宋詩紀事》卷四十。

郭雍藝話（二則）

郭雍（一〇九一～一一八七）字子和，洛陽（今河南洛陽）人，忠孝子。傳其父學，隱居峽州，號白雲先生。乾道五年旌召不起，賜號冲晦處士。淳熙中更封頤正先生，令部使者遣官就問。淳熙十四年卒，年九十七。雍精於《易》，又通兵家、醫家之學。著有《傳家易說》十一卷（存）、《中庸說》一卷、《冲晦郭氏兵學》七卷、《傷寒補亡論》二十卷（存）。

一　書定武舊本《蘭亭》後

晉右將軍書爲世所寶，於今八百餘年。其間以書法垂世者，無慮數百千輩，莫不敬而神之，未有以一言竊議者，可謂古今獨步矣。

《脩禊詩序》又其所自愛重，付之子孫者，則又可知。獨不甚聞於宋齊間，時尚未出也。唐興，文皇得之，而後盛行於世。論者言自唐以來以及我宋，未有不得乎此而稱名世之書者，蓋萬世法書之所自出也。

此《序》真跡真刻皆亡已久，今所有者，唐世橅搨所傳。承平日惟定武號稱第一，尚幸及見之。歐陽文忠公《集古》有四，未嘗盡得，今雖有之，亦莫能辨。

山谷嘗論褚河南所臨反豐肥，因及洛下張景元龍圖所藏，而云剛地所得者。蓋築地則此石當爲杵碎，因築得之，中有枘竅，縱廣僅數寸，大都不過三十餘字，初號"杵蘭"。其字輕瘦勁健，與定武本不可高下，神氣飛動，尤覺天成。識者云：此真褚河南所臨也。自是易名"褚蘭"。猶憶"靜躁"諸字，妙處不能形容，以此知昭陵所藏，蓋可想見。

因思天下尤物，昔人所謂百不爲多，一不爲少。雍意不然，不可無一，不可有二，一或可保，二則騰空而去矣。《書詁》有言，《樂毅》《黃庭》，但得成篇，足爲國寶，況此《序》爲絕筆乎！方知文忠千卷，不無濫録；鄴侯三萬，奚以多爲。雍衰耄之年，得再觀定武舊本於夷陵，洒三歎息而書其後。

淳熙辛丑歲中秋日，河南郭雍書。文淵閣四庫全書本《蘭亭考》卷八。

二 題胡瓌《番馬圖》

　　舅氏比部所藏胡瓌《番馬》一幅，幅縱橫廣不及尺。首畫解鞍憩馬挂囊篋於樹藉氈執策而坐者一，藉氀毛而坐臂弓調矢者一，馬之卧者二，牛露半身者三。其左衣白裘冒大笠狀若奚奴執策而坐者一，馬之立卧及戰於地者三，羊之隱顯可見者十五。又其左垂手轂絃欲射飛鴻者一，相與立背手而指鴻者一，空中之鴻四，齕草之馬三，執旗導駝右趨者一，乘駝者一，後有駝首見者二。其末伏於旗下枕囊而寐者一，正背立駝二，馬之卧者二，行而齕草者一，駝鳴噴欲起者一，執策擊駝者一。又其城帳遠騎，首畫跨弓刀嚮城而馳者三，執旗戟步導者四，城門守者立於旗下若有所執遠莫辨者一。次則跨弓刀左馳趨帳者一，乘駝導駝隨騎所嚮者三，所乘之駝與從後者亦三。又其次胡人飲於帳前醉而相鬭者二，醉而嘔者一，執策支頤立而牧者一，牧之馬可見者八。席之側犬二，後有遠帳二，人物羊馬不復見也。末見遠岡之上大小馬三。凡爲人廿五、馬廿六、駝九、牛三、羊十五、犬二、鴈四、城門、旗帳、囊篋、馬鞍、酒器四十餘物。然畫本心法，不在筆墨間，自非通風俗，識方物，習技藝，未有如是之精者。

　　瓌，瓦橋人，其畫遠近有度，射御有法，物土有宜，貴賤有別。衣裘鞍馬皆北狄也。馬之頸細而後大者，胡人謂之改馬。千百成群，不相蹂躪。方不御時，皆垂首俯耳，體力如羸；及馳驟，即精神筋力百倍。今之所作率皆類此。跨馬之力形於腰背間，射鴻之法得於控弦際，皆騎射妙處，疑其非自精習不能作也。川原重復，岡嶺映帶，胡人羊馬有不能盡見之象，計其曠遠可容千萬許。前人第瓌於神品之首，不爲過矣。

　　紹興乙丑仲冬旦日，甥河南郭雍謹題。文淵閣四庫全書本《石渠寶笈》卷一四。

黃尚文藝話（一則）

黃尚文（生卒年不詳），邵武（今福建邵武）人。紹興初官從事郎、權監鎮江府延陵鎮。

張殿撰八字題記跋

紹興改元，歲次辛亥，四月上休日，昭武黃尚文攝事延陵，謁於嘉賢吳季子之祠。有僧悟覺者出殿撰張公所書八字以示予，曰："此公所以遺我者也，秘之篋□，今十有六年矣。恐其湮沒，不傳於世，當以刻之於石，子其爲我跋之。"

予惟公方蜚英騰茂，爲時名卿，每恨未遂望履幕下，一覘紫芝眉宇。今獲觀公字制，飄逸遒勁，氣概豪邁，因以想聞其風采。況書，心畫也，心正則筆正。公筆法勁正，挺然有不可搖之勢，則胸中所蘊可知矣。刻之琬琰，將與宣聖十字並傳無窮，其可緩乎？

從事郎、權監鎮江府延陵鎮邵武黃尚文謹跋。民國《江蘇通志稿·金石》一一。

李廷瓘藝話（一則）

李廷瓘（生卒年不詳），邯鄲（今河北邯鄲）人，紹興間在世。

題吳道子《天龍八部圖卷》

先君有博古之名，丙戌秋遊相藍，於資聖閣後畫肆獲吳生胡部，纔一幅爾。水墨成之，細如絲、硬如鐵者，與此政相類，蓋不如此不足擅場也。

紹興乙丑九月廿有二日，邯鄲李廷瓘。文淵閣四庫全書本《清河書畫舫》卷四上。

王行藝話（一則）

　　王行，建炎中爲從政郎、奉節縣令。又據《宋會要輯稿》選舉一九之二四，政和八年瀘州公試上舍生，考試官資州龍水縣尉王行坐試題有差漏放罷；《宋史》卷二〇二，王行著有《孝經同異》三卷。是否同一人，俟考。

山谷《卧龍行記》跋

　　涪翁以文學名世，書學徐浩而婉美。翁死三十年矣，今人見其翰墨及從之遊者，莫不欣然景慕之。

　　都運徽猷久從翁遊，而文學翰墨皆造其妙。步趨之相若，模範之相承，譽望之相繼，輝映炳耀，卓乎其能肖也。後之人苟未知涪翁之賢，請觀於公可知矣；苟有未知公之賢，請觀於涪翁可知矣。建炎五年正月日，門生從政郎、夔州奉節縣令、主管勸農公事王行謹跋。叢書集成初編本《蜀中名勝記》卷二一。

鄭伯肅藝話（一則）

鄭伯肅（生卒年不詳）字恭老，蘇州吴縣（今江蘇蘇州）人，絳子。宣和三年進士，紹興五年知常州，歷吉州、湖州，均有惠政。

跋定武《蘭亭》帖

米南宫謂《蘭亭叙》爲行書第一，黄太史謂《蘭亭叙》摹寫或失之肥瘦，要當以心會其妙處。二公之論，古今無以加也。世所貴者定武本，此定武本之最善者。鄭伯肅恭老。文淵閣四庫全書本《蘭亭考》卷七。

鄧肅藝話（一二則）

鄧肅（一〇九一～一一三二）初字志宏，後改字德恭，號栟櫚，南劍州沙縣（今福建沙縣）人。入太學，時東南貢花石綱擾民，賦《花石詩》十一章以諷諫，被屏斥出學。欽宗即位，召對，授鴻臚寺主簿，出使金營，被拘五十日放還。金人立張邦昌爲楚帝，肅不從，奔赴南京，擢左正言。不三月，凡上奏疏二十道，言皆切至。李綱罷相，上疏力爭，由是忤執政，罷歸居家。紹興二年卒，年四十二。鄧肅學有淵源，廣覽經傳，又剛毅敢言，故發爲文章，辭嚴義正，以宏大見稱。現存文集中有奏疏十九篇，直言時人所難言者。其詩亦如其文，多感慨時事之作，風格主要以豪放壯闊爲基調。也長於詞，清鄧廷禎稱其詞"不涉綺語"。著有《栟櫚居士集》二十五卷。

一 成彦女奴琵琶

婷婷裊裊出紗窗，坐使紅粧萬目降。翠袖薄籠春笋十，玉釵初合綠雲雙。四弦對客追三疊，萬唤令人憶九江。曼倩酒狂本無量，爲渠瀲灩倒銀缸。文淵閣四庫全書本《栟櫚集》卷三。

二 次韵李舍人（節錄）

道山文章伯，杖履作幽棲。筆硯爲戲事，業落翻墨螭。平生百萬言，定相初不離。《栟櫚集》卷九。

三 題了翁墨跡

顏魯公忠義之氣充塞宇宙，故散落毫楮間者，皆銅筋鐵骨，使人望之凜然，不寒而慄。顧其規規從事墨池筆冢，而至於斯乎？

觀了翁作字，便知其與魯公同科。蓋其胸中所蘊有默契者，亦非可以間架求也。夢得寶此，豈偶然哉？建炎四年十二月初十日，鄧某書於杉口。明正德十四年羅珊刻二十五卷本《栟櫚先生文集》卷一九。

四　書字學

莊周以短後之衣爲趙王説劍，孟軻與齊王語，乃論好色、好貨。二公之論雖主於正，然其始也別之以所好，及其終也，乃極之以所不可爲，無乃類於蘇秦、張儀之掉舌乎？

曰：戰國以縱橫之説爲勝，其來久矣。卒然以大中至正之道陳於前，彼且驚駭而不能安，吾説亦何自而入乎？借蘇秦、張儀之辯以論周公、孔子之道，此君子之術也。

熙、豐以來，專用王安石字學，士夫師之，不敢誰何。蓋寧以孔聖爲誤耳，端不敢以鄭、服爲非也。蘇東坡猶切齒，時於文字中以兒戲玩之。今觀其論八佾，則考《説文》曰：從人、從𠆢。了齋先生極論新法不便，且著《尊堯集》，鄙視安石不啻奴隸等。及作書於曹子宣，乃論"悔"字從心、從每。觀二公之論，又若未能忘字學者。

或者疑之，予曰：莊周、孟軻之意也。或者曰然。《栟櫚先生文集》卷一九。

五　書法帖（一）

羲之書妙絶今古，橫斜顛倒，各有奇態，如雲煙變化，自出天然，非人力可至也。

蘇東坡謂魯公書奄有晉、宋以來風流，吾恐魯公政得羲之緒餘耳，且力學而至者，非其天也。自生民以來，一羲之而已。《栟櫚先生文集》卷一九。

六　書法帖（二）

李太白以虞、褚爲書奴，余初過之。後因臨虞書者數日，繩繩然如在樊檻中，忽見王筆俊逸如此，便覺紙上有騎氣馭風之興，然後知太白之言端不妄也。《栟櫚先生文集》卷一九。

七　跋陳了翁諫議書邵堯夫《誡子文》

此邵堯夫先生之文，了齋先生陳公書之，無甚高不可企及之事，皆中庸之道也。但智者忽之若不足爲，愚者棄之而不能學，此邵、陳二公所以不能默默，且有望於賢子孫也。

昔韓愈氏示符古風，用玉帶金魚之説以激之，愛子之情則至矣，而導子之志則陋也，方以邵、陳過庭之訓，無乃相萬乎？惟識者察之。《栟櫚先生文集》卷一九。

八　跋朱喬年所跋王安石字

自荆舒祖桑弘羊以竭山海之利，故世無飽食之農；師秦商鞅以推不可行之法，故祖宗無可留之典；尊揚雄以讚《美新》之書，故學者甘爲異姓之臣。予讀其書不能終篇，況學其字乎？

朱喬年學道於西洛，學文於元祐，而能喜荆舒之文與其書如此，殆所謂惡而知其善者歟。

建炎三年閏月庚辰，栟櫚老農。《栟櫚先生文集》卷一九。

九　題了翁真跡

龔公陟升叟以忠義敦遺於郡，携其妻舅了翁真跡以過余，曰："幸子跋之。"開卷凜然，銅筋鐵骨，洗空千古側媚之態，蓋魯公之後一人而已。升叟勉之！

學其書者豈在點畫之間乎？無充宇宙之氣者，必不能斥蔡京於崇寧間；不能斥蔡京者，決不能作是書也。升叟勉之！《栟櫚先生文集》卷二〇。

一〇　跋蔡君謨書

觀蔡襄之書，如讀歐陽修之文，端嚴而不刻，溫厚而不犯，太平之氣鬱然見於毫楮間。當時朝廷之盛，蓋可想而知也。

自崇寧以來，以文章字畫爲天下主盟者，較之仁廟之時，賢否如何？人才盛衰，信乎其可卜治亂也。事至今日，但可慟哭耳。建炎三年己酉。《栟櫚先生文集》卷二〇。

一一　跋虞中郎畫

韓退之作《畫記》，於句法中自有丹青，至今開卷熟讀，如見畫焉。蓋文字奇偉，至此又一變也。

竹溪先生虞仲子今記有晉司空鹵簿，於丹青外更考一代制度，至於論君父錫予之盛，以報人臣勳業之隆，上下泰然，不相疑貳。吾知仲子筆力，不惟畫師作耳。

茂先德望，晉室第一流，嘗鷦鷯自喻，若無志於九萬里者。顧豈眷此車馬赫奕，胥徒煩盛，區區使愚夫愚婦驚詫咨嗟於瞬息間，遂忘其身，至不得終於牖下，且禍及其三族乎？蓋以身許國者，不顧其私，死生存亡一切任之耳。倘不如是，則海島既至，台星中折，茂先已翻然爲竹林遊矣，寧至如是耶？

仲子職在道山，而以洞霄自隱，其視世間榮辱得喪爲何等物，一見茂先鹵簿，乃愛之篤、考之詳、讚之美如此，蓋所羨於茂先者，在此而不在彼也，惟有識者辨之！
《栟櫚先生文集》卷二〇。

一二　論書

持筆如馭將，柔順從指者皆非良材，而獰獷縱逸者亦不可制。要當興伏抑按，每從人欲，而紙上戛戛，自有生意，然後爲妙筆也。近世人多作無骨字，盱睢側媚，有乞憐之態，故其所用者皆無心冗毫也。此筆纔入手，則諸葛所製當爲生硬矣。不能用諸葛筆而欲作字，如項羽棄范增而欲取中原也，其可乎？

墨以黑爲體，以光爲神。神采輕浮，不能深黑，譬如紈綺子弟。濃字大畫，黑而無光，亦一田舍翁耳。眉山老仙謂陳瞻墨，潘生不逮。瞻何爲者，敢冀潘耶？此論未公，吾不憑也。

研不必甚佳者。比嘗見士人相矜曰：此端也，其色瑩；彼歙也，其文緻。不知文與色亦何與於墨乎？皆好奇之過也。大抵石在山者燥、在水者脆，脆者不能以製墨，而燥者又不行筆，二者胥失也。去是二病，雖鳳味足矣，亦何必近捨皇甫湜哉！～

張長史脫帽露頂，抵掌於八仙之中。今物化數百年矣，每觀其字，則恍然逸韻，猶在目前。顏魯公作字端嚴可畏，張之屋壁，奸人膽落，與長史無毫髮相類，而史氏謂魯公獨傳其法，何也？蓋字法三昧，當以神悟之。既悟矣，如嗣宗老宿，或以棒，或以喝，或作老婆態，種種不等，要之皆西來意也。

本朝評書，以君謨爲第一，信嘉祐之間可以魁也。蘇、黃繼出，文妙天下，而書又能張其軍，於君謨若無甚愧者。然君謨如杜甫詩，無一字無來處，縱橫上下，皆藏古意，學之力也。蘇、黃資質過人，筆力天出，其太白詩乎！深得其趣者，自當見其優劣矣。

米芾，楚狂者也。作字清遠，有晉、宋氣，所恨者但能行書耳。真如立，行如行，草如走，三者不可闕一也。若用《春秋》之法責備賢者，則米芾在所惜也。

丹霞賾師學余書未半年，亦有可觀者。今來求益，吾術窮矣，姑使之擇筆墨之精者以利其器，然後品藻古今能字者，以俾其自取耳。賾勉之，風韻不凡，他日所學當有不止於書者，吾將併得而告也。
政和戊戌春，栟櫚鄧肅朝陽堂書。《栟櫚先生文集》卷二五。

蘇籀藝話（一五則）

蘇籀（一〇九一~?）字仲滋，眉州眉山（今四川眉山）人。轍孫，遲長子，過繼於蘇適爲後。年十四，曾侍蘇轍於潁昌，首尾九年，未嘗離左右。後以祖蔭爲陝州儀曹掾。宣和間，爲迪功郎。紹興三年，爲大宗正丞。十四年，爲將作監丞。十九年，出爲台州添差通判。官終朝請大夫。孝宗時卒，年七十餘。蘇籀出自文學世家，領受祖輩薰陶，故其詩文"雄快疏暢，以詞華而論，終爲尚有典型"（《四庫全書總目》卷一五七）。有不少感慨時世之作。著有《雙溪集》十五卷、《欒城遺言》一卷。

一 黃筌畫金盆鴿，孟蜀屏風者也一首

孟氏觀闕嘗鮮新，虯虯拱桷翔青冥。可憐當年百事足，鬼眼未遽窺高明。鋪首倉琅百樓篁，寶簾珠帶關銀屏。風臺露榭敞錦纈，朝朝暮暮吹竽笙。鵝溪白繭冰雪清，黃史舐筆研丹青。屏間觀者誠粲者，醉頰融煖蘭膏勻。金槃滴取宮桃露，點黷鉛朱三昧處。融怡宿粉暈嬌紅，一片辭枝三月暮。妙趣忘言心獨覿，花好更教宮女妬。綵翎降趾戲宮廷，啄哺馴和謝籠籥。跐石窺盆刷羽儀，天樂鳳簫騫欲舉。智者創物仁者守，何嗟及矣何追咎。當時高岸尚微茫，零落萍蓬入誰手。華堂粉壁倚乂竿，五十年前亡是叟。細說盈虧閱今古，我曹知愛當知惡。此間風韻出成都，花上杜鵑聰最苦。見之坐右久彌新，呫呫庸工難與語。_{文淵閣四庫全書本《雙溪集》卷一。}

二 次韻洪穀瑞摸臨皋亭四畫 水 狼石 灌莽 竹

退筆殘煤作冢池，庶幾極力更前追。尋源巴峽濤瀧派，得骨柯山鐵樹枝。京口風雲隨叱咤，渭川霆電掃端倪。刻舟事往何嗟及，拙目高心付點癡。_{文淵閣四庫全書本《雙溪集》卷二。}

三 與可墨竹二十韻

天工奇水墨，晴景照檀欒。影動嵇阮愛，筍穿淇渭干。禪翁三昧力，老手一揮間。

意匠先鵠落，心造忘筆端。芥胸極蓊蔚，振袖疾飛翰。道妙進乎伎，自得即之安。剛耿在眉睫，歲寒出脾肝。動色誤傾耳，可聽非惟觀。颯遝掀翠羽，交戞敲琅玕。雷驚碧霄聳，風倒懸崖攀。雨霜斜重勢，龍鳳飛鳴竿。勁挺加掩冉，英奇閱雕殘。緹繒釘牆仞，秀絕襲衣冠。備悉湖州派，恨不彭城看。不可無此君，寧可弗至膰。買林自虧蔽，折檻縈叢攢。房攏侍使嬖，園苑隔扃關。要見一室中，幸容四壁寬。此畫會通靈，請公牢鐍緘。王侯儻奉借，定鏁空厨還。文淵閣四庫全書本《雙溪集》卷二。

四　聞舊曲一首

短舞長謳撩性情，狗翻砑鼓醉承平。《六么》花下西湖集，《三疊》雲凝玉塞聲。治世之音豈淪謝，淫哇已極返和清。《關雎》正雅終知律，前聖嘗云畏後生。文淵閣四庫全書本《雙溪集》卷二。

五　題善草字者一絕

獐獵包羞爵秩加，輿人捧腹只呀呀。踏搖妍狀當壚手，如許銀鈎殆可嘉。文淵閣四庫全書本《雙溪集》卷四。

六　米元暉研山賦

噫歟瑋哉！巒阜鍾巧，巘崿玲瓏。三茆九華之前後，二室五老之西東。天作地寶，神力鬼工。矩矱然而剞掇，斤斧斲於朦朧。嬰漱融結，出乎龍宮。積潤秋濤之骨，霍春岑之尤。特見怪而何謂？乃壺中之仙丘。泙潒泓泜，黝黯雲浮。文字之祥，點黷之助。豁櫝啟幕，耳目清新。捫叩而胸次塊磊，賞激而肝膽輪囷。雖一寶蕞爾，么麼老拳。瑰姿殊態，庶物莫先。橘中肆遊於園綺，耳門不蔽於兜玄。邯鄲黃粱之身世，此殆小有之洞天。

寶晉父子，負能使氣。紫淵蒼璧，麝煤栗尾。挾此翠麓，用器之瑞。辟塵珍玩，凌雲高致。素霓撲襟，蒼霧噓机。軌範相承，措言屬意。亭皋隴首之章，補亡正始之義。《鵝經》《禊帖》，《洛神》《樂毅》。《破羌》《梨橘》，《來禽》《青李》。神明還觀，俚俗一洗。雄拔健峭，凝情倣效。壓鄴侯之三萬，得二王之秘奧。慎守玉軸，備禦他盜。西清珥筆，承明應詔。天子面試而加賚，巍乎致主之有道。著聞寰中，煒煌銜耀。後生標楷而趨造，前輩同明以相照。一聚英靈，非其人而蓄崎，則崖譏澗愧，眾峰訛誚。

今造物出奇，副一門冥討；明窗細氈，對管簡之嗜好。雲騰泉湧，好詞似之，號稱墨妙。時望公左右天造，允王國所珍，享南山壽考。有開必先，此焉識兆。咸豐元年刊粵雅堂叢書本《雙溪集》卷六。

七　跋摹《連昌宮辭》

伯祖東坡先生嘗爲《易傳》，以真書發揚伏羲、西伯之旨。嶺海草書，老筆精勁，自云不愧二王。遭亂後，家藏書帖散失略盡。

尚明所摹《連昌宮辭》，頓還伯英舊觀，而過於賀拔恕數倍矣。書雖哲人細事，心慕手追如此，其大者鮮不深造，故余三歎而屢嘉也。紹興改元十月日，蘇籀題。咸豐元年刊粵雅堂叢書本《雙溪集》卷一一。

八　跋"海棠夢"大字

猗歟偉歟！如見真本，庶幾遺範。贗者果能亂真耶？但瞠然慕歟耳。

嗟夫！世人不得於心，勿求於筆；其或筆驕，心不競也。勉哉！到聖處可謂善學矣。紹興二祀季春下旬，蘇籀題。咸豐元年刊粵雅堂叢書本《雙溪集》卷一一。

九　跋東坡拔豕帖

先生早年在岐下寫《楚詞》一章，云似鍾繇行體，筆能趁意，是時書畫已絕出世俗。自壯逮老，周遊四方，古人奇跡，無不臨徧。嶠南書帖，特爲超妙，嘗戲語云可比二王，所謂七十而從心不踰矩者也。

嗟夫！雖天資殊異，亦須積習，始蹈大成，況常常者其可不勉耶！咸豐元年刊粵雅堂叢書本《雙溪集》卷一一。

一〇　題《崧嶺圖》 錢

服道篤習水墨，幻雲霧，走山海，筆力尤壯。細察其層疊高下，施設算數，繁悉杪忽，出意無窮。體乎天造，厭於人情，可謂精能，老而不倦者也。尺素片紙，極目灑落。

此圖，僕故山也，觀二室間林壑寥落，使人增感懷耳。咸豐元年刊粵雅堂叢書本《雙溪集》卷一一。

一一　跋任氏東坡詩及所書《黃門記》

嗚呼！二祖道德之範，見於筆墨，傳示來世，不容擬議。觀其述二大夫樂賢之意，炳然著矣。

辨書真贗，僕粗能焉。古人謂辭之不可已，故黽勉而題。是歲九月丙辰。咸豐元年刊粵雅堂叢書本《雙溪集》卷一一。

一二　跋伯時《二馬圖》

先祖黃門喜顧、陸、王、韓遺跡，龍眠集三馬見貽，效之者三人。其風儀雄傑，皆可任雙釓，三槐所馭，殆天廄之龍也。兵火後，粉繪羽化，惟絲字賡唱在櫝。今觀此髣髴間，感舊屢慨而已。紹興辛未秋孟，蘇籀跋。咸豐元年刊粵雅堂叢書本《雙溪集》卷一一。

一三　書《輞川圖》後

余攖務倥偬，汨俗浮嚚，煩促海涯，諏度甄遣。涉筆占位，不謀食息，願釋此而清其思。卯酉進止，寒暑罔避，搖手而吾僚發議，動足而簡書鐫詰。悔吝雖遠，荒嬉何裨，願置此而新其說。有憐而示之以唐王右丞輞莊矮紙圖，披閱屬爾，灑然慕之。

按摩詰開元詞宗，張曲江之客。孝友禪悅，書畫絕世，仕而屢歸。其區處門間，標蒞山藪，新規奇概，淵兮卓哉，曠達騷人之思也。其疏舉二十許處，城圫岡阪，葺宇上遊。編菅栽杏，木欄聯柵；茱萸洴澦，槐柏宮蔭。篠蕩嶺粵北南，湖坨霏湑煙霞。麌麌遠跡人之虞，沿涉信舭艫之適。亭臨清泚，柳翻碧波。巒瀨白石萬拳，金屑少飲千歲。檀欒為里，吟歙琴簫。辛夷為車，桂旂自舉。有用故割之林，蕃衍遠條之囿。山居之殊勝，詩眼之識拔如此。

予壯歲遊藍田，不暇搜覽弔古，良可恨也！蓋城市煖熱，泉石寒涼，往往負炎捨冷。誠知簪笏圭組，不在松少濠濮；高蓋駟馬，豈若柴車煙艇歟。

於乎！余老矣，辯論著造不少貶而懈，顧何益焉。遊止溪山，希真秦伽，斜川、愚谷，誠不易可圖也。玩味默存其間，無湫隘塵囂之陋，又無顯嚴高明之瞰。林端水次，莽蒼綿冪。傾岑阻徑，巖豁谷廻。嵐光素雲，自相蒨絢。鵕鸃之賦，芫裘之營，真趣蘊鍾乎此矣！

主人既以斯畫見貽，置之坐右，朝夕寓目，抑流競、養恬素，為幸豈細也耶！金穴雕堂之家，玉麈象牀之靡，無施於丘壑矣。紹興辛未孟秋，眉山蘇籀題。咸豐元年刊粵雅堂叢書本《雙溪集》卷一一。

《欒城遺言》（選錄　二則）

公曰："文郎作詩，髣髴追前人，畫墨竹過李康年遠矣。"

馬公知節詩草一卷，公跋云："馬公子元，臨事敢為，立朝敢言。以將家子得讀書之助，作詩蓋其餘事耳。貳知成都，以抑強扶弱為蜀人所喜。然酷嗜圖畫，能第其高下。成都多古畫壁，每至其下，或終日不轉足。蜀中有高士孫知微以畫得名，然實非畫師也，公欲見之而不可得。知微與壽寧院僧相善，嘗於其閣上畫《惠遠送陸道士》《藥山見李習之》二壁。僧密以告公，公徑往從之。知微不得已擲筆而下，不復終畫，公不以爲忤，禮之益厚。知微亦愧其意，作《蜀江出山圖》，伺其罷去，追至劍門贈之。蓋公之喜士如此。陽翟李君，方叔公之外玄孫也。以此詩相示，因記所聞於後。辛巳季春丙寅，眉山蘇轍子由題。李名豸。"以上文淵閣四庫全書本《欒城遺言》。

徐兢藝話（三則）

徐兢（一〇九一～一一五三）字明叔，號自信居士，和州歷陽（今安徽和縣）人，年十八入太學，政和四年，以蔭補官，歷通州司法參軍，攝知原武縣。調濟州士曹參軍，監元豐庫。宣和六年，隨使高麗，使還，撰《宣和奉使高麗圖經》四十卷獻之。徽宗召對，賜進士出身，擢知大宗正事，兼掌書學，遷尚書刑部員外郎。坐事謫居池州永豐監，起爲沿江制置司參議。奉祠二十年，累官朝散大夫。紹興二十三年卒，年六十三。徐兢洞曉音律，能詩工書畫，其詩如"高館不知處，遊人空往還。亂鴉殘雪樹，荒塚夕陽山"（《彭城山》），清麗雋逸，摹繪如畫。

一　《宣和奉使高麗圖經》（選錄）

次百戲

金吾仗衛之後，百戲小兒次之。服飾之類，畧同華風。

次樂部

歌工樂色亦有三等之服，而所持之器間有小異。其行在小兒隊之後，比使者至，彼會俟衣制未除，故樂部皆執其器而不作，特以奉詔命，不敢不設也。文淵閣四庫全書本《宣和奉使高麗圖經》卷二十四。

二　題米元暉書韓退之《五箴》帖

宣和壬寅歲，復置書學，今元暉侍郎、唐稽禮部暨愚三人同應選，迄今二十有六年矣。唐稽沒於京師丙午之難，元暉今持從橐，獨愚退處江湖，築室龜峰弋水之上，霞飧雲臥，亦自是一種樂云。今觀元暉法書，得元章妙處，《詩》所謂"是以似之"者歟！紹興丁卯夏五月晦，徐兢題。武英殿聚珍版書本《寶真齋法書贊》卷二四。

三　題賜本《蘭亭》帖

宣和之末，復置書學，增博士三員，杜從古、米友仁與兢昨兼見任職事。一日，太上徽皇各賜《蘭亭叙》石刻一本，其下御筆書云："康定二年進，尚是定州所貢。"今觀是本，政與向來所賜同，今不易得，宜珍秘之。紹興壬申春二月六日，保大騎省雲來徐兢題。文淵閣四庫全書本《蘭亭續考》卷一。

張九成藝話（四則）

張九成（一〇九二~一一五九）字子韶，自號無垢居士，又號橫浦居士，杭州鹽官（今浙江海寧西南）人。少遊京師，從楊時學。紹興二年爲進士第一，授鎮東軍簽判。與提刑强宗臣意見不合，投檄歸居，從其學者甚衆。趙鼎薦於朝，召爲著作佐郎、遷著作郎。除宗正少卿，權禮部侍郎兼侍講，兼權刑部侍郎。因論和議忤秦檜，謫知邵州。御史復言其矯僞欺俗，謗訕朝政，落職，謫居南安軍。秦檜死，起知温州。紹興二十九年卒，年六十八。寶慶初，特贈太師，封崇國公，謚文忠。張九成爲南宋理學大儒，精研義理之學，於諸經均有訓釋，又喜與僧徒交往，於禪學頗有造詣，故文章議論多入禪理，但文字明白曉暢，毫不晦澀，朱熹儘管指斥其學爲"雜學"，但也稱讚其文章"沛然猶有氣，開口見心，索性説出，使人皆知"（《朱子語類》卷一三九）。其詩有宋詩好發議論的特點，也有一些詩寫景抒懷，清新淡雅。九成研思經學，多有訓解，著有《尚書詳説》《中庸説》（存）、《大學説》《孝經解》《論語解》《孟子傳》（存）、《橫浦日新》（存）、《橫浦心傳録》（存）、《重修神宗實録》《唐鑑》《橫浦集》（存）等書。

一　讀東坡《疊嶂圖》有感因次其韻

虬鬚英武喧天淵，當時功臣畫凌煙。漢家驍騎纔三萬，北攻稽落書燕然。勳名鼎鼎磨星斗，百年衰落歸黄泉。人間萬事都如夢，不如掛冠神武尋山川。我昔曾登會稽頂，逍遥疑在羲皇前。下觀江濤卷飛雪，旁看秦望森摩天。祖龍定是同鮑臭，鷗夷却得携妖妍。悠然會意不復出，荷鋤便欲耕春田。君不見淵明歸去傳圖畫，伯時妙手垂千年。我藏東絹今拂拭，正欲寫此春江浩渺山連娟。更要元龍湖海士，百尺樓中相對眠。玉京蓬島置勿問，人間今是地行仙。岷江寥寥三峽遠，此心欲往知何緣。煩君斷取來方丈，徑入東坡《疊嶂篇》。文淵閣四庫全書本《橫浦集》卷三。

二　題李伯時《孝經圖》

李伯時畫超然塵土之外，其精緻微密，幾與造化争衡，豈凡流所可彷彿？猶恨其不深考《孝經》微意，此樂道君子所以爲之痛惜也。戊辰上巳，范陽張某書。明萬曆四十二年新安吳惟明刊本《橫浦先生文集》卷一九。

三　書吕居仁與范秀才詩簡

余與居仁相别十年，遂成永訣，今覽其遺跡，如對面語，追思宿昔，爲之流涕。戊辰七月九日，范陽張某書。《橫浦先生文集》卷一九。

四　書東坡《竹石圖》後

東坡先生自海上北歸，過橫浦，到常樂，戲掃竹石於壁，輪囷離奇，跌宕兀傲，結想風月中，磅礴乎萬物之表，而徜徉乎八極之外，豈世間筆墨所能到耶！

埋沒荒寺久矣，紹興癸酉十一月，郡守王徽、倅李知止恐風霜剥落，命工摹刻，置之郡治，以傳不朽，俾范陽張九成書其後。嘉靖十五年刻本《南安府志》卷二五。

高承藝話（一四則）

高承（生卒年、里貫皆不詳）所著《事物紀原》，是一部小型類書，分門別類，內容豐富：舉凡政治、經濟、軍事、典章制度、文化藝術、醫學、風俗、服飾、器用、宗教、天文、地理以及草蟲鳥獸等，無不涉及，無不溯其源流。全書十卷，紀事一千七百餘條。《四庫全書總目提要》云："考趙希弁《讀書附志》云：'承，開封人。自博弈嬉戲之微，蟲魚飛走之類，無不考其所自來。雙溪項彬爲之序。'陳振孫《書錄解題》亦云：'《中興書目》作十卷，高承撰。元豐中人，凡二百十七事。今此書多十卷，且數百事，當是後人廣之云云。'今檢此本所載，凡一千七百六十五事，較振孫所見更倍之，而仍作十卷。又無項彬原序，與陳、趙兩家之言俱不合。蓋後來又已有所增併，非復宋本之舊矣。其書向惟抄帙，明正統間南昌貢生簡敬始以付梓印行，無幾而板毀於火，故世間頗爲難得。然敬所作序乃云：'作者佚其姓氏，亦考之殊未審也。書中凡分五十五部，名目頗爲冗碎，其所致論事始亦間有未確。'"

《事物紀原》（選錄 一四則）

樂

《山海經》曰："祝融生長琴，是處搖山，始作《樂風》。"《注》云："創《樂風》曲也。"《通典》曰："伏羲樂名《扶來》，亦曰《立本》；神農樂名《扶持》，亦曰《下謀》。"隋《樂記》曰："伏羲有《網罟》之歌，伊耆有《葦籥》之音。葛天《八闋》，神農《五絃》，其來尚矣。"《呂氏春秋》曰："葛天氏之樂，三人操牛尾，捉足歌《八闋》。"則非長琴始爲樂也。《世本》曰："伏犧造琴瑟。"是始爲樂。至黃帝命伶倫考八音，調和八風，爲《雲門》之樂，則其事於是乎備。

樂府

《通典》曰："漢武立樂府。"蓋始置之也。樂府之名，當起於此。

三臺

《三十拍》，曲名也。劉公《嘉話錄》曰："三臺送酒，蓋因北齊文宣毀銅雀臺，別築二箇臺，宮人拍手呼上臺，因以送酒。"李氏《資暇》曰："昔鄴中有三臺，石季龍遊宴之所。樂工造此曲，促飲也。"又一説：蔡邕自御史累遷尚書，三日之間歷三臺。樂府以邕曉音律，製此曲以悦之。未知孰是？

鼓吹

唐《樂志》曰："黃帝使岐伯作鼓吹，以揚德建武。"蔡邕《禮志》亦云。然《唐紹傳》曰："紹謂鼓吹本軍容。黃帝戰涿鹿，以爲警衛也。"

凱歌

蔡邕《禮志》曰："黃帝使岐伯作軍樂《凱歌》。"今廻軍有樂，卽其遺意也。

歌

《山海經》曰："夏后開上三嬪乎天，得《九歌》《九辯》以下焉。"又曰："帝俊有子八人，是始歌舞。"夏侯玄《辯樂論》曰："伏犧有《網罟》之歌，《呂氏春秋》有葛天氏歌《八闋》，一曰載人，二玄鳥，三逐草木，四奮五穀，五天帝，六達帝功，七依地德，八物禽獸之極，則歌以太昊爲始。"蓋太昊之後十三代有葛天氏故也。以上文淵閣四庫全書本《事物紀原》卷二。

角觝

今相撲也。《漢武故事》曰："角觝，昔六國時所造。"《史記》："秦二世在甘泉宮，作樂角觝。"注云："戰國時增講武以爲戲樂，相誇角其材力，以相觝鬭，兩兩相當也。漢武帝好之。"白居易《六帖》曰："角觝之戲，漢武始作，相當角力也。"誤矣。

俳優

《列女傳》曰："夏桀既棄禮義，求倡優、侏儒而爲奇偉之戲。"則優戲已見於夏后之末世。晉獻公時，有優施魯定公會齊侯於夾谷，齊宮中之樂有俳優戲於前此。蓋優戲之始也。

傀儡

世傳傀儡起於漢高祖平城之圍，用陳平計，刻木爲美人，立之城上，以詐冒頓閼氏。後人因此爲傀儡。按《前漢》高紀七年注："應劭曰：平使畫工圖美女，遣遺閼氏，而无刻木事。"今按：《列子》記周穆王時，巧人有偃師者，爲木人能歌舞，王與盛姬觀之。舞既終，木人瞬目以手招王左右，王怒，欲殺偃師。偃師懼，壞之，皆丹墨膠漆之所爲也。此疑傀儡之始矣。秦、漢有魚龍曼衍之戲，其事亦粗見唐李商隱《宮詞》曰："不須看盡魚龍戲，終遣君王怒偃師。"是以《通典》曰："窟儡子，亦曰魁儡，作偶人以戲，善歌舞。"審此，知其偃師之遺事也。一云本喪樂，漢末始飾之嘉會。不知何以爲喪樂？《風俗通》曰："漢靈帝時，京師賓昏嘉會皆作魁儡。梁散樂亦有之。北齊後主高緯尤所好也。"《顔氏家訓》云："古有禿人姓郭，好諧謔，今傀儡郭郎子是也。"

百戲

《漢元帝纂要》曰："百戲起於秦、漢，曼衍之戲，後乃有高絙吞刀、履火、尋橦等也。"一云"都盧尋橦"。都盧，山名，其人善緣竿百戲。

舞輪

《通典》曰："梁有舞輪伎。"今之舞車輪者，則是此戲自梁世始有之也。

水戲

《典略》曰："魏明帝使博士馬鈞作水轉百戲，巨獸魚龍曼延，弄馬列騎，備如漢西京故事。今世皆傳其法。"蓋其始自馬鈞也。

影戲

故老相承，言影戲之原出於漢武帝李夫人之亡，齊人少翁言能致其魂。上念夫人無已，廼使致之。少翁夜爲方帷，張燈燭。帝坐它帳，自帷中望見之，仿佛夫人像也。蓋不得就視之。由是世間有影戲。歷代無所見，宋朝仁宗時市人有能談三國事者，或採其說，加緣飾作影人，始爲魏、吴、蜀三分戰爭之像。

杵歌

《春秋左氏傳》曰："襄公十七年十一月，宋皇國父爲平公築臺，妨農功。子罕請俟農畢，公弗許。築者謳曰：'澤門之晳，實興我役。邑中之黔，實慰我心。'"杜預注曰："周十一月，今九月。澤門，宋城門，宋國父白晳居近澤門，子罕黑色而居邑中。今版築役夫歌以應杵者，此蓋其始也。其歌往往叙苦樂之意者，由此爾。"《吕氏春秋》云："翟煎對魏惠王曰：舉大木者，前唱興樽，後亦應之。"此舉重勸力之歌也。今人舉重出力者，一人倡則爲號頭，衆皆和之曰打號，此蓋其始也。七國之時已云然矣。_{興樽，《淮南子·道應訓》作"邪許"。} 以上《事物紀原》卷九。

辛次膺藝話（一則）

辛次膺（一〇九二～一一七〇）字起季，一字企季，萊州掖縣（今山東掖縣）人，政和二年進士，爲單父縣丞，南渡後，爲浦城令。紹興五年，召對，除駕部員外郎。七年，遷吏部郎、湖北運判，中途召還，擢右正言。以反對與金議和，爲秦檜所忌，八年，出爲湖南提刑。旋奉祠閒居，達十六年。秦檜死，起知婺州，擢權給事中，尋罷，復起知泉州。孝宗即位，除御史中丞。隆興元年，同知樞密院事，拜參知政事。執政三月，以疾乞免，以資政殿學士提舉洞霄宮。乾道六年卒，年七十九。次膺善屬文，尤工於詩，韓元吉跋其詩，謂"優遊平淡，氣恬而意新"（《跋辛起季得孫詩》）。著有奏議二十卷、箋表十卷，今已佚。

題吳道子《天龍八部圖》

吳生之筆法，兩蘇之行草，知名士之識跋，可寶者非一，觀者宜無異辭。紹興己巳孟秋二十有四日，東萊辛次膺看過。文淵閣四庫全書本《式古堂書畫彙考》卷三八。

李祁藝話（一則）

　　李祁（生卒年不詳）字蕭遠，雍丘（今河南杞縣）人。少時有詩名，崇寧間登科，官至尚書郎。宣和間責監漢陽酒稅。事親至孝，爲人樂善。長於詩，其《漢陽郎官湖春日》絕句："朦朧花影月黃昏，著意春風入酒痕。知是江梅喜佳客，倒垂花蕊照清樽。"清雋綺麗，氣韻不凡。又工詞，所作意境不求甚深，而詞筆輕倩，爲清代浙西派詞人所宗。

題朱澤民山水

　　洞庭之南湘水東，青山奕奕蟠蒼龍。雲陽峰高七十一，欲與衡岳爭爲雄。我家近在雲陽下，來往看山如看畫。十年塵土走西風，每憶雲陽動悲咤。吳中勝士朱隱君，筆精墨妙天下聞。畫圖畫出湘江水，青山上有雲陽雲。雲陽山高湘水綠，十年不見勞心目，只今看畫如看山。文淵閣四庫全書本《吳都文粹續集》卷二十五。

趙伯牛藝話（一則）

　　趙伯牛（生卒年不詳）字仲微，宗室，淄王世雄之曾孫。紹興初爲左宣教郎、通判衡州，六年爲荊湖北路提點刑獄公事，七年爲湖南憲臣。後歷任兩浙、江西、福建等路轉運副使。

蔣氏藏詩文跋

　　南渡以來，法書名帖，多值火厄，僅有存者。如西臺遺跡，雖汴洛故家，不一二見。今蔣氏所藏詩文兩軸，辭藻爛然，筆勢遒婉，蓋未易得也。紹興辛酉季秋癸亥，淄國趙伯牛仲微父題於清江傳舍。武英殿聚珍版書本《寶真齋法書贊》卷九。

邵博藝話（三〇則）

邵博（？～一一五八）字公濟，河南（今河南洛陽）人，邵伯温子。紹興八年，以趙鼎舉薦召對，賜同進士出身。九年，除校書郎兼實録院檢討官，出知泉州。二十二年，知眉州，爲程敦厚所告訐，坐降三官。二十八年，降左朝散郎，卒於犍爲縣。工詩文，陸游稱其詩"超然高逸"；陳造也以爲"其文章贍縟峻整，傑出南渡後"（《題邵太史西山集》）。著有《西山集》，今已佚；又著有《邵氏聞見後録》三十卷，爲繼其父《聞見録》之作。

一　題智永上人瀟湘夜雨圖

曾擬扁舟湘水西，夜窗聽雨數歸期。歸來偶對高人畫，却憶當年夜雨時。文淵閣四庫全書本《宋詩紀事》卷五十。

二　題相如琴臺

長卿本豪傑，禮外安可處。手弾南風琴，心謂東鄰女。雜身傭保中，初不忌笑侮。大者固已立，下此皆可補。三賦爭日星，一書起今古。其餘不自秘，輒爲人所取。兒曹爾何知，杯酒那可污。故臺已丘墟，勝絕誰敢據。我來訪遺跡，低回不忍去。詩成欲叫君，雲車隔煙霧。《宋詩紀事》卷五十。

三　書楚元輔《耆英圖》後

元豐五年，文公鎮洛陽，始爲耆英會。世或以諸公爲樂者，非也。當王荆公已變更國朝舊制，富公致大政，司馬公免樞近，楚公不主戰，議罷西垣師，皆退居里中。名公卿從遊者，其論無不同。時富公上疏曰："老臣仰屋，竊歎無所赴愬。"司馬公預作遺表，有"懷忠不盡"之言，皆可爲之流涕。其愛君憂國之心，則安敢樂？余觀圖畫，爲表出之。宋慶元三年書隱齋刻本《國朝二百家名賢文粹》卷一九六。

《聞見後錄》（選錄 二七則）

　　仁皇帝以嘉祐七年十二月丙申，幸天章閣，召兩府、兩制、臺諫等觀三朝御書。置酒賦詩於羣玉殿。庚子，再幸天章閣，召兩府以下觀瑞物十三種。一、瑞石，文曰"趙二十一帝"；二、瑞石，文曰"真君王萬歲"；三、瑞木，曰"大運宋"，隱起成文；四、七星珠；五、金山，重二十餘斤；六、丹砂山，重十餘斤；七、馬蹄金；八、軟石；九、白石，乳花；十、瑞木，左右異色；十一、瑞竹，一節有二絃並生其中；十二、龍卵，有紫斑而小；十三、鳳卵，色白而大。觀太宗真宗御集，面書飛白，命翰林學士王珪題姓名徧賜之。又幸羣玉殿置酒作樂，親諭以前日之燕草創，故再爲之，無惜盡醉。獨召宰相韓琦至榻前，酌鹿胎酒一大杯，琦一舉而盡。各以金盤貯香藥分賜之。明年三月，帝升遐。故韓琦哀冊文云："因驚前會之非常，似與羣臣而叙別也。"文淵閣四庫全書本《聞見後錄》卷一。

　　予家舊藏司馬文正公隸書《無爲贊》，按公《傳家集》無之，曰："爲黃、老者，以心如死灰，形如槁木，爲無爲。迂叟以爲不然，作《無爲贊》曰：'治心以正，保躬以靜。進退有義，得失有命。守道在己，成功則天，爲者敗之，不如自然。'"《聞見後錄》卷四。

　　康節手寫《易》《書》《詩》《春秋》，字端勁，無一誤失。曾孫之賢者，其謹藏之勿替。《聞見後錄》卷五。

　　"樂則韶舞。放鄭聲，遠佞人。鄭聲淫，佞人殆。"鄭聲之害，與佞人等。而孟子曰："今樂猶古樂。"何也？使孟子爲政，豈能存鄭聲而不去也哉？其曰："今樂猶古樂。"特因王之所悅而入其言耳。《聞見後錄》卷十二。

　　曾子開論其兄子固之文曰："上下馳騁，愈出而愈新，讀者不必能知，知者不必能言。蓋天材獨至，若非人力所能，學僮精思，莫能到也。"又曰："言近指遠，雖《詩》《書》之作未能遠過也。"蘇子由論其兄子瞻之文曰："遇事所爲，詩騷銘記，書檄論譔，率皆過人。"又曰："幼而好學書，老而不倦，自言不及晉人，至唐褚、薛、顏、柳，髣髴近之。"子開之言類誇大，子由之言務謙下，後世當以東坡、南豐之文辨之。《聞見後錄》卷十四。

　　予嘗見東坡一帖云："王十六秀才遺拍板一串，意予有歌人，不知其無也。然亦有用，陪傅大士唱《金剛經》耳。"字畫奇逸，如欲飛動。魯直作小楷書其下云："此拍板以遺朝雲，使歌公所作《滿庭芳》，亦不惡也。然朝雲今爲惠州土矣。"予意韓退之、張籍翰墨間，亦無此一段風流耳。《聞見後錄》卷十九。

世傳李太白草書數軸，乃葛叔忱僞書。叔忱豪放不羣，或嘆太白無字畫可傳。叔忱偶在僧舍，縱筆作字一軸，題之曰"李太白書"，且與其僧約，異日無語人，每欲其僧信於人也。其所謂得之丹徒僧舍者，乃書之丹徒僧舍也。今世所傳《法書要錄》《法書苑》《墨藪》等書，著古今能書人姓名盡矣，皆無太白書之品第也。太白自負王霸之略，飲酒鼓琴，論兵擊劍，鍊丹燒金，乘雲仙去，其志之所存者，靡不振發之，而草書奇倔如此，寧謙退自悔，無一言及之乎？叔忱翰墨自絕人，故可以戲一世之士也。晁以道爲予言如此。

陶隱居與梁武帝啟云："逸少有名之跡，不過數種。《黃庭》《勸進》《像讚》《洛神》，不審猶得在否？"褚遂良逸少正書目：《樂毅論》《黃庭經》《畫讚》《墓田》《丙舍》以次，共十四帖，合五卷。《勸進》已亡，《洛神》不錄，蓋遂良誤以《洛神》爲子敬書，故柳公權亦云。褚、柳於書工矣，其鑒裁尚有失。古語二王以來，評書之妙，惟隱居爲第一，不誣也。

崇寧初，經略天都，開地得瓦器，實以木簡札，上廣下狹，長尺許，書爲章草，或參以朱字，表物數曰：縑幾匹，綿幾屯，錢米若干，皆章和年號。松爲之，如新成者，字遒古若飛動，非今所畜書帖中比也。其出於書吏之手尚如此，正古謂之札書。見《漢武紀》《郊祀志》，乃簡書之小者耳。張浮休跋王君求家章草《月儀》云爾。

荊浩論曰："山水之學，吳道子有筆而無墨，項容有墨而無筆，王維、李思訓之流不數也。"其所自立可知矣。然入吾本朝，如長安關同、營丘李成、華原范寬之絕藝，荊浩者又不數也。故本朝畫山水之學，爲古今第一。

國初，營丘李成畫山水，前無古人。後河陽郭熙得其遺法。成之子覺，熙之子思，俱爲從官，頗廣求兩父之畫，故見於世者益少，益可貴云。

觀漢李翕、王稚子、高貫方墓碑，多刻山林人物，乃知顧愷之、陸探微、宗處士輩尚有其遺法，至吳道玄絕藝入神，然始用巧思，而古意少減矣。況其下者，此可爲知者道也。

畫花，趙昌意在似，徐熙意不在似，非高於畫者，不能以似不似，第其遠近。蓋意不在似者，太史公之於文，杜少陵之於詩也。獨長安中隱王正叔以予爲知者。蜀人重孫知微畫筆，東坡獨曰："工匠手耳。"其識高矣。宣和中，遣大黃門就西都多出金帛易古畫本，求售者如市，獨於郭宣猷家取吳生畫一剪手指甲內人去，其韻勝出東坡所賦周員外畫背面欠伸內人尚數等。予少年時，嘗因以作《續麗人行》云。

予舊於溵城孔寧極家，見孔戣《私紀》一編，有云："退之豐肥喜睡，每來吳家，必命枕簟。"近潮陽劉方明摹唐本退之像來，信如戣之記，益知世所傳，好須髯者，果韓熙載也。

晁以道言：當東坡盛時，李公麟至，爲畫家廟像。後東坡南遷，公麟在京師遇蘇氏兩院子弟於途，以扇障面不一揖，其薄如此。故以道鄙之，盡棄平日所有公麟之畫於人。

郭恕先畫重樓復閣，間見疊出，善木工料之，無一不合規矩。其人世外僊者，尚於小藝委曲精緻如此，何邪？

予收南唐李侯《閣中集》第九一卷，畫目：上品九十五種。內《蕃王放簇帳》四。今人注云：一在陸農師家，二在潘景家。《江鄉春夏景山水》六。注云：大李將軍；又今人注云：二在馬粹老家。《山行摘瓜圖》一。注云：小李將軍；又今人注云：在劉忠諫家。《盧思道朔方行》一。注云：小李將軍；又今人注云：在李伯時家。《明皇游獵圖》一。注云：小李將軍；又今人注云：在馬粹老家。《奚人習馬圖》三。注云：韓幹；又今人注云：一在野僧家。中品三十三種。內《月令風俗圖》四。今人注云：在楊康功龍圖家。《楊妃使雪衣女亂雙陸圖》一。注云：李翶；又今人注云：在王粹老家，今易主矣。《竹》四。今人注云：在王仲儀之子定國處，其著色卧枝一竿尤妙。下品百三十九種。內《回紋圖》二。注云：殷嵩；又今人注云：在仲儀家。《詩圖》二，叙一：樓臺人物分兩處，中爲遠水紅橋小山，作寶滔從騎迎若蘭，車輿人物甚小而繁，大概學周昉而氣製甚遠。《貓》一。注云：汀州李交；又今人注云：在劉正言家。《花而行者》一，小者三，如生。後有李伯時跋云："江南閣中集一卷，得於邵安簡家。其中名品多流散士大夫家，公麟尚見之，有朱印曰'建業文房之印'，曰'內合同印'，有墨印曰'集賢院御書記'，表以回鸞墨錦，籤以潢經紙。"予意今注出於伯時也，然不知集有幾卷？其他卷品目何物也？建業文房亦盛矣，每撫之一歎。以上《聞見後錄》卷二十七。

鳳翔府開元寺大殿九間，後壁吳道玄畫：自佛始生、修行、説法至滅度；山林、宮室、人物、禽獸，數千萬種，極古今天下之妙。如佛滅度，比丘衆躃踴哭泣，皆若不自勝者，雖飛鳥走獸之屬，亦作號頓之狀，獨菩薩淡然在旁如平時，略無哀戚之容。豈以其能盡死生之致者歟？曰"畫聖"，宜矣。其識開元三十年云。今鳳翔爲敵所擅，前之邑屋皆丘墟矣。予故表出之。

古畫、塑一法。楊惠之與吳道子同師張僧繇學畫，惠之見道子筆法已至到，不服居其次，乃去學塑，亦爲古今第一。嗟夫，畫一技耳，尚不肯少下，況於遠者大者乎？

曰"研瓦"者，唐人語也，非謂以瓦爲研。蓋研之中，必隆起如瓦狀，以不留墨爲貴。百餘年後，方可其平易。古人用意於一研，尚如此。

予嘗評硯：端石如德人，每過於爲厚，或廉於才，不能無底滯；歙石如俊人，遇輒傾倒，類失之輕，而遇事風生，無一不厭足人意。能兼其才地，則爲絕品。又滌端石，竟日屢易水，其漬卒不盡除；歙石一濯即瑩徹無留墨，亦一快耳。唐氏爲《研說》甚廣，初不出此。

石晉時，關中有曰李處士者，能補石硯。硯已破碎，留一二日以歸，完好如新琢者。其法不傳，或以爲異人。

近世薄書學，在筆墨事類草創，於紙尤不擇。唐人有熟紙、有生紙。熟紙，所謂妍妙輝光者，其法不一；生紙，非有喪故不用。退之與陳京書云："送孟郊序用生紙寫。"言急於自解，不暇擇耳。今人少有知者。

司馬文正平生隨用所居之邑紙，王荊公平生只用小竹紙一種。

宣城陳氏家傳右軍求筆帖，後世益以作筆名家。柳公權求筆，但遺以二枝，曰："公權能書，當繼來索，不必却之。"果却之，遂多易以常筆。曰："前者右軍筆，公權固不能用也。"予從王正夫父子，得張義祖所用無心毫，雖鋒長二寸許，他人不能用，亦曰右軍遺法也。義祖名友正，退傳之子，居昭德坊，不下閣二十年，學書盡窺右軍之妙，尚以蔡君謨爲淺近，米元章爲狂誕，非合作，然世無知者。如其所用筆，可嘆也。獨王正夫父子好之云。

太祖下南唐，所得李廷珪父子墨，同他俘獲物，付主藏籍收，不以爲貴也。後有司更作相國寺門樓，詔用黑漆，取墨於主藏，車載以給，皆廷珪父子之墨。至宣和年，黃金可得，李氏之墨不可得也。

黃魯直就几閣間，取小錦囊，中有墨半丸，以示潘谷。谷隔錦囊手之，即置几上，頓首曰："天下之寶也。"出之，乃李廷珪作耳。又別取小錦囊，中有墨一丸，谷手之如前，則嘆曰："今老矣，不能爲也。"出之，乃谷少作耳。其藝之精如此。以上《聞見後錄》卷二十八。

晁子綺藝話（一則）

晁子綺（生卒年不詳），澶淵（今河南濮陽西）人，詠之孫。

題蘭亭帖

少游寫就《蘭亭序》，逸少英姿殆昔人。我祖同爲長公客，每於翰墨契精神。文淵閣四庫全書本《蘭亭考》卷七。

李若水藝話（一則）

　　李若水（一〇九三～一一二七），原名李若冰，因諧"弱兵"二字音，宋欽宗爲改今名，字清卿，洺州曲周（今河北曲周）人。以上舍登第，爲元城尉，調平陽府司錄。試學官爲第一，爲濟南府學教授。靖康初，除太學博士。以著作佐郎、假徽猷閣待制，兩次出使金。金軍圍汴京，從欽宗往金營，擢吏部侍郎兼開封府尹。二年，復伴欽宗往金營，以反對金廢宋立異姓爲帝，不屈而遇害，年三十五。建炎間褒其死節，贈觀文殿學士，諡忠愍。李若水於臨危之際，能奮身殉國，節操凛然，故發爲文辭，"其詩具有風度，而不失氣格；其文亦光明磊落，肖其爲人"（《四庫全書總目》卷一五五）。奏疏如《使還上殿札子》《駁不當爲高俅舉掛》，議論國事也言辭激直。著有《忠愍集》十二卷，包括詩文十卷、附錄二卷，南宋慶元間其子李浚刻於蜀中。原集已佚，清四庫館臣自《永樂大典》輯出詩文，重編爲三卷。

題畫

　　冪冪護雲衣，巉巉露山骨。老木依蒼崟，密布蔭清樾。乞我片席地，脫巾露華髮。橫竹呼秋風，脩藤步明月。茲焉甘終老，夢斷帝京闕。何必學王郎，昂首但挂笏。文淵閣四庫全書本《忠愍集》卷二。

王之道藝話（九則）

王之道（一〇九三～一一六九）字彥猷，廬州（今安徽合肥）人。宣和六年，與兄弟三人同登進士第，時人榮之，榜其堂曰"三桂"。靖康初，調和州歷陽丞，攝烏江令。丁母憂居家，差充鎮撫司參謀官。通判滁州，以上疏言和議之非忤秦檜，責監南雄州漢唐鎮鹽稅，會赦不行。遂卜居於相山，自號相山居士，隱居凡二十年。秦檜死，起知信陽軍，除湖南轉運判官。後以朝奉大夫致仕，乾道五年卒，年七十七。王之道立身質直，崇尚風節，多次上書論國事利害。詩詞雖非所長，而抒寫性情，亦頗真樸。著有《相山集》三十卷，已佚，清四庫館臣自《永樂大典》重輯爲三十卷。其詞在宋時即有《相山居士詞》一卷行世。

一　題德章山郭養源墨竹

胸次富盤錯，筆端妙蒼翠。霜枝豈人爲，煙葉有生意。與可骨已朽，此法誰復嗣。偉哉尋丈姿，綽有萬尺勢。文淵閣四庫全書本《相山集》卷一。

二　和李似矩馬圖歌次韻

畫工妙處稱毛羽，我欲論功第先兔。不知心手會天機，象管紛紛誰比數。寥寥千載一曹霸，墨妙於今傳二馬。龔生重馬輕尺璧，蔑視韓韋復何者。爾來一顧遇孫陽，奔走侯門日無暇。一匹騰驤一匹嘶，先生愛駿非愛奇。有如霓裳第三疊，按圖知拍逢王維。新詩邁絶今老杜，作經未必多馬蹄。先生馳騁金馬裏，口角雌黃即公是。欲知早晚定登庸，步武風雲起平地。偉哉驊騮世英物，一日早行三萬里。《相山集》卷五。

三　追和東坡郭熙秋山示王覺民

平生最愛煙水間，不知歲月磨江山。干戈七載厭犇走，清霜夜入飛蓬間。我家山水擅平遠，未向郭熙見秋晚。驚鴻斷處抹微雲，野水盡頭橫翠巘。林塘綠净明拒霜，似與楓葉驕秋陽。東坡山谷妙言語，珠玉倍增山水光。亂離記得承平日，政出多門事如髮。傷心北猗歸何時，園苑荒涼萬年石。《相山集》卷六。

四　堅上人以竹齋居士所贈岷峨圖詩來求鄙句，爲賦之，繼其韻也（節錄）

想當落筆快揮掃，精神如到岷峨巔。師誠乞詩我丐畫，不然無用徒相煎。《相山集》卷六。

五　題成國仲畫扇

奮鬐欲何爲，戢翼應有待。畫工妙丹青，物狀從變態。《相山集》卷十二。

六　題馬以道畫扇

寒蘆臥踈黃，遠水分淡碧。秋荷如有情，相映兩鸂鶒。《相山集》卷十二。

七　《擬宏詞黃帝律本》序

夫樂，先王所以致鬼神、和邦國、諧萬民、安賓客、説遠人、作動物，無所不用者也。而其作也本乎六律、六吕，謂之十二律。陽六爲律，律以統氣辨物：一曰黃鐘，二曰太簇，三曰姑洗，四曰蕤賓，五曰夷則，六曰無射。陰六爲吕，吕以旅陽宣氣：一曰林鐘，二曰南吕，三曰應鐘，四曰大吕，五曰夾鐘，六曰中吕。六律所以合陽聲也，六吕所以合陰聲也。陽爲天，陰爲地，天氣下降，地氣上齊，陰陽相摩，天地相蕩，而樂在其中焉。

然則律吕者陰陽之聲，陰陽者天地之氣，是樂爲天地之和明矣。宜其幽足以感鬼神，明足以諧民人，微而至於百獸率舞、六馬仰秣，有不期然而然者。

且律始乎黃帝，取竹於大夏之西、崑崙之陰，地曰嶰谷，竹生而竅厚，乃命伶倫斷兩節而吹之，以聽鳳鳴。雄鳴爲六，雌鳴亦六，故製簫一十有二。起於黃鐘之管九寸，轉而相生，各因而三分之，上生者益一，下生者去一，而十二律備焉。兹《雲門》《大卷》之所由作也。自時厥後，如堯之《咸》、舜之《韶》、禹之《夏》、湯之《濩》、武王之《武》，未見其捨是而能有作者。

嗚呼，律之妙一至於斯耶！班固既已推明其功，以爲律本，載之《漢志》，故愚輒復撫其事實〔一〕，而繋之以序。《相山集》卷二三。

〔一〕撫：似當作"摭"。

八　跋程元籲手帖

元籲與予有甲辰同升之好。當其爲宰，屬偶同彥逢弟赴調，獲一再見之，甚相親也。後十八年，歲在乙亥，蔡元德解濡須幕，携示異時往還手帖數紙。觀其作字遒勁，造語警拔，想見風度云。《相山集》卷二七。

九　跋李仲覽所藏東坡《滿庭芳》法帖

東坡先生元豐間以抗議直言忤宰相，竟坐罪謫黃岡。方是時，親戚故舊、平日至厚善者往往畏咎，絕不通問，況有能不遠數百里，冒犯風濤之險，朝夕謦欬於其側，以相顧恤者耶？

吾觀李公仲覽之從先生遊，初非有求，徒以慕先生之高風，乃至於此。想其心亦固，斷之天地，質之鬼神，正復以此獲罪，上下無所憾恨者，是豈小丈夫之所爲哉？

先生喜公詩，至謂氣節剛邁，讀之使人肅然自失。逮其還朝，遇公於富川，又書異時黃岡所製長短句以遺公。公之於先生亦至矣，而先生之所以待公蓋不薄也。《相山集》卷二七。

馬永易藝話（一四則）

馬永易（生卒年不詳）字明叟，揚州（今江蘇揚州）人。徽宗時，嘗官池州石埭縣尉。博學多識，撰有筆記《實賓錄》，"取古人殊名別號，以廣見聞，領異標新，頗貴採掇"（《四庫全書總目》卷一三五），也記載較多前代詩文故實。所著除《實賓錄》三十卷外，又有《後集》三十卷、《元和朋黨錄》《壽春雜志》等。原集均已佚，清四庫館臣自《永樂大典》輯出編爲《實賓錄》十四卷。

《實賓錄》（選錄 一四則）

真書盧家

唐盧詹尚書任吏部押官告，楷署其名，字體遒麗，時人謂之真書盧家。

二王六則（選一）

齊張融善草書，常自美其能。帝謂之曰："卿書殊有骨力，但恨無二王法耳。"答曰："非恨臣無二王法，亦恨二王無臣法。"

杜衛二氏

晉衛顗及子瓘皆善草書，至杜預三世善草書，時人以衛瓘父子比之，謂之杜衛二氏焉。以上文淵閣四庫全書本《實賓錄》卷三。

二絕三則（選二）

北齊楊子華善畫，子沖善棊，號爲二絕。

唐張從申書碑，李陽冰多爲之篆額，時人稱爲二絕。

四絕

唐顏真卿善真行書，寫魯山令元德秀墓碑，李華文，李陽冰篆額，後人爭打其本，號爲四絕。以上《實賓錄》卷四。

小聖

宋王僧虔以爲右軍書江左中朝莫有及者，獻之骨力遠不及父，而媚趣過之，小真書窮微入聖，筋骨緊密，不減於父，後人謂之小聖。

得筋得肉

漢張芝字伯英，善草書，論者謂衛瓘得伯英筋，索靖得伯英肉。

草賢

後漢崔瑗字子玉，安平人，曾祖蒙、父駰、子玉，官至濟北相。文章蓋世，善章草書，師於杜度，媚趣過之。點畫精微，神變無礙，利金百鍊，美玉天姿，可謂冰寒於水也。袁昂云：如危峰阻石，孤松一枝。王隱謂之草賢。

神品妙品

魏鍾繇精思學書，意外巧妙，正書入神品。子會正書入妙品。唐李嗣真云：吾家有小鍾正書《洛神賦》，河南長孫氏雅所珍重，用獻之草書數紙易之。

楊風子

五代梁楊凝式善行草書，官至左僕射，而西洛寺觀三百餘處題幾遍，時人以其狂縱，以風子呼之。

畫聖

北齊楊子華，世祖時任直閣將軍，常畫馬於壁間，蹄囓長鳴，如索水草聲。圖龍於素，舒捲之輒，雲氣縈集，帝重之，天下號爲畫聖。

畫師

唐閻立本善畫。初，太宗與侍臣泛舟春苑，池中有異鳥，容與波上，上詔坐者賦詩，而召立本俾狀。閣外傳命呼畫師閻立本。是時立本已爲主爵郎中，俯伏池左，研吮丹粉，望坐者羞恨流汗。歸戒其子曰："吾少讀書，文辭不減儕輩，今獨以畫見名，與厮役等，汝曹毋習！"然性所好，雖被訾屈，亦不能罷也。以上《實賓錄》卷五。

館客

後魏後主雖溺於羣小，而頗好詠詩，因畫屏風，勅蕭放等錄古賢烈士及近代輕艷諸詩以充圖畫，帝珍重之。後復追蕭愨。顏之推間入撰錄，猶依霸朝，謂之館客。《實賓錄》卷六。

句龍如淵藝話（一則）

句龍如淵（一〇九三～一一五四）字行父，永康軍導江（今四川都江堰東）人。政和八年登上舍第，沉浮州縣二十年。紹興六年除秘書省校書郎，歷祠部員外郎兼禮部、起居舍人。八年除中書舍人兼侍讀，兼直學士院，試御史中丞。嘗附秦檜主和議，擠趙鼎、呂本中，逐劉大中、王庶。後因與施庭臣忿爭，並罷。以敷文閣待制提舉江州太平興國宮，紹興二十四年卒，年六十二。著有《退朝錄》《雜著》一卷。

跋孫權《千山競秀》卷〔一〕

如淵歷覽書畫多矣，獨吳皇帝真跡共有二卷，皆一山一水，墨氣煥炳，殊可娛目。

此《千山競秀圖》，超越前代之作，分立八體，一法一意，又能合卷連絡，無疏懶之氣。想其當時立志兼併，信任賢能，以歷三世，江東一壁，虎踞以安，其立意自不與他人相等。曹孟德於濡須口歎云："生子當如孫仲謀。"其出語雖不雅，而欣羨之意已見於言表矣。

其畫之能爲八法者，當時有曹弗興在，況嘗命弗興作畫，互爲議論，弗興反遜之，其於畫理，可謂貫通諸體而不雜者也。更以他人相較，則宗文少、鄭法士輩差近之耳，非他可及也。紹興十七年三月，御史中丞句龍如淵跋。清抄本《十百齋書畫錄》卯集。

〔一〕按，紹興十七年句龍如淵不任御史中丞，故此文或是僞作。

富元衡藝話（一則）

富元衡（生卒年不詳）字公權，號洛陽愚叟，吳縣（今江蘇蘇州）人。幼入太學，有聲場屋。登宣和六年進士第，調隨縣簿。建炎初，爲襄陽招撫司機宜，遷左承務郎、婺州州學教授，再遷諸王宮大小學教授、大宗正丞。紹興十一年，以宣教郎知江陰軍。後歷知興國軍、袁州，遷湖南常平，改利州路提刑，再移湖北，除工部郎中。乾道元年，引年請致仕，除直秘閣奉祠。年八十六卒，官至朝散大夫。喜書，仿東坡體能逼真，尤善柳葉篆。

題米元暉司馬端衡詩意卷

米元暉、馬端衡二畫，如王謝子弟，別有一種風流。少陵詩句超軼絶塵，非後人可及，二公墨妙灑落不群，非碌碌者能辨，亦可謂三絶也。洛陽愚叟富元衡獲觀於富春郡齋。適園叢書本《珊瑚網》卷二八。

潘良貴藝話（一則）

潘良貴（一〇九四～一一五〇）字子賤，一字義榮，號默成居士，婺州金華（今浙江金華）人。政和五年上舍登第，釋褐爲辟雍博士。次年，丁母憂。宣和元年，服除，權國録。二年，除太學博士。四年，遷秘書郎。拒交蔡京父子。六年，除主客郎中，改秘書省著作郎。七年，提舉淮南東路常平。靖康元年，召對，被指爲狂率，黜監信州汭口排岸司。建炎元年，召爲左司諫，論恢復忤當政者，左遷工部員外郎，去職奉祠。四年，除提點荆湖南路刑獄，不赴。紹興元年，起爲考功員外郎，兼權秘省少監。二年，轉左司員外郎。又與宰相呂頤浩不合，出知嚴州。到官兩月，請祠，主管亳州明道宫。五年，轉秘書少監，除起居郎，兼權中書舍人。六年，丁父憂。八年，服除，復拜中書舍人，兼侍講，旋奉祠。九年，起知明州。十年，除徽猷閣待制、提舉亳州明道宫。十九年，坐與李光通書，降三官。二十年卒，年五十七。良貴剛介清苦，不爲權貴屈節，爲博士時，王黼、張邦昌俱欲妻以女，拒之。晚年家居貧甚，秦檜諷令求郡，亦不從。朱熹稱其清明直諒，剛毅而近仁。其論治體札子等篇，悱惻沉痛，足以感人。詩也"筆豪氣逸，歸宿有味"（王柏《跋默成詩卷》）。著有《默成文集》十五卷。

《大用庵銘》後序

普覺圓照大師曇讚戒行清苦，築庵於義烏之傺山，予爲名曰"大用"，久欲作銘而未果。紹興九年，予守四明，與天童老款，偶縱談及此，以銘屬之，覺欣然不辭。其筆力痛快，殆與《信心銘》相爲後先。明年秋九月己未，始授讚，俾鎸之石。左朝散郎、充徽猷閣待制、提舉亳州明道宫潘良貴書。希古樓刊本《八瓊室金石補正》卷一一二。

張煒藝話（三則）

張煒（生卒年不詳）字子昭，杭州（今浙江杭州）人。仕履不詳。著有《芝田小詩》一卷，收入《江湖後集》卷一〇。詩具有江湖詩派風格，內容大多爲隱居、詠物等閒逸之作，詩風清新淡泊，但意境不闊大。

一　雜詩

笙簧世所貴，正調多溺沉。有人懷古心，臨風理瑤琴。一彈秋月高，忽覺開塵襟。或疑澗泉聲，忽作鸞鳳吟。得意自怡悦，子期難再尋。銅壺一枝梅，儘可爲知音。文淵閣四庫全書本《江湖後集》卷十《芝田小詩》。

二　題夏訓武珪畫牛

枯木立數莖，斷岸走千尺。旁有牧牛兒，放牛倚拳石。牛閑芳草間，兒倦眠跼蹐。畫手筆入神，淡墨奪真跡。憑誰喚兒醒，落日歸路僻。覺來橫短笛，吹斷遠山碧。《芝田小詩》。

三　柯山製墨胡處士求隸字

有客落魄遊京都，形服差類山澤臞。袖携一紙故友書，來求古隸銘墨模。我方臨池且自娛，觸撥雅興生江湖。坐扣墨法果不誣，出示數餅泥金濡。質模温潤凝龍酥，麝氣酷烈清透膚。浣濯研沼塵滓無，磨動淳漆生金壺。吳牋半幅翻雪腴，碧雲掩冉生兔鬚。豪家有錢貯金珠，誰肯淡好如吾徒。自憐我爲貧所拘，傾囊盡易令無餘。臨行束擔付僚奴，就索詩句榮歸途。天下具眼不可污，芳名豈借人言沽。《芝田小詩》。

楊椿藝話（一則）

楊椿（一○九五～一一六七），字元老，學者稱芸室先生。眉山（今四川眉山）人。宣和六年，以太學上舍生試禮部爲第一，調嚴道尉，改邠州教授，辟潼川府節度推官。歷隨軍轉運司主管文字、成都府路常平司幹辦公事。紹興八年，趙鼎舉薦，召除秘書省校書郎，遷屯田員外郎，除潼川路轉運判官。十四年，爲潼川府路提點刑獄公事，徙夔州路、荆湖北路。秦檜卒，召爲秘書少監。二十七年，除權兵部侍郎，兼國子祭酒、侍講。遷給事中，兼直學士院。擢兵部尚書，兼翰林學士。三十一年，拜參知政事。次年解職，提舉臨安府洞霄宫。宋孝宗即位，除知潼川府。乾道三年卒，年七十三，謚文安。爲文根於理致，明楊慎嘗稱其所撰《戒諭諸將銘》，可與唐陸贄所撰奉天詔書相媲美（《跋楊文安公戒諭諸將銘》）。著有文集五十卷，已佚。

跋楊氏御書卷尾

一進一退，非所以論士也，尚矣。進者人所榮也，進而不已，顛沛隨之，祇所以爲辱。退者人所卑也，退而自全，節義凛然，乃所以爲高。伯夷採薇深山，求仁得仁，孔子賢之，孟子曰"聖之清"也。商周而來，獨立乎千載之上，其高不可尚已，至聞其風者頑夫廉，懦夫有立志，顧有補於世教，又豈淺淺者哉！

楊公家居，群從以儒學取科第，歷典數郡，所至有惠愛。最後用執政薦，召對稱旨，哲宗欲用之，辭去甚力，上書"清節"二字以賜之，遂致其仕而歸。嗚呼，此可以追首陽之風矣！天語褒許，夫豈徒然？時二蘇、韓絳、范祖禹一時聞人，前後贈送盈編，而東坡詩語妙天下，可傳後世。是則公之道行矣，遇哲宗而節益彰；公之節高矣，得坡公而名益顯。兹可以藉手表見於千萬代之後無疑，又何取於區區之贅乎？

族子直心再三有請，勉爲書之。宋慶元三年書隱齋刻本《國朝二百家名賢文粹》卷一九三。

蔡絛藝話（一四則）

蔡絛（生卒年不詳）字約之，自號百衲居士，別號無爲子。興化軍仙游（今福建仙游）人。蔡京季子。年二十，入館閣爲侍從。政和中，官至徽猷閣待制。宣和元年，坐不受道録事勒停，後復官，拜禮部尚書兼侍講。五年，以私自撰著詩話，爲言者論列，再勒停。六年，其父蔡京復相，起爲龍圖閣學士兼侍讀，諸政事悉決於絛，竊弄權柄，恣爲奸利。靖康元年，與其父同被遠竄，流放至白州。紹興中，死於貶所。蔡絛雖盜權怙勢，但博學能文，撰著《鐵圍山叢談》，上自乾德，下及建炎、紹興間事，無不詳備，富有文彩，被譽爲説部佳本；又著《西清詩話》（一名《金玉詩話》），多載元祐諸人詩詞，論詩主蘇軾、黄庭堅之説；又著有《國史後補》《北征紀實》，已佚。

《鐵圍山叢談》（選録　一四則）

國朝諸王弟多嗜富貴，獨祐陵在藩時玩好不凡，所事者惟筆研、丹青、圖史、射御而已。當紹聖、元符間，年始十六七，於是盛名聖譽布在人間，識者已疑其當璧矣。初與王晉卿詵、宗室大年令穰往來。二人者，皆喜作文詞，妙圖畫，而大年又善黄庭堅。故祐陵作庭堅書體，後自成一法也。時亦就端邸内知客吴元瑜弄丹青。元瑜者，畫學崔白，書學薛稷，而青出於藍者也。後人不知，往往謂祐陵畫本崔白，書學薛稷。凡斯失其源派矣。

秘書省自政和末既徙於東觀之下，宣和中始告落成。上因踵故事爲幸之，御手親持太祖皇帝天翰一軸，以賜三館，語群臣曰："世但謂藝祖以神武定天下，且弗知天縱聖學筆札之如是也。今付秘閣，永以爲寶。"於是大臣近侍，因得瞻拜。太祖書札有類顔字，多帶晚唐氣味，時時作數行經子語。又閒有小詩三四章，皆雄偉豪傑，動人耳目，宛見萬乘氣度。往往跋云"鐵衣士書"，似仄微時遊戲翰墨也。時因又賜閣下以小李將軍唐明皇幸蜀圖一橫軸。吾立侍在班底睹之，胸中竊謂：御府名丹青，若顧、陸、曹、展而下不翅數十百，今忽出此，何不祥耶！古人之於朝覲會同，得觀其容儀而知其休咎，則是舉也厥有兆矣。邈在炎陬而北望黄雲，書此疾首。以上歷代史料筆記叢刊本《鐵圍山叢談》卷一。

樂曲凡有謂之均，謂之韻。均也者，宮、徵、商、羽、角、合、變徵爲之，此七均也。變徵或云殆始於周，如戰國時，燕太子丹遣荆軻於易水之上，作變徵之音，是周已有之矣。韻也者，凡調各有韻，猶詩律有平仄之屬，此韻也。律呂、陰陽旋相爲宮，則凡八十有四，是爲八十四調。然自魏晉後至隋唐，已失徵、角二調之均韻矣。孟軻氏亦言"爲我作君臣相悅之樂"，蓋徵招、角招是也。疑春秋時徵、角已亡，使不亡，何特言創作之哉？唐開元時有《若望瀛法曲》者傳於今，實黃鐘之宮。夫黃鐘之宮調，是爲黃鐘宮之均韻。可爾奏之，乃么用中呂，視黃鐘則爲徵。既無徵調之正，乃獨於黃鐘宮調間用中呂管，方得見徵音之意而已。及政和間作燕樂，求徵、角調二均韻亦不可得，有獨以黃鐘宮調均韻中爲曲，而但以林鐘律卒之。是黃鐘視林鐘爲徵，雖號徵調，然自是黃鐘宮之均韻，非獨有黃鐘以林鐘爲徵之均韻也。此猶多方以求之，稍近於理，自餘凡謂之徵、角調，是又在二者外，甚繆悠矣。然二調之均韻，幾千載竟不能得徵、角其終云。

古之樂，備八音。八音謂金、石、土、革、絲、木、匏、竹。土則陶也。後世率不能全其克諧，至政和詔加討論焉，乃作徵招、角招而補八音所闕者，曰石、曰陶、曰匏三焉。匏則加匏而爲笙，陶乃塤也。遂塤箎皆入用，而石則以玉或石爲響，配故鐵方響。普奏之亦甚韶美，謂之燕樂部八音，蓋自政和始。以上《鐵圍山叢談》卷二。

歌者袁綯，乃天寶之李龜年也。宣和間供奉九重，嘗爲吾言：東坡公昔與客遊金山，適中秋夕，天宇四垂，一碧無際，加江流波濤頃湧，俄月色如晝。遂共登金山山頂之妙高臺，命綯歌其水調歌頭曰："明月幾時有？把酒問青天。"歌罷，坡爲起舞，而顧問曰："此便是神仙矣。"吾謂文章人物，誠千載一時，後世安所得乎？

米芾元章好古博雅，世以其不羈，士大夫目之曰"米顛"。魯公深喜之。嘗爲書學博士，後遷禮部員外郎，數遭白簡逐去。一日以書抵公，訴其流落。且言舉室百指，行至陳留，獨得一舟如許大，遂畫一艇子行間。魯公笑焉。吾得是帖而藏之。時彈文正謂其顛，而芾又歷告魯公洎諸執政，自謂久任中外，並被大臣知遇，舉主累數十百，皆用吏能爲稱首，一無有以顛薦者。世遂傳米老辨顛帖。以上《鐵圍山叢談》卷四。

百戲諸伎甚精者，皆挾法術。元豐中有藝人，善藏舟，用數十人舉而置之，當場萬眾不見也。嘗經御樓前，上下莫不駭異。裕陵見之，曰："其人但行往來舟上耳。"故知假誑不能誑真人。

魯公始同叔父文正公授筆法於伯父君謨，既登第，調錢塘尉。時東坡公適倅錢塘，因相與學徐季海。當是時，神廟喜浩書，故熙豐士大夫多尚徐會稽也。未幾棄去，學沈傳師。時邵仲恭遵其父命，素從學於魯公，故得教仲恭亦學傳師，而仲恭遂自名家。及元祐末，又厭傳師，而從歐陽率更。由是字勢豪健，痛快沈著。迨紹聖間，天下號能書，無出魯公之右者。其後又捨率更，乃深法二王。晚每歎右軍難及，而謂中令去父遠矣。遂自成一法，爲海內所宗焉。又公在北門，有執役親事官二人，事公甚恪，因各置白圍扇爲公扇涼者。公心喜之，皆爲書少陵詩一聯，而二卒大慍。見不數日，忽衣戴新楚，喜氣充宅，以親王持二萬錢取之矣，願益書此。公笑而不答。親王，時迺太上皇也。後宣和初，曲燕在保和殿，上語及是，顧謂公："昔二扇者，朕今尚藏諸御府也。"

元符末，魯公自翰苑謫香火祠，因東下無所歸止，擬將卜儀真以居焉，徘徊久之，因艤舟於亭下，米元章、賀方回來見，俄一惡客亦至，且曰："承旨書大字，世舉無兩。然某私意，若不過賴燈燭光影以成其大，不然，安得運筆如椽者哉？"公哂曰："當對子作之也。"二君亦喜，俱曰："願與觀。"公因命具飯磨墨。時適有張兩幅素者。食竟，左右傳呼舟中取公大筆來，即睹一笒道簾下出。笒有筆六七枝，多大如椽臂，三人已愕然相視。乃徐徐調筆而操之，顧謂客："子欲何字耶？"惡客即拱而答："某願作'龜山'字爾。"公迺大笑，因一揮而成，莫不太息。墨甫乾，方將共取視，方回獨先以兩手作勢，如欲張圖狀，忽長揖卷之而急趨出矣。於是元章大怒。坐此，二人相告絕者數歲，而始講解。迺刻石於龜山寺中，米老自書其側曰："山陰賀鑄刻石也。"故魯公大字，自唐人以來，至今獨爲第一。

米芾元章有書名，其投筆能盡管城子。五指撮之，勢翩然若飛，結字殊飄逸而少法度。其得意處大似李北海，閒能合者，時竊小王風味也。魯公一日問芾："今能書者有幾？"芾對曰："自晚唐柳，近時公家兄弟是也。"蓋指魯公與叔父文正公爾。公更詢其次，則曰："芾也。"

王晉卿家舊寶徐處士碧檻蜀葵圖，但二幅。晉卿每歎闕其半，惜不滿也。徽廟默然，一旦訪得之，乃從晉卿借半圖，晉卿惟命，但謂端邸愛而欲得其秘爾。徽廟始命匠者標軸成全圖，乃招晉卿示之，因卷以贈晉卿，一時盛傳，人已悚異，厥後禁中謂之就日圖者。是以太上天縱雅尚，已著龍潛之時也。及即大位，於是酷意訪求天下法書圖畫。自崇寧始命宋喬年□御前書畫所。喬年後罷去，而繼以米芾輩。殆至末年，上方所藏率舉千計，實熙朝之盛事也。吾以宣和歲癸卯，嘗得見其目，若唐人用硬黃臨二王帖至三千八百餘幅，顏魯公墨跡至八百餘幅，大凡歐、虞、褚、薛及唐名臣李太白、白樂天等書字，不可勝會，獨兩晉人則有數矣。至二王破羌、洛神諸帖，真奇殆絕，蓋亦爲多焉。又御府所秘古來丹青，其最高遠者，以曹不興《元女授黃帝兵符圖》爲第一，曹髦卞《莊子刺虎圖》第二，謝雉《烈女貞節圖》第三，自餘始數顧、陸、僧繇而下。不興者，吳孫權時人。曹髦，乃高貴鄉公也。謝雉亦西晉人，烈女謂綠珠。實當時筆。又如顧長康則《古賢圖》，戴逵《破琴圖》、黃龍《負舟圖》，皆神絕不可一二紀。次則鄭法士、展子虔，有北齊後主幸晉陽宮圖文，書法從圖之屬，大率奇特甚至。唐人圖牒已不足數，然唐則度人經者，乃褚河南書字，而閻博陵繪其相。類多有此。於今恨眼中亦無復茲睹矣，每令人短氣。蓋自政和間既好尚一行，世因為之貨賂，亦為時病。此則良過矣。

道士李德柔，字勝之。能詩善畫，酷肖於傳神寫照，出入公卿門。東坡公有詩敘尹尊師可元甫生於李氏者，德柔也。魯公亦喜得其戒徐王好色句，數為大筆書之。以上《鐵圍山叢談》卷五。

宣州諸葛氏，素工管城子，自右軍以來世其業，其筆制散卓也。吾頃見尚方所藏右軍筆陣圖，自畫捉筆手於圖，亦散卓也。又幼歲當元符、崇寧時，與米元章輩士大夫之好事者爭寶愛，每遺吾諸葛氏筆，又皆散卓也。及大觀間偶得諸葛筆，則已有黃魯直樣作棗心者。魯公不獨喜毛穎，亦多用長鬚主簿，故諸葛氏遂有魯公羊毫樣，俄為叔父文正公又出觀文樣。既數數更其調度，繇是奔走時好，至與挈竹器，巡閭閻，貨錐子，入奴臺，手妙圭撮者，爭先步武矣。政和後，諸葛氏之名於是頓息焉。吾聞諸唐季時有名士，就宣帥求諸葛氏筆，而諸葛氏知其有書名，乃持右軍筆二枝乞與，其人不樂。宣帥再索，則以十枝去，復報不入用。諸葛氏懼，因請宣帥一觀其書札，乃曰："似此特常筆與之爾。前兩枝，非右軍不能用也。"是諸葛氏非但藝之工，其鑒識固不弱，所以流傳將七百年。嚮使能世其業如唐季時，則諸葛氏門戶豈遽滅息哉！此言雖小，可以喻大。

唐雷氏繇德宗來，世善斵琴著名，遇其得意玉識之，故國初尚方所藏玉鶴琴，獨為世甲。在仁宗時，錢塘有名人水丘者又得玉雁琴。而君謨伯父帖曰："聞賢郎在錢塘得玉雁琴，雁與玉鶴為輩流。玉鶴藏禁中，而雁落人間，此豈常物也哉。"其後，玉雁琴吾得一見，頗不稱其譽。又唐李汧公者號善琴，乃自聚靈材為之，曰"百衲琴"。百衲琴流傳當祐陵朝，亦入九禁。是天下號殊絕，獨玉鶴、百衲乃第一。上時方稽古博雅，若書畫奇工得以待詔日親近，往往獲褒賜，而琴工獨閒冷，日月光赫，因日月以冀恩澤，即共奏取御府所寶琴，盡丐理治之。上亦可焉。於是首取百衲琴破之，乃止八段，然膠漆遽解散，眾待詔反大懼，輒鹵莽僅得合併，玉鶴輩八九咸被壞。遂得時時奏功第賞，但求金石之奏，思得山水之清音，無矣。此良足惜。以上《鐵圍山叢談》卷六。

田如鼇藝話（一則）

田如鼇（生卒年不詳）號癡叟，大庾（今江西大庾）人，一説南康（今江西南康）人。宣和六年進士。紹興元年六月以從事郎權南康縣丞，二年十月爲樞密院編修官。四年五月以在南康斬劉洞天功，改京官，九月爲監察御史。五年四月以上疏詆張絢罷御史。七年五月主管亳州明道宮。其後曾知道州。二十二年九月權提點江西刑獄公事，十一月改廣南西路提點刑獄兼提舉常平、同提舉本路鹽事。

跋米元暉司馬端衡詩意卷

司馬君實、米元章德行文采皆本朝第一等人，恨余生晚，不及前輩。今觀二公墨妙，追想終日，爲之慨然。二公非畫師，何乃精絕至是？豈鳳雛驥子，其天資超詣，種種自不同乎？癡叟田如鼇書。紹興十八年九月二十六日。文淵閣四庫全書本《續書畫題跋記》卷二。

蔡安強藝話（一則）

蔡安強（一作安疆，生卒年不詳），唐州比陽（今河南泌陽）人。紹興五年自左從事郎，以薦對特改左宣教郎，遂命爲諸王宫大小學教授。十二年，以左奉議郎爲京西路轉運判官，兼提刑、提舉茶鹽等公事。遷左承議郎。十三年，除直秘閣、知襄陽府兼安撫使。

題定武《蘭亭》帖

舊藏《蘭亭叙》三本，治平間，蘇黃門自河朔持歸，東坡先生謂疑是起草者，後僧義祖摹刻石本，其一也；又定武石刻，黃太史云"肥不剩肉，瘦不露骨"者；又唐正觀中摹永禪師石本：凡三也，中原喪亂皆失之。渡江來，得晉陵胡安定家薛氏定武摹本，與今石刻大略相似，而此字畫尤近。東萊蔡安強書。文淵閣四庫全書本《蘭亭考》卷七。

張嵲藝話（八則）

張嵲（一〇九六～一一四八）字巨山，襄陽（今湖北襄陽）人。宣和三年上舍及第，調唐州方城縣尉，改房州司法參軍，辟利州路安撫司幹辦公事。紹興五年，召試，除秘書省正字。七年，遷校書郎兼史館校勘，再遷著作郎。坐何掄刊改《神宗實錄》受牽連，出為福建路轉運判官。九年，除司勛員外郎兼實錄院檢討官。十年，擢中書舍人，昇實錄院同修撰。罷去，復起知衢州，奉祠。十八年卒，年五十三。張嵲為南宋初著名詩人，其代秦檜奏稿雖為後人所譏，然少時曾從陳與義受學，故其詩格律頗似黃庭堅、陳與義，陸游稱其詩"汪洋閎肆，間出新意，愈奇而愈渾淳，一時學者宗焉"（《宋百家詩存》卷六引）。《四庫全書總目》卷一五六亦謂其古詩"語意高簡，意味深遠"，絕句"清和婉約"，氣體高朗，間有勝過與義之作。古文典雅沈實，猶有北宋諸家規度。著有《紫微集》三十卷，已佚，清四庫館臣自《永樂大典》輯出詩文，重編為三十六卷。

一　崧山圖七賢詩

題輿意匠崇崖圖，魯侯為賦溪隱詩。長松短壑歷可數，坐使妙境移於斯，地靈神秀天所秘，豺嗥虺伏鬼莫窺。芰蓬扶翳快登覽，若有異物陰相之。嵌巖巀嶭臨漢滸，左拱右揖如追隨。七峯遠峙攢劍直，三溪旁繚縈帶垂。芳洲蘭杜飛白鷺，滄浪漁艇牽鉤絲。煙霏露融水鑑淨，一聲孤笛橫雲霓。淑氣亭亭掃般若，昂精燦燦棲明祠。幽尋眼力覷大巧，卜築得此林巒奇。堂如連艦岸若厌，呀成空谷窪為池。妙觀觀盡見覺性，靜隱隱德騰光輝。信美誰謂非雲土，致爽自足和天倪。鄧公之孫特不凡，渥洼繡鞯黃金羈。胸中萬頃九雲夢，江湖寬曠貞以期。文淵閣四庫全書本《紫微集》卷五。

二　題畫扇

罨藹前林暗，遙知暮氣生。漸向山門近，應聞鐘已鳴。望望滄波濶，汪灣湖水秋。津亭方遲客，遙來何處舟。《紫微集》卷八。

三　崇山圖七賢詩（六首選二）

短壑長松經始餘，次山無往不從吾。便應掃盡陳蹤蹟，摹作三溪少隐圖。
兩山列影作眉愁，盡付襄江一鑑收。問訊風光應更好，賦詩誰與共清流。《紫微集》卷九。

四　墨梅四首

生憎丹粉累幽姿，故着輕煤寫瘦枝。還似故園江上影，半籠煙月在疎籬。
南枝昨夜雪初乾，瘦質臨風亂蘂繁。憶向溪橋曾駐馬，却疑渾是霧中看。
化工着意作幽花，疑是來從阿母家。寂寞沙村煙雨裏，如看竹外一枝斜。
山邊幽路水邊村，曾被疎花斷客魂。猶恨東風無意思，更吹煙雨暗黃昏。《紫微集》卷十。

五　題鮮于蹈夫墨梅二絕句

黃簾綠幕護輕寒，猶憶當年叩畫欄。紅燭淚殘人語寂，玉人曾隔綺窗看。
不御鉛華着素衣，玉奴風調似清姿。何郎不作凌風句，幻出江南煙雨時。《紫微集》卷十。

六　觀《洛神圖》慨然有作

天邊崧少遠微茫，猶想霓旌駐水旁。逸態瑰姿何處在，尚應遺恨寄君王。
慇懃遵渚餽明璫，情託微波事渺茫。油壁却歸天上去，沙晴空見水禽翔。
輾轉伊闕兩相望，草樹離離自欝蒼。舊物祇餘金帶枕，夜闌空斷九回腸。《紫微集》卷十。

七　題吳道子《天龍八部圖卷》

少年遊汝海佛寺，觀吳畫文殊問疾，略不記其筆法。復於族祖公美處觀彌沙神，周洵子直家觀過海天王，稍能記之。及今得觀此本於兵火流落之餘，不易遇也，蓋數日手不捨云。

紹興乙丑十一月旦，書於龜峰堂。襄陽張嶸巨山。文淵閣四庫全書本《式古堂書畫彙考》卷三八。

八　蘭《亭帖》跋

《蘭亭》以定武爲第一,而定武復有二本,真刻爲薛氏藏去,而以模本刻定武。比於吴傅朋處見真定武本,略不與他本相侔,此其次也。

襄潭張嵲巨山書。紹興丁卯孟夏十四日,平仲、必、毛平仲。此刻今在趙仁仲家前。文淵閣四庫全書本《蘭亭考》卷七。

朱翌藝話（二〇則）

朱翌（一〇九七～一一六七）字新仲，號灊山居士、省事老人。舒州懷寧（今安徽潛山）人，卜居四明鄞縣（今浙江寧波鄞州）。秦檜惡其不附己，謫居韶州十九年。其古體詩跌宕縱橫，近體偉麗剛健，近於蘇軾。詞作不多，但興象清麗。著有《猗覺寮雜記》（一名《朱新仲雜誌》）二卷）。《四庫全書總目提要》謂該書"上卷皆詩話，止於考證典據，而不評文字之工拙；下卷雜論文章，兼及史事"。又評曰：其書雖有牽強穿鑿之處，"然其引據精鑿者，不可殫數。在宋人說部中不失爲《容齋隨筆》之亞"。又有《灊山集》四十四卷，周必大爲作序，已佚，清四庫館臣據《永樂大典》輯爲三卷。《彊村叢書》輯有《潛山詩餘》一卷。

一 韓幹二馬圖

飛龍翔麟夜不關，房星之精下人間。一鳴墮地勢千里，四十萬匹中如山。皇天生此意何在，天意有在平百蠻。百蠻欸塞皆稽首，干戈包盡於菟斑。剪成三鬃代官字，濯之太液登王閑。紫壇謁天五使出，玉輅扶日雙輪還。寶鞭不用繡鞴穩，扇筥前開曲蓋彎。方知徐行備天仗，絕勝疾走周人寰。開元距今四百載，人物風流無一在。如何兩驥今尚存，好手傳神能不壞。請從此畫究規模，便見當時似三代。文淵閣四庫全書本《灊山集》卷一。

二 吳道子《華清宮圖》

霜清十月天無風，行宮縹緲祥雲中。重重繡嶺光相通，莊嚴具足無遺功。泉鳴三湯春濛濛，合歡皂莢雙垂紅。人間塵垢一洗空，玉聲璆然出房櫳。鸞吟鳳舞紛層空，豈不大勝遊月宮？嚮非道子妙絕筆，那見開元全盛日。槎牙老木青銅柯，坡陁巨石蒼玉質。石言木應苦何聞，阿房興廢纔頃刻。乃知吳生有深意，一時心事能貌出。臣非丹青好畫師，臣以畫諫乃其職。此山此事姑置之，此畫當今須第一。《灊山集》卷一。

三　聞隣舟琵琶

檣烏逐風不停飛，尾燕掠水東復西。蠻絃金撥竊私語，行客轉頭聲更悲。擾擾雲吹寶鬟綠，新粧半隱朱簾曲。無限柔情指下生，誰道彈絲不如竹。谷兒指法來帝城，曹供奉傳新曲名。香山居士家有此，何況更聞江上聲。路轉溪回雙櫓咽，彈盡《胡笳十八拍》。山頭日落暮潮平，一帶荷花自秋色。《灪山集》卷一。

四　題《校書圖》

我聞校書如掃塵，塵隨帚去輒隨有。螢窗孤坐志不分，帝虎魯魚相可否。榻上諸公富貴人，安能辨此鉛黃手。綠柳啼鶯耳畔春，翠袖彈絲眼前酒。如何復窺蠹簡塵，又借管城公作帚。畫史畫名不畫實，潤色丹青傳不朽。我是瀛洲舊校書，揮汗磨鉛胝兩肘。當時萬一見此圖，諸郎不免涎垂口。《灪山集》卷一。

五　謝人惠淺灘一字水圖

風行水上初如織，任使盪雲高沃日。屏翳歇去馮夷歸，本體湛然無損益。風本無形不可畫，遇水方能顯其質。畫工畫水不畫風，水外見風稱妙筆。清泉道人乃了此，筆下淵源心自得。斜斜一字淺可揭，渺渺橫灘晚尤急。規模上繼蜀兩孫，妙處直度吳諸戚。老夫老矣不觀瀾，但愛漪漣纔咫尺。面牆注目風蕭蕭，漁浦西興待晚潮。縱貧那肯拆波濤，還渠并州快剪刀。《灪山集》卷一。

六　過秀野亭觀趙昌花

牡丹酴醾送春歸，南風亦復吹戎葵。青女不瘦芙蓉肌，雪中山茶火爭輝。此開彼落相背馳，安得坐隅皆見之。劍南老人來解衣，好手不免如徐熙。蕭然四幅十二枝，規模一出衆史卑。妙處天授非人爲，右軍字畫少陵詩。後來縱好難並馳，傳觀左右識者誰。愛畫入骨吾一癡，惜哉不獲坡谷題。何妨擾擾俗眼疑，秀野前後花成帷，按圖求之君自知。《灪山集》卷一。

七　觀李思訓《幸蜀圖》

上青天路最崎嶇，藏日擎天却有餘。既驗六龍行萬里，始知一卒當千夫。望雲騅穩無前馬，帶雨鈴鳴動屬車。縱有將軍天下筆，不如無逸舊時圖。《灪山集》卷二。

八　顔魯公畫像

結芻續體祭中丞，鬼質何爲苦見嗔。千五百年如烈日，二十四州惟一人。朝衣視坎趨前死，羽服行山即此身。賴有區區張孝舉，直言驚倒漢廷臣。《灊山集》卷二。

九　題李成山水

好山誰定識真形，着白山人眼最親。半夜忽聞遭有力，中書君召主林神。《灊山集》卷三。

一〇　題程幹燕公山水

電眼觀山老更真，能分天造一層層。直須擘華尊瀛手，始解鋪張入剡藤。《灊山集》卷三。

一一　惠崇蘆鴈

我是江湖一漫郎，鴻飛鷺宿見行藏。西風吹盡蘆花雪，水驛雲程未易量。《灊山集》卷三。

《猗覺寮雜記》（選錄　九則）

《筆談》云："王維畫入神，不拘四時，如雪中芭蕉。"故惠洪云："雪裏芭蕉失寒暑。"皆以芭蕉非雪中物。嶺外如曲江，冬大雪，芭蕉自若，紅蕉方開花，始知前輩雖畫史亦不苟。洪作詩時未到嶺外，存中亦未知也。

琴曲有賀若最古淡。東坡云："琴裏若能知賀若，詩中定合愛陶潛。"以賀若比潛，必高人，或謂賀若弼也。考弼之爲人，殊不類潛，亦無狀小人。背烏丸軌之議而軌見誅；爭韓擒虎之功，至挺刃而出；不平楊素爲相，而有惟堪啗飯之誚。至於富極貴盛，家積珍玩不可計，婢妾羅綺數百。卒以私議大帳，爲煬帝所誅。余考之，蓋賀若夷也。夷善鼓琴，王涯居別墅，常使鼓琴娛賓。見涯傳。文瑩《湘山錄》載：太宗愛宮調中十小調子，乃賀若弼所撰，其聲音及用指之法，古今無以加。世亡其名，琴家只命曰"賀若"。文瑩不深考，遂以爲弼，而世因是遂傳以爲弼也。東坡《序武道士彈琴》云："賀若，宣宗時待詔。"不知何所據。據序，則是姓賀名若。

唐雷氏琴，至今有存者，皆至寶也。見於文字者，惟元微之《小胡笳引》注云："桂府王推官出蜀匠雷氏金徽琴，請姜宣彈。"方知雷蓋蜀人也。

退之云："阿買不識字，頗知書八分。詩成使之寫，亦足張吾軍。"不能文而能書者多矣，未有不識字而能書者。

東坡《琴》云："平生不識宮與角，但聞牛鳴窖中雉登木。"出《管子・地員篇》："凡聽宮，如牛鳴窖中；聽角，如雉登木。"

杜《李潮小篆歌》："苦縣光和尚骨力。""骨力"二字，《南史・張融傳》："齊高帝見其書曰：'卿書殊有骨力。'"

左氏"室如懸罄"，言室中之物垂盡，以罄訓盡也。其下云"野無青草"，則罄恐是器物，但非今之僧磬也。若以古之鐘磬言之，則罄皆曲折片石，無中虛之理。《説文》："罄，虛器。"以是知爲器物，但不知於今爲何器。子厚云："三畝得留懸罄室，九原猶記若堂封。"李義山云："不憂懸罄乏，乍喜覆盂安。"

唐人重端石硯，見劉夢得《謝唐秀才惠端州紫石硯》云："端州石硯人間重。"李賀《青花紫石硯歌》云："端州匠者巧如神，露天磨劍割紫雲。"柳公權《論硯》云："端溪石爲硯至妙，益墨。青紫色者可直千金。水中石其色青，山半石紫，山頂石尤潤，如豬肝色者佳。貯水處有赤白黃點，世謂鸜鵒眼。脈理黃者謂之金線，相眼之法盡於此。"李賀"青花紫石"者，蓋硯之上品也。東坡論許敬宗硯云是端石。敬宗，高宗時人。則唐重此硯，其來久矣。魏道輔《東軒筆錄》記端硯三坑，不甚詳。以上文淵閣四庫全書本《猗覺寮雜記》卷上。

彈曲始於唐懿宗時，《曹確傳》云："優人李可及能新聲、自度曲，號爲拍彈。"優伶打顇，亦起於唐。李栖筠爲御史大夫，故事曲江賜宴，教坊倡顇雜侍，栖筠以任風憲不往，臺遂以爲法。顇，力困切，弄言也。《猗覺寮雜記》卷下。

姚孝錫藝話（一則）

姚孝錫（一〇九七～一一七九）字仲純，號醉軒，豐縣（今江蘇豐縣）人，調代州兵曹。金兵陷代州，被命爲五臺主簿，至則稱疾去，隱居於五臺山，悠遊以自娛。卒年八十三。長於尺牘，詩有高趣，多爲隱逸時所作，其《題滕奉使祠》詩抒發懷念家國、故人之感慨。著有《雞肋集》，已佚。元好問編《中州集》收錄其詩。

東軒琴示兒子沂

古人無復見，但有東軒琴。一鼓《高山操》，因窺古人心。正聲久沈埋，俚耳喧哇淫。正可自怡悅，不須求賞音。文淵閣四庫全書本《中州集》卷十。

康與之藝話（三則）

　　康與之（生卒年不詳）字伯可，號順庵，滑州（今河南滑縣）人，家於宛丘（今河南淮陽）。嘗從陳恬、晁說之遊。建炎中，上《中興十策》，名聲甚著。後諂事秦檜，爲秦檜門下十客之一。紹興十五年，監尚書六部門，後官軍器監丞。初與常同爲鄰居，常同月予之緡錢三萬爲奉母之養，又求一歌妓於平江知府事周三畏，不遂，於是興起大獄，株連甚眾。秦檜死，除名編管欽州。紹興二十八年，移雷州，復送新州牢城。南渡初，康與之以詞受知於高宗，凡宮廷宴集、權要生日，必使其賦詠，故應制之詞爲多，內容大多粉飾太平，獻諛頌聖，然而其詞音律調協，句法精妙，多爲人稱誦。能詩，清麗芊綿，獨具風致。著有《順庵樂府》五卷，原集已佚，近人趙萬里有輯本一卷。《兩宋名賢小集》收有其詩《椒亭小集》一卷。另有《昨夢錄》一卷。

一　《昨夢錄》（選錄　一則）

　　畢少董言，國初修老子廟，廟有道子畫壁，老杜所謂"冕旒俱秀發，旌旆盡飛揚"者也。官以其壁募人買，有隱士亦妙手也，以三百千得之。於是閉門不出者三年，乃以車載壁沈之洛河。廟亦落成矣，壁當再畫。郡以請隱士，隱士弗辭。有老畫工夤緣以至者，眾議誰當畫東壁，隱士以讓畫工，畫工弗敢當，讓者再三，隱士遂就東壁畫天地。隱士初落筆作前驅二人，工就視之，不語而去。工亦畫前驅二人，隱士往觀亦不語而去。於是各解衣盤礴，慘澹經營，不復相顧。及成，工來觀，其初有不相許之色，漸觀其次，迤邐咨嗟擊節。及見輦中一人，工愧駭下，拜曰："先生之才不可當也，某自是焚作具不敢言畫矣。"或問之，工曰："前驅賤也，骨相當瞋目怒髯，可比騶馭。近侍清貴也，骨相當清奇龐秀，可比臺閣。至於輦中人，則帝王也，骨相當龍姿日表也，可比至尊。今先生前驅乃作清奇龐秀，某竊謂賤隸若此，則何足以作近侍？近侍繼可強力少加，則何以作輦中人也？若貴賤之狀一等，則不足以爲畫矣。今觀之先生所畫，前驅乃吾近侍也。所畫近侍乃吾輦中人也。"洎觀輦中之人，其神宇骨相蓋吾平生未嘗見者，占圖畫中亦未之見。此所以使吾慚愧駭服。隱士曰："此畫世間人也。爾所作怒目叫髯，則人間人耳。人間人則面目氣象皆塵俗，雖爾藝與其他工不同，要之但能作人間爾。"工往自毀其壁,以家資償之,請隱士畢其事。少董曰:"余評隱士之畫,如韓退之作《海神祠記》,蓋劈頭便言海之爲物,於人間爲至大。使他人如此,則後必無可繼者。而退之之文累千言所言浩瀚無溢,蓋力竭而不窮,文竭而不困,至於奪天巧而破鬼膽筆勢猶未得已。世之作文者,孰能若是?故於論隱士之畫也亦然。"文淵閣四庫全書本《説郛》卷三十四上《昨夢錄》。

二 題徽宗宸翰

玉輦宸遊事已空,尚餘奎藻繪春風。年年花鳥無窮恨,盡在蒼梧夕照中。文淵閣四庫全書本《兩宋名賢小集》卷一百七十一《椒亭小集》。

三 琵琶

夜深琵琶聲似裂,一曲《霓裳》一庭月。曲終人影在西階,困倚東風步搖折。《椒亭小集》。

張浚藝話（一則）

張浚（一〇九七～一一六四）字德遠，世稱紫巖先生，漢州綿竹（今四川綿竹）人。政和八年進士，調山南府士曹參軍、恭州司錄。靖康初，爲太常寺主簿。張邦昌篡位，逃入太學，不肯署狀。高宗即位，赴南京，除樞密院編修官，擢殿中侍御史，遷侍御史。拜禮部侍郎、御營使司參贊軍事。建炎三年，以平苗、劉之變有功，除知樞密院事，署川陝宣撫處置使。紹興元年，大破金軍於和尚原，拜定國軍節度使。在蜀三年，召還，提舉臨安府洞霄宮，福州居住，是年十一月復召，除知樞密院事。五年，除尚書右僕射、同中書門下平章事，兼知樞密院事，都督諸路軍馬，進《中興備覽》四十一篇。七年，以酈瓊等反叛，引咎去位，提舉江州太平興國宮，旋落職，分司西京，永州居住。九年，除資政殿大學士，起知福州，兼福建路安撫大使。十一年，除檢校少傅、崇信軍節度使。十二年，封和國公。張浚志在收復中原，反對和議，因秦檜當政，被擯斥近二十年，廢居連州、永州。秦檜死，復觀文殿大學士、判洪州。孝宗即位，起經理兩淮，兼節制建康鎮江府池州江陰軍屯駐軍馬，進封魏國公。隆興元年，復拜尚書右僕射、同中書門下平章事，兼樞密使。二年，宋軍符離之役失敗，爲湯思退等所擠，除少師、保信軍節度使，出判福州，改醴泉觀使。是年八月卒，年六十八，贈太保，謚忠獻。張浚爲南宋初名臣，政治軍事上均有建樹，又能研精學問。周必大嘗跋其詩帖，稱其"詩律清遠，有樂道憂世之心；筆法妍楷，無震矜怠惰之容"（《跋嚴汝翼所藏張丞相詩》）；楊萬里亦謂其奏議"務坦明，不爲虛辭，口占成文，不易一字"（《張魏公傳》）。著有《紹興奏議》十卷、《隆興奏議》十卷、《論語解》四卷、《易解》《雜說》十卷，文集十卷。今存《易傳》十卷、《中興備覽》三卷，近人又輯有《張魏公集》十卷。

李潼川《下蜀圖》跋

岷山導江，瀦爲彭蠡，奇峰怪石，險灘惡水，皆余所熟遊。潼川李君輒出新意，寫而成圖。黃牛、白馬、山鷓、高唐之影，巫山十二峰，夔門百八槃，纖悉無遺。使足未及者見之，莫不心驚目駭，疑非人世所有也。

自君山東至於海，風檣陣馬，水村煙郭，好景尚多，安得喚起李君爲我續數千里版圖之勝云。戊午春暮，零陵放臣廣漢張浚書於龍興寺之西軒。文淵閣四庫全書本《式古堂書畫彙考》卷四四。

李璜藝話（一則）

　　李璜（生卒年不詳）字德劭，號檗菴居士，江都（今江蘇揚州）人。嘗試科舉，魁維揚。紹興中流寓明州。自負雋才，既不得志場屋，遂蕭散肮髒，以終其身。著有《檗菴居士文集》十二卷。

題懷素食魚帖

　　藏真既食魚肉，公然舉以向人，計其胸中，當無一毫謰音，所以書法超妙，至於如此。士大夫日拙於僞，遮護百出，乃欲以其餘力辦天下事，何可得耶？靖康二年四月丙子，李璜題。適園叢書本《珊瑚網》卷上。

朱松藝話（六則）

朱松（一〇九七～一一四三）字喬年，徽州婺源（今江西婺源）人，朱熹父。政和八年，同上舍出身，爲建州政和縣尉，歷南劍州龍溪縣尉、監泉州石井鎮。紹興四年，召試館職，除秘書省正字。七年，改秘書省校書郎，遷著作佐郎，擢度支員外郎兼史館校勘，刊修《哲宗實錄》。十年，以反對和議忤秦檜，出知饒州，未行，改主管台州崇道觀。十三年卒，年四十七。朱松嘗從學於羅從彥，又與李侗爲同門友，深得二程之學，以卞急爲害道，取佩韋之說以名齋，自號韋齋。工詩文。著有《韋齋集》十二卷、《外集》十卷，《外集》已佚，今存《韋齋集》。

一　答汪明道見示畫雪梅詩

詩人未見雪梅畫，只識前村橫水枝。百巧摹香摹不出，此時風味畧相宜。文淵閣四庫全書本《韋齋集》卷五。

二　觀張上達家惠崇《蘆雁圖》二首

先生衰眼失孤鴻，久着甕天塵霧中。誰捲秋空開四壁，丹青三昧道人崇。

道人一錫攀飛鳥，頗悉南來北去情。畫出江南遵渚態，尚餘風味叫羣聲。《韋齋集》卷五。

三　次韻答夢得送荆公墨刻

相馬評書世未知，要從風骨識權奇。半山妙墨翻風雨，尚有典刑今復誰。《韋齋集》卷五。

四　三峯康道人墨梅三首

一枝春曉破霜烟，影寫青陂最可憐。衲被犯寒歸呪墨，也知無地著朱鉛。

冰盤青子渴爭嘗，怪有橫枝着意芳。等是毫端幻三昧，更煩覓句爲摹香。

緗囊墨本入宣和，林下霜晨手自呵。不學霜臺要全樹，動人春色一枝多。_{康畫嘗投進，又爲朱勔畫全樹帳極精。} 《韋齋集》卷六。

五　題范才元《湘江喚舟圖》，用李居仁韻

天涯投老鬢驚秋，夢想長江碧玉流。忽對畫圖揩病眼，失聲便欲喚歸舟。《韋齋集》卷六。

六　題趙守中《江行初雪圖》

江潤雲垂滿袖風，急須下馬一尊同。正應無奈催詩雪，句在渠儂擁鼻中。《韋齋集》卷六。

胡寅藝話（一一則）

胡寅（一〇九八～一一五六）字明仲，又字仲剛、仲虎，學者稱致堂先生，建州崇安（今福建武夷山）人。安國之姪，過繼爲安國子。宣和三年進士。靖康初，召除秘書省校書郎，遷司門員外郎。金軍立張邦昌爲帝，棄官歸。建炎三年，張浚舉薦爲駕部郎官，擢起居郎。以上書言事忤時相，除直龍圖閣，主管江州太平觀。二年，應詔言事，起知永州。紹興四年，復召爲起居郎，遷中書舍人。出知嚴州，改永州，召除禮部侍郎、兼侍講兼直學士院。丁父憂，除徽猷閣直學士，提舉江州太平觀，致仕歸衡州。秦檜忌之，坐與李光通書謗訕朝政，落職，責居新州。秦檜死，復其官。二十六年卒，年五十九。胡寅志節豪邁，嘗從楊時學，深得二程理學精髓，爲文章根著義理，宋李耆卿《文章精義》謂其文"就事論理，理盡而辭止，而氣極不衰。雖不必調弄文法，自然見有不可及處"。樓鑰《崇古文訣》卷三三稱其上宋高宗《萬言書》論朝廷移蹕之失，籌撥亂之策，以爲"貫穿百代之興亡，曉暢當今之時勢，氣完力壯，論正詞確，當爲中興以來奏疏第一"。其詩長於議論，較多地體現出宋詩重義理的特色。著述甚富，在貶居嶺南時著有《讀史管見》《論語詳說》數十萬言，今存《讀史管見》三十卷。又著有《斐然集》三十卷。

一　題四畫

清湖驟雨

銀竹森空映，湖光莽蒼中。不因風捲去，那得見冲融。

潭溪秋碧

秋容何處佳，淡泊寄寒水。無滓湛遥天，我心正如此。

石峯春靄

騰龍紛埜馬，非霧亦非煙。心共春山遠，詩憑淡墨傳。

屏山夜雪

熟醉蓮蕩風，未賞梅溪勝。踏雪訪屏山，今年得乘興。文淵閣四庫全書本《斐然集》卷二。

二　畫馬

曹霸丹青徹馬骨，應師伯樂遺毛物。請看此圖筆外意，萬里人寰定超越。《斐然集》卷二。

三　畫牛

江上春犁雨，當年力共強。只今對圖畫，臧穀兩亡羊。收子鞭繩急，防渠犯苗稼。人人白水牯，豈必溈山下。《斐然集》卷二。

四　題郭伯成畫竹月巖寺

夫君自是雪霜姿，落筆風生更不疑。留向巖前弄明月，桂枝相伴影參差。《斐然集》卷三。

五　題郭伯成畫竹道傍人家作雨勢

可但文翁會寫真，典型今見一枝新。含風帶雨蕭然意，共看林宗墊角巾。《斐然集》卷三。

六　題湘西小景

身在山中不見山，山前行客未能閒。何人水墨秋毫外，十里湖西尺寸間。《斐然集》卷三。

七　題浯溪小景

卜宅元郎豈偶然，江山千古共流傳。乾坤巨石知多少，待看《中興》第二篇。《斐然集》卷三。

八　和用明梅十三絕（選一）

要寫橫斜臨水枝，應從淡墨見依稀。畫師未必傳天巧，爭似西廂月影微。《斐然集》

卷四。

九　跋《唐十八學士畫像》

昔孔子語冉有曰："衛庶矣。"冉有曰："又何加焉？"曰："富之。"曰："富矣，又何加焉？"曰："教之。"

唐文皇不世出之君也，房、杜宗臣之魁也。相與圖治，至於斗米數錢，行旅不齎糧，則貞觀之功極矣。其禮樂道化無傳焉，千載一時，而所成就止此，可不深嗟而重惜哉！

故予嘗論三代而後，獨漢光武明章之治，庶幾於教者可一變而王也。因觀羅湜所藏《唐十八學士畫像》，遂書其卷末。《斐然集》卷二八。

一〇　跋陳諫議書杜少陵《哀江頭》詩

諫議陳公所書，公外親臨江蕭君建功得而藏之，云公之絕筆也。公學行文章皆居第一流，而尤顯白聳動於天下後世者，則以知蔡京姦慝禍國於未用之前也。

此書信其絕筆，是乃憂思至痛之情，言不見用，身且竄逐，視國家將危而無可奈何。後之覽者猶欲慟哭流涕，而況其身親之者乎！嗚呼，悲夫！《斐然集》卷二八。

一一　跋羅長卿所藏《蘭亭》帖

《蘭亭集》或以方金谷叙，右軍甚喜，此殊不可曉。郗嘉喜人以己比苻堅，殆同此病。陳公廙居洛為禊飲，與客酬唱，無愧山陰之叙者，謂禮義無疏曠之比，道藝當筆札之工，誠不愧矣。

余觀逸少、安石邁往不屑之韻，豈但筆札之工，公廙自云無愧，蓋王謝之細耶？韓安國不能賦，罰酒三斗，子敬詩不成，亦飲三觥，議者以是少之。琱蟲生遂有矜色，彼豈謂一詩一賦，足以盡豪傑之士哉！文淵閣四庫全書本《蘭亭考》卷八。

謝伋藝話（一則）

　　謝伋（生卒年不詳）字景思，自號藥寮居士。上蔡（今河南上蔡）人。謝克家子。能詩文。葉適論其文"俊筆湧出，排迮老蒼，而不能受俗學薰染"，"撥棄組繡，考擊金石，洗削纖巧，完補大朴"（《謝景思集序》）。現存詩多爲悠遊賦閒之作，清新流暢。喜論文章作法，著有《四六談麈》一卷。此書作於紹興十一年，所論以北宋四六文爲主，兼及南宋初年的四六文。《四庫全書總目》謂："所摘名句，雖與他書互見者多，然實自具別裁，不同勦襲。"又謂："其論四六，多以命意遣詞分別工拙，視王銍《四六話》所見較深。"但其書多摘而不評，評語比《四六話》少得多。所論四六，可稱者也僅僅貴剪裁和反對用長句，也較《四六話》單薄，實不足與《四六話》媲美。又著有《藥寮叢稿》二十卷，今已佚。

題米友仁《瀟湘》長卷

　　達功下第後，便有放浪山水之意，元暉作招隱之圖，僕以爲此公未宜置丘壑中也。

適園叢書本《珊瑚網・畫錄》卷四。

錢世昭藝話（一則）

錢世昭（生卒年不詳），臨安（今浙江杭州）人，仁宗駙馬景臻孫，太尉恟之侄。高宗、孝宗時在世，歷官迪功郎、秀州嘉興縣尉。嘗集錢恟所記史事雜聞爲《錢氏私志》一卷（存）。

《錢氏私志》（選錄 一則）

徽皇聞米元章有字學。一日，於瑶柱殿綳絹圖，方廣二丈許，設瑪瑙研、李廷珪墨、牙管筆、金硯匣、玉鎮紙、水瓶，召米書之上，出簾觀看，令梁守道相伴，賜酒。米乃反繫袍袖，跳躍，便捷落筆，如雲龍蛇飛動。聞上在簾，下回顧，抗聲曰："奇絶，陛下！"上大喜，盡以硯匣、鎮紙之屬賜之。尋除書學博士。一日，崇政殿對事畢，手執札子。上顧視，令留椅子上。米乃顧朵殿云："皇帝叫内侍，要唾盂。"閤門彈奏，上云："俊人不可以禮法拘。"一日，見蔡魯公，蔡云："元章書法之妙，今日可謂第一。龜山須還他，曼卿佛牌爲第一。"米曰："恁地時龜山却且作第二。"米有《孔子讚》曰："孔子，孔子，大哉孔子。孔子以前，未有孔子；孔子以後，更無孔子。孔子，孔子，大哉孔子。"黄魯直笑謂元章云："公讚合黜落。既不見題，又且奚落誰也！"文淵閣四庫全書本《錢氏私志》。

曹勛藝話（五一則）

曹勛（一〇九八～一一七四）字公顯，號松隱，陽翟（今河南禹縣）人。以父曹組恩補承信郎。宣和五年特命赴進士廷試，賜甲科。靖康初，爲閤門宣贊舍人，勾當龍德宮，除武義大夫。從徽宗北遷，被命自燕山逃歸，建炎元年，至南京，以御衣所書進獻，建議募死士航海入金，奉徽宗由海道歸國。執政大臣不以爲然，出於外，九年不得遷。紹興十一年，奉命出使金國，金許還梓宮及太后。十三年，兼樞密副都承旨，奉祠。二十五年，起知閤門事兼幹辦皇城司。二十九年，再爲稱謝使出使金。孝宗朝加太尉，提舉皇城司、開府儀同三司。淳熙元年卒，年七十餘。曹勛嘗數次出使金國，目睹中原百姓所受戰亂之苦，故發爲詩文，多可考見時事，忠正慨慷，有古烈士之氣。致仕後隱居天台山，過着賦閒生活，作山居詩數百篇，吟詠情性，陶寫風景，雍容閒適，恬靜清新。也能詞，內容多爲應制、祝壽、唱酬之作，詞筆華贍綺麗，頗有其父曹組詞風。著有《松隱集》四十卷，《北狩見聞錄》一卷，今存。

一　琴操　並序（節錄）

唐韓愈依古述《琴操》十篇，詞存而義不復概見，又聲譜僅可傳其彷彿而莫知其由，是故悲思怨刺、抑揚折中皆不切其旨。夫所謂操者，言其志節之不可以變而衆人之莫吾知，而一歸於時命，將感激以自傷寄之於音聲者也。大抵皆賢聖憤懣之所爲作也。今依韓愈先後之次，復述十首，各冠其事於首篇云爾。

《將歸操》，孔子之趙，聞殺鳴犢作。
《猗蘭操》，孔子傷不逢時作。
《龜山操》，孔子以季桓子受齊女樂，諫之不從，因以去魯，望龜山而作。
《越裳操》，周公思文武之勤勞，傷時君之德不能致越裳之臣也。
《拘幽操》，文王拘羑里所爲作也。
《岐山操》，周公患時黷武，思大王之德所爲作也。
《履霜操》，尹吉甫子爲後母見逐，晨行太山下，感帝舜之事所爲作也。

《雉朝飛操》，牧犢子行年七十，無妻，見雉雙飛，感之而作。

《别鶴操》，商陵穆子取妻五年無子，父母欲其改取。其妻聞之，中夜悲嘯，穆子感之而作。

《殘形操》，曾子夢貍不見其首，感之而作。文淵閣四庫全書本《松隱集》卷一。

二 題衛太尉巖集圖

衛公雅志安林泉，禀生似無塵土緣。英標孤映出羣鶴，姿儀密際三界仙。居臨山麓絕煥麗，楚楚松竹相後先。幽巖嵌空截綠玉，嘉木蔭映搖蒼烟。喜招社友共清集，中有一老談幽禪。其餘六逸咸自若，炷香瀹茗殊怡然。曹丘倚案獨閣筆，想見寡思人所憐。衆賓得接書史樂，浩氣高壓江湖天。只覺談話可上漢，不擬步武猶居鄘。墨隱能畫巧爲此，一段美事端宜傳。好辭更賦風月上，勝韻直徹星辰邊。他時一笑以下闕。《松隱集》卷九。

三 題《倚江圖》

有客登臨酒半酣，道人仍爲掃煙嵐。瘦筇更約風塵上，鬻飯老同彌勒龕。《松隱集》卷十九。

四 題焦幹釣雪圖

四山飛雪正漫漫，蓑笠何人把釣竿。六月披圖方執熱，風隨玉塵不勝寒。《松隱集》卷十九。

五 題張太尉畫

一帶煙沙接冷雲，平林寂歷夕陽昏。輕舟急槳歸何處，應住山前黃葉村。《松隱集》卷十九。

六 題董亨道畫西湖

湖上秋山翠作堆，湖光千頃漾漣漪。曉雲貼水菰蒲冷，正是吳江楓落時。《松隱集》卷十九。

七 題丁掾釣雪圖

連鼇妙手艤前灣，蓑笠琴書得自安。更待一輪清月上，靜看千頃玉光寒。《松隱集》

八　跋希遠細雨圖

牽風藻荇舞清漪，浪板無聲細雨時。小大自殊同隊樂，密圖勸學助韓詩。《松隱集》卷十九。

九　跋仰老小畫二軸

秀韻凌虛玉鍊顏，蒼官偃亞碧琅玕。只應中夕蕭騷月，相對一庭風露寒。
蟾影寒升白玉京，浩然天地一壺冰。瘦筇肯倚瓊田立，應念瑤臺十二層。《松隱集》卷十九。

一〇　題《幸蜀圖》

曾讀開元天寶間，四時風月不教閑。常聯玉轡游清夜，豈意崎嶇蜀道難。《松隱集》卷二十。

一一　恭題太上皇帝賜御製御書《翰墨志》

恭惟光堯壽聖憲天體道太上皇帝端命穆清，化周綿寓。盡無窮之能事，覆有截而研幾。物之不齊，固蘊萬變，道合至妙，會以一心。或於話言，宜付以笑談；或於翰墨，必詔以可否。莫傳於世，肆筆成書。彰盛旦之嘉言，重帝王之懿德。法宮多暇，明窗淨几，四方萬物，時一志之。不愛珠玉，不邇聲色，洒獨並寒儒，刻意聖學。不滯古制，不徇今爲，惟斷以嚮善。悉歸雅正，質文相濟，爲一代格言，題曰《翰墨志》。

又特灑宸翰，書以賜臣。顧無顯績，獲茲假寵，不敢徒藏私室。謹拜手稽首，勒諸堅石，用廣堯文之煥，以永下臣之榮。嘉業堂叢書本《松隱文集》卷三二。

一二　恭題太上皇帝賜御書《史實》

紹興二十八年三月中澣日，有旨以御書《史漢事實》賜臣曹勛。寶草奎畫，焜耀天壤，豈以臣羈紲之舊，特被以不世之遇，俾爲非常之恩？顧臣草芥，何可負荷！

恭惟皇帝陛下聰明濬哲，撫寧函夏，崇儒憲古，茂建丕圖。謂懿則嘉言，流風善政，有補治道者，肆筆成書。妙奎光璧彩之神，極龍盤鳳翥之勢。儲思淵默，作之君師，於皇偉哉！用以詔天下後世。

臣一介疏遠，無文以形容聖謨神藻之懿。然叨榮過重，撫己懷慚。命工刊石，上以廣緝熙之光明，次以貽子孫於奕世。《松隱文集》卷三二。

一三　恭題太上皇帝賜眞草宸翰

恭惟光堯壽聖憲天體道太上皇帝早以神武，撫寧寰區。恢淵默而宅衷，擴易簡而敷化，體元抱一，將聖多能。考八法之楷模，略爲典則；該二王之秀勁，冠以風神。高攬前蹤，擅場百代。

暇日伏蒙聖恩，念臣羈紲之舊，特以眞草御書爲賜。捧拜睿藻，仰奉堯文，豈應雲漢之章，俯降蓬茅之室。謹摹宸翰，刻於翠珉，用爲子孫之傳，期答崇深之貺。《松隱文集》卷三二。

一四　恭題今上皇帝賜御書《阿房宮賦》

臣聞有心法，有書法。心法見於所書之文，書法見於字畫之際。

恭惟皇帝陛下挺生知之聖，躬天縱之能。萬機餘閒，不以聲色爲娛、珍玩爲好，惟留神翰墨，恬養天和。所書之文，必聖賢格言；所作之字，備古今衆體。宸奎藻麗，與雷霆風雲同變化之用。豈特以翔鸞翥鳳，下與鍾王輩較能於位置點畫間哉？

今書杜牧賦，聖意所寓，尤邃於興寄。蓋欲敦舜禹之儉，監亡秦之侈，以安養斯民，混一區宇爲心，非止遊戲筆墨三昧而已。

臣實何人，乃獲斯寵？拜賜榮耀，蔀屋亦光。感幸之情，無以自見。謹昧死拜手稽首贊述於右。復鐫琬琰，傳示子孫，垂諸無窮，以無忘聖明之休命。《松隱文集》卷三二。

一五　恭題今上皇帝賜御書和韻

臣草茅一介，備位掌武。獲於清閒之燕，得奉咫尺之顏。仰見英睿聖武，深仁厚澤。問安視膳，孝通神明；戡難守成，信貫金石。同堯仁而遐覆，廓舜德以比隆。蓋學究天人，性鄙珍異。機暇惟親翰墨，製述寶章。至屈俯同之尊，成賡載之美。辭備雅正，則金聲玉振之文也；書具眞草，則龍翔鳳翥之勢也。焜燿今昔，砥礪臣工。

臣內惟非才，曷副錫與？兼得之渥，身榮心愧。詎敢私藏，恭勒於石，用訓子子孫孫，俾永膺龍光，不忘忠赤。《松隱文集》卷三二。

一六　恭題今上皇帝賜和韻《鷓鴣天》詞

恭惟今上皇帝以舜之孝纘禹之功，撫寰宇以同文，馭佳兵以戢武。溥率既若，翰墨惟新。每觀妙於古先，即凝神於物表。聿符元覽，哀對衆眞。

小臣陪班，蕪詞輒貢。荷上聖不間於草芥，貴宸章亟就於笑談，屈體俯同，垂精寵答，辭擴一時之勝特，字兼八法之邃嚴。惟是隆恩，遂忘疵賤。謹刊諸石，用永於家。庶彰厚下之天心，少伸報上之臣節。《松隱文集》卷三二。

一七　代張太尉跋御書"萬卷堂"

恭惟皇帝陛下躬神武之姿，嗣膺曆服；廓覆燾之度，撫寧夷夏。問寢侍膳，誠孝格天；慈儉樂易，聖德及物。圖回萬務，博綜群經。筆不停揮，備該眾體。

臣么麼之賤，際遇睿明。偶圭蓽之陋，藏少文籍。門目雖廣，殊闕古文。以萬卷名其室。仰蒙天造，不間疏遠，每按目宣取，經御覽者率再矣。仰見聖學高深，夐出百代。復追鍾王之妙，特紆宸翰，賜"萬卷堂"三字，下賁蔀屋。鸞龍飛動，雲漢昭回；寶畫尊嚴，日華明潤。

小臣何補，得奉璿題。謹拜手稽首，勒諸堅石，用侈逢時際遇之榮，以罄拱極朝宗之志。《松隱文集》卷三二。

一八　代李節使跋御書

一介邊遠，久受聖主之知識，拔於行間，榮出其倫類。非有危言劇論以驚時俗，非有閎智遠略以求遇合，第盡瘁所志，不憚萬死，以酬洪造。

比緣恭承睿訓，俾總舟師。仰憑天威，掃蕩寇孼，肅清海道，已臨全齊，凡蜂屯蟻聚，莫不稽顙聽命。既上甘泉之奏，遂先雍齒之封。又蒙聖恩，親灑宸翰，賜"忠勇李寶"四字於旗麾之上。得睹翔龍威鳳，勢若騫飛；《河圖》《洛書》，自然點畫。九天而下，一軍皆驚，莫贊日月之光，徒仰天地之德。

臣聞心存衛上謂之忠，氣能冠軍謂之勇。顧臣初無他技，惟知忠以報上。詎敢言勇於諸軍？偶值逆虜叛盟，肆行侵侮，得提兵護塞，身先士卒，特荷獎擢，曲取一時之薄效，賞以無前之異恩。如慶雲景星，光被軍眾。豈但小臣之私幸，是殆借獎微勞，以激勵師旅。臣敢不乃心王室，益策疲駑，尅清中原，奉迎法駕，還都天府，盡復輿圖。素志幸伸，用對揚天子之休命。

謹拜首稽首，勒諸堅珉，示寵後昆。《松隱文集》卷三二。

一九　代林門司跋御書

光堯壽聖憲天體道太上皇帝挺姿神武，撥亂中興。聖學英文，重立四極。夷夏畏戴，天人攸歸。在干戈搶攘之際，御翰墨略不間斷，心悟神解，正草兼備。龍翔鳳翥，古今莫倫，研窮八法，擅為睿藻。

先臣某蒙被官使，最爲親密。暇日特出宸翰以賜，即珍藏十襲，加惠子孫。今捐館舍已久，不肖之孤臣某繼荷選擢，靡間夙恩。

謹遵遺訓，刊於琬琰，式彰聖德，用永其傳。《松隱文集》卷三二。

二〇　跋岸老所藏陳司諫諫疏後

了翁在崇觀間，以直道正辭作《尊堯集》奏御。時蔡魯公當國，惡其訐訏，以指斥責台州。郡將觀望，令兵卒監守。諸卒無禮，翁乃日持戒行，視其窘辱，略不爲意。後諸卒列謝曰："前者犯分，迫於上命，望不加罪。"翁非大力量，亦死於囚中。

此疏在台州時作，語言筆力殊不少衰，非清修梵行，深入佛海，何能歷此？至其舉擊竹拈花之緣，蓋自謂也。唯庵其珍藏，僕仍爲標出，用相裝嚴。《松隱文集》卷三二。

二一　跋張安國草書

安國此字尤爲清勁，如枯松折竹，架雪凌霜，超然自放於筆墨之外。雖醉中亦不忘般若，豈箇中自有一種習氣，略無間斷？又此觀音心呪，而曰釋迦，其示不二門，安國得之深矣。《松隱文集》卷三二。

二二　跋黃魯直書父亞夫詩

黃太史以詩專門，天下士大夫宗仰之。及觀其父所爲詩，則江西正脉有自來矣。是父是子，嗚呼盛哉！《松隱文集》卷三二。

二三　跋米帖（一）

米老精收，由滋而下，筆墨之妙，自成一家。故得名本朝，爲海內所宗。然有早年晚年、改名未改名之別，覽者當加意焉。因公求跋，乃書於此。《松隱文集》卷三二。

二四　跋米帖（二）

米襄陽此帖猶是早年，若後此所書，則英風義概，筆跡過六朝遠甚。然前人用意多推獎，若一嚬笑，一言動，可道者必譽之，足以激昂士風，皆歸於厚。是宜蔡公珍藏，當不憚頻以示人也。《松隱文集》卷三二。

二五　跋山谷書

涪翁詞翰，自是一種家風，讀之使人增宗派之氣。

但此早年書，復多誤筆，而不甚遒勁。然鼎中一臠，亦足以快饞嚼也。《松隱文集》卷三二。

二六　跋逸少十七帖

逸少書，自六朝以降，一人而已。故歷代寶之，以爲大訓。唐太宗殊加愛重，至爲親作傳。紹興天子尤喜之，以千金易一字，真跡遂多。又爲書其傳，千載之下，何其幸也！

此十七帖，乃江南李氏墨本，字不失真，形範高古。思賢宜珍藏之。《松隱文集》卷三二。

二七　跋心老所藏蔡君謨書判

前輩居官不苟且，不作癡兒計，於書判可見矣。

公楷法行草，爲本朝第一。聞薛紹彭得公所寫《華清宮記》，謂米元章曰："請公放下人我擔子一看。"其爲名世之士愛重如此，師其珍之。《松隱文集》卷三二。

二八　跋陶隱居書

陶弘景年四五歲，以荻爲筆，灰中草書，後遂工草隸。緣求宰不遂，脱朝服挂神武門而去。評書謂弘景師祖鍾、王，采其骨氣。至真草體勢，反合歐、虞。

此帖清高閒澹，雅有秀韻，是知歐、虞作略，得六朝韻爲深。帖語似邀屈畫工，故其説頗詳云〔一〕。《松隱文集》卷三二。

〔一〕説：原作"祝"，據文淵閣四庫全書本改。

二九　跋唐人墨跡（一）

先賢作字，必首爲數行楷法，然後肆筆以終其書者，蓋所以示其學古之跡，施於行草爲有叙。如二王《起居帖》、長史《家問帖》、真卿《坐位》《乞米帖》，可見矣。《松隱文集》卷三二。

三〇　跋唐人墨跡（二）

學書之法，先須楷法嚴正，得筆之意，然後措點畫於落筆之際，則具體而不放意於無考正之地，抑有據矣。《松隱文集》卷三二。

三一　跋《陸賈圖》

僕幼讀《西漢》，便喜陸賈之爲人，其行己之長慮，事君之大節，爲人之成謀，善後之智策，每三復而歎仰之。雖東漢士夫以風節相尚，其行義立志，比西漢終不能自全，是知其况每下矣。

僕累將使旨，偶叶上意，得保首領，庶幾昔賢。乃以負郭所種，飲酒所用，分遺三子。仍畫此圖，人各一本，俾通曉賈意。僕亦不待引年，力丐休致，卜居於天台山麓。往來子舍，率不踰季，即移舍焉。其擊鮮之樂，車馬之遺，不待言而意已傳。念非教子一經，而有益過之誨，誠非昔戒，第僕身歷多難，速於安養，倒行逆施，以保其身爾。若謂玷國朝以來家風，千佛名經之選，固獲罪名教也。

噫，人謂欲享其佚，而用之以惰者，其佚必窮；擬獲其欲，而用之以肆者，其欲必廢。吾與若輩，尚監茲哉！《松隱文集》卷三三。

三二　題《三蘇圖》後

予藏此像，每展閱瞻敬，攬餘烈而挹清風，用以自慰。

宣政間，先子與叔黨少尹鄉契厚善，觀此軸云：「甚肖予。」時在上庠，每得侍立，即垂教不倦。公取剝餘蓮蓬，畫松一株，偃蓋勁挺，有傲雪霜之氣，題曰「霜風」，遺予曰：「子後福祿如之。」每著於心，不忘其見與之意云。《松隱文集》卷三三。

三三　跋郭恕先畫

郭恕先，神仙也，事跡見於國史。史亦載能畫，入神品，然世罕有得其畫者。

予家藏此軸三世，雖屢遭驚恐，唯不失此。豈神仙護持，得珍玩以永世邪！《松隱文集》卷三三。

三四　跋董亨道畫《吳江圖》

僕頃屢過吳江，每迫吏事，不得縱意所如。一夕乘月抵橋下，橫笛數聲，水鳥驚飛，覺魚龍出沒波間，冷透衣袂。迨今十五年，猶思之。

今見亨道畫此軸，爲題一絕於後云："月淨吳松碧照空，水天都在玉光中。十年不蹋長橋路，想得沈沈臥影虹。"紹興戊寅四月中澣，功顯。《松隱文集》卷三三。

三五　又跋別軸

亨道居山林秀絕處，潛心幽勝，出爲無盡觀，橫斜平直，七縱八橫。持一圓墨，舒捲楚山要領，則我亦爲之禁足，不作窮探也。功顯云。《松隱文集》卷三三。

三六　跋雪竇偈後

雪竇顯禪師，名冠諸方，爲一代宗師。有所書偈，流落雪上，皆元符、崇觀間大臣從列及當世名流勝士題識其後。

乾道中住何山，純公偶見知舊欲以此偈糊壁，純不以實告，亟求佳楮易得之，出以相遺。予三復歎賞，手之不置，若元珠之再得也。因爲襟褫，箋其漫晦，復授純，謂可送雪竇方丈，令世世傳揚，爲山中家風，俾真跡不沒墜人間。顧欲糊時，豈止覆醬瓿也？純喜，請走四明付之。計顯公亦謂余不忘付祝云。《松隱文集》卷三三。

三七　題周昉《大內圖》

有國之化，每自內以及外。然下以承上，從風而靡矣。周昉能彷像禁密，繪以爲圖，則用心於美化，欲作世範，志意亦廣矣，是宜藏之。況丹青人物之妙，深造原底，蓋有唐名筆也。《松隱文集》卷三三。

三八　跋《打毬圖》後

此唐太宗打毬圖，備盡乘騎擊逐之妙。今跨照夜白，赴毬甚俊，使人想像橫衝宋老生軍時，可見一時破敵意氣。《松隱文集》卷三三。

三九　跋九行《洛神賦》

陳思以洛妃寓言一時，稱重百代。又得顧虎頭寫其情狀，大令書其文采。畫法心畫之妙，後世以爲能事盡於此。

此秘藏大令真楷九行，較世所傳尤爲秀拔。行行典麗，字字清勁，恨神物摘取，散落不全，赤水元珠，未可再索。然書府中真有光氣屬天矣。《松隱文集》卷三三。

四〇　跋趙千里畫《石勒胡跪圖》

石勒微時，王夷甫便識此胡異相，急逐欲殺之。得右侯，遂帝全趙，亦其英略絕人，信任賢俊之效。

茲見佛圖澄推誠接物，有足多者，千里乃肯寫其梗概云。《松隱文集》卷三三。

四一　跋心老所藏名臣帖

昔人謂書以精神爲上，結密次之，位置又次之。楊凝式身在衰亂，猶能以筆法傳後者，一主於精神，可不務哉！

今四公皆廊廟器，主盟雅道，宜其心畫超軼絕塵，競爽名世。况元祐間奎壁和氣，鍾於朝右，遐想風度，覽此增心目之敬。敦行師宜襲以寶所也。《松隱文集》卷三三。

四二　題陸宰《七賢圖》

曠達之士，代有其人。竹林七友，最爲名世。雖被外難，而清節楚楚，無一絲頭點污山水，歷古推重，宜也。

天台邑大夫好古博文，藏此圖以相示，因知君維持雅士爲力云。《松隱文集》卷三三。

四三　跋夏御帶所書《千文》

太尉夏公，以戚里肺腑之貴，躬翰墨冷淡之學，敦詩説禮，博綜群書，心摹手追，備盡八法。其於點畫之妙，已凌跨昔賢。意好不倦，日進未艾也。

東坡謂"真生行，行生草"，昔人皆正行草書兼得，而後横斜平直，無不相乘除。更願力於真行，則他日不擇筆墨，信手拈來，無非麟之一角也。《松隱文集》卷三三。

四四　跋唐文皇手勅

文皇嗜二王書，不啻飢渴，鳩集搜採殆盡。其精微悉存於胸中，故落筆之際，則英偉雄俊，非復二王氣味。大抵帝王自有範圍，神化之妙，非世智能測。《松隱文集》卷三三。

四五　唐文皇《九仙帖》

唐太宗開基盛王，好大喜功，雖引使人亦不付有司，斷以己意。其於翰札之美，則龍跳虎臥矣。《松隱文集》卷三三。

四六　跋智果《文福帖》

此帖前爲行草，後自年月下小楷十二字。語意所稱道，類謝安石一輩人。果初師智永，然特瘦健，與永不侔。嘗謂永曰："和尚得右軍肉，智果得骨。"於此可見。但評書頗譏果傷淺露者，豈以果作字期於有似，致輕重不倫，遂失自得之趣，宜評者爲言也？跡其好尚則優矣。《松隱文集》卷三三。

四七　跋王羲之《雨晴帖》

羲之與子姪輩書，草草，似不經意。及尋繹之，筆筆皆有位置。如大辯智人，雖語默無常，悉證於道。此帖是也。千載間雖有作者，往往得彼失此，曷能集大成也？《松隱文集》卷三三。

四八　跋晉王洽《仁愛帖》

王導行草，見貴當世。洽在諸子中，又最知名，而書不減父風，下筆有新意。此帖當是以其兄散騎常侍恬之亡也，語故切至，筆鋒鮮潤，加之結密，未必不冰寒於水。《松隱文集》卷三三。

四九　跋陸柬之《千文》

陸柬之當唐太宗、高宗之朝，故書《千文》闕"淵"、"民"、"治"三字。少學書於其舅虞世南，晚乃習二王法，故體象與世南殊不類。張懷瓘謂"一覽未察，沈研始精"，則王、虞神氣，柬之筆下爲可分矣。《松隱文集》卷三三。

五〇　跋張安國題字

顯貴英遊，乃如湖海之士，胸貯丘壑，筆力扛鼎，以飽學妙蘊，移其骨相。展玩數過，方想漫仕之風度，挹筆墨之秀發。而末奉延陵之臨寫，絕歎點畫之超詣，昂霄聳壑，過數等矣。因知風檣陣馬，一日千里，孰不瞠若乎後哉？《松隱文集》卷三三。

五一　題王獻之書《洛神賦》

大令好書《洛神賦》,而李陽冰論右軍書,與《畫像讚》同稱。右軍之跡不復可見,不知更勝此否?柳公權記於前,璨題其後,何止公懇卿邪?文淵閣四庫全書本《佩文齋書畫譜》卷七一。

王佐才藝話（六則）

王佐才（生卒年不詳），湖州（今浙江湖州）人，紹興中在世。

一 《復古編》序

書名之作，其來尚矣。自伏犧造書契而文籍生，降及三代，因革不同，蟲魚草木之形變於周史。逮至秦漢，作者間出，李斯、趙高作《倉頡》《爰歷》之書，一變而爲小篆。軍正程邈便於簡易，再變而爲隸。魏晉以來，籀篆既泯，唯真草盛行。至唐，韓擇木、李陽冰踵嶧山秦望之餘，近代徐鉉宗陽冰之法，復以小篆行於世。然去古彌遠，未有能臻其妙者。

吳興張謙中先生素留心此學，深造古人之妙，自元豐以來以小篆著名，天下鮮儷焉。鄉人徐滋元象舊與先生爲鄰，親炙先生餘誨，揮毫落紙，得先生之法，先生亦雅愛奇之。其平昔所著，如《復古編》《千字文》之類，屬纊之際，盡以遺之，藏於巾笥，如獲大寶。今將鏤板勒碑，以廣其傳於永久，命僕作序以誌之，聊書其梗概云。時紹興十三年七月六日，王佐才序。清刻本《皕宋樓藏書志》卷一四。

二 劉帥畫道林冬景

破墨方紈趣向深，煙嵐幽景鎖冬陰。溪頭雪細春生牖，巖脚風清晝滿襟。千里斷雲藏片石，一江流水映疎林。長沙妙跡誰傳寶，龍閣精神學士心。文淵閣四庫全書本《聲畫集》卷三。

三 贈徐微中畫龍

陰陽變化萬物從，其間至神惟真龍。庸夫俗眼不得見，或躍或潛無定蹤。後來高士探元窟，素縑摹畫求形容。在昔擅名能幾人，爭爲妍巧誇殊功。東朐徐氏奮奇趣，俊筆醉揮欺古風。爲余好事輒寫奇，老鱗蒼鬣驚盲聾。怒搏滄海噴白浪，暗拖暮雨橫長空。雙雙頭角戰初罷，奔騰半沒寒雲中。只恐霹靂生坐上，爪牙活動挐寰穹。軒昂當世稱獨步，貴臣褎譽聞宸聰。黃金扇成争進入，雄聲一日喧深宮。從此毫端愈珍重，千歲萬歲傳無窮。《聲畫集》卷七。

四　畫虎

炳毛威骨自精神，好祝提毫點刷人。縱使不成猶勝狗，休添角翼亂天真。《聲畫集》卷七。

五　贈曇潤畫鷂

飲啄飛鳴各後先，當時操筆想中傳。生來野態無拘束，萬里秋風自在天。《聲畫集》卷八。

六　贈徐子虛畫魚

我嘗放意游江湖，喜從釣叟觀真魚。有時臨溪行復坐，秋水無風魚自如。鮮鱗滑鬣隨上下，回旋戲躍形皆殊。兩兩相逢若對語，聚頭戢戢搖雙鬚。忽然散漫背遊去，一半掉尾潛菰蒲。往來得所弄晴色，員波觸動生浮珠。困依垂楊看不足，盡日忘歸誰與俱？自從北走塵土窟，十年不復瞻蓴鱸。憑誰畫出江湖趣，東海今聞徐子虛。毫端奪得生時意，京師好事争傳摹。寫成雙幅輒遺我，展舒活動驚堂隅。窮搜前古少奇筆，此本只恐人間無。任教涸轍強濡沫，對面相忘千里書。《聲畫集》卷八。

姚平仲藝話（一則）

　　姚平仲（一○九九～？）字希晏，隴幹（今甘肅靜寧）人。幼孤，姚古收爲養子。年十八與夏人戰臧底河，斬獲甚眾。靖康中累官京畿等路宣撫司都統制。金兵圍汴梁，請出死士斫金帥，以功不成，亡去，入大面山穴居，朝廷求之弗得。乾道、淳熙間出至丈人觀道院，時年八十餘。時爲人作草書，頗奇偉。

題米芾書

　　元豐間，米南宮居鎮江，自號鹿門居士。常在甘露寺，榜其所曰米老庵。一日，甘露寺大火，惟李衛公塔及米老庵獨存。元章作詩云："神護衛公塔，天留米老庵。"其印文曰"火正後人芾印"所由來也。淳熙改元甲午三月廿日，姚平仲書。清刻本《白雲居米帖》卷一一。

王進藝話（一則）

王進，紹興中蓬萊（今山東蓬萊）人。餘不詳。

題邵武熙春山石筍張紘詩刻

張使君詩入石六十九年，句法之妙，愈覺清新。予巡部過此，惜其棄置之久，命工重立，傳諸好事者，庶使詩人光焰不致堙沒也。紹興庚申孟夏上休日，蓬萊王進題。

光緒九年刻本《續語堂碑錄》。

曾慥藝話（二則）

曾慥（？～一一五五）字端伯，號至遊居士，泉州晉江（今福建晉江）人，曾公亮四世孫。政和中，官於濟北。靖康間，任倉部員外郎。建炎末，除江西轉運判官。紹興八年，爲湖北兼京西轉運副使。九年，行尚書户部員外郎，總領應辦湖北西路宣撫使司大軍錢糧。十一年，遷太府正卿，總領湖廣江西京西路財賦。十四年，知虔州。十八年，改知荆南，移夔州。二十三年，知廬州。二十五年卒。曾慥學問賅博，撰著甚富，編撰有《百家詩選》《樂府雅詞》《高齋詩話》《八段錦》《類説》《高齋漫録》《集仙傳》《道樞》等。趙與時批評其"矜多炫博，欲示其於書無所不讀，於學無所不能，故未免以不知爲知"，詩選去取未必精當，人多議之（《賓退録》卷六）。今存《樂府雅詞》三卷、拾遺二卷，《高齋詩話》輯佚二十五條，《類説》輯本一卷，《高齋漫録》一卷。

《高齋漫録》（選録 二則）

歐陽詢《化度寺碑》、虞世南《孔子廟堂碑》、柳公權《陰符經叙》，三公以書名三碑，又最精者。案：此條據《學海類編》增入。

夏噩賢良家藏李太白墨跡十八字，云："乘醉踏月，西入酒家。不覺人物兩忘，身在世外。"太白書，國朝諸名公跋於其後。以上文淵閣四庫全書本《高齋漫録》。

百歲老人藝話（四則）

《四庫全書·楓窗小牘》提要云："不著撰人名氏。前有明海鹽姚士粦序，以書中所載先三老一條，證以洪适《隸釋·袁良碑》，知其姓袁。又有'少長大梁'及'僑寓臨安'語，可知其鄉貫。其名則終莫得詳。查慎行注蘇軾《來鶴亭詩》，引爲袁褧，未詳何據。褧實明人，疑慎行誤也。上卷記見崇寧間作大鬢方額，下卷言嘉泰二年月食事，即以崇寧末年而計，亦相距九十七年，舊本題百歲老人，不誣也。所記多汴京故事，如艮嶽、京城、河渠、官闕、户口之類，多可與史傳相參，其是非亦皆平允。惟洪芻以根括金銀之日，勢劫内人，徵歌佐酒，其罪不可勝誅，長流海島，宋法已爲寬縱。此乃力辯其無喜，則紕謬之甚，不足徵據矣。"

《楓窗小牘》（選錄　四則）

太常音律官田琮家，庭中嘗有光怪，掘地得古鐸三枚：一黄鐘，一中吕，一土死無聲。又一玉管，校長於古玉管，蓋漢晉間物也。其年遂遷職。文淵閣四庫全書本《楓窗小牘》卷上。

名畫李成以山水供奉禁中，然以子姓饒貲爲宫市珠玉大商，不易爲人落筆，惟性嗜香藥名酒，人亦不知，獨相國寺東宋藥家最與相善，每往，醉必累日，不特楮素，揮灑盈滿箱篋，即鋪門兩壁亦爲淋漓潑染。識者謂壁畫家入神妙，惜在白堊上耳。

歐陽文忠公《樊侯廟災記》真稿，舊存余家，其中改竄數處，如"立軍功"三字，稿但曰"起家"；"平生"曰"生平"；"振目"曰"瞋目"；"勇力"曰"威武"；"雄武"曰"英勇"；"生能萬人敵，死不能庇一躬"曰"生能聾喑啞叱咤之主，死不能保束草附土之形"；"有司"曰"殘暴"；闕喑嗚叱咤四字，"無苢"曰"使風馳電擊，平北咆哮"。凡定二十三字，書亦遒勁。時余家從祖倅鄭，故得其稿，今竟失去，不得與蘇公手書並存，惜哉！

周顯德中，嘗詔王朴考正雅樂，朴以爲十二律管互吹，難得其真，乃依京房爲律準，以九尺之弦十三，依管長斷分寸設柱，用七聲爲均，樂乃和。至景祐元年九月，帝御觀文殿，詔取王朴律準觀視，御筆篆寫律準字於其底，復付太常秘藏本寺模勒刻石於廳事。博士直史館宋祁爲之贊，其詞曰："有周有臣，嗣古成器，絃寫瑄音，柱分律位。俾授攸司，謹傳來世，上聖稽古，規庭閱視。嘉御正聲，親銘寶字，奎鉤奮芒，河龍獻勢。樂府增榮，乾華俯賁，用協咸韶，永和天地。"以上《楓窗小牘》卷下。

衛博藝話（一則）

衛博（生卒年不詳），歷城（今山東濟南）人。早年曾參戎幕。紹興三十二年，爲左朝奉郎。乾道三年，主管禮兵部架閣文字。四年，爲樞密院編修官，旋致仕。工爲文，尤長於四六文，文集中現存表啟、序記、書信多爲代人之作，"工穩流麗，有汪藻、孫覿之餘風，非應酬率率者可比"（《四庫全書總目》卷一五九）。其詩也意象鮮明，清新條暢。著有《定庵類稿》，原集已佚，清四庫館臣自《永樂大典》輯出，重編爲四卷。

跋武氏石室畫像

右，武氏石室畫像。漢人飾墓多類此，諸家所記李剛、魯恭、朱浮、武氏墓室，皆章章可考者。李剛爲荆州刺史，墓在鉅野黃水南，石室三間，四壁隱起，雕刻爲君臣官屬，龜龍麟鳳之文。魯恭爲司隸校尉，墓在金鄉，前有石祠石廟，四壁皆青石隱起，刻書契以來忠臣、孝子、義女，孔子及七十二弟子像。二説出酈道元《水經》。朱浮墓在濟州，壁上刻平生所歷官、車馬儀衛，題曰"府君作令時"，"作京兆尹時" 及他官時。見米元章《畫史》。

濟州有武氏數墓，墓前有石室，刻古聖賢像。小字，八分書，題記姓名，往往爲讚於其上。見趙德夫《金石録》。考之此畫，無孔子七十二弟子及四靈形象，無"府君作令"、"作京兆尹"等語，而有八分小字，古聖賢題贊，知爲武氏墓室審矣。武氏有石闕銘，長史班、從事梁、吳郡丞開明、執金吾丞榮數碑皆出任城，趙德夫所謂武氏數墓是也。趙雲墓前有石室，不指明誰墓。按從事梁碑云"前設壇墠，後建祠堂，良匠衛改雕文刻畫，羅列成行，攄騁技巧，委蛇有章"，似謂此畫。然德夫家東州，宜得之詳，正應傳疑耳。某聞之喻子才郎中，南渡四十年纔再見之。朱晞真、張如瑩氏漢碑鄉來無恙者，故自有數。中厄戎馬，其傳益微。此本則文字奇古，少訛闕，尤可珍愛。

乾道丁亥夏，客有持示建康尹某人，云即張如瑩尚書所藏本也，乃刻而納諸府廨，紬中閣之壁，以震耀來世云。文淵閣四庫全書本《定庵類稿》卷四。

仲并藝話（五則）

仲并（生卒年不詳）字彌性，江都（今江蘇揚州）人。紹興二年進士，授平江府學教授，改左承奉郎，出通判湖州。七年，以張浚舉薦，召至闕，爲秦檜所阻，改通判鎮江府。十六年，言者希秦檜意，論劾其爲官妓作生日設醮青詞，降二官，自是閒退二十年。孝宗即位，擢光祿丞，出知蘄州。官終朝請大夫、淮東安撫使參議。仲并學識廣博，文章高簡有法度，周必大稱其四六文閎肆不羈而關鍵嚴密，對仗精巧而不拘於駢儷；論事之文深切明白，務在可行；雜著題跋，清雅可愛。詩亦清雋拔俗，詞風清曠似蘇軾。著有《浮山集》十六卷，原集已佚，清四庫館臣自《永樂大典》輯出詩文，重編爲十卷。

一　題章伯深朧怪圖

竹戶茅簷一逕斜，清樽黃卷定生涯。溪山勝處春長在，却放朱藤一半花。
杖策山隈亦水濱，閒中未害飽經綸。何曾寂寞嵌巖裏，慣著風流廊廟人。文淵閣四庫全書本《浮山集》卷三。

二　畫枯木

乞與空齋伴我閒，風霜譜盡各蒼顏。不妨黛色凌雲榦，蟠屈生綃尋尺間。《浮山集》卷三。

三　贈筆工序

書不擇筆，非至能書，則至不能書者也。

余平生不知書法，見筆輒書，未嘗敢擇。以故筆工精否優劣，亦懵然不能等級差次之。

今日試某人筆，則雖予之至不能書，亦知其爲工，知所擇矣。《浮山集》卷四。

四　題吳興沈師所藏米老帖

此老無恙時，此帖家家有也。今墓木不啻拱矣，鑑逢真主，價長千金，流落人間者，真太山一毫芒。

今日見此帖，病眼頓醒。展玩久之，因語冲虛師，其亟由間道以歸，非余勉同忠恕，法當沒入也。《浮山集》卷四。

五　題臨丘文播《四花圖》

自某來吳門，每過空如老人，相對清坐，便覺不在城市間。去此有日，見所作《四花圖》，不能釋手。老人善藏之，賞音者希，不特爲此花太息也。中華書局一九八六年影印本《永樂大典》卷五八四〇。

陳章藝話（一則）

陳章（生卒年不詳）字漢卿，河南府登封（今河南登封）人。紹興間在世。

題《夢遊瀛山圖》

蓬島圖本張飛卿所寶，後以遺傅延之。

紹興七年，飛卿之弟共甫與延之及章皆會集於南昌，遊從之樂，殆無虛日。是歲中秋，同賞共甫之舍，章亦與焉。延之出以示眾客，既而謂共甫曰："此公家舊物也。"遂歸共甫，願寶惜之。次年冬至後二日，共甫持節湖湘，道由清江，章適寓是郡，因得再觀。延之下世已一年矣，相與慨歎云。嵩山陳章漢卿書。文淵閣四庫全書本《式古堂書畫彙考》卷四二。

劉子翬藝話（一一則）

劉子翬（一一〇一～一一四七）字彥冲，號屏山，亦號病翁，鞼子，子羽弟。崇安（今福建武夷山）人。未冠遊太學，以父蔭補承務郎，入真定幕府。建炎三年，通判興化軍，秩滿以最聞。以疾不堪吏事，乞閑，主管武夷山冲佑觀，居屏山潭溪，獨居一室，終日危坐，意有所得則書之，或詠歌自適，講學不倦。與胡憲、劉勉之交遊，相互切磋學問，朱熹嘗從其學。紹興十七年卒，年四十七。劉子翬天資卓異，讀書廣博，筆力甚高，詩文俱工。《四庫全書總目》卷一五七稱其"辨析明快，曲折盡意，無南宋人語録之習；論事之文，洞悉時勢，亦無迂闊之見"，爲"明體達用之作，非坐談三代、惟騖虛名者比"。與江西派詩人呂本中、韓駒、曾幾等相往還，故其詩歌受江西詩派影響，古風高秀，不襲陳調；近體蒼勁卓煉，頗雜禪宗語意。著有《屏山集》二十卷。

一　試梁道士筆

善將不擇兵，善書不擇筆，顧所用如何耳。

南渡以來，毛穎乏絕，幔亭黃冠以筆遺余，玉表霜裏，視之皆觸藩之柔毳也。束縛精妙，驅使如意，亦管城之亞匹焉耳。

因念神州赤縣，半沒埃穢中，或言南兵剽輕不足仗者，而春秋吳楚之霸，六朝晉宋之捷，不聞借銳於他方，選徒於外境。昔人云："京口酒可飲，兵可用。"豈用之自有道耶？書生過計，推此理於試筆之間，庶幾之裔，不專美於舊談，組練之軍，或有爲於今日。文淵閣四庫全書本《屏山集》卷六。

二　溫公隸書銘

公硯已瘞，姦魂夜悸。公墨霑池，潛來湘纍。假其餘聲，所感如此。矧公真筆，劍戟交倚。挂之高堂，浮慮盡死。我觀公書，識公胸次。天地輸誠，風霜薦厲。吐而發之，茲其餘事。公之立朝，營營仇敵。不勤其剛，不披其殖。障海一簀，排風孤翮。

始訾繼斥，卒伸其直。世衰道圮，喏喏唯唯。有筆如椽，微公莫使。我銘其尾，吁嗟已矣。《屏山集》卷六。

三　臨池歌

劉致思倦遊，復卧故廬，有意學書，來求石刻。因慨然念昔經行秦洛趙魏間，未嘗不回驂駐軫，搜訪古跡故宮遺址，豐碑斷碣歷歷相望也。吹埃剔蘚，考年代之所志；訂古驗今，識興衰之所自至。乃壞壠荒榛，微陽霧雨，雖暴露霑沐，僮僕色難，而余躊躅不忍去，奇蹤偉筆多致墨本，甚者闕裂模糊，不可辨了，亦皆摸脫以歸。登登之聲殷乎山谷，積歸所獲車載牛負，不可勝計。喪亂以來，汛掃焚書，何止七厄哉！今披篋視之，十得一二，有副本者輒以與致思。致思明爽，嘗留心字學，運筆流快，風行草偃，固足以軒輊流輩，然未能窺前人籓域者，功虧一簣耳。夫洞石仆木，非蹶張挽強者所能。用志不分，乃凝於神。梓慶削鐻、痀瘻承蜩，皆此道也。致思充是而學焉，余不知其所至矣。因作《臨池歌》以堅其志，切切偲偲，亦朋友之義也。

君不見，鍾繇學書夜不眠，以指畫字衣皆穿。當時尺牘來鄴下，錦標玉軸爭流傳。又不見，魯公得法屋漏雨，意象咄咄凌千古。斷碑零落翠苔封，直氣英風猶可覩。元常獨步黃初際，清臣後出今無繼。風神迥出本天資，巧力亦自精勤至。羨君好尚何高奇，寒窗弄筆手生胝。向來失計墮塵網，銳氣直欲摩雲飛。男兒舌在心何怍，却擬臨池尋舊學。要須筆外見鍾顏，會自蛟龍生掌握。銀鈎石刻余何愛，勸以短歌君勿怠。他時八體妙有餘，此歌倘可君紳書。《屏山集》卷十一。

四　明皇九馬圖

書生兀兀園不窺，見馬豈辨驪與騅。開圖九駿立突兀，摸挲知是真龍兒。奔雷蹴踏原野動，曳練參錯風沙隨。華纓金絡豈不好，矯首奮迅那容羈。吾聞取驥如擇士，競愛妥帖驚權奇。士懷倜儻衆論斥，馬有鬐領羣駑欺。六閑豢養固恩厚，橫氣摧折常鳴悲。丹青倘不逢妙手，萬世豈識真龍姿。因思中原政格鬭，鐵騎倏忽銀山移。着鞭安得致此物，掩畫四顧徒歔欷。《屏山集》卷十一。

五　聽詹溫之彈琴歌

鳴琴藝精非小道，可惜溫之今已老。玲琅一鼓萬象春，鐵面霜髯不枯槁。自言寡知音，求我爲作歌。號宮韻角可聽不可狀，錦腸繡舌空吟哦。吾意其一氣之清濁，兩曜之晦明，山河之結融，雷霆風雨之震驚。包羅具七絃，開闔造化由人心。又疑夫堯禹之躬行，丘軻之立言，瞿聃之同歸，百家諸子之紛然，更歷千萬古，此意不滅絲桐間。滌除浮慮清，蕩摩愁襟開。琴之氣象廣如此，欲媚俗耳知難哉！寒缸燒涸夜嚮闌，罷琴歸矣我欲眠。夢跨冰輪出瑤海，一笑碌碌瀛洲仙。《屏山集》卷十二。

六　萊孫歌

屯田詞，考功詩，白水之白鍾此奇，鉤章棘句凌萬象，逸興高情俱一時。耆卿骨朽士特死，澗谷錯莫無晶輝。後生俊秀何其寡，吾宗喜有萊孫者，雙瞳點漆面如水，一見使我心神寫。讀書已通經，學賦已知律，只今年十三，吐氣成五色。驪珠出海夜生光，突笴流弦追莫及。人材有價誰能私，不妨乃翁聊譽兒，囊中彩筆今付汝，往繼二妙聲名馳。《屏山集》卷十二。

七　觀二劉題壁

溫其題詩新歷寺，落筆風雨驚長林。眼高一世常欲罵，想見掀髯坐巖陰。致中題詩新興寺，壞壁歲久莓苔侵。山僧好事亦可喜，解誦鳥啼春意深。我來經覽渾如昨，玉友金昆念離索。投林倦翼不同棲，況復分飛在寥廓。故山終勝他山好，新交不如舊交樂。何況把酒問鷗盟，臥聽松風同一壑。《屏山集》卷十三。

八　韓幹畫馬闕四足，龍眠榻而全之

吾聞兩臂天下重，馬失四蹄將底用。平生想似萬里逝，對此惟心惻然動。得非曾落駑駘羣，踠脫泥塗良已勤。又疑逸氣厭拘繫，絕踷徑欲超浮雲。諦觀事乃不爾劇，破練丹青老無色。軒昂自有尊足存，顧盼一株陰山碧。韓生筆法妙此圖，龍眠榻出了不殊。斷鼇自昔徒聞說，續鳧雖工計已疏。何如染作滄江遠，要看追風躡微雲。《屏山集》卷十四。

九　吳傅朋遊絲帖歌

園清無瑕二三月，時見遊絲轉空濶。誰人寫此一段奇，著筆春風吹不脫。紛紜糾結疑非書，安得龍蛇如許癯。神蹤政喜繁不斷，老眼只愁看若無。定知苗裔出飛白，古人妙處君潛得。勿輕漠漠一縷浮，力遒可罣千鈞石。睠余弟兄情不忘，軸之遠寄悠然堂。謝公遺髯凛若活，衛后落鬢搖人光。翻思長安夜飛蓋，醉哦聲若南山外。亂離契濶三十秋，筆意與人俱老大。政成著腳明河津，外家風流今絕倫。文章固有機杼用，戲事豈足勞心神。傅朋，王逢原外甥也。《屏山集》卷十四。

一〇　觀胡文定公手墨，因求別本

　　溫溫文定公，至道夙所欽。神超雖緬邈，餘英壯儒林。正容閱真翰，默默流至音。不事八法奇，天成寫幽襟。有如瀚海鴻，隨波自浮沉。又如太虛雲，舒捲杳莫尋。乃知晉魏還，筆端有哇淫。棄稿競韞藏，非將玩球琳。庶幾字畫間，可以求其心。清伊一派流，滙作萬丈深。溝渠有暴盈，洿涊時見侵。投膠了不難，公以獨力任。我慚步趨晚，悠然寄孤吟。流風在目前，著鞭要駸駸。願分墨本餘，刻之蒼崖陰。大塊有動搖，斯文無古今。公帖云：世間一切如流水浮雲，所過者化，不足留胸中。《屏山集》卷十四。

一一　同張守謁蔡子强觀硯論琴偶書

　　共造中郎室，明窗玩好奇。硯珍鐫子石，琴古斷孫枝。篆鼎飄香遠，茶甌轉味遲。自慚塵土累，清話得移時。《屏山集》卷十六。

吳曾藝話（一六則）

吴曾（生卒年不詳）字虎臣，撫州崇仁（今江西崇仁）人。平生博學，能詩文。紹興三十二年，其所編筆記文集《能改齋漫錄》，記載史事異聞，辨證詩文典故，解析名物制度，資料豐富，援引廣博，保存了若干有關唐、宋兩代文學史的資料，一直爲後世學者所重視。余嘉錫在《四庫提要辨證》中說："幾與洪邁《容齋隨筆》相埒。"《能改齋漫錄》爲雜錄考證性筆記，其中十六、十七兩卷論詞，計六十九則，《詞話叢編》輯爲《能改齋詞話》，然他卷亦時有論詞者。吳曾還以治病濟世爲懷，博採古醫方藥，臨床驗證，繼而推闡其製方之意，辨析明暢後予以錄存。另有《君臣論》《負暄策》《毛詩辨疑》《左傳發揮》《得閒文集》《待試詞學千一策》等近二百卷，已佚。

《能改齋漫錄》（選錄　一六則）

歌辭曰曲

自昔歌辭，或謂之曲，未見其始。《琴書》曰："蔡邕嘉平初入青溪，訪鬼谷先生所居。山有五曲，一曲製一弄：山之東曲，常有仙人遊，故作《遊春》；曲南有澗，冬夏常淥，故作《淥水》；中曲即鬼谷先生舊所居也，深邃岑寂，故作《幽居》；北曲高巖，猿鳥所集，感物愁坐，故作《坐愁》；西曲灌木吟秋，故作《秋思》。三年曲成，出示馬融，甚異之。"然漢蘇武詩云："幸有絃歌曲，可以喻中懷。"則音韻稱曲，其來久矣。又按，《韓詩章句》："有章曲曰歌，無章曲曰謠。"

端溪硯

端州石，唐世已知名。許渾《歲暮自廣江至新興》詩云："洞丁多斵石，蠻女半淘金。"自注云："端州斵石。"李賀《青花紫石硯歌》云："端州匠者巧如神。"柳公權《論硯》亦云："端溪石爲硯，至妙也。"以上文淵閣四庫全書本《能改齋漫錄》卷一。

歌曲以闋爲稱

歌曲以闋爲稱。案《呂氏春秋》："昔葛天氏之樂，三人操牛尾捉足以歌八闋。"《能改齋漫錄》卷二。

使騶忌聽琴事

元微之《桐花》詩云："爾生不我得，我願裁爲琴。宮絃春以君，君若春日臨。商絃廉以臣，臣作旱天霖。"蓋取《史記》："騶忌子聞齊威王鼓琴而爲説曰：'大絃濁以春温者，君也；小絃廉折以清者，相也。'"《西清詩話》乃云："吳僧義海，琴妙天下，而東坡《聽惟賢琴》詩，有'大絃春温和且平，小絃絲折亮以清'之句。"至謂"東坡未知琴趣，不獨琴爲然"。殊不知亦取騶忌子聽琴之事耳。

陽關圖

王維《送元二安西》絶句："渭城朝雨浥輕塵，客舍青青柳色新。勸君更盡一杯酒，西出陽關無故人。"李伯時取以爲畫，謂《陽關圖》，予嘗以爲失。案《漢書》："上黨有天井關，燉煌龍勒有玉門關、陽關，去長安二千五百里。"唐人送客，西出都門三十里，特是渭城耳。今有渭城館在焉，即古之渭陽。據其所畫，當謂之渭城圖可也。東坡《題陽關圖》詩："龍眠獨識殷勤處，畫出陽關意外聲。"皆承其失耳。至山谷《題陽關圖斷章》云："渭城柳色關何事，自是離人作許悲。"然則詳味山谷詩意，謂之渭城圖宜矣。

落梅花、折楊柳

《樂府雜錄》載：笛者，羌樂也。古曲有落梅花、折楊柳，非謂吹之則梅落耳。故陳賀徹《長笛》詩云："柳折城邊樹，梅舒嶺外林。"張正見《柳》詩亦云："不分梅花落，還同橫笛吹。"李嶠《笛》詩："逐吹梅花落，含春柳色驚。"意謂笛有梅、柳二曲也。然後世皆以吹笛則梅花落，如戎昱《聞笛》詩云："平明獨惆悵，飛盡一庭梅。"崔櫓《梅》詩："初開已入雕梁畫，未落先愁玉笛吹。"《青瑣集》詩："憑仗高樓莫吹笛，大家留取倚欄看。"皆不悟其失耳。惟杜子美、王之渙、李太白不然。杜云："故園楊柳今搖落，何得愁中卻盡生。"王云："羌笛何須怨楊柳，春風不度玉門關。"李云："黄鶴樓中吹玉笛，江城五月落梅花。"亦謂笛有二曲也。

曲名舞山香

東坡記徐州通判李燾有子，年十七八，素不善作詩。忽詠落花云："流水難窮目，斜陽易斷腸。誰同研光帽，一曲《舞山香》。"人驚問之，若有物憑者。謝中舍問其研光帽事，自云："西王母宴群仙，有舞者戴研光帽，帽上簪花。《舞山香》一曲，未終，花皆落去。"予讀唐《羯鼓錄》，見"汝陽王璡，明皇愛之，每隨遊幸。璡嘗戴研紗帽子打曲，上自摘紅槿花一朵，置於帽上。遂奏《舞山香》一曲，花不墜落。上大笑"。事與前極相類。

曲名荔枝香

《唐書·禮樂志》："帝幸驪山。楊貴妃生日，命小部張樂長生殿。因奏新曲，未有名。會南方進荔枝，因名曰《荔枝香》。"樂史所作《楊妃外傳》亦云："新曲未有名，會南海進荔枝。"故杜子美《病橘詩》云："憶昔南海使，奔騰獻荔枝。百馬死山谷，到今耆舊悲。"又《解悶詩》云："先帝貴妃今寂寞，荔枝還復入長安。炎方每續朱櫻獻，玉座應悲白露團。"按，《唐志》以荔枝貢自南方，《外傳》以荔枝貢自南海，杜詩亦以爲南海及炎方，則明皇時進荔枝自嶺表明矣。東坡詩乃以"永元荔枝來交州，天寶歲貢取之涪"，張君房《脞說》亦以爲忠州，何耶？當有辨其非是者。以上《能改齋漫錄》卷三。

胡笳十八拍

王觀國《學林新編》曰："秦甫思《紀異錄》云：'琴譜《胡笳曲》者，本昭君見北人捲蘆葉而吹之，昭君感之，爲製曲，凡十八拍。'觀國以爲董祀妻蔡琰文姬爲胡騎所獲，歸作詩二章。今世所傳《胡笳曲十八拍》，亦用文姬詩中語，蓋非文姬所撰，乃後人所撰，以詠文姬也。《紀異》謂昭君製曲，則誤矣。王荊公作《集句胡笳曲十八拍》，首言'中郎有女能傳業'者，亦詠蔡文姬也。王昭君未嘗有《胡笳曲》傳於世。"以上皆王說。予按，《琴集》曰："《大胡笳十八拍》《小胡笳十九拍》，並蔡琰作。"及案蔡翼《琴曲》，有大、小《胡笳十八拍》。沈遼集，世名流家聲。小《胡笳》又有契聲一拍，共十九拍，謂之祝家聲。祝氏不詳何代人。李良輔《廣陵止息譜序》曰："契者，明會合之至理，殷勤之餘也。"李肇《國史補》曰："唐有董庭蘭，善沈聲，蓋大小《胡笳》云。"以此校之，觀國謂非文姬所撰，亦非矣。予又按，謝希逸《琴論》曰："平調，明君三十六拍。胡笳，明君二十八拍。清調，明君十三拍。間絃，明君十九拍。蜀調，明君十二拍。吳調，明君十四拍。杜瓊，明君二十一拍。凡有七曲。"然則明君亦有《胡笳》，但拍數不同耳。庾信詩云："方調琴上曲，變入胡笳聲。"觀國謂昭君不能製曲，又非也。

《黃帝炎》曲，炎當作鹽

沈存中《筆談》曰："頃年王師南征，得《黃帝炎》一曲於交趾，乃《杖鼓曲》也。炎或作鹽，唐曲有《突厥鹽》《阿鵲鹽》。施肩吾詩云：'顛狂楚客歌成雪，嫵媚吳娘笑是鹽。'蓋當時語也。今《杖鼓譜》中有炎杖聲。"以上皆《筆談》。予案《隋書·樂志》云："其舞曲有《疏勒鹽》。"《古樂府集》隋薛道衡有《昔昔鹽》。《樂苑》云："《昔昔鹽》，羽調曲，唐亦爲舞曲。昔一作析，唐趙叚廣之爲十一章。"然則以鹽名曲，自隋已有。存中以爲唐世，非也。考《唐書·禮樂志》及《通典》，皆不具此曲名。唯杜佑《理道要訣》云："天寶十三載七月，改諸樂名。太簇宮時號娑陀調，《鷦鵠鹽》改爲《白鴿鹽》；太簇商時號大石調，《野鵲鹽》改爲《神鵲鹽》；太簇羽時號般涉調《大序鹽》；中呂商時號雙調《神雀鹽》。"有此四曲，凡存中所謂《阿鵲鹽》在焉。然《突厥鹽》者，豈非《隋志・疏勒鹽》也？予又案張芸叟《南遷錄》，載其"以元豐中至衡山謁嶽祠，有樂工六十四人隸祠下。每歲立夏之日致祠，潭州通判與縣官備三獻奏曲侑神，初曰《蘇合香》，次曰《皇帝鹽》，終曰《四朵子》，三曲皆開元中所降也，至今不廢。器服音調，與今不同。然其曲甚長，自四更始奏，至旦方罷。祠官頗以爲勞，多從殺減"。然則存中以《黃帝炎》因近年征交趾而得之，蓋不知南嶽有此舊曲也。然《芥室詩話》以鹽者有味之謂。

杜彬琵琶皮作絃

陳無己《詩話》："歐陽公謫滁陽，聞其倅杜彬善琵琶，酒間請之，正色盛氣而謝不能，公亦不復強也。後彬置酒數行，遽起還內。漸聞絲聲，且作且止而漸近。久之，抱器而出，手不絕彈，盡暮而罷。公喜甚，過所望也。故公詩云：'坐中醉客誰最賢，杜彬琵琶皮作絃，自從彬死世莫傳。'皮絃世未有也。"以上皆陳説。葉少蘊《避暑錄》云："文忠在滁州，通判杜彬善彈琵琶，故其詩云：'坐中醉客誰最賢，杜彬琵琶皮作絃。'此詩既出，彬頗病之，祈公改去姓名，而人已傳，卒不得諱。"又云："琵琶以下撥重爲難，猶琴之用指深，故本色有軼絃讓索之稱。文忠嘗問彬琵琶之妙，亦以此對。乃取使教他樂工試爲之，下撥絃皆斷。因笑曰：'如公之絃，無乃皮爲之邪？'故有皮作絃之句。而好事者遂傳彬真以皮爲絃，其實非也。唐人說賀懷智以鵾雞筋作絃，人因疑之。筋比皮雖有可作絃之理，然亦不應得許長。且所貴者聲爾，安在以絃爲奇乎。梅聖俞《醉翁吟》亦云：'當時滁州所樂者，惟有杜彬彈琵琶。'使誠有之，聖俞亦當以異見於詩也。"以上皆葉説。余案陶岳《五代史補》云："馮道之子能彈琵琶，以皮爲絃。世宗令彈，深喜之，因號琵琶爲繞殿雷。"乃知以皮爲絃，古有其法，而杜彬得之。葉爲妄辨，無可疑者。且文忠公詩云："我昔被謫居滁州，雖名爲翁實少年。坐中醉客誰最賢，杜彬琵琶皮作絃。自從彬死世莫傳，玉練鎖聲入黃泉。"則公作此詩時，杜彬已死之後，葉安得有"祈公改去姓名"之説哉！余以意料之，當是葉只據兩句，而遂爲此説。又不考《五代史補》，偶忘馮氏舊事耳。不然，何舛誤之甚也。

僧義海評韓文公、蘇東坡琴詩

蔡絛《西清詩話》謂："三吳僧義海以琴名，世謂歐陽文忠公問東坡琴詩孰優，坡答以退之《聽穎公琴》，曰：'此祇是聽琵琶爾。'或以問海，海曰：'歐陽公一代英偉，何斯人而斯誤也？''昵昵兒女語，恩怨相爾汝。言輕柔細屑，真情出見也。劃然變軒昂，勇士赴敵場'，精神餘溢、竦觀聽也。'浮雲柳絮無根蒂，天地闊遠隨飛揚'，縱橫變態、浩乎不失自然也。'喧啾百鳥群，忽見孤鳳凰'，又見穎孤絕、不同流俗下俚聲也。'躋攀分寸不可上，失勢一落千丈強'，起伏抑揚、不主故常也。皆指下絲聲妙處，唯琴爲然。琵琶格上聲，烏能爾邪？退之深得其趣，未易譏評也。'"以上皆《西清詩話》。余謂義海以數聲非琵琶所及，是矣。而謂真知琴趣，則非也。昔晁無咎謂嘗見善琴者云："'浮雲柳絮無根蒂，天地闊遠隨飛揚'，爲泛聲，輕非絲、重非木也。'喧啾百鳥群，忽見孤鳳凰'，爲泛聲中寄指聲也。'躋攀分寸不可上'，爲吟繹聲也。'失勢一落千丈强'，爲歷聲也。數聲琴中最難工。"洪慶善亦嘗引用，而未知出於晁。是豈義海所知，況西清邪。"東坡後有《聽惟賢琴》詩：'大絃春溫和且平，小絃廉折亮以清。平生未識宮與角，但聞牛鳴盎中雉登木'云云，亦未知琴。春溫和且平，廉折亮以清，絲聲皆然，何獨琴也？牛鳴盎中雉登木，概言宮角耳，八音皆然，何獨宮角也？聞者以義海爲知言。"西清又謂："嘗考今昔琴譜，謂宮者非宮，角者非角。又五音迭起，宮聲爲多，與五音之正者異，此又坡所未知也。"以上皆西清語。余考《史記》："騶忌子聞齊威王鼓琴，而爲說曰：'大絃濁以春溫者，君也；小絃廉折以清者，相也。'"又《管子》："凡聽宮如牛鳴窖中，凡聽角如雉登木以鳴，音疾以清。"故《晉書》亦云："牛鳴盎中宮，雉登木中角。"以此知義海、西清寡陋，而妄爲之說，可付之一笑。以上《能改齋漫錄》卷五。

畫者楊契丹

翰林學士吳郡朱景元《畫斷》云："楊契丹，隋、唐間人，官至上儀同。六法備該，甚有骨氣，在閻立本之下。"余乃悟杜子美《奉先劉少府新畫山水障歌》"豈但祁岳與鄭虔，筆跡遠過楊契丹"之句。

張旭草聖

杜子美《飲中八仙歌》云："張旭三杯草聖傳，脫帽露頂王公前，揮毫落紙如雲煙。"又楊監《見示張旭草書圖》詩云："嗚呼東吳精，逸氣感清識。"案《唐書》本傳，止言旭每大醉，呼叫狂走，乃下筆，或以頭濡墨而書，世呼張顛，不言其詳。惟李頎有詩贈之，其言"皓首窮草隸，時稱太湖精"，則足以見杜所謂東吳精之意；其言"露頂據胡牀，長叫三五聲"，則足以見所謂脫帽露頂之意。

薛稷畫鶴

《南部新書》云："秘省內落星石，薛稷畫鶴，賀知章草書，郎餘令畫鳳，相傳號四絕。"故杜子美有《通泉縣署屋壁薛少保畫鶴》詩，所謂"薛公十一鶴，皆寫青田真"。

字舞

"羅衫葉葉繡重重，金鳳銀鵝各一叢。每遇舞頭分兩向，太平萬歲字當中。"王建《宮辭》也。案唐《樂府雜錄》云："舞有健舞、軟舞、字舞、花舞、馬舞。字舞者，以舞人亞身於地，布成字也。"故建有"太平萬歲字"之句。以上《能改齋漫錄》卷六。

馮時行藝話（一〇則）

馮時行（？～一一六三）字當可，璧山（今重慶璧山）人。宣和六年進士，調江原縣丞。建炎間，爲奉節縣尉，徙丹稜令。紹興八年，召對，力言和議不可信，忤秦檜意，出知萬州。尋罷職，居縣北縉雲山中，授徒講學，學者稱縉雲先生。秦檜死，二十七年，起知蓬州，歷知黎、彭二州。隆興元年，提點成都府路刑獄，卒於官。時行以反對和議而被貶斥，朱熹《跋張敬夫與馮公帖》稱其文集"論議偉然"，並以不得一見爲恨。亦能詞，有北宋婉約詞遺韻。著有《縉雲集》四十三卷，原集久已散佚，明嘉靖間李璽訪求得殘本，重編爲四卷。近人周泳先又輯有《縉雲樂府》。

一　題報恩方丈宋子展所作墨竹

叢筠抱清節，茂若含幽翠。孤樹老風霜，空枝少春意。其中有磐石，人莫知其器。堅頑如我心，脫盡榮枯累。畫不與詩謀，詩輒窮微理。何時逢畫郎，忘言笑相視。文淵閣四庫全書本《縉雲文集》卷一。

二　題郭信可琴中趣軒

泠泠接吾耳，塵爾非真精。大音寂無響，瓦礫如雷鳴。古今滯迷妄，溜溜塵所縈。落葉隨水去，顛風吹殘英。道人了本源，超然契無生。銷鎔天所假，浩蕩還空明。視聽非耳目，況復求音聲。竹木閎漁社，衡茅落初營。杖藜候晚收，曳履看春耕。無爲萬物逝，不言四時行。情塵泯絕處，大地皆罃罌。淵明出醉語，能與此理并。見之偶一笑，呼兒署南榮。莫作如是觀，吾軒本無名。文淵閣四庫全書本《縉雲文集》卷一。

三　紹興六年十月六日，同信可、舜弼、進道謁隱甫，值渠曬畫於中庭，遂得縱觀，中間不無可人意，獨范寬《雪山》八幅超然絕羣，令人意象蕭如，真得脫身歸巖壑間者。請賦詩，以"知君重毫素"爲韻，得"君"字

畫山畫骨更畫魂，范寬此中高出羣。君家八幅老筆墨，百年古篋鋪香芸。我來日出掛東壁，蒼崖落雪飛紛紛。寒鳥不動空無塵，蕩蕩晴天開四垠。終南太華入霄漢，秀色千里塡河汾。想當盤礴未畫時，天地開闢雲中君。長鯨吸川欲酣醺，疾起信手驅風雲。須臾却立萬嶺下，援筆往往齒沒齦。平生愛山在夢寐，行年四十老更文。摩挲巖壑重感歎，徑欲杖屨從麋麕。畫龍儻有真龍至，歸即到山非浪云。列仙之儒恐邂逅，煙霞芝术應平分。文淵閣四庫全書本《縉雲文集》卷一。

四　題楊毅肅《十馬圖》

平生仰聞毅肅公，南征北伐開駿功。所乘十馬有圖畫，今觀逸氣猶追風。當時血戰冒飛矢，一中鈎膺一貫耳。功名富貴豈偶然，請看將軍出萬死。紹興壬戌之仲冬，李巖城頭霜月空。夜深無寐開素軸，感時撫事三嘆息。文淵閣四庫全書本《縉雲文集》卷一。

五　題友人南北江山圖

地廓秦山壯，天涵海甸寬。十年經眼處，萬里入毫端。户牖開千嶂，風煙老一竿。已無圭組累，圖畫不空看。文淵閣四庫全書本《縉雲文集》卷二。

六　題《三緘金人圖》

余少讀《家語》，已知有周廟金人之戒。浮沈人間世，老矣，而卒蹈其禍，蓋誦其文而違其實者，書生之常患。

困而始學，敗而後悔者，中人之常性。今觀趙持正此圖，不覺凜然如近冰雪，吾其免乎哉！四庫全書珍本初集本《縉雲文集》卷四。

七　題王逸民小景

王逸民作瘦梅枯木林壑小景，其筆墨難於豪放而易於淡泊。高牙大纛，騎從赫奕，政自快人，而水邊林下，幅巾杖屨，自別有一種氣象。四庫全書珍本初集本《縉雲文集》卷四。

八　題墨梅花

騷人以荃蓀蕙茝比賢人，世或以梅花比貞婦烈女，是猶屈其高調也。王逸民以淡墨作寒梅雙影以見貺，余目之曰"此孤竹君之子也"，座客頗以爲有見之言。四庫全書珍本初集本《縉雲文集》卷四。

九　跋東坡《畫論》

蒲永昇畫，遇東坡先生可謂幸矣。後世伎藝，如永昇或不難得，而收名定價，則曠絕無人。三復斯文，重興歎惋。四庫全書珍本初集本《縉雲文集》卷四。

一〇　跋老蘇書帖

此書法律不足，韻度有餘。蜀人本不能書，元祐間，東坡始以其筆畫名世。其法雖出於二王，其實已濫觴於老蘇泉源中矣。四庫全書珍本初集本《縉雲文集》卷四。

范浚藝話（五則）

范浚（一一〇二～一一五一）字茂明，世稱香溪先生，婺州蘭谿（今浙江蘭谿）人。紹興初舉應賢良方正試，以秦檜當國辭不赴。講學授徒，學生至數百人。潛心學問，精研六經諸子史傳，所作詞賦辭高意古。嘗撰《策略》二十餘篇，皆經國之要務。紹興二十一年卒，年五十。范浚之學多本於經，尤得於《孟子》，貫穿精研，卓然有得。朱熹撰《孟子集注》，將其《心箴》全部收載，由是知名。范浚雖未曾入仕，但關切時事，其著述"辭博而峻整，深入理地，湛然自得，成一家之言"（《金華徵獻略》卷四）。著有《香溪先生文集》二十二卷。

一 題八馬圖

何年畫工搦毛錐，貌此八馬姿權奇。青絲絡頭十二蹄，調柔意態行愉怡。五馬放浪無維羈，或齕或望仍廻嘶。一牧牽鞚一牧騎，制度髣髴唐巾衣。不知此馬生何時，昔周穆王遠遊嬉。駕跨八駿驅東西，高升崑崙躡瑤池。騧騄驥義勞飛馳，日走萬里無停駓。興元唐家危累棊，百卷僅脫朱泚圍。黃屋進狩懷光追，八馬入谷七馬疲。筋攣肉綻行人悲，兩者資世皆顛羸。虛名何有千載垂，空得傳記流歌詩。未如此馬閑猶夷，牧坰不受鞭箠威。不踏險遠安無危，泉甘草薦足自肥。安用號駿稱雲騅，嗟哉畫意誰能知？文淵閣四庫全書本《香溪集》卷二。

二 聽琴

坐人皆聽琴，未必知琴音。相知紛滿眼，未必相知心。知音如子期，知心如鮑叔。此道久寥寥，誰其踵高躅。古聲勿復彈，古心徒自憐。知音惟月露，知我其惟天。君不見只今人情如紙薄，只今世路如溪惡。咄嗟許事不足論，鳥跡微茫度寥廓。《香溪集》卷二。

三　龍遊王丞過寓居（三首選一）

君家丞相世豪英，字畫文章不朽名。盥手何時披墨妙，烏絲欄上看真行。王丞欲以其祖荊公墨跡相示。　《香溪集》卷三。

四　張子經示所得後湖居士詩及書札，想見其人，寄意短韻

後湖翰墨真追古，前輩風流獨到今。二月書題看六紙，一篇詩律抵千金。周郎酒裏君相得，韋九花間我欲尋。飯顆山頭如遇會，殷勤爲道仰高心。《香溪集》卷四。

五　琴辯

友人某嗜琴〔一〕，范子作《琴辯》示之曰：

維神農觀象製樂，刳鴻梧而絲之，亦既具於五聲，實暢天人之和。維有周文王濟厥用，益以二弦。在後之聖，越君子志士，罔不惟琴之尚，亦罔不惟正之歸。厥今人昧於古聲，乃有不正不極，異曲奇弄，溺耳而惱心。爾曰"兹器實古清角"，我罔克辨；曰"不爲鄭衛之濫"，則不敢知。嗚呼，古人即於琴以止淫心，今人玩於琴而心以淫。心淫而怠，用棄於德之修，則惟琴爲學之蠹。爾有一日之力，二於書，一於琴，心用不戾；十於琴，一於書，心用大放。爾時惟不智哉！嗚呼，琴惟其趣，不惟其音。趣之不知，其能不淫？苟趣之知，又何爲於琴？嗚呼，爾有至樂，冥於爾中，其樂也天。匪絲匪桐，借曰未知，亦即於爾心之油然者觀之，其幾矣。嗚呼，尚念之哉！四部叢刊續編影印明萬曆刊本《范香溪文集》卷一九。

〔一〕某：原無，據文淵閣四庫全書本補。

程敦厚藝話（一則）

程敦厚（生卒年不詳）字子山，眉山（今四川眉山）人。紹興五年進士，歷官校書郎、起居舍人兼侍講、中書舍人。諂附秦檜，檜死落職，謫爲贛州安遠令。工四六文，所草張俊妾封郡夫人制等篇爲人所稱誦。其現存詩多爲寫景詠物之作，意象鮮明，清新可誦。

題宋映景晉待制所藏陳宏畫《明皇太真聯鑣圖》《太真上馬圖》

並轡春風禁籞遊，外間底事上心頭。騎驢後日嘉陵道，料得君王始欲愁。

阿環百巧專恩寵，自是三郎駇不知。上馬未應渾乏力，要回一顧特遲遲。文淵閣四庫全書本《緯略》卷十。

胡銓藝話（二一則）

　　胡銓（一一○二～一一八○）字邦衡，號澹庵，吉州廬陵（今江西吉安）人。建炎二年進士，授撫州軍事判官。金兵南下，募鄉丁助官軍捍禦，擢權吉州軍事判官，轉承直郎。紹興五年，應賢良方正直言極諫科試，除樞密院編修官。八年，秦檜主和，銓上疏力斥和議，乞斬秦檜、孫近、王倫三人，聲振中外，貶監廣州鹽倉。次年，改簽書威武軍判官。十二年，除名編管新州。十八年，責吉陽軍。二十六年，秦檜卒，量移衡州。三十一年，許自便。孝宗即位，起知饒州。召對，除吏部郎中、秘書少監，兼侍講及國史院編修官，移國子祭酒。宰相湯思退主和議，罷張浚兵柄，與之力爭，提舉宮觀。乾道初，起知漳州、徙泉州，留爲工部侍郎。復奉祠，淳熙六年，召歸經筵，以老疾力辭。明年，以資政殿學士致仕，卒，年七十九，謚忠簡。胡銓爲人慷慨激越，敢言人之所不敢言，詩文亦如其爲人，耿介有氣，楊萬里《胡忠簡先生文集序》稱"其議論閎以挺，其序記古以則，其代言典而嚴，其書事約而悉"。其詩無不表現出耿耿正氣。謫置嶺海後，詩作益昌，益加恢奇。其詞清婉而不傷於剛直，充滿樂觀與自信而無淪落悲傷之感。著有《澹庵集》《易拾遺》《書解》《春秋集善》《周官解》《禮記解》《奏議》《詩話》等。

一　張慶符題余作《清江引圖》

　　痛飲從來別有腸，酒酣落筆掃滄浪。如今却怕風波惡，莫畫清江畫醉鄉。
　　何人半醉眼花昏，畫出江南煙雨村。滿世庾塵遮不得，聊將醉墨洗乾坤。文淵閣四庫全書本《澹庵文集》卷三。

二　余戲作水墨四紙，張慶符有詩，因用其韻

　　姑熟先生方遣化，饑食饞涎飡餅畫。信知詩必窮乃工，忍窮誰復如公者？崎嶇我已羈江湖，僂肩如我世恐無。從來畫亦窮乃妙，兩窮相值真堪吁。平生笑坡誇四板，只愛丹青非道眼。豈如淡墨出天然，雪欲來時水雲晚。先生一見輒傾倒，回觀濁世秋毫小。不須更羨釣魚翁，已自超然遊漢表。《澹庵文集》卷三。

三　題自畫《瀟湘夜雨圖》

一片瀟湘落筆端，騷人千古帶愁看。不堪秋著楓林港，雨瀾煙深夜釣寒。文淵閣四庫全書本《宋詩紀事》卷四十三。

四　題畫扇

誰向生綃白團扇，畫將羈客據征鞍。南遷萬里知前定，壁上崖州莫怕看。《宋詩紀事》卷四十三。

五　贈寫真劉琮序

畫莫難於寫真，非寫形似之難，寫心之精微爲難也。蓋君子小人，貌或類而心不同，寫其形似而不得其心之精微。或以小人爲君子，未見其能寫也。

今夫世俗之所謂骨相之至貴者，宜莫如秀色重瞳、龍顏鳳姿日角也。然堯秀眉，魯僖、馬卿亦秀眉；舜重瞳子，項羽、朱友敬亦重瞳子；漢高龍顏，嵇叔夜亦龍顏；世祖日角，唐高祖亦日角；文帝鳳姿，李相國亦鳳姿。然則魯僖沐猴，可以比堯舜，而嵇、李可以擬漢祖、唐宗乎？

世俗之所謂骨相之至惡者，宜莫如虎狼、蒙魃、鳶肩之相也。然尼父面如蒙魃，陽貨亦如蒙魃；竇將軍鳶肩，馬賓王亦鳶肩〔一〕；楊食我熊虎之狀，班定遠則燕頷虎頭；司馬懿狼顧，而周嵩狼抗。然則虎可以比尼父，而憲之不臣可以比賓王之忠，食我之惡可以擬定遠之勳乎？故曰：君子小人，貌或似而心不同，寫其形而不得其心之精微，或以小人爲君子，未見其能寫也。

鄉老劉琮慶先天機精到，得金粟影筆法，恨世無褒鄂之毛骨以發其奇。逢佳士或尋常人，質鬼貌藍，嶺頤折額，時一弄翰，曲盡形似之妙。雖君子小人骨相或同，間不容髮，而其心判然自殊，如涇渭之不相亂。老杜所謂"乃知畫師妙，工刮造化窟"者，其在斯人與！雖然，何獨畫哉，自古取其形似而不研其心，至以優旃爲孫叔敖，以虎賁爲蔡中郎，以成方遂爲戾公子，以蕭至忠爲源乾耀，以楊國忠爲裴寬者多矣，其禍可勝言哉！

子於劉生竊有所感，故序以識別。清道光十三年胡文思重刊之《胡澹庵先生文集》卷一六。

〔一〕"王"字原脫，據《古今事文類聚》前集卷四一補。

六　跋仁宗皇帝飛帛書

孟子曰："誦詩讀書，不知其人可乎？是以論其世也。"

臣末學固陋，不足以窺仁宗皇帝之萬一，竊嘗以其世論之。聞遺民耆舊，猶能談慶曆、至和間事，以爲當是之時，眾賢和於朝，萬物和於野，薄海內外，無一夫甲而兵者。求其所以致此，雖道大難名，大要以清净爲宗。蓋公有言，治道貴清净而民自定。然則聖神之用心，豈徒角字畫之工而已乎！故嘗謂欲知四十二年極治之盛，觀此"清净"二字可也。

紹興乙丑十一月朔，臣胡銓謹識。《胡澹庵先生文集》卷三二。

七　跋羅長卿所藏《蘭亭》詩

右《蘭亭集》也，或以方梓澤叙，右軍喜甚，此殊不可曉。郗嘉喜人以己比苻堅，殆是同病。陳公廙居洛，爲禊飲，與客酬唱"無愧山陰"之句。叙者謂禮義爲疏曠之比，道藝當筆札之工，誠不愧矣。

予觀少安少邁往不屑之韻，與隆替對蘭亭之傳，豈但筆札之工，公廙自云"無愧"，蓋王、謝之細耶！"韓安國不能作賦，罰酒三升。予作詩不成，亦飲三觥"，議者以是少之，琱蟲生遂有矜色，詎謂一詩一賦足以盡豪傑之士哉！《胡澹庵先生文集》卷三二。

八　書崔公冶書後

予在新州，惠州河源縣令崔公冶書報云："潮陽今作吉陽，謂丞相趙公元鎮自潮再遷吉陽也。"時朝廷怒趙公方甚，人不敢斥言，故爲廋語耳。

予初不知吉陽爲何地，後三年，予自新州亦再遷吉陽，乃知即崖州也。今趙公與崔皆爲鬼録，而予遷崖忽忽七年，思老杜"勢閱人代速"之句，爲之太息。

紹興乙亥六月十一日書〔一〕。《胡澹庵先生文集》卷三二。

〔一〕乙亥：原作"己亥"，據《胡銓行狀》改。

九　跋胡遵禮《雙頭牡丹圖》

予里之友胡君遵禮，偕其季終父喪，不越月，哭其母如不勝哀。歲餘，有花合蒂生廬傍，貌其狀，來速予文，以爲祥也。

予曰：麟經祥瑞不書，凡書不戒則勸，請以《春秋》之法勸焉。蓋嘗考於古，得於酉陽之録，涪翁之詠，米侯之帖，如是花者，亦時或有，獨於居喪而生，予意造物者陰以此勉君之兄弟也。夫兄弟之難協也，以姬文之聖，孝文之仁，而兄弟之間，慚德多矣，況餘人乎？方親在時，朝磨夕鐫，或翊翊強相友，指天日誓不叛；一旦亡其親，抔土未乾，奪婦口反眼若秦越，小不意滿，往往身墨，手杖相角，以求割釁者多矣〔一〕。故古人於其居喪，必亹亹勸勉，鞭其不及而救其過。雖桃瓜小物，苟或並秀，亦大書特書，以爲廬墓佳事，非但書祥而止耳。故以爲草木異類也，且有同氣之義，兄弟一體也，忍忘同乳之恩乎！然則茲花也，駢榮闘奇，豈徒媚君琱欄哉，必有所勉矣。噫，仰華鄂之樓而李集興，睹《棠棣》之詩而賈碑立，感因之焉。子姑勉之，將見家顏閔而人曾參，自吾里始。《胡澹庵先生文集》卷三二。

〔一〕龖：原作"龘"，據文意徑改。

一〇　跋李伯時畫

此伯時畫，或疑非是。

予嘗評古今畫，惟士人用筆無丹青氣，如《南史》蕭賁圖山水於扇，咫尺萬里，故少陵云："咫尺應須論萬里。"唐宗室思訓畫筆勢雄拔，世稱李將軍山水。王摩詰畫天機所到者，以爲人無間言。鄭廣文畫與詩書埒，玄宗署爲三絕，詩人以祁岳比之，疏矣。奉先劉少府畫，或云筆跡遠過楊契丹，信然。張志和畫舐筆輒成，蓋其胸次自有丘壑耳。至閻立本以丹青取宰相，小人哉！

本朝王晉卿水墨，或云筆勢挽回三百年，謂追蹤鄭虔也。米元章畫，其書有一種邁往不屑之韻。自蕭及米，皆以山水得遊戲三昧。至與可之竹、伯時之人物、東坡竹石，亦各妙絕一時。與可人物雖不多見，如《歸去來》所作人物，意態天成，惟此畫似之，非伯時不能也。然識畫至難，世人以贗爲真，如前古以朱繇畫爲道玄者多矣，當考。《胡澹庵先生文集》卷三二。

一一　跋裴季祥寫王荊公詩圖

"茅簷長掃淨無苔，花木成陰手自栽。一水護田將綠繞，兩山排闥送青來。"此介甫詩也。內侍裴季祥寫爲圖，以遺高郵劉景仁。其妙處茅屋闃然，惟一持帚而掃者，深居山居幽處，而其掃苔之意自已洒落絕俗、彼掃舍人門如魏勃輩，視此擁篲者，顙有泚矣。

景仁淮海佳士，方著脚薾青雲，乃志山水，與夫市朝眷戀之徒，相去不啻九牛毛也。退之稱王弘中云："知者樂水，仁者樂山。智以謀之，仁以居之，吾知其去是而羽儀於天朝也不遠矣。"予於景仁亦云。紹興戊辰人日，澹叟胡邦衡書。《胡澹庵先生文集》卷三二。

一二　跋莊道士銅將軍銅龍銅手爐畫圖

漆園吏之耳孫來住銅巖，披荊棘，一新道場，神人歡喜。偶濤浪中獲此三異，蓋鏟彩數十百年間者。乃知玉清說經而金玉露形，老君談玄而地神湧出，非詭言也。《胡澹

一三　跋《醉鄉圖》

予既作《醉鄉圖》，或言醉鄉不可名狀，圖何有哉？予笑答曰："子非無功，安知無功鄉也。"

吉州僧契崇謁予於澹庵，既去，乞一言爲別，以是遺之，可持歸作衣鉢。一笑一笑。崇師雖浮屠人，專以詩律作佛事，似亦有意醉鄉卜鄰。紹興闕五月癸巳〔一〕。《胡澹庵先生文集》卷三二。

〔一〕"紹興"句原無，據文淵閣四庫全書本《澹庵文集》補。

一四　跋劉提舉《捕魚圖》〔一〕

此《捕魚圖》，凡四屏面，提舉劉公家藏也。公之子拯景仁，以親僕求書其上。景仁書得顏楷，他日當自名家，而反求於僕，殆是厭家雞耶。《胡澹庵先生文集》卷三二。

〔一〕提：原脱，據正文徑補。

一五　跋劉提舉所藏坡老松石

觀此醉松枯石，乃知坡老肺肝，得酒茫角出也。《胡澹庵先生文集》卷三二。

一六　跋劉提舉《寒林圖》

石怪木老，流泉交絡，如行匡廬道中，覺霜林飛瀑逼人寒栗。《胡澹庵先生文集》卷三二。

一七　跋《松石圖》

此大類陳公弼家《栢石圖》也。栢出巖石間，豈有可移下理。觀此畫，可以堅所出矣。《胡澹庵先生文集》卷三二。

一八　跋維摩畫

澹叟觀畫，得掛口法。《胡澹庵先生文集》卷三二。

一九　跋雷梧州墓刻

　　某自新興遷吉陽，道茂名，雷侯出其先君子梧州墓刻，蓋端明趙公伯山之文。中叙御史馬伸嘗評公爲愛民吏，予雖不及識梧州，而知伯山與馬御史之爲人。伯山在建炎間以詩鳴，而馬公嘗以直言被譴。二公皆一時望，而稱道梧州若此，不問可知其爲人。茂名政聲亦藉甚，人謂梧州盛德懿範具矣。《胡澹庵先生文集》卷三二。

二〇　跋儋耳陳守所藏折仲古帖

　　紹興十九年大夏中沐焙〔一〕，郡守陳公於賓燕亭觀此帖，因悟東坡三養訣。陳公能寶藏之，賢於李預□玉法遠矣。他時日食萬錢，必能勿忘在儋耳時也。《胡澹庵先生文集》卷三二。

〔一〕沐焙：似有誤。

二一　跋黃舜揚所刻先聖像

　　孔子沒，楊墨害正道，孟氏闢之。軻死未幾，黃老於漢。梅福一開説，而世又知有孔子。由漢以來，佛於晉、宋、齊、梁，至唐益盛。韓愈一明正，而聖道益尊。本朝歐陽公羽翼六經，功配軻、愈，然異端之害道者，又在流俗往往溺其説。

　　溫林進士黃舜揚，力能尊吾先聖，至刻像以廣其傳，若欲排異端，其志不在歐陽下。故喜而書之，以張其氣，且以風吾黨之士云。《胡澹庵先生文集》卷三二。

吳坰藝話（二則）

吳坰（生卒年不詳），一作吳炯，字子駿，郴州永興（今湖南永興）人。紹興十三年，由樞密院編修官出提舉浙西茶鹽。十五年，改兩浙轉運判官。二十二年，爲成都府路轉運副使，改知荊南府，未幾卒。撰有《五總志》一卷，記所聞見雜事，也評論當時詩作，論詩主江西詩派，推重黃庭堅，以爲於詩有開闢之功。

《五總志》（選錄 二則）

馬氏南平王時有王姓者，善琵琶，忽夢異人傳之數曲，《僛家》《紫雲》之亞也。及云：此譜請元昆製叙刊石於甲寅之方，與世異者，有獨指《泛清商》《醉吟商》《鳳鳴羽》《應聖羽》之類。余先友田爲不伐得音律三昧，能度《醉吟商》《應聖羽》二曲，其聲清越，不可名狀。不伐死矣，恨此曲不傳。

李伯時爲先子作《淵明歸去來圖》，且將寫賦於圖上，畫成，而右臂不舉。劉無言畢其事，丹青字畫妙絶一時，川張才叔跋其後曰："淵明自劉裕盜晉後，凡所著述，書甲子而不書年號，蓋自視晉室臣也。不得已，退而賦《歸去來》。異時常見畫淵明像者，往往但作瀟灑物外態。今觀此圖，大小凡十八人，皆鬚髯奮張，有英偉氣，李伯時當如親見其人。"靖康丙午，余被掠於京兆祥符寓舍，畫篋蕩盡，念之惘惘，没世不斁也。以上文淵閣四庫全書本《五總志》。

曾惇藝話（二則）

曾惇（生卒年不詳）字舡父，南豐（今江西南豐）人。紆子。紹興三年，官太府寺丞。十二年，知黃州，嘗以詩十首獻媚秦檜。十三年，知台州。十八年，知鎮江府。二十六年，知光州。長於詩詞，播在樂府，傳於平康，謝伋稱其詞"英妙卓絕，可繼門戶鐘鼎之盛"（《曾使君新詞序》）。在台州時著有《曾舡父詩詞》一卷，已佚。

一　題米友仁《瀟湘長卷》（一）

元暉作字作畫，深得南宮筆法，非特能繼其家聲，亦不負山谷兩詩也。紹興丁卯三月壬午，南豐曾惇觀於丹丘郡齋。文淵閣四庫全書本《續書畫題跋記》卷二。

二　題米友仁《瀟湘長卷》（二）

元暉戲作橫幅，直造北苑、巨然妙處。開卷恍然，如行下蜀，棲霞煙雨中，益增土思之念。紹興丁卯三月壬午，南豐曾惇題。《續書畫題跋記》卷二。

王佐才藝話（一則）

王佐才（生卒年不詳），湖州（今浙江湖州）人，紹興中在世。

《復古編》序

　　書名之作，其來尚矣。自伏犧造書契而文籍生，降及三代，因革不同，蟲魚草木之形變於周史。逮至秦漢，作者間出，李斯、趙高作《倉頡》《爰歷》之書，一變而爲小篆。軍正程邈便於簡易，再變而爲隸。魏晉以來，籀篆既泯，唯真草盛行。至唐，韓擇木、李陽冰踵嶧山秦望之餘，近代徐鉉宗陽冰之法，復以小篆行於世。然去古彌遠，未有能臻其妙者。

　　吳興張謙中先生素留心此學，深造古人之妙，自元豐以來以小篆著名，天下鮮儷焉。鄉人徐滋元象舊與先生爲鄰，親炙先生餘誨，揮毫落紙，得先生之法，先生亦雅愛奇之。其平昔所著，如《復古編》《千字文》之類，屬纊之際，盡以遺之，藏於巾笥，如獲大寶。今將鏤板勒碑，以廣其傳於永久，命僕作序以誌之，聊書其梗概云。

　　時紹興十三年七月六日，王佐才序。十萬卷樓刊本《皕宋樓藏書志》卷一四。

王之望藝話（一一則）

王之望（一一〇三～一一七〇）字瞻叔，襄陽谷城（今湖北谷城）人，後寓居台州。紹興八年進士，調處州教授。入爲太學錄，遷博士。十八年，出知荊門軍。提舉湖南茶鹽，改潼川府路轉運判官，尋改成都府路計度轉運副使、提舉四川茶馬。三十年，召赴行在，除太府卿，總管四川財賦。孝宗即位，除户部侍郎，充川陝宣諭使。隆興初，以棄德順之過，爲言官所論，罷爲提舉江州太平興國宫。未幾，權户部侍郎、江淮都督府參贊軍事，兼直學士院。二年，擢右諫議大夫，拜參知政事，兼同知樞密院事。以附湯思退倡爲和議，爲言者所論，復提舉江州太平興國宫，居天台。乾道元年，起知福州，爲福建安撫使，移知溫州，尋復罷。六年卒，年六十八，謚敏肅。王之望有幹略，歷官頗著政績，又學有淵源，其奏疏能斟酌時勢以立言。其詩"疏暢明達，猶有北宋遺矩"（《四庫全書總目》卷一五八）。著有《漢濱集》六十卷，南宋慶元間由其子王鉛編校刊行，原集已佚，清四庫館臣自《永樂大典》輯出詩文，重編爲十六卷。

一　吳傳朋遊絲書

鳥跡既茫昧，文字幾變更。達者擅所長，各就一世名。衆體森大備，造化無留情。獨此遊絲法，千古秘未呈。右軍露消息，筆墨無成形。偉哉延陵老，三紀常研精。絶藝本天得，非假學力成。應手快揮灑，援毫謝經營。奮迅風雨疾，飄浮鬼神驚。風狂蛛網轉，春老蠶咽明。直如朱弦急，曲若卷髮縈。飛梭遞往復，折藕分縱橫。獨繭繰不斷，風鳶騰更輕。希微破餘地，妙絶無容聲。飛白笑冗長，堆墨慚彭亨。可憐太纖瘦，不受鐫瑶瓊。咨爾百代後，若爲求典刑。文淵閣四庫全書本《漢濱集》卷一。

二　詞源圖

著作之廳屏十幅，怪石滄江莽相束。恍然坐我三峽旁，洶洶奔流欲頹屋。不知狂瀾何處回，壯哉萬頃納一杯。自從此畫出名手，海潮不復聲如雷。一時文士羅東觀，波濤入筆驅河漢。逍遙捫腹日來看，更得丹青助揮翰。我本儒中山澤癯，烟蓑衹合老江湖。煩將一段好東絹，畫箇漁舟釣雪圖。《漢濱集》卷一。

三　跋趙祖文《七進圖》

先君宣和中在京師與竹隱公遊，喜稱誦其詞章。後公出帥南陽，過博望，題詩傳舍。自序少時娶田氏於襄陽，携家往來，今三十年過之，當時之人獨身在耳。因感退之《始興江口》詩，和之云："邯鄲枕上人何在，華表聲中鶴僅存。世事悲歡三百載，此懷欲與退之論。"

乙巳歲，先君經行是驛，見壁間粉牌，曰："此趙承之詩也，小子識之。"時公已歿，後二年而先君不幸。又十八年，見公從子祖文於武林，出所畫《七進圖》示余。觀其跋云："圖中所存，今惟二人。"因追記博望之詩，則當時目前相逐者又零落如此，而余亦孤苦流落，行且老矣，感歎之餘，爲之出涕然。

此圖文甚雅麗，畫又妙絕，所謂雖無老成人，尚有典刑者也。《漢濱集》卷一五。

四　跋《光祿堂記》

余襄陽人，亂後還鄉，登峴首光祿堂，茅屋數椽，此碑斷折殘闕，爲之悵然。今見墨本，豈特去國似人之比，安得好事者復摹諸石，以爲吾邦之偉觀也。《漢濱集》卷一五。

五　跋姚令威《詛楚文》

《詛楚文》三，《集古》所錄不及亞駝，意秦詛楚時，名山大川皆有之，其出有先後耳。秦自殽之敗，與晉爲仇，通盟於楚，當自此始。

古者，諸侯祭不越望。亞駝并州川屬晉，秦楚結好以擯晉，乃越境而質之，何也？蔡君謨謂古篆或多或省，或移之左右上下，惟意所欲，今觀此文信然。如"不"爲"丕"、"康"爲"庸"、"失"爲"泆"、"甚"爲"湛"、"者"爲"諸"、"義"爲"儀"，以文考之，於義皆允。

然余以類求之，其曰"穆公成王是戮力相好"，"是"字似當作"實"也。《春秋左氏》"宋人來渝平"，《公羊》《穀梁》作"輸平"。杜預以"渝"爲變，二傳以"輸"爲墮，釋音渝羊朱切，輸式朱切。此文云"變輸盟刺"，則"輸"與"變"類，蓋古渝、輸字通，當讀爲渝。因知二傳釋經之不及《左氏》也。

會稽姚令威推考此文甚詳，多所釐正，謂余曰："岐陽石鼓，世以爲史籀所作，本無所稽，特見韋韓之詩。惟此文戰國時書，石刻中最古，且筆法精婉，非後世所及。"令威好古博識，篆隸八分無所不工，而以此文爲宗，其言宜不妄，觀者考焉。《漢濱集》

卷一五。

六　跋傅欽之手帖並溫公、東坡往還簡

服膺傅獻簡公之高風，恨生之晚，不得與執鞭之役。一日，其孫守携畫像手澤見過。遂獲瞻公之儀，以想其德，窺公之字畫，以求其心。及觀溫公、東坡之帖，又見公交遊之盛。所以切磨之益，則與升其堂、見其人、聞其論何異哉！兹非幸耶？《漢濱集》卷一五。

七　跋魯直書東坡《卜算子》詞

東坡此詞出《高唐》《洛神》《登徒》諸賦之右，以出三界人遊戲三界中，故其筆力蘊藉超脱如此。山谷屢書之，且謂非食煙火語，可謂妙於立言矣。蓋東坡詞如《國風》，山谷跋如小序，字畫之工，亦不足言也。《漢濱集》卷一五。

八　跋陸子履簡尺

修撰公豐碑大字美矣，而簡尺間小字尤自在可愛，宜醉翁以繼君謨也。《漢濱集》卷一五。

九　跋閬州吕守文靖公手軸

名卿鉅公文章字畫傳寶於世者多矣，至於場屋程文，未嘗睹其真跡。

文靖公應鄉試詩賦卷，至今尚存。明堂之棟，此其萌芽也，豈不重可寶哉！一代宗臣，典刑未泯，雖有神物護持，抑可以見其後昆傳家之懿矣。《漢濱集》卷一五。

一〇　跋蔡瞻明《雙松居士圖》

天台之麓，梵釋之宫，長松對植，夭矯雙龍。拔地俱起兮，摩天掃空。雄吟雌和兮，萬壑清風。下有丈人兮，巾履從容。歆此歲寒兮，何必友園綺而交黄公。歸來，明堂須棟兮，無留滯乎山中。《漢濱集》卷一五。

一一　題覺慧大師與權《歲寒圖》

野曠山深，老樹無陰。憩息者誰，來蹤莫尋。支頤注目，萬事無心。嗒然喪我，枯木龍吟。《漢濱集》卷一五。

吳芾藝話（一則）

吳芾（一一〇四～一一八三）字明可，號湖山居士，台州仙居（今浙江仙居）人。紹興二年進士，爲溫州樂清尉，調平江府錄事參軍。除詳定一司敕令所刪定官，遷秘書省正字。以不附秦檜罷，出通判處州，歷婺州、紹興府。秦檜卒，得知常州，改處州。三十一年，召爲監察御史，除殿中侍御史，權戶部侍郎，出知婺州。孝宗即位，改知紹興府，充兩浙路安撫使。召對，權刑部侍郎，遷給事中，不越月改吏部侍郎。以敷文閣直學士知臨安府，充兩浙西路安撫使。以出使金軍事不協罷職，提舉江州太平興國宮。乾道三年，起知太平州。五年，改隆興府，充江南西路安撫使。六年，以年老請祠。淳熙元年致仕，時年七十一，十年卒。吳芾富於文才，《宋史》本傳稱其屬文不事雕刻而"豪健峻整"，指意明白。其詩早年筆力雄健，"往往瀾翻泉湧，出奇無窮"，而無粗率頹唐之習（《四庫全書總目》卷一五八）。著有《湖山集》二十五卷、長短句三卷、別集一卷、奏議八卷，又有《和陶詩》三卷、《當塗小集》八卷。原集已佚，清四庫館臣自《永樂大典》輯爲《湖山集》十卷。

《三老圖》既成，久欲作詩未果，因次任漕韻

我久欲作三老詩，苦無佳句能解頤。抽軋鄙思成無期，有語欲吐還茹之。忽得新篇嚮此詩，恍如春草生謝池。明珠萬斛光陸離，璀璨不減珊瑚枝。壓倒元白頭欲垂，直與李杜肩相差。使我手把不停披，憶昨梅花吐瓊蕤。枝頭愛日仍舒遲，雖恨捧觴無翠眉。吾人臭味自相宜，花下清歡聊共追。嗟我老來意氣衰，歸心已決不復疑。雖來江右把一麾，但知痛飲真吾師。尊前況逢冰雪姿，豈容不醉負屈巵。二老攬轡方並馳，一氣相和如壎篪。百城感化熏蘭芝，不事威怒轟雷椎。後園探春容我隨，開懷笑語何熙熙。丹青寫此一段奇，未羨九老洛水湄。何日歸去山之厓，時命柴車載夷。相逢徑醉莫問誰，飲盡不妨尋酒旗。文淵閣四庫全書本《湖山集》卷四。

鄭樵藝話（六四則）

鄭樵（一一〇四～一一六二）字漁仲，號溪西遺民。興化軍莆田（今福建莆田）人。不事科舉，居夾漈山，謝絕人事，刻苦力學三十年，故學者又稱夾漈先生。遊歷名山大川，搜奇訪古，遇藏書家，必讀盡乃去。好著書，自負不下劉向、揚雄。學問廣博，考證勤敏，是著名的語言文字學、歷史學著作，對後世有較大影響。其詩文也別具特色。著述繁富。著有《爾雅注》《通志》《夾漈遺稿》等。

一　七音序

　　天地之大，其用在坎離；人之爲靈，其用在耳目。人與禽獸，視聽一也。聖人製律，所以導耳之聰；製字，所以擴目之明。耳目根於心，聰明發於外，上智下愚，自此分矣。雖曰皇頡製字，伶倫製律，歷代相承，未聞其書。漢人課籒隸，始爲字書，以通文字之學；江左競風騷，始爲韻書，以通聲音之學。然漢儒識文字而不識子母，則失製字之旨；江左之儒識四聲而不識七音，則失立韻之源。獨體爲文，合體爲字。漢儒知以說文解字，而不知文有子母。生字爲母，從母爲子。子母不分，所以失製字之旨。四聲爲經，七音爲緯。江左之儒知縱有平、上、去、入爲四聲，而不知衡有宮、商、角、徵、羽、半徵、半商爲七音。縱成經，衡成緯。經緯不交，所以失立韻之源。七音之韻，起自西域，流入諸夏。梵僧欲以其教傳之天下，故爲此書。雖重百譯之遠，一字不通之處，而音義可傳。華僧從而定之，以三十六爲之母，重輕清濁，不失其倫。天地萬物之音，備於此矣。雖鶴唳風聲，雞鳴狗吠，雷霆驚天，蚊虻過耳，皆可譯也。況於人言乎！所以日月照處，甘傳梵書者爲有七音之圖，以通百譯之義也。今宣尼之書，自中國而東則朝鮮，西則涼夏，南則交阯，北則朔易，皆吾故封也。故封之外，其書不通，何瞿曇之書能入諸夏，而宣尼之書不能至跋提河？聲音之道有障閡耳，此後學之罪也。舟車可通，則文義可及。今舟車所通，而文義所不及者，何哉？臣今取七音，編而爲志，庶使學者盡傳其學，然後能周宣宣尼之書以及人面之域，所謂用夏變夷，當自此始。臣謹按：開皇二年，詔求知音之士，參定音樂。時有柱國沛公鄭譯，獨得其義，而爲議曰：考尋樂府鐘石律呂，皆有宮、商、角、徵、羽、變宮、變徵之名。七聲之內，三聲乖應，每加詢訪，終莫能通。先是，周武帝之時，有龜茲人曰蘇祇婆，從突厥皇后入國，善胡琵琶，聽其所奏，一均之中，間有七聲。問之，則曰父在西域，號爲知音，世相傳習。調有七種，以其七調校之七聲，冥若合符。一曰娑陁力，華言平聲，即宮聲也；二曰雞識，華言長聲，即南呂聲也；三曰沙識，華言質直聲，即角聲也；四曰沙侯加濫，華言應聲，即變徵聲也；五曰沙臘，華言應和聲，即徵聲也；六曰般贍，華言五聲，即羽聲也；七曰俟利箑，華言斛牛聲，即變宮也。譯因習而彈之，始得七聲之正。然其就此七調，又有五旦之名。旦作七調，以華譯之旦即均也。譯遂因琵琶，更立七均，合成十二應、十二律。律有七音，音立一調，故成七調。十二律合八十四調，旋轉相交，盡皆和合。仍以其聲考校太樂鐘律，乖戾不可勝數。譯爲是著書二十餘篇，太子洗馬蘇夔駁之以五音，所從來久矣。不言有變宮、變徵七調之作，實所未聞。譯又引古以爲據：周有七音之律，漢有七始之志。時何妥以舊學，牛弘以巨儒不能精通，同加沮抑，遂使隋人之耳不聞七調之音。臣又按：唐楊收與安涗論琴五絃之外，復益二絃，因言七聲之義。西京諸儒惑圜鐘函鐘之説，故其郊廟樂惟用黃鐘一均。章帝時，太常丞鮑業始旋十二宮。夫旋宮以七聲爲均，均，言韻也。古無韻字，猶言一韻聲也。宮、商、角、徵、羽爲五聲，加少宮、少徵爲七聲，始得相旋爲宮之意。琴者，樂之宗也；韻者，聲之本也。皆主於七，名之曰韻者，蓋取均聲也。臣初得《七音韻鑑》，一唱而三歎。胡僧有此妙義，而儒者未之聞及乎？研究製字，考證諧聲，然後知皇頡、史籀之書已具七音之作，先儒不得其傳耳。今作《諧聲圖》，所以明古人製字通七音之妙；又述《內外轉圖》，所以明胡僧立韻得經緯之全。釋氏以參禪爲大悟，通音爲小悟，雖七音一呼而聚四聲，不召自來，此其粗淺者耳。至於紐躡杳冥，盤旋寥廓，非心樂洞融天籟、通乎造化者不能造其閫。字書主於母，必母權子而行，然後能別形中之聲；韻書主於子，必子權母而行，然後能別聲中之形。所以臣更作字書，以母爲主；亦更作韻書，以子爲主。今茲《內外轉圖》，用以別音聲，而非所以主子母也。文淵閣四庫全書本《通志》卷三十六。

二　樂府總序

古之達禮三，一曰燕，二曰享，三曰祀，所謂吉、凶、軍、賓、嘉，皆主此三者以成禮。古之達樂三，一曰風，二曰雅，三曰頌，所謂金石、絲竹、匏土、革木，皆主此三者以成樂。禮樂相須以爲用，禮非樂不行，樂非禮不舉。自后夔以來，樂以詩爲本，詩以聲爲用，八音六律爲之羽翼耳。仲尼編詩，爲燕享祀之時用以歌，而非用以説義也。古之詩，今之辭曲也。若不能歌之，但能誦其文而説其義，可乎？不幸腐儒之説，起齊、魯、韓、毛四家，各爲序訓，而以説相高。漢朝又立之學官，以義理相授，遂使聲歌之音湮沒無聞。然當漢之初，去三代未遠，雖經主學者不識詩，而太樂氏以聲歌肄業，往往仲尼《三百篇》，瞽史之徒例能歌也。奈義理之説既勝，則聲歌之學日微。東漢之末，禮樂蕭條，雖東觀、石渠議論紛紜，無補於事。曹孟德平劉表，得漢雅樂郎杜夔。夔老矣，久不肄習，所得於《三百篇》者，惟《鹿鳴》《騶虞》《伐檀》《文王》四篇而已，餘聲不傳。太和末，又失其三。左延年所得，惟《鹿鳴》一篇。每正旦大會，太尉奉璧，羣臣行禮，東廂雅樂常作者是也。古者歌《鹿鳴》必歌《四牡》《皇皇者華》，三詩同節，故曰："工歌《鹿鳴》之三。"而用《南陔》《白華》《華黍》三笙以讚之，然後首尾相承，節奏有屬。今得一詩而如此用，可乎？應知古詩之聲為可貴也。至晉室，《鹿鳴》一篇又無傳矣。自《鹿鳴》一篇絕，後世不復聞詩矣。然詩者，人心之樂也，不以世之汙隆而存亡。豈三代之時，人有是心，心有是樂；三代之後，人無是心，心無是樂乎？繼三代之作者，樂府也。樂府之作，宛同風、雅，但其聲散佚，無所紀繫，所以不得嗣續風雅而為流通也。按：《三百篇》在成周之時，亦無所紀繫，有季札之賢而不別《國風》所在，有仲尼之聖而不知《雅》《頌》之分。仲尼為此患，故自衛返也，問於太師氏，然後取而正焉：列《十五國風》，以明風土之音不同；分大、小《二雅》，以明朝廷之音有間；陳周、魯、商《三頌》之音，所以侑祭也；定《南陔》《白華》《華黍》《崇丘》《由庚》《由儀》六笙之音，所以叶歌也。得詩而得聲者三百篇，則繫於《風》《雅》《頌》；得詩而不得聲者，則置之，謂之逸詩，如《河水》《祈招》之類，無所繫也。今樂府之行於世者，章句雖存，聲樂無用。崔豹之徒以義說名，吳兢之徒以事解目，蓋聲失則義起，其與齊、魯、韓、毛之言詩無以異也。樂府之道或幾乎息矣！臣今取而繫之，千載之下，庶無絕紐：一曰短簫鐃歌二十二曲，二曰鞞舞歌五曲，三曰拂舞歌五曲，四曰鼓角橫吹十五曲，五曰簞角十曲，六曰相和歌三十曲，七曰吟歎四曲，八曰四弦一曲，九曰平調七曲，十曰瑟調三十八曲，十一曰楚調十曲，十二曰大曲十五曲，十三曰白紵歌五曲，十四曰清商八十四曲，凡二百五十一曲，繫之正聲，即風、雅之聲也。一曰郊祀十九章，二曰東都五詩，三曰梁十二雅，四曰唐十二和，凡四十八曲，繫之正聲，即頌聲也。一曰漢三侯之詩一章，二曰漢房中之樂十七章，三曰隋房內二曲，四曰梁十曲，五曰陳四曲，六曰北齊二曲，七曰唐五十五曲，凡九十一曲，繫之別聲，而非正樂之用也。正聲之餘，則有琴，琴五十七曲；別聲之餘，則有舞，舞二十三曲。古者絲竹與歌相和，故有譜無辭，所以六詩在《三百篇》中，但存名耳。漢儒不知，謂為六亡詩也。琴之九操、十二引，以音相授，並不著辭。琴之有辭，自梁始。舞與歌相應，歌主聲，舞主形，自六代之舞至於漢、魏，並不著辭也。舞之有辭，自晉始。今之所繫，以詩繫於聲，以聲繫於樂，舉三達樂行三達禮，庶不失乎古之道也。古調二十四曲，征戍十五曲，遊俠二十一曲，行樂十八曲，佳麗四十七曲，別離十八曲，怨思二十五曲，歌舞二十一曲，絲竹十一曲，觴酌七曲，宮苑十九曲，都邑三十四曲，道路六曲，時景二十五曲，人生四曲，人物十曲，神仙二十二曲，梵竺四曲，蕃音四曲，山水二十四曲，草木二十一曲，車馬六曲，魚龍六曲，鳥獸二十一曲，雜體六曲，總四百十九曲，不得其聲則以義類相屬，分為二十五門，曰遺聲。遺聲者，逸詩之流也，庶幾來者復得其聲，則不失其所繫矣。然三代既沒，漢、魏嗣興，禮樂之來，陵夷有漸，始則風、雅不分，次則雅、頌無別，次則頌亡，次則禮亡。按：《上之回》《聖人出》，君子之作也，雅也；《艾如張》《雉子班》，野人之作也，風也。合而爲鼓吹曲。《燕歌行》，其音本幽、薊，則列國之風也；《煌煌京洛行》，其音本京華，則都人之雅也。合而爲相和歌。風者，鄉人之用；雅者，朝廷之用。合而用之，是爲風、雅不分。然享，大禮也；燕，私禮也。享則上兼用下樂，燕則下得用上樂，是則風、雅之音雖異，而享燕之用則通。及明帝定四品，一曰大予樂，郊廟上陵用之；二曰雅頌樂，辟雍享射用之；三曰黃門鼓吹樂，天子宴羣臣用之；四曰短簫鐃歌樂，軍中用之。古者雅用於人，頌用於神。武帝之立樂府採詩，雖不辨風、雅，至於郊祀房中之章，未嘗用於人事，以明神人不可以同事也。今辟雍享射，雅、頌無分。應用頌者，而改用大予；應用雅者，而改用黃門。不知黃門、大予，於古爲何樂乎？風、雅通歌，猶可以通也；雅、頌通歌，不可以通也。曹魏準《鹿鳴》作於《赫篇》，以祀武帝；準《騶虞》作《巍巍篇》，以祀文帝；準《文王》作《洋洋篇》，以祀明帝。且清廟祀文王，執競祀武王，莫非頌聲。今魏家三廟，純用風、雅，此頌之所以亡也。頌亡，則樂亡矣。是時樂雖亡，禮猶存。宗廟之禮不用之，天明有尊親也；鬼神之禮不用之，人知有幽明也。梁武帝作十二雅，郊廟明堂三朝之禮，展轉用之，天地之事、宗廟之事、君臣之事同其事矣。樂之失也，自漢武始；其亡也，自魏始。禮之失也，自漢明始；其亡也，自梁始。禮樂淪亡之所由，不可不知也。《通志》卷四十九。

三　正聲序論

古之詩曰歌行，後之詩曰古、近二體。歌行主聲，二體主文。詩爲聲也，不爲文也。浩歌長嘯，古人之深趣。今人既不尚嘯，而又失其歌詩之旨，所以無樂事也。凡律其辭則謂之詩，聲其詩則謂之歌，作詩未有不歌者也。詩者，樂章也，或形之歌詠，或散之律呂，各隨所主而命。主於人之聲者，則有行，有曲。散歌謂之行，入樂謂之曲。主於絲竹之音者，則有引，有操，有吟，有弄，各有調以主之，攝其音謂之調，總其調亦謂之曲。凡歌行雖主人聲，其中調者皆可以被之絲竹。凡引、操、吟、弄雖主絲竹，其有辭者皆可以形之歌詠。蓋主於人者有聲必有辭，主於絲竹者取音而已，不必有辭。其有辭者通可歌也。近世論歌行者，求名以義，彊生分別，正猶漢儒不識風、雅、頌之聲，而以義論詩也。且古有《長歌行》《短歌行》者，謂其聲歌之長短耳。崔豹、吳兢，大儒也，皆謂人壽命之短長，當其時已有此說，今之人何獨不然？嗚呼！詩在於聲，不在於義，猶今都邑有新聲，巷陌競歌之，豈爲其辭義之美哉！直爲其聲新耳。禮失則求諸野，正爲此也。孔子曰："吾自衛反魯，然後樂正，《雅》《頌》各得其所。"亦謂《雅》《頌》之聲有別，然後可以正樂。又曰："《關雎》樂而不淫，哀而不傷。"亦謂《關雎》之聲和平，聞之者能令人感發，而不失其度。若誦其

1399

文，習其理，能有哀樂之事乎？二體之作，失其詩矣。縱者謂之古，拘者謂之律，一言一句，窮極物情，工則工矣，將如樂何？樂府在漢初雖有其官，然採詩入樂，自漢武始。武帝定郊祀，迺立樂府，採詩夜誦，則有趙、代、秦、楚之謳，莫不以聲爲主。是時去三代未遠，猶有《雅》《頌》之遺風。及後人泥於名義，是以失其傳。故吳兢譏其不睹本章，便斷題取義。贈利涉則述《公無渡河》，慶載誕乃引《烏生八九子》，賦《雉子班》者但美繡頸錦臆，歌《天馬》者惟叙驕馳亂蹋。其間有如劉猛、李餘輩，賦《出門行》不言離別；《將進酒》乃叙烈女事，用古題不用古義，知此意者蓋鮮矣。然使得其聲，則義之同異又不足道也。自永嘉之亂，禮樂日微日替。暨隋平陳，得其一二，則樂府之清商也。文帝聽而善之曰："此華夏正聲也。"乃置清商府，博採舊章，以爲樂之所本在此。自隋之後，復無正聲。至唐，能合於管弦者，《明君》《楊叛兒》《驍壺》《春歌》《秋歌》《白雪》《堂堂》《春江花月夜》八曲而已，不幾於亡乎！臣謹考摭古今，編繫節奏，庶正聲不墜於地矣。《通志》卷四十九。

四　漢短簫鐃歌二十二曲　亦曰鼓吹曲。按漢、晉謂之《短簫鐃歌》，南北朝謂之《鼓吹曲》。觀李白作《鼓吹入朝曲》，亦曰《鐃歌》。列騎次，諷咨引公卿，則知唐時猶有遺音，但大樂氏失職耳。

《朱鷺》，鷺，惟白色。漢有朱鷺之祥，因而爲詩。梁元帝《放生碑》云："元龜夜夢，終見取於宋王；朱鷺晨飛，尚張羅於漢后。"謂此也。魏曰《楚之平》，言魏平陵也。吳曰《炎精缺》，言漢衰而孫堅扶王室也。晉曰《靈之祥》，言宣帝佐魏而石瑞之祥也。梁曰《木紀謝》，言齊謝梁升也。北齊曰《水德謝》，言魏謝齊興也。後周曰《元精季》，言魏道陵遲，太祖肇開王業也。

《思悲翁》，魏曰《戰滎陽》，言曹公也；吳曰《漢之季》，言孫堅閔漢也；晉曰《宣受命》，言宣帝御諸葛也；梁曰《賢首山》，言武帝破魏軍於司州，肇王跡也；北齊曰《出山東》，言神武戰廣阿，破爾朱兆也；後周曰《征隴西》，言太祖誅侯莫、陳悅，埽清隴右也。

《艾如張》，溫子昇辭云："誰在閑門外，羅家諸少年。張機蓬艾側，結網槿籬邊。若能飛自勉，豈爲繒所纏。黃雀儻爲戒，朱絲猶可延。"此艾如張之事也。觀李賀詩有"艾葉綠花誰剪刻，中藏禍機不可測"，似剪艾葉爲蔽張之具也。魏曰《獲呂布》，言曹公圍臨淮，禽呂布也；吳曰《擄武師》，言孫權征伐也；晉曰《征遼東》，言宣帝討滅公孫氏也；梁曰《桐柏山》，言武帝牧司州，興王業也；北齊曰《戰韓陵》，言神武平四方，定京洛也；後周曰《迎魏帝》，言武帝西幸，太祖奉迎，宅關中也。

《上之回》，漢武帝元封初，因至雍，遂通回中道，後數遊幸焉。其歌稱帝遊石關，望諸國，月支臣，匈奴服，蓋誇時事也。魏曰《克官渡》，言曹公破袁紹於官渡也；吳曰《烏林》，言周瑜破魏武於烏林也；晉曰《宣輔政》，言宣帝之業也；梁曰《道亡》，言東昏昏失道，義師起樊鄧也；北齊曰《殄關隴》，言神武遣侯莫、陳悅誅賀拔岳，定關隴也；後周曰《平寶泰》，言太祖討平寶泰也。

《擁離》，魏曰《舊邦》，言曹公勝袁紹於官渡，還譙，收死亡士卒也；吳曰《秋風》，言悦以使民，民忘其死也；晉曰《時運多難》，言宣帝討吳，方有征而無戰也；梁曰《抗威》，言被加湖元勲也；北齊曰《滅山蠕》，言神武屠蠢，升高車而蠕蠕向化也；後周曰《復弘農》，言太祖收復陝城，關東震懼也。古辭云："擁離趾中可築室，何用茸之蕙用蘭。擁離，趾中。"

《戰城南》，古辭，言"戰城南，死郭北，野死不葬烏可食"。此言野死不得葬，爲烏鳥所食，願爲忠臣義士，朝出戰而暮不得歸。後來作者，皆體此意。魏曰《定武功》，言曹公初破鄴也；吳曰《克皖城》，言孫權勝魏武於此城也；晉曰《景龍飛》，言景帝也；梁曰《漢東流》，言克魯山城也；北齊曰《立武定》，言神武立魏主，遷都於鄴而定天下也；後周曰《克沙苑》，言太祖俘齊軍十萬於沙苑，神武脱身遁也。

《巫山高》，古辭，"巫山，高以大；淮水深，難以逝"。大略言江淮深，無梁以渡，臨水遠望，思歸而已。後之作者，皆涉陽臺雲雨之説，非舊意也。魏曰《屠柳城》，言曹公破三郡烏丸於柳城也；吳曰《關背德》，言關羽背吳，爲孫權所擒也；晉曰《平王衡》，言景帝調萬國也；梁曰《鶴樓峻》，言平郢城也；北齊曰《戰芒山》，言神武克周帥也；後周曰《戰河陰》，言太祖破神武於河上，斬其三將也。

《上陵》，漢章帝元和三年，帝自作詩四篇：一曰《思齊姚皇》，二曰《六麒麟》，三曰《竭肅雝》，四曰《陟岵》，與《鹿鳴》《承元氣》二曲爲宗廟食擧，又以《重來》《上陵》二曲合八曲爲上陵食擧。據此所言，則《上陵》自是八曲之一名，或作於章帝之前，亦不可知，蓋因上陵而爲之也。魏曰《平南荊》，言曹公平荊州也；吳曰《通荊州》，言吳與蜀通好也；晉曰《文皇統百揆》，言文帝也；梁曰《昏主恣淫慝》，言東昏政亂，武帝起義，伐罪弔民也；北齊曰《禽蕭明》，言梁遣明來寇，爲清河王岳所禽也；後周曰《平漢東》，言太祖命將平随郡安陸也。

《將進酒》，魏曰《平關中》，言曹公征馬超定關中也；吳曰《章洪德》，言孫權之德也；晉曰《因時運》，言時運之變，聖策潛施也；梁曰《石首篇》，言平京城，廢東昏也；北齊曰《破侯景》，言清河王岳破侯景，復河南也；後周曰《取巴蜀》，言太祖遣軍平定蜀地也。

《有所思》，亦曰《嗟佳人》漢太樂食擧十三曲，第七曰《有所思》，漢人亦以此樂侑食。魏曰《應帝期》，言文帝以聖德受命，應期運也；吳曰《順曆數》，言孫權建大號也；晉曰《惟庸蜀》，言文帝平蜀，封建復五等之爵也；梁曰《期運集》，言武帝受禪也；北齊曰《嗣丕基》，言文宣帝也；後周曰《拔江陵》，言太祖命將禽蕭繹，平南土也。

《芳樹》，魏曰《邕熙》，言君臣邕穆，庶績咸熙也；吳曰《承天命》，言踐位也；晉曰《天序》，言用人盡其才也；梁曰《於穆》，言君臣和樂也；北齊曰《克淮南》，言文宣遣清河王岳禽梁司徒陸法和，克壽春，盡取江北之地也；後周曰《受魏禪》，言閔帝受魏禪作周也。

《上邪》，魏曰《太和》，言明帝繼統，得太和平而改元也；吳曰《元化》，言以道化天下也；晉曰《大晉承運期》，言應籙受圖也；梁曰《惟大梁》，言梁德廣運也；北齊曰《平瀚海》，言文宣將滅蠕蠕國也；後周曰《宣重光》，言明帝入承大統也。

《君馬黃》，晉曰《金靈運》，言晉乘金運也；北齊曰《定汝穎》，言文襄遣清河王岳，禽周將王思政於長葛，汝、穎悉平也；後周曰《哲皇出》，言高祖之聖德也。按古辭云："君馬黃，臣馬蒼，二馬同逐臣馬良。"終言美人歸以南，以北，駕車馳馬，令我心傷，但取第一句以命題，其主意不在馬也。李賀之作，其得古道乎？如張正見、蔡知君之流，只言馬而已。按謝燮云："或聽鐃歌曲，惟吟《君馬黃》。"古人知音別曲，見於賦詠者如此。後世只於言語上計較，此道無聞。

《雉子班》，晉曰《於穆我皇》，言武帝也；北齊曰《聖道洽》，言文宣之德，無思不服也；後周曰《平東夏》，言高祖禽齊主於青州，一舉定山東。按：吳兢所引古辭云："雉子高飛止，黃鵠高飛已千里，雄來飛，從雌視。"以爲始作之辭。然樂府之題，亦如古詩題，所謂《關雎》《葛覃》之類，只取篇中一二字以命詩，初無義也。後人卽物卽事而賦，故於題有義。據此古詞，無"雉子班"之語，往往《雉子班》之作，復在此古辭之前，吳兢未之見也。如吳均《可憐雉子班》，又後人所作也。

《聖人出》，晉曰《仲春振旅》，言大晉蒐田以時也；北齊曰《受魏禪》，言文宣受禪，應天順人；後周曰《禽明徹》，言高祖遣將克陳，將吳明徹而俘之也。

《臨高臺》，古辭云："臨高臺，臺下清水清且寒，江有香草雜以蘭。黃鵠高飛離或翻，開弓射鵠，令我生萬年。"晉曰《夏苗田》，言大晉蒐田，爲苗除害也；北齊曰《服江南》，言梁主蕭繹來附化也。

《遠如期》，亦曰《遠期》漢太樂食舉十三曲，一曰《鹿鳴》，二曰《重來》，三曰《初造》，四曰《俠安》，五曰《來歸》，六曰《遠期》，七曰《有所思》，八曰《明星》，九曰《清涼》，十曰《涉大海》，十一曰《大置》，十二曰《承元氣》，十三曰《海淡淡》。魏時以《遠期》《承元氣》《海淡淡》三曲多不通利，故省之。及晉荀勗、傅元之流，並爲歌辭。晉曰《仲秋獮田》，言蒐狩以時，雖有文德，不廢武事也；北齊曰《刑罰中》，言孝昭舉直措枉，獄訟無怨也。

《石留》，晉曰《順天道》，言仲冬大閱，用武修文也；北齊曰《遠夷至》，言至海外西夷諸國，遣使朝貢也。

《務成》，晉曰《唐堯》，言聖皇陟位，化被四表也；北齊曰《嘉瑞臻》，言聖主應期，河清龍見，符瑞總至也。

《元雲》，北齊曰《成禮樂》，言功成化洽，製禮作樂也。

《黃爵行》，晉曰《伯益》，言赤鳥銜書，有周以興，今聖皇受命神雀來也。

《釣竿篇》，伯常子避仇河濱爲漁父，其妻思之，而爲《釣竿歌》，每至河側，輒歌之。後司馬相如作《釣竿》詩，遂傳以爲樂曲。《通志》卷四十九。

五　《漢鞞舞歌》五曲

《關中—作東有賢女》 魏曰《明明魏皇帝》，晉曰《洪業篇》。

《章和二年中》 漢章帝所造，魏曰《太和有聖帝》，晉曰《天命篇》。

《樂久長》 魏曰《魏歷長》，晉曰《景皇篇》。

《四方皇》 魏曰《天生烝民》，晉曰《大晉篇》。

《殿前生桂樹》 魏曰《爲君既不易》，晉曰《明君篇》。

右鞞舞之歌五曲，未詳所始，漢代燕享則用之。傅毅、張衡所賦，皆其事也。《章和二年中》，則章帝所作，舊辭並亡。曹植《鞞舞詩序》云："故西園鼓吹李堅者，能鞞舞，遭世亂，越關西，隨將軍段煨。先帝聞其舊妓，下書召堅。堅年踰七十，中間廢而不爲。又古曲甚多謬誤，異代之文，未必相襲，故依前曲作新歌五篇。晉泰始中，又製其辭焉。"按：鞞舞本漢巴渝舞，高祖自蜀漢伐楚，其人勇而善鬭，好爲歌舞，帝觀之曰："武王伐紂之歌，使工習之，號曰巴渝舞。"其舞曲四篇，一曰《矛渝》，二曰《安弩渝》，三曰《安臺》，四曰《行辭》。其辭既古，莫能曉句讀。魏使王粲製其辭，粲問巴渝帥，而得歌之本意，故改爲《矛渝新福》《弩渝新福》《安臺新福》《行辭新福》四歌，以述魏德。其舞故常六佾，桓元將僭位，尚書殿中郎袁明子啓增滿八佾，梁復號《巴渝》。隋文帝以非正典，罷之。《通志》卷四十九。

六　《拂舞歌》五曲 魏武帝分《碣石》爲四曲，共八曲

《白鳩篇》 亦曰《白鳧舞》，以其歌且舞也。亦入清商曲。

《濟濟篇》

《獨禄篇》 李白作《獨鹿》。

《碣石篇》 晉樂，奏魏武帝，分爲四篇：一曰《觀滄海》，二曰《冬十月》，三曰《上不同》，四曰《龜雖壽》。

《淮南王篇》 舊説淮南王安求仙，禮方士，遂與八公相攜而去，莫知所在。其家臣小山之徒思戀不已，乃作是歌，言安仙去也。此則恢誕家爲此説耳，不然，亦是後人附會也。

按晉楊泓《舞序》云："自到江南，見《白符舞》。符，即鳧也。《白鳧舞》即《白鳩舞》也。《白鳧》之辭出於吳，其本歌云：平平白鳧，思我君惠，集我金堂。謂晉爲金德，吳人患孫皓虐政，而思從晉也。然《碣石章》又出於魏武，則知《拂舞》五篇並晉人採集三國之前所作，惟《白鳧》不用吳舊歌，而更作之，命以《白鳩》焉。"《通志》卷四十九。

七　鼓角橫吹十五曲

《黃鵠一作鶴吟》《隴頭吟》亦曰《隴頭水》《望行人》《折楊柳》《關山月》《洛陽道》《長安道》《豪俠行》亦曰俠客行。《梅花落》胡笳曲。《紫騮馬》《驄馬》復有《驄馬驅》，非橫吹曲。《雨雪》《劉生》不知何代人。觀齊、梁以來所爲《劉生》之辭，皆稱其任俠，周遊三秦間。或云抱劍專征，爲符節郎。《古劍行》《洛陽公子行》。

右，鼓角橫吹曲。按《周禮》以"鼖鼓鼓軍"事，舊云"用角"。其説謂蚩尤氏帥魑魅與黃帝戰於涿鹿之野，帝命吹角爲龍吟以禦之。其後魏武帝北征烏桓，越涉沙漠，軍士聞之悲思，於是減爲中鳴，尤更悲矣。按此有十五曲，後之角工所傳者，只得《梅花》耳。今太常所試樂工第三等五十曲，抽試十五曲，及鳴角人習到《大梅花》《小梅花》可汗曲，是梅花又有大、小之別也。然角之制始於邊，中國所用鼓角，蓋習邊角而爲也。黃帝之説多是謬悠。况鼓角與邊角聲類既同，故其曲亦相參用。而《梅花》之辭本於胡笳，今人謂角鳴爲邊聲，初由邊徼所傳也。《關山月》《洛陽道》《長安道》《豪俠行》《梅花落》《紫騮馬》《驄馬》八曲，後代所加也。《通志》卷四十九。

八　邊角十曲

《黃鵠吟》《隴角頭吟》亦曰《隴頭水》《出關》《入關》《出塞》《入塞》《折楊柳》《黃覃子》《赤子楊》《望行人》。

右，邊角者，本以應胡笳之聲，後漸用之，故橫吹有《雙角》，即邊樂也。漢博望侯張騫入西域傳其法，惟得《摩訶》《兜勒》二曲，是爲邊曲之本。摩訶、兜勒皆邊語也。協律校尉李延年因邊曲更新聲二十八解，其法乘輿以爲武樂。後漢以給邊將，魏、晉以來二十八解不復具存，但用十曲而已。《鼓角》之本出於《邊角》。《通志》卷四十九。

九　相和歌三十曲

《江南曲》。梁簡文辭云："陽春路，時使佳人度。枝中水上青併歸，長楊樹，拂地桃花飛。清風吹人光照衣，景將夕，擲黃金，留上客。"古辭，古之詩即今之曲也。由梁武之後皆能音律，故創激越之辭，發靡麗之音，世所好尚，至今曲與詩分爲二矣。簡文辭美則美矣，其如失古意何！

《度關山》，亦曰《度關曲》。古辭。曹魏樂奏。

《長歌行》，古辭。按：長、短歌行皆言其歌聲發越，自有短長。魏武《燕歌行》曰"短歌微吟不能長"，傅元《艷歌行》曰"咄來長歌續短歌"是也。崔豹《古今注》言長歌乃續命之長。吳兢亦如是説。謬哉！

《薤露歌》，亦曰《薤露行》，亦曰《天地喪歌》，亦曰《挽柩歌》。田橫門人作辭云："薤上朝露何易晞，薤露明朝更復落。人死一去何時歸？蒿里誰家地？聚斂魂魄無賢愚。鬼伯一何相催促，今乃不得少踟蹰。"按《左傳》："齊將與吳戰于艾陵，公孫夏使其徒歌。"虞殯注云："送葬歌也。"是古有喪歌矣。使挽柩者歌之，故爲喪歌，亦謂挽柩歌。此二章之作，乃田橫門人歌以葬橫也，但悲其亡耳，亦無怨言，足見古人之用心，任所遇而已，未嘗尤人焉。本一詩也而有二章，至漢武時李延年分爲二曲，《薤露》送王公貴人，《蒿里》送士大夫、庶人。當其時，聲亦自有別，所以爲二曲。後人通謂之挽歌者，以其聲無異也，故不復存其名。《薤露》亦謂之《泰山吟行》者，言人死則精爽，歸於泰山。

《蒿里傳》，亦曰《蒿里行》，亦曰《泰山吟行》。喪歌，亦曰挽柩歌。

《雞鳴》，亦曰《雞鳴高樹顛》蓋本古辭，所謂"雞鳴高樹顛，狗吠深巷中"也。

《對酒行》，古辭。曹魏樂奏。

《烏生八九子》。古辭"烏生八九子，端坐秦氏桂樹間"，言烏母生子，本在南山巖石間，而來爲秦氏所彈；白鹿在苑中，人得以爲脯；黃鵠摩天，鯉魚在深淵，人可得而鬻之，皆由有所欲也。此言爲隱者戒耳。今劉孝威之詩，但言烏而已。

《平陵東》。古辭云"平陵東，松柏桐，不知何人劫義公"，取第一句以命篇。此則漢翟義門人所作也。義爲東郡太守，起兵誅王莽，不克而死，門人作是歌以哀之。

《陌上桑》，亦曰《艷歌羅敷行》，亦曰《日出東南隅行》，亦曰《日出行》，亦曰《採桑曲》，曹魏改曰《望雲曲》。按古辭《陌上桑》有二，此則爲羅敷也。羅敷者，邯鄲秦氏女也，嫁千乘王仁。仁後爲趙王家令，羅敷採桑於陌上，趙王登臺，見而悅之，置酒欲奪焉。羅敷善彈箏，作《陌上桑》以自明不從。其辭稱羅敷採桑陌上，爲使君所邀，羅敷甚誇其夫爲侍中郎以拒之。或言與舊說不同，然侍中郎，漢官也，恐仁初爲趙王家令，後爲漢侍中郎也。呼趙王爲使君者，郎君之稱，本於漢，恐言使君者猶今言使長也。其辭有"日出東南隅，照我秦氏樓"之句，故亦曰《日出東南隅行》，亦曰《日出行》。別有《秋胡行》，其事與此不同，以其亦名《陌上桑》，致後人差互其說。如王筠《陌上桑》云："秋胡始停馬，羅敷未滿箱。"蓋合爲一事也。

《短歌行》，亦曰《鰕䱇》。晉樂奏。

《燕歌行》，晉樂奏。燕，北地也。是歌始於魏文帝，其辭云："秋風蕭瑟天氣涼，草木搖落露爲霜，羣燕辭歸雁南翔。念君客游思斷腸，慊慊思歸戀故鄉，何爲淹留寄他方？賤妾煢煢守空房，憂來思君不敢忘，不覺淚下沾衣裳。援琴鳴絃發清商，短歌微吟不能長，明月皎皎照我牀。星漢西流夜未央，牽牛織女遙相望，爾獨何辜限河梁！"

《秋胡行》，亦曰《陌上桑》，亦曰《採桑》，亦曰《在昔》。魯有秋胡子，納妻五日而官於陳，五年乃歸。未至家，於路傍見婦人採桑，色美，說之，下車曰："力田不如逢豐年，力耕不如見公卿。吾有金，願以與汝。"婦人曰："婦人當採桑力作以養舅姑，不願人之金。"秋胡歸，奉金以遺母，母使呼婦，婦至，乃向採桑者。婦惡其行，因東投河而死，後人哀之而作《秋胡行》，故亦曰《陌上桑》，亦曰《採桑》。後人多與《羅敷行》無別。

《苦寒行》，亦曰《吁嗟》。晉樂奏。古辭云："北上太行山，艱哉何巍巍。羊腸坂詰屈，車輪爲之摧。樹木何蕭瑟，北風聲正悲。熊羆對我蹲，虎豹夾道啼。溪谷少人民，雪落何霏霏。延頸長嘆息，遠行多所懷。我心何怫鬱，思欲一東歸。水深橋梁絕，中路正徘徊。迷惑失故路，薄暮無宿栖。行行日已遠，人馬同時饑。擔囊行取薪，斧冰持作糜。悲彼東山詩，悠悠使我哀。"

《董逃行》。古辭云："吾欲上謁從高山，山頭危險道路難。"言五嶽之上，皆以黃金爲宮闕，多靈獸仙草。以人君多欲壽考，求長生不死之藥，故令天神擁護。疑此辭作於漢武之時，蓋武帝有求仙之興。董逃者，古仙人也，後漢游童競歌之，有"董卓之亂，卒以逃亡"，此則謠讖之言，因其所尚之歌，故有是事實，非起於後漢也。梁簡文詠行幸甘泉云："董逃拜金紫，賢妻侍禁中。"又云："不羨神仙侶，排煙遠駕鴻。"所言仙事也。然陸機、謝靈運之作，皆言節物易徂，可及時行樂。晉傅休奕《九秋》十二篇，有《擬董逃行》，但言夫婦離別，各隨其意。

《塘上行》，亦曰《塘上辛苦行》。晉樂奏。或云甄后所作，或云魏文帝作。按古歌曰："蒲生我池中，綠葉何離離。"然觀陸機二篇之作，皆言婦人見棄於君之情也。舊云甄后被讒見棄而作，必是也。

《善哉行》，亦曰《日苦短》。古辭云："來日大難口燥唇，乾言人命不可保。"當樂見親友，求長生術，與王喬八公游也。

《東門行》，晉樂奏。古辭云："出東門，不願歸。"言士有貧，不安其居，拔劍將去，妻子牽衣留之願共，餔糜斯足，不求富貴也。

《西門行》。古辭。

《煌煌京洛行》。晉樂奏。

《豔歌何嘗行》，亦曰《飛鶴行》。古辭云："飛來雙白鶴，乃從西北來。"言雌病，雄不能負之而去："五里一返顧，六里一徘徊，雖遇新相知，終傷生別離。"

《步出夏東門行》，亦曰《隴西行》。古辭。

《野田黃雀行》。晉樂奏。

《滿歌行》，大曲，古辭。

《櫂歌行》，晉樂奏。魏明帝將用舟師平吳，故作是歌，以明王化所及。後之作者，多言方舟鼓櫂之興耳。

《雁門太守行》。按：古辭是後漢孝和時洛陽令王渙也。渙嘗爲安定太守，有安邊恤民之功，百姓歌之。然此則雁門太守，若非其事偶相合，則是作詩者誤以安定爲雁門。

《白頭吟》。《西京雜記》："司馬相如將聘茂陵人女爲妾，文君作《白頭吟》以自絕。相如乃止。"後人作《白頭吟》,皆是以直道被讒,見疏於君。故古辭云:"淒淒重淒淒,嫁娶不須啼。願得一心人,頭白不相離。"

《氣出唱》,亦曰《惟乾》。

《精列》。古辭。

《東光》。

右,漢舊歌也。曰相和歌者,並漢世街陌謳謠之辭,絲竹更相和,令執節者歌之。按《詩·南陔》之三笙以和《鹿鳴》之三雅,《由庚》之三笙以和《魚麗》之三雅者,相和歌之道也。本一部,魏明帝分爲二部,更遞夜宿,始十七曲。魏、晉之世,朱生善琵琶、宋識善擊節、列和善吹笛等復爲十三曲,自《短歌行》以下,晉荀勖採撰舊詩施用,以代漢、魏,故其數廣焉。《通志》卷四十九。

一〇　相和歌吟嘆四曲

《大雅吟》《王昭君》《楚妃嘆》《王子喬》。

右,張永《元嘉技錄》四曲也。古有八曲,曰《小雅吟》《蜀琴頭》《楚王吟》《東武吟》,四曲闕。《通志》卷四十九。

一一　相和歌四絃一曲

蜀國四絃。

右,張永《元嘉技錄》有四絃一曲,蜀國四絃是也,居相和之末三調之首。古有四曲。其《張女四絃》《李延年四絃》《嚴卯四絃》三曲闕。《蜀國四絃》節家舊有六解,宋歌有五解,今亦闕。《通志》卷四十九。

一二　相和歌平調七曲

《長歌行》《短歌行》亦曰《鰕䱇》《猛虎行》《君子行》《燕歌行》《從軍行》《鞠歌行》。

右,宋王僧虔大明三年《宴樂技錄》平調,有七曲也。《通志》卷四十九。

一三　相和歌清調六曲　三婦豔詩一曲附

《苦寒行》《豫章行》《董逃行》《相逢狹路間行》亦曰《長安有狹斜行》,亦曰《相逢行》《塘上行》《秋胡行》。

《三婦豔詩》亦曰《大婦織綺羅,中婦織流黃》

右,王僧虔《技錄》清調六曲也。其《三婦豔詩》,《技錄》不載。張氏云:"非管絃音聲所寄，似是命笛理絃之餘。"《通志》卷四十九。

一四　相和歌瑟調三十八曲

《善哉行》亦曰《日苦短》《步出夏門行》亦曰《隴西行》《折楊柳》《西門行》《東門行》《東西門行》《却東西門行》《順東西門行》《飲馬長城窟行》亦曰《飲馬》《上留田行》《新城安樂宮行》《婦病行》《孤子生行》亦曰《孤兒行》，亦曰《放歌行》《大牆上蒿行》《野田黃雀行》《釣竿行》《臨高臺行》《長安城西行》《武舍之中行》《雁門太守行》《豔歌何嘗行》亦曰《飛鵠行》《豔歌福鍾行》《豔歌雙鴻行》《煌煌京洛行》《帝王所居行》《門有車馬客行》《牆上難爲趨行》《日重光行》《月重輪行》《蜀道難》《櫂歌行》《有所思行》《蒲坂行》《採梨橘行》《白楊行》《胡無人行》《青龍行》《公無渡河行》亦曰《箜篌行》

右，王僧虔《技錄》。《通志》卷四十九。

一五　相和歌楚調十曲

《白頭吟行》《泰山吟行》《梁甫吟行》《東武吟》亦曰《東武琵琶吟行》《怨詩行》亦曰《怨歌行》，亦曰《明月照高樓》《長門怨》亦曰《阿嬌怨》《班婕妤》亦曰《婕妤怨》《娥眉怨》《玉階怨》《雜怨》。

右，王僧虔《技錄》五曲，自《長門怨》以下五曲續附。《通志》卷四十九。

一六　白紵歌一曲 古辭 梁武改爲子夜吳聲四時歌四曲，共五曲

《白紵歌》　《白紵歌》有《白紵舞》，《白鳧歌》有《白鳧舞》，並吳人之歌舞也。吳地出紵，又江鄉水國自多鳧鷖，故興其所見以寓意焉。始則田野之作，後乃大樂氏用焉。其音入清商調，故清商七曲有《子夜》者，即《白紵》也。在吳歌爲《白紵》，在雅歌爲《子夜》。梁武令沈約更制其辭焉。古爲云白紵，白質如輕雲色，似銀制，以爲袍，餘作巾袍，以光軀拂塵。

右，《白紵》與《子夜》，一曲也。在吳爲《白紵》，在晉爲《子夜》，故梁武本《白紵》而爲《子夜四時歌》。後之爲此歌者，曰《白紵》則一曲，曰《子夜》則四曲。今取《白紵》於《白紵》，取《四時歌》於《子夜》，其實一也。《通志》卷四十九。

一七　清商曲七曲 附五十曲並夷樂四十一曲，除内七曲同，實計八十四曲

《子夜》，亦曰《子夜吳聲四時歌》，亦曰《子夜吳歌》。晉有女子名子夜，作是歌，其聲甚哀。晉孝武太元中，琅邪王軻家有鬼歌之，《子夜》之音同於《白紵》，皆

清商調也。故梁武本《白紵》而爲《子夜吳聲四時歌》。明此，《子夜》亦有晉聲者，其實不離清商。

《前溪》，晉車騎將軍沈玩所作，舞曲也。

《烏夜啼》，宋臨川王義慶所作。宋元嘉中，徙彭城王義康於豫章郡，義慶時爲江州，相見而哭。文帝聞而怪之，召還宅。義慶大懼，妓妾聞烏夜啼，叩齋閣云："明日應有赦。"及旦，改南兗州刺史，因作此歌。故其辭云："籠窗窗不開，烏夜啼，夜夜望郎來。"蓋詠其妾也。

《石城樂》，宋臧質所作也。石城在景陵，質爲景陵太守，於城上見羣少年歌詠之樂，因爲此辭。其辭曰："生長石城下，開門對城樓。城中美少年，出入相依投。"

《莫愁樂》，出於石城之作。石城有女子，名莫愁，善歌謠，故石城之外復有莫愁。古又有莫愁，洛陽女，非此。古辭云："莫愁在何處，莫愁石城西。艇子打兩槳，催送莫愁來。"來音釐。

《襄陽樂》，宋隋王誕始爲襄陽郡，元嘉末仍爲雍州，夜聞諸女歌謠，因爲之辭焉。宋劉道彥爲雍州，有惠化，百姓歌之，謂之《襄陽樂》，非此也。古辭云："朝發襄陽城，暮至大堤宿。大堤諸女兒，花豔驚郎目。"

《王昭君》，亦曰《王嬙》，亦曰《王明君》。名嬙，字昭君，避晉文諱改曰明君。漢元帝時，匈奴盛請婚於漢，帝以後宮良家子昭君配焉。元帝之時，後宮掖庭員數多，帝不及徧識，令毛延壽畫圖。延壽取金於後宮，而昭君不與，故陋其姿。及昭君既出宮，帝爲愕然，殺延壽。其時公主嫁烏孫，爲馬上彈琵琶，作樂以慰其道路之思，其事多見載籍。其辭云："吾家嫁我兮天一方，遠託異國兮烏孫王。穹廬爲室兮旃爲牆。"旃，帳也。按《漢書》："烏孫使使獻馬，願得尚公主，乃遣江都王建女爲公主，以妻烏孫焉。"此則是也。若以爲延壽畫圖之說，則委巷之談，流入風騷人口中，故供其賦詠，至今不絕。

右，按清商曲亦謂之清樂，出於清商三調，所謂平調、清調、瑟調是也。三調者，乃周《房中樂》之遺聲，漢、魏相繼，至晉不絕。永嘉之亂，中朝舊曲散落江右，而清商舊樂猶傳江左，所謂梁、宋新聲是也。元魏孝文纂漢，收其所獲南音，謂之清商樂，即此等是也。隋平陳，因置清商府，傳採舊曲，若《巴渝》《白紵》等曲皆在焉。自此漸廣，雖經喪亂，至唐武后時猶存六十三曲，其傳者有焉。

《白雪》，楚曲也。或云周曲。唐顯慶三年十月，太常寺奏。按張華《博物志》云："《白雪》是黃帝使素女鼓五十絃瑟曲名，以其調高，人和遂寡，自宋玉以來，迄今千祀，未有能歌《白雪》者。臣今準勅依琴中舊曲定其宮商，然後教習，並合於歌，輒以御製《雪詩》爲《白雪》歌辭。又樂府奏正曲之後，皆有送聲，君唱臣和，事彰前史。輒取侍中許敬宗等奏和《雪詩》十六首以爲送聲，各十六節。上善之，乃付太常編於樂府。"

《公莫舞》，即巾舞也，蓋取高祖鴻門會飲，項伯以袖隔之，使不得害高帝，且語莊云"公莫",古人相呼爲"公莫害漢王"也。亦謂之《公莫曲》。後之舞者用巾,蓋像項伯衣袖之遺式也。本即舞,後人因爲辭焉。

《巴渝》,本舞名,即鞞舞也。漢高自蜀漢將定三秦,閬中范因率賨人以從,爲前鋒,號板楯,蠻勇而善鬭。及定三秦,封因爲閬中侯,復賨人七姓。其俗喜舞,高帝使樂人習之。閬中有渝水,因以爲名,故曰《巴渝舞》。舞曲四篇,其辭既古,莫能曉其句讀。魏使王粲改創其調,晉及江左皆制其辭。

《明君》《明之君》,漢鞞舞曲。梁武改其曲辭,以歌君德。

《鐸舞》漢曲。

《白鳩》,吴拂舞曲。

《白紵》吴舞。

《子夜》晉曲。

《吴聲四時歌》梁曲。

《前溪》晉曲。

《阿子歌》,亦曰《歡聞歌》。晉穆帝升平初,童子輩或歌於道,歌畢,輒呼"阿子,汝聞否",又呼"歡聞否",以爲送聲。後人演其聲爲二曲。宋、齊間,用莎乙子之語,稍訛異也。

《團扇郎》,晉中書令王珉好執白團扇,其侍人謝芳歌之。或云珉與嫂婢謝芳有情,嫂鞭撻過苦,婢善歌而作此曲。其辭云:"團扇復團扇,持許自遮面。憔悴無復理,羞與郎相見。"

《懊憹》,憹亦作惱,石崇侍人綠珠所作《絲布澁難縫》一曲而已。東晉隆安初,民間訛謠之曲云"春草可攬結,女兒可攬擷"。齊高帝謂之《中朝歌》。

《長史變》,晉司徒左長史王廞臨敗所作。

《丁督護》,亦曰《丁都護》,亦曰《督護歌》。宋武帝女夫徐逵之爲彭城内史,爲魯軌所殺,武帝使内直督護丁旿收殯之。逵之妻呼旿至閤下,自問殯送之事,每問輒歎息曰"丁督護",其聲甚哀。後人因其聲,廣其曲焉。其辭二首,一曰:"督護上征去,儂亦惡聞許。願作石尤風,四面斷行旅。黃河流無極,洛陽數千里。轆軻戎旅間,何由見歡子?"

《讀曲》,宋人爲彭城王義康作,其歌曰:"死罪劉領軍,誤殺劉四弟。"《古今樂錄》曰:"元嘉十七年,袁后崩,百官不敢聲歌。或因酒燕,止竊聲讀曲細吟而已。"

《烏夜啼》,宋臨川王義慶作。

《估客樂》,齊武帝所作也。武帝爲布衣時,常遊樊、鄧。踐阼已後,追憶往事而作是歌,使太樂令劉瑶教習,百日無成。或啟釋寶月善音律,帝使寶月奏之便就,勅歌者重爲感憶之聲。梁改爲《商旅行》,其辭二首。一曰:"昔經樊鄧後,假楫梅根渚。感昔追往事,意滿情不叙。"二曰:"有信數寄書,無信長相憶。莫作瓶落井,一去無消息。"

《石城樂》，宋臧質作。

《莫愁》，出於石城。

《襄陽》，亦曰《襄陽樂》，宋隨王誕作。

《烏夜飛》，亦曰《棲烏夜飛》，宋荊州刺史沈攸之所作也。攸之舉兵發荊州，未敗之前思歸京師，所以歌之曰："白日落西山，還去來。"

《楊叛兒》，亦曰《西曲楊叛兒》，本童謠也。齊隆昌時女巫之子曰楊旻，隨母入內。及長，為太后所寵愛。童謠云："楊婆兒，共戲來。"語訛，轉婆為叛也。

《雅歌》，未詳所起。

《驍壺》，投壺樂也。隋煬帝所造，以投壺有躍矢為驍壺。今謂之驍壺，是。

《常林歡》，常林即長林也，今之荊門長林縣是也。樂人誤以長為常，此則梁、宋間曲也。宋代以荊、雍為南方重鎮，皆王子為之牧，江左辭詠，莫不稱之，以為樂土。故宋隨王誕作《襄陽樂》，齊武追憶樊、鄧作《估客樂》是也。梁簡文辭云："分手桃林岸，遂別峴山頭。若欲寄音信，漢水向東流。"

《三洲》，商人之歌也。商客數由巴陵三江口往還，因共作此歌。

《採桑度》，《三洲曲》所出也，與《羅敷秋胡行》所謂採桑者異矣。

《玉樹後庭花》　《玉樹後庭花》與《堂堂黃鸝》《留金釵》《兩臂垂》凡四曲，皆陳後主所作，常與宮女學士及朝臣相唱和為詩，太樂令何胥採其尤輕豔者，以為此曲。

《堂堂》，陳後主所作者，唐高宗朝常歌之。

《泛龍舟》，隋煬帝幸江都宮所作。又令太樂令白明達造新聲，創《萬歲樂》《藏鉤樂》《七夕相逢樂》《舞席同心髻》《玉女行》《鬭神仙》《留客》《擲磚》《續命》《鬭雞子》《鬭百草》《還舊宮》《長樂花》《十二時》等曲，掩抑摧藏，哀音斷絕。

《春江花月夜》，隋煬帝所作也，凡二首。一曰："暮江平不動，春花滿正開。流波將月去，潮水帶星來。"二曰："夜露含花氣，春潭漾月暉。漢水逢遊女，湘川值兩妃。"

右，三十三曲，《明之君》《雅歌》各二首；《四時歌》四首，凡三十八曲。又有四曲《上林》《鳳雛》《平折》《命嘯》，其聲與辭皆訛失。又有三曲，曰平調、清調、瑟調，有聲無辭。又蔡邕云："清商曲，其詩不足採，有《出郭西門》《陸地行》《車俠鍾》《朱堂寢》《奉法》五曲。"往往在漢時所謂清商者，但尚其音爾，晉、宋間始尚辭。觀吳兢所纂七曲，皆晉、宋間曲也。故知梁、宋新聲，有自來矣。因隋文帝篤好清樂，以為華夏正聲，故特盛於隋焉。大業中，煬帝乃定清樂、西涼、龜茲、天竺、康國、疏勒、安國、高麗、禮畢以為九部。《通志》卷四十九。

一八　琴操五十七曲　九引　十二操　三十六雜曲

《思歸引》，亦曰《離拘操》，舊說衛賢女之所作也。邵王聞其賢而聘之，未至而王死。太子留之，不聽，拘於深宮，思歸不得，援琴而歌，曲終乃縊。初但有聲，至晉石崇始作辭，但述其思歸河陽所居而已。劉孝威《胡地憑良馬》，亦只言思歸之狀。

《走馬引》，樗里牧恭所造也。爲父報仇殺人，而藏山谷中。有天馬夜降，鳴於其室，聞而驚，以爲吏追己，奔逃入川澤中，援琴而彈之，作天馬之聲，命之曰《走馬引》。又張敞爲京兆尹，無威儀，時罷朝會，走馬章臺街，時人鄙笑之，有"殿君馬者路傍兒"之語，故張率詩曰："吾畏路傍兒。"

《霹靂引》，亦曰《吟白虎》，亦曰《舞元鶴》，楚商梁所作。商梁出遊九皋之澤，遇風雷霹靂，懼而歸，作此引。又晉平公召師曠，援琴而鼓，清徵一奏，有元鶴二八來集，再奏而列，三奏延頸而鳴，舒翼而舞。所謂《舞元鶴》者，蓋本於此。往往其音不殊，故合爲一。不然，則本《舞元鶴》之聲而爲《霹靂引》。

《烈女引》，亦曰操，楚樊姬作也。

《伯妃引》，魯伯妃作。

《琴引》，秦時屠高門作。

《楚引》，亦曰《龍邱引》楚龍邱子高引。

《貞女引》，魯女所作。

《箜篌引》，亦曰《公無渡河》，亦曰《箜篌謠》。朝鮮津卒霍里子高妻麗玉所作。子高晨起刺船，見一白首狂夫，被髮攜壺，亂流而渡。其妻隨呼止之，不及，遂援箜篌而鼓之，歌曰："公無渡河，公終渡河。公墮而死，當奈公何？"聲音悽愴。曲終，亦投河而死。子高還，以其聲語麗玉，玉傷之，乃引箜篌寫其聲，聞者莫不墮淚。麗玉以其聲傳鄰女麗容，名曰《箜篌引》。舊史稱漢武帝滅南粵，祠太一后土，令樂人侯暉依琴造坎侯。坎者，聲也；侯者，工人姓也。後語訛"坎"爲"空"。然以臣所見，今大樂有箜篌器，何得如此說？

右九引。

《將歸操》，世言孔子作。孔子之趙，聞殺竇鳴。竇，賢者也。孔子知必不用已，故將歸，其辭曰："翱翔於衛，復我舊居。從吾所好，其樂只且。"

《猗蘭操》，亦曰《幽蘭操》。世言孔子作。孔子傷不逢時，以蘭薺麥自喻，且云："我雖不用，於我何傷？"言霜雪之時，薺麥乃茂，蘭者取其芬香。今此操只言猗蘭，蓋省辭也。

《龜山操》，世言孔子作。季桓子受齊女樂，孔子欲諫不得，退而望魯之龜山，而作此曲，言位尊非其人，嗟予莫之依也。或言季氏若龜山之蔽魯。

《越裳操》，世言周公作。越裳國獻白雉，周公作是歌。

《拘幽操》，世言文王拘於羑里而作。

《岐山操》，世言周公爲太王作，述古豳公之績，患時黷武也。或云周人爲文王所作。

《履霜操》，世言尹吉甫子伯奇無罪，爲後母所譖見逐，自傷而作也。追帝舜之事，明怨其身之不爲父母憐也，言人之不得於父母者，當益親也。

《雉朝飛操》，世言齊宣王時處士犢牧子作也。年七十無妻，採薪於野，見雉雌雄雙飛，乃仰天而歎曰："聖王在上，恩及草木鳥獸，而我不獲。"因援琴而歌，其聲中絶。魏武帝有宫人盧女者，陰叔之妹，七歲入漢宫，學鼓琴，琴特鳴異，爲新聲，能傳此曲。至魏明帝崩，出降爲尹更生妻，故得此聲不絶。按揚雄《琴清英》曰："《雉朝飛操》者，衛女傅母之所作也。衛女嫁於齊太子，中道聞太子死，問傅母，曰：'且往，當喪。'喪畢，不肯歸，終之以死。傅母悔之，取女所自操琴於冢上鼓之，忽二雉俱出墓中，傅母撫雉曰：'女果爲雉耶？'言未畢，俱飛而起，不見所往。傅母悲痛，援琴作操曰《雉朝飛》。"據雄所記，大概與《思歸操》之言相類，恐是訛易。

《别鶴操》，商陵牧子娶妻五年無子，父兄爲之改娶。其妻聞之，中夜起，倚户悲歌。牧子感之，爲作此曲。或云其時亦有䨥鶴悲鳴，故因以命操。

《殘形操》，世言曾子夢一狸，不見其首，以爲不祥，而作此曲。

《水僊操》，世言伯牙所作。伯牙學鼓琴於成連先生，三年而成。至於精神寂寞，情之專一，尚未能也。成連云："吾師子春在海中，能移人情。"乃與伯牙延望無人，至蓬萊山，留伯牙曰："吾將迎吾師。"刺船而去，旬時不返，但聞海上水汨没澎湃之聲，山林窅冥，羣鳥悲號，愴然歎曰："先生將移我情。"乃援琴而歌之。曲終，成連刺船而還，伯牙遂妙絶天下。

《懷陵操》，世言伯牙所作。

右十二操，韓愈取十操，以爲文王、周公、孔子、曾子、伯奇、犢牧子所作，則聖賢之事也，故取之；《水僊》《懷陵》二操，皆伯牙所作，則工技之爲也，故削之。嗚呼，尋聲徇跡，不識其所由者如此！九流之學皆有義，所述者，無非聖賢之事，然而君子不取焉者，爲多誣言，飾事以實其意。所貴乎儒者，爲能通今古，審是非，胸中了然，異端邪説無得而惑也。退之平日所以自待爲如何？所以作十操以貽訓後世者爲如何？臣有以知其爲邪説異端所襲，愚師瞽史所移也。《琴操》所言者，何嘗有是事？琴之始也，有聲無辭，但善音之人，欲寫其幽懷隠思，而無所憑依，故取古之人悲憂不遇之事，而以命操。或有其人而無其事，或有其事又非其人，或得古人之影響，又從而滋蔓之。君子之所取者，但取其聲而已，取其聲之義，而非取其事之義。君子之於世多不遇，小人之於世多得志。故君子之於琴瑟，取其聲而寫所寓焉，豈尚於事辭哉？若以事辭爲尚，則自有六經聖人所説之言，而何取於工伎所志之事哉！琴工之爲是説者，亦不敢鑿空以厚誣於人，但借古人姓名，而引其所寓耳。何獨琴哉，百家九流，皆有如此。惟儒家開大道，紀實事，爲天下後世所取正也。蓋百家九流之書皆載理，無所繫着，則取古之聖賢之名，而以己意納之於其事之域也。且以卜筮家論之，最與此相近也。如以文王拘羑里而得"明夷"，文王拘羑里或有之，何嘗有"明夷"乎？又何嘗有箕子遇害之事乎？孔子問伯牛而得"益"，孔子問伯牛實有之，何嘗有"益"乎？又何嘗有過其祖之語？《琴操》之所紀者，皆此類也。又如稗官之流，其理只在唇舌間，而其事亦有記載。虞舜之父，杞梁之妻，於經傳所言者，數十言耳，彼則演成萬千言。東方朔三山之求，諸葛亮九曲之勢，於史籍無其事，彼則肆爲出入。《操》之所紀者，又此類也。顧彼亦豈欲爲此誣罔之事乎？正爲彼之意向如此，不得不如此，不説無以暢其胸中也。又如兔園之學，其來已久。其所言者，無非周、孔之事，而不得爲正學，不爲學者所取信者，以意卑淺而言陋俗也。今觀琴曲之言，正兔園之流也，但其遺聲流雅，不與他樂並肩，故君子所尚焉。或曰：退之之意，不爲其事而作也，爲時事而作也。曰如此所言，則白樂天之諷諭是矣。若懲古事以爲言，則《隋堤柳》可以戒亡國；若指今事以爲言，則《井底引銀瓶》可以止淫奔，何必取異端邪説、街談巷語以寓其意乎？同是誕言，同是飾説，伯牙何誅焉？臣今論此，非好攻古人也，正欲憑此開學者見識之門，使是非不雜揉其間，故所得則精，所見則明。無古無今，無愚無智，無是無非，無彼無己，無異無同。概之以正道，燦燦乎如太陽正照，妖氛邪氣不可干也。《通志》卷四十九。

一九　河間雜弄二十一章

《蔡氏五弄》《雙鳳》《雜鸞》《歸風》《送遠》《幽蘭》《白雪》太常丞吕才以唐高宗《雪詩》爲《白雪歌》，被之以琴。《長清》《短清》《長側》《短側》《清調》《大遊》《小遊》《明君》《胡笳》《白魚歎》《廣陵散》嵇康死後，此曲遂絶。往往後人本舊名而別出新聲也。《楚妃歎》《風入松》《烏夜啼》《楚明光》《石上流泉》《臨汝侯子安之》《流漸涸》《雙燕離》《陽春弄》《悦人弄》《連珠弄》《中揮清》《暢志清》《蟹行清》《看客清》《便僻清》《婉轉清》

右，三十六雜曲。《通志》卷四十九。

二〇　遺聲序論

遺聲者，逸詩之流也。今以義類相從，分二十五正門，二十附門，總四百十八曲，無非雅言幽思，當採其目，以俟可考。今採其詩，以入系聲樂府。《通志》卷四十九。

二一　古調二十四曲

《古辭十九曲》無名氏。《擬行行重行行》陸機。《古意》李白。闕《淫思古意》顔峻。《古樂府》權德輿。《通志》卷四十九。

二二　征戍十五曲　將帥　城塞　校獵

《戎行曲》《遠征人》《南征曲》《老將行》《將軍行》《霍將軍行》《司馬將軍歌》

《長城》《築城》《古築城曲》《塞上曲》《塞下曲》《古塞曲》《邊思》《校獵曲》《通志》卷四十九。

二三　遊俠二十一曲

《遊俠篇》《俠客行》《博陵王宮俠曲》《臨江王節士歌》《少年子》《少年行》《刺少年》《邯鄲少年行》《長安少年行》《羽林郎》《輕薄篇》《劍客》《結客》《結客少年場》曹植詩云："結客少年場，報怨洛北芒。"故取一句。《沐浴子》《結襪子》《結援子》《壯士吟》《公子行》《燉煌子》《扶風豪士歌》《通志》卷四十九。

二四　行樂十八曲

《遊子移》

《遊子吟》

《嘉遊》，亦曰《喜春遊》。

《王孫遊》

《棗下何纂纂》

《攜手曲》

《樂未央》

《永明樂》

《今樂歌》

《吾生作宴樂》

《今日樂相樂》

《苦樂相倚曲》，唐元稹作。言人情不常，恩寵反覆，專引班姬、趙飛燕事爲言。

《合歡詩》，晉楊方所作，婦人也。其詩言："我情與君，猶形影不相離。願食共並根，穗飲共連理。杯衣同雙絲，絹寢共無縫。襜坐必接膝，行必攜手，如鳥同心，如魚比目。利斷金石，密逾膠漆焉。"

《定情篇》，漢繁欽所作，言婦人不能自相悅媚，乃解衣服玩好致之，用叙綢繆之志，若"臂環致拳拳"、"指環致勤勤"、"耳珠致區區"、"香囊致扣扣"、"跳脱致契濶"、"佩玉結恩情"，自以爲至矣。而期於山隅、山陽、山西、山北，終而不答，乃自傷悔。

《還臺樂》

《河曲遊》

《行幸甘泉宮》

《宮中行樂》《通志》卷四十九。

二五　佳麗四十七曲　女功　才慧　貞節

《美女篇》，亦曰《齊瑟行》，亦曰《齊吟》。

《美人》

《織女辭》

《錦石擣流黃》

《丹陽孟珠歌》

《錢塘蘇小小歌》

《孫綽情人碧玉歌》

《中山王孺子妾歌》，孺子者，幼小之稱。《漢書》曰："詔賜中山王噲及孺子妾並未央才人歌詩四篇。"

《吳王夫差女紫玉歌》

《董嬌嬈》

《烏孫公主》，漢武帝以江都王女細君爲公主，嫁烏孫昆彌。至其國，別治宮室，歲時一再會，公主悲怨而作是詩。

《情人桃葉歌》，亦曰《千金意》。桃葉者，王獻之妾，名緣於篤愛，所以作歌。或云是童謠："桃葉復桃葉，桃葉連桃根。相憐兩樂事，獨使我殷勤。"又曰："桃葉復桃葉，渡江不用楫。但道無所苦，我自楫迎汝。"

《李夫人》，漢武帝喪李夫人，令寫真甘泉殿。又令方士合靈藥曰反魂香，以降夫人之魂，髣髴其狀。背燈隔帳，不得語。

《楚妃吟》

《楚妃歎》

《楚明妃曲》

《杜秋娘》，金陵女年十五爲李錡妾，錡叛滅，籍之入宮，有寵於景陵。穆宗立，命爲皇子傅母。皇子封章王，鄭注事被罪放，還故鄉，其辭云："勸君莫惜金縷衣，勸君須惜少年時。花開堪折直須折，莫待無花空折枝。"

《女秋蘭》

《木蘭辭》，木蘭，女子也。其父被調從征，木蘭代父往防邊，獲功而歸。與人同伴十三年，而人不知其爲女子，故其詩之卒章有"雄兔脚撲朔，雌兔眼迷離。兩兔傍地走，焉能知我是雄雌"之句。

《昭君歎》

《劉勳妻》

《焦仲卿妻》

《杞梁妻歌》，杞殖妻之妹朝日所作也。殖戰死，妻泣曰："上則無父，中則無夫，下則無子。人生之苦至矣！"乃放聲長號，杞城爲之頽，遂投水死。其妹悲之，爲作是歌。梁乃殖字。

《湘夫人》，亦曰《湘君》，亦曰《湘妃》。堯二女，長曰娥皇，次曰女英，爲舜二妃。舜南巡，二妃追隨不及，沒於湘渚，今有其祠。

《未央才人歌》

《邯鄲才人嫁爲廝卒婦》

《愛妾換馬》

《胡姬年十五》

《黄門倡》

《舞媚娘》，"舞"亦作"武"，唐則天朝常歌此曲。

《五媚娘》

《妾薄命》，亦曰《惟日月》。

《妾安所居》

《皚如山上雪》

《燕美人》

《映水曲》

《蠶絲歌》

《貞女》

《孀婦吟》

《麗人行》

《上陽白髮人》，唐天寶五載已後，楊貴妃專寵，後宮人無復進幸矣。六宮有美色者，輒置别所，上陽是其一也，貞元中尚存焉。

《繚綾》

《時世粧》

《王家少婦》

《委舊命》

《秦女卷衣》

《靜女辭》《通志》卷四十九。

二六　別離十九曲　迎客

《生別離》《離歌》《長別離》《河梁别》《春别曲》《自君之出矣》《送歸曲》《思歸篇》《送遠曲》《母别子》《寄衣曲》《迎客曲》《送客曲》《遠别離》《久别離》《古離别》《怨别》《離怨》一作《雜怨》。《井底引銀瓶》《通志》卷四十九。

二七　怨思二十五曲

《傷歌行》《怨辭》《青樓怨》《春女怨》《秋閨怨》《閨怨》《寒夜怨》《征婦怨》《綵書怨》《鳳樓怨》《綠墀怨》《四愁》《七哀》《長相思》《憂且吟》《獨處愁》《思公子》《思君去時行》《洛陽夫七思詩》《湘妃怨》《娼樓怨》《西宮秋怨》《西宮春怨》《遺所思》《獨不見》《通志》卷四十九。

二八　歌舞二十一曲　技能

《浩歌行》《緩歌行》《前緩聲歌》《會吟行》《同聲歌》《勞歌》《悲歌行》

《上聲歌》，此因上聲促柱得名，或用一調，或用無調名，如古歌辭所謂"哀思之音，不合中和"。梁武因之改辭，無復雅句。

《大垂手》，舞而垂手也，《小垂手》《獨搖手》亦然。其辭云："垂手忽迢迢。飛燕掌中嬌。羅衫恣風引，輕薄任情搖。詎似長沙地，促舞不回腰。"

《小垂手》，其辭云："舞女出西秦，躡節舞陽春。且復小垂手，廣袖拂紅塵。折腰膺兩笛，頓足轉雙巾。娥眉與慢臉，見此空愁人。"

《鈞天曲》

《豔歌行》，古辭。有"翩翩堂前燕，冬藏夏來見"，言兄弟流宕他之。或言魏武始作。

《童謠》《入朝曲》《清歌發》

《獨舞調嘯辭》，急聲也，至今猶存。

《正古樂》

《三臺辭》，舞辭也，今猶存。

《齊謳行》

《吳趨曲》，齊謳者，齊人之歌；吳趨者，吳人之舞。故陸機所引"牛山"，陸厥所言"稷下"，皆齊也。閶門乃吳門，《閶閶所行》亦名《破楚門》。千載而下欲為齊謳者，必本齊音；欲為吳趨者，必本吳調。《通志》卷四十九。

二九　絲竹十一曲

《挾琴歌》《相如琴》《薄暮動弦歌乐》《鼓瑟有所思》《趙瑟》《秦箏》《龍笛曲》《短簫》《鳳笙》

《華原磬》，唐天寶中，始廢泗濱磬，用華原石代之。詢諸磬人，則曰：故老云"泗濱磬石調之不能和，得華原石考之，乃和"，由是不改。

《五弦彈》《通志》卷四十九。

三〇　觴酌七曲

《羽觴飛上苑》《前有一樽酒》《城南偶燕》《當置酒》《當壚》《獨酌謠》《山人勸酒》《通志》卷四十九。

三一　宮苑十九曲　樓臺　門闕

《魏宮辭》《玉華宮》《長信宮》《連昌宮》《楚宮行》《雍臺》《凌雲臺》《新成長樂宮》《登樓曲》《青樓曲》《建興苑》《芳林篇》《上林》《閶闔篇》《駕言出北闕》《坐玉堂》《內殿賦新詩》《西園遊上才》《春宮曲》《通志》卷四十九。

三二　都邑三十四曲

《名都篇》，亦曰《齊瑟行》。

《京兆歌》

《左馮翊歌》，京兆京師也。馮翊在左，扶風在右，謂之三輔。京兆，今永興；馮翊，今同州；扶風，今鳳翔。

《扶風歌》

《荊州樂》

《燉煌樂》，涼州之地也。

《青陽樂》今青州。

《潯陽樂》今江州。

《壽陽樂》，南平穆王為荊河州作也。

《涼州樂》，今屬西夏。

按：今之樂有《伊州》《涼州》《甘州》《渭州》之類，皆西地也。又按：隋煬帝所定九部夷樂，西涼、龜茲、天竺、康居之類，皆西夷也。觀《詩》之《雅》《頌》亦自西周始。凡是清歌妙舞，未有不從西出者。八音之音以金為主，五方之樂惟西是承。雖曰人為，亦莫非稟五行之精氣而然。

《邯鄲歌》今趙州。

《長平行》，秦白起所坑趙降兵處。

《故絳行》，晉雖遷新田，以舊地為故絳。

《西長安行》。

《臨碣石》，平州之地，臨北海，禹所導河從此入海，故曰"碣石送反潮"。

《白銅鞮歌》，亦曰《襄陽踏銅鞮》。

《南郡歌》今南陽也。

《荆州歌》今荆南府。

《陳歌》

《吴歌》

《鄴都引》

《蔡歌行》

《越城曲》

《越謡》

《孟門行》

《燕支行》

《汾陰行》

《新昌里》

《洛陽陌》

《大堤曲》

《出自薊北門行》

《江南行》

《江南思》

《長干行》《通志》卷四十九。

三三　道路六曲

《陰山道》《太行路》《行路難》《變行路難》《沙路曲》《沙隄行》《通志》卷四十九。

三四　時景二十五曲

《陽春歌》楚曲。《青陽歌》《春日行》《秋風辭》帝幸河東祠后土，顧視帝京，欣然中流，與羣臣宴，上賦《秋風》。《北風行》《苦熱行》《秋歌》《朝歌》《晨風歌》《朝來曲》《夜夜曲》《夜坐吟》《遥夜吟》《春旦有所思元雲》《朝雲》《雷歌》《驚雷歌》《雪歌》《胥臺露》《白日歌》《明月篇》《明月子》《日出行》《日與月》《通志》卷四十九。

三五　人生四曲

《百年歌》陸機作，十年爲一章，共十章，言句泛濫，無可採。《人生》《老年行》《老詩》《通志》卷四十九。

三六　人物九曲

《大禹》《成連》《湘東王》《祖龍行》《百里奚》《項王》亦曰《蓋世》《楚王曲》《安定侯曲》《李延年歌》《通志》卷四十九。

三七　神仙二十二曲　　隱逸　漁父

《步虛辭》
《神仙篇》
《外仙篇》
《升仙歌》
《升天行》
《仙人篇》
《遊仙篇》
《仙人覽六著篇》
《海漫漫》
《桃源行》
《上雲樂》，亦曰《洛濱曲》。
《武林深行》，一曰《武溪深行》。
《招隱》，本楚辭，漢淮南王安小山所作，言山中不可久留。或言卽安所作也。後人改爲五言。若晉左思《杖策》《招隱》數篇是也。晉王康琚又作《反招隱》。舊說《淮南書》有小山，亦有大山，亦猶《詩》有《小雅》，有《大雅》。
《反招隱》
《四皓》
《蕭史曲》
《方諸曲》
《王喬歌》
《元丹邱歌》
《紫豀翁歌》，序云："紫豀翁過甪里先生，舉酒相屬，醉而歌。"
《漁父》
《歸去來引》《通志》卷四十九。

三八　梵竺四曲

《舍利弗》《法壽樂》《阿邨瓌》《摩多樓子》《通志》卷四十九。

三九　蕃音四曲

《于闐採花》《高句麗》《紀遼東》隋煬帝爲遼東之役而作是詩。《出蕃曲》《通志》卷四十九。

四〇　山水二十四曲 _{登臨　泛渡}

《桐柏山》，山在唐州桐柏縣淮水發源之處。
《華陰山》，在華州西嶽。
《巴東三峽歌》
《淫豫歌》，亦曰《灩豫歌》，其辭云："淫豫大如服，瞿唐不可觸。金沙浮轉多，桂浦忌經過。"此舟人商客刺水行舟之歌，亦非簡文所作也。蜀江有瞿唐之患，桂江有桂浦之難，故過瞿唐者則準灩豫，涉桂浦者則準金沙。又有"灩豫如馬，瞿唐莫下；灩豫如象，瞿唐莫上"之語，是單言瞿唐也。
《河上之水歌》
《曲池之水歌》
《東海》
《小臨海歌》
《江上曲》
《江皋曲》
《方塘含白水歌》
《日暮望涇水》
《曲江登山曲》
《巫山》
《中流曲》
《濟黃河》
《渡易水曲》
《桂楫泛河中》
《登名山行》
《昆明春水滿》，此唐貞元中作也。自唐後不都長安，昆明池遂爲民田矣。
《半路溪》
《泛水曲》
《幽澗泉》《通志》卷四十九。

四一　草木二十一曲 _{採種　花菓}

《赤白桃李花》，亦曰《桃李》唐高祖時歌。
《秋蘭篇》
《芙蓉花》
《採蓮曲》
《採菱曲》
《採菊》
《茱萸篇》
《蒲生歌》
《城上麻》
《夾樹》
《夾樹有綠竹》
《綠竹》
《樹中草》
《冉冉孤生竹》，取《古詩》第一句作題。按何偃作此詩，所言者婚姻之事。
《楊花曲》
《桃花曲》
《隋堤柳》
《種葛》
《江籬生幽渚》
《浮萍篇》
《桑條》，太史迦葉志忠上《桑條歌》十二篇，言韋后當受命。《通志》卷四十九。

四二　車馬六曲

《車遙遙篇》《高軒過》《白馬篇》亦曰《齊瑟行》《驅車》《天馬歌》《八駿圖》《通志》卷四十九。

四三　龍魚六曲 _{蟲豸}

《尺蠖》《應龍篇》《飛龍篇》《飛龍引》《枯魚》《捕蝗》《通志》卷四十九。

四四　鳥獸二十一曲

《白虎行》《烏栖曲》《東飛伯勞歌》《擬東飛伯勞》《雙燕》《燕燕于飛》《澤雉》《滄海雀》《空城雀》《雀乳空井中》《鬭雞》《晨雞高樹鳴》《鴛鴦》《鳴雁行》《鴻雁生北塞行》《黃鸝飛上苑》《飛來雙白鶴》《雙翼》《隻翼》《鳳凰曲》《秦吉了》《通志》卷四十九。

四五　雜體六曲

《雜曲》《五雜組曲》《寓言》《雜體》《槀砧》亦曰《槀砧今何在》《兩頭纖纖》《通志》卷四十九。

四六　祀饗正聲序論

仲尼所以爲樂者，在詩而已。漢儒不知聲歌之所在，而以義理求詩，別撰樂詩以合樂，殊不知樂以詩爲本，詩以雅頌爲正。仲尼識雅頌之旨，然後取《三百篇》以正樂。樂爲聲也，不爲義也。漢儒謂雅樂之聲，世在太樂，樂工能紀其鏗鏘鼓舞，而不能言其義。以臣所見，正不然。有聲斯有義，與其達義不達聲，無寧達聲不達義。若爲樂工者，不識鏗鏘鼓舞，但能言其義，可乎？譚河安能止渴，畫餅豈可充饑？無用之言，聖人所不取。或曰：郊祀，大事也，神事也；燕饗，常事也，人事也。舊樂章莫不先郊祀，而後燕饗。今所採樂府，反以郊祀爲後，何也？曰：積風而雅，積雅而頌，猶積小而大，積卑而高也。所積之序如此，史家編次，失古意矣，安得不爲之釐正乎？《通志》卷四十九。

四七　漢武帝郊祀之歌十九章

《練時日一》
《帝臨二》
《青陽三》
《朱明四》
《西顥五》
《元冥六》
《惟泰元七》，建始初，丞相匡衡奏罷鸞輅龍鱗，更定惟泰元。
《天地八》，匡衡奏罷黻繡周張，更定天地。
《日出入九》

《天馬十》，元狩三年，渥洼水生馬作。太初四年，伐大宛，得宛馬作。
《天門十一》
《景星十二》，元鼎五年，得鼎汾陰作。
《齊房十三》，元狩二年，芝生甘泉齊房作。
《皇后十四》
《華煜煜十五》
《五神十六》
《朝隴首十七》，元狩元年，行幸雍，獲白麟作。
《象載瑜》，太始三年，行幸東海，獲赤雁作。
《赤蛟十九》《通志》卷四十九。

四八　班固東都五詩

《明堂》《辟雍》《靈臺》《寶鼎》《白雉》

臣謹按：古詩風、雅皆無序，惟頌有序者。以風雅者，所採之詩也，不得其始；兼所用之時，隨其事宜，亦無定著，或於一篇之中，但取一二句以見意而已，不必序也。頌者，係乎所作，而獨用之。廟樂不可用於郊天，柴望不可用於講武，所以蔡邕《獨斷》惟載頌序，以爲祀典，而風、雅本無序也。自齊、魯、韓、毛四家之說起，各爲風、雅之序，度其初意，只欲放頌詩之序而爲之，其實不知風、雅無用於序，有序適足以惑頌聲也。今觀漢武十九章《郊祀歌》，即詩可見者則無序，非憑詩可見者，必言所作之始，可謂得古頌詩之意矣。風、雅之詩皆不得其始，其間有得於《甘棠》之美召伯、《常棣》之思周公，豈無一二以用之？不繫於其始，不必序也。樂府之詩，亦皆不得其始，其間有得於採桑之女子，渡河之狂夫，豈無一二亦以用之？不繫於其始，不必序焉。觀頌詩與郊祀之詩，皆言所作之始；風、雅詩與樂府所採之詩，不言其始之作，則可以知漢人之跡近於三代，故詩章相襲，自然相應如此。後之人則遠矣。按郊祀十九章，皆因一時之盛事爲可歌也，而作是詩，各有其名，然後隨其所用，故其詩可採。魏、晉則不然，但即事而歌，如夕牲之時則有夕牲歌，降神之時則有降神歌，既無偉績之可陳，又無題命之可紀，故其詩不可得而採。如隨廟立舞，酌獻登歌，各逐時代而匪流通，亦不可得而援也。惟梁武帝本周九夏之名以作《十二雅》，庶可備編採之後。《通志》卷四十九。

四九　梁武帝雅歌十二曲

《俊雅》，取《禮記·司徒》論選士之秀者而升之學曰俊士也。眾官出入，奏《俊雅》。二郊、太廟、明堂、三朝同用。

《皇雅》，取《詩》"皇矣上帝，臨下有赫"也。皇帝出入，奏《皇雅》。二郊、太廟同用。

《允雅》，取《詩》"君子萬年，永錫祚允"也。皇太子出入奏之，三朝用焉。

《寅雅》，取《尚書·周官》"貳公弘化，寅亮天地"也。王公出入奏《寅雅》，三朝用焉。

《介雅》，取《詩》"君子萬年，介爾景福"也。上壽酒奏《介雅》，三朝用焉。

《需雅》，取《易》"雲上於天，需君子以飲食宴樂"也。食舉奏《需雅》，三朝用焉。

《雍雅》，取《禮記》"大享客出以雍徹"也。徹饌奏《雍雅》，三朝用焉。

《滌雅》，取《禮記》"帝牛必在滌三月"也。牲出入奏《滌雅》，北郊、明堂、太廟同用。

《牷雅》，取《春秋左傳》"牲牷肥腯"也。薦毛血奏《牷雅》，北郊、明堂、太廟同用。

《誠雅》，取《尚書》"至誠感神"也。南北郊、明堂、太廟並同用《誠雅》，降神及迎送奏之。

《獻雅》，取《禮記·祭統》"尸飲五，君洗王爵獻卿"，今之飲福酒，亦古獻爵之義也。皇帝飲酒奏《獻雅》，北郊、明堂、太廟同用。

《禋雅》，取《周禮·大宗伯》"以禋祀祀，昊天上帝"也。北郊、明堂、太廟之禮、埋燎俱奏《禋雅》。

有宗廟之樂，有天地之樂，有君臣之樂。尊親異制，不可以不分；幽明異位，不可以無別。按：漢叔孫通始定廟樂，有降神、納俎、登歌、薦祼等曲。武帝始定郊祀之樂，有十九章之歌。明帝始定黃門鼓吹之樂，天子所以宴羣臣也。嗚呼！風、雅、頌三者不同聲，天地、宗廟、君臣三者不同禮，自漢之失，合雅而風，合頌而雅，其樂已失，而其禮猶存。至梁武十二曲成，則郊廟、明堂、三朝之禮展轉用之，天地、宗廟、君臣之事同其事矣。此禮之所以亡也。雖曰本周九夏而爲十二雅，然九夏自是樂奏，亦如九淵、九莖可以播之絲竹，有譜無辭，而非雅、頌之流也。《通志》卷四十九。

五〇　祀饗別聲序論

正聲者，常祀饗之樂也；別聲者，非常祀饗之樂也。出於一時之事，爲可歌也，故備於正聲之後。《通志》卷四十九。

五一　漢三侯之章

《大風歌》，亦曰《風起之詩》。

右：高祖既定天下，過沛，與故人父老飲，極懽哀之情而作是詩，令沛中童兒百二十人習而歌之。至孝惠時，以沛宫爲原廟，令歌兒習吹以相和，得以四時歌舞於廟，常以百二十人爲之。文、景之間，禮官亦肄業。《通志》卷四十九。

五二　漢房中祠樂十七章

《房中樂》本周樂，秦改曰《壽人》，漢惠改曰《安世樂》。

右：《房中樂》者，婦人禱祠於房中也，故宫中用之。漢房中祠樂，乃高祖唐山夫人所作也。高祖好楚聲，故《房中樂》楚聲也。孝惠二年，使樂府令夏侯寬備其簫管，更名曰《安世樂》。《通志》卷四十九。

五三　隋房内曲二首

《地厚》《天高》

右：高祖龍潛時頗好音樂，常倚琵琶作歌二首，名曰《地厚》《天高》，託言夫婦之義，因即取之爲皇后《房内曲》，命婦人並登歌，上壽並用之。《通志》卷四十九。

五四　梁武帝述佛法十曲

《善哉》《大樂》《大歡》《天道》《仙道》《神王》《龍王》《滅過惡》《除愛水》《斷苦轉》《通志》卷四十九。

五五　陳後主四曲

《黄鸝留》《玉樹後庭花》《金釵兩臂垂》或言隋煬帝作。《堂堂》《通志》卷四十九。

五六　北齊後主二曲

《無愁》《伴侣》《通志》卷四十九。

五七　唐七朝五十五曲，舞曲、夷樂並不在此

《傾杯曲》長孫無忌作。

《樂社樂曲》魏徵作。

《英雄樂曲》虞世南作。

《黃驄疊曲》，太宗破寶建德也，乘馬名黃驄驃。及征高麗，死於道，頗哀之，命樂工製《黃驄疊曲》。

右四曲，太宗因內宴詔無忌等作之，皆宮調也。

《景雲河清歌》，亦名《燕歌》。高宗即位，景雲見，河水清，張文收採古義為此歌焉。

《慶善樂》

《破陣樂》

《承天樂》

《一戎大定樂》，將伐高麗，宴洛陽城門，觀屯營教舞，按親征用武之勢。

《八紘同軌樂》，象高麗平，天下大定。

《夷美賓曲》，遼東平，李勣作是曲以獻。

右七曲，高宗朝所作也。《通志》卷四十九。

五八　立部伎八曲

太常選坐部伎無性識者退入立部伎，又選立部伎無性識者退入雅樂部，則雅聲可知。

一《安舞》，二《太平樂》《安舞》《太平》並周、隋遺音，三《破陣樂》，四《慶善樂》，五《大定樂》，六《上元樂》，七《聖壽樂》，八《光聖樂》。《通志》卷四十九。

五九　坐部伎六曲

一《燕樂》。

二《長壽樂》。

三《天授樂》武后天授年作。

四《鳥歌萬歲樂》，武后時，有鳥能人言"萬歲"。

五《龍池樂》，明皇為平王時賜第隆慶坊，坊之南地忽變為池，中宗泛以厭其祥。明皇即位，乃作《龍池樂》。

六《小破陣樂》。

《夜半樂》，明皇自潞州還京師舉兵，夜半誅韋后，故作《夜半樂》《還京樂》。

《還京樂》

《文成曲》，明皇作。

《霓裳羽衣曲》，河西節度使楊敬忠獻。一說羅公遠與明皇遊月宮，見仙女數百，皆素練霓衣舞，問其曲，曰："霓裳羽衣。"帝默記其音調而還，故作是曲。

《元真道曲》，道士司馬承禎奉詔作。

《大羅天曲》，茅山道士李會元作。
《紫清上聖道曲》，工部侍郎賀知章作。
《景雲》
《九真》
《紫極》
《小長壽》
《承天樂》
《順天樂》，六曲並太清宮成，太常卿韋紹作。
《君臣相遇樂曲》，商調，韋紹作。
《荔枝香》，明皇幸驪山，楊貴妃生日，命小部張樂長生殿，因奏新曲，未有名。會南方進荔枝，故名《荔枝香》。
《梨園法曲》，法曲本隋樂，其音清而近雅。煬帝厭其聲淡。明皇愛之，選坐伎三百，教於梨園。宮女數百，亦為梨園弟子。
《涼州》
《伊州》
《甘州》，天寶樂曲，皆以邊地名之。又詔道調法曲與胡部新聲合作。
《千秋節》，明皇生日。
右三十四曲，並明皇朝所作也。
《寶應長寧樂》，代宗由廣平王復二京，梨園供奉官劉日進作，以獻十八曲宮調。
《廣平太一樂》大曆元年作。
右二曲，代宗朝所作也。
《定難曲》，河東節度馬燧獻。
《中和樂》，德宗生日自作。
《繼天誕聖樂》，德宗生日，昭義節度王虔休所獻，以宮為調。
《孫武順聖樂》，山南節度于頔所獻。
右四曲，德宗朝所作也。
《雲韶法曲》
《霓裳羽衣舞曲》
右二曲，文宗詔太常卿馮定，採開元雅樂作也。臣下功高者，賜之樂。又改《法曲》為《仙韶曲》。
《萬斯年曲》
右一曲，武宗朝李德裕命樂工作，萬斯年以獻。
《播皇猷曲》
右一曲，宣宗每宴群臣，備百戲，帝自製新曲，故有《播皇猷》之作。《通志》卷四十九。

六〇　文武舞序論

古有六舞，後世所用者，韶、武二舞而已。後世之舞，亦隨代皆有製作，每室各有形容。然究其所常用及其製作之宜，不離是文、武二舞也。臣疑三代之前，雖有六舞之名，往往其事所用者，亦無非是文、武二舞。故孔子謂"《韶》盡美矣，又盡善也；《武》盡美矣，未盡善也"。不及其他，誠以舞者，聲音之形容也。形容之所感發，惟二端而已。自古制治不同而治，具亦不離文、武之事也。然《雲門》《大咸》《大韶》《大夏》《大濩》《大武》凡六舞之名，《南陔》《白華》《華黍》《崇丘》《由庚》《由儀》凡六笙之名，當時皆無辭，故簡籍不傳，惟師工以譜奏相授耳。古之樂，惟歌詩則有辭，笙舞皆無辭，故《大武》之舞秦始皇改曰《五行》之舞，《大韶》之舞漢高帝改曰《文始》之舞。魏文帝復《文始》曰大韶舞，五行舞曰大武舞，並有譜無辭。雖東平王蒼有《武德舞》之歌，未必用之。大抵漢、魏之世，舞詩無聞。至晉武帝泰始九年，荀勖曾典樂，更文舞曰正德，武舞曰大豫，使郭夏、宋識爲其舞節，而張華爲之樂章。自此以來，舞始有辭。舞而有辭，失古道矣。《通志》卷四十九。

六一　文武舞二十曲

晉文舞曰正德舞，武舞曰大豫舞。
宋文舞曰前舞，武舞曰後舞。
梁武舞曰大壯舞，文舞曰大觀舞。
隋文舞、武舞。
唐文舞曰治康舞，武舞曰凱安舞。《通志》卷四十九。

六二　唐三大舞

《七德舞》，本名《秦王破陣樂》，太宗爲秦王破劉武周，軍中相與作《秦王破陣樂》。及即位，宴會必奏之。乃制舞圖，左圓右方，先偏後伍，交錯屈伸，以象魚麗鵝鸛。後令魏徵、褚亮、虞世南、李伯藥更制歌辭，名曰《七德舞》。元日、冬至、朝會、慶賀，與《九功舞》同奏。後又改爲《神功破陣樂》。

《九功舞》，本名《功成慶善樂》。太宗生於慶善宮，貞觀六年幸之，宴從臣，賞賜閭里，同漢沛宛。帝歡甚，賦詩，起居郎呂才被之管弦，名曰《功成慶善樂》，號《九功舞》，進蹈安徐，以象文德。麟德三年，詔郊廟、享宴奏文舞，用《功成慶善樂》，武舞用《神功破陣樂》。

《上元舞》，高宗所作也，大祠享皆用之。

右三大舞，唐之盛樂也。然後世所行者，亦惟二舞而已。《神功破陣樂》有武事之象，《功成慶善樂》有文事之象，五代因之。晉用《九功舞》，改曰《觀象舞》；用《七德舞》，改曰《講功舞》。周用《觀象》，改爲《崇德舞》；用《講功》，改爲《象成舞》。按：唐人降神用文舞，送神用武舞。其餘即奏十二和之樂，每室酌獻一曲，則別立舞名，至今不替焉。然每室之舞，蓋本於梁。自梁以來，紛然出於私意，莫得而紀。《通志》卷四十九。

六三　夏日題王右丞冬山書屋圖

壁間颯颯松濤起，闃冰洌。呼燈始見王右丞，毫毛矜貴逞奇傑。揮灑冬山書屋圖，巖壑幽櫳坐高哲。數筆蕭瑟天貌寒，不盡枯枝不盡雪。高崖崛曲形淒肅，驅禽逐獸但松竹。傍有一水白於峰，千頃奔茫日難昱。絹外似覺風慘激，大江盡斷船相逐。室中之人淡如菊，長年手攜一卷讀。窗外蒼虹恣飛瀑，欲奪造化齊冷燠。天下無幾焦孝然，當世寧更有梅福。苦吟抱膝此何人，乃肯蕭條立煉谷。古今書畫技總微，貴有嶔崎生眼目。我聞孫登居北山，隆冬披髮以自覆。又聞昔賢暑重裘，六月御車鄙王侯。二公氣岸皆千里，朗月白霜胸際浮。名士逆天天不怒，冬景能暖夏能秋。千載斯人不可致，我於畫間得其意。揆向高颷遙遙至，筆光墨汁俱吐棄。但懸此幅清吾心，千巖炎伏曦景熾，布褐推車我不避。文淵閣四庫全書本《夾漈遺稿》卷一。

六四　《石鼓》音序

《石鼓》十篇，大抵爲漁狩而作。甲言漁，乙、丙、丁、戊、己、庚、辛、壬、癸言狩。乙、癸言除道，皆言爲田狩而除道。戊言策命諸臣，己言享社，而皆有事於田狩也。辛言漁狩而歸也。十篇而次以十日者，後人之次也。

石鼓不見稱於前代，至唐始出於岐陽。先時散棄於野，鄭餘慶取置於鳳翔之夫子廟堂，而亡其一。皇祐四年，嚮傳師求於民間而得之，十鼓於是乎足，信知神異之物終自合耳。大觀中致之辟廱，後復取入保和殿。經靖康之變，未知其遷徙否。

世言石鼓者，周宣王之所作，蓋本韓退之之歌也。韋應物以爲文王之鼓，至宣王刻詩。不知二公之言何所據見，然前代皆患其文難讀。樵今所得，除漫滅之外，字字可曉，但其文不備，故有得而成辭者，有不得而成辭者焉。

然篆書之始，大概有三：皇頡之後，始用古文；史籀之後，始用大篆；秦人之後，始用小篆。樵自《續汗簡》攷古《尚書》，纂分音之韻，作象類之書，其於古今文字粗識變更，觀此十篇，皆是秦篆。秦篆者，小篆也，簡近而易曉。其間有可疑者。若以"也"爲"殹"、以"丞"爲"丞"之類是也。及攷之銘器，"殹"見於秦斤，"丞"見於秦權。正如作越語者豈不知其人生於越，作秦篆者豈不知其人生於秦乎？秦篆本於籀，籀本於古文，石鼓之書間用古文者，以篆書之所本也。秦人雖創小篆，實因古文、籀書加減之，取成類耳；其不得而加減者，用舊文也。

或曰：石鼓固秦文也，知爲何代文乎？曰：秦自惠文稱王，始皇稱帝。今其文有曰嗣王，有曰天子，天子可謂帝，亦可謂王，故知此則惠文之後、始皇之前所作也。

或曰：文則爾也，石鼓何義乎？曰：古人製器，猶作字也，必有所取象，若尊、若彝、若爵之類是也。皆是作鳥獸形，而自其口注。其受大者則取諸畜獸，其受小者則取諸禽鳥。先儒不達理於尊彝，則妄造不適用之器，而畫以鳥獸形。爵雖象爵，而又不適用。宣和間所得地中之器爲多，故倣古而鑄祭器，因以賜大臣。其製作不類於常祀之器，應知先儒之説多虛文也。近陸氏所作禮象，庶幾於古乎，其於禮圖固有間矣。欲識之用，則亦如是而取諸器物。商人之識多以盤，周人之識多以鼎，盤、鼎雖適用之器，然爲銘識之盤、鼎不必適於用也，但象其器之形耳。石鼓之作，殆此類也。

嗚呼！鼎鬲遠矣，世變風移，石鼓者其立碑之漸與。然觀今中原人所得地中之物，多是盤鼎鐘鬲，南粵人所得地中之物多是銅鼓，其間有有文字者，有無文字者，然皆作鼓形，此由其風俗之所用也。南粵多銅錫，故其鼓以銅；岐周多美石，故其鼓以石。此又由其土之所出也。或言楚、蜀之地中間亦有得銅鼓者。南粵與楚、蜀北連岐、雍，豈其所習尚者多同與？叢書集成本《寶刻叢編》卷一。

陳棣藝話（一則）

　　陳棣（生卒年不詳）字鄂父，青田（今浙江青田）人，陳汝錫子。以父蔭爲廣德軍掾。後官至潭州通判。喜爲詩，得家學淵源，其詩平易近情，不失風雅，但"邊幅稍狹，比興稍淺"，實開江湖詩派之先聲（《四庫全書總目》卷一五九）。著有《蒙隱集》，原集已佚，清四庫館臣自《永樂大典》輯爲二卷。

題李杜畫像

　　吟詩莫學李太白，千首萬言皆酒色。吟詩莫學杜拾遺，一生抱恨長嗟咨。二豪胸中有佳趣，詩酒聊以發其悟。世人有眼誰識真，第見詩篇不見人。借令置之廟堂上，事業肯道風騷將。睥睨連帥奴將軍，英風義氣高薄雲。我今再拜觀遺像，猶疑飯顆相逢樣。詩題繪事在人間，光熖何翅長萬丈。文淵閣四庫全書本《蒙隱集》卷一。

沈作喆藝話（一七則）

沈作喆（生卒年不詳）字明遠，號寓山，歸安（今浙江湖州）人。丞相沈該之侄。紹興五年進士，爲江西轉運司屬官。其學出於蘇軾。工四六文，嘗爲岳飛撰謝表而忤秦檜。又作《哀扇工》詩，洪州守魏良臣捃摭以劾之，奪三官。著有《己意》《寓林集》，已佚；又著有《寓簡》十卷。

《寓簡》（選錄　一七則）

周之末，禮樂散亡，六國之君獨魏文侯好古。漢孝文時得其樂人竇公，蓋年一百八十餘歲矣，獻其樂書。孝文奇之。自言善鼓琴瑟，能導引，故壽如此。竇公亦異人也哉！考竇公所獻書，乃《周官》"大宗伯"之《大司樂》章也。然則《周官》實周之遺書，非後世僞作，然自六國時已亡失不完矣。竇公所傳，一章而已。今之存者，往往出於漢諸儒應募所作，非全書也。文淵閣四庫全書本《寓簡》卷二。

孝文時，得魏文侯樂工竇公，年一百八十矣，自言十三歲失明，父母教之琴，能爲雅聲，雖老不廢忘。然則竇公自少鼓琴，一百六十餘年，而平生未嘗識琴之形也。雖曰工之專，不以別技分其心，亦可謂得其妙而忘其粗矣。陶元亮蓄素琴無絃，玩其質而遺其聲，蓋聲形兩忘矣。《寓簡》卷三。

柳子厚自言："僕早好觀古書，家所蓄晉魏時尺牘甚具。又二十年來徧觀長安貴人好事者所蓄，殆無遺焉。以是善知書，雖未嘗見名氏，望而識其時也。"予初謂不然，不敢信也。及徧觀古法書，或真跡，或石刻，真跡寡矣，年歲久遠，人間殆不復見，其僅存者皆歸御府，但追想其筆勢飛動、精神發越耳。石刻無生動意，然典刑具在，遺法賴以不泯，亦可以論其世也。予因以稽考筆法淵源，自其曾高至於昆仍雲來，信乎其體變隨時有漸，雖古今特異，然流派不相雜也。又以知學問不專，聞見不博，孰見其有所得也哉？《寓簡》卷四。

近世言翰墨之美者，多言"合作"。予曾問邵公濟"合作"何義，曰："猶俗語當家也。當去聲。"予曰："曾見《法書異錄》載王羲之與簡文書云：'下官此書甚合作，聊願存之。'得非是乎？"北齊文宣時，魏收作《庫狄干碑序》，令樊孝謙爲銘；陸卬不知，以爲收合作也。意與今所用不同，殆非也。然亦何等語。《寓簡》卷五。

衡山南嶽祠宮舊多遺跡。徽宗政和間，新作燕樂，搜訪古曲遺聲，聞宮廟有唐時樂曲，自昔秘藏，詔使上之。得《黃帝鹽》《荔支香》二譜。《黃帝鹽》，本交趾來獻，其聲古樸，棄不用；而《荔支香》，音節韶美，遂入燕樂，施用此曲。蓋明皇爲太真妃生日，樂成，命梨園小部奏之長生殿。會南方進荔支，因以爲名者也。中原破後，此聲不復存矣。《寓簡》卷八。

羲、獻以書名世，無間然矣。然王氏一門自多能書者，如丞相導、大司馬敦、太保宏、太子詹事筠、荊州刺史廙、丹陽尹僧虔、黃門侍郎渙之、會稽內史凝之、豫章太守操之、中書令恬、領軍洽、散騎常侍徽之、東海太守慈、特進曇、首衛將軍珣、中書令珉，皆世受筆法，往往造微入妙。蓋平居見聞習熟，易爲工，不作難也。予觀後魏盧志與其子諶，皆法鍾繇書。子孫累葉，世有能名，至邈以上，兼善草隸，伯源尤謹家法。白馬公崔弘工衛瓘體，其家亦多名翰，浩爲最善。故魏之工書者，有崔、盧二門，亦王氏之比耶。然王氏家學才華尤著，非特書之一藝而已。王筠自敘云："世傳安平崔氏，汝南應氏，其家相繼以文稱，然不過二三世而已。非有七葉之中，名德重光，人人有集，如吾門之盛者也。"考其言，信然矣。

筆法自蕭翁以來，模寫比擬，取諸物象，殆盡其妙，如爲心畫傳神也。謂鍾元常行間茂密，如雲鵠遊天，群鳧戲海；王右軍如龍跳天門，虎臥鳳閣；張芝如漢武好道，馮虛欲仙；羊欣如大家婢爲夫人，舉止羞澀，終不似真；蕭子雲如危峰阻日，孤松一枝，荊軻負劍，鋒力難當；李鎮東如芙蓉出水，文采鮮明；索靖如王謝子弟，縱復不端爽，有一種風流氣力；獻之如河間少年，舉體沓拖，不可奈何；王僧虔如飄風忽舉，鷙鳥乍飛；阮妍如貴遊失晶，不復排斥英賢；王褒淒斷風流，勢不稱貌；師宜官如朋羽未息，舉翮自退；陶隱居如吳興小兒，形質未成，而骨格峭拔；吳施如新亭倡人，一往揚州，出語便意態生；袁松如深山道士，見人便退縮；張斯如辯士對揚，獨語不回，行必會理。又《書苑》謂衛夫人如玉壺冰、瑤臺月，婉然芳樹，穆若清風；逸少飛白霧縠捲舒，煙空照灼；索靖草書絕世，名曰"蠆尾銀鉤"。張旭謂褚河南用筆如印印泥，如錐畫沙；又謂草書孤蓬自振，驚沙坐飛。亞栖自謂飛鳥出林，驚蛇入草；懷素得古釵腳，魯公得屋漏痕。竇眾謂李斯釵頭屈玉，鼎足垂金。凡此，不惟取像工妙親切，語亦甚奇，或類滑稽可喜。又有韋續《九品書》、李嗣真《書評》等，議論不及於前矣。

王僧虔工書，當宋武世，嘗用掘筆書，以拙見容。至齊高帝與論書，則誦言曰：

"臣正書第一，草書第二；陛下草書第二，而正書第三。臣無第三，陛下無第一。"其言不讓，略無隱情，蓋以齊高帝比宋孝武爲不忌嫉臣下故也。書小伎耳，人主自賢而嫉能，至使其臣下有隱情避禍者，況天下事治亂成敗、聽言用材之間，有大於此者乎？故欲盡人之能者，莫若至誠而有容也。

學書者謂凡書貴能通變，蓋書中得仙手也。得法後自變其體，乃得傳世耳。予謂文章亦然。文章固當以古爲師；學成矣，則當別立機杼，自成一家，猶禪家所謂向上轉身一路也。

韓退之嘗得李陽冰家所藏科斗《孝經》及漢衛宏官書兩部，至寶蓄之；以歸公好古書也，而卒以予歸公。又嘗得古畫人物，曲極其妙，謂非一工人所能運思，蓋集眾工之所長，雖百金不願易，以趙侍御之所親摹也，而卒以予趙君。此二物皆世之寶，而退之不難以予人，退之可謂不溺於多愛者矣。今人有蓄書畫者，往往耳剽不識真，所藏未必善，非古人合作也，而扃固什襲，不忍出以示人，至不敢自展玩，可謂陋且愚矣。

昔賢謂見佞人書跡入眼，便有睢盱側媚之態，惟恐其汙人，不可近也。予觀顏平原書，凛凛正色，如在廊廟直言鯁論，天威不能屈。至於行草，雖縱橫超逸絕塵，猶不失正體。未必翰墨全類其人也。人心之所尊賤，油然而生，自然見異耳。

唐李嗣真論右軍書《樂毅論》《太史箴》，體皆正直，有忠臣烈女之像。《告誓文》《曹娥碑》，其容憔悴，有孝女順孫之像。《逍遙篇》《孤雁賦》，跡遠趣高，有拔俗抱素之像。《畫像讚》《洛神賦》，姿儀雅麗，有矜莊嚴肅之像。皆見義於成字。予謂以意求之耳。當其下筆時，未必作意爲之也，亦想見其梗概云耳。

李陽冰論書曰："吾於天地山川得方圓流峙之常，於日月星辰得經緯昭容之度，於雲霞草木得沾布滋蔓之容，於衣冠文物得揖讓周旋之體，於耳目口鼻得喜怒慘舒之態，於蟲魚鳥獸得屈伸飛動之理。"陽冰之於書，可謂能遠取諸物，所養富矣。萬物之變動，造化之生成，所以資吾之用者亦廣矣，豈惟翰墨爲然哉？爲文亦猶是矣。

書固藝事，然不得心法，不能造微入妙也。唐文皇帝妙於翰墨，嘗病"戈"法難精，乃作"戩"字，空其右而命虞永興填之，以示魏鄭公曰："朕學世南似盡其法。"鄭公曰："天筆所臨，萬象不能逃其形，非臣下可擬；然惟'戩'字'戈'法乃逼真。"太宗驚歎。學之精，鑒之明，乃至於此。作字尚爾，況於修身學道，爲國爲天下立大事，而可以苟簡鹵莽姑息而爲之，有不敗者乎？鄭公之鑒裁，可謂入神矣。

曾南豐跋漢武都太守李翕郙《閣西狹頌》，稱翕嘗令澠池有黃龍白鹿之瑞，其後治武都，又有嘉禾連理之祥，皆圖畫其像，刻石在側，蓋建寧四年也。子固云近世士大夫喜藏畫，自晉以來，名畫有存於尺帛幅紙者，皆寶之，而漢畫則未有得之者。及得此圖，然後始見漢畫也。子固之說云爾。然予見王逸少帖云："成都學有文翁高朕石室及漢太守張收畫三皇五帝、三代君臣與仲尼七十弟子畫，皆精妙可觀。"予後因從蜀人求臨本，晚乃得石刻，信如逸少言。然則石室之畫又先於武都矣。子固蓋未之見耶？凡畫之妙，欲得其神觀耳。刻之於石，則如影耳，猶可以概見其髣髴而已。

或問韓幹畫馬何所師，幹曰："內廄馬皆吾師也。"此語甚善。夫馬之俶儻權奇，化若鬼龍爲友者，其精神如電走風馳，殆不可以心手形容。惟靜觀其天機自然處，或有以得其生成駿逸之態。若區區求之於筆墨之間，所見已無生氣矣。九方皋賞其神俊而遺其牝牡玄黃者，得此道也。

唐天寶中，有尚書郎張璪，性喜繪畫，多出意象之表，松石尤奇。東宮庶子畢宏亦以韻度擅名一時，然每見璪翰墨，未嘗不心服，因師。問璪筆法所受，璪曰："吾外師造化，中得心源。"宏驚歎而已。予謂璪之言豈特畫哉？蓋亦爲文之妙旨。常以神遇，以天合，不以目視耳聽者也，豈求之筆墨形似之間哉？此二語可謂名言矣。以上《寓簡》卷九。

姚寬藝話（一五則）

姚寬（一一〇五～一一六二）字令威，號西溪，嵊縣（今浙江嵊州）人。舜明子，宏弟。以父蔭補官，初仕幕府。其兄姚宏忤秦檜，死大理獄中，寬亦不屈己求進，監進奏院、六部門。官至權尚書員外郎、樞密院編修官。紹興末，召對殿廷，疾作而卒，年五十八。博學强記，天文術數推算尤精，詩詞亦工，葉適稱其古樂府流麗，哀思頗雜，近體詩長短皆絕去尖巧，乃全造古律，蓋加於作者一等矣（《題姚令威西溪集》）。其詞學五代而能得其神韻。著有《西溪居士集》五卷、《西溪樂府》一卷。原集已佚，南宋陳起編《江湖後集》收録其詩一卷。近人周泳先有輯本《西溪樂府》。又著有《西溪叢語》，是書多考辨典籍異同，有較大學術價值，今存二卷。

《西溪叢語》（選録　一五則）

古文篆者，黄帝史衙人蒼頡所作也。蒼頡姓侯剛氏。衙音語。

杜甫詩《丹青引》："學書須學衛夫人，但恨無過王右軍。"衛夫人名鑠，字茂漪，即廷尉展之弟，恒之從妹，汝陰太守李矩之妻，中書郎李充之母。王逸少師善鍾法，能正書，入妙能品。王子敬年五歲，已有書意，夫人書《大雅吟》賜之。

長兄伯聲云：洛中董氏蓄雷琴一張，中題云："山虚水深，萬籟蕭蕭。古無人蹤，惟石嶕嶢。"狀其聲也。其外漆下隱有朱書云："洛水多清泚，崧高有白雲。聖朝容隱逸，時得詠南薰。"此詩今見宋之問集。

滕達道蓄雷威琴，中題云："石山孫枝，樣剪伏羲。將扶大隱，永契神機。"徐浩書字，類石經，今歸居氏矣。

嘗見一琴，中題云："唐大曆三年仲夏十二日，西蜀雷威於雜花亭合。"

莫承之琴池之側，有隸字云："中平四年，逐客蔡邕吴中斷。"

李巽伯云：先公得雷威琴，錢氏物也。中題云："嶧陽孫枝，匠成雅器。一聽秋堂，三月忘味。"故號"忘味"云。爲當代第一。

長兄伯聲云：昔至澠邑，獲一古琴，中題云："合雅大樂，成文正音。徽絃一泛，山水俱深。雷威斲，歐陽詢書。"陝郊處士魏野家藏，後歸澠人溫氏。予得之，喜而不寐。野嘗有詩云："棊退難饒客，琴生却問兒。"聲又過忘味云。

檇李僧智和蓄一琴，雲和樣，天池上題云："南溟夷島産木，有堅如石文橫銀屑者，夷名曰伽陀羅。余愛其堅，又貴其異，遂用作此。臨岳製。"五行，行七字，下橫四字"李陽冰書"。後，智和云：没官，廼入樂府，遂入禁中。或云蔡叔羽以錢五萬得之，妄矣。

伊南田户店篔簹谷隱士趙彥安獲一琴，斷文奇古，真虵蚹也，聲韻雄遠。中題云"霧中山"三字，人莫曉也。後得《蜀郡草堂閒話》，中載云："雷氏斲琴，多在峨眉，無爲霧中三山。"方知爲雷琴矣。

宣和貴人家，有寫《唐會要》一軸，係第七卷，後題行官楊小瑛書，字畫頗佳。其《議山陵疏》中稱虞世南者，至再。上疏則不稱姓，止云世南。

山谷《題牧護歌後》云："向常問南方衲子，'牧護'是何種語，皆不能説。後見劉夢得作夔州刺史，樂府有《牧護歌》，似是賽神語，亦不可解。及來黔中，聞賽神者夜歌'聽説儂家牧護'，末云'奠酒燒錢歸去'，雖長短不同，要皆自敘五七十語，乃知蘇溪夔州故作此歌學巴人曲，猶石頭學魏伯陽作《參同契》也。"……教坊記曲名有《牧護子》，已播在唐樂府。崇文書有《牧護詞》，乃李燕撰六言文字，記五行災福之說，則後人因有作語爲牧護者，不止巴人曲也。祆之教法蓋遠，而穆護所傳，則自唐也。蘇溪作歌之意，正謂旁門小道似是而非者，因以爲戲，非效《參同契》之比。山谷蓋未深攷耳。且祆有祠廟，因作此歌以賽神，固未知劉作歌詩止效巴人之語，亦自知其源委也。以上文淵閣四庫全書本《西溪叢語》卷上。

《望江南》者，朱崖李太尉鎮關西日，爲亡姬謝秋娘所作。後進入教坊。

《蘭亭》惟定武舊本最佳。薛帥別刊木易之。新本湍、流、帶、石、天五字損，可以驗，舊本皆全。

東魏大覺寺碑陰,題銀青光祿大夫臣韓毅隸書,蓋今楷字也。庾肩吾曰云:"隸書,今之正書也。"張懷瓘《六體書論》亦云:"隸書,程邈造。字皆真正,亦曰真書。"自唐以前皆謂楷字爲隸,歐公《集古錄》誤以八分爲隸書也。以上《西溪叢語》卷下。

季南壽藝話（一則）

季南壽（生卒年不詳）字元衡，處州龍泉（今浙江龍泉）人。紹興五年登進士第，授婺州教授。十八年復中博學宏詞科，除校書郎，改考功員外郎，擢禮部侍郎。紹興末歷守簡州、道州、眉陽。乾道初知徽州。進直顯謨閣，致仕。

《五老圖》跋

魯之僖頌曰："三壽作朋，如岡如陵。"繼是而稱壽凡六十。壽，人之所欲，惟有德者得之，乃可歌也。五老人一時名流，於達尊咸有焉。披圖誦詩，恨不及操几杖從其後，賢矣哉！

乾道三年夏六月己丑，大司農公四世孫希文爲徽司幕，再裝褫以示予，因書卷末。縉雲季南壽。文淵閣四庫全書本《鐵網珊瑚》卷一三。

林仰藝話（一則）

林仰（生卒年不詳）字少瞻，福州長溪（今福建霞浦）人，豈子。紹興十五年進士。紹興間任宜春縣尉，知臨海縣，三十二年監登聞檢院，又知蕪湖。終朝奉郎。

題米友仁《瀟湘長卷》

此軸紙墨俱不甚精，而造微入妙乃爾。使得妙墨佳楮，固當益奇。善御者九折羊腸，亦中鸞和之音，端非虛語。紹興丙子春仲，三山林仰書。文淵閣四庫全書本《續書畫題跋記》卷二。

胡宏藝話（三則）

胡宏（一一〇五～一一六一）字仁仲，學者稱五峰先生，崇安（今福建武夷山）人，胡安國季子。幼隨父學二程之學。年十五撰《論語說》，編《程氏遺言》，並爲之序。年二十至京師入太學，師事楊時。靖康元年，從侯師聖避亂荆門。以父蔭補右承務郎，以秦檜當政，隱居衡山五峰下二十餘年，著書講學，張栻師事之。秦檜死，張浚等舉薦於朝，以疾未赴。紹興三十一年卒，年五十七。著有《知言》（存）、《皇王大紀》（存）、《易外傳》《五峰集》（存）等。胡宏爲南宋初重要理學家，其所著《知言》，闢諸子百家之說，論儒學之旨，張栻稱"其言約義精，道學之樞要，制治之蓍龜"。其詩皆抒寫性情，不刻意爲之。所著詩文由其子胡大時編爲《五峰集》五卷。

一　題司馬傅公帖

愚晚生於西南僻陋之邦，幼聞過庭之訓，至於弱冠，有遊學四方，訪求歷世名公遺跡之志，不幸戎馬生於中原，此懷不得伸久矣。今獲觀文正司馬公、獻簡傅公書詩十有二紙，反復誦玩，亦足以見君子之交雖相稱譽，必以情實，無朋黨比周之意也。

哲廟之初，拔茅連茹，以其彙徵，故元祐之政，斯民鼓舞，乃有立黨論以排君子者，遂使神州陸沉〔一〕，衣冠蹙於江左。孰能反斯道，任如文正、獻簡者之人，以佐天子，內修政事，外攘夷狄，復祖宗之境土乎！堂堂大宋，必有人焉。

《易》曰："否終則傾。"言否之不可長也。予儻不以窮困疾病即死，尚庶幾及見焉。文淵閣四庫全書本《五峰集》卷三。

〔一〕"沉"下原有"者"字，據國家圖書館藏清代無名氏抄本刪。

二　宮聲玄妙

旨哉，聲之宮也，猶五行之土金木水火，得之然後生；猶四端之仁義禮智，得之然後行；猶事之中萬物，得之然後成。是故宮聲者，不可以易知也，必上有體元之君，下有調元之臣，安土樂天，然後宮聲可識，而雅樂可復也。後世以其淺陋之德，而欲

1443

求玄妙之聲，必不應矣！惟禮亦然，故孔子曰："人而不仁，如禮何！人而不仁，如樂何！"《五峰集》卷四。

三　《周禮》禮樂

天命之謂性，王者受命於天，宰制天下，其所以祭天地者，盡其心以成吾性耳，非有天地神祇在吾度外，有形體狀貌可得見，而承事之也。劉歆《周禮》曰："樂六變而天神降，八變而地祇出。"此豈君子知禮之言？類如巫祝造怪之辭也。則又以爲神降祇出然後可得而禮矣，不知樂所以導和，禮所以爲節，作樂乃所以行禮，禮神也。豈待神降祇出然後行禮哉！夫天地之道，一往一來，否泰相應，變化無方。人日用而不窮，不可以智慮測度，不可以才能作爲者，謂之鬼神。鬼神者，特以往來言之，道固一體，不可分也。先儒多以神屬之天，鬼屬之人，我知其不知鬼神之情狀矣。故《易》《詩》《書》《春秋》皆無如《周禮》之文者，然則劉歆之僞妄，可不闢乎！

舞，所以象德也，故必於其人，必於其事，必於其時。不於其人，不於其事，不於其時，則爲無義，人心不厭，鬼神不享也。劉歆牽合《周禮》之文，乃曰："黃帝之《雲門》以祀天神，堯之《咸池》以祀地祇，舜之《韶》以祀四望，禹之《大夏》以祀山川，成湯之《大濩》以享先妣。"夫以《雲門》祭天猶可言也，地祇烏知堯之《咸池》，四望烏知舜之《韶》，山川烏知禹之《大夏》？且周之先妣，烏能知商之《大濩》也哉！設禮作樂而不知其義，則無以爲禮樂矣。彼劉歆者，叛父背君，不祥之人也，是烏知禮樂？世儒憒憒然，推尊其書，使與聖經並，此愚之所以拊膺太息，論之而不能自已者也。《五峰集》卷四。

董棻藝話（二則）

董棻（生卒年不詳）字令升，東平（今山東東平）人，居宜興，迫子。宣和中官鎮江府學教授。紹興中歷官廣西提刑，入爲吏部員外郎，試太常少卿，遷起居舍人、中書舍人，權禮部侍郎。以集英殿修撰知衢州。充徽猷閣待制、知嚴州。罷，提舉台州崇道觀。久之，起爲左中大夫、知蘷州。紹興三十二年復敷文閣待制致仕。有《嚴州圖經》八卷（殘），《閒燕常談》一卷（存），輯《嚴陵集》九卷（存）。

一　《廣川書跋》序

棻家自上世以來，廣畜異書，多有前人真跡。

先君生而穎悟，刻苦務學，博極群書，討究詳閱，必探本原。三代而上，鐘磬鼎彝既多有之，其款識在秘府若好事之家，必宛轉求訪，得之而後已。前代石刻在遠方若深山窮谷、河心水濱者，亦託人傳墨本。知識之家，與先君相遇，必悉示所藏，祈別真贗，訂證源流。若書畫題跋，若事干治道，必反覆詳盡，冀助教化；其本禮法，可爲世範者必加顯異，以垂模楷；或涉同異，事出疑似者，必旁證他書，使昭然易見。探古人用意之精，巧僞不能惑；察良工之所能，臨摹不能亂。

爰自南渡，鄉關隔絶，先世所藏，莫知存亡，或已散逸。過江隨行所攜，敗於兵火，今所存得於煨燼之餘。年來爲裒集在者，得《書跋》釐爲十卷，《畫跋》六卷，繕寫藏諸家廟，別錄以示子孫，俾知先君博物洽聞，古今鮮儷，無墜家訓，庶或師範其萬一焉爾。

紹興丁丑歲十月丙辰，男棻謹序。文淵閣四庫全書本《廣川書跋》卷首。

二　澹山題名

青社董令升罷官廣西，還過零陵，來觀澹山，同王紹祖、趙佃夫、宋傳道飯巖下。思長老以其師燈禪師所書《衲襖頌》、顯上人以懷素《千文》墨本相示。

《千文》真跡，余家所藏，嘗刻石鄉里，詢顯，則同郡人也，蓋得之余家。豈意兵火流離之餘，乃復見此！顯亦可謂好事矣。因語及鄉里，相對感歎。紹興乙卯歲春三月戊寅題。清同治刻本《金石萃編》卷一三三。

朱冠卿藝話（一則）

朱冠卿（生卒年不詳），秀州華亭（今上海松江）人。紹興五年登進士第，歷官宜興主簿，西安縣令，通判泰州。二十六年，除提舉淮南東路常平茶鹽公事，兼知泰州。二十八年，臺臣劾其"貪賄凶戾"，放罷。

蘇東坡書《滿庭芳》詞跋

右詞作於元豐八年初許自便之時。公雖以五月到常州，尋赴登守，未必再至陽羨也。軍中謂壯士馳駿馬下峻阪爲"注坡"。其云"船頭轉，長風萬里，歸馬注平坡"，蓋喻歸興之快如此，印本誤以"注"爲"駐"耳。今邑中大族邵氏園，臨水有天遠堂，最爲奇觀，取名於此詞云。主簿朱冠卿。文淵閣四庫全書本《趙氏鐵網珊瑚》卷三。

史浩藝話（六則）

史浩（一一〇六～一一九四）字直翁，自號真隱居士，鄞縣（今浙江寧波）人。紹興十五年進士，調餘姚縣尉，歷溫州教授。秩滿，除太學正，昇國子博士，除秘書省校書郎兼二王府教授。三十一年，遷宗正少卿。三十二年，除起居舍人兼太子右庶子。孝宗繼位，以中書舍人遷翰林學士、知制誥，除參知政事。隆興元年，拜尚書右僕射，首言趙鼎、李光無罪，岳飛久冤，宜復其官爵。乾道四年，因反對張浚出師北伐，出知紹興府。八年，判福州。淳熙四年，召爲侍讀學士。五年，復爲右丞相。復求去，拜少傅，充醴泉觀使。十年，致仕，封魏國公。紹熙五年卒，年八十九，封會稽郡王。寧宗即位，賜諡文惠。嘉定十四年，追封越王，改諡忠定，配享孝宗廟庭。史浩習成忠厚，學貫經史，所作奏議，持論穩重，極言朝廷當量力而行，北伐不可輕易妄舉，均爲"老成謀國之見"（《四庫全書總目》卷一五九）。詩詞文辭暢達，內容卻多爲唱酬、贈別、祝壽之什，往往表現一種富貴雍容、安樂閒逸之趣。著有《鄮峰真隱漫錄》五十卷。

一　聽阮

水晶宮殿黃金闕，玉斧修成大圓月。漆光照膽毛髮寒，依約峰巒見林樾。誰人於此安四絃，流水高山寄清越。初如孤鶴唳藍田，漸若羣鶯舞丹穴。疎疎夜雨滴秋堦，忽然雪竹空巖折。世間萬態不可窮，絃中有口俱能説。錦瑟華年過眼休，枯桐已爲伯牙絕。是間真意亙千古，千古仲容名不滅。人生俯仰天地內，瞬息百年同一閱。請君姑置是非事，來憑雲窗聽高潔。文淵閣四庫全書本《鄮峰真隱漫錄》卷一。

二　鍾馗圖得人字

虬鬚張怒目，藍綬韜烏巾。抃舞身無定，驅除夢有神。收功祛癘鬼，流詠起唐人。圖畫高懸處，明朝慶履新。《鄮峰真隱漫錄》卷三。

三　跋御書《聖主得賢臣頌》

紹興庚辰，光堯壽聖憲天體道太上皇帝不以臣不肖，擢爲司封員外郎、今上皇帝潛府直講。

臣恭睹聖質元良，尊嚴簡默。講學之隙，無他嗜好，惟翰墨自娛，取前言往訓，有裨於治道者，親灑宸毫，連編插架，無有厭斁。一日出漢臣王襃《聖主得賢臣頌》獨以畀臣，且曰："聖主在上，求賢才如弗及，故有是贈。"臣再拜受而藏之。

歲在壬午，陛下龍飛大寶，臣待罪右輔，竊思所賜軸末實有御名，而一介微臣，蒙以字呼，堂陛之分未肅，非所以風示天下，請歸之御府，聖恩未許。

乃乾道壬辰，臣承乏假守七閩，且奏事闕下。洎一再對，從容宴侍，躬進此書。越明年九月，上遣使即臣治所賜御書二軸，其一則再書襃所作頌也。臣瞻企九重，蹈舞下拜，炷香伏讀，天日開明，雲煙飛動，震耀心目。

臣謹拜手稽首言曰：惟聖與賢，天地遼絕。自昔帝王欲立非常之功者，雖其智勇不世出，亦必求賢以自輔。其未得之，如飢渴之於飲食；既得之，則精神聚會，歡然交欣，禁止令行，治功日起。巨魚縱壑，鴻毛遇風，誠非過諭。然則君臣相須，理固然也。仰惟陛下洞明此理，雖聖神文武出於天縱，猶且當饋遐想，慨然有感於斯文。顧臣何人，兩拜茲寵，內揆無庸，莫知稱塞，栗栗震懼，無地自容。方今忠良俊乂佈滿朝列，惟陛下委任而責成之，則中興盛烈，日月可覬。臣雖老矣，尚庶幾見之。謹奉宸藻，鋟諸樂石，以傳無窮。俾萬邦黎獻，咸知聖天子樂於賢臣之心云。

淳熙甲午七月望日，具位臣史某恭書。《鄮峰真隱漫錄》卷三六。

四　跋御草書"舊學"二字

淳熙戊戌四月朔吉，臣待罪右丞相，上遣使至都堂傳宣，賜臣御書"舊學"二字。臣下拜跪受，同列敬瞻羨嘆，咸謂臣曰："自古依光日月，際會風雲，未有如今日之盛者，請鑱諸堅珉，永爲都堂榮觀。"臣曰："不可。昔商高宗嘗學於甘盤。甘盤，得道之士也，授受之際，必有一言深相感發，故雖久而念之不忘。舊學之名，甘盤受之則無愧。如臣愚陋，曩玷執經之列，曾無絲髮上神光明，何可輒當此名？矧敢揭諸政事之堂乎？第當什襲謹藏，爲家至寶。暨告歸田里，私竊自念，雖臣屝瑣，不足以仰承大賜，然使聖主所以寵嘉愚臣之意不白於天下後世，臣之罪大矣。"

於是命工刻之，以爲子孫不朽之傳。若夫草聖之精，體備八法，羣目聳觀，龍蛇蜿蜒，雲煙飛動，則竭臣骫骳之文，不能形容萬分之一，姑叙拜賜之歲月云。

歲在辛丑十月望日，具官臣史某拜手稽首恭書。《鄮峰真隱漫錄》卷三六。

五　跋米元章帖

元章字畫見之刻石，猶欲飛動，恨生晚，不及觀其落筆縱橫於淮山樓上也。淳熙八年秋七月望日，真隱居士史某跋。《鄮峰真隱漫錄》卷三六。

六　跋陳忠肅公謝表稿

紹聖、元符間，京、卞方用事，卞嘗取其外舅荆國王公《日錄》潤色，以傅會國是。其中多詆誣神祖，識者憤之，而不敢言。忠肅陳公懼後世信然，乃奮不顧，爲書數萬言，力闢其非是，名《尊堯集》。雖流離竄逐，不利其身，而抵排攘斥，不絕諸口，卒使羣陰解散，神祖之功德巍巍，昭若日月。其視孟氏辨楊墨，韓氏黜佛老，殆無以異。

某生恨晚，不及識公。然逮事先祖太師，備聞公之貶四明也，嘗與遊從。幽居南藍，裘葛不足蔽體，箪瓢不能繼日，人不堪其憂，而公温然盛德之容，了無慍色，笑談舒愉，若被文繡而飽膏粱者。暨並謫台城，欣然就道，臨岐摻袂，猶以京、卞爲憂。非其所存介然不渝，安能甘此！此正特立獨行，窮天地、亘萬世而不顧者也。

蔣君如晦，四明佳士，自其先世與公有舊，得公手染謝表藏之，筆畫遒勁，言辭懇惻。某再拜以視，如覿公面，喜幸之餘，輒附名卷末。

淳熙甲辰初伏，具位臣史某敬書。《鄮峰真隱漫錄》卷三六。

張子文藝話（三則）

張子文（生卒年不詳），成紀（今甘肅天水）人，俊子。紹興間知漳州。

一　次韻何文縝墨梅二絶

偃蹇江頭卧夕陽，嬾將玉雪鬬春芳。心期老氏能知白，興寄揚雄獨守闕。
仙衣雲樣拂輕緇，林下神情特地宜。妒婦津頭風恐急，壞妝聊爲變冰姿。文淵閣四庫全書本《聲畫集》卷五。

二　墨梅三絶

筆端喚醒玉梅魂，滿袖春風不見痕。未許捲簾新月上，却教煙雨惱黃昏。
憶昨江湖倒載歸，暗香夾路雨霏微。誰人貌得春風景，遠看如煙近却非。
逸少池邊發興新，管城別作一家春。臨風玉笛無人會，鬢髮空歸想太真。《聲畫集》卷五。

三　次韻秦會之題墨梅二首

南枝春色弄微温，記得清香撲酒尊。今日相逢隔煙霧，揚州殘夢足銷魂。
長愛孤標似君子，不禁橫竹巧擠排。短幅離離乃遺像，至今寒蝶誤飛來。《聲畫集》卷五。

葛立方藝話（二則）

葛立方（？～一一六四）字常之，號歸愚。常州江陰（今江蘇江陰）人。葛勝仲子。紹興八年進士。他"博極群書，以文章名一世"（沈洵《韻語陽秋序》）。其詩多抒發對時事的感慨，自然平易。現存詞四十首，以寫景詠物和贈答之作居多，較少傷時感亂的內容。著有《歸愚集》《韻語陽秋》等。所著《韻語陽秋》二十卷，《遂初堂書目》《直齋書錄解題》著錄於集部文史類，《四庫全書》收於集部詩文評類。《四庫全書總目提要》譽其爲宋人詩話之善本。是書內容廣泛，主要評論漢、魏以來至宋代詩人的作品，同時也涉及風俗地理、書畫歌舞、花鳥魚蟲等。其詩論旨在求風雅之正，以事理爲要，而不甚論語句之工拙、格律之高下。

一 跋臨右軍書〔一〕

逸少墨跡，如優曇缽華，近世罕見。雖古人嚮揭，亦乏善本。蓋臨書不在於點畫排比之工，而在於得筆意。脫或昧乎此，譬如垂絕人，神氣都喪，形體雖具，奚爲也。

此本得之於許昌侍其氏，其家襲藏無慮百餘年，此其爲舊物無疑〔二〕。觀其筆跡遒潤，緊快分明，凜凜有生氣，若不出乎右軍之手，決非趙模、韓道政等所爲，非虞永興則褚河南筆也，深於書者當自知之。

昔人論宋文帝書，謂功夫不及羊欣，而天然過之。臨書而得天然意，必知爲名筆。

常州先哲遺書本《歸愚集》補遺。

〔一〕諸本《五百家播芳大全文粹》署名"葛謙白"，《六藝之一錄》卷六署名"葛謙"。
〔二〕此其爲：三字原闕，據《六藝之一錄》卷六補。

二 題洪慶善本《蘭亭》帖

陶隱居論逸少書云：吳興以前，諸跡未至絕倫；凡好跡皆會稽時、永和十許年中書。又自誓墓後，益自不復爲人書。則《蘭亭》古今獨貴固宜。

今本在世非一，結體亦異。書家得褚庭誨所臨，恨太肥；洛人張景先得闕石本，又恨太瘦；惟定武本肥瘠得中。今觀此軸，豐而不餘，瘠而不窘，不失筆意，端可冠冕眾本也。

文淵閣四庫全書本《蘭亭考》卷六。

宋高宗藝話

宋高宗趙構（一一○七～一一八七）字德基，徽宗第九子，母韋賢妃。宣和三年，封康王。靖康元年，出使金營，後以肅王更易之。建炎元年五月，即位於南京。拒絕李綱、宗澤等人抗金主張，採納黃潛善、汪伯彥南遷之議，建行都於臨安。後又俯從秦檜求和之議，貶黜主戰大臣，殺害岳飛等抗金將領，向金國稱臣、割地、納貢。三十二年，傳位於皇太子，稱太上皇帝，退德壽宮。淳熙十四年卒，年八十一，謚聖神武文憲孝皇帝，廟號高宗。在位三十六年，所歷年號爲建炎、紹興。趙構雖然在政治上無所建樹，却精通文翰，妙達音律，尤長於書法。

《思陵翰墨志》一卷，宋高宗撰。《宋史·藝文志》載高宗評書一卷，亦名《翰墨志》。高似孫《硯箋引》作《高宗翰墨志》，岳珂《法書贊引》作《思陵翰墨志》，後人所追題也。高宗當卧薪嚐膽之時，不能以修練戎韜爲自强之計，尚耽心筆札，效太平治世之風，可謂捨本而營末。然以書法而論，則所得頗深。陸游《渭南集》稱其妙悟八法，留神古雅，訪求法書名畫，不遺餘力，清暇之燕，展玩摹揚不少息。王應麟《玉海》稱其初喜黃庭堅體格，後又採米芾，已而皆置不用，專意羲、獻父子，手追心摹。嘗曰，學書當以鍾、王爲法，然後出入變化，自成一家。

《思陵翰墨志》

余自魏晉以來至六朝筆法，無不臨摹。或蕭散，或枯瘦，或遒勁而不回，或秀異而特立，衆體備於筆下，意簡猶存於取捨。至若《禊帖》，則測之益深，擬之益嚴。姿態橫生，莫造其原，詳觀點畫，以至成誦，不少去懷也。法書中，唐人硬黃自可喜，若其餘，紙札俱不精，乃託名取售。然右軍在時，已苦小兒輩亂真，况流傳歷代之久，贋本雜出，固不一幅，鑒定者不具眼目，所以去真益遠。惟識者久於其道，當能辯也。

余每得右軍或數行、或數字，手之不置。初若食蔗，喉間少甘則已，末則如食橄欖，真味久愈在也，故尤不忘於心手。頃自束髮，即喜攬筆作字，雖屢易典刑，而心所嗜者，固有在矣。凡五十年間，非大利害相妨，未始一日捨筆墨。故晚年得趣，橫斜平直，隨意所適。至作尺餘大字，肆筆皆成，每不介意。至或膚腴瘦硬，山林丘壑之氣，則酒後頗有佳處。古人豈難到也。

衛夫人名鑠，字茂漪，晉汝陰太守李矩妻。善鍾法，能正書，入妙。王逸少師之，杜甫謂"學書初學衛夫人，但恨無過王右軍"也。

端璞出下巖，色紫如豬肝，密理堅致，潴水發墨，呵之即澤，研試則如磨玉而無聲，此上品也。中下品則皆砂壤相雜，不惟肌理既粗，復燥而色赤。如後歷新坑，皆不可用，製作既俗，又滑不留墨。且石之有眼，余亦不取，大抵瑕翳於石有嫌，況病眼假眼，韻度尤不足觀，故所藏皆一段紫玉，略無點綴。

本朝士人自國初至今，殊乏以字畫名世，縱有，不過一二數，誠非有唐之比。然一祖八宗皆喜翰墨，特書大書，飛白分隸，加賜臣下多矣。余四十年間，每作字，因欲鼓動士類，爲一代操觚之盛。以六朝居江左皆南中士夫，而書名顯著非一。豈謂今非若比，視書漠然，略不爲意？果時移事異，習尚亦與之汙隆，不可力回也。

書評謂羊欣書如婢作夫人，舉止羞澀不堪位置。而世言米芾喜效其體，蓋米法欹側，頗協不堪位置之意。聞薛紹彭嘗戲米曰："公效羊欣，而評者以婢比欣，公豈俗所謂重儓者耶？"

本朝承五季之後，無復字畫可稱。至太宗皇帝始搜羅法書，備盡求訪。當時以李建中字形瘦健，姑得時譽，猶恨絕無秀異。至熙、豐以後，蔡襄、李時雍體制方入格律，欲度驊騮，終以駑駑不爲絕賞。繼蘇、黃、米、薛，筆勢瀾翻，各有趣向。然家雞野鵠，識者自有優劣，猶勝泯然與草木俱腐者。

前人多能正書而後草書，蓋二法不可不兼有。正則端雅莊重，結密得體，若大臣冠劍，儼立廊廟。草則騰蛟起鳳，振迅筆力，穎脫豪舉，終不失真。所以齊高帝與王僧虔論書，謂："我書何如卿？"僧虔曰："臣正書第一，草書第三。陛下草書第二，而正書第三。是臣無第二，陛下無第一。"帝大笑。故知學書者必知正、草二體，不當闕一。所以鍾、王輩皆以此榮名，不可不務也。

晉起太極殿，謝安欲使獻之題榜，以爲萬世寶。當時名士已愛重若此。而唐人評獻之，謂"雖有父風，殊非新巧。字勢疏瘦，如枯木而無屈伸，若餓隸而無放縱"，鄙之乃無佳處。豈唐人能書者眾，而好惡遂不同如是耶？

米芾得能書之名，似無負於海內。芾於真楷、篆、隸不甚工，惟於行、草誠入能品。以芾收六朝翰墨副在筆端，故沉著痛快如乘駿馬，進退裕如，不煩鞭勒，無不當人意。然喜效其法者，不過得外貌，高視闊步，氣韻軒昂，殊不究其中本六朝妙處醞釀，風骨自然超逸也。昔人謂支遁道人愛馬不韻，支曰："貧道特愛其神駿耳。"余於米字亦然。又芾之詩文，詩無蹈襲，出風煙之上；覺其詞翰，同有凌雲之氣，覽者當自得。

世傳米芾有潔疾，初未詳其然，後得芾一帖云："朝靴偶爲他人所持，心甚惡之，因屢洗，遂損不可穿。"以此得潔之理。靴且屢洗，餘可知矣。又芾方擇婿，會建康段拂字去塵，芾釋之曰："既拂矣，又去塵，真吾婿也。"以女妻之。又一帖云："承借剩員，其人不名，自稱曰張大伯。是何老物，輒欲爲人父之兄？若爲大叔，猶之可也。"此豈以文滑稽者耶？

士人作字，有真、行、草、隸、篆五體，往往篆、隸各成一家，真、行、草自成一家，以筆意本不同，每拘於點畫，無放意自得之跡，故別爲戶牖。若通其變，則五者皆在筆端，了無閡塞，惟在得其道而已。非風神穎悟，力學不倦，至有筆塚、研山者，似未易語此。

世有《絳帖》《潭帖》《臨江帖》，此三書，《絳》本已少，惟《潭帖》爲勝者，以錢希白所臨本也。希白於字畫得佳處，故於二王帖尤邃。若《臨江》則失真遠矣。又《淳化帖》《大觀帖》，當時以晉、唐善本及江南所收帖，擇善者刻之。悉出上聖規摹，故風骨意象皆存，在識者鑒裁，而學者悟其趣爾。

士於書法必先學正書者，以八法皆備，不相附麗。至於字亦可正讀，不渝本體，蓋隸之餘風。若楷法既到，則肆筆行草間，自然於二法臻極，煥手妙體，了無闕軼。反是則流於塵俗，不入識者指目矣。吾於次叙得之，因筆其梗概。

草書之法，昔人用以趣急速而務簡易，刪難省煩，損復爲單，誠非蒼、史之跡。但習書之餘，以精神之運，識思超妙，使點畫不失真爲尚。故梁武謂赴急書，不失蒼公鳥跡之意，顧豈皂吏所能爲也？又其叙草大略，雖趙壹非之，似未易重輕其體勢。兼昔人自製草書，筆悉用長毫，以利縱捨之便，其爲得法，必至於此。

書學之弊，無如本朝，作字真記姓名爾。其點畫位置，殆無一毫名世。先皇帝尤喜書，致立學養士，惟得杜唐稽一人，餘皆體倣，了無神氣。因念東晉渡江後，猶有王、謝而下，朝士無不能書，以擅一時之譽，彬彬盛哉！至若紹興以來，雜書、遊絲書，惟錢塘吳說；篆法惟信州徐兢：亦皆碌碌，可歎其弊也。

昔人論草書，謂張伯英以一筆書之，行斷則再連續。蟠屈拿攫，飛動自然，筋骨心手相應，所以率情運用，略無留礙。故譽者云："應指宣事，如矢發機，霆不暇激，電不及飛。"皆造極而言創始之意也。後世或云"忙不及草"者，豈草之本旨哉？正須翰動若馳，落紙雲煙，方佳耳。

士人於字法，若少加臨池之勤，則點畫便有位置，無面牆信手之愧。前人作字煥然可觀者，以師古而無俗韻，其不學臆斷，悉掃去之。因念字之爲用大矣哉！於精筆佳紙，遣數十言，致意千里，孰不改現存歎賞之心！以至竹帛金石傳於後世，豈只不泯，又爲一代文物，亦猶今之視昔，可不務乎？偶試筆書以自識。

宋虞龢論文房之用，有吳興青石圓研，質滑而停墨，殊勝南方瓦石。今苕、霅間不聞有此石硯，豈昔以爲珍，今或不然？或無好事者發之？抑端璞、徽硯既用，則此石爲世所略。

唐何延年謂右軍永和中，與太原孫承公四十有一人，修祓禊，擇毫製序，用蠶繭紙、鼠鬚筆，遒媚勁健，絕代更無。凡三百二十四字，有重者皆具別體，就中"之"字有二十許，變轉悉異，遂無同者，如有神助。及醒後，他日更書數百千本，終不及此。余謂"神助"及"醒後更書百千本無如者",恐此言過矣。右軍他書豈減《禊帖》,但此帖字數比他書最多,若千丈文錦,捲舒展玩,無不滿人意,輒在心目不可忘。非若其他尺牘,數行數十字,如寸錦片玉,玩之易盡也。

本朝自建隆以後,平定僭僞,其間法書名跡皆歸秘府。先帝時又加採訪,賞以官職金帛,至遣使詢訪,頗盡探討。命蔡京、梁師成、黃冕輩編類真贋,紙書縑素,備成卷帙。皆用皁鸞鵲木、錦褾褫、白玉珊瑚爲軸,秘在內府。用大觀、政和、宣和印章,其間一印以秦璽書法爲寶。後有內府印,標題品次,皆宸翰也,捨此褾軸,悉非珍藏。其次儲於外秘。余自渡江,無復鍾、王真跡。間有一二。以重賞得之,褾軸字法亦顯然可驗。

智永禪師,逸少七代孫,克嗣家法。居永欣寺閣三十年,臨逸少真草《千文》,擇八百本,散在浙東。後並《禊帖》傳弟子辯才。唐太宗三召,恩賜甚厚,求《禊帖》終不與。善保家傳,亦可重也。余得其《千文》藏之。

楊凝式在五代最號能書,每不自檢束,號"楊風子",人莫測也。其筆札豪放,傑出風塵之際,歷後唐、漢、周,卒能全身名,其知與字法亦俱高矣。在洛中往往有題記,平居好事者,並壁畫,置坐右,以爲清玩。

余嘗謂,甚哉字法之微妙,功均造化,跡出窺覯,未易以點畫工,便爲至極。蒼、史始意演幽,發爲聖跡,勢合卦象,德該神明,開闔形制,化成天下。至秦漢而下諸人,悉胸次萬象,布置模範。想見神遊八表,道冠一時。或帝子神孫,廊廟才器,稽古入妙,用智不分,經明行修,操尚高潔,故能發爲文字,照映編簡。至若虎視狼顧,龍駭獸奔。或草聖草賢,或絕倫絕世,宜合天矩,觸塗造極。非夫通儒上士詎可語此,豈小智自私、不學無識者可言也! 文淵閣四庫全書本《思陵翰墨志》。

輯錄(一四則)

一 題李唐畫賜王都提舉並賜長壽酒

恩霑長壽酒,歸遺同心人。滿酌共君醉,一杯千萬春。文淵閣四庫全書本《珊瑚網》卷二十九。

二 題馬麟亭臺圖卷

後院深沉景物幽,奇花名卉弄春柔。翠華經歲無遊幸,多少亭臺廢不修。《珊瑚網》卷二十九。

三 題馬麟畫

南望青山滿禁闈,曉陪駕鷺正差池。共愛朝來何處雪,蓬萊宮裏拂松枝。《珊瑚網》卷四十三。

四　徐熙設色花鳥

人言道院屬江西，古一真人臥水湄。可是瑞蓮花葉大，載他書冊泛漣漪。《珊瑚網》卷四十三。

五　題馬遠畫冊

桃李無言春告歸，落紅如海亂鶯啼。西村渡口斜陽裏，渺渺煙波綠拍堤。
閒來洞口訪劉君，緩步輕抬玉線裙。細白桃花擲流水，更無言語倚彤雲。
高山流水意無窮，三尺雲絃膝上桐。黙黙此時誰會得，坐凭江閣看飛鴻。
月午江空桂花落，華陽道士雲衣薄。石壇香散步虛聲，杉露清泠滴棲鶴。
不禱自安緣壽骨，人間難得是清名。淺斟仙酒紅生頰，永保長生道自成。《珊瑚網》卷四十四。

六　思陵題畫冊花草四幀

香蜜裁葩分外工，疎枝幾點綴雛蜂。嬌黃染就宮粧樣，香煖尤宜愛日烘。右蠟梅。
寒花婀娜露凝香，風葉搖秋鳳尾涼。夢入畫堂銀燭下，翠屏深處隱紅粧。右修竹芙蓉。
墨花垂垂穎，千古尚灕灕。翠羽風前葉，秋聲雨一枝。詩題春粉節，棚脫玉嬰兒。湘浦人何在，空聞鳳管吹。右墨竹。
名出本南山，來依瓊苑間。陳主歌前樹，楊妃醉後顏。爲嫌脂太赤，故著粉微斑。共言攀折處，已獲寶枝還。右雪中山茶。　《珊瑚網》卷四十四。

七　題趙伯駒團扇月宮圖冊

清凉境界火雲藏，但覺仙家日更長。千歲壽松誰宴坐，星君午夜吐光芒。《珊瑚網》卷四十四。

八　又題馬麟畫冊

已過穀雨十六日，猶見牡丹開淺紅。曾不爭先及開早，能陪芍藥倒薰風。《珊瑚網》卷四十四。

九　古本《蘭亭序》跋

覽定武古本《蘭亭叙》，因思其人與謝安共登冶城。安悠然遐想，有高世之志。羲之謂曰："夏禹勤王，手足胼胝；文王旰食，日不暇給。"今四郊多壘，宜思自效。而虛談廢務，浮文妨要，恐非當今所宜。且羲之挺拔俗邁往之資，而登臨放懷之際，不忘憂國之心，令人遠想慨然。又歎斯文見於世者，摹刻重復，失盡古人筆意之妙。因出其本，令精意鉤，別付碑板，以廣後學，庶幾彷彿不墜於地也。紹興元年秋八月十四日書。文淵閣四庫全書本《蘭亭考》卷二。

一〇　題王羲之書《樂毅論》

王羲之《樂毅論》正書第一，天下珍之。梁世模出，字法奇古全是。帝後屬餘杭公主，主以帝所重，常加寶惜，諸王皆求不得。及天下一統，處處尋訪，累載方獲。此書留意運功，特盡神妙。《蘭亭考》卷二。

一一　黃庭堅書太宗御製《戒石銘》跋

近得黃庭堅所書太宗皇帝御製《戒石銘》，恭味旨意，是使民於今不厭宋德也。因思朕異時所歷郡縣，其戒石多置欄檻，植以草花，爲守爲令者鮮有知戒石之所謂也。可令摹勒庭堅所書頒降天下，非惟刻諸庭石，且令置之座右，爲晨夕之念，豈曰小補之哉！〔一〕文淵閣四庫全書本《景定建康志》卷四。

〔一〕文後原有"紹興二年七月，呂頤浩立石府治"十三字。

一二　《曹娥碑》跋

右度尚曹娥誄辭，蔡邕所謂"黃絹幼婦、外孫齏臼"者也。雖不知爲誰氏書，然纖勁清麗，非晉人不能至此。其間草字一行，則浮圖懷素題識也。自古高才絕藝而隱沒無聞於世者多矣，豈獨書耶？損齋書。江蘇古籍出版社一九八四年版《古書畫僞訛考辨》上卷。

一三　《法帖》跋

大令摘華，夐絕今古。遺蹤展玩，龍蟠鳳鶱。藏諸巾襲，冠耀書府。紹興庚申歲，復古殿書。《古書畫僞訛考辨》上卷。

一四　書《文賦》題記

紹興歲在戊午，書《文賦》賜才人吳氏。以入內省押班宋唐卿以事君忠義，文章過人，故以此遺之。九月三十御書。明拓本《東書堂集古法帖》乙五十四。

李石藝話（二一則）

李石（一一〇八～一一八一）字知幾，號方舟子，資州磐石（今四川資中）人。好學能屬文，九歲舉童子，嘗從蘇符遊。紹興二十一年進士乙科，爲成都户曹掾。二十七年，召爲太學録，遷太學博士。二十九年，出爲成都府學官，從學者遠自閩越而來。通判彭州，知黎州。乾道中召除都官員外郎，復出知合、眉二州。淳熙二年，除成都路轉運判官，尋放罷。八年卒。於經長於《易》和《春秋》，議論剴切，不阿權貴。其文淵源於蘇氏，故所作以閎肆見長，雖間失之險僻，而大致自爲古雅。諸體詩縱橫跌宕，也與眉山門徑爲近。其詞纏綿婉轉，有北宋婉約詞風韻。著有《方舟集》五十卷、《後集》二十卷，原集已佚，清四庫館臣自《永樂大典》輯爲二十四卷。

一 齊人畫禮器

齊永明十年，刺史劉悛畫殿壁，器服如《三禮圖》。席益模本於石經堂。悛或作悛。或云劉悛所畫之壁今亡矣。

漆器侈初俗，長袖喧都城。如何古遼殿，天開垂日星。奇奇與怪怪，惝怳不識名。我嘗閱此畫，肇自齊永明。人間務備物，未易窮丹青。憶昨因郊丘，盛禮嚴天庭。器服各異數，如此係大成。仰瞻萬乘聖，遠想三代英。蟻蝨容著足，鴛鷺參結綪。西歸訪江梅，鈞天夢初醒。心焉感此畫，眼角泫欲零。所見恐未夥，蜀都問君平。文淵閣四庫全書本《方舟集》卷一。

二 題黃筌牡丹花下貓

紅英艷雲霞，綠葉足風雨。牡丹花未開，生意妙誰主。丹青强摸索，閉目想未睹。天巧非人工，神凝志良苦。竦然花下貓，蜂喧聒如鼓。醉眼不成睡，花氣日亭午。黃生與我意，盤礴一轉語。我老花無情，鉛粉付兒女。《方舟集》卷一。

三　徐童子彈琴極聰慧，詩勉其學

髮如丫角垂兩耳，口誦《黃庭》調《綠綺》。諸公拂榻乃肯留，疑是前時徐孺子。我琴掛壁久不彈，淛聲分作蜀聲看。但得古人指下趣，轉覺良工心事難。欣然過我同一笑，舊曲重聞如再少。《咸》《韶》本自鳳凰鳴，箏笛任誇蚯蚓竅。孺子孺子年更癡，十三大勝陶家兒。阿端不識六與七，隨分牽衣覓梨栗。《方舟集》卷二。

四　余所藏李文才畫鶴甚奇偉，歲久縑爛，各闕一趾，偶有善工爲補之

高軒得意翔雲間，妙畫匪跡縑素殘。柱頭老丁留語後，兀兀無趾如叔山。不妨萬里戢六翮，顧步下啄芝田寬。方舟惜鶴並惜畫，一之足夔萬金價。莫將凡筆補丹青，謬作身輕一鳥下。《方舟集》卷二。

五　禮殿聖賢圖

《耆舊傳》云："西晉太康中，益州刺史張收畫。"而東晉王右軍已有書問蜀中事，知有漢時講堂在，知畫三皇五帝以來人物，畫文精妙，欲因摹取，得廣異聞。則疑非收所畫，當是自漢以來畫，至收輩遞增益其數耳。然畫之後前既無可考，則當以收爲正。嘉祐中，王素命摹寫爲七卷，總一百五十五人，爲《成都禮殿聖賢圖》。蜀守席益又嘗摹其容貌、名位可別識者一百六十八人於石經堂。又按元豐郭若虛《圖畫見聞誌》云："漢文翁學堂在益州，昔經頹廢，高聯復繕葺，圖畫古來聖賢之像及瑞物於壁。"未知孰是，則與《耆舊傳》小異。

成都名畫窟，所至妙宮牆。風流五代餘，軌躅參隋唐。其間禮殿晉畫爲鼻祖，未數後來鴻鴈行。畫者果誰歟，或云名收人姓張。右軍問蜀守，墨帖求縑緗。乃知前輩人，不愛時世粧。范瓊杜措李懷袞，仙荒佛怪驅喝雷電筆意窺渺茫。不若收所畫，上自皮羽之服，下至垂衣裳。盤古衆支派，帝霸皇與王。君臣分聖賢，有如虎豹龍鳳殊文章。視之若有見，日月星象空中垂耿光。聽之如有聞，衝牙玉佩鳴以鏘。三古以降歷今世，視聽所感猶一堂。乃知此畫自神品，碌碌餘子非所望。吾道久已屈，二氏爭頡頏。豈唯牧也見絀餘子下，而有公議老我雙鬢蒼。《方舟集》卷二。

六　題《陰山七騎圖》

回巖客子賣墨人，諸孫賣筆筆有神。墨翁已入蓬萊殿，筆孫有愧中書君。邇來小孫兼好畫，兩幅溪藤七匹馬。虎狼避路狐兔藏，朔風吹沙霜滿野。印崍關頭大渡河，使君五馬千丈坡。獵將一圍看蠻走，醉敲銅鼓蠻踏歌。急收此畫人莫識，夔鑠之翁誇

筆墨。不如再泛洞庭船，袖中一劍隨飛仙。《方舟集》卷二。

七　問趙有方乞琴

公子年時尚奇偉，大劍橫腰髮衝起。自言學道晚有得，心靜無波古潭水。平戎萬卷暗不吐，蟠向胸中作宮徵。眼明慣識嶧陽材，手製教成古《綠綺》。人生會費幾兩屐，巧處纔容一張紙。許多黑瘦肯忍饑，枵腹悲鳴聒人耳。公子公子贈我來，明珠白璧遭沉埋。我家老馬解仰秣，渠家煮鶴充枯柴。《方舟集》卷二。

八　資聖看畫

資聖名藍妙畫窟，前佛崢嶸連後佛。栴檀級上金琅璫，五月寒風吹佛骨。我來看畫瞻仙容，丹青古殿開天龍。蒼蔔花開日亭午，妙音破睡聞鳴鐘。《方舟集》卷二。

九　黃筌畫屏

屏已失其左右二幅，獨中一山水屏在耳。石到官，驗問所失月日，申府，蓋紹興三十年三月二十九日，府下兵馬司捕賊不獲。

阿筌千頃本胸中，學道分明畫手同。筆削來追麟獲後，丹青爲洗馬羣空。登堂欲與修遺履，穴戶何由返大弓。尚有滄溟垂素壁，且防蠅誤污屏風。《方舟集》卷四。

一〇　題師永錫知縣畫老竹枯木二首

霜雪倚巖樹，霧雲秋水槎。且須高著眼，上有曇鉢花。
水墨三十年，一枝更一節。工夫不爭多，儘立庭下雪。《方舟集》卷五。

一一　題李都畫枯木

毫端看運斤，筆老木亦老。莫畫春風枝，秋來厭枯槁。《方舟集》卷五。

一二　次韻趙榮州題蘆鴈畫

畢弋橫前路，江湖寄此身。平沙下雙鴈，不見問津人。《方舟集》卷五。

一三　題馬仲友畫花下猫二首

花相春歸畫錦仙，輕雲羃羃護花天。莫燒高燭三更月，自有真香一炷烟。
黃鸝鶪鳴處處聞，花開時候度重門。啄花莫啄枝頭錦，留與東皇覆酒罇。《方舟集》卷五。

一四　題薛公肅問梅圖

湖風吹衣笻九節，瘦如梅花骨欲折。詩魂別後誰與招，獨立西湖樹邊月。《方舟集》卷五。

一五　永兄作靈照寺墨梅兩紙殊佳，仍書二絕其上以爲餉，次韻謝之

荒畦草棘暗霜秋，菜飽無期那不愁。去去携籃問靈照，此間熟處要經由。
不干老眼眩生花，自是詩人醉墨斜。從此絳州煙水窟，竹籬茅舍子真家。《方舟集》卷五。

一六　題羅漢院畫像

一任猜嫌極口憎，布衫裹鐵面生棱。何如乞與袈裟著，畫作西山十七僧。《方舟集》卷五。

一七　試嚴志行筆

龍跳虎卧王右軍，蠶頭隼尾始逼真。不恨臣無二人法，但恨二人不似臣。《方舟集》卷五。

一八　聽水琴

本自無絃奏《凱風》，水流空洞作丁東。薑鹽老向伊耆氏，何必聞《韶》肉味中。《方舟集》卷五。

一九　扇子詩（選錄）

拈花示病元來怕，遇酒逃禪却未真。三古絕編徒自聖，二王書法恐非臣。

止息未論山水音,有絃無絃只此琴。一杯山芋午茶罷,膝上南風慈母心。琴。
硬黃細字不足橅,積習水墨閒工夫。膝上無心學李衛,腕頭有訣付善奴。書。
十日五日愁良工,白團扇子月面同。一螺黛墨洞房手,爲君小筆開眉峯。畫。《方舟集》卷五。

二〇　跋蘇帖

東坡初得筆意於顏湖州,此帖是也,蓋嘉祐中任鳳翔幕官所書。子由時在陳州,其次韻子由,云"舊隱三年別松杉,好在不闕。"《方舟集》卷一三。

二一　題許道寧畫

許道寧寒林怪石老硬,殊多佳處,但不甚惜水墨,往往有斧鑿痕。琳兄喜説許道寧畫,更參此一轉語,三十年後有味。趙久道亦學許道寧者。《方舟集》卷一三。

陳長方藝話（四則）

陳長方（一一〇八～一一四八）字齊之，長樂（今福建長樂）人。少時與其弟少方齊名，時號"二陳"。少孤，奉母客吳中，依外祖林旦。杜門勵學，家貧不能置書，假藉手抄數千卷。服膺二程之學，從師於王蘋。紹興八年登進士第，調太平州蕪湖縣尉。後昇左從政郎，授江陰軍學教授，未行，以疾終，年四十一。長方刻意學問，博涉經史，其現存詩文多詠史、論史之作，雖有宋儒"論人喜核而務深"之失，而往往論理確切、論事持重，感時有得之。著有《唯室集》十四卷、《春秋私記》三十二篇、《尚書講義》五卷、《兩漢論》十卷、《步里談錄》二卷、《辨道論》一卷。均已佚，今僅存《唯室集》四卷、《步里客談》二卷。

一 題趙坦之唐人所畫二馬

前身道林後曹霸，筆下馬生非可畫。心賞神駿今繪神，戲弄丹青疑造化。風鬃霧鬣何足云，電行山立更逼真。脫遺皮毛見驥德，妙處了非由寫形。兔園喜事佳公子，王濟風流略相似。畫中一見猶好之，不但千金致燕市。明窗展拭須韻語，杜陵無人欲誰付。鄧公驄馬二三羣，夢想風標覬神遇。此詩此畫今不逢，見畫與詩元自同。誰知一洗凡馬句，今在生綃半幅中。文淵閣四庫全書《唯室集》卷四。

二 明皇覽鑑妃子剪髮圖

引鑑能知天下肥，此時未納壽王妃。龍眠解向丹青裏，寫出開元治亂機。《唯室集》卷四。

三 題《牛圖》

臥齕枯萁對晚風，微勞畎畝未須雄。吾君痛迫劉文叔，好試當年新野功。《唯室集》卷四。

四 牧羊圖

畫史含毫欲下時，筆端新意有誰知。滿山殺韃燕然北，快取奇功慎莫遲。《唯室集》卷四。

陳善藝話（三則）

陳善（約一一〇九～一一七二）字敬甫，一字子兼，號秋塘，又號潮溪先生。羅源（今福建羅源）人。紹興間，爲太學生，力詆和議。及秦檜死，始登紹興三十年進士第。著有《雪蓬夜話》三卷，已佚。又有《捫虱新話》十五卷，乃作者辭世後，由其學生陳益將其手稿整理而成。全書分經、史、子、讀書、文章、文才、詩、詩文、聖賢、佛氏、人才、見識、人倫、死生等類，內容豐富，文筆暢達。《四庫全書總目》謂"其書考論經史詩文，兼及雜事，別類分門，頗爲冗瑣，持論尤多踳駁"，稱其顛倒是非，而無顧忌。

《捫虱新話》（選録　三則）

畫工善體詩人之意

唐人詩有"嫩綠枝頭紅一點，動人春色不須多"之句，聞舊時嘗以此試畫工。眾工竟於花卉上妝點春色，皆不中選。惟一人於危亭縹緲隱映處，畫一美婦人憑欄而立，眾工遂服。此可謂善體詩人之意矣。唐明皇嘗賞千葉蓮花。因指妃子謂左右曰："何如此解語花也？"而當時語云："上宫春色，四時在目。"蓋此意也。然彼世俗畫工者，乃亦解此耶？

評詩句可作畫本

東坡詠梅有"竹外一枝斜更好"之句，此便是坡作《夾竹梅花圖》，但未下筆耳。每詠其句，便如行孤山籬落間，風光物彩來照映，人接應不暇也。近讀山谷文字云："適人以桃杏雜花擁一枝梅見惠，谷爲作詩。不知惠者何人，然能如此安排，亦是不凡。正如市倡東塗西抹中，忽見謝家夫人，蕭散自有林下風氣，益復可喜。"竊謂此語便可與坡詩對，畫作兩幅圖子也。戲錄於此，將與好事者以爲畫本。以上明毛晉校訂本《捫虱新話》上集卷一。

王右丞畫渡水羅漢

王右丞作雪裏芭蕉，蓋是戲弄翰墨，不顧寒暑。今世傳右丞所畫《渡水羅漢》，亦是意也。而山谷云："阿羅皆具神通，何至拖泥帶水如此？使右丞作羅漢畫如此，何處有王右丞耶？"山谷意以爲右丞當畫羅漢，不當作羅漢渡水也。然予觀韓子蒼《題孫子邵王摩詰渡水羅漢》詩云："問渠褰裳欲何往？倉惶徙以滄江上。至人入水固不濡，何以有此恐怖狀？我知摩詰意未真，欲以筆端調世人。此水此渡俱非實，摩詰亦未嘗下筆。"以此觀之，古人作畫自有指趣，不知山谷何爲作此語？豈猶未能玩意筆墨之外耶？《捫虱新話》下集卷四。

曾覿藝話（二則）

曾覿（一一〇九～一一八〇）字純甫，號海野老農，開封（今河南開封）人。紹興三十年，爲建王府內知客。孝宗受禪，自武翼郎除帶御器械，幹辦皇城司。後出爲淮西副總管，改浙東總管。乾道七年，升承宣使，兩度使金。淳熙元年，除開府儀同三司。六年，加少保。七年，以疾卒，年七十二。曾覿爲南宋宮廷應制文人，文辭富贍，其集中詞多應制供奉之作，獻諛頌聖，"志在鋪張，故多雄麗"（《藝苑卮言》）。其應制詞《阮郎歸》詠燕、《柳梢青》詠柳，爲一時推重。唯有奉使金國過汴京所作《金人捧露盤》、邯鄲道上所作《憶秦娥》、重到臨安所作《感皇恩》諸詞，目睹中原凋零，語多感慨，凄然有"黍離"之悲，黃昇選錄於《花庵詞選》中。著有《海野詞》一卷。

一　題楊補之雪梅卷

筆端造化出天巧，寫出江南雪壓枝。誰道春歸無覓處，橫斜全似越溪時。文淵閣四庫全書本《宋詩紀事》卷五十七。

二　題米芾雲山畫卷

元章早年涉學既多，晚乃則法鍾、王。此元祐初作也。風神蕭散，所謂天成者，非世間墨工槧人之可髣髴。伯玉出以相示，因書其後。紹興壬午仲冬晦日〔一〕，平丘曾覿純父。中華書局聚珍仿宋版《壯陶閣書畫錄》卷五。

〔一〕仲：原作"中"；日：原無。並據《續書畫題跋記》卷四改補。

錢端禮藝話（五則）

錢端禮（一一〇九～一一七七）字處和，號松窗，臨安（今浙江杭州）人。忱子。以蔭補官，靖康初監登聞鼓院。紹興七年，通判明州。十五年，提舉淮東茶鹽，改兩浙轉運判官。十七年，爲淮東轉運副使。三十年，知臨安府，權户部侍郎兼樞密都承旨。孝宗即位，宋軍北伐於符離敗師，附和湯思退力主和議，劾張浚以用兵之名，貴怨生事，無益於國，除户部侍郎。充淮東宣諭使，除吏部侍郎，試兵部尚書，參贊軍事。隆興二年，賜進士出身，兼户部尚書，除參知政事兼權知樞密院事。以其女適皇太子避位，遷太常少卿，奉祠。四年，起知寧國府，移紹興府，以貪墨被黜。淳熙四年卒，年六十九。後諡忠肅。著有《松窗集》，已佚。

一　題米友仁《瀟湘長卷》（一）

僕十五年前見此畫，把玩不能去手；今復開卷，恍如夢寐，不知老之將至云爾。錢端禮書於東陽郡齋。紹興五月十有四日〔一〕。文淵閣四庫全書本《續書畫題跋記》卷二。

〔一〕"紹興"下原脱年代。

二　題米友仁《瀟湘長卷》（二）

畫手自高前輩，雲山已屬吾曹。若會瀟湘物色，便合醉讀《離騷》。籤後人端禮處和。《續書畫題跋記》卷二。

三　題米友仁《瀟湘長卷》（三）

東坡云："論畫以形似，見與兒童鄰。"觀元暉此軸，則此已參公活句之妙。《續書畫題跋記》卷二。

四　題米友仁《瀟湘長卷》（四）

　　此畫今爲中朝第一，誠可寶而愛也。紹興乙巳〔一〕，錢端禮書。《續書畫題跋記》卷二。

〔一〕乙巳：按紹興無乙巳年，當有誤。

五　跋《五老圖》

　　紹興戊辰春〔一〕，被命治具淮上，燕餞北客，過盱眙，太守畢少董語次，獲觀所謂《睢陽五老圖》者。先曾伯祖侍讀爲之序引，具載一時之盛。考其圖中，而畢公最爲長年，其操心行己，宜有大過人者。至於引年告老，知止不殆，乃獨一事耳。仁者壽，賢者必有後〔二〕，豈虛語哉！慶流後昆，有以夫。吳越錢端禮書。《趙氏鐵網珊瑚》卷一三。

〔一〕"辰"下原注："一作午。"
〔二〕"賢者"下原注："一本無此二字。"

黃訥藝話（二則）

黃訥（生卒年不詳），邵武（今福建邵武）人，伯思次子。紹興中官右從事郎、福州懷安尉，右宣教郎、充福建路轉運司主管文字。集其父平日議論題跋爲《東觀餘論》。

一 米元章《法帖題跋》題識

米元章禮部所作《法帖題跋》一卷，真跡藏西洛王晉玉家，經靖康之亂，已散亡矣。先君學士《法帖刊誤》盛行於世，博訪米氏題跋，藏書家俱未之見。偶檢故書，忽見先君子親寫米氏題跋，得之喜甚。草書間有難解者，取法帖逐卷中語釋出斯文，遂成全書。乃命筆史抄錄，附《刊誤》之後。紹興癸亥冬十一月二十二日，武陽黃識。

中華書局一九八八年影印上海圖書館所藏宋嘉定三年樓鑰、莊夏校刻本《東觀餘論》卷上《法帖刊誤》末。

二 《東觀餘論》跋

紹興初寓居福唐，以先人祕書學士校定《杜子美集》二十二卷槧本流傳。暨任帥司屬官已後，開刻《校定楚詞》十卷，《翼騷》《九詠》《小楷黃庭內景經》《摹勒索靖急就章》各一卷。今任復以先人所著《法帖刊誤》、祕閣古器說、論辨題跋共十卷，總目之曰《東觀餘論》，及《校定汲冢師春》，刻版於建安司。先世遺書遂行於右文之旦，爲時而出，豈特爲家世之幸！紹興丁卯春正月初三日，右宣教郎、充福建路轉運司主管文字黃書。《東觀餘論》卷末。

魯可封藝話（一則）

魯可封（生卒年不詳），嘉興（今浙江嘉興）人，詹子。嘗捧父表賀高宗即位，命以官。

《顯忠廟記》跋

先君昔製廟記，紹興丙寅歲毀淫祠，有司失於奉行，廟既廢而碑亦仆。次年，鄉人得請復建。可封謹模古本勒之石，蓋自大觀庚寅而廟興，三十年而廢，廢十年而復，豈亦有數乎？今殿宇雖成而未備，他日悉還舊觀，當有大手筆以記顛末，此得而略。紹興二十七年四月十八日。光緒十二年刻本《平湖縣志》卷九。

胡仔藝話（一四二則）

　　胡仔（一一一〇～一一七〇）字元任，績溪（今安徽績溪）人。胡舜陟次子。能詩詞，往往多隱逸之趣。以父蔭補官。紹興十三年，其父遭秦檜陷害，遂隱居浙江湖州之苕溪，日以漁釣自適，自號苕溪漁隱，著《苕溪漁隱叢話》前集六十卷。紹興三十二年，復任福建轉運司幹辦公事。三年任滿，歸隱苕溪，續成《苕溪漁隱叢話》後集四十卷，合前集共一百卷。《苕溪漁隱叢話》可視爲一部簡明而形象的北宋詩歌發展史，重視大家，尤其是北宋四大家，推尊蘇、黃等元祐詩人；重視創作的時代氛圍，以及前代作家如杜甫等對宋詩的巨大影響；在詩史觀上"宗唐祧宋"，既肯定宋詩的歷史地位，又對其創作得失有清醒的認識和正確的判斷。它突破前人以"品"分類的體例，以大家、名家爲綱編纂，既能真實地反映詩歌發展的實際情況，也能給詩人以準確的歷史定位；其別裁真僞的考辨和論評，對後代詩話影響深遠。

《苕溪漁隱叢話》（選録　一四二則）

　　《雪浪齋日記》云："王逸少於書知變，猶退之於詩知變，則一洗萬古凡馬空也。陶、謝詩所以妙者，由其人品高。王、楊、盧、駱，叫呼銜鬻以爲文耳。"人民文學出版社一九六二年廖德明校點本《苕溪漁隱叢話》（爲省篇幅，删略原書校記）前集卷二。

　　東坡云："唐末五代，文章衰陋，詩有貫休，書有亞栖，村俗之氣，大率相似。如蘇子美家收張長史書云：'隔簾歌已俊，對坐貌彌精。'語既凡惡，而字法真亞栖之流。近見曾子固編《太白集》，自云頗獲遺亡，如《贈懷素草書歌》及《笑矣乎》數首，皆貫休已下詞格。二人皆號有識者，故深可怪。白樂天《贈徐凝》、韓退之《贈賈島》之類，皆世俗無知者所託，不足多怪。"《苕溪漁隱叢話》前集卷五。

　　山谷云："《戲題山水圖歌》：'十日畫一水，五日畫一石。能事不受相促迫，王宰始肯留真跡。壯哉崑崙方壺圖，挂君高堂之素壁。巴陵洞庭日本東，赤岸水與銀河通，中有雲氣隨飛龍。舟人漁子入浦漵，山水盡亞洪濤風。尤工遠勢古莫比，咫尺應須論萬里。焉得并州快翦刀，翦取吳松半江水。'王宰丹青絕倫，如老杜此作，決不虛發，而世遂無宰畫，蓋丹青山水李將軍父子最號絕倫，而宰名不著，計世間雖有宰畫，人亦以爲二李矣。又云'尤工遠勢古莫比，咫尺應須論萬里'之句，齊宗室蕭賁於扇上圖山水，咫尺萬里，故杜於此用之，其引事精緻如此。"苕溪漁隱曰："予讀《益州畫記》云：'王宰，大曆中家於蜀川，能畫山水，意出象外。'老杜與宰同時，此歌又居成都時作，其許與益知不妄發矣。"《苕溪漁隱叢話》前集卷八。

苕溪漁隱曰："李、杜畫像，古今詩人題詠多矣。若杜子美，其詩高妙，固不待言，要當知其平生用心處，則半山老人之詩得之矣。若李太白，其高氣蓋世，千載之下，猶可歎想，則東坡居士之贊盡之矣。半山老人詩云：'吾觀少陵詩，謂與元氣侔。力能排天斡九地，壯顏毅色不可求。浩蕩八極中，生物豈不稠。醜妍巨細千萬殊，竟莫見以何雕鎪。惜哉命之窮，顛倒不見收。青衫老更斥，餓走半九州。瘦妻僵前子僕後，攘攘盜賊森戈矛。吟哦當此時，不廢朝廷憂，嘗願天子聖，大臣各伊周。寧令吾廬獨破受凍死，不忍四海赤子寒颼颼。傷屯悼屈止一身，嗟時之人我所羞。所以見公像，再拜涕泗流。推公之心古亦少，願起公死從之遊。'東坡居士贊云：'天人幾何同一漚，謫仙非謫乃其遊。麾斥八極隘九州，化爲兩鳥鳴相酬。一鳴一止三千秋，開元有道爲少留，糜之不可矧肯求。西望太白橫峨岷，眼高四海空無人。大兒汾陽中令君，小兒天台坐忘身。平生不識高將軍，手污吾足乃敢瞋，作詩一笑君應聞。'"《苕溪漁隱叢話》前集卷十一。

潘子真《詩話》云："《北嶽碑》，後漢光和二年立。苦縣老子廟亦漢碑，其字刻極勁，杜詩所謂'《苦縣》《光和》尚骨立，書貴瘦硬方通神'。《苦縣》《光和》謂二碑也……"《苕溪漁隱叢話》前集卷十二。

東坡云："味摩詰之詩，詩中有畫，觀摩詰之畫，畫中有詩。詩曰：'藍溪白石出，玉山紅葉稀，山路元無雨，空翠濕人衣。'此摩詰之詩也，或曰非也，好事者以補摩詰之遺。"《苕溪漁隱叢話》前集卷十五。

苕溪漁隱曰："古今聽琴阮琵琶箏瑟諸詩，昔欲寫其音聲節奏，類以景物故實狀之，大率一律，初無中的句互可移用，是豈真知音者。但其造語藻麗，爲可喜耳。'呢呢兒女語，恩怨相爾汝。劃然變軒昂，勇士赴敵場。浮雲柳絮無根蒂，天地闊遠隨飛揚。喧啾百鳥羣，忽見孤鳳凰。躋攀分寸不可上，失勢一落千丈強。'此退之聽琴詩也。'孤禽曉警秋野露，空澗夜落春巖泉'，又'經緯文章合，調和雌雄鳴。颯颯驟風雨，隆隆隱雷霆。無射變凜冽，黃鐘催發生。詠歌文王《雅》，怨刺《離騷》《經》。二《典》意澹薄，三《盤》語丁寧'。此永叔聽琴詩也。'大弦春溫和且平，小弦廉折亮以清。平生未識宮與角，但聞牛鳴盎中雉登木。門前剝啄誰扣門，山僧未閑君勿嗔。'此子瞻聽琴詩也。'春天百鳥語撩亂，風蕩楊花無畔岸。微露愁猿抱山木，玄冬孤鴻度雲漢，斧斤丁丁空谷樵，幽泉落澗夜蕭蕭。十二峯前巫峽雨，七八月後錢塘潮。孝子流離在中野，羈臣歸來哭亡社。空床思婦感蠨蛸，暮年遺老依桑柘。'此魯直聽琴詩也。'寒蟲催織月籠秋，獨雁叫羣天拍水。楚國羈臣放十年，漢宮佳人嫁千里，深閨洞房語恩怨，紫燕黃鸝韻桃李。楚狂行歌驚市人，漁父孥舟在葭葦。'此魯直聽摘阮詩也。'大絃嘈嘈如急雨，小絃切切如私語；嘈嘈切切錯雜彈，大珠小珠落玉盤。間關鶯語花底滑，幽咽泉流水下灘。'又'銀瓶乍破水漿迸，鐵騎突出刀鎗鳴。'此樂天聽琵琶詩也。'一彈既罷又一彈，珠幢夜靜風珊珊。低回慢弄關山思，坐對燕然秋月寒。月寒一聲深殿磬，驟彈曲破音繁併。百萬金鈴旋去聲玉盤，醉落滿船皆暫醒。'又'猿鳴雪岫來三峽，鶴唳晴空聞九霄。'此微之聽琵琶詩也。'湘水冷波慙鼓瑟，秦樓明月罷吹簫。寒敲白玉聲何婉，暖逼黃鶯語自嬌。'此王仁裕聽琵琶詩也。'春風和暖百鳥語，磽确山路行人行。啄木飛從何處來？花間葉底時丁丁。林空山靜啄愈響，行人舉頭飛鳥驚。'此永叔聽琵琶詩也。'八鸞鏘鏘渡銀漢，九雛威鳳鳴朝陽。'又'馮夷躘踵舞淥波，鮫人出聽停綃梭。'此夢得聽箏詩也。'綿蠻巧囀花間舌，嗚咽交流冰下泉。'此永叔聽箏詩也。'江妃出聽霧雨愁，白浪飜空動浮玉。喚取吾家雙鳳槽，遣作三峽孤猿號。與君合奏《芳春調》，啄木飛來霜樹杪。'此子瞻聽箏詩也。永叔子瞻謂退之聽琴詩，乃是聽琵琶詩。僧義海謂子瞻聽琴詩絲聲，八音宮角皆然，何獨琴也。互相譏評，終無確論。如玉谿生《錦瑟詩》云：'莊生曉夢迷蝴蝶，望帝春心托杜鵑。滄海月明珠有淚，藍田日暖玉生煙。'此亦是以景物故實狀之，若移作聽琴阮等詩，誰謂不可乎！"

《西清詩話》云："三吳僧義海以琴名世。六一居士嘗問東坡：'琴詩孰優？'東坡答以退之《聽穎師琴》，公曰：'此祇是聽琵琶耳。'或以問海，海曰：'歐陽公一代英偉，然斯語誤矣。昵昵兒女語，恩怨相爾汝。言輕柔細屑，真情出見也。劃然變軒昂，勇士赴敵場。精神餘溢，竦觀聽也。浮雲柳絮無根蒂，天地闊遠隨飛揚。縱橫變態，浩乎不失自然也。喧啾百鳥羣，忽見孤鳳凰。又見穎孤絕，不同流俗下俚聲也。躋攀分寸不可上，失勢一落千丈強。起伏抑揚，不主故常也。皆指下絲聲妙處，惟琴爲然。琵琶格上聲，烏能爾邪？退之深得其趣，未易譏評也。'東坡後有《聽惟賢琴詩》云：'大絃春溫和且平，小絃廉折亮以清。平生未識宮與角，但聞牛鳴盎中雉登木。門前剝啄誰扣門，山僧未閑君莫嗔。歸家且覓千斛水，洗盡從來箏笛耳。'詩成欲寄歐公而公亡，每以爲恨。客復以問海，海曰：'東坡詞氣倒山傾海，然亦未知琴。春溫和且平，廉折亮以清，絲聲皆然，何獨琴也？又特言大小絃聲，不及指下之韻。牛鳴盎中雉登木，概言宮角耳，八音宮角皆然，何獨絲也。'聞者以海爲知言。余嘗考今昔琴譜，謂宮者非宮，角者非角，又五調疊犯，特宮聲爲多，與五音之正者異，此又坡所未知也。"苕溪漁隱曰："東坡嘗因章質夫家善琵琶者乞歌詞，亦取退之《聽穎師琴詩》，稍加檃括，使就聲律，爲《水調歌頭》以遺之，其《自序》云：'歐公謂退之此詩最奇麗，然非聽琴，乃聽琵琶耳。余深然之。'觀此，則二公皆以此詩爲聽琵琶矣。今

《西清詩話》所載義海辨證此詩，復曲折能道其趣，爲是真聽琴詩。世有深於琴者，必能辨之矣。"

《高齋詩話》云："白樂天《琵琶行》云'曲罷曾令善才伏'，而善才姓名不見於傳記，後見《琵琶錄》云：'元和中，曹保有子善才，善才有子綱，皆能琵琶。'又有裴興奴，與曹同時，《樂府雜錄》云：'綱善爲運撥，興奴長於攏撚，時人謂綱有右手，興有左手。'樂天又有《聽曹綱琵琶示重蓮詩》曰：'誰能截得曹綱手，插向重蓮紅袖中？'"

苕溪漁隱曰："東坡《聽琵琶詩》云：'何異烏孫送公主，碧天無際雁行高。'乃用《文選·王明君辭序》云：'昔公主，嫁烏孫，令琵琶馬上作樂，以慰其道路之思。其送明君亦爾。'則琵琶非起於明君，蓋前已有也。《釋名》云：'琵琶本胡中馬上所鼓也，四絃象四時也。推手向前曰琵，却手向後曰琶，因以爲名焉。'"

《後山詩話》云："歐陽公謫永陽，聞其倅杜彬善琵琶，酒間請之，正色盛氣而謝不能，公亦不復強也。後彬置酒，數行，遽起還內，微聞絲聲，且作且止，而漸近，久之，抱器而出，手不絕彈，盡莫而罷。公喜甚，過所望也。故公詩云：'坐中醉客誰最賢，杜彬琵琶皮作絃。'自從彬死世莫傳，皮絃世未有也。"苕溪漁隱曰："唐賀懷智於明皇時彈琵琶，以石爲槽，鵾雞筋作絃，用鐵爲撥。今杜彬以皮爲絃，各自是一家也。"

蔡寬夫《詩話》云："近時樂家，多爲新聲，其音譜轉移，類以新奇相勝，故古曲多不存。頃見一教坊老工言，惟大曲不敢增損，往往猶是唐本，而絃索家守之尤嚴。故言《涼州》者，謂之濩索，取其音節繁雄，言《六么》者，謂之轉關，取其聲調閑婉。元微之詩云：'《涼州》大徧最豪嘈，《錄要》散序多籠撚。'濩索轉關，豈所謂豪嘈籠撚者邪？唐起樂皆以絲聲，竹聲次之，樂家所謂細抹將來者是也。故王建《宮詞》云：'琵琶先抹《綠腰》頭，小管丁寧側調愁。'近世以管色起樂，而猶存細抹之語，蓋沿襲弗悟爾。《綠腰》本名《錄要》，後訛爲此名，今又謂之《六么》。然《六么》自白樂天時已若此云，不知何義也。"

《冷齋夜話》云："世傳琴曲宮聲十小調，皆隋賀若弼所製，最爲絕妙。一《不博金》，二《不換玉》，三《峽泛》，四《越溪吟》，五《越江吟》，六《孤猿吟》，七《清夜吟》，八《葉下聞蟬》，九《三清》，十亡其名，琴家但名《賀若》而已。太宗尤愛之，爲之改《不博金》曰《楚澤涵秋》，《不換金》曰《塞門積雪》，仍命詞臣各探調製詞。時北門學士蘇易簡探得《越江吟》，其詞曰：'神仙神仙瑤池宴。片片。碧桃零落春風晚，翠雲開處，隱隱金鑾挽，玉麟背吟清風遠。'又一本云：'非雲非煙瑤池宴。片片。碧桃零落黃金殿。暇鬢半捲天香散，春雲和，孤竹清婉入霄漢。紅顏醉態，爛熳金輿轉，霓旌影亂簫聲遠。'此篇勝前篇也。"

東坡云："琴曲有《瑤池燕》，其詞既不佳，而聲亦怨咽，或改其詞作《閨怨》云：'飛花成陣，春心困，寸寸別腸多愁悶，無人問。偷啼自搵殘粧粉，抱瑤琴尋出新韻，玉纖趁。南風未解幽慍，低雲鬢，眉峰斂暈嬌和恨。'"以上《苕溪漁隱叢話》前集卷十六。

東坡云："書之美者，莫如顏魯公，然書法之壞自魯公始；詩之美者，莫如韓退之，然詩格之變自退之始。"《苕溪漁隱叢話》前集卷十七。

蔡寬夫《詩話》云："退之《石鼓歌》云：'逸少俗書趁姿媚，數紙尚可博白鵝。'觀此語便知退之非留意於書者，今洛中尚有石刻題名，信不甚工。柳子厚書跡，湖湘間多有其碑刻，而體不一，或疑有假託其名者，惟《南岳彌陁和尚碑》最善，大底規模虞永興矣。然不知所謂'柳家新樣元和腳'者如何也。杜子美云：'書貴瘦硬方通神。'予家有其父閑所書《豆盧府君德政碑》，簡遠精勁，多出於薛稷、魏華，此蓋自其家法言之。白樂天不甚論書，然今世士大夫尚有藏其真跡者，如錢文僖摩一二帖，爲體精彩，殆不減徐會稽也。"

《後山詩話》云："少游謂《元和聖德詩》，於韓文爲下，與《淮西碑》如出兩手，蓋其少作也。孫學士覺喜論文，謂退之《淮西碑》，敘如書，銘如詩。子瞻謂杜詩韓文顏書左史，皆集大成者也。"苕溪漁隱曰："少游集中進卷，有《韓愈論》，云：'韓氏、杜氏，其集詩文大成者與！'非子瞻有此語也。"以上《苕溪漁隱叢話》前集卷十八。

《雞肋集》云："予幼時讀《太平廣記》，見唐太宗遣蕭翼購《蘭亭叙》事，蓋譎以出之，輒歎息曰：'《蘭亭叙》若是貴邪？至使萬乘之主，捐信於匹夫。傳稱子貢詐而全魯，弦高誕而存鄭，遺一言之細，建二國之業，猶不可以爲常；以太宗之賢，巍巍乎近古所無，奈何溺小耆好而輕喪其所常之寶，異齡得原失信，不圍而去矣。晚多間居，頗屏世好，獨於古人筆墨之遺，愛而不能置，顧甚於少年喜官爵，遲莫營田宅者，與前論異矣。'因誦白居易《七德歌》曰：'功成理定何神速，速在推心致人腹，怨女三千放出宮，死囚四百來歸獄。'復歎曰：'太宗以一旅取大下，惟信爾，夫不吝三千女而放出宮，自信也；不約四百囚而來歸獄，人信良。晉舍原何足道哉。'"

東坡云："予年十二，先君自虔州爲予言：'近城山中天竺寺有樂天親書詩云：一山門作兩山門，兩寺元從一寺分。東澗水流西澗水，南山雲起北山雲。前臺花發後臺見，上界鐘清下界聞。遙想吾師行道處，天香桂子落紛紛。筆勢奇逸，墨跡如新。'今四十七年矣，予來訪之，則詩已亡，有刻石存耳，故有詩云'空詠連珠呼疊壁，已亡飛鳥失驚蛇'，蓋爲是也。"以上《苕溪漁隱叢話》前集卷二十一。

《西清詩話》云："歐陽永叔《歸田錄》言：'王建《宮詞》，多言唐宮中事，羣書闕記者，往往見其詩。如內中數日無呼喚，傳得滕王蛺蝶圖，滕王元嬰，高祖子，史不著所能，獨《名畫記》言善畫，亦不云工蛺蝶。'所書止此，殊不知《名畫記》自紀嗣滕王、湛然善花鳥蜂蝶，又段成式《酉陽雜俎》亦云：'嘗見滕王蝶圖，有名江夏班，大海眼，小海眼，菜花子。'蓋湛然非元嬰，孰謂張彥遠不載邪？又建《宮詞》云：'魚藻宮中鑢翠娥，先皇行處不曾過，如今池底休鋪錦，菱角雞頭積漸多。'事見李石《開成承詔錄》，文宗論德宗奢靡云：'聞得禁中老宮人每引流泉，先於池底鋪錦。'則知建詩皆摭實，非鑿空語也。"《苕溪漁隱叢話》前集卷二十二。

東坡云："舊傳《陽關三疊》，然今世歌者，每句再迭而已，若通一首言之是四疊，皆非是。或每句三唱，以應三疊之說，則叢然無復節奏。余在密州，有文勳長官，以事至密，自云得古本《陽關》，其聲宛轉淒斷，不類，乃知唐本三疊蓋如此。及在黃州，偶讀樂天《對酒詩》云：'相逢且莫推辭醉，聽唱《陽關》第四聲。'注云：'第四聲，勸君更盡一杯酒。'以此驗之，若一句再疊，則此句爲第五聲，今爲第四聲，則一句不迭審矣。"

《西清詩話》云："歐陽公《歸田錄》論王建《霓裳詞》：'弟子部中留一色，聽風聽水作《霓裳》。'以不曉聽風聽水爲恨。余嘗觀唐人《西域記》云：'龜茲國王與臣庶知樂者，於大山間聽風水之聲，均節成音，後翻入中國，如《伊州》《涼州》《甘州》，皆龜茲至也。'此說近之，但不及《霓裳》耳。鄭嵎《津陽門詩注》：'葉法善引明皇入月宮，聞樂歸，笛寫其半，會西涼府楊敬遠進《婆羅門曲》，聲調脗合，按之便韻，乃合二者製《霓裳羽衣曲》。'則知《霓裳》亦來自西域云。"

蔡寬夫《詩話》云："《霓裳》之始，世多以白樂天所記，與劉禹錫、王建二詩不同爲疑。按《明皇雜錄》云：'道士葉法善嘗引上至月宮，聆天樂。上自曉音律，默記其音爲《霓裳羽衣曲》。'此說雖怪，然唐人大抵如此言。元微之詩云：'明皇度曲多新態，宛轉侵淫易沉着，赤白桃李取花名。'《霓裳》之始，自當以此爲證也。鄭嵎《津陽門詩》，以謂上歸但記其半，會西涼府都督楊敬遠進《婆羅門曲》，與其聲調相符，遂以月中所聞爲散序，敬遠所進作腔，此則與樂天之說符矣。但不知禹錫、建皆與此數人同時，何從復得異說也。唐有兩《霓裳曲》，開成初，尉遲璋嘗放古作《霓裳羽衣曲》以獻，詔以曲名賜貢院爲題，此自一曲也。是歲榜首李肱所試詩，即此題，其詩始言'開元太平時，萬國賀真歲，梨園獻舊曲，玉座流新制'，末言'蓬壺事已空，仙樂功無替，詎肯聽遺音，聖功知善繼'。則亦是祖述開元遺聲耳。此曲世無譜，好事者每惜之。《江表志》載周后獨能按譜求之。徐常侍鉉有《聽霓裳送以詩》云：'此是開元太平曲，莫教偏作別離聲。'則江南時猶在也。"

苕溪漁隱曰："明皇遊月宮事，凡見於五書。鄭嵎《津陽門詩注》《明皇雜錄》《高道傳》，此三書皆云：'葉法善引明皇遊月宮，聞樂，歸作《霓裳羽衣曲》。'《唐逸史》云：'與羅公遠同遊。'《異人錄》云：'與申天師同遊。'惟此二書為異。余嘗考《高道傳》，亦有《羅公遠列傳》，無遊月宮事，則知《唐逸史》之誕無疑。若《異人錄》別無以證之，未遽以為誤也。"

蔡寬夫《詩話》云："楊凝式仕後唐、晉、漢間，落魄不自檢束，自號楊風子，終能以智自完。書法高妙，傑出五代，可與顏、柳繼軌，今洛中僧寺尚多有其遺跡。《題華勝院》一詩云：'院似禪心靜，花如覺性圓，自然知了義，爭肯學神仙。'用筆尤奔放奇逸。李西臺建中，平生師凝氏書，題詩於旁曰：'枯杉倒檜霜天老，松煙麝煤陰雨寒，我亦生來有書癖，一回入寺一回看。'西臺書亦自深穩老健，前輩所貴重也。"以上《苕溪漁隱叢話》前集卷二十四。

唐子西《語錄》云："張文昌詩：'六宮才人大垂手，願君千年萬年壽，朝出射麋暮飲酒。'《古樂府》大垂手、小垂手、獨搖手，皆舞名也。"

《東軒筆錄》云："陳恭公初罷政事，判亳州，年六十九，遇生日，親族往往獻老人星圖以為壽。獨其姪世修獻《范蠡五湖圖》，且讚曰：'賢哉陶朱，霸越平吳；名遂身退，扁舟五湖。'恭公甚喜，即日表納節，明年累表求退，遂以司徒致仕。"以上《苕溪漁隱叢話》前集卷二十五。

蔡寬夫《詩話》云："張文孝公觀，性端謹，一生未嘗作草字，故其詩有'保心如止水，為行見真書'之句。世多以謂人之所為，可於書體見之，此殆不然，亦適然耳。今書吏自少即學楷法，往往自不解破體，其人豈皆端願者邪？人物之高下，要自其書之氣韻觀之。蓋精神所寓，有必不可掩者，初不在真與草也。杜正獻公以直諒端方名天下，平生踐履，未有一事少出禮法。年過七十，謝事，始學草書，遂盡其妙。今使人每見之，則其英特秀爽，無所降屈之氣，猶若可想見者，此其所以異乎。"

苕溪漁隱曰："林和靖言，余頃得宛陵葛生所茹筆，每用之如麾百勝之師，橫行於紙墨間，所向無不如意。惜其日夕且弊，作詩以錄其功云：'神鋒雖闕力終存，架琢珊瑚欠策勳，日暮閒窗何所似，灞陵憔悴故將軍。'殊有憫勞念舊之意。"以上《苕溪漁隱叢話》前集卷二十七。

《冷齋夜話》云："范文正守鄱陽，有書生獻詩甚工，文正延禮之。書生自言平生未嘗飽，天下之至寒餓，無在其右。時盛習歐陽率更字，《薦福寺碑》墨本直千錢，文正為具紙墨打千本，使售於京師。紙墨已具，一夕，雷擊碎其碑。故時人為之語曰：'有客打碑來薦福，無人騎鶴下揚州。'東坡作《窮措大》詩曰：'一夕雷轟《薦福碑》。'韓魏公客有郭注者，才而美，然求室即病，行年五十，未有室家。韓公憐之，百計賙恤為求婚，恐其人必死，公以侍兒賜之，未及門而注死。注殆可與范公客同科也。"

《石林詩話》云："趙清獻以清德服一世，平生畜雷氏琴一張，鶴與白龜各一，所向與之俱。始除帥成都，蜀風素侈，公單車就道，以琴鶴龜自隨。蜀人安其政，治聲籍甚。元豐間既罷政事，守越。再移蜀，公將老矣，過泗州，渡淮，前已放鶴，至是復以龜投淮中。既入，見先帝，問：'聞卿前以疋馬入蜀，所攜獨琴鶴，廉者固如是乎？'公頓首謝，故其詩有言'馬尋舊路知歸去，龜放長淮不再來'，自紀其實也。"

《石林詩話》云："《江干初雪圖》真跡，藏李邦直家，唐蠟紙本，世傳王摩詰所作，末有元豐間王禹玉、蔡持正、韓玉汝、章子厚、王和甫、張邃明、安厚卿七人題詩。建中靖國元年，韓師朴相，邦直、厚卿同在二府，前七人所存唯厚卿而已。持正貶死嶺外，禹玉追貶，子厚方貶，玉汝、和甫、邃明謫死久矣。故師朴繼題其後云：'諸公當日聚巖廊，晚謫南荒半已亡，惟有紫樞黃閣老，再開圖畫看瀟湘。'是時，邦直在門下，厚卿在西府，紫樞黃閣謂二人也。厚卿復題云：'曾遊滄海困驚瀾，晚涉風波路更艱，從此江湖無限景，不如祗向畫圖看。'而邦直亦有題云：'此身何補一毫芒，三辱清時政事堂，病骨未為山下土，尚尋遺墨話存亡。'余家併錄諸公詩，每出讀之慨然。自元豐至建中靖國後三十年，諸公之名宦，亦已至矣，然始皆有願為圖中之遊而未暇得，故禹玉云：'何日扁舟載風雪，却將蓑笠伴漁人。'玉汝云：'君恩未報身何有，且寄扁舟夢想中。'其後廢謫流竄，有雖死不得免者，而江湖間此景無處不有，皆不得一償，厚卿至為危辭，蓋有激而云。豈此景真不可得，亦自不能踐其言耳。"苕溪漁隱曰："江湖之景，天付閑人，今諸公居宰輔享富貴如此，又欲兼有江湖之樂，貪而不止，世間豈有揚州鶴邪？"以上《苕溪漁隱叢話》前集卷二十八。

《石林詩話》云："前輩詩文，各有平日得意，不過數篇，然它人未必能盡知也。毗陵正素處士張子厚善書，余嘗於其家見歐公子棐以烏絲欄絹一軸，求子厚書文忠公《明妃曲》兩篇、《廬山高》一篇，略云：'先公平生未嘗矜大所為文，一日被酒，語棐曰：吾詩《廬山高》，今人莫能為，惟李太白能之；《明妃曲》後篇，太白不能為，惟杜子美能之；至於前篇，則子美亦不能為，惟吾能之也。因欲別錄此三篇藏之，以志公意。'余在汝陰，見棐問之，亦然。今閱公詩者，蓋未嘗獨異此三篇也。"以上《苕溪漁隱叢話》前集卷二十九。

王直方《詩話》云："澄心堂紙，乃江南李後主所製，國初亦不甚以爲貴。自劉貢甫首爲題之，又邀諸公賦之，然後世以爲貴重。貢甫詩云：'當時百金售一幅，澄心堂中千萬軸，後人聞名寧復得，就令得之當不識。'文忠公詩云：'君不見曼卿子美真奇才，久矣零落埋黃埃，君家雖有澄心紙，有敢下筆知誰哉。'梅聖俞云：'寒溪浸楮春夜月，敲冰舉簾勻割脂，焙乾堅滑若鋪玉，一幅百金曾不疑。'東坡云：'詩老囊空一不留，一番曾作百金收。'又從宋肇求此紙云：'知君也厭雕肝腎，分我江南數斛愁。'"

　　《西清詩話》云："丹青吟詠，妙處相資，昔人謂詩中有畫，畫中有詩者，蓋畫手能狀，而詩人能言之。唐人有《盤車圖》，畫重岡復嶺，一夫馳車山谷間。永叔賦詩：'坡長阪峻牛力疲，天寒日暮人心速。'又南唐畫俗號《四暢圖》，其一剔耳者，曲肘仰面作挽弓勢；一搔首者，使小青理髮，跌坐俯首，兩手置膝作輪指狀。魯直題云：'剔耳厭塵喧，搔頭數歸日。'且畫工意初未必然，而詩人廣大之。乃知作詩者徒言其景，不若盡其情，此題品之津梁也。"

　　王直方《詩話》云："歐公《盤車圖詩》云：'古畫畫意不畫形，梅詩詠物無隱情，忘形得意知者寡，不若見詩如見畫。'東坡作《韓幹馬圖詩》云：'韓生畫馬真是馬，蘇子作詩如見畫，世無伯樂亦無韓，此詩此畫誰當看？'又云：'論畫以形似，見與兒童鄰，賦詩必此詩，定知非詩人，詩畫本一律，天工與清新。'又云：'少陵翰墨無形畫，韓幹丹青不語詩，此畫此詩今已矣，人間駑驥謾爭馳。'余以爲若論詩畫，於此盡矣。每誦數過，殆欲常以爲法也。"以上《苕溪漁隱叢話》前集卷三十。

　　《隱居詩話》云："楚州有官奴王英英，善筆札，學顔魯公體，蔡襄頃教以筆法，晚年作大字甚佳。梅堯臣贈之詩曰：'山陽女子大字書，不學常流事梳洗。親傳筆法中郎孫，妙畫鼉頭魯公體。'英英貌甚陋，故有'不事梳洗'之句，中郎孫，君謨也。"《苕溪漁隱叢話》前集卷三十一。

　　《隱居詩話》云："蘇子美以詩得名，學書亦飄逸，然其詩以奔放豪健爲志，梅堯臣亦能詩，雖乏高致，而平淡有工，世謂之蘇、梅，其實正相反也。子美嘗自歎曰：'平生作詩被人比梅堯臣，寫字比周越，良可笑也。'周越爲尚書郎，在天聖、景祐間，以書得名，輕俗不近古，無足取也。"

　　《西清詩話》云："丹陽焦山斷崖有《瘞鶴銘》，或傳爲王逸少，自晉迄唐，論書者未嘗及之，而碑言華陽真逸撰，歐公《集古》跋云：顧況道號。子美詩云：'山陰不見《換鵝經》，京口空傳《瘞鶴銘》。'真作右軍書矣。余讀《道藏陶隱居外傳》：'號華陽真人，晚號華陽真逸。'道書言華陽金壇之地，第八洞天東北門，俱潤州境也。丹陽與茅山地相犬牙，又三茆陶故居，則《瘞鶴銘》爲隱居不疑。"

王直方《詩話》云："山谷愛子美絕句云：'春陰垂野草青青，時有幽花一樹明，晚泊孤舟古祠下，滿川風雨看潮生。'山谷累書此詩，或真草與大字。"

王直方《詩話》云："曼卿以書名世，然大字愈妙，嘗讀龜山寺三佛名榜，最爲雄偉。張文潛有詩云：'煌煌三佛榜，鐵貫金石鈕。開張宮室正，渾實山岳厚。井水駭龍跧，蟻封觀驥騄。'真能道盡其妙處。"以上《苕溪漁隱叢話》前集卷三十二。

《遯齋閑覽》云："荊公碁品殊下，每與人對局，未嘗致思，隨手疾應，覺其勢將敗，便斂之，謂人曰：'本圖適性忘慮，反苦思勞神，不如且已。'與葉致遠敵手，嘗《贈致遠詩》云：'垂成忽破壞，中斷俄連接。'是知公棋不甚高。又云：'諱輸寧斷頭，悔恨仍搏頰。'是又未能忘情於一時之得喪也。"苕溪漁隱曰："介甫有《絕句》云：'莫將戲事擾真情，且可隨緣道我贏，戰罷兩奩收黑白，一枰何處有虧成。'觀此詩，則圖適性忘慮之語，信有證矣。若魯直於棋則不然，如'心似蛛絲遊碧落，身如蜩甲化枯枝'，則苦思忘形，較勝負於一着，與介甫措意異矣。"

《僧寶傳》云："浮山法遠禪師，歐公聞其奇逸，造其室，未有以異之。與客棋，遠坐其傍，歐公收局，請遠因棋說法，乃鳴鼓升坐，曰：'若論此事，如兩家着棋相似，何謂也？敵手知音，當機不讓，若是綴五饒三，又通一路始得。有一般底，祇解閉門作活，不會奪角沖關，硬節與虎口齊彰，局破後徒勞連斡；所以道肥邊易得，瘦肚難求，思行則往往失粘，心粗則時時頭撞，休誇國手，謾說神仙。贏局輸籌即不問，且道黑白未分時，一着落在甚麼處？'良久云：'從前十九路，迷悟幾多人。'歐公嘉歎久之。"

東坡云："南嶽李巖老好睡，衆人貪飽下碁，巖老輒就枕，閱數局，乃一輾轉，云：'我始一局，君幾局矣。'東坡曰：'巖老常用四腳棋盤，着一色黑子，昔與邊韶敵手，今被陳搏饒先着，時自有輸贏，着了並無一物。'歐公詩云：'夜涼吹笛千山月，路暗迷人百種花，棋罷不知人換世，酒闌無奈客思家。'殆類是也。"以上《苕溪漁隱叢話》前集卷三十三。

《漫叟詩話》云："荊公嘗有歐公坐上賦《虎圖》，衆客未落筆，而荊公章已就，歐公亟取讀之，爲之擊節稱歎，坐客閣筆不敢作。"苕溪漁隱曰："《西清詩話》中亦載此事，云此乃體杜甫《畫鶻行》，以紓急解紛耳。吾今具載二詩，讀者當有以辨之。荊公《虎圖詩》云：'壯哉非羆亦非貙，目光夾鏡當坐隅。橫行妥尾不畏逐，顧盼欲去仍躊躇。卒然一見心欲動，熟視稍稍摩其鬚。固知畫者巧爲此，此物安肯來庭除？想當盤礴欲畫時，睥睨衆史如庸奴。神閑意定始一掃，功與造化論錙銖。悲風颯颯吹黃蘆，上有寒雀驚相呼。槎牙死樹鳴老烏，向之俛噣如哺雛。山牆野壁黃昏後，馮婦遙看亦下車。'杜甫《畫鶻行》云：'高堂見老鶻，颯爽動秋骨。初驚無拘攣，何得立突兀。乃知畫師妙，功刮造化窟。寫此神俊姿，充君眼中物。烏鵲滿樛枝，軒然恐其出。側腦看青霄，寧爲衆禽設，長翮如刀劍，人寰可超越，乾坤空崢嶸，粉墨且蕭瑟。緬思雲沙際，自有煙霧質。吾今意何傷，顧步獨紆鬱。'"《苕溪漁隱叢話》前集卷三十四。

苕溪漁隱曰："《東坡集》中有《申王畫馬圖詩》，即天啓作，氣格有類東坡，世因悞收入。其後姑蘇居世英家刊《東坡前後集》，遂刪去，今錄之，云：'天寶諸王愛名馬，千金争致華軒下。當時不獨玉花驄，飛電流雲絕蕭灑。兩坊岐薛寧與申，憑凌內廄多清新。肉鬃汗血盡龍種，紫袍玉帶真天人。驪山射獵包原隰，御前急詔穿圍入。揚鞭一蹙破霜蹄，萬騎如風不能入。雁飛兔走驚絃開，翠華鞍轡從天回。五家錦繡徧山谷，百里烏珥遺塵埃。青騾蜀棧西超忽，高準濃娥散荊棘。苜蓿連天鳥自飛，五陵佳氣春蕭瑟。'"

潘子真《詩話》云："俞紫芝字秀老，喜作詩，人未知之。荊公愛焉，手寫其一聯'有時俗事不稱意，無限好山都上心'於所持扇，衆始異焉。弟清老，亦修潔可喜，俱從山谷遊。山谷所書'釣魚舡上謝三郎'一帖石刻，在金山寺，雞林每入貢，輒市模本數百以歸；亦秀老詞也。"

《遯齋閑覽》云："功甫曾《題人山居》一聯云：'謝家莊上無多景，只有黃鸝三兩聲。'荊公命工繪爲圖，自題其上云：'此是功甫《題山居詩》處。'即遣人以金酒鍾並圖遺之。"以上《苕溪漁隱叢話》前集卷三十七。

《侯鯖錄》云："魯直獻東坡云：'昔右軍字爲換鵝字。韓宗儒性饕餮，每得公一帖，於殿帥姚麟換羊肉數斤，可名二丈書爲換羊書矣。'公在翰苑，一日，以生辰製撰紛冗，宗儒繼作簡以圖報書，來人督索甚急，公笑曰：'傳語本官，今日斷屠。'"《苕溪漁隱叢話》前集卷三十八。

東坡云："與可畫竹，初不自貴重，四方之人，持縑素而請者，足相躡於其門。與可厭之，投諸地而罵曰：'吾將以爲襪材。'士大夫傳之，以爲口實。及與可自洋州還，而余爲徐州，與可以書遺余曰：'近語士大夫，吾墨竹一派，近在彭城，可往求之。襪材當萃於子矣。'書尾復寫一詩，其略曰：'擬將一段鵝溪絹，掃取寒梢萬尺長。'余謂與可竹長萬尺，當用絹二百五十匹，知公倦於筆硯，願得此絹而已。因答其詩云：'世間亦有千尋竹，月落庭空影許長。'與可笑曰：'蘇子辯則辯矣，然二百五十疋，吾將買田而歸老焉。'與可嘗令余作《洋州三十詠》，《篔簹谷》其一也。予詩云：'漢川修竹賤如蓬，斤斧何曾赦籜龍，料得清貧饞太守，渭濱千畝在胸中。'與可是日與其妻遊谷中，燒筍晚食，發函得詩，失笑，噴飯滿案。"

東坡云："世傳王子敬帖有'黃柑三百顆'之語，此帖乃在劉季孫家，景文死，不知今在誰家矣。韋蘇州有詩：'書後欲題三百顆，洞庭須待滿林霜。'蓋蘇州亦見此帖也。余亦嘗有詩與景文云：'君家子敬十六字，氣壓鄴侯三萬簽。'劉季孫景文，平之子也，慷慨奇士，博學能詩，僕薦之，得隰州以歿，哀哉！嘗有詩寄僕云：'四海共知霜鬢滿，重陽能插菊花無。'死之日，家無一錢，但有書三萬軸，畫數百幅耳。"

王直方《詩話》云："東坡《跋米元章所收書畫》云：'畫地爲餅未必似，要令癡兒出饞水。'又云：'錦囊玉軸來無別。'山谷和之云：'百家傳本略相似，如月行天見諸水。'又云：'拙者竊鈎輒斬趾。'皆謂元章患净病，及好取人書畫也。"以上《苕溪漁隱叢話》前集卷三十九。

《夷堅志》云："燕邸萊州洋川公家，裝褫古今畫爲十冊，東坡過之，因爲書簽，仍題其後云：'高堂素壁，無舒捲之勞；明窗净几，有坐臥之安。'又《題王靄畫如來出山相》云：'頭髼鬆，耳卓朔，適從何處來，碧色眼有角。明星未出萬象閑，外道天魔猶奏樂。錯不錯，安得無上菩提成等正覺。'山谷詩云：'蕭寺吟雙竹，秋醪薦二螯，破塵歸騎速，橫日雁行高。'又：'擁膝度殘臘，攀條驚淺春。'皆洋川公養浩堂故事，而集中不載。家君在北方，宗室子伯璘言如此。予家有大年畫小景二幅，山谷親書兩絕句其上，曰：'水色煙光上下寒，忘機鷗鳥恣飛還，年來頻作江湖夢，對此身疑在故山。''輕鷗白鷺定吾友，翠柏幽篁是可人，海角逢春知幾度，臥遊到處總傷神。'今豫章所刻集及它本皆無。"《苕溪漁隱叢話》前集卷四十。

苕溪漁隱曰："蘇叔黨過《賦鼠鬚筆》云：'太倉失陳紅，狡穴得餘腐，既興丞相歎，又發廷尉怒。磔肉餒餓貓，紛鬐雜霜兔。插架刀槊健，落紙龍蛇騖。物理未易詰，時來即所遇。穿墉何卑微，托此得佳譽。'其步驟氣格，殊有父風也。"《苕溪漁隱叢話》前集卷四十一。

《遯齋閑覽》云："蘇子瞻嘗自言平生有三不如人，謂著棋、飲酒、唱曲也。然三者亦何用如人。子瞻之詞雖工，而多不入腔，正以不能唱曲耳。"

蔡寬夫《詩話》云："學士院舊與宣徽院相鄰，今門下後省，乃其故地。玉堂兩壁，有巨然畫山，董羽水。宋宣獻公爲學士時，燕穆之復爲六幅山水屏寄之，遂置於中間。宣獻詩所謂'憶昔唐家扃禁地，粉壁曲龍聞嚢記，承明意象今頓還，永興鑾坡爲故事'是也。唐翰林壁畫海曲龍山，故（東坡）詩引用之。元豐末，既修兩後省，遂移院於今樞密院之後，兩壁既毀，屏亦莫知所在。今玉堂中屏，乃待詔郭熙所作《春江曉景》。禁中官局，多熙筆跡，而此屏獨深妙，意若欲追配前人者。蘇僊州嘗賦詩云：'玉堂畫掩春日閑，中有郭熙畫春山。'今遂爲玉堂一佳物也。"以上《苕溪漁隱叢話》前集卷四十二。

王詵送韓幹畫馬十二疋求跋尾，（東坡）作詩云："南山之下，汧渭之間，想見開元天寶年，八坊分屯隘秦川，四十萬疋如雲煙，騅駓駰駱驪騮騵，白魚赤兔騂皇鵷，龍顱鳳頸獰且妍，奇姿逸德隱驚頑。碧眼胡兒手足鮮，歲時剪刷供帝閑，柘袍臨池待三千，紅粧照日光流淵。樓下玉螭吐清寒，往來蹙踏生飛湍，衆工舐筆和朱鉛，先生曹霸弟子韓，廄馬多肉尻脽圓，肉中畫骨誇尤難。金羈玉勒繡羅鞍，鞭棰刻烙傷天全，不如此圖近自然，平沙細草荒芊綿，驚鴻脫兔爭後先。王良挾策飛上天，何必俯首服短轅！"意以騏驥自比，譏執政大臣無能盡我才，如王良之御者，何必折節於求進用也。《苕溪漁隱叢話》前集卷四十三。

東坡云："余家有歙研，底有款識云：'吳順義元年處士汪少微銘之：松操凝煙，楮英鋪雪，毫穎如飛，人間五絕。'所頌者三物耳，蓋研與少微爲五邪。《苕溪漁隱叢話》前集卷四十六。

《漫叟詩話》云："山谷晚年，草字高出古人，余嘗收得草書陶淵明'結廬在人境'一篇，紙尾復作行書小字跋之，云：'往時作草，殊不稱意，人甚愛之，惟錢穆父、蘇子瞻以務筆俗，予心知其然，而不能改。數年，百憂所集，不復玩思於筆墨，試以作草，乃能蟬蛻於塵埃之外，然自此人當不愛耳。'又《榮衰無定在》一篇跋云：'陶淵明此詩，乃知阮嗣宗當斂袵，何況鮑、謝諸子邪？詩中不見斧斤，而磊落清壯，惟陶能之。'又《題大雲倉達觀臺》一首：'瘦藤拄到風煙上，乞與遊人眼豁開，不知眼界闊多少，白鳥飛盡青天回。'又《甲子春過揚州芍藥未開》一首：'春風十里珠簾捲，髣髴三生杜牧之，紅藥梢頭初繭栗，揚州風物鬢成絲。'"《苕溪漁隱叢話》前集卷四十七。

王直方《詩話》云："宗室大年名令穰，喜微行，而善畫小景，山谷贈之以詩云：'揮毫不作小池塘，蘆荻江邊落雁行，雖有珠簾籠翡翠，不忘煙雨罩鴛鴦。'蓋有所譏也。"

《冷齋夜話》云："王榮老嘗官於觀州，罷官，渡觀江，七日風作不得濟。父老曰：'公舟中必有奇異，此江神極靈，當獻之得濟。'榮老顧無有，止有黃塵尾，以獻之，風如故；又以端石研獻之，風愈作；又以宣包虎帳獻之，皆不驗。夜臥念曰：'有魯直草書扁頭子題韋應物詩曰：爲憐幽草澗邊行，上有黃鸝繞樹鳴，春潮帶雨晚來急，野渡無人舟自橫。'公取視，慌惚之勢，曰：'我猶不識，鬼寧識之乎？'持以獻之，香火未收，天水相照，如兩鏡對展，南風徐來，帆一餉而濟。予謂觀江神必元祐遷客之鬼，不然，何嗜之深耶？"以上《苕溪漁隱叢話》前集卷四十八。

王直方《詩話》云："少游嘗以真字題'月團新碾瀹花甆，飲罷呼兒課《楚詞》，風定小軒無落葉，青蟲相對吐秋絲'一絕於邢敦夫扇上，山谷見之，乃於扇背復作小草題'黃葉委庭觀九州，小蟲催女獻功裘，金錢滿地無人費，百斛明珠薏苡秋'一絕，皆自所作詩也。少游後見之，復云：'逼我太甚。'"《苕溪漁隱叢話》前集卷五十。

苕溪漁隱曰："李伯時畫太一真人，臥一大蓮葉中，手執書卷仰讀，蕭然有物外思。韓子蒼有詩題其上云：'太一真人蓮葉舟，脫巾露髮寒颼颼。輕風爲帆浪爲檝，臥看玉宇浮中流。中流蕩漾翠梢舞，穩如龍驤萬斛舉。不是峰頭千丈花，世間那得葉如許。龍眠畫手老入神，尺素幻出真天人。恍然坐我水仙府，蒼煙萬頃波鄰鄰。玉堂學士今劉向，禁直岧嶤九天上。不須對此融心神，會植青藜夜相訪。'子蒼此詩，語意妙絕，真能詠盡此畫也。"《苕溪漁隱叢話》前集卷五十三。

苕溪漁隱曰："余卜居苕溪，日以漁釣自適，因自稱苕溪漁隱，臨流有屋數椽，亦以此命名。僧了宗善墨戲，落筆瀟灑，爲余作《苕溪漁隱圖》，覽景攄懷，時有鄙句，皆題之左方；既久，益多不能盡錄，聊舉其一二云：'溪邊短短長長柳，波上來來去去船，鷗鳥近人渾不畏，一雙飛下鏡中天。''秋雲漠漠煙蒼蒼，蘆花初白蓮葉黃，釣船盡日來往處，南村北村秔稻香。''捲起綸竿撇棹歸，短篷斜掩宿漁磯，日高春睡無人喚，撩亂楊花繞夢飛。'又《滿江紅》一闋云：'泛宅浮家何處好，苕溪清境。占雲山萬疊，煙波千頃。茶竈筆林渾不用，雪蓑月笛偏相稱。爭不教二紀賦歸來，甘幽屏。紅塵事，誰能省？青霞志，方高引。任家風舴艋，生涯笭箵。三尺鱸魚真好鱠，一瓢春酒宜閒飲。問此時，懷抱向誰論？惟箕潁。'"《苕溪漁隱叢話》前集卷五十五。

《冷齋夜話》云："余住臨川景德寺，與謝無逸輩升閣，得禪月所畫十八應供像甚奇，而失第五軸，予口占嘲之曰：'十八聲聞解埵根，少叢林漢亂山門，不知何處羅齋去，不見雲堂第五尊。'明日，有女子來拜敘曰：'兒南營兵妻也，寡而食素，夜夢一僧來言曰：我北景德僧，因行失隊，煩相引歸寺，可乎？既覺而鄰家邀飯，入其門，見壁間有畫異僧，形狀了然夢中所見也。'時朱世英守臨川，異之，使迎還閣藏之。"《苕溪漁隱叢話》前集卷五十六。

《冷齋夜話》云："法雲秀老，關西人，面目嚴冷，能以禮折人。李伯時畫馬，東坡第其筆，當不減韓幹。都城黃金易致，而伯時畫不可得。師讓之，曰：'伯時士大夫，而以畫馬之名行，已可恥，矧又畫馬人詫以爲得妙入馬腹中，亦足可懼。'伯時大驚，不自知身去坐榻曰：'今當何以洗其過？'師勸畫觀音像以贖其罪。黃魯直作豔語，人爭傳之，秀呵曰：'翰墨之妙，甘施於此乎？'魯直笑曰：'又當置我於馬腹中邪？'秀曰：'公豔語蕩天下淫心，不止於馬腹中，正恐生泥犁耳。'魯直領應之。故一時公卿伏師之善巧也。"苕溪漁隱曰："余讀魯直所作晏叔見《小山集序》云：'余少時間作樂府，以使酒玩世，道人法秀獨罪余以筆墨勸淫，於我法中當下犁舌之獄，特未見叔原之作邪？'觀魯直此語，似有憾於法秀，不若伯時之能伏善也。"

蔡寬夫《詩話》云："今世所藏韓幹畫馬，多分其鬃爲三，莫曉何意。惟白樂天《春深學士家詩》云：'鳳書裁五色，馬鬣剪三花。'唐學士例借飛龍厩馬，則應是時國馬皆如此也。李伯時喜學韓幹畫，每不知三鬃之意，常難於下筆，有得樂天詩者，先爲誦之而不言所出，伯時力請之，乃使爲盡工作數馬，始以集示之云。"以上《苕溪漁隱叢話》前集卷五十七。

東坡云："賣墨者潘谷，余不識其人，然聞其所爲，非市井人也。墨既精妙，而價不二，士或不持錢求墨，不計多少與之，此豈徒然者哉？余嘗與詩云：'一朝入海尋李白，空看人間畫墨仙。'一日忽取欠墨錢券焚之，飲酒三日，發狂浪走，遂赴井死。人下視之，蓋趺坐井中，手尚持數珠也。見張元明説如此。"《苕溪漁隱叢話》前集卷五十八。

《元城先生語録》曰："西漢樂章，可齊三代。舊見《漢·禮樂志·房中樂》十七章，觀其格韻高嚴，規模簡古，駸駸乎商周之頌。噫，異哉！此高帝一時佐命功臣，下至叔孫通輩，皆不能爲此歌，尋推其源，乃唐山夫人所作。服虔曰：'高帝姬也。'韋昭云：'唐山，姓也。'而漢初乃有此人，縱使《竹竿載馳》，方之陋矣。然后妃傳中，乃獨不載，何也？先生因曰：'興王之初，人材色色過人。且如唐太宗朝，相將固不可及，至技藝之士，醫有孫真人，陰陽有李淳風、呂才，相法有袁天網，亦後世所不能及也。'"《苕溪漁隱叢話》後集卷一。

《東觀餘論》云："邵公亢嘗就焦山下《瘞鶴銘》闕石，考次其文，其不可知者闕之，其文首尾，似粗可讀，雖文全，亦止此百餘字爾。而《集古録》謂'好事者往往只得數字，惟余所得六百餘字，獨爲多耳。'蓋印書者傳訛，誰以十爲百，當時所得，蓋六十餘字，故云比數字本爲多。此銘相傳爲王右軍書，故蘇子美詩云：'山陰不見換鵝經，京口空傳《瘞鶴銘》。'文忠以爲不類王法，而類顏魯公，又疑是顧況道號，又疑王瓚。僕今審定文格字法，殊類陶弘景，弘景自稱華陽隱居，今曰真逸者，豈其別號與？又其著《真誥》但云己卯歲，而不著年名，其他書亦爾。今此銘壬辰歲甲午歲亦不書年名，此又可證。云壬辰者，梁天監十一年也，甲午者，十三年也。案隱居，天監七年東遊海岳，權駐會稽，永嘉十一年始還茅山，十一年乙未歲，其弟子周子良仙去，爲之作傳。即十一年十三年正在華陽矣。此銘後又有題'丹陽尉山陰宰'數字，及唐王瓚詩，字畫亦頗似《瘞鶴》，但筆勢差弱，當是效陶書，故題於石側也。或以銘即瓚書，誤矣。"

苕溪漁隱曰："《東觀餘論》，黃伯思所作也，其《跋陶華陽書》云：'隱居者，故自入流，其在華陽，得華陽許三真真跡最多，而學之，故蕭遠淡雅，若其爲人。今金陵有許長史舊《館壇碑》最先一行，乃隱居書。又世有畫版帖四十三字，與碑字筆勢同。今觀其爲楊瓊瑤作奏章橐，與前二書，雖其行不同，要非異手作也。袁昂《論書》以隱居若吳興小兒，形狀未成長，而骨體甚峭快。今審其疏，比之鍾、王爲未成就，然神韻閒曠，那可以峭快目之。獨竇息謂其高爽自然，逸勊奮舉，頗近實云。'黃伯思此跋，稱讚弘景書如此，故以《瘞鶴銘》爲類之；第余初不曾見弘景書，未敢遽以爲然，姑俟識者辨之。"

《金石錄》云："《瘞鶴銘》題華陽真逸撰，莫詳其爲何代人。《集古錄》云：'華陽真逸是顧況道號。'余遍檢《唐史》及況文集，皆無此號，惟況撰《湖州刺史廳記》，自稱華陽山人爾，不知歐陽公何所據也。"苕溪漁隱曰："《集古錄》云：'華陽真逸是顧況道號。'今不敢遂以爲況者，碑無年月，不知何時，疑前後有人同斯號者也。《西清詩話》云：'余讀《道藏·陶隱居外傳》，號華陽真人，晚號華陽真逸，此蓋同斯號矣。'《集古錄》云：'按《潤州圖經》，以《瘞鶴銘》爲王羲之書，字亦奇怪，不類羲之筆法，而類顏魯公，不知何人書。'第蘇子美、黃魯直皆以此銘爲右軍書，得非本《潤州圖經》而言之。故子美詩曰：'山陰不見換鵝經，京口新傳《瘞鶴銘》。'魯直云：'頃見京口斷崖中《瘞鶴銘》大字，右軍書，其勝處不可名貌，以此觀之，《遺教經》良非右軍筆劃也。若《瘞鶴銘》斷爲右軍書，使人不疑。如歐陽評顏、柳數公書，最爲端的，然纔得《瘞鶴銘》彷彿爾。惟魯公《宋開府碑》，瘦健清拔，在四王間。'又嘗有詩云：'小字莫作癡凍蠅，《樂毅論》勝《遺教經》，大字無過《瘞鶴銘》。'《東觀餘論》云：'王逸少以晉惠帝大安二年癸亥歲生，年五十九，至穆帝升平五年辛酉歲卒，則成帝咸和九年甲午歲，逸少方年三十二，至永和七年辛亥歲，年三十八，始去會稽而閒居，則不應三十二歲已自稱真逸也，又未嘗於朝及閒居時不在華陽，以是考之，此銘決非右軍也，審矣。'又《與劉無言論書》云：'焦山《瘞鶴銘》，俗傳王逸少書，非也。一小書中載云，陶隱居書，此或近之。然此山有唐王瓚一書刻，字畫頗全類此銘，不知即瓚書，抑瓚學銘中字而書此詩也。'劉曰：'嘗親至彼觀，疑即瓚書也。下有云：黃山樵人逸少書，非王逸少也，蓋唐有此人，亦號逸少耳。'《東觀餘論》又有此二說，漫附於後，姑俟識者，並折衷之。"

苕溪漁隱曰："于競《大唐傳》：'湖州德清縣南前溪村，則南朝習樂之處，今尚有數百家習音樂，江南聲妓，多自此出，所謂舞出前溪者也。'《復齋漫錄》言：'陳劉刪詩：山邊歌《落日》，池上舞前溪。唐崔顥詩：舞愛前溪妙，歌憐《子夜》長。

按智匠《古今樂錄》：晉車騎將軍沈玩作《前溪歌》，而非舞也。'蓋《復齋》不曾見於競《大唐傳》，故不知舞出前溪邪？"以上《苕溪漁隱叢話》後集卷二。

苕溪漁隱曰："余家藏《靖節文集》，乃宣和壬寅王仲良厚之知信陽日所刻，字大，尤便老眼。字畫乃學東坡書，亦臻其妙，殊爲可愛。不知此板兵火之餘今尚存否？厚之有後序云：'《陶集》世行數本，互有舛謬。今詳加審訂：其本無二意，不必俱存，如亂一作乱，禮一作礼，游一作遊，余一作予者，復有字畫近似，傳寫相襲，失於考究，如以庫鈞爲庚鈞，丙曼容爲丙曼客，八及爲八友者，凡所改正，二百六十有六。'"《苕溪漁隱叢話》後集卷三。

苕溪漁隱曰："《樂府雜錄》云：'笛者，羌樂也。古曲有《折楊柳》《落梅花》。'故謫仙《春夜洛城聞笛》云：'誰家玉笛暗飛聲，散入春風滿洛城。此夜曲中聞《折柳》，何人不起故國情？'杜少陵《吹笛詩》：'故國楊柳今搖落，何得愁中曲盡生？'王之渙云：'羌笛何須怨楊柳，春風不度玉門關。'皆言《折柳曲》也。"

《復齋漫錄》云："古曲有《落梅花》，非謂吹笛則梅落，詩人用事，不悟其失。"余意不然之。蓋詩人因笛中有《落梅花曲》，故言吹笛則梅落，其理甚通，用事殊未爲失。且如角聲，有大小《梅花曲》，初不言落，詩人尚猶如此用之，故秦太虛《和黃法曹梅花》云"月落參橫畫角哀，暗香消盡令人老"者是也。古今詩詞，用吹笛則梅落者甚衆，若以爲失，則《落梅花》之曲，何爲笛中獨有之，決不虛設也。故李謫仙《吹笛詩》："黃鶴樓中吹玉笛，江城五月落梅花。"又，《觀胡人吹笛》云："胡人吹玉笛，一半是秦聲。十月吳山曉，梅花落敬亭。"戎昱《聞笛》云："平明獨惆悵，飛盡一庭梅。"崔魯《梅詩》云："初開已入雕梁畫，未落先愁玉笛吹。"黃魯直《從王都尉覓千葉梅詩》云："梅花已落盡，戲作嘲吹笛。"《侍兒》云："若爲可耐昭華得，脫帽看鬟已微霜。催盡落梅春已半，更吹三弄乞風光。"張子野詞云："雲輕柳弱，內家髻子新梳掠。天香真色人難學，橫管孤吹月，淡天垂幕，朱唇淺破桃花萼。倚樓人在欄干角，夜寒指冷羅衣薄，聲入霜林，簌簌驚梅落。"《摭遺》載《梅詩》云："南枝向暖北枝寒，一種春風有兩般。憑仗高樓莫吹笛，大家留取倚欄看。"晁次膺填入《水龍吟詞》云："最是關情處，高樓上，一聲羌管，仗何人説與，爭如留取倚欄看。"孫濟《落梅詞》云："一聲羌管吹雲笛，玉溪半夜梅翻雪。"泛觀古今詩詞，用事一律，可見《復齋》妄辨也。

《東觀餘論》云："'水從銀漢落，山繞畫屏新。'太白詩也，藏真書之，可謂二寶。謝康樂不得專美於前矣。"以上《苕溪漁隱叢話》後集卷四。

《樂府解題》云："武王伐紂，作歌，使士習之，號曰《巴渝之曲》。因其地以巴渝取名，《故題瀼西草堂》云：'萬里《巴渝曲》，三年實飽聞。'注引《前漢·禮樂志》：'巴渝鼓員三十六人。'殊不知《巴渝之歌》自武王伐紂始。《諸將詩》：'韓公本意築三城，擬絕天驕拔漢旌。'按唐中宗時，張仁願取漢南地，於河北築三受降城，絕虜南寇。仁願後封韓國公，故杜云爾。"

《藝苑雌黃》云："世人言度曲者，多作徒故切，謂歌曲也。張平子《兩京賦》云：'度曲未終，雲起雪飛。'子美《陪李梓州泛江詩》：'翠眉縈度曲，雲鬢儼分行。'皆作徒故切讀。考之《前漢元帝紀贊》云：'帝多材藝，善史書、鼓琴、吹洞簫，自度曲被歌聲。'應劭注：'自隱度作新曲，因持新曲以爲歌詩聲也。'顏注：'度，音大各切。'則與張平子杜詩所言度曲異矣。而臣瓚注，則曰：'度曲，謂歌終更授其次。'則又誤以度曲爲歌曲。夫度曲雖有兩音，若讀《元帝紀》，止可作大各切。《唐書》：'段安節善樂律，能自度曲。'其意正與《元帝紀》相合。"

《金石錄》云："《唐六公詠》，李邕撰，胡履靈書。余初讀杜子美《八哀詩》云：'朗詠《六公篇》，憂來豁蒙蔽。'恨不見其詩。晚偶得石本，入錄，其文詞高古，真一代佳作也。六公者：五王各爲一章，狄丞相爲一章也。"以上《苕溪漁隱叢話》後集卷五。

許彥周《詩話》云："畫山水詩，少陵數首，無人可繼者。惟荊公《觀燕公山水詩》前六句，東坡《煙江疊嶂圖》一詩，差近之。"苕溪漁隱曰："少陵題畫山水數詩，其間古風二篇，尤爲超絕。荊公、東坡二詩，悉錄於左，時時哦之，以快滯懣。少陵《奉先劉少府新畫山水障歌》云：'堂上不合生楓樹，怪底江山起煙霧。聞君掃却赤縣圖，乘興遣畫滄洲趣。畫師亦無數，好手不可遇。對此融心神，知君重毫素。豈但祁岳與鄭虔，筆跡遠過楊契丹。得非玄圃裂？無乃瀟湘翻？悄然坐我天姥下，耳邊已似聞清猿。反思前夜風雨急，乃是滿城鬼神入。元氣淋漓障猶濕，真宰上訴天應泣。野亭春還雜花遠，漁翁暝踏孤舟立。滄浪水深青溟闊，欹岸側島秋毫末。不見湘妃鼓瑟時，至今斑竹臨江活。劉侯天機精，愛畫入骨髓。自有兩兒郎，揮灑亦莫比。大兒聰明到，能添老樹巔崖裏。小兒心孔開，貌得山僧及童子。若邪溪，雲門寺，吾獨何爲在泥滓，青鞋布襪從此始。'《戲題王宰山水圖歌》云：'十日畫一水，五日畫一石。能事不受相促迫，王宰始肯留真跡。壯哉崑崙方壺圖，掛君高堂之素壁。巴陵洞庭日本東，赤岸水與銀河通，中有雲氣隨飛龍。舟人漁子入浦漵，山木盡亞洪濤風。尤工遠勢古莫比，咫尺應須論萬里。焉得并州快剪刀，剪取吳松半江水。'荊公《題燕侍郎山水圖》云：'往時濯足瀟湘浦，獨上九嶷尋二女。蒼梧之野煙漠漠，斷隴連岡散平楚。暮年傷心波浪阻，不意畫巾能更睹。燕公侍書燕王府，王求一筆終不與。奏論讞死誤當赦，全活至今何可數。仁人義士埋黃土，秪有粉墨歸囊楮。'東坡《題王定國所藏煙江疊嶂圖》云：'江上愁心千疊山，浮空積翠如雲煙。山耶雲耶遠莫知，煙空雲散山依然。但見兩崖蒼蒼暗，絕谷中有百道飛來泉。縈林絡石隱復見，下赴谷口爲奔川。

川平山開林麓斷，小橋野店依山前。行人稱度喬木外，漁舟一葉江吞天。使君何從得此本，點綴毫末分清妍。不知人間何處有此境，徑欲往買二頃田。君不見，武昌樊口幽絕處，東坡先生留五年。春風搖江天漠漠，暮雲捲雨山娟娟。丹楓翻鴉伴水宿，長松落雪驚醉眠。桃花流水在人世，武陵豈必皆神仙？江山清空我塵土，雖有去路尋無緣。還君此畫三歎息，山中故人應有招我歸來篇。'"

苕溪漁隱曰："《李潮八分小篆歌》云：'蒼頡鳥跡既茫昧，字體變化如浮雲。陳倉石鼓又已訛，大小二篆生八分。秦有李斯漢蔡邕，中間作者寂不聞。嶧山之碑野火焚，棗木傳刻肥失真。《苦縣光和》尚骨立，書貴瘦硬方通神。'此詩叙書之顛末，可謂詳盡。後人筆力，豈能到此？而《嶧山碑》棗木傳刻之語，尤爲人所取信，往往引以爲證。故《集古錄》云：'秦二世詔李斯篆，今俗謂之《嶧山碑》，《史記》不載，其字特大，不類泰山存者。其本出於徐鉉，又有別本，出於夏竦家。自唐封演已言《嶧山碑》非真，而杜甫直謂棗木傳刻爾。'《金石錄》云：'秦嶧山刻石者，鄭文寶得其摹本於徐鉉家，刻石寘之長安，此本是也。'唐封演《聞見記》載此碑云：'後魏太武帝登山，使人排倒之。然歷代摹之，以爲楷則，邑人疲於奔命，聚薪其下，以野火焚之。由是殘闕，不堪摹搨。然猶求者不已。有縣宰取舊文勒於石碑之上，置之縣廨，今人間有《嶧山碑》者，是皆新刻之本。而杜甫詩直以爲棗木傳刻者，豈又有別本與？'秦之罘山刻石，《集古錄》以爲非真。又云：'麻濕故學士於登州海上得片木，有此文。豈杜甫所謂棗木傳刻失真者邪？'此論非是。蓋杜甫指《嶧山碑》，非此文明矣。東坡《賦墨妙亭詩》云：'杜陵評書貴瘦硬，此論未公吾不憑。'蓋東坡學徐浩書，浩書多肉，用筆圓熟，故不取此語。殊不知唐初歐、虞、褚、薛，字皆瘦勁，故子美有書貴瘦硬之語。此非獨言篆字，蓋真字亦皆然也。"

苕溪漁隱曰："觀薛稷少保書《畫壁詩》云：'我昔遊梓州，遺跡涪江邊。畫藏青蓮界，書入金榜懸。仰看垂露姿，不崩亦不騫。鬱鬱三大字，蛟龍岌相纏。'唐史：'貞觀、永徽間，虞世南、褚遂良以書顯家，後莫能繼。薛稷外祖魏徵家，多藏虞、褚書，故銳精臨仿，結體遒麗，遂以書名天下。'余觀《法帖》載褚遂良帖云：'舅遂良報薛八侍中。'則稷之外家乃褚氏，而唐史云魏氏者，何邪？"

《金石錄》云："唐慧義寺《彌勒像碑》，李潮八分書。潮書初不見重於當時，獨杜甫詩盛稱之，以比蔡有鄰、韓擇木。今石刻在者絕少，惟此碑與《彭元曜墓誌》爾。余皆得之，其筆法亦絕不工，非韓、蔡比也。"

《東觀餘論》云："《送顧八分文學詩》：'中郎石經後，八分蓋憔領。顧侯運爐錘，筆力破餘地。昔在開元中，韓蔡同贔屭，玄宗妙其書，是以數子至。'此詩蓋謂顧誠奢也。觀其遺跡，乃知子美弗虛稱之。碑首例篆，亦自奇古，不獨八分可賞云。"以上《苕溪漁隱叢話》後集卷六。

《復齋漫錄》云："《唐書·禮樂志》：'帝幸驪山，楊貴妃生日，命小部張樂長生殿，因奏新曲，未有名，會南方進荔枝，因名曰《荔枝香》，樂史所作。'《楊貴妃外傳》亦云：'新曲未有名，會南海進荔枝，因名焉。'故子美《病橘詩》云：'憶昔南海使，奔騰獻荔枝。百馬死山谷，到今耆舊悲。'又，《解悶詩》云：'先帝貴妃今寂寞，荔枝還復入長安。炎方每續朱櫻獻，玉座應悲白露團。'按《唐志》以荔枝貢自南方，《楊妃外傳》為南海，杜詩亦以為南海及炎方，則明皇時，進荔枝自嶺表明矣。東坡詩乃以'永元荔枝來交州，天寶歲貢取之涪'，張君房《脞說》以為忠州，何邪？當有辨其是非者。"《苕溪漁隱叢話》後集卷七。

苕溪漁隱曰："世有碑本子美畫像，上有詩云：'迎日東風騎蹇驢，旋呵凍手暖髯鬚。洛陽無限丹青手，還有工夫畫我無？'子美決不肯自作，兼集中亦無之，必好事者為之也。李太白《戲子美詩》：'飯顆山頭逢杜甫，頭戴笠子日卓午。借問別來太瘦生，只為從前作詩苦。'《李瀚林集》亦無此詩，疑後人所作也。"《苕溪漁隱叢話》後集卷八。

《復齋漫錄》云："《送元二安西》絕句云：'渭城朝雨浥輕塵，客舍青青柳色新。勸君更盡一杯酒，西出陽關無故人。'李伯時取以為畫，謂之《陽關圖》。予嘗以為失。按《漢書》：'陽關去長安二千五百里。'唐人送客，西出都門三十里，特是渭城耳。今有渭城館在焉。據其所畫，當謂之《渭城圖》可也。東坡《題陽關圖詩》：'龍眠獨識殷懃處，畫出陽關意外聲。'昔承其失耳。山谷題此圖云：'渭城柳色關何事，自是離人作許悲。'然則詳味山谷詩意，謂之《渭城圖》宜矣。"苕溪漁隱曰："右丞此絕句，近世人又歌入《小秦王》，更名《陽關》，用詩中語也。舊本《蘭畹集》載寇萊公《陽關引》，其語豪壯，送別之曲，當為第一。亦以此絕句填入。詞云：'塞草煙光闊，渭水波聲咽。春朝雨霽，輕塵歇，征鞍發。指青青楊柳，又是輕攀折。動黯然，知有後會，甚時節？更盡一杯酒，歌一闋。歎人生最難歡聚易離別。且莫辭沉醉，聽取《陽關》徹。念故人千里，自此共明月。'東坡取《蘭畹集》，亦載此詞，非也。"

秦太虛云："余為汝南學官時，得疾臥，直舍高符仲攜《輞川圖》視予，曰：'閱此，可以愈疾。'予本江海人，得圖甚喜，即使二兒從旁引之，閱於枕上，恍然若與摩詰入輞川，度華子岡，經孟城坳，憩輞口莊，泊文杏館，上斤竹嶺，並木蘭柴，絕茱萸沜，躡槐陌，窺鹿柴，返於南北垞，航欹湖，戲柳浪，灌欒家瀨，酌金屑泉，過白石灘，停竹里館，轉辛夷塢，抵漆園；幅巾杖屨，棋弈茗飲，或賦詩自娛，忘其身之匏繫於汝南也。數日疾良愈。"

《金石錄》云："《石鼓文》，世傳周宣王刻石，史籀書。歐陽文忠公以謂今世所有漢桓、靈時碑，往往而在，距今未及千載，大書深刻，而磨滅者十有八九。自宣王時，至今實千有九百餘年。鼓文細而刻淺，理豈得存？以此爲可疑。余觀秦以前碑刻，如此鼓及《詛楚文》泰山秦篆，皆粗石，如今世以爲碓臼者。石性既堅頑難壞，又不堪他用，故能存至今。漢以後碑碣，石雖精好，然易剝闕，又往往爲人取作柱礎之類。蓋古人用意深遠，事事有理，類如此。況此文字畫奇古，決非周以後人所能到。文忠公亦謂非史籀不能作。此論是也。"苕溪漁隱曰："韋蘇州《石鼓歌》云：'周宣大獵兮岐之陽，刻石表功兮煒煌煌。石如鼓形數止十，風雨闕訛苔蘚澀。今人濡紙脫其文，既擊既埽白黑分。忽開滿卷不可識，驚潛動蟄走云云。喘逶迤，相糺錯，乃是宣王之臣史籀作。'退之《石鼓歌》云：'周綱陵遲四海沸，宣王憤起揮天戈。鐫功勒成告萬世，鑿石作鼓隳嵯峨。從臣才藝咸第一，揀選撰—作譔。刻留山阿。'退之初不指言史籀所作，永叔《集古錄》云：'至於字畫，亦非史籀不能作。'此蓋原蘇州之歌而云爾。蘇長公《鳳翔八觀古鼓詩》云：'憶昔周宣歌鴻雁，當時史籀變蝌蚪。'亦原于蘇州也。黃太史云：'石鼓文筆法如珪璋特達，非後人所能贗作。熟觀此書，可得正書行草法，非老夫臆說，蓋王右軍亦云爾。'"

《東皋雜錄》云："唐開元四年，偃師人畊地，得古銅盤篆文，云：'右林左泉，後岡前道。萬世之寧，茲焉是寶。'考《圖經》，比干墓也。"苕溪漁隱曰："《蘭亭續帖》《賜書堂帖》，皆有此篆文。余深愛其奇古，諦玩無斁。"

苕溪漁隱曰："余觀《詛楚文》，茫然初不知其顛末，及讀《集古錄》《金石錄跋尾》、蘇長公詩，然後知之。《集古錄》云：'秦祀巫咸神文，今俗沈謂之《詛楚文》。其言首述秦穆公與楚成王事，遂及楚王熊相之罪。'按司馬遷《史記·世家》，自成王以後，王名有熊良夫、熊適、熊槐、熊元，而無熊相。據文言穆公與成王盟好，而後云倍十八世之詛盟。今以《世家》考之，自成王十八世爲頃襄王。而頃襄王名橫，不名熊相。又以《秦本紀》與《世家》參較：自楚平王娶婦於秦昭王時，吳伐楚，而秦救之。其後歷楚惠、簡、聲、悼、肅五王，皆寂不與秦相接。而宣王熊良夫時，秦始侵楚，至懷王槐、頃王橫，當秦惠文王及昭襄王時，秦、楚屢相攻伐。則此文所載，非懷王則頃襄王也。而名皆不同。又以十八世數之，則當是頃襄王。然熊相之名，理不宜謬。《史記》或失之爾，疑'相'傳寫爲'橫'也。蘇長公云：'《詛楚文碑》，獲於鳳翔開元寺土下，今在太守便廳。秦穆公葬於雍橐泉祈年觀下，今墓在開元寺之東南數十步，則寺豈非祈年觀之故基邪？'詩云：'崢嶸開元寺，彷佛祈年觀。舊築掃成空，石碑埋不爛。詛書雖可讀，字法嗟久換。詞云秦嗣王，敢使祝用瓚：先君穆公世，與楚約相捍。質之於巫咸，萬葉期不叛。今其後嗣王，乃敢謀多難。刳胎殺無罪，親族遭圉絆。計其所稱訴，何啻桀紂亂。吾聞古秦俗：面詐背不汗。豈惟公子卬，社鬼亦遭謾。遼哉千歲後，發此一笑粲。'《金石錄》云：'秦《詛楚文》，余所藏，凡有三本：其一祀巫咸，舊在鳳翔府廨，今歸御府，此本是也。其一祀大沈，久湫藏於南京蔡氏。其一祀巫駝，藏於洛陽劉氏。秦以前遺跡，見於今者絕少。此文皆出於近世，而刻畫完好，文詞字札，奇古可喜。元祐間，張芸叟侍郎、黃魯直學士，皆以今文訓釋之，然小有異同。'"

苕溪漁隱曰："山谷《題浩然畫像詩》，平生出處事跡，悉能道盡，乃詩中傳也。其詩云：'先生少也隱鹿門，爽氣洗盡塵埃昏。賦詩真可凌鮑謝，短褐豈愧公卿尊。故人私邀伴禁直，誦詩不顧龍鱗逆。風雲感會雖有時，顧此定知毋枉尺。襄江渺渺泛清流，梅殘臘月年年愁。先生一往今幾秋，往來誰復釣槎頭。'"以上《苕溪漁隱叢話》後集卷九。

許彥周《詩話》云："退之《聽潁師彈琴詩》云：'浮雲柳絮無根蒂，天地闊遠隨飛揚。'此泛聲也，謂輕非絲，重非木也。'喧啾百鳥羣，忽見孤鳳凰。'泛聲中寄指聲也。'躋攀分寸不可上'，吟繹聲也。'失勢一落千丈強'，順下聲也。僕不曉音，聞之善琴者云：'此數聲最難工。'自文忠公與東坡論此詩，作《聽琵琶詩》後，往往隨例云云。柳下惠則可，吾則不可，故特論之，少爲退之雪冤。"

《古今詩話》云："'呢呢兒女語，燈火夜微明。恩冤爾汝，來去彈指淚和聲。忽變軒昂勇士，一鼓填然作氣，千里不留行。回首暮雲遠，飛絮攪青冥。衆禽裏，真彩鳳，獨不鳴。躋攀寸步千險，一落百尋輕。煩子指間風雨，置我腸中冰炭，坐起不能平。攜手從歸去，無淚與君傾。'曲名《水調歌頭》，東坡居士聽琵琶而作也。舊都野人曰：'此詞自外取意，無一字染著，後學卒未到其閫域。反復味之，見居士之文采竊處。呢呢兒女語，取白樂天小弦切切如私語意。忽變軒昂勇士，一鼓填然作氣，千里不留行。便是銀瓶乍破水漿迸，鐵騎突出刀鎗鳴。攜手從歸去，無淚與君傾。則又翻江州司馬青衫濕公案也。'子瞻凡爲文，非徒虛語。寸步千險，一落百尋輕之句，昔自喻耳。後人吟詠，患思而不得；既得之，爲題意纏縛，不解點化者多矣。"苕溪漁隱曰："東坡嘗因章質夫家善琵琶者，乞歌詞，取退之《聽潁師琴詩》，稍加檃括，使就聲律，與《水調歌頭》以遺之。其自序云：'歐公謂退之此詩最奇麗，然非聽琴，乃聽琵琶耳。余深然之。'舊都野人乃謂此詞自外取意，無一字染著。彼蓋不曾讀退之詩，妄爲此言也。又謂居士之文采竊處，取白樂天琵琶行意，此尤可絕倒也。"

苕溪漁隱曰："《後山詩話》謂：'六一居士聞杜彬彈琵琶，作詩云：坐中醉客誰最賢？杜彬琵琶皮作絃。自從彬死世莫傳。皮絃世未有也。'丙戌歲，居苕溪，暇日因閱《西陽雜俎》，云：'開元中，段師能彈琵琶用皮絃，賀懷智破撥彈之，不能成聲。'因思永叔、無己皆不見此說，何也？"

《復齋漫録》云："元微之詩：'爾生不我待，我願裁爲琴。宮絃春似君，君若春日臨。商絃廉似臣，臣作旱天霖。'蓋取《史記》：'騶忌子聞齊威王鼓琴而爲說曰：大弦濁以春溫者，君也；小絃廉折以清者，相也。'《西清詩話》乃云：'吴僧義海琴妙天下，而東坡聽惟賢琴，有大絃春溫和且平，小絃廉折亮以清之句。'至謂東坡未知琴趣，不獨琴爲然。殊不知亦取騶琴之事耳，可謂不學。"

《藝苑雌黃》云："《寰宇記》言：'溧水縣中山又名獨山，在縣東南十里，不與羣山連接。古老相傳，中山有白兔，世稱爲筆最精。'韓退之《毛穎傳》云：'唯居中山者，能繼父祖業。'李太白《懷素草書歌》云：'筆鋒殺盡中山兔。'得非此乎？比觀張文潛《明道雜誌》，首載白樂天《紫毫筆詩》云：'宣城石上有老兔，貪竹飲泉生紫毫。'余守宣，問筆工：'毫用何處兔？'答云：'皆陳、亳、宿州客所販。宣自有兔，毫不堪用。蓋兔居原田則毫全，以出入無傷也。宣兔居山中，出入爲荆棘樹石所傷，毫例短秃。'則白詩所云非也。白公宣州發解進士，宜知，偶不問耳。予按《北户録》說兔毛處云：'宣城歲貢青毫六兩，紫毫三兩。'其後又云：'王羲之歎江東下濕，兔毫不及中山。'由是而言，則宣城亦有兔毫，要之不及北方者勁健可用也。然則《毛穎傳》、李太白詩所言中山，非溧水之中山，明矣。"以上《苕溪漁隱叢話》後集卷十。

《復齋漫録》云："東坡論子厚詩'盛時一失貴反賤，桃笙葵扇安可常'，不知桃笙爲何物。偶閱《方言》：'簟，宋魏之間謂之笙。'乃悟桃笙以桃竹爲簟也。余按唐萬年尉段公路《北户録》云：'瓊州出紅藤簟，方言謂之笙，或問蓬蒢，亦曰行唐。'沈約《奏彈歙令仲文秀恣横》云：'令吏輸六尺笙四十領。'何東坡忘之邪？"苕溪漁隱曰："劉夢得詩：'蕙風香塵尾，月露濡桃笙。'"以上《苕溪漁隱叢話》後集卷十一。

苕溪漁隱曰："夢得《觀棋歌》云：'初疑磊落曙天星，次見搏擊三秋兵，雁行布陣衆未曉，虎穴得子人皆驚。'予嘗愛此數語，能模寫弈棋之趣，夢得必高於手談也。至東坡《觀棋》則云：'勝固欣然，敗亦可喜，優哉游哉，聊復爾耳。'蓋東坡不解棋，不究此味也。"《苕溪漁隱叢話》後集卷十二。

《脞說》云："商玲瓏，餘杭歌者，樂天作郡日，賦歌與之云：'罷胡琴，掩秦瑟，玲瓏再拜歌初畢，誰道使君不解歌，聽唱《黄雞》與《白日》。《黄雞》催曉丑時鳴，《白日》催年西前沒，腰間紫綬繫未隱，鏡裏朱顏看已失。玲瓏玲瓏奈老何，使君歌罷汝還歌。'時元微之在越州，厚幣邀五月餘，使盡歌所唱之曲，作詩送行，兼寄樂天云：'休遣玲瓏唱我辭，我辭多是寄君詩。却向江邊整回棹，月落潮平是去時。'"苕溪漁隱曰："東坡用此歌，《夜飲次韻畢推官》云：'紅燭照庭嘶騄駬，《黄雞》催曉唱玲瓏。'又《次韻蘇伯固主簿重九日》云：'只有《黄雞》與《白日》，玲瓏應識使君歌。'又樂天《與劉十九同宿詩》：'紅旗破賊非吾事，黃紙除書無我名，惟共嵩陽劉處士，圍棋賭酒到天明。'故東坡《題杜介熙熙堂》云：'白砂碧玉味方永，黃紙紅旗心已灰。'白砂碧玉事，見《續神仙傳》。"《苕溪漁隱叢話》後集卷十三。

《復齋漫錄》云："'羅衫葉葉繡重重，金鳳銀鵝各一叢，每遍舞頭分兩向，太平萬歲字當中。'王建《宮詞》也。按《樂府雜錄》云：'舞有健舞、軟舞、字舞、花舞、雁舞。'字舞者，以舞人亞身於地，布成字也。故建有'太平萬歲字當中'之句。後周制，令宮人庭拜爲男子拜，故建云：'射生宮女宿紅妝，請得新弓各自張，臨上馬時齊賜酒，男兒跪拜謝君王。'"《苕溪漁隱叢話》後集卷十四。

《金石錄》云："唐《河間元王孝恭碑》，唐初功臣，皆云圖形凌煙閣，而此碑乃作戢武閣，戢武之名，不見於他書，惟當時石刻有之，豈凌煙先名戢武而後改之也？又《段志玄碑》亦云：'圖形戢武閣。'二碑皆當時所立，不應差誤。"

《復齋漫錄》云："薛能《吳姬詩》：'樓臺重疊滿天雲，殷殷鳴鼉世上聞，此日楊花初似雪，女兒絲管弄參軍。'本朝張景，景德三年，以交通曹人趙諫斥爲房州參軍，景爲《屋壁記》，略曰：'近置州縣參軍，無員數，無職守，悉以曠官敗事違戾政教者爲之，凡朔望饗宴使與焉，若處人一見之，必指曰參軍也，嘗爲某罪矣。至於倡優爲戲，亦假而爲之，以資玩戲，況真爲者乎？宜爲人之輕視，又將狎而侮之。'大略如此。余按《樂府雜錄》云：'戲弄參軍，自漢館陶令石耽，有贓犯，和帝惜其才，免罪，每宴樂，令衣白衫，命優伶戲弄辱之，經年，乃放爲參軍。'然則戲弄參軍，自漢已然矣，不始於唐世也。又五代王建時，王宗侃賣受維州司戶參軍，曰：'要我頭時斷去，誰能作此措大官，使俳優弄爲參軍邪！'"

苕溪漁隱曰："趙明誠《金石錄》云：'《題阮客舊居詩》，小篆書，《集古錄》以爲陽冰作，今驗其姓名，乃縉雲令李蒔，非陽冰也，其字畫亦不工。蓋陽冰肅宗上元中，嘗令縉雲，其篆字石刻，尚多有存者，故歐陽公亦誤以此詩爲陽冰作爾。'余觀此碑，今益漫滅，字畫難辨，明誠以爲歐公之誤，其果然邪？"以上《苕溪漁隱叢話》後集卷十六。

苕溪漁隱曰："六一居士謂沈傳師遊道林嶽麓寺詩，題云《酬唐侍御姚員外》，而二人之詩不見，不知何人也，獨此詩以字畫傳於世，而詩亦自佳。蔡寬夫謂唐扶者，即沈傳師所謂唐侍御也。詩語秀拔，余已於《叢話》前集載之矣。今但錄傳師詩於左方：'承明年老輒自論，乞得湘守東南奔，爲開楚國富山水，青嶂透迤僧家園。舍香珥筆皆眷舊，謙抑自忘臺省尊，不令執簡候亭館，直許攜手游山樊。忽驚列岫曉來逼，朔雪洗盡煙嵐昏，碧波回嶼三山轉，舟檻繚郭千艘屯，華爐躞蹀絢砂步，大旆錯綜輝松門，樛枝競騖龍蛇勢，折幹不減風霆痕。相重古殿倚岩腹，別引新徑縈雲根，目同傷楚虞帝魂，多情思遠聊開樽，危絃細管逐歌揚，畫鼓繡靴隨節翻，鏘金七言凌老杜，入木八法蟠高軒。嗟余絕倒久不知，忍復感激論元元。'又《東皋雜錄》云：'潭州道林寺沈傳師親書詩版，遒勁妙絕，與今石本遠矣。又有歐陽詢書道林之寺四大字額，筆勢欲飛動。'"《苕溪漁隱叢話》後集卷十七。

《南唐書》云："感化善於謳歌，聲韻悠揚，清振林木，繫樂部爲歌板色。元宗嗣位宴樂，擊鞠不輟，嘗乘醉命感化奏《水調詞》，感化惟歌'南朝天子愛風流'一句，如是者數四，元宗輒悟，覆杯歎曰：'使孫陳二主得此一句，不當有銜璧之辱也。'感化由是有寵。元宗嘗作《浣紗溪》二闋，手寫賜感化，曰：'菡萏香消翠葉殘，西風愁起碧波間，還與容光共憔悴，不堪看。細雨夢回清漏永，小樓吹徹玉笙寒，潄潄淚珠多少恨，倚闌干。''手捲珠旋上玉鈎，依前春恨鎖重樓，風裏落花誰是主，思悠悠。青鳥不傳雲外信，丁香空結雨中愁，回首綠波春色暮，接天流。'後主即位，感化以其詞札上之，後主感動，賞賚感化甚優。"《苕溪漁隱叢話》後集卷十八。

《東觀餘論》云："高適年五十始爲詩，而與李、杜抗行；正獻公暮年乃學草書，筆勢翩翩，遂逼魏、晉：孰謂秉燭不迨晝遊哉！"苕溪漁隱曰："正獻有《和孫珪秘丞說草書》云：'老來楷法不如初，試向閑齋習草書。落筆何曾見飛動，雕章早已過吹噓。伯英比聖功難到，懷素稱狂力有餘。若謂伊余堪繼踵，只應緣木可求魚。'黃魯直、蔡寬夫皆言正獻草書之工，第今無蓄之者，恨不一見之。"

《復齋漫錄》云："文之所以貴對偶者，謂出於自然，非假於牽強也。潘子真《詩話》記禹玉元豐間以錢二萬、酒十壺餉呂夢得，夢得作啓謝之，有'白水真人，青州從事'。禹玉歎賞，爲其切題。後毛達可有《謝人惠酒啓》云：'食窮三載，曾無白水之真人；出饌百壺，安得青州之從事。'此用夢得語，尤爲無功，非惟出於剽竊，亦是白水真人爲虛設也。至若東坡得章質夫書，遺酒六瓶，書至而酒亡，因作詩寄之云：'豈意青州六從事，化爲烏有一先生。'二句渾然，絕無斧鑿痕，更覺真切。"以上《苕溪漁隱叢話》後集卷二十一。

苕溪漁隱曰："洛中尚齒會，起於唐白樂天，至本朝君實亦居洛中，遂繼爲之，謂之真率會。好事者寫成圖，傳於世，所謂《九老圖》者也。《長慶集》云：'會昌五年，三月二十一日，履道弊居同宴，胡杲年八十九，吉旼年八十六，鄭據年八十四，劉貞年八十一，盧真年八十二，張渾年七十四，白居易年七十四，已上七人，合五百七十歲，成尚齒之會，七老相顧，既醉甚歡，靜而思之，此會甚稀。秘書狄兼謨、河南尹盧真，以年未七十，雖與會而不及列。'賦詩云：'七人五百七十歲，拖紫紆朱垂白鬚。手裏無金莫嗟歎，樽中有酒且歡娛。詩吟兩句神還旺，酒飲三杯氣尚粗。嵬峨狂歌教婢拍，婆娑醉舞遣孫扶。天年高過《二疏傳》，人數多於《四皓圖》。除却三山五天竺，人間此會更應無。'溫公集云：'三月二十六日作真率會，伯康與君從七十八歲，安之七十七歲，正叔七十四歲，不疑七十三歲，叔達七十歲，光六十五歲，合五百一十五歲，用安之韻，招諸子西園爲會，云：榆錢零亂柳花飛，枝上紅英漸漸稀，莫厭啣杯不虛日，須知共力惜春暉。真率春來頻宴集，不過東里只西家，小園容易邀佳客，饌具雖無已有花。'《會約》云：'一，序齒不序官；一，爲具務簡素；一，朝夕食不過五味；一，菜果脯醢之類，各不過三十器；一，酒巡無筭，深淺自斟，主人不勸，客亦不辭，逐巡無下酒時，作菜羹不禁；一，召客共作一簡，客注可否於字下，不別作簡，或因事分簡者聽；一，會中早赴不待促；一，違約者每事罰一巨觥。'而七人合五百一十五歲，再成詩，用前韻云：'七人五百有餘歲，同醉花前今古稀，走馬鬭雞非我事，紵衣絲髮且相暉。''經春無事連翩醉，彼此往來能幾家，切莫辭斟十分酒，盡教人笑滿頭花。'真率會中止有七人，而《九老圖像》有九人，不知彼二人者果何人，集中不載也。"

《筆談》云："唐白樂天居洛，與高年者八人遊，謂之九老。洛中士大夫，至今居者，多繼而爲九老之會者再矣。元豐五年，文潞公守洛，又爲耆年會，人爲一詩，命畫工鄭奐圖於妙覺寺，凡十三人；守司徒致仕韓國公富弼年七十九，守太尉判河南府潞國公文彥博年七十七，司封郎中致仕席汝言年七十七，朝議大夫致仕王尚恭年七十六，太常少卿致仕趙丙年七十五，秘書監劉幾年七十五，衛州防禦使馮行已年七十三，大中大夫充天章閣待制楚建中年七十三，朝議大夫致仕王慎言年七十二，宣徽南院使檢校太尉判大名府王拱辰年七十一，大中大夫張問年七十，龍圖閣直學士通議大夫張燾年七十，端明殿兼翰林侍讀學士大中大夫司馬光年六十四。"苕溪漁隱曰："溫公集有《洛陽耆英會序》，正紀此事，《筆談》以爲耆年會，非是。"

許彥周《詩話》云："宣和癸卯，僕遊嵩山，峻極，中院法堂後簷壁間有詩四句，云：'一團茅草亂蓬蓬，驀地燒天驀地紅，爭似滿爐煨榾柮，慢騰騰地熱烘烘。'字畫極草草，其旁隸書四字云：'勿毀此詩。'寺僧指示僕曰：'此四字，司馬相公親書也。'嗟乎，此言豈有感於公邪！又於柱間大書隸字云：'旦、光、頤來。'其上一字公兄也，第三字程正叔也。又壁間題云：'登山有道，徐行則不困，措足於實地則不危。'皆公隸書。"

《復齋漫録》云："元祐中，丞相韓玉汝帥長安，修石橋，督責甚急；民急於應期限，率皆磨石碑以代之，前人之碑，用是盡矣。議者謂是石刻之一厄會也。"

苕溪漁隱曰："予舊嘗記一小説云：'王溥嘗薦向拱討鳳翔，有功，拱後鎮京兆，思有以報溥，詢其所欲，溥曰：長安故都，碑篆高文，願悉見之。拱至，分遣吏督匠摹打，深林邃谷，無不詣之，凡得石本三千餘以獻；溥命善書者分隸爲《琬琰集》一百卷。當拱之訪求石碑，或蹊田害稼，村民深以爲害，鑱鑿其文字，或爲柱礎帛砧略盡，亦金石刻之屯會也。'然則長安石刻，既經此二事，諒所存者亦少矣。好古博雅之君子，莫不歎息於斯焉。又《金石錄》云：'唐《何進滔德政碑》，進滔事迹，固無足取，而柳公權書法，爲世模楷，此碑尤爲雄偉。政和中，大名尹建言，磨去舊文，別刊新制，好古者爲之歎惜。今鄱陽有此板本，乃再刊者，失真爲多，但尚有典刑耳。'"以上《苕溪漁隱叢話》後集卷二十二。

東坡云："元豐五年十二月十九日，東坡生日也，置酒赤壁磯，下踞高峰，俯鶻巢，酒酣，笛聲起於江上，客有郭、石二生，頗知音，謂坡曰：'笛聲有新意，非俗工也。'使人問之，則進士李委，聞坡生日，作新曲曰《鶴南飛》以獻，呼之使前，則青巾紫裘，腰篆而已。既奏新曲，又快作數弄，嘹然有穿雲裂石之聲，坐客皆引滿醉倒。委袖出嘉紙一幅，曰：'吾無求於公，得一絕句足矣。'坡笑而從之，詩曰：'山頭孤鶴向南飛，載我南遊到九嶷，下界何人也吹笛，可憐時復犯龜茲。'"

苕溪漁隱曰："《西清詩話》云：'余嘗觀唐人《西域記》，言龜茲國王與臣庶知樂者，於大山間聽風雨之聲，均節成音，後翻入中國，如《伊州》《涼州》《甘州》，皆龜茲至也。'又《學林新編》云：'《前漢·地理志》上郡有龜茲縣，應劭注曰：龜茲音丘慈。某案字書，龜居逵切，又居求切，蓋居求音鳩，亦收在鳩字韻中，然則龜茲當音鳩慈，而應劭音龜作丘者，於字書居求切，誤調入丘音也。其餘史書並音龜茲作丘慈，實應劭唱其誤耳。番夷名號，有它音不讀如本字，故可汗音榼寒，閼氏音煙支，谷蠡音祿黎，獮氏音權精，浩亹音閣門，番汗音盤寒，允吾音鉛牙，先零音銑憐，冒頓音墨特，凡此皆變爲它音，諸名山藏及各書亦不載者。'"

苕溪漁隱曰："吾家有二畫馬，乃陸遠所摹伯時舊本，其一則子瞻詩：'龍膺豹股頭八尺，奮迅不受人間羈。'其一則黃魯直詩：'西河驄作蒲萄錦，目光夾鏡耳卓錐。'止哦此二詩，雖不見畫圖，當如支遁語'道人憐其神俊也'。"

《復齋漫錄》云："《明皇雜錄》言：'上所乘馬，有玉花驄、照夜白。'又《異人錄》言：'玉花驄者，以其面白，故又謂之玉面花驄。'故杜子美《丹青引》云：'先帝天馬玉花驄，畫工如山貌不同。'《觀曹將軍畫馬圖歌》云：'曾貌先帝照夜白，龍池十日飛霹靂。'"苕溪漁隱曰："李伯時亦嘗畫《照夜白圖》，蔡天啓題詩云：'天上房星不下來，連山蒭粟飽駑駘，龍姿逸駕飛騰盡，賴爾毫端力挽回。'略似坡云。"

《復齋漫錄》云："《東坡筆記》謂：'李將軍思訓作《明皇摘瓜圖》，嘉陵山川，帝乘赤驃，起三鬃，與諸王嬪御十數騎，出飛仙嶺下，初見平陸，馬皆若驚，而帝馬見小橋不進，正作此狀。不知三鬃謂何，今乃見岑參詩有《衛尚書赤驃馬歌》云：赤髯胡雛金剪刀，平時剪出三鬃高。乃知唐御馬多剪治，而三鬃其飾也。'以上皆東坡説也。余讀白樂天詩云：'舞衣裁兩葉，馬鬣剪三花。'楊巨源《觀打毬詩》云：'玉勒回時露赤汗，花鬃分處拂紅纓。'嚴維作《勅命賜寧王馬詩》亦有云：'鏡點黃金眼，花開白雪鬃。'何東坡獨忘樂天等詩邪？余又嘗見小説，言：'開元天寶間，世尚輕肥，多愛三花飾馬。'郭若虛家藏韓幹畫《貴戚閲馬圖》，中有三花馬，蘇大參家有韓幹畫《三花御馬》，晏元獻家張一畫《虢國出行圖》，其上亦有三花馬。蓋三花馬剪鬃爲三瓣耳。"

苕溪漁隱曰："東坡《題伯時畫馬》云：'龍眠胸中有千駟。'議者謂譏其無德而稱。余意其不然，如文與可善作墨竹，故《和質簹谷》云：'料得清貧饞太守，渭濱千畝在胸中。'豈亦是譏之邪？又山谷《詠伯時虎脊天馬圖》亦云：'筆端那有此，千里在胸中。'蓋言畫馬之妙，得之於心，應之於手，若輪扁之斲輪也。"

《復齋漫錄》云："山谷《次韻子瞻和子由觀韓幹馬因論伯時畫天馬》云：'曹霸弟子沙苑丞，喜作肥馬人笑之；李侯論幹獨不爾，妙畫骨相遺毛皮。翰林評書乃如此，賤肥貴瘦渠未知。'蓋謂東坡嘗作《孫莘老墨妙亭詩》云：'嶧山傳刻典刑在，千載筆法留陽冰。杜陵評書貴瘦硬，此論未公吾豈憑。短長肥瘦各有態，玉環飛燕誰敢憎？'意屬此也。"

許彥周《詩話》云："老杜作《曹將軍丹青引》云：'一洗萬古凡馬空。'東坡《觀吳道子畫壁詩》云：'筆所未到氣已吞。'吾不得見其畫矣，斯評也，二公之句，各可以當之。"

《東觀餘論》云："《閣中集》《名畫記》《唐志》皆作韋鷗，子美有《韋偃畫馬詩》，'偃'當作'鷗'，蓋傳寫之誤。曹將軍畫馬，神勝形；韓丞畫馬，形勝神；鷗從容二人間，第筆格差不及耳。"以上《苕溪漁隱叢話》後集卷二十六。

《東觀餘論》云："世傳《黃庭經》爲逸少書，僕嘗考之，非也。按陶隱居《真誥翼真檢論上清真經始末》云：'晉哀帝興寧二年，南嶽魏夫人所授，弟子司徒公府長史楊君，使作隸字寫出，以傳護軍長生許君，及子上計掾，掾以付子黃民，民以傳孔點，後爲王興先竊寫之，度江飄淪，惟有《黃庭》一篇得存。'蓋此經也。僕按甲子歲，逸少以晉穆帝升平五年卒，是年歲在辛酉，後二年即哀帝興寧二年，始降《黃庭》於世，安得逸少預書之？又案梁虞龢《論書表》云：'山陰曇壤村養鵝道士謂羲之曰：久欲寫河上公《老子》，縑素早辦，而無人能書，府君若能自屈書《道德經》兩章，便合羣以奉。於是羲之便停半日，爲寫畢，攜鵝去。'而《晉書》本傳亦著道士云：'爲寫《道德經》，當舉羣相贈耳。'初未嘗言寫《黃庭》也。以二書考之，即《黃庭》非逸少書無疑。然陶隱居《與梁武帝啓》云：'巡少有名之跡，不過數首，《黃庭》《勸進》《告誓》等，不審猶有存否？'蓋此啓在著《真誥》前，殆未之考證耳。至唐張懷瓘作《書帖》云：'《樂毅》《黃庭》，但得幾篇，即爲國寶。'遂誤以爲逸少書，李太白承之作詩，'山陰道士如相訪，爲寫《黃庭》換白鵝'，苟欲隨之耳，初未嘗考之。而韓退之第云'數紙尚可博白鵝'，而不云《黃庭》，豈非覺其謬歟？"

苕溪漁隱曰："世傳《黃庭經》《樂毅論》《道德經》《蘭亭序》，皆爲王會稽書，余觀諸公評論，各有區別，今悉著於篇，蓋欲其知是否耳。永叔云：'《黃庭經》二篇，皆不著書人姓名，余初得後本，已愛其不俗，遂錄之，既而又得前本於殿中丞裴造，造好古君子也，自言藏此本數世矣。世傳王羲之嘗寫《黃庭經》，此豈其遺法歟？'魯直云：'《黃庭經》，王氏父子書，皆不可復見；小字殘闕者，云是永禪師書，既刓闕，亦難辨真僞；差大者，是吳通微書，字形差長，而瘦勁筆圓，勝徐浩書也。'二公雖不明言《黃庭經》爲王會稽書，然亦疑似其語，蓋牽於世俗之傳故耳。永叔云：'《樂毅論》石，在高紳學士家，紳死，好事者往往就閱，或模傳其本，其家秘藏，漸爲難得；後其子弟，以其石質錢於富人家，而富人家失火，遂焚其石，今無復石本矣。'《金石錄》云：'《集古錄》言《樂毅論》石已焚之，非也，元祐間，故郎官趙竦常挈石隨行，已斷裂，用木匣貯之。'沈存中云：'王羲之書，舊傳惟《樂毅論》乃羲之親書於石，其他皆紙素所傳。唐太宗襃聚二五墨跡，惟《樂毅論》是石木，其後隨太宗入昭陵，朱梁時，耀州節度使温韜發昭陵得之，後傳人間。或云，公主以僞本易之，元不曾入壙。本朝藏高紳學士家，皇祐中，紳之子安世爲錢塘主簿，《樂毅論》猶在，予嘗見之，時石已破闕，宋後獨有一海字者是也。後十餘年，安世在蘇州，石已破爲數片，以鐵束之。安世亡，不知所在。或云，蘇州一富家得之，今之《樂毅論》，皆其摹本也。'魯直云：'《樂毅論》舊石刻軼其半者，字瘦勁無俗氣，後有人復刻此斷石文，摹傳失真多矣。其完書者，是國初翰林侍書王著寫，用筆圓熟，亦不易得，如富貴人家子弟，非無福氣，但病在韻耳。'觀此，則《樂毅論》時所珍愛如此，但舊木今難得耳。永叔云：'《遺教經》，相傳云羲之書，僞也。蓋唐世寫經手所書耳。唐時佛書，今在者，大抵書體皆類此，第其精粗不同耳。近有得唐人所書經題，其一云薛稷，二云僧行敦，昔與二人他所書不類，而與此頗同，即知寫經手所書也。然其字亦可愛。'子瞻云：'歐公言《遺教經》非逸少筆，以其言觀之，信不妄。然自逸少在時，小兒亂真，自不解辨，況數百年後，傳刻之餘，而欲必其真僞，難矣。顧筆劃精穩，自可爲師法。'魯直云：'《遺教經》，不知何世何人書，或曰右軍書，黃庭堅曰：吾評此書，在楷法中，小不及《樂毅論》耳。清勁方重，蓋度越蕭子雲數等。頃見《瘞鶴銘》大字，右軍書，其勝處乃不可名貌，以此觀之，良非右軍筆劃也。'則諸公之論如此，其

《遺教經》非王會稽書審矣。永叔云：'《蘭亭修禊序》，世所傳本尤多，而皆不同，蓋唐數家所臨也。其轉相傳摹，失真彌遠，然時猶有可喜處，豈其筆法，或得其一二邪？想其真跡，宜如何也！世言其本葬在昭陵，唐末之亂，昭陵爲韜所發，其所藏書畫，皆剔取其裝軸金玉而棄之，於是魏晉傳授以來，諸賢墨跡，遂復流落於人間。太宗時搜訪所得，集爲十卷，俾摹傳之，數以分賜近臣，今公卿家有法帖是也。然獨《蘭亭》真本已失，故不得列於法帖以傳。'子瞻云：'唐太宗訪晉人書，自二王以下，僅千軸，《蘭亭文》以玉匣葬昭陵，世無復見，故孫莘老《詠墨妙亭詩》云：《蘭亭》繭紙入昭陵，世間遺跡猶龍騰。'魯直云：'王右軍《禊飲序》草，號稱最得意書，宋齊以來，似藏在秘府，士大夫間未聞稱述，豈未經大盜兵火時，蓋有墨跡在蘭亭右者？及蕭氏、宇文焚蕩之餘，千不存一。永師晚出，其妙跡惟有《蘭亭》，故爲虞褚輩道之，所以太宗求之百方，期於必得。其後公私相盜，今竟失之。書家晚得定武石本，蓋彷彿存古人筆意耳。'又云：'《蘭亭序》草，王右軍平生得意書也。反復觀之，略無一字一筆不可人意。摹寫或失之肥瘦，亦自成妍，要各存之，以心會其妙處耳。余性亦嗜古刻，所得《蘭亭序》亦數本，肥瘦不同，並存之，聊爲佳玩。洪慶善頃知憲江左，以《黃庭經》《樂毅論》見遺，殘闕過半，云得之鄱陽。余觀秘閣續帖，有此二刻，皆完好無一字殘闕，則知此爲舊本矣。'"以上《苕溪漁隱叢話》後集卷二十七。

苕溪漁隱曰："東坡《書劉景文所藏王子敬帖》云：'家雞野鶩同登俎，春蚓秋蛇總入奩，君家兩行十二字，氣壓鄴侯三萬簽。'此帖乃右軍帖，云：'奉橘三百枚，霜未降，未可多得。'東坡以爲子敬帖，誤矣。韋應物《答鄭騎曹青橘絕句》云：'憐君臥病思新橘，試摘尤酸亦未黃，書後欲題三百顆，洞庭須待滿林霜。'應物嘗爲蘇州刺史，所言洞庭即太湖中洞庭山，或云用洞庭湖橘洲事，非也。魯直《謝檀君寄黃柑》云：'色深林表風霜下，香著尊前指爪間，書後合題三百顆，頻隨驛使未爲慳。'右軍又一帖云：'奉黃柑二百不能佳，想故得至耳。'魯直誤用爲三百。《豫章集》又載魯直語：'余往時以爲右軍帖中贈予黃柑三百者，亦誤也。右軍前一帖在《賜書堂法帖》中，復一帖在《劉次莊法帖》中，皆墨本也。'"《苕溪漁隱叢話》後集卷二十八。

蘇子由《鳳味石硯銘》云："北苑茶冠天下，歲貢龍鳳團，不得鳳凰山味潭水則不成。潭中石蒼黑堅致如玉，以爲研，與筆墨宜，世初莫知也。熙寧中，太原王頤始發其妙，吾兄子瞻始名之；然石性薄，即厚者不及徑寸，最後得此長博豐碩，蓋石之傑也。子瞻方爲易傳，日效於前，與有功焉；故特援筆凝神而爲之銘，曰：陶土塗，鑿崖石，玄之蠹，穎之賊，涵清泉，閟重谷，聲如銅，色如鐵，性滑堅，善凝墨，棄不取，長歎息。招伏羲，揖西伯，發秘藏，與有力，非相待，誰爲出。"苕溪漁隱曰："予爲閩中漕幕，常被檄於北苑修貢，蓋熟知其地矣。造茶堂之後，鳳凰山之麓，有一泉，覆以華屋，榜曰御泉，其廣三四尺，深五六尺，石甃其底，止留泉眼，特一小井耳。泉之東西二十餘步間，兩山回抱，各有小淺澗水流出，其水皆可造茶，即無深水潴蓄，匯以爲潭者。子由所言咮潭，其地初無之，又安得'潭中石蒼黑堅致如玉，以爲研'乎？又云'歲貢龍鳳團，不得鳳凰山咮潭水，則不成'，此言愈誤也。子瞻亦云：'建州鳳凰山，如飛鳳下舞之狀，山下有石，聲如銅鐵，作研至美，如有膚理，此殆玉德也，疑其太滑，然至溢墨。熙寧五年，國子博士王頤始知以爲研，而求名於余，余名曰鳳咮。'又云：'僕好用鳳咮石研，然議者異同，蓋少得真者，皆爲黯黮灘石所亂，盡出於逐利之所爲。'余於《叢話前集》已辨鳳咮研，非出於北苑，乃劍浦黯黮灘石，蘇氏伯仲爲王頤所紿，信以爲然，故反以此灘之石爲亂真耳。"

東坡銘云："與墨爲入，玉靈之食，與水爲出，陰鑒之液。"蓋言其發墨與溫潤也。《研譜》云："端石有鸜鵒眼爲貴；眼，石病也。"余謂不然，若犀象之有文，皆物之奇也，烏得以病言之，舊見士人王堯佐所蓄端硯，其一眼正圓，大若芡實，青綠黃相重，其色鮮美，自外至心，凡六七重，誠爲罕得也。惟端石乃有眼，流傳四方，以此爲辨；若唐州紫石，有絕佳者，與端石亂真，特以其無眼，故得以辨之。《研譜》又云："青州紫金石，文理粗，亦不發墨。"獨不云唐州紫石，蓋出於近歲。余嘗侍親之官合肥，合肥與唐鄧相去匪遙，商人多販此紫石研來，因置得之，雖色澤可愛，然膩甚，不發墨，計世間必多有此研，往往人皆以爲端石矣。綠石出於洮河，《研譜》云："性懭，不起墨，不耐久磨。"山谷與文潛皆云："堅可磨刀劍。"余未嘗見之，故莫能定其是否也。山谷《從人覓綠石研》云："久聞岷石鴨頭綠，可磨桂溪龍文刀，莫嫌文吏不知武，要試飽霜秋兔毫。"文潛《和魯直惠洮河綠石冰壺研詩》云："洮河之石利劍矛，磨刀日解十二牛，千年虜地困沙礫，一日見寶來中州。黃子文章妙天下，獨駕八馬森幢旐，平生筆墨萬金直，奇煤利翰盈篋收，誰持此研參几案，風瀾近手寒生秋。抱持投我棄不惜，副以清詩帛加璧，明窗試墨吐秀潤，端州歙州無此色。"銅雀臺瓦研，以古物而見貴於世，瓦頗有青色，其內平瑩，厚有及寸許者，上多印工人姓氏，皆八分隸書也。六一居士《答謝景山遺古瓦研歌》略云："高臺已傾漸平地，此瓦一墜埋蓬蒿。苔紋半滅荒土蝕，戰血曾經野火燒。敗皮敝絮各有用，誰使鐫鑱凸與凹。"東坡作《山谷銅雀硯銘》云："漳濱之埴，陶氏我厄，受成不化，以與真隔，人亡臺廢，得反天宅，遇發丘將，復爲麟獲。"潁濱遺老云："客有遊河朔，登銅雀廢臺，得其遺瓦，以爲研，甚堅而澤，歸以遺余，爲之銘，略云：'土生萬物，而能長存，銅雀初成，萬瓦雲屯，得水而蜒，得火而堅，水乾火冷，而土不遷，石質金聲，水火則然，臺毀棟摧，誰使獨全，披榛得之，如見古人，來爲吾研，明窗細氈。'"《東觀餘論》云："《研譜》言相州真古瓦，朽腐不可用，世俗尚其名爾。今人乃取澄泥如古瓦狀，埋土中，久而研之。然近有長安民獻秦武公羽陽宮瓦十餘枚，若今之笛瓦然，首有羽陽千歲萬歲字，其瓦殊不朽腐，其比相州瓦，又增古矣，則知相州古瓦，未必朽腐，蓋傳聞之誤耳。"《硯錄》云："紅絲石出於青州黑山，其理紅黃相參，二色皆不甚深，理黃者其絲紅，理紅者其絲黃，其紋上下通徹勻布，漬之以水，則有滋液出於其間，以手摩拭之，久而黏著如膏，若覆之以匣，至開時，數日墨色不乾，經夜即其氣上下蒸濡，著於匣中，有如雨露。自得茲石，而端歙之石，皆置之巾笥，不復視矣。"《研譜》云："紅絲石研者，君謨贈余，云：'此青州石也，得之唐彥猷，云：須飲以水使足，乃可用，不然渴燥，墨爲之乾。彥猷甚奇此硯，以爲發墨不減端石。'"東坡云："唐彥猷以青州紅絲石爲甲，或云惟堪作骰盆，蓋亦不見佳者。今觀雲庵所藏，乃知前人不妄許爾。"余今折衷此三說，東坡之說與彥猷合，而永叔之說太過。余嘗見此石，亦潤澤而不枯燥，但堅滑不甚發墨。彥猷如青社日，首發其秘，故著《硯錄》，品題爲第一，蓋自奇其事也。至永叔乃謂"紅絲石研，須飲之以水使足，乃可用，不然渴燥"，若是則非硯材矣。因記《談苑》云："徐鉉工篆隸，好筆研，歸朝，聞鄴人耕地時有得銅雀臺古瓦，琢爲硯，甚佳；會所親調補鄴令，囑之，經年尋得古瓦二，絕厚大，命工爲二硯，持歸而以授鉉，鉉得大喜，即注水將試墨，瓦瘞久，燥甚，得水即滲入，旋注旋竭，有聲嘖嘖焉。鉉笑曰：'豈銅雀之渴乎？'終不可用，與常瓦無異。"然則永叔之說，毋乃類此乎？

苕溪漁隱曰："《遯齋閒覽》云：'蘇易節作《文房四譜》，以硯爲首務，謂紙筆墨皆可隨時搜索，其可與終身俱者，惟硯而已。'此語極當。余以《文房四譜》徧尋，初無此語。惟《硯錄》云：'余生十五六歲，即篤喜硯墨紙筆，四者之好皆均，若墨紙筆，居常求之，必得其精者，任取用之不乏，至於可與終身俱者，獨研而已。'則知《遯齋》所云誤也。"

東坡云："阮生言'未知一生當著幾兩屐？'吾有嘉墨七十枚，而猶求取不已，不近愚邪？是可嗤也。石昌言蓄李廷珪墨，不許人磨，或戲之云：'子不磨墨，墨將磨子。'今昌言墓木拱矣，而墨故無恙。李公擇見墨輒奪，相知間抄取殆徧，近有人從梁許來云：'懸墨滿堂。'此亦通人之一蔽也。余嘗有詩曰：'非人磨墨墨磨人。'此語殆可凄然云。"苕溪漁隱曰："東坡前詩，乃《和舒教授觀所藏墨》，其略云：'世間有癖念誰無，傾身障簏尤堪鄙，一生當著幾兩屐，定心肯爲微物起。此墨足支三十年，但恐風霜侵髮齒，非人磨墨墨磨人，餅應未磬罍先恥。'又云：'吾蓄墨多矣，其間數枚，云是庭珪所造，雖形色異衆，然歲久，墨之亂真者多，皆疑而未決也。又陳履常云：晁無斁有李墨半丸，云裕陵故物也。往於秦少游家見李墨，不爲文理，質如金石，亦裕陵所賜。王平甫所藏者，潘谷見之，再拜云：真廷珪所作也，世惟王四學士有之，與此爲二矣。嗟乎！世不乏奇珍異寶，乏識者耳。'詩云：'秦郎百好俱第一，烏丸如漆瓷如石，巧作松身與鏡面，借美於外非良質。潘翁拜跪摩老眼，一生再見三歎息，了知至鑑無遁形，王家舊物秦家得。君今所有亦其亞，伯仲小低猶子姪。'"

《遯齋閒覽》云："唐末墨工李超與其子廷珪，自易水渡江，遷居歙州，本姓奚，江南賜姓李氏，廷珪始名庭邽，其後改之，故世有奚庭珪墨，又有李廷珪墨。或有作李廷邽字者，僞也，墨亦不精。庭珪之弟庭寬，庭寬之子承晏，承晏之子文用，文用之長子爾明、次子爾光，爾光之子丕基，皆能世其業，然皆不及庭珪。祥符中，治昭應宮，用庭珪墨爲染飾，今人間所有，皆其時餘物耳。有貴族嘗誤遺一丸於池中，疑爲水所壞，因不復取，既逾月，臨池飲，又墜一金器，乃令善水者取之，併得其墨，光色不變，表裏如新，其人益寶藏之。然墨喜精堅，多珍寶之，愈久而愈妙也。"

東坡云："潘谷作墨，所以精妙軼倫，堪爲世珍者，惟雜用高麗煤故也。以是詩云：'祖徠無老松，易水無良工。珍材取樂浪，妙手惟潘翁。魚胞熟萬杵，犀角盤雙龍。'"苕溪漁隱曰："余謂李墨既爲難得，則潘墨亦非易求。然今世無二人，佳墨終不乏，固不必愛奇也。"以上《苕溪漁隱叢話》後集卷二十九。

《東皋雜錄》云："《中興頌》刻南崖，石可鑑江之南北數里，草木人物，毫髮畢見。僧云：'昔有人鑿取去，行數驛，夢山神追取，即載還，龕置崖上，但方二尺許爾。'余偶命從者洗其旁二丈餘，皆光瑩可鑑，僧驚云：'未見也。'"《苕溪漁隱叢話》後集卷三十一。

六一居士云："余嘗與蔡君謨論書，以爲書之盛，莫盛於唐，書之廢，莫甚於今。余之所錄，如于頔、高駢，下至楷書手陳游環等皆有之。蓋唐之武夫悍將，暨楷書手輩，字皆可愛。今文儒之盛，其書屈指可數者無三四人，非皆不能，忽不爲耳。"

苕溪漁隱曰："本朝能書者，有李西臺、宋宣獻。東坡謂：'李俗而宋寒，殆是浪得名。'又謂：'建中書雖可愛，終可鄙；雖可鄙，終不可棄。'余於西臺書不多見，獨見其永州澹山巖詩，清勁簡遠，不減晉唐間人書，則東坡之論有不然者矣。惟六一居士云：'五代之際有楊少師，建隆已後稱李西臺，二人筆法不同，而書名爲一時之絕。'山谷云：'李西臺出羣拔萃，肥不剩肉，如世間美女，豐肌而神氣清秀者。'則二公之論得之矣。山谷《因李君貺借示其祖西臺草聖並書賦詩》云：'當時高蹈翰墨場，江南李氏洛下楊，二人歿後數來者，西臺惟有尚書郎。篆科草聖凡幾家，奄有漢魏跨兩唐。紙摹石鏤多彷佛，曾未得似君家藏。側理數幅冰不及，字體欹傾墨猶濕。明窗棐几開卷看，坐客失床皆起立。新春一聲雷未聞，何得龍蛇巳驚蟄。仲將伯英無後塵，邇來此公下筆親，使之早出見李衛，不獨右軍能逼人。'山谷此詩許可如此，真不虛美矣。余素未曾見宣獻書，不知其果如何，但山谷云：'近世士大夫書，當有古人法度，惟宋宣獻公耳。能用徐季海書意，莫年擺落右軍父子規模，自成一家，當無遺恨矣。又其書清瘦而不弱，亦古人所難。'則坡谷之論，異同如此。余欲折衷之，以未見其書，故不敢爾。東坡云：'歐陽文忠公論蔡君謨書，獨步當世，此爲至言。君謨行書第一，小楷第二，草書第三，就其所長而求其所短，大字爲少疎也。天資既高，又輔以篤摰，其獨步當世，宜哉。近世論君謨書者，頗有異論，故特爲明之。'山谷云：'蔡甘謨行書簡札，甚秀麗可愛，至於作草，自云得蘇才翁屋漏法，令人不解。'又云：'頃年觀廟堂碑摹本，竊怪虞永興名浮於實，及見舊刻，方知永興得智永筆法爲多；又知蔡君謨真行簡札，能入永興之室也。邇來士大夫，惟荊公書有古人氣質，而不端正，然筆間甚逸。士大夫學荊公書，但爲橫風疾雨之勢，至於不著繩尺，而有魏晉間風氣，不復彷彿。嘗觀王蒙書，想見其人秀整，所謂毫髮無遺恨者。荊公嘗自言學蒙書。'東坡《賦孫莘老墨妙亭詩》云：'徐家父子亦秀絕，字外出力中藏棱。'山谷云：'書家論徐會稽筆法：怒猊抉石，渴驥奔泉。以余觀之，誠不虛語。如季海少令韻勝，則與稚恭並驅争先可也。季海長處，正是用筆勁正而心圓。若論工不論韻，則王著優於季海，季海不下子敬；若論韻勝，則右軍大令之門，誰不服膺。往時觀怒猊抉石、渴驥奔泉之論，茫然不知是何等語，老年乃於季海書中見之，如觀人眉目也。三折肱知爲良醫，誠然哉。季海暮年乃更擺落王氏規摹，自成一家，所謂盧蒲嫳其髮甚短而心甚長，惜乎，當時君子，莫能以短兵伐此老賊也。前朝翰林侍書王著，筆法圓勁，今所藏《樂毅徐緩》、周興嗣《千字文》，皆著書墨跡，此其長處，不減季海，所乏者韻爾。沈傳師《道林嶽麓寺詩》，字勢豪逸，真復奇倔，所恨工巧太深耳。少令巧拙相半，使子敬復生，不過如此。'東坡蓋學徐浩書，山谷蓋學沈傳師書，皆青過於藍者，然二公深諱之。故東坡云：'見歐陽叔弼云：余書大似李北海。余亦自覺其如此，世或謂似徐浩，非也。'山谷云：'予比來極愛顏魯公書，時時輒有其氣骨，而人以爲殊未得其彷彿。寫我心耳，豈可謂衆目哉？'二公當時自言如此，自今觀之，人固不信也。山谷《跋東坡書》云：'如華嶽三峰，卓然參昴，雖造化之爐錘，不自知其妙也。中年書圓勁而有韻，大似徐會稽；晚年沉着痛快，乃似李北海。此公天資解書，比之詩人，是李太白之流。士大夫學子瞻書，但臥筆取妍，至於老大精神，可與顏楊方駕，則未之有也。'山谷自云：'余書姿媚而乏老氣，自不足學，學者輒萎弱不能立筆。雖然，筆墨各繫其人工拙，要須其韻勝耳。病在此處，筆墨雖工，終不近也。'"

六一居士云："石曼卿工於書，筆劃遒勁，體兼顏柳。"東坡言："蘇子美兄弟書俱秀俊。"山谷言："蘇才翁兄弟，皆喜作大字，筆力豪壯。"此三人亦近世能書者，恨未盡見之；獨見子美所書《岳陽樓碑》，雖清瘦勁健，然乏風韻，余不甚喜之。東坡云："近日米芾行書，王鞏小草，亦頗有高韻；雖不逮古人，亦必傳於世也。"山谷云："余嘗評米元章書，如快劍斫陣，強弩射千里，所當穿徹；書家筆力，亦窮於此。然似仲由未見孔子時風氣耳。秘閣續帖，劉無言篆題，便不類今人書，使之春秋高，江東又出一羊欣、薄紹之矣。"余居苕溪，閱無言書多矣，晚年雖用筆圓熟，然乏秀氣，殊不逮山谷之題評也。余今第取歐陽、蘇、黃之論，具著於篇。若古今諸家書評，世多有之，不復載之云。

苕溪漁隱曰："涪翁晚年,再遷宜州,道出祁陽,草書靖節詩四首,'清晨聞叩門,倒裳往自開'者,其一也;'棲棲失羣鳥,日暮猶獨飛'者,其二也;'昔欲居南村,非爲卜其宅'者,其三也;'春秋多佳日,登高賦新詩'者,其四也;並鑱石於嘉會亭。余昔經由,摹得墨本,愛其筆法之妙,自成一家。涪翁嘗言:'元祐中,與子瞻、穆父飯寶梵僧舍,因作草數紙,子瞻賞之不已,穆父無一言,問其所以,但云:恐公未見藏真真跡。庭堅心竊不平。紹聖貶黔中,得藏真《自序》於石揚休家,諦觀數日,恍然自得,落筆便覺超異,回視前日所作,可笑也。然後知穆父之言不誣,且恨其不及見矣。'今祁陽草聖,正是涪翁黔州以後作,誠佳絕也。東坡嘗跋之云:'曇秀來海上,見東坡,出黔安居士草書一軸,問此書如何,東坡云:張融有言,不恨臣無二王法,恨二王無臣法。吾於黔安亦云然。他日,黔安見之,當捧腹軒渠也。'藏真又有《千字文》真跡,舊蓄於江南李氏,紙尾有後主錯金書,題云:'懷素僧草聖。'戴叔倫詩云'詭形怪狀翻合宜',誠哉是言。其後,此真跡又轉蓄於董令升家。紹興間,歸天上矣。桂林有此石刻,余嘗得摹本,因取古人書評疏於後。見東坡於此書,且褒且貶,深竊怪之。其言曰:'僧藏真書七紙,開封王君鞏所藏。君侍親平涼,始得共一二,而兩紙在張鄧公家,其後馮公當世又獲其三,雖所從得者異,不可考,然筆勢奕奕,七紙意相屬也。君,鄧公外孫,而與當世相善,乃得而合之。余嘗愛梁武帝評書,善取物象;而此公尤能自譽,觀者不以爲過,信乎其書之工也。然其爲人倜儻,本不求工,而能工如此,如沒人之操舟,無意於濟否,是以覆却萬變,而舉止自若,其近於道者邪。張長史草書,頹然天放,略有點畫處,而意態自足,號稱神逸。'此其褒之也。又其詩云:'顛張醉素兩禿翁,追逐世好稱書工,何曾夢見王與鍾,妄自粉飾欺盲聾,有如市娼抹青紅,妖歌嫚舞眩兒童。'此其貶之也。至於涪翁則云:'張長史書《郎官廳壁記》,楷法妙天下,故草聖度越諸家,無轍跡可尋。懷素見顏尚書,道張長史書意,故獨入筆墨三昧。懷素草工瘦,而長史草工肥。瘦硬易作,肥勁難工,此兩人者,一代草書之冠冕也。'詳味其言,真確論矣。然二人草聖之工,在當時已自李杜有歌詩推許之,不特後世也。謫仙《贈懷素草書歌》云:'少年上人號懷素,草書天下稱獨步,墨池飛出北溟魚,筆鋒殺盡中山兔。八月九月天氣涼,酒徒辭客滿高堂,箋麻素絹排數箱,宣州石硯墨色光。吾師醉後倚繩床,須臾掃盡數千張,飄風驟雨驚颯颯,落花飛雪何茫茫。起來向壁不停手,一行數字大如斗,恍惚如聞神鬼驚,時時只見龍蛇走。左盤右蹙如驚電,狀同楚漢相攻戰,湖南七郡凡幾家,家家屏障書題徧。王逸少,張伯英,古來幾許浪得名?張顛老死不足數,我師此藝不師古。古來萬事貴天生,何必要公孫大娘《渾脫》舞。'少陵《因殿中楊監見示張長史草書圖賦詩》云:'斯人已云亡,草聖秘難得。及茲煩見示,滿目一悽惻,悲風生微綃,萬里起古色。鏘鏘鳴玉動,落落羣松直。連山蟠其間,溟漲與筆力。有練實先書,臨池真盡墨。俊拔爲之主,暮年思轉極。未知張王後,誰並百代則?嗚呼東吳精,旭,蘇州人也。逸氣感清識。楊公拂篋笥,舒捲忘寢食。念昔揮毫端,不得觀酒德。'"

山谷云："今俗書庵字，既於篆文無有，又庵非屋，不當從廣。《三國志·焦光傳》云：'居蝸牛廬中。'意今庵也。後漢皇甫規爲中郎，持節監關中兵，會軍大疫，死者十三四，親入庵廬巡視，三軍感悅。即用此庵字，爲有依據。"苕溪漁隱曰："《廣韻》云：'庵，小草舍也。''菴，菴櫚果，又菴羅果也。'《集韻》云：'庵，圜屋曰庵，或從草。''菴，菴櫚，草名，或作荅。'魯直以菴非屋，不當從廣，然與《廣》《集》二韻全不合，殆亦難用；殊不知《漢史》從省文，借用爲菴字耳。"以上《苕溪漁隱叢話》後集卷三十二。

《金石錄》云："《唐昭陵六馬讚》，初太宗以文德皇后之葬，自爲文刻石於昭陵，又琢石像平生征伐所乘六馬，爲讚刻之，皆歐陽詢八分書，世以爲殷仲容書，非是。至諸降將名氏，乃仲容書耳。"苕溪漁隱曰："文潛有《昭陵六馬詩》云：'天將剗隋亂，帝遣六龍來，森然風雲姿，颯爽毛骨開，飆馳不及視，山立儼莫回，長鳴視八表，擾擾萬駑駘。秦王龍鳳姿，魚鳥不足摧，腰間大白羽，中物如風雷。區區數豎子，搏取如提孩。手持掃天帚，六合無塵埃，艱難濟大業，一一非常材。惟時六驥足，績與英衛陪，功成鏤八駿，玉輅行天街。荒涼昭陵闕，古石埋蒼苔。'文潛得意筆也。"《苕溪漁隱叢話》後集卷三十三。

《龍川略志》云："予兄子瞻，嘗從事扶風，開元寺多古畫，而子瞻少好畫，往往疋馬入寺，循壁終日。"《苕溪漁隱叢話》後集卷三十八。

韓子蒼《昭君圖叙》云："《漢書》竟寧元年，呼韓邪來朝，言願婿漢氏。元帝以後宮良家子王昭君字嬙配之，生一子，株累立，復妻之，生二女。至范曄書，始言入官久不見御，積怨，因掖庭令請行，單于臨辭大會，昭君豐容靚飾，顧影徘徊，竦動左右。帝驚悔，欲復留，而重失信夷狄。然曄不言呼韓邪願婿，而言四五宮女，又言字昭君，生二子，與前書皆不合。其言不願妻其子，而詔使從胡俗，此是烏孫公主，非昭君也。《西京雜記》又言：元帝使畫工圖宮人，宮人皆賂畫工，而昭君獨不賂，乃惡圖之；既行，遂按誅毛延壽。《琴操》又言：本齊國王穰女，端正閑麗，未嘗窺看門戶，穰以其有異，人求之不與，年十七，進之帝，以地遠不幸；欲賜單于美人，嬙對使者越席請往，後不願妻其子，吞藥而卒。蓋其事雜出，無所考正，自信史尚不同，況傳記乎？要之《琴操》最抵牾矣。"按昭君，南郡人。今秭歸縣有昭君村，村人生女，必灼艾灸其面，慮以色選故也。昭君卒葬，匈奴謂之青塚，晉以文王諱昭，故號明妃云。

苕溪漁隱曰："《唐逸史》言：'有李生者，其舅姓盧，有道術，邀詣其居，曰：求得一妓，善箜篌，令侍飲。箜篌上有朱字曰：雲中辨江樹，天際識歸舟。後娶陸長源女，乃所見於盧家者，果善箜篌，朱字宛然。李生具說舊事，女曰：往嘗夢爲仙官所追。如生所言。'余觀吳兢《樂府解題》云：'箜篌者，漢武帝滅南越，祠太一后土，令樂人侯暉依琴造坎，言坎坎節應也。侯，工人之姓，後語訛坎爲空也。'又段安節《樂府雜錄》云：'箜篌，乃鄭衛之音權輿也，以其亡國之聲，故號空國之侯，亦曰坎侯。'吳兢所言有據，而段安節出於臆説，則箜篌之始，當以漢武爲是，而空國爲非也。《樂府》有《箜篌引》云：'霍里子高，晨起刺船。有一白首狂夫，被髮攜壺，亂流而渡，其妻止之不及，遂溺死，於是其妻援箜篌而鼓之，作歌曰：公無渡河，公竟渡河，公墮而死當奈何。聲甚悽愴，曲終亦投河而死。子高還，以其聲語麗玉，麗玉傷之，引箜篌寫其聲，聞者莫不墮淚飲泣。麗玉以其聲傳鄰女麗容，名曰《箜篌引》。'"以上《苕溪漁隱叢話》後集卷四十。

林之奇藝話（五則）

林之奇（一一一二～一一七六）字少穎，號拙齋，學者稱三山先生，侯官（今福建福州）人。紹興二十一年進士，調莆田縣主簿，改長汀尉。二十六年，召試，爲秘書省正字，再除校書郎，修《神宗寶訓》。以疾乞外，出提舉福建路市舶司，遂以祠禄家居。淳熙三年卒，年六十五。早從吕本中學，後吕祖謙又從其受學，本中之學夾雜禪理，故其持論亦在儒釋之間，明白暢達，不事考據，亦無語録粗鄙之氣。如其《記聞》二卷，對歷史人物、佛學均有品評論述。《上宰相書》二篇，論修立政事，富國強兵，而後攘除外患，也不無深意。詩歌風韻高致，清新俊朗，如《江月圖》《早春偶題》諸篇，與蘇軾、黃庭堅詩風相近。著有《書説》《周禮説》《論》《孟》《揚子》講義以及《通鑑論斷》《兑齋録》，均已佚；又著有《拙齋集》二十卷。

一　律吕　_{策問}

問：聲無形而樂有器，作器於有，求聲於無，則器非可以常存其聲，而聲非可以取必其器也。是以自古論樂律者，莫不欲求中聲之所止。而求之之法，則自三代而降迄於今，歷數千年未嘗有一定之説。

律吕之相生，有以蕤賓爲重上生，有以大吕爲重下生，而又有以自黃鐘至于大吕三分損益，惟一上而一下。此三者，其爲度數何以有多寡之殊？十二管之旋生爲宮，有以黃鐘爲宮，林鐘爲徵，太簇爲商，南吕爲羽，姑洗爲角，惟順其相生之序。而又有黃鐘爲宮，大吕爲角，太簇爲徵，應鐘爲羽，各有避合以相乘。此二者，其爲彝倫何以有先後之異？上下相生止於十二律耳，而後世復有自中吕而增之至于南事以爲六十，又由南事而增之至于安運以爲三百六十，無乃贅於十二律乎？還宮之運止於五聲耳，而後世復有增變宮，變徵以爲七均，又有十二變徵調居角音之後、正徵之前，十二變宮在羽音之後、清宮之前，無乃多於五音乎？

古之製律，或謂以玉，或謂以銅，或謂以竹，而又或曰陽律以竹，陰律以銅，不知其説之孰是耶？後之定律，或作準以寓數，或裁笛以吹，或製爲四器，名之爲通，或爲輪扇二十四埋於地中以測氣，不知其器之孰得耶？律在於先，鐘在於後，一説也；

而又有曰先有其鐘，後有其律者，以一黍之廣爲尺，而後制律，一說也；而又有曰一黍之起，積千二百黍而後生尺者。宮、徵、商、羽、角以次相生，各有其數，其說誠當矣，何以復有宮生角、角生徵、徵生羽、羽生宮之一說也？土無候氣之管，寄王於四季，其說誠當矣，何以有半黃鐘九寸之數，管長四寸五分六秒，用爲候氣之一說也？律管之圍果在徑三分、圍九分乎？抑黃鐘九分、林鐘六分、太簇八分，各從其寸之數乎？三統之管果皆全寸而無餘分乎？抑黃鐘九寸、林鐘六寸一釐，太簇八寸二釐，而不得爲全寸乎？黍之生律，有以廣累之，有以長累之；律之容黍，有容八百八粒之少，有容二千八百六十九粒之多。

此數家之說，其是非當否之際，中聲之得失常必由之，通於音律者皆不可以不論也。試歷舉諸家鑿枘不同之說，而各爲之求其至當之所在，使夔襄復起莫之能易，不亦善乎？文淵閣四庫全書本《拙齋文集》卷一四。

二　跋《蘇黃留題》

右《蘇黃留題石室圖》，以一時造次登覽之勝，爲千古不朽丹青之傳。蓋其所以照映縑素，凛凛常有生氣者，初不在於文字之工、翰墨之勝也。《拙齋文集》卷二〇。

三　題司馬季思所藏溫公《賓次咨目》後

衛武公以德名之重，爵位之尊，年數九十有五矣，猶箴儆於國曰："苟在朝者無謂我老耄而捨我，必恭恪於朝，朝夕以交戒我。聞一二之言，必誦志而納之，以訓導我。"

溫公此紙，實衛公之意也。江海之浸，膏澤之潤，其所及者遠矣。"瞻彼淇奧，綠竹猗猗。有斐君子，如切如磋，如琢如磨。瑟兮僩兮，赫兮咺兮。有斐君子，終不可諼兮。"此詩人美武公之作，而《大學》之書讚之曰："道盛德至善，民之不能忘也。"某於溫公亦云。《拙齋文集》卷二〇。

四　題王主管所藏了翁《與洪覺範書》後

了翁儒而墨，其究也兩得之；覺範墨而儒，其究也兩失之。詳味此書，然後知了翁擇術之素審，見善之獨明，而其爲覺範謀也亦忠矣。至當歸一，精義無二，謂道不同，果不相爲謀者，吾不信也。《拙齋文集》卷二〇。

五　《永福瑞芝圖》跋尾

集英殿進士舉首蕭君之未第也，讖記開其先，瑞華貳其期，而後美名廣譽從之，實偉異傑特之觀也。邑人神之，垂諸繪事，而鑱記其下。其大意引漢菑川侯公孫丞相之得時遇合者爲況，蓋善喻也。蕭君辭焉，曰："擬人必於其倫，爾何曾比予於是？"余聞其語而壯之，曰：是乃所以爲永邑瑞也，異華果何足道哉！

余觀世之擅大名、擢高第，其始也莫不夙識吉幾先焉，未有偶然而至、無因而前者。或者見其事之誠異也，則以爲天相我矣，公侯將相之位可垂手而得，拾芥而取也。既引天以自神，繇是學問廢於身，職業曠於位，功名損於朝，而人事浸以不脩焉者，其勢則然也。故其人每以十年鳳池、四入黃扉自期，而僅能至於姚曄、梁固之所底止者，世多有之矣。

菑川侯之在選舉科第中，號爲安富尊榮之極者也。今國人稱願然，曰："蕭君他日致身，亦應若是。"其頌禱之勤、隱括之審，亦云至矣。蕭君之於是言也，不惟然止，懍然疑，漠然而不受也，方且望望然去之，若將浼焉。然則蕭君志趣之所詣固未易量，其德業之在躬，殆將雲升川增，日進而不已也。余於是事愛之重之，且樂爲邑之人嗣書之，更評之，於以見所以爲永邑瑞者，果不在彼而在此也。《拙齋文集》卷二〇。

王十朋藝話（二三則）

　　王十朋（一一一二～一一七一）字龜齡，號梅溪，温州樂清（今浙江樂清）人。少穎悟，强記誦，爲文頃刻數千言。紹興二十七年爲進士第一，授左承事郎、簽書建康軍節度判官廳公事，添差紹興府簽判。秩滿，除秘書省校書郎，兼建王府小學教授。除著作佐郎，遷大宗正丞，得請主管台州崇道觀。孝宗即位，召對，除司封員外郎，兼國史院編修官、崇政殿説書，除國子司業。隆興元年，爲起居舍人，改兼侍講，越月擢侍御史。上疏論宰相史浩八罪，史浩罷職，十朋亦出知饒州。乾道元年，移知夔州，歷知湖、泉、台三州，奉祠。七年，除太子詹事，詔赴朝，復以龍圖閣學士致仕。七月卒，年六十，賜謚忠文。十朋爲人剛直，勤敏力學，博究經史，旁通傳記百家，故其爲文專尚理致，不爲浮虚靡麗之詞。其論事奏疏，往往切中事機，意之所至，展發傾盡，無所規避，尤爲條暢明白。其《會稽三賦》則記述會稽歷史演變、風物民俗，鋪張揚厲，詞語豐贍，旨趣明暢，規模宏大，爲南宋大賦之傑作。其詩亦渾厚直質，懇惻暢達。現存詞皆爲詠物之作，語言清麗，富有情致。著有《梅溪集》《後集》《奏議》，共五十四卷，由其子王聞禮、王聞詩編集刊行傳世。

一　和《桃源圖》（節録）

　　世有圖畫桃源者，皆以爲僊也，故退之《桃源圖詩》詆其説爲妄。及觀陶淵明所作《桃花源志》，乃謂先世避秦至此，則知漁人所遇乃其子孫，非始入山者，能長生不死，與劉阮天台之事異焉。東坡《和陶詩》嘗序而辨之矣。故予按陶志以和韓詩，聊証世俗之謬云。（詩略）　　文淵閣四庫全書本《梅溪前集》卷九。

二　和《聽穎師琴》

　　黄巖施生挾書來梅溪，從吾弟夢齡遊，以裹糧餘資易琴一張，講習之暇，時一弄焉。季冬之朔，燈火初夜，風静籟息，明星燦然，坐南窗之下，爲予撫之。予素不曉音律，妄憶古人琴中之趣，欣若有得，聽終遂歸。陋齋誦退之《聽穎師琴》詩，掩卷慨然。予既嘉施生雅尚，遂和其韻以贈。

七絃自相語，唱予仍和汝。十指忽淒涼，騷人悲戰場。大絃温和小清越，惠風夷韻參悠揚。琴瑟鳴寒泉，來儀舞鸞凰。山高水遠聽愈淡，花奴羯鼓聲方彊。施生幽雅士，不好笙與簧。千金買焦尾，悠然坐藜牀。顧我非知音，感激涕自滂。三聽輒三歎，羲皇在我薑鹽腸。《梅溪前集》卷九。

三　次韻梁尉秦碑古風

會稽秦頌德碑，丞相李斯篆，世傳在秦望山，莫知所在。教授莫君好奇嗜古，搜訪尤力。有言碑在何山者，莫以語某，何山見於圖經，在秦望東南，疑其真秦望也。某欣然欲往，職有所拘，以告會稽尉梁君，梁慨然而行，登山果見之，碑石僅存，字磨滅已盡。墨片紙而還，作古風長韻，具記始末。因次其韵，且記吾三人好事之僻，亦以示後人也。

姬嬴遺跡存者希，世傳石鼓稽山碑。石鼓揄揚得韓子，文與二雅爭驅馳。秦碑誇大頌功德，埋沒草莽無人知。或言山頂石猶在，上有虎豹龍蛇螭。神藏鬼護荆棘蔽，崖懸磴絶登無岐。廣文好奇穴探禹，梅仙喜事僧尋支。支遁昔遊越中，好山水，梁仙宿雲門，訪古跡於僧。我讚其行要親覩，勿受世俗流傳欺。望秦秦望兩嶄絶，何山壁立東南涯。豐碑屹植最高處，不知磨滅從何時。剔苔掃墨了無有，模糊片紙亦足奇。濃雲靉靆黯將雨，古木槎牙蟠老枝。歸來走筆出險語，訶政叱斯同小兒。詩成得得寫寄我，詞嚴意偉法退之。我聞秦人滅六國，酷若犬磔臨江麋。先王法爲秦所負，負秦況有秦有司。五經灰飛儒濺血，堯舜周孔何能爲。上蔡獵師妙小篆，奴視俗體徒肥皮。東封太山南入越，大書深刻光陸離。沙丘風腥人事變，鬼飢族赤誰嗟咨。漢興萬事一掃去，惟有篆刻餘刑儀。磨崖欲作不朽計，其如歷數不及期。蚩尤五兵紂漆器，人物美惡寧相疵。我雖過秦愛遺畫，南山入望頻支頤。不須嶧陽訪棗刻，不用遷史觀雄辭。虚堂默坐對此紙，閉眼暗想君勿嗤。要知秦碑沒字本，却類周雅無辭詩。文淵閣四庫全書本《梅溪後集》卷四。

四　題何子應《金華書院圖》（節錄）

君不見杜陵野客老更狂，浣花溪上結草堂。又不見謫仙世人皆欲殺，匡山讀書頭如雪。二公同時鳴有唐，文章萬丈光燄長。鈞天無人帝呼去，草堂書館今荒凉。太平宰相張居士，外甥似舅金華子。胸中萬卷杜陵翁，筆下千篇謫仙李。《梅溪後集》卷八。

五　觀淵明畫像

蕭洒風姿太絕塵，寓形宇内任天真。絃歌只用八十日，便作田園歸去人。《梅溪後集》卷十。

六　趙果州之子年十四，能作大字，果州自荆南以詩寄予，命書之。字畫老成，異日必名家，因贈以詩

子政平生直諒聞，故應有子嗣清芬。讀書行見破萬卷，識字豈惟能八分。年少便宜觀上國，詩成真可張吾軍。校讎異日居天祿，玉葉金枝有子雲。《梅溪後集》卷十三。

七　采菊圖

淵明恥折腰，慨然詠《式微》。閒居愛重九，采菊來白衣。南山忽在眼，倦鳥亦知歸。至今東籬花，清如首陽薇。《梅溪後集》卷十三。

八　觀畫像

似我豈真我，相看還自疑。陋非臺閣像，高失布韋時。吟苦眉常皺，憂多病早衰。悁悁畎畝志，無復畫師知。《梅溪後集》卷十三。

九　王撫幹蒙贈蘇黃真跡，酬以建茶

蘇黃文章外，翰墨亦莫加。蘇得魯公法，黃自成一家。肥無塵俗點，瘦或風雨斜。可愛如其人，敬之無邇遐。真跡落人間，蔀屋生光華。我無一字藏，天遣來三巴。吾宗東州秀，文翰俱可嘉。袖中出至寶，雙眸洗昏花。歸橐今不貧，持往東南誇。何以報嘉貺，龍團建溪芽。《梅溪後集》卷十四。

一〇　寫真自題

顏蒼白髮少精神，傳得泉南老病身。莫著金章著蓑笠，丹青寫出更須真。《梅溪後集》卷十八。

一一　觀貢院畫春景圖

梁棟翬飛氣象新，畫工妙思亦通神。要令寒士皆春色，四景之中獨畫春。《梅溪後集》

卷十八。

一二　復安静堂舊額

　　端明之孫字子强，銀鈎鐵畫傳遺芳。昔年作郡古平海，大筆親書安静堂。自從宣和至乾道，字與輪奂争光芒。一朝忽遭俗眼白，毁滅名姓深埋藏。我來搜訪久乃獲，老兵據爲寢處牀。滌除五載塵土面，字向堂上增激昂。祖爲第一孫是似，書有家法稱莆陽。體具萬安頗雄壯，榜與忠獻同翱翔。因知文字乃至寶，一時之厄庸何傷。石鼓文有鬼神護，淮西碑並日月光。豈容泯滅暴秦火，誰肯膾炙段文昌。書生作郡太迂闊，理財聽訟俱非長。吾君若問何以治，堂復韓蔡祠秦姜。今纔五日京兆耳，眷此陳跡猶未忘。但願兹堂日安静，名與國壽俱無疆。《梅溪後集》卷二十。

一三　策問（一七）

　　問：夫樂之作尚矣，先王以是正朝廷，美風俗，格神物，和上下，有其舉之，莫敢廢也。故黄帝之樂曰《咸池》，顓帝之樂曰《六莖》，帝嚳之樂曰《六英》，堯曰《大章》，舜曰《大韶》，禹曰《大夏》，湯《護》而武《武》，此歷代之樂所由作也。而其大備，莫盛於成周，故《周禮》大司徒以六樂防萬民之情，則又有所謂大師、小師、磬師、舞師、笙師、鐘師者。大師樂以六律、六同大合樂，時則有奏黄鐘、太簇、姑洗、蕤賓、夷則、無射者；太師掌律同以合陰陽，時則有播八音於金石、絲竹、匏土、革木者。是古作樂者必有其官，奏之必有其所，製之必有其器，豈非樂有自然之數，而數之所舉，又有自然之義乎？

　　後世去古既遠，樂制始無一定之論，而名數、音律、刑器亦莫之考矣。學者審古今，灼知先王所以作樂之意者。敢問《咸池》《六莖》《六英》《韶》《護》《夏》《武》之名，所取者何義？周大司徒與大師、小師、磬師、舞師、笙師、鐘師所掌者何器？黄鐘、太簇、姑洗、蕤賓、夷則、無射所奏者何所？金石、絲竹、匏土、革木所應者何事？與夫後代因革損益，孰得孰失？幸明言之。《梅溪先生文集》卷一五。

一四　跋陳忠肅公手帖

　　忠肅公心畫勁健，類其爲人。公孫德齡，予同年也，文翰有家法，他日必能嗣其風烈。紹興辛巳孟冬。《梅溪先生後集》卷二七。

一五　跋溫公帖（一）

　　溫公盛德大業，非東坡大手筆不能形容。措國於太山之安，令於流水之原。後人欲識元祐之治，其大要如此。乾道乙酉後重陽六日。《梅溪先生後集》卷二七。

一六　跋溫公帖（二）

孟子曰："欲爲君，盡君道；欲爲臣，盡臣道。"觀宣仁所問，溫公所對，可謂各盡要道，真堯舜君臣也。乾道改元後重陽一日。《梅溪先生後集》卷二七。

一七　跋二劉帖

二劉先生直諒多聞，如西京子政、歆輩不足多也。敬觀心畫，如見偉人。丁亥十二月書。《梅溪先生後集》卷二七。

一八　跋余襄公帖

某自幼知慕四賢之爲人。頃守番陽，祠范文正公而記之。過夷陵，謁歐陽文忠公祠而賦詩，有"慶曆四賢今見兩"之句。茲至鄂渚，又獲觀余襄公之勁畫，如見其風采動朝端時，亦足以慰平生之所慕矣。《梅溪先生後集》卷二七。

一九　馮員仲帖

員仲，天下士也，負有用之才，懷許國之忠，而不獲究其萬一，命矣夫！雖困於讒而死於不幸，然知己數公皆一代之傑，亦可以無憾矣。其徒陳君季習出示詩文手帖，流涕讀之。乾道三年六月。《梅溪先生後集》卷二七。

二〇　跋杜祁公帖

杜正獻公號清白宰相。見其心畫，令人起敬，如見其正色立朝時也。乾道戊子孟夏書。《梅溪先生後集》卷二七。

二一　跋張侍郎帖

張公子韶，一代儒宗，學者所共尊仰。某恨不識之。吾鄉陳君開祖以學問文采受知於公爲最厚。其子出示手帖二十紙，凜然正直之氣見於詞翰間。愛其人，敬其書，携以適閩，久而後歸之。乾道己丑十月二日。《梅溪先生後集》卷二七。

二二　跋嚴伯威墨跡

僧嚴公字伯威，溫州樂清人，予祖母賈氏兄也。性敏悟，道行孤潔，學兼禪教，爲緇林所推重。州郡迫以住持，終身不就。博通儒學，尤工詩文。識者謂不減惠勤、道潛之流，第無知己如歐、蘇二鉅公耳。游戲翰墨，亦極其妙，每片紙出，人爭寶之〔一〕，有集曰《潛澗》。卒於政和壬辰，至乾道己丑，五十有八年矣。

有橫陽章彬秀才得其所書唐宋詩八幅，至泉南以獻予，郡博士蔣君雍見而奇之，請刊於泮宮以廣其傳。陳教授登，予同年進士，最善書，亦謂近世所無也。冬十一月戊午書。《梅溪先生後集》卷二七。

〔一〕人：原作"入"，據文淵閣四庫全書本改。

二三　跋孫尚書張紫微帖

孫公尚書四朝文傑，張公紫微當代才子。孫尤長於簡尺，張翰墨妙天下。

某晚輩，恨不識尚書公。比守霅川，得公二書，時年幾九十，而詞源筆力不衰如此。張帥長沙，某移書求貢院字，筆畫雄健，用於湖、泉二州，觀者壯之。其所答書詞翰俱絕。

明年，二公皆在鬼録，某既不獲瞻尚書之履〔一〕，又嗟紫微郎之不永世，見其跡，思其人，軸而藏之。欲刻未果，石似之察判見而喜之，假之以歸，刊於其家，以廣其傳，可謂樂善好事矣。乾道六年三月庚午，書於泉南郡齋。《梅溪先生後集》卷二七。

〔一〕某：原作"其"，據文淵閣四庫全書本改。

程縝藝話（一則）

程縝（生卒年不詳），眉州（今四川眉山）人。紹興中爲大邑縣丞。

文與可學士《題後巖詩》跋

文公學士自皇祐間以郡掾吏來攝邑事，凡歷諸勝，至則題詠，或戲作墨竹怪木於壁。今鶴鳴上清、毗盧、崇壽具在，獨鳳凰後巖之詩石刻不存，惟山中耆舊類能誦之。嗟遺音磨滅，故再命礱崖模刻，以廣其傳。

昔東坡先生嘗稱："與可所至，詩在口，竹在手。"蓋見竹而歎也。縝既得其詩，欽仰風流，愧生之後，不及追陪杖履，以領其緒餘之論，益太息云。紹興甲戌秋八月晦日，邑丞眉陽程縝謹跋。同治六年刻本《大邑縣志》卷一八中。

林光朝藝話（二則）

林光朝（一一一四～一一七八）字謙之，號艾軒，興化軍莆田（今福建莆田）人。再試禮部不第，遂潛心學問，通六經，貫百氏，四方從學者達數百人。隆興元年，年五十始及第，調袁州司戶參軍，知永福縣。乾道五年，召試館職，爲秘書省正字，兼國史編修、實錄院檢討官。七年，爲著作郎，兼禮部郎官。八年，進國子司業，兼太子侍讀。九年，出爲廣西提刑，移廣東。召拜國子祭酒，兼太子左諭德。四年，除中書舍人，出知婺州，引疾奉祠。五年卒，年六十五，謚文節。光朝爲南宋初著名理學家，林亦之、陳藻皆爲其弟子，朱熹也與之切磋學術，學問淵深，爲時人所重，稱爲"南夫子"。陳宓謂其不以文辭爲重，而爲文"森嚴奧美，精深簡古"，"他人數百言不能道者，直數語雍容有餘"（十卷本《艾軒集序》）。其文集在宋代時曾經兩次編纂，首次由其族孫林同叔編爲《艾軒集》十卷，陳宓爲作序；後又有其外孫方之泰編《艾軒集》二十卷，劉克莊爲作序，刻於鄱陽。

一　次韻呈胡侍郎邦衡　並引

某竊觀侍講侍郎先生大書著作之庭，其形摹濫觴發於小篆。豈八分未出，已有此書？又蒙傳示銀杏兼簡之什，謹次韻奉和。

聲教從今已遠覃，翩翩作者問誰堪。石經猶有中郎蔡，金匱曾誇太史談。至竟銀鉤並鐵畫，相傳海北到天南。諸生考古頭渾白，禹穴何時更許探。文淵閣四庫全書本《艾軒集》卷一。

二　策問（二四）

問：蒼頡作字，得之於鳥跡，所以發鬼神之秘，探天地之蘊也。自蒼頡而下，字體數變，其所可識者，大、小篆及隸書一二家耳。其有草書、楷書、垂露、飛白，又其最有八分書。古今事物，智者作之，巧者述之，歷時甚久，智巧日滋，及乎天下之人，無所用其智巧，而爲全且備也。周人以六書教國子，六書者，造字之本也。秦之有八體，漢之有六體，秦、漢以來，體制雖變，而造字之本未嘗或變也。班固所載周人六書之義，許氏用之而爲《說文解字》。此非出於臆度，蓋得之於賈逵、衛宏、揚雄、司馬相如之徒。然而六書曰指事，曰象形，曰諧聲，曰會意，曰假借，若以類求之，可易曉也。其爲轉注，則其爲說似有所未安。許叔重所作凡十有三萬三千餘字，推其條例，不知何者可以爲轉注也。秦之八體有大篆，而闕古文奇字；漢之六體有古文奇字，而復闕大篆。古文，上世所傳；奇字，古文之別體也。大篆出於《史籀》，戰國以來俱用之，許氏微得其舊體，然不知秦、漢所以損益，未嘗兼存之，何也？

學者有意於《六經》，則訓詁之學不可盡廢。欲無惑於訓詁，其於古人造字之本，與夫前代所以損益之，烏可不旁通之乎？明正德十六年鄭岳所刻《艾軒先生文集》卷四。

胡縚藝話（一則）

胡縚（生卒年不詳），字敦約，晉陵（今江蘇常州）人。乾道中知華容縣。

李公麟《石鼎聯句圖》跋

《石鼎聯句》八段畫一卷，照韓文序，一則文，一段畫，李龍眠畫以爲圖。晉陵胡縚敦約書，紹興庚辰歲三日。文淵閣四庫全書本《清河書畫舫》卷八下。

晁公遡藝話（四則）

晁公遡（一一一七~？）字子西，號嵩山居士，又號箕山先生，鉅野（今山東鉅野）人。晁冲之子、公武弟。靖康元年，金軍南侵，隨家人逃離汴京，東遊吳楚。次年，其父留佐東道，敗死於寧陵。紹興初，入蜀投靠姑丈。八年，登進士第。十年，任梁山尉。二十五年，爲夔州路轉運司幕屬。三十年，爲涪州軍事判官。隆興元年，知梁山，徙知眉州。乾道二年，昇任成都府路提點刑獄公事。衰遲之年曾赴上都，再入江南。公遡出生於文章世家，積學淵深，爲文雄深雅健，鉅麗俊傑。《四庫全書總目》卷一五八也稱其文"勁氣直達，頗有釜崎歷落之致"。其詩揮灑自如，清新流暢，時有警句，祇是詩格稍卑，略遜於其先輩晁補之、冲之。著有《抱經堂稿》，已佚；今存《嵩山集》五十四卷。

一 觀畫

菰蒲欹倒洲渚生，江流茫茫亦清平。小舟擊汰如有聲，入眼初覺非丹青。便欲從之載酒行，忽怪四壁風濤驚。文淵閣四庫全書本《嵩山集》卷四。

二 曾夔州座右山水圖

華堂左右皆山川，登堂一見心茫然。松林忽在素壁上，几杖却對陰崖前。百年老樹橫高枝，正當太古陰雲垂。近前細看纔拱把，生氣凜凜如十圍。尚想昔年初下筆，指顧江山生咫尺。梁棟已受長風吹，衣裘若濺洪濤濕。回山倒海不作難，此意誰能傳筆端？李成骨朽道寧死，況復鄭虔楊契丹。吾知此圖未易逢，頗思摹寫置座中。鵝溪生綃不難致，只恐今世無良工。《嵩山集》卷四。

三 鮮于大任自東南歸唐安，遺予張安國所作《水調歌》墨本一軸，且云明年復往吳下，喜簡作此（節錄）

去蜀遊東吳，舉頭望赤霄。君之門九重，觚稜鬱岧嶢。是中盛文物，簪筆立漢朝。

規摹覺地雄，氣象知天高。計其所從客，皆是夔與皋。平生聞張公，磊落一世豪。示我《水調歌》，奴僕可命騷。《嵩山集》卷四。

四　羅仲思送伯父以道帖

我家嵩山翁，平日慕迂叟。斯文到蒼史，高節貫白首。至今遺翰墨，古意近科斗。世人規時好，斌媚無不有。寧知虞書渾，或笑夏篆醜。往年君家尊，得此蓋以厚。嘗從諸父遊，於我實世舊。念昔盟可尋，與君期不朽。《嵩山集》卷五。

洪适藝話（三四則）

洪适（一一一七～一一八四）字景伯，號盤洲，初名造，字溫伯，一字景溫，饒州鄱陽（今江西鄱陽）人，皓長子。幼穎異，日誦書三千言。洪皓使金，其時方十三歲，率兄弟奉祖母、母親避亂歸饒州。以父出使恩，補修職郎，監南嶽廟，調嚴州錄事參軍、浙江提舉常平司幹辦公事。紹興十二年，與弟洪遵同中博學宏詞科，除敕令所删定官，改秘書省正字。其父忤秦檜斥歸鄉，責英州安置，适亦出爲台州通判，繼免官往英州奉父。秦檜死，起知荆門軍，歷知徽州，提舉江東路常平茶鹽兼提點刑獄，總領淮東軍馬錢糧。隆興元年，遷司農少卿。二年，召爲太常少卿，兼權直學士院，又兼權禮部侍郎，除中書舍人。乾道元年，除翰林學士，簽書樞密院事，拜參知政事，是年十二月擢尚書右僕射、同中書門下平章事兼樞密使。二年，提舉江州太平興國宮，起知紹興府，爲浙東安撫使。復奉祠，淳熙十一年卒，年六十八，諡文惠。洪适好學深思，與其弟洪遵、洪邁均著文名，時人稱爲"三洪"。文章工儷偶，制誥箋表，長於潤色，藻思綺句，層見叠出。其記、序、志、傳一類文章，猶有北宋古文法度，不同於南宋冗長之文。亦能詩詞，但名篇不多，多寫退隱閒居、哀挽致祭的内容，風格以恬淡閒靜爲主。詞也以優遊、宴飲、贈酬、祝壽之作爲多。洪适著述甚豐，有《隸釋》《隸續》《歙州硯譜》；又有《盤洲文集》八十卷。另有外制十四卷，與弟洪遵、洪邁所撰外制同編爲《三洪制稿》，今已佚。

一　謝洪慶善提刑遺法帖

紛紛渴驥競秋蛇，鑴鑱收拾俱名家。吾宗尺牘擅天下，年來野鶩誰肩差。庭前書帶凝寒綠，架上牙籤富新軸。中藏墨妙更奇奇，長物不留沾䑛馥。生平小楷拘蠅頭，豈知麈尾與銀鉤。從今已歡筆成家，學奇還許登門不？文淵閣四庫全書本《盤洲文集》卷一。

二　題信州吳傳朋郎中遊絲書

上饒畎俗醇且古，千室鳴絃方按堵。黃堂人人今循良，河南治平追鼻祖。訟棠留景分清陰，爐篆方羊燕寢深。笑談了却邦人事，遊戲翰墨惟書林。自從真行易篆隸，草聖書絶馳極藝。遊雲驚龍初振奇，渴驥怒猊爭作勢。臣中第一兹謂誰，寥寥典則其幾希。文人尺牘妙天下，咸去收拾生光輝。作古要須從我始，直欲名家自成體。手追心摹前無人，一掃塵蹤有新意。縱橫經緯生胸中，落紙便與遊絲同。繰甕繭車飛白雪，織簽蛛網破清風。一行一筆相聯屬，姿態規模駭凡目。臨池漫勞三十年，千兔從教後人禿。舊聞吕向連錦書，百字環寫縈髮如。惜哉洟泗已無考，盡使北面稱臺與？獨步不復名相甲，端恨二王無此法。只今四海書同文，使者來求至將押。文淵閣四庫全書本《盤洲文集》卷一。

三　獨步惠泉用石刻中韻（節録）

拂崖看古字，倚策仰前英。雕章細細讀，清思源源生。文傳峴山石，句敵《溳陂行》。一字或華袞，五言有長城。文淵閣四庫全書本《盤洲文集》卷四。

四　送唐左史紙墨（節録）

使君來自岷峨麓，曾賦客卿朝奏牘。細字不作蠅頭書，高文富有牛腰軸。向來平步第一螭，勇退宛在番之湄。陶泓毛穎幸旅進，快寫《元和聖德詩》。文淵閣四庫全書本《盤洲文集》卷四。

五　《隸韻》序

六藝去古浸遠，危廢矣。冠昏喪祭，家自爲式。賓主酬酢，無可觀之儀。大賓客，大祭祀，亦屑屑唯掌故是聽。鞉磬柷敔，聞者欲寐，士之徹琴瑟，匪曰有故。桑弧蓬矢不設，儒家以射爲武事，棄弗習。輿輬以當車而執綏之容不復見，持籌而計尚弗知縱橫之爲什伯〔一〕，何二首六身之有？禮樂射御與數五者蓋如此，曰書之學雖存，然好之不專，業之不精，未見卓然名世，可與羲、獻、歐陽、虞、顔、柳齊驅者。

隸字傳於今，有光武中元年石刻，元初以後，法度漸整。至熹平、光和間，亦極妙矣。魏初稍變蠶頭燕尾之體，自能成一家。歷十數年，氣格日益卑下。至晉而真、行、草競起，隸習遂絶。唐韓擇木、蔡有鄰以八分擅場，而結體嫵媚，僅得孫根、夏承之緒餘爾。

篆古鍾鼎款識，皆已有韻，獨隸刻世所艱得，後學提筆輒書，增點減畫，變易偏旁，漫不求是。予家藏漢代廟中之碑、幽堂之銘、墓門之闕與遺經斷石凡百有九十二種，懼難聚而易失也，因輯以爲韻，與我同志者必有取焉。四部叢刊本《盤洲文集》卷三四。

〔一〕知縱：原闕，據文淵閣四庫全書本補。

六　《隸釋》序

　　秦燔書，廢古訓，而官獄多事，乃令下杜人程邈作小篆。而邈復獻隸書，所以施之徒隸，趨簡易也，亦曰佐書。漢魏之際，蔡邕、鍾繇、梁鵠、邯鄲淳俱有書名。後魏酈道元注《水經》，漢碑之並川者始見其書，蓋數十百餘。陵遷谷變，火焚風剝，至宣和〔一〕、政和間已亡其什八。本朝歐陽公、趙明誠好藏金石刻，漢隸之著錄者，歐陽氏七十五卷，趙氏多歐陽九十三卷而闕其六。

　　自中原厄於兵，南北壤斷，遺刻耗矣。予三十年訪求，尚闕趙録四之一，而近歲新出者亦三十餘，趙蓋未見也。既法其字爲之韻，復辨其文爲之釋，使學隸者藉書以讀碑，則歷歷在目而咀味菁華，亦翰墨之一助。唯老子、張公神、費鳳三數碑有撰人名氏，若華山亭爲衞覬之文，見於它説者財一二爾。其文或險而難解，澀而太鑿者，譬之紀瓺郜鼎，皆三代厪存之器，其剥闕不成章，與魏初之文數篇附於後，如斷圭殘璧亦可寶。自劉熹、賈逵已下字畫，不足取者皆不著。

　　乾道三年正月八日，鄱陽洪适景伯序〔二〕。四部叢刊本《盤洲文集》卷三四。

〔一〕和：原脱，據文淵閣四庫全書本補。
〔二〕"乾道"二句原無，據《隸釋》卷首補。

七　跋歐書溫彥博碑

　　按《新唐》列傳云：溫大雅字彥弘，彥博字大臨，大有字彥將。如史所書，則是彥博兄及弟皆名大字彥，獨彥博反此耳。近世陳朝散正敏著《遯齋閒覽》，間證史傳之訛，謂古人蓋有以字顯者，彥博當是以字行於時，殆舊史之誤而新書未之正。竇苹作《唐書音訓》，亦云以兄弟名字推之，似名大臨而字彥博。

　　予考《新唐》世系表，乃云彥將字大有。又顏魯公嘗作《顏勤禮碑》，內敘顏、溫二家之盛。其略曰：思魯、大雅俱仕東宮，愍楚、彥博同直內史，游秦、彥將皆典秘閣。如表之所書、碑之所序，則是彥博、彥將皆以彥配名，唯大雅異耳。又歐陽文忠公在中書日，有顏氏裔孫獻其祖思魯除儀同誥，內云內史令臣瑀宣，侍郎臣封德彝奉，舍人臣彥將行。公謂不應稱臣而書字，彥將固當爲名。惟三公名字不應伯仲異同，後人率皆惑之。

　　予家有彥博墓誌及神道碑，皆云諱彥博，字大臨，不云其以字行。陳、竇二公雖疑史策之誤，然碑碣不容失實，其説無據，當從碑誌爲正。以魯公之文、思魯之制、《新書》之表爲憑，則是大雅獨與二弟不同。

　　予復考大雅嘗撰《唐創業起居注》，內書煬帝遣使夜至太原，溫彥將宿於城西門樓上，首先見之，報兄彥弘，馳以啓帝。帝方卧，聞而驚起，執彥弘手而笑。據此則溫氏昆弟皆以彥爲名明矣。而此書首題乃云大雅奉勅撰，又顏碑亦云大雅，抑又何耶？蓋唐之孝敬皇帝諱弘，如弘文館改昭文，弘農縣改恒農，姓弘者改洪。徐有功本名弘敏，亦緣避諱，遂以字行。大雅正類有功，亦以孝敬故，遂稱其字耳。

難者曰：有功蓋避同時諱，大雅生在孝敬之前，不應亦避其諱。是不知生雖不避，後世追改之，故稱其字爲名。如《晉書》避高祖諱不云劉淵而云劉元海，避太祖諱不云石虎而云石季龍，李延壽亦以韓擒虎爲韓禽。司馬遷作史避武帝諱，改蒯徹爲蒯通；班固避宣帝諱，改荀況爲孫況；爲明帝諱改莊忌爲嚴忌。史策之例，緣帝諱而更易姓名者多矣。《新書》有《韋弘機傳》，而《舊書》止作韋機，又可見其因孝敬而削也。《新書》正之，故復用本名，而大雅猶名其字者，蓋當時國史所改新書因之，不加研究，失於復正故爾。四部叢刊本《盤洲文集》卷六二。

八　跋歐書皇甫府君碑

皇甫誕當漢王諒挺禍之際，能抗章力爭，至幽囚挫辱，猶發扃城之謀，事偶不克，遂殞其軀，可謂忠節凛然、捐生靡顧者也。

《北史》列傳既不能發揚其英烈，至序其官秩又多闕略。傳云開皇中遷治書侍御史，後爲尚書左丞，拜并州總管司馬，以抗節遇害。碑歷叙其仕周爲畢王府長史，隋初授廣州長史，爲益州總管府司法，傳雖略而不書可也。至除比、刑二部侍郎及自御史之後，歷大理少卿，再爲尚書左丞，河北、河南安撫大使，其讚并州也，加儀同三司；其贈柱國也，兼光祿大夫；史皆無之，蓋其闕也。又碑記其祖贈膠、涇二州刺史，而傳止稱涇州；碑云誕字元憲，而傳作元慮。是皆其失考。

此碑乃誕子無逸與歐子並肩於武德、貞觀之間〔一〕，故于製其文而歐筆之，決無誤者。況皇甫終於隋仁壽間，李延壽修史在唐貞觀末，相距四十餘年，已脫略舛誤如此，況遠者乎？四部叢刊本《盤洲文集》卷六二。

〔一〕歐子：原作"歐于"，據文淵閣四庫全書本改。

九　跋歐書丹州刺史碑

率更之書名天下而爲後世法，世傳絕筆於丹州之一碑，筆力勁健，他書無出其右者，今視其書，信然。

而是碑文字刓滅尤甚，世無復知丹州爲何人。詳考其碑，隱然猶有"公諱崇字平高"六字。按《唐史》裴寂之左方有張平高一傳，史載其在隋爲鷹揚府校尉，事唐授左領軍將軍，封蕭國公，貞觀初守丹州刺史，坐事以右光祿大夫還第，所書與碑同，則知崇之姓張氏無疑矣。而傳載歷官次序甚略於碑，疑崇無赫赫大功，故爲史氏所略。而傳云以坐事還第，碑乃美其知止戒覆以就閒，蓋碑誌溢美，無足怪者。傳又書其追封羅國，贈都督事，而碑獨不記，則是勒碑之後復被寵褒，作者不及記之。然崇之本傳及《忠義傳》列凌煙功臣及《裴寂傳》所書，皆云張平高而不名，豈唐人多以字顯，如殷開山之類，史册皆以字稱者乎？但唐人雖以字顯，史必隨著其名，今平高本傳則亡之，豈非史氏之逸乎？

凡《唐史》紀人姓名尤多繆誤，如鄭潛曜乃作郭潛曜、程處亮或作程懷亮之類。今平高之碑既不載其以字行，蓋史家刪修，誤以平高爲名。余嘗考殷開山名嶠，封德彝名倫，高士廉名儉，尉遲敬德名恭，姚思廉名簡，高季輔名馮，蘇定方名烈，唐休璟名璿，郭元振名震，王方慶名綝。在唐無所諱避，不知何爲而行字，遂至君臣之答問，詔旨章牘之所稱，一切以字。若李靖見於紀傳皆書名，而《裴寂傳》後載武德九年差功之事，則又書曰"李藥師"，是既以名稱又以字行。

此尤爲二三唐人名字，余久惑之，因平高之辯，略誌其梗概云。四部叢刊本《盤洲文集》卷六二。

一〇 跋歐書唐瑾碑

唐初文章承五代之衰，務以駢儷爲工，碑誌之作多浮靡而無事實，惟世系、子孫、官封、名字可以考據。

唐瑾碑乃于志寧所撰，歐率更所書。今以其文考《北史》列傳，則史之失甚多。碑云瑾字子玉，而傳作"附璘"，《新唐·世系表》又作"子瑗"，蓋玉、瑗小有差衍，傳則誤矣。碑云瑾曾祖儼、祖文輪，而《北史》於瑗之父永傳云父倫、祖揣。今以《新唐》世系推之，則揣乃瑾之高祖，儼則其曾祖，正與碑合，傳既逸儼之名，遂誤以高爲曾。碑云瑾祖名文輪，而傳作倫，既失實矣，《新唐》又作輪字文轉，此又《唐書》之失。碑云文輪終東萊太守，而傳作青州刺史，唐表又作青州太守。且刺史之秩尊於太守，使文輪歷之，則作碑者不應不載，此《北史》之誤。又太守乃典郡之稱，唐表云青州太守非也。碑以儼爲守東安，而表作東海，亦非也。碑云永終車騎將軍，唐表作儀同三司，則是碑記其武散官之崇者，表書其文散官之崇者，傳皆不書。碑及唐史皆云永爲平壽忠武公，而傳又不書其諡，皆其闕也。碑歷叙瑾初以魏大統元年爲員外散騎侍郎，周文引爲記室，及河橋之勝而封平昌縣子。是年有陟岵之憂，起爲太子舍人，遷膳部，轉右丞，加持節撫軍將軍、大都督、通直散騎常侍，轉吏部郎中、龍驤將軍，然後改伯臨淄，繼除黃門侍郎，拜車騎將軍、儀同三司、散騎常侍，遷吏部尚書，然後賜姓宇文。于謹南伐，以爲行軍長史，謹多其才，求與通籍，然後更萬紐于之姓。江陵既平，乃加驃騎大將軍、開府儀同、侍中，進公爵。而本傳云封姑臧縣子，累遷右丞、吏部郎、戶部長，進驃騎、儀同，賜宇文及萬紐于姓，進封伯，轉吏部長。奪哀復位，從于謹平江陵，以勳封公。今據碑所載，則始封乃平昌，而傳作姑臧；碑云喪父在魏大統三年封子之時，而傳乃在作吏書封伯之後；碑云奪哀爲舍人，而傳云復吏部尚書；碑云封伯在未賜姓之前，而傳則在後；碑云賜二姓在吏書之後，而傳皆在前；碑云從于謹南伐，然後更姓萬紐于，而傳則先已更姓，凡歷數年，始同戎事；碑云驃騎、儀同之命在江陵已平之後，而傳乃在未賜姓已前。其他歷官，傳多闕之，獨傳有户部之除而碑則無之。碑又叙自入周之後，嘗爲宗伯，出判拓、蔡，授司宗、御正，轉内史，納言，又刺荆州，遷大宗伯而亡。本傳乃云出刺蔡州，歷拓、硤、荆州，入爲吏部、御正、納言、内史，除司宗而亡。如碑所載，則是出典二城乃入遷四職，復出治荆。據傳則是連尹四州，然後入官中都，以至蓋棺，不復補外。碑則自蔡州入爲司宗，傳則歷遷數職而終於司宗。唯傳有硤州、吏部二命，而其碑不載。碑云生爲大宗伯，而傳云死贈小宗伯。碑有刺史之贈，而傳無之。碑云諡獻而傳作方，唐表又作文獻。若此之類，皆以碑爲正。蓋唐皎歷任於武德、貞觀之間，志寧親受其事而作斯文，必無誤者。

予既辨二史與碑之抵捂，因以《北史》之傳校《新唐》之表。傳云永孫悟而表作怡，傳云瑾次子令則而表作則，又二史之不同者。然《北史》之誤，其可一二言哉？四部叢刊本《盤洲文集》卷六二。

一一　題曹公顯所書陳體仁《梅清傳》後

香草以比君子，固多見於騷人之辭。至剛長歲寒之際，能舒翹揚芳，表表於風林雪嶺間，惟梅爲然。其奔軼絶塵之姿，殆與莊士端人無異。彼揭車杜若尚不敢與之齊驅，而冶桃繁李睦若乎其後，誠未可同日而語。

陳君用太史公法，爲作佳傳，曹侯一見知賞，泚筆特書而冠文其首，抑可謂三絶也。四部叢刊本《盤洲文集》卷六二。

一二　跋米元暉畫（一）

丘壑之士久寂寞則起朝市之念，朝市之士久喧囂則懷丘壑之放，古今之理一也。

予讚治丹丘，雖環郭皆山，可以拄頰，而霞城雲嶼，亦得駕言窮覽，然塵纓冗牘之所羈束，終不能瑩心而醒目。

米西清所作《瀟湘圖》，曲盡林阜煙波之勝，遐想鷗鳥之樂，良不可及。四部叢刊本《盤洲文集》卷六二。

一三　跋米元暉畫（二）

予嘗客毗陵，一葦太湖舊矣。去之六年，風朝月夕則思怒濤裂山，澄漪見雲，夢寐間時一往焉。觀此恍然，所謂逃空谷而喜聞足音者。紹興十七年三月廿二日，鄱陽洪适書〔一〕。四部叢刊本《盤洲文集》卷六二。

〔一〕尾句原無，據《續書畫題跋記》卷二補。

一四　跋《孔門四科圖》

魯論第孔門四科，先言語而後政事，太史公先政事而後言語。此畫有行行其容者，似子路氏而次在八，是以魯論爲序者也。四部叢刊本《盤洲文集》卷六二。

一五　跋《登瀛圖》

右《登瀛圖》一卷，卷首攘袖醉者爲蘇世長，伸欠者爲許敬宗，捉筆欲書者爲褚亮，憑欄目鵝者爲劉孝孫，一介附耳、有所白者爲蘇勗，交手對之者爲薛元敬，童子奉杯小冠者受之者爲蓋文達，幅巾按股被酒而寐者爲李元道，捉筆運思者爲孔穎達，左手持杯者爲李守素，面之者爲姚思廉，童子奉巾盥反顧而吸者爲陸德明，坐柳下者爲虞世南，執卷挽條者爲顔相時，帶解欲結者爲于志寧，撮巾羽衣倚老木者爲房玄齡，杖筇而相語者爲蔡允恭，袖手巴且旁者爲杜如晦。凡學士十有八員，坐者十，立者三，倚者四，醉者一。

其供給之人，坐而奏樂者六人，立而句樂者一人，司筆研者三人，侍左右者五人，掖者一人，白者一人，進器者五人，職器者五人，執器者亦如之，意錢於馬前者三人，蹴羽錢於驢前者一人，執靶者八人，舉韉、負笠、持帕者各一人，驢牽者一人，臂隼與休者各一人。凡供給於前後者四十有六人，巾之人二十有七，帽之人一，結髮之童七，垂髻之童十有一。

其馬十有二，受鞍羈者十，羈而欲鞍者與羈而騾者各一。驢一，隼一，狗一，鵝如驢、隼、狗之數而倍之。

曲欄見其面之三。長案、方床、茵坐之具二十有二。笙、笛、箜篌，樂之器八，酒尊、茶瓶、果楄、水盤，食之器九十。香鼎、燎鑪、書樒、印室、筆墨、巾幂，用之器十有八。筆服算朥，圉人插其腰者二。古木大小五，巴且大小五，柳一。

凡畫中之物如此，合而名之曰《登瀛圖》。其人物、器用、草木、羽毛之狀，雖婁經摹寫，猶存妙處梗槩。遐想英標，植愚被陋，貞觀之治，豈無權輿！故曰廊廟之材非一木之枝，帝王之功非一士之略。四部叢刊本《盤洲文集》卷六三。

一六　又跋《登瀛圖》

唐文皇既已羅群英入莫府，因命閻立本肖象，題其爵里名氏，曰"十八學士寫真圖"。

予始傳此畫，所識姓名有與史氏不同及闕文者，因並存之。畫云蘇壹字世長，劉孝標字德祖，蘇勗字謹行，薛莊字元敬，蓋文達字文達，李元道字元易，李守素字仲筠，姚思廉字簡之，虞世南字德施，顔相字時睿，房玄齡字喬松，蔡允恭字克遜。此畫雖不可指爲祖述閻本，要知非出近人所作。四部叢刊本《盤洲文集》卷六三。

一七　跋陳承休所藏名賢帖

右歐、蔡、蘇、黄、晁、秦、米公帖一卷，莆田陳承休所藏，予於五羊見之。遠方家鮮收書，欲借漢唐正史尚艱得，乃有博雅之士，軸鉅公寶墨自隨，忽如明珠美玉飛墮吾前。抆几展玩，便覺蠻煙瘴氛爲之辟易〔一〕。四部叢刊本《盤洲文集》卷六三。

〔一〕辟：原作"辭"，據文淵閣四庫全書本改。

一八　試夏守真

燕無函，胡無弓車，粤無筆。燕之函、胡之弓車非無也，人皆能之也。粤無筆，材梗之也。穎既俘於秦，其苗裔南不踰嶺，雖有良工不能善其事。

九江夏守真客寄番禺，乃能束雞羊猩毛，而圓健耐久，與宣城諸葛、毗陵周名相甲乙。諺曰"巧婦不能作無麵不託"，豈其然乎！四部叢刊本《盤洲文集》卷六三。

一九　跋歐率更臨帖

歐陽率更真墨，今其存者鮮矣，況所臨又王中令帖乎？氣骨洒然，典刑具在，如明珠美玉，不待襃拂而人皆知其寶也。四部叢刊本《盤洲文集》卷六三。

二〇　跋吕子猷小簡（一）

子楊子曰："書，心畫也，筆畫形而君子小人見矣。"觀吕公子猷之書，可知其爲莊重君子。四部叢刊本《盤洲文集》卷六三。

二一　跋吕子猷小簡（二）

予不及識吕子猷，聞其律身有繩墨，涖官如冰霜，非禮弗蹈。今與其子子毓遊，"維其有之，是以似之"者歟！四部叢刊本《盤洲文集》卷六三。

二二　跋《文房四譜》

右《文房四譜》五卷，參知政事蘇公所集，番陽洪某假守新安，刻之四寶堂。蓋歙谿之楮潔白，爲天下第一；黄山松煤，自庭邦父子著名；龍尾石與端巖相甲乙；獨管城子少貶，然亦不落宣城下。是書當傳，莫宜是邦。

予家所藏譜硯之書以五六，頃居閒時，頗嘗採獲，大凡翰墨事，冀以綴蘇公書，未就也。巖邑無書可探閱，不能終篇。説歙硯者凡三家，品諸李者有《墨苑》，姑以踵此編，他須異日云。四部叢刊本《盤洲文集》卷六三。

二三　題趙棄畫《竹隱七逸圖》〔一〕

泰陵初立詞科，一舉得五人，少蓬趙公其一也。予兄弟仰高蹈景，竊攀屈、宋之駕，而後先參辰，莫快一睹。其猶子能託繪事，彰其家望之美。

開卷肅然，如升堂睹奥而瞻道德之光，又以見公消搖燕間，寄意筆墨。進諸子於道如此，彼有譽兒癖者，真可奴僕命之。四部叢刊本《盤洲文集》卷六三。

〔一〕七：原作"士"，據文淵閣四庫全書本改。

二四　書吴滋墨卷

士大夫不公持論，故月旦評不足爲人輕重。百工以藝定聲價，其物之美惡，名斯判然。

歙人吴滋以墨客遊縉紳間，唯其松擇而煙良，膠對而杵力，旦旦用之，硯不滓，筆不病，使潘、胡、蒲、史之品不能齊色而爭先。雖無王公齒牙之譽，而增直三倍矣。四部叢刊本《盤洲文集》卷六三。

二五　題吴司諫遺墨

尚書郎吴公以筆札獨步，覽諫坡遺墨，則羲、獻寶章有自來矣。四部叢刊本《盤洲文集》卷六三。

二六　跋曾仲躬所藏張文潛草書

張右史文名滿天下，而後之人不知其能書。觀此墨妙，真可以藏之十襲。四部叢刊本《盤洲文集》卷六三。

二七　《隸纂》跋

東都隸刻，今其存者幾二百，雖工拙規圓不同，猶樝梨橘柚，味皆可以適口。

四十年來，中原入於狄，石毀於爐，好古之士不能多藏而悉見，每介介焉。予嘗韻分其字爲七卷，釋其文爲三十七卷，尚患筆意不傳，則擇其點曳不闕者鑱之，以爲《纂》，得十卷。一代法書，亦足以窺其髣髴矣。四部叢刊本《盤洲文集》卷六三。

二八　石經跋

蔡中郎石經在承平時已不多見。今京雒雍隔，慮其遂泯沒不傳也，予既輯《隸釋》，因以所得《尚書》《儀禮》《公羊》《論語》千九百餘字，鐫之會稽蓬萊閣，凡八石。庶幾見者有瞪然之喜。四部叢刊本《盤洲文集》卷六三。

二九　跋《岐陽石鼓文》

右《岐陽石鼓文》一卷，頃在會稽得之粥碑者，而闕其第八。時常平使者徐子禮善篆，持以問真贗，又得其舊藏，復重一紙，十鼓遂足。

初，先公北歸，有宣和殿所刊《復古圖》一帙，圖十鼓而釋之，以《車攻篇》冠其首，韋、韓二詩，歐、周二跋尾其後，折衷以雲漢之章。更有司馬天章公鳳翔所鐫韓公詩，篋中所藏甚備，復集東坡諸公詩文爲一卷。念昔登詞科時，實賦《成王蒐岐頌》，於此蓋拳拳焉。嗚呼！鷺鷥不至，豺虎同穴，《小雅》詩廢今五十年，摸索遺碑，可爲慟哭。

淳熙丁酉六月，盤洲書。四部叢刊本《盤洲文集》卷六三。

三〇　書劉氏子《隸韻》

予初見劉氏子《隸韻紀原》，凡隸釋碑刻，無一不有，驚其何以廣博如是。及觀其書，乃是借標題以張虛數，其間數十碑韻中初無一字。至他碑所有則編次又甚疏略，古碑率多模糊，辨之誠爲甚難。

予因作《隸釋》，目爲之昏。孔宙碑"南畝孔勄"，王純碑"粥糜凍餒"，文理判然，此書乃以"畝"作"敏"，以"糜"作"麋"，此類亦不一。漢人專以假借爲事，韻中略不表出，學者何考焉？四部叢刊本《盤洲文集》卷六三。

三一　跋王順伯所藏荊公詩卷

予頃在會稽，整比《隸釋》，始識臨川王厚之，好古博聞，賴其助爲多。作別十年，千里命駕，出其先正荊國公遺墨，展玩再三，敬書其後。四部叢刊本《盤洲文集》卷六三。

三二　跋丙申修改《隸釋》

《隸釋》成書十年矣，再因考古，始知楊司隸名渙，不名厥，張元益是偉伯之孫，王曜非劉寬故吏，膠東廟門是兩碑，石勛詩非費鳳碑陰，校官碑以"菰竹"爲"孤竹"之類，增改千有餘字，除去者數板。淳熙丙申，息秘官山陰，遂正之。四部叢刊本《盤洲文集》卷六三。

三三　池州《隸續》跋

《隸釋》有續，前後二十一卷。乾道戊子，始刻十卷於越；淳熙丁酉，姑蘇范至能增刻四卷於蜀；後二年，雪川李秀叔又增五卷於越；明年，錫山尤延之刻二卷於江東倉臺而輦其板歸之越。延之與我同志，故鄭重如此。

凡漢隸見於書者，爲碑碣二百五十八，磚文、器物欵識二十二，魏晉碑十七，欵識二。欲合數書爲一，未能也。今老矣，平生之癖將絶筆於斯焉。

庚子十一月，洪景伯書〔一〕。四部叢刊本《盤洲文集》卷六三。

〔一〕洪景伯書：原無，據《隸續》卷二〇補。

三四　淳熙《隸釋》跋

右淳熙《隸釋》目録五十卷。

乾道中，書始萌牙。十餘年間，拾遺補闕，續卷寖多。鄞江史直翁、茗溪李秀叔一再添刻，南蘭陵尤延之自秋浦鍰板埤助，蘇臺范至能以越本栞於蜀，前後增加，律吕乖次。合而一之，得聖賢嶽瀆祠廟四卷，石經一卷，旌孝、講德二卷，河渠、橋道二卷，阡表壙銘十六卷，雜刻三卷，磚文、器物欵識二卷，魏、吴、蜀、晉三卷，譜一卷，圖式八卷，水經一卷，歐、趙説六卷，碑鄉一卷，凡碑板二百八十五，磚器二十七。

某人垂意古學，見之訢然，命掾史輯舊板，去留移，易首末，整整一新。傳之將來，或不束之高閣，勞勤心目，可無憾焉。辛丑六月，盤洲老人洪景伯書。四部叢刊本《盤洲文集》卷六三。

錢及之藝話（一則）

錢及之（生卒年不詳）字中叟，紹興間人。紹興二十七年六月，曾上書乞差遣。

題薛本《蘭亭》帖

嘗聞之於工部外郎薛伯常曰："《蘭亭》自唐太宗刊在玉石後，流落定武民間，世以定本爲貴。"伯常尊君道祖，世以"米薛"名者，侍其先樞密守定武，別以玉石刊一本，易民間太宗本以歸。薛道祖，長安人也，自此天下以長安薛家本爲貴。道祖又留刊一石在使宇，留刊一石在譙門。計之民間所易者一石，只定武自有三本，然皆經道祖手，元用太宗碑本便上石，皆善本也。

及之與伯常遊，數於其家參之，曲折精微，得《蘭亭》妙處，一間不能逃也。隽道此本，真薛家好本也。然伯常又說："玉石本，惟背後有五色蓮花記者，爲貞觀時本耳。此石後來亦不在長安薛家。蓋道祖死，其弟尚書嗣昌奏之，宣和之間，已取歸汴京，龕在宣和殿上。靖康丁未，燕人載歸沙漠。"嗚呼！中國所存者亦可知矣。隽道妙於翰墨，方能珍玩之，他人有之，未必能披玩法書如此也。

道祖諱紹彭，其幼子伯常諱經。紹興二十八年八月十三日，錢及之中叟謹書。文淵閣四庫全書本《蘭亭續考》卷一。

汪應辰藝話（一二則）

汪應辰（一一一八～一一七六），初名汪洋，及第後宋高宗爲改今名，字聖錫，信州玉山（今江西玉山）人。家貧力學，鄉舉、禮部試均爲高選，趙鼎奇之，延之館塾。紹興五年爲進士第一，授鎮東軍簽判。召爲秘書省正字。時秦檜力主和議，以上疏論全國歸河南地事，忤秦檜，出通判建州，乞祠歸，主管崇道觀。起通判袁州、静江府、廣州。二十六年，召爲吏部郎官，遷右司，出知婺州。二十九年，召除秘書少監，遷權吏部尚書，權戶部侍郎兼侍講。三十二年，出知福州，昇敷文閣待制，舉朱熹以自代。隆興元年，爲四川制置使、知成都府。乾道四年，召除吏部尚書，兼翰林學士並侍讀。六年，復以端明殿學士知平江府。坐平江府米綱有折閱，貶秩，遂請祠。淳熙三年，卒於家，年五十九，謚文定。汪應辰剛方正直，遇事特立不回，與趙鼎、喻樗、張九成、吕本中相善，以忤秦檜流落嶺南十七年，而凛然不可屈。工駢體文，陳振孫謂其所撰制詔"温雅典實，得王言體"（《直齋書録解題》卷一八）。羅大經嘗舉其《賜四川宣撫虞允文辭召命不允詔》《賜知紹興府史浩乞宫觀養親不允詔》《賜陳俊卿辭左相不允詔》《賜虞允文辭右相不允詔》等篇，稱爲詔誥佳作（《鶴林玉露》甲編卷六）。奏疏能指斥時弊，侃侃而論，如紹興八年輪對上《論和議異議疏》，以爲和議不諧非所患，和議既諧，因循無備爲可畏，由此而觸怒秦檜等主和派權臣。詩歌清新平易，有閒逸之趣。著有《文定集》五十卷，又有《玉山翰林詞草》五卷、《玉山表奏》一卷。

一　書韓公《五箴》

余素不能書，同官吕文甫以此紙求字，每誦韓文公《五箴》，恨習氣不除，動輒犯戒，至若《言箴》所謂，尤中吾病。因書以記過，且願與同志者勉之，字之工拙不足道也。文淵閣四庫全書本《文定集》卷一〇。

二　題宋宣獻公帖

仁宗皇帝初即位，章獻太后同聽政，以孫公奭、馮公元、宋公綬分侍講讀。今觀此帖，雖從容射圃之際，太后輒使諸儒賦詩勸戒，信乎文王所以聖也！《文定集》卷一〇。

三　題蘇東坡帖

歐陽文忠公與子瞻至厚，所以稱道之者不遺餘力，而獨不及其字畫之工。至《集古錄》中不取張從申書，乃知前輩好尚不同如此，又見其許可之不苟也。《文定集》卷一一。

四　跋蘇東坡《與巨濟帖》

王介字中甫，其子沆之字彥魯。蘇公自黃移汝，與彥魯遇於京口。作中甫哀辭，有"束稿端能廢謝鯤"之句，故此帖問束稿而云致意彥魯也。《文定集》卷一一。

五　題《舂陵法帖》

此帖內魯直字多削去姓名，蓋刻石時蘇、黃翰墨之禁未解也。三卷所收已不多，後又散失，故往往前後不屬。人言舒原伯舍人作郡時，棄置榛棘間，以此散失。蘇易簡之鑑尚，韓丕之純樸，前輩固已有定論也。《文定集》卷一一。

六　跋尚公帖

周之士也肆，蓋上下之交，而以公議相與而無所迂屈，所以為大道之行。

今讀此帖，既見尚公能以忠言報知己之德，又見一時風俗之厚，士得申其志也。視唐之文士詞氣淒淒然，至願蒸芝蘭以效祥，為庭燎以照客者，亦可憐哉！《文定集》卷一一。

七　跋尚公帖

周之士也肆，蓋上下之交，而以公議相與而無所迂屈，所以為大道之行。

今讀此帖，既見尚公能以忠言報知己之德，又見一時風俗之厚，士得申其志也。視唐之文士詞氣淒淒然，至願蒸芝蘭以效祥，為庭燎以照客者，亦可憐哉！《文定集》卷一一。

八　跋山谷帖

余所視山谷翰墨，大抵誨人必以規矩，非特為說詩而發也。嘗有詩示張氏子，云

"莫學今時新進士，談説性命如懸河"，蓋當時學者之弊。《文定集》卷一一。

九　跋成氏所藏山谷帖

魯直放逐嶺表，蓋世人掉臂不顧之時也。遇祁陽成君立道以醫藥隱於市廛，獨能惓惓然從遊遊。昔秦少游謂僧法言能作雪齋，從蘇太史遊，不問可知其爲人〔一〕。士雖不可一槩論，然成君要非碌碌者。

立道之子出魯直諸帖見示，魯直字畫之妙，固當藏之，又足以發揚先德於不朽也。《文定集》卷一一。

〔一〕不：原作"昔"，據武英殿聚珍版本改。

一〇　跋王荆公所書佛偈

荆公贈太傅，其制云"少學孔孟，晚師瞿聃"，世或以爲有所譏。然公自謂"余幼習孔子，長聞佛老之風而悦之"，則制詞蓋公志也。

公所書彌勒偈，此特其一爾，可見公之於異學，其篤好如此。《文定集》卷一一。

一一　跋王荆公與吕申公書

右王介甫與吕申公書。介甫自少氣高一世，而于申公屈服推重如此。然一旦同朝議論少異，則詆之惟恐不力，況遠之人而欲與之較長短哉？觀末後一紙，無復異時之綢繆矣〔一〕。《文定集》卷一一。

〔一〕繆：原作"綢"，據武英殿聚珍版本改。

一二　跋李伯時《孝經圖》

漢石建以馴行孝謹爲齊相國，齊國慕其家行，不言而治，此所謂居家理故治可移于官也，況于聖人乎？伯時書此意，乃徽纆桁楊纍纍然者，何也？《文定集》卷一二。

韓元吉藝話（二六則）

韓元吉（一一一八～一一八七）字无咎，號南澗，開封雍丘（今河南杞縣）人，南渡後居上饒（今江西上饒）。韓維玄孫。少時師事尹焞，以蔭爲處州龍泉縣主簿，調南劍州主簿。紹興二十八年，知建安縣。三十一年，除司農寺主簿。獻書張浚言不可輕舉，張浚不納，後果有宋師符離之敗。隆興二年，移守鄱陽。乾道元年，召爲考功員外郎。三年，除江東轉運判官。四年，召爲大理寺少卿，權中書舍人。八年，權吏部侍郎，遷權禮部尚書，爲賀金國生辰使。淳熙元年，出知婺州，移建寧府，入爲吏部尚書。五年，再出知婺州，奉祠。爵至潁川郡公。晚年隱居上饒，與其婿吕祖謙講學於竹林精舍，時與葉夢得、陸游、范成大、張孝祥、辛棄疾相唱和。淳熙十四年卒，年七十。元吉學識淵深，詞章典麗，議論明徹，黃昇稱其"文獻、政事、文章爲一代冠冕"（《中興絕妙詞選》）。《四庫全書總目》卷一六〇亦謂"統觀全集，詩體文格，均有歐、蘇之遺，不在南宋諸人下"。其詩學蘇軾，賦物抒懷，均有高妙工整之處，爲人稱賞。詞往往自述其志趣，與辛棄疾、陸游詞風相近。著有《南澗甲乙稿》七十卷、詞集《焦尾集》一卷，又著有《愚戇錄》十卷，原集均已佚。清四庫館臣自《永樂大典》輯出詩文詞，重編爲《南澗甲乙稿》二十三卷。《四庫全書》所收《桐陰舊話》一卷，皆家世舊聞。《彊村叢書》還收有《南澗詩餘》一卷。

一　題畫卷

少年喜登臨，兩脚不憚軟。支筇上雲山，得酒輒三返。一從老將至，所向意先懶。豈惟心事乖，要自脚力短。不如空齋坐，此畫一舒捲。超然函文間，意作千里遠。漁舟已逍遙，茅屋更蕭散。江干所游歷，物色猶在眼。浮生固幻景，況乃幻中幻。低頭顧吾廬，何如住山澗。文淵閣四庫全書本《南澗甲乙稿》卷一。

二　題陳季陵家《巫山圖》一首

蓬萊水弱波連天，五城十二樓空傳。行人欲至風引船，不知路出巫山前。巫山仙子世莫識，十二高峯作顏色。暮去朝來雨復雲，却將幽恨感行人。江流東下幾千里，日日飢鴉噪船尾。靈帳風生酹酒漿，古廟煙青客遙指。崧高漫説甫與申，道旁況有昭君村。娥眉妙手不能畫，枉學瑶姬夢中嫁。黃牛白馬江聲寒，昭君傳入琵琶彈。漢庭無人楚宮遠，陽臺寂寞空雲間。君家此畫來何許，照水煙鬟欲相語。要須婿服令侍旁，不用作賦迴枯腸。《南澗甲乙稿》卷二。

三　鄭仲南《五梅圖》

江南酒美樽不空，十年醉倒梅花中。經行所見略可譜，一一秀骨含仙風。不將鉛華汚真色，亦有醉臉勻春紅。重英千葉兩何好，玉立但喜肌微豐。紅綃金縷變新樣，品異獨許天香同。花開到處即吾圃，水寒月淡煙空濛。醉來踏雪更起舞，長歌目送南飛鴻。自後春歸厭寂寞，坐覺桃李難爲容。忽驚橫軸入吾手，世上猶有丹青工。扶疏清影卧空碧，一笑似喜曾相逢。君家亭館安用此，此物自昔添詩窮。詩成妙手儻不惜，畫我曳杖穿芳叢。《南澗甲乙稿》卷二。

四　次韻曾吉甫題畫屏風

何許江山發興長，渾疑廬阜對彭郎。胸中丘壑元蕭爽，筆下煙波故渺茫。落落疎松長映座，冥冥飛雨欲侵牀。冷然已作華胥夢，便有羣仙到枕旁。《南澗甲乙稿》卷五。

五　題日出雨脚圖二首

絕壑春林映綠，半山曉霧迷紅。長憶西巖夢覺，小舟欸乃聲中。
隱隱遙分樹色，蕭蕭似聽風聲。何處江傾海墮，隔山霧白煙明。《南澗甲乙稿》卷六。

六　次韻趙公直題米元暉畫軸

天際歸雲挾雨，江干亂木藏山。耳冷似聽蕭瑟，眼明驚見屠顏。《南澗甲乙稿》卷六。

七　題張幾仲所藏醉道士圖

何須坐客總能文，呼酒相逢日暮雲。醉倒儘如狂道士，夜歸誰問故將軍。《南澗甲乙稿》卷六。

八　《焦尾集》序

《禮》曰："士無故不徹琴瑟。"古之爲琴瑟也，將以和其心也，樂之不以爲教也。士之習於琴者既罕，而瑟且不復識矣，其所恃以爲聲而心賴以和者，不在歌詞乎？然漢、魏以來，樂府之變，玉臺諸詩已極纖豔。近代歌詞，雜以鄙俚，間出於市廛俗子，而士大夫有不可道者。惟國朝名輩數公所作，類出雅正，殆可以和心而近古，是猶古之琴瑟乎？

或曰歌詞之作，多本於情，其不及於男女之怨者少矣，以爲近古何哉？夫詩之作蓋發乎情者，聖人取之以其止於禮義也。《碩人》之詩，其言婦人形體態度，摹寫略盡，使無孔子而經後世諸儒之手，則去之必矣，是未可與不達者議也。

予時所作歌詞，間亦爲人傳道，有未免於俗者，取而焚之，然猶不能盡棄焉，目爲《焦尾集》，以其焚之餘也。

淳熙壬寅歲，居於南澗，因爲之序。《南澗甲乙稿》卷一四。

九　跋文潞公諸賢墨跡

黃廷老家所藏元祐三跋尾，其二則魯公祭常山父子文。李大夫帖，郭僕射書，嘗見石刻矣。其一則藏真書，蓋未見也。

觀穎叔所識，謂魯公得張長史筆法者，豈此耶？劍去而遺櫑具，鍾亡而寶追蠡，顏素帖雖不存，文忠烈而下，名公之墨，得一已可珍矣。《南澗甲乙稿》卷一六。

一〇　跋趙郡王墨跡

少師安化郡王以宗藩之英，及見中原太平之盛，艱難渡江，享有富貴。而手書此文，推原道德仁義，詆譏前代，欲使人君用爲龜鏡。是以知其所感者深，所蘊者厚矣。乾道丁亥歲二月甲戌，穎川韓某書。《南澗甲乙稿》卷一六。

一一　跋曾吉甫帖後

永豐周日章、日新兄弟，少力於學，嘗以師謁曾吉甫於茶山，此其報字也。公之去茶山踰二十年矣，周氏兄弟華髮蕭然，猶連蹇場屋也，覽之歎息。淳熙十二年二月十日，南澗翁韓某題。《南澗甲乙稿》卷一六。

一二　跋李和文帖

國朝文雅，至章聖時乃盛。楊、劉二公，製作彬彬，爲天下表儀。而和文公以勳閥尚帝女，筆力頡頏，號相師友。

此帖蓋與中山論禪，可概見也。晚嘗援韋嗣立故事，祈衲祿以老山林，其胸次所蘊，視富貴真何物耶？乾道八年十二月五日，潁川韓某盥手以觀。《南澗甲乙稿》卷一六。

一三　跋鄧聖求除拜帖

鄧安惠公制册深厚宏雅，自成一家。東坡先生相與酬唱，嘗並直玉堂矣。逮其拜轄，乃假手賀之，豈應用之文，特禮不可廢者，或欲試其門人筆語能道己意否耶？乾道壬辰五月己丑，潁川韓某書。《南澗甲乙稿》卷一六。

一四　跋范元卿所藏歐陽公帖

文忠公手墨，世固多有之。二帖蓋與原甫、君謨，皆平日至厚，周緻委曲，情如家人，足以見前輩交友之誼爲可寶也。稱謝原甫，戒其用快，而頗譏其豪飲不可當。勸君謨以瘡愈當治內，猶寇賊後修武備，所以禦後來之患，而自謂各有少病。其爲藥石之言，互相啓發，又可寶也。淳熙二年八月壬午，潁川韓某敬觀。《南澗甲乙稿》卷一六。

一五　跋司馬公《倚几銘》

溫文正公《倚几銘》，今《傳家集》所未見者。銘文甚簡，而注義特詳，其告君之善，惟恐不盡也。勾注塗改甚多，而無一字行草，其敬謹之至，未嘗斯須忘，可不法哉？淳熙三年十一月庚午，潁川韓某觀。《南澗甲乙稿》卷一六。

一六　跋荆公書彌勒偈

《阿逸多偈》，懺悔法也。蔡元度自謂荆公好書此，不知幾本。豈平時行事，於心有所不安，亦如暮年舍居爲蘭若者耶？不然，是蓋學佛之末耳。《南澗甲乙稿》卷一六。

一七　跋山谷醉帖

山谷草聖數紙，醉帖尤奇，乃知用筆在有真意也。《南澗甲乙稿》卷一六。

一八　跋蔡君謨帖

高伯祖丞相獻肅公帥成都時，蔡忠惠公任寄省所寄書也。語簡而意親，無復世俗不情之態。前輩尺牘多類此，可敬而法哉！

公以壬子正月庚子生，不知距蔡公爲幾日，書尾致吳茶，益見嗜好之不忘也。淳熙六年刻石婺女郡齋，七月壬戌，潁川韓某記。《南澗甲乙稿》卷一六。

一九　題陳季陵所藏東坡墨跡後

醉翁夢中所作絕句，好事者謂其非夢也，語妙而意不屬爾。然思致高遠，殆欲仙去。

東坡在杭，劉景文數從公遊湖上，其戲景文絕句，爲西湖而作也。一筆書二詩，意必有在，後人徒賞其字畫耳。《南澗甲乙稿》卷一六。

二〇　跋蘇公父子墨跡

右文安、黃門二帖，所言皆私家細事，至煩碎而靡密，無足深論。學士大夫相與存而傳之者，豈不以其人哉！

夫不能以古人自任，千載自期，而欲恃區區之文墨以爲不朽者，可以慨然於此矣。《南澗甲乙稿》卷一六。

二一　跋和靖先生手筆後

某所見和靖先生書，此凡三本矣。一得於九江，一邢正夫家，而此爲最後，蓋又二年以贈呂景實者，今藏於潘叔度。以校前二本，皆有改削，前輩謹於言若此哉！欲言之無擇難矣。叔度好學，宜知者也。

某既假而移諸石，因志其後而歸之。《南澗甲乙稿》卷一六。

二二　書尹和靖所書《東銘》後

和靖先生手書《東銘》，修水黃子餘所藏，寓九江時筆也。

先生少喜字書，嘗因書碑，同舍聚觀，伊川笑謂之曰："是固無害，第將爲人役也。"自是不復書，然暮年筆力猶健如此。其教學者，必先讀《東銘》，然後看《西銘》，謂從寡過而入爾〔一〕，餘其知之也。展玩太息。淳熙改元六月戊寅書。《南澗甲乙稿》卷一六。

〔一〕爾：原作"子"，據武英殿聚珍版本改。

二三　書和靖先生手書石刻後

紹興初，和靖先生自蜀出至九江，書此以示夏翬，間亦録贈門人，今所見凡數本也，其意深哉。

當是時，士大夫頗以《伊川語録》資誦説，言事者直以狂怪淫鄙詆之，蓋難力辯也。先生既長道山，館中俊彦多從先生問學，且求《伊川語録》。先生謝曰："某無録也。"掇同門所記僅數十端示之〔一〕。張公子韶亦以爲請，先生曰："伊川之學在《易傳》，不必他求也。"其後先生歸寓會稽，學者猶以不看《語録》爲疑，先生曰："諸君知乎？《易傳》所自作也，《語録》他人作也。人之意，他人能道者幾何哉？"又嘗曰："伊川先生頃亦爲《中庸解》，疾革，命焚於前。門人問焉，伊川曰：'某有《易傳》在，足矣，何以多爲此？'"非先生不知也。

某假守婺女，見此紙於潘景憲家，蓋吕堅中所得者。因摹之石，以遺後學。追思拜先生於道山時，遂四十一寒暑矣，撫卷慨然。

淳熙六年六月庚戌，門人潁川韓元吉記。《南澗甲乙稿》卷一六。

〔一〕此下原注："昨載於《師説》之首。"

二四　禮樂論

儒者之效，莫先於禮樂；儒者之弊，莫大於徇禮樂之名而不識其實。蓋禮樂之實不可一日去於天下，而禮樂之名則天下有時而不用。人見夫禮樂之名有時而不用也，遂以爲天下真無禮樂。夫天下一日而無禮樂，其可以言治哉？

世儒之説，曰王者治定製禮，功成作樂。陋哉斯言也，治未定，獨無禮乎？功不成，獨無樂乎？彼之所謂製禮作樂云者，惑其名者也。今夫飾黼黻，盛文繡，築壇於郊，祖考廟而享，主賓豆而宴，可謂禮矣；撞鐘而伐鼓，總干而獻羽，鳴律而應吕，可謂樂矣。而禮樂之實，有不在於是。

夫天下一日而無禮，則君臣、父子、夫婦、長幼之節將大亂而不可爲矣；一日而無樂，則陵暴、鬭怒、争奪、賊殺之禍將接跡而起矣。是二者，禮樂之實，日用而不知者也。黼黻文繡，鐘鼓干羽，禮樂之名爾。苟天下既已享其實，則夫所謂名者，存可也，亡可也，而必待夫黼黻文繡大備而始謂之禮，鐘鼓干羽畢陳而始謂之樂，奈之何天下其不疲且病也！

夫世之儒者，不識其實者衆，故必竊其名以自鬻於世，謂時君世主將興於所謂禮樂者，非從吾言則不足以自見。師以是傳之弟子，父兄以是詔其子弟，譊譊然號於天下，俾天下視禮樂以爲難致而不易得之物。而時君世主當功成治定之極，睥睨天下無可爲之事，則亦欲以誇耀於後世，未有不溺其説而信之者，鑄九鼎，作大輅，不遠千里登泰山之穹崇，輦石泗濱，伐竹嶰谷，有意於舞百獸而張洞庭也。百姓之力已竭，大農之藏已虛，而世儒之論未厭，其斁耗天下，有異於軍旅者幾希。嗚呼，是真聖人所謂禮樂哉！

善乎夫子之言曰："名不正則言不順，言不順則事不成，事不成則禮樂不興，禮樂不興則刑罰不中。"蓋天下之論禮樂，始於名正事成，而刑罰亦在其間，於是而可以探其指矣。

又請問禮，曰：上下安之謂禮。請問樂，曰：民庶和之謂樂。若是則先王之製禮樂非耶？先王之製禮樂，其大要本諸此，其下則因人情而爲之節文者也。何也？人君者，其富甚矣，其貴極矣，其情則無以異於人也。而得肆而不已，必蕩蕩而不制，則患生，故必順其情而制焉。蓋人情莫不好尊安，爲之堂陛以嚴之；莫不好華好，爲之服采以章之；莫不好聲音，爲之歌舞以悦之；莫不好馳騁，爲之蒐獮以行之；莫不好顏色，爲之妾媵以娛之；莫不好飲食，爲之宴享以樂之；莫不好鬼神，爲之祭祀以福之；莫不好遊觀，爲之巡狩以適之。數者禮樂所自出也。使人君之治，上下安焉，民庶和焉，則有不待堂陛而嚴，不待服采而章，不待歌舞而悦，不待蒐獮而行，不待妾媵而娛，不待宴享而樂，不待祭祀而福，不待巡狩而適矣。苟爲不然，上下亂而不能安也，民庶怨而不能和也，雖有堂陛其能安之？雖有服采其能被之？雖有歌舞其能玩之？雖有蒐獮其能舉之？雖有妾媵其能保之？雖有燕享其能居之？雖有祭祀其能宗之？雖有巡狩其能備之？

何以言也？漢高帝未嘗郊天，豈妨爲創業之英主？周宣王未嘗籍田，不害爲中興之賢君。當是時也，天下謂之亡禮得乎？景王鑄無射，不救周室之亂；成帝好聲音，無益漢祚之衰。當是時也，天下謂之備樂可乎？故以漢高、宣王之治，問其四夷則服從，問其諸侯則順朝，上之則天地悦豫，下之則人神協同，豈非所謂得禮樂之實也？以景王、成帝之治，四代之樂雖陳於庭，三雍之儀雖正於郊，嫡庶亂而不分，外戚强而不制，豈非所謂得禮樂之名也？

説者徒見夫子之告顏子有禮樂之事，遂以爲治道不越乎此，曾不知夫子之門，政事、征伐皆禮樂也，故以鐘鼓玉帛爲不足議。夫子之後，惟孟子爲能知之，故其論禮則曰執中無權猶執一，論樂則曰今樂猶古樂。唐之諸臣如魏鄭公者，舉其君於堯舜，而世儒訾之，以爲不能答禮樂之問。嗟夫！使天下而不知禮樂之實者，斯人之徒有以啓之也。《南澗甲乙稿》卷一七。

二五　跋山谷送徐隱父二詩草

聶長樂藏山谷二詩，雖屬草，筆力遒健不苟。前篇用邑令事，後用徐姓事爾。淳熙甲辰二月既望，潁川韓某觀。中華書局一九八六年影印本《永樂大典》卷九〇七。

二六　書歐陽文忠公《集古錄跋尾》後

　　歐陽文忠公《集古》所錄蓋千卷也，頃嘗見其曾孫當世家尚二百本，但跋尾及一二明公題字，其石刻謂離亂之後逸之爾。

　　今觀此四紙，自趙德父來，則在崇寧間已散落也，不然豈其稿邪！以校文集所載，多訛舛脱略，是當爲正而楊君集碑文集則無，惟中字作仲宗，建武之元作孝武，恐却乃筆誤也。然德父平生自編《金石錄》亦二千卷，又倍於文忠公，今復安在？公所謂君子之垂不朽，不託於事物而傳者，真知言哉。三復歎息。淳熙九年重五日，潁川韓元吉書。明汲古閣刻本《晦菴題跋》卷一。

周麟之藝話（三則）

周麟之（一一一八～一一六四）字茂振，海陵（今江蘇泰州）人。紹興十五年進士，調常州武進縣尉。十八年，復中博學宏詞科，授太學錄兼秘書省校勘、敕令所刪定官，改秘書省正字。遷中書舍人，二十三年，出爲衢州通判，改徽州。召爲著作佐郎，試起居舍人。二十七年，試中書舍人兼實錄院同修撰。二十八年，兼直學士院，拜兵部侍郎，試給事中。二十九年，爲翰林學士，兼修國史，兼侍讀，權刑部侍郎，充出使金國奉表哀謝使。三十年，權吏部尚書，繼除同知樞密院事。明年，因上疏辭免再使金，責授秘書少監，分司南京，筠州居住。孝宗即位，許自便。隆興二年卒，年四十七。麟之擅長駢麗文章，又久在館閣掌誥命，故其集中以内外制詞、表啓爲多，《四庫全書總目》卷一五九謂其"文章嫻雅，猶有北宋館閣之餘風，非南渡諸家日趨新巧者比，未可以專工儷偶輕也"。其詩多爲應制、酬唱之什，成就不大。著有《海陵集》二十三卷，另有外集一卷。

一　御書"玉堂"跋尾

臣近於經帷奏事，因言昨被旨皇子賜字。上宣諭曰："此學士院故事，不欲廢也。"

臣恭聆玉音，竊仰聖主深略緯文，遠猷繩武，事無鉅細，允迪前徽，一出言不忘典故。而禁林自祖宗以來，優寵詞臣，貴貺非一，昔有鉅麗，今獨闕焉，睿訓及之，不可嘿已。即具奏："國朝淳化初，太宗皇帝嘗以飛白書'玉堂'等四字賜翰林學士蘇易簡，謂宰臣曰：'易簡告朕求此數字，卿可召至中書授之，他日爲翰林中美事。'字徑二尺餘，龍鵠之勢，曲盡神妙。更變故，石本亦罕有存者。恭惟皇帝陛下聖筆天縱，超冠百王，萬幾燕閒，染翰弗輟，龍文龜畫，刊在翠琰，布列中外，焜耀群目，學宫儒館，賁飾尤多。惟是玉堂直廬，密邇清禁，臣愚狷以末技，誤膺簡擢，典司内命，丁辰晏清，書詔甚稀，鈴條不鳴，竭日無補，曾弗能考援故事，禋緝閟典，以爲萬年無窮之休。臣則有罪，敢昧死以請。"制曰："可。"

越翼日，内出"玉堂"二大字以賜。奎壁焕爛，自天而下，寶氣昭倬，發蔀燭幽，啟緘竦瞻，爵躍詠歎，視前世所謂龍跳天門、虎卧鳳闕者，不足以進於此。

顧臣譾陋，大懼弗稱。及入謝，復得請於都省，宣示宰執，俟中祕暴書，俾侍從館閣官咸得觀仰，仍以石本分賜，士林歆豔。皇乎哉，中興之偉觀，一代之彌文也！

臣謹按：玉堂本漢別殿名，未央宮與清涼宮、溫、神仙、長年、金華、白虎、麒麟列峙相望，更不詳著而略見於《李尋》《翼奉傳》。然則玉堂蓋殿名也，待詔者有直廬在焉，故尋自謂"久污玉堂之署"〔一〕。易簡所乞，太宗所賜，實取諸此。避英廟諱，至紹聖中始掇取二字榜於院。而識者非之，謂不當以前代殿名、皇朝寶札牓之於臣下止息之所。今臣建請，則所不敢。惟是仰承德意，勒石旌事，以永億載之傳，廣四方之藏，侈儒生千一之遇，使天下世咸知皇帝陛下典學稽古，迪文右賢，藝併於道，能潤色鴻業，不廢故事。如此則渥恩出於非常，舊典振於已墜，皆不失太宗皇帝本意。豐功盛烈，釀化懿綱，巍乎與淳化比隆矣！

輒舉大概，書於下方，用對揚明天子，丕顯休命。_{文淵閣四庫全書本《海陵集》卷二二。}

〔一〕署：原作"直"，據《漢書》卷七五《李尋傳》改。

二　跋德友兄所藏後湖帖

頃歲，先隱君見養直於鵝洲之南山谷間，以詩酒相從甚久。予時尚幼，亦熟其風度，如《遊張公壇》及《醉中失冠》之作，皆有和篇。

別數年，客有以《真止軒》詩來者，亦繼其韻。予竊笑曰："是非欲醉煙波、弄明月者烏能之，自此不復相聞矣。"

舊亦有數十帖，今不知何在，而吾兄乃能寶藏如此，真好事之尤者。先隱君嘗謂兄曰："聞子之賢久矣。子能與養直遊，賢乎哉！"此吾家月旦評也。_{《海陵集》卷二二。}

三　跋張參政墨跡

毗陵公筆法妙絕一世，今子弟皆刻意文藝，巋然有諸父風。子年蓋升其堂嚌其胾者也，知寶此帖，必知所以繼之。_{《海陵集》卷二二。}

曾敏行藝話（二二則）

曾敏行（一一一九～一一七五）字達臣，早年自號浮雲居士，中年號獨醒道人，晚年又號歸愚老人。吉水（今江西吉水）人。酷嗜經史，善持論，年二十遇疾，不能事科舉，遂博覽群書，以撰著爲事。工書畫，又取經籍典章，下至稗官雜史、前言往行、里談巷議，考訂研核，撰《獨醒雜志》十卷。又取古醫方湯劑之已嘗試者，撰爲《應驗方》三卷。

《獨醒雜志》（選録　二二則）

馬正惠公嘗珍其所藏戴嵩《鬥牛圖》，暇日展曝於廳前，有輸租氓見而竊笑，公疑之，問其故，對曰："農非知畫，乃識真牛。方其鬥時，夾尾於髀間，雖壯夫膂力不能出之，此圖皆舉其尾，似不類矣。"公爲之歎服。文淵閣四庫全書本《獨醒雜志》卷一。

元祐初，山谷與東坡、錢穆父同遊京師寶梵寺。飯罷，山谷作草書數紙，東坡甚稱賞之。穆父從旁觀曰："魯直之字近於俗。"山谷曰："何故？"穆父曰："無他，但未見懷素真跡爾。"山谷心頗疑之，自後不肯爲人作草書。紹聖中，謫居涪陵，始見懷素自叙於石揚休家，因借之以歸，摹臨累日，幾度寢食，自此頓悟草法，下筆飛動，與元祐已前所書大異，始信穆父之言爲不誣，而穆父死已久矣。故山谷嘗自謂得草法於涪陵，恨穆父不及見也。

米元章有嗜古書畫之癖，每見他人所藏，臨寫逼真。嘗與蔡攸在舟中共觀王衍字，元章即卷軸入懷，起欲赴水。攸驚問何爲，元章曰："生平所蓄未嘗有此，故寧死耳。"攸不得已，遂以贈之。以上《獨醒雜志》卷二。

東坡嘗與山谷論書，東坡曰："魯直近字雖清勁而筆勢有時太瘦，幾如樹梢掛蛇。"山谷曰："公之字固不敢輕議，然間覺褊淺，亦甚似石壓蝦蟆。"二公大笑，以爲深中其病。

丁晉公家，書畫填委。南遷之日，藉其所藏，得李成山水寒林九十餘軸，他物往往稱是。初，晉公自兩制出守金陵，陛辭之日，章聖以八幅《袁安卧雪圖》賜之，帝題云："臣黃居寀定到神品。"蓋不知爲誰筆也。其所畫林石廬舍之所、人物苦寒之態，無不逼真。侈上之賜，於金陵城西北隅築堂曰賞心，施比圖於巨屏，觀者驚異，乃知公之嗜畫，上且時有以增益之也。

章伯益名友直，郇公之族子也。郇公嘗欲以郊恩奏補，辭不願受。皇祐中，廷臣以文行論薦，召試玉堂，亦以疾辭。時有詔太學篆石經，廷臣復薦之，伯益不得已，遂至闕下。篆畢，除將作監簿，伯益固辭，朝廷知其不願仕，亦不之強。伯益書畫今皆名世，惟詞章不多見焉。

斲琴貴孫枝，或謂桐本已伐，旁有蘖者爲孫枝；或謂自本而岐者爲子幹，自子幹而岐者爲孫枝。凡桐遇伐去，隨其萌蘖，不三年可材矣。而自子幹岐生者，雖大不能拱把。唐人有百衲琴，雖未詳其取材，然以百衲之意推之，似謂眾材皆小，綴葺乃成，故意其取自子幹而岐生者爲孫枝也。孫枝既難得，縱有，非久藏未可用。今人求之老屋間，得其材，當試於水中，沒入數尺，徐觀其浮，取其陽者用之，此亦古人遺意。若僧寺木魚，歲年雖久，而扣擊之餘，聲散質傷，不足用也。

世寶雷琴，鄉人董時亮蓄一琴，以爲雷氏舊物。予嘗見之，顧莫能辯也。紹興中，偶一部使者聞之，因願得以供上方。時亮未許，則借觀而固留之，以白金五百兩爲謝，即日以獻內府。辨之，曰："琴古且異，以爲雷琴則欺矣。"却不納。獻者念費之博，返琴而索銀，更謂時亮曰："倘以爲無虛辱，則請留百金。"時亮聞之，喜曰："以琴歸我，正所欲也，銀何用之！"盡舉而復之，封識尚存，聞者莫不歎服。時亮名正工，官至朝議大夫，而家無生理，後其子仕嶺表死，不知琴今歸誰氏。

東坡《水龍吟》笛詞，高雲翔云："後之箋釋者，獨謂楚山修竹如雲，是蘄州出笛竹。至'異材秀出千林表'之語，不知是東坡叙取材法也。凡竹林生，後長者必過前竹。其不能過者多死。一林內特一竹可材，遠而望之，或伐取數十百竿，錯亂終不可識。蔡邕仰視柯亮屋椽，得奇材，不待如此求之。而邕後無至鑒，獨有此法可求耳。"雲翔嘗赴禮部，與仲兄及諸鄉人飲於酒肆，有數老樂工相近，談論音律，雲翔微笑。其人乃前致敬曰："某輩大晟府舊人，適有所談而諸學士發笑，必某言不協理也。"雲翔時已酒酣，乃取其笛弄之，諸工駭聽失色，設拜而去。次日，詣雲翔之館求教，雲翔辭之。雲翔洞曉音律，能移宮轉羽，子弟朋友間無能授其法。再舉不第而死。雲翔名驥，吉水人。以上《獨醒雜志》卷三。

花光仁老作墨花，陳去非與義題五絕句，其一云："含章簷下春風面，造化功成秋兔毫。意足不求顏色似，前身相馬九方皋。"徽廟見而喜之，召對擢用。畫因詩重，人遂爲此畫。紹興初，花光寺僧來居清江慧力寺，士人楊補之、譚逢原與之往來，遂得其傳。補之所作，後益超出，格韻尤高。然觴次醉餘，雖娼優牆壁肯爲之，他有求者往往作難。逢原每不樂補之所爲，而墨花實不逮，唯長於平遠，遇志同氣合者始爲作之。若以遊藝請，則牢辭固拒，如不願聞。故其畫亦不多見，人亦不知其名也。《獨醒雜志》卷四。

客有謂東坡曰："章子厚日臨《蘭亭》一本。"坡笑云："工摹臨者，非自得。章七，終不高爾。"予嘗見子厚在三司北軒所寫《蘭亭》兩本，誠如坡公之言。

先君嘗言，宣和間客京師時，街巷鄙人多歌蕃曲，名曰異國朝、四國朝、六國朝、蠻牌序、蓬蓬花等，其言至俚，一時士大夫亦皆歌之。

予藏章伯益草蟲九便面，筆勢飛動，幾奪造化，後有孔毅甫、周元翁、米元章諸公題識。客有謂伯益以篆名世，何爲善畫復如此而不多見也。予觀《修水集》，有《題伯益飛歧圖》，亦嘉其遊藝之精。則伯益之墨戲，當亦有藏之者矣。

米元章嘗寫其詩一卷，投許沖元，云："芾自會道言語，不襲古人。年三十，爲長沙掾，盡焚燬已前所作，平生不錄一篇投王公貴人。遇知己，索一二篇則以往。元豐中至金陵，識王介甫。過黃州，識蘇子瞻。皆不執弟子禮，特敬前輩而已。"其高自譽道如此。至評章伯益書，乃云："如宮女插花，嬪嬙對鏡，自有一般態度，繼其後者誰歟，襄陽米芾。"則元章於字畫間乃有所推重。世謂元章學羅讓書，蓋其少時，非得法於讓也。以上《獨醒雜志》卷五。

東坡謫嶺南，元符末始北還。舟次新淦，時人方礎石爲橋，聞東坡之至，父老兒童二三千人，聚立舟側，請名其橋。東坡將登舟，謁縣宰，眾人填擁不容出，遂就舟中書"惠政橋"字與之，邑人始退。然字畫差褊小，不似晚年所書，蓋當時倉卒迫促而然爾。

番陽董氏，藏懷素草書《千文》一卷，蓋江南李主之物也。建炎己酉，董公迨從駕在維揚，適敵人至，迨盡棄所有金帛，惟袖《千文》南渡，其子弅尤極珍藏。一日，朱丞相奏事畢，上顧謂曰："聞懷素《千文》真跡在董弅處，卿可令進來。"丞相諭旨，弅遂以進。以上《獨醒雜志》卷六。

予嘗傳《登瀛圖》本，規模布置，氣象曠雅，每思創始者必非俗筆。又有石本，皆書名氏。後有李丞相伯紀讚跋，乃欽廟在東宮，得閻立本此畫，親爲題識以賜詹事李詩。二本絕不同。嘗見鄭昻尚明所賦長句云："閻公十八學士圖，當時妙筆分錙銖。惜哉名勝不題別，但可以意推形模。十二匹馬一匹驢，五士無馬應直廬。五鞍施狹乃禁從，長孫房杜王魏徒。一人醉起小史扶，一人欠伸若挽弧。一人觀鵝憑欄立，一人運筆無乃虞。樹下樂工鳴琴竽，八士環列按四隅。笑談散漫若飲徹，盤盂杯勺一物無。坐中題筆清而癯，似是率更閒論書。其中一癯道士服，又一道士倚枯株。三人傍樹各相語，一人繫帶行徐徐。後有一人豐而鬍，獨吟芭蕉立踟躕。一時登瀛客若是，貞觀治效真不誣。書林我曾昔曳裾，三局腕脫幾百儒。雄文大筆亦何有，餐錢但日縻公廚。邦家治亂一無補，正論出口遭非辜。時危玉石一焚掃，覽畫思古爲嗟吁。"攷其所序列意，鄭必爲畫本賦之。然長孫、王、魏元不在其中，不知鄭詩何爲及之耶？按《翰林盛事記》：開元中張燕公等十八人爲集賢學士，於東都含象亭圖寫其貌，意二本必居其一，而後人皆以爲貞觀學士耳。

今人製陶硯，惟武昌萬道人所製以爲極精。余初未信也。廬陵有劉生者，自言傳萬之法，然最佳者不能十年輒敗，至有三五年遂刓泐不可用者。余頃因歉歲，有野人持一風字樣求售，易以斗米，滌濯視之，亦陶硯也。其底有萬字篆文，意其爲萬所製，用之今餘三十年，受墨如初，雖高要歙溪之佳石，不是過也。聞武昌今尚有製者，乃萬之後。

凡學書，當先學偏旁，上下左右，與其近似者皆不相遠。熟一偏旁，則數十字易作矣。凡作字，宜和墨調筆，使毫墨相受，燥潤適宜，厚墨則藏鋒，紙平身正，腕定指固，則結字有准矣。以上《獨醒雜志》卷八。

東安一士人善畫，作鼠一軸獻之邑令。令初不知愛，謾縣於壁。旦而過之，軸必墜地，屢懸屢墜，令怪之。黎明物色，軸在地而貓蹲其旁。逮舉軸，則跟蹌逐之。以試群貓，莫不然者。於是始知其畫爲逼真。其作《八景圖》，亦殊有幽致。如《洞庭秋月》則不見月，《江天暮雪》則不見雪，第狀其清朗苦寒之態耳。若《瀟湘夜雨》尤難形容，常畫者至作行人張蓋以別之，渠但作漁舟吹火於津渡，以火明彷彿有見，則危亭在岸，連檣在步耳。瀟湘舊有故人亭，往來艤舟其下，故藉此以見也。米元章冐《八景圖》爲宋迪得意之筆，意其如此。

劉殿院次莊，長沙人，自幼喜書，嘗寓於新淦，所居民屋牆壁窗戶，題寫殆遍。臨江郡庠有法貼十卷，釋以小楷，他法貼之所無也。所善毛公弼、何君表，皆里中先達，兩家碑誌，多其所書者。以上《獨醒雜志》卷九。

初，王覆道安中初學東坡書，後仕於崇觀、宣政間，頗更少習。南渡以來，復還其舊。嘗見其晚年所書，真得東坡筆法者。《獨醒雜志》卷十。

史堯弼藝話（一則）

史堯弼（一一一九~？）字唐英，世稱蓮峰先生，眉州（今四川眉山）人。紹興二年，爲眉州解試第二，時年方十四。赴科舉試不第，十一年遵從親命，束書東遊。至潭州，以古樂府、《洪範》等詩文贄見張浚，張浚稱賞其詩文類東坡，命其子張栻與遊。十九年返蜀。二十七年，與弟史堯夫同科登第。三十一年，金兵渡淮至長江，張浚復起，堯弼謂浚用兵必敗績，已而果然，人以爲知言。大約卒於紹興末、乾道初，年僅四十餘歲。堯弼天才早慧，《四庫全書總目》卷一六一稱其詩文有蘇軾遺風，詩縱橫排宕，擺脫恒蹊；其論策諸篇，明白曉暢，瀾翻不窮，亦有不可羈勒之氣，雖享壽不永，亦不失爲才士。其現存文章以策問、論説爲多，如《冗官策》《王導謝安兼統內外策》《三國六朝都建康攻守人物謀議如何策》《洪範論》等篇，確實具有《四庫總目》所言特點。所著詩文於其歿後編次爲《蓮峰集》三十卷，後又於嘉定間重刻，任清全爲作序。原集已佚，清四庫館臣自《永樂大典》輯出詩文，重編爲十卷。

和衢守張舍人龍眠捉馬圖詩

筆間幻出馬中龍，放牧平沙細草中。亦有崑崙元圃意，蕭騷駿尾欲生風。
世間凡馬那知數，便覺從今一洗空。不遣奚奴嚴玉勒，恐因風雨渺龍宮。文淵閣四庫全書本《蓮峰集》卷二。

員興宗藝話（四則）

員興宗（？～一一七〇）字顯道，號九華子，陵州（今四川仁壽）人，紹興二十七年（1157）進士，權差黎州教授。乾道中，召試，擢校書郎、國史編修，預修四朝國史。五年，遷著作佐郎。六年，兼實錄院檢討官，以抗疏言事去職，主管台州崇道觀，是年病卒。興宗以政事文章見稱於時，李心傳《九華集序》謂其文"高古簡嚴，惟陳言之務去，極其所就，必欲至杜、韓而後止"。《四庫全書總目》卷一六〇亦謂學問淹雅，"其文力追韓、柳，不無錘煉過甚之弊，然骨力峭勁，要無南渡以後冗長蕪蔓之習"，其奏議"大抵毅然抗論，指陳時弊，多引繩批根之言"。如《上皇帝書》《恤義士》《恤歸附》《議功賞疏》《議軍實》等篇，都能言中事機，於時政有補。詩歌清新平易，兼備眾體，如《賀雨》《歌兩淮》《永嘉水》諸篇，隨事而作，表現出對民生疾苦的關切之情。著有《九華集》五十卷，原集已佚，清四庫館臣自《永樂大典》輯出詩文，重編爲二十五卷，計詩六卷、文十五卷、《論語解》《老子解略》《西陲筆略》及《紹興採石大戰始末》各一卷。另著有《辨言》一卷。

一　題《峴山圖》

樽俎當年緩帶公，山月自高亭自遠。榮榮枯枯幾晉餘，世外蓬萊忽清淺。文淵閣四庫全書本《九華集》卷四。

二　題《灞橋圖》

百篇醉倒長安市，古今只數騎鯨李。何事騎驢踏玉沙，詩叟一寒乃如此。《九華集》卷四。

三　跋袁公《雅集圖》

韓退之，世俗所謂聞道著書者，最後言事斥潮陽，便欲碎腦刳心，以謝時主。嗟乎，書言至此，烏睹所謂聞道者乎？

吾蜀東坡子晚日寓海南，詞旨妙放，蓋嘗曰："吾生有命，我初無行，亦無留也。"此段獨絕，足友淵明千載矣。藉令退之同時，聞且羞死。

近見龍眠貌其烏帽博衣者，乃下與王、蔡諸人雜坐一列，李豸又從而識之。甚矣，畫者不知量，題者不知體也。雖然，彼固人貌而天邪？欲亂漁樵，友麋鹿，同於物而不見所物者，二三子於公捉筆指注，斯見之矣，豈亦有見子之所見者乎？悲夫！乾道丁亥七月晦，九華子員某書。《九華集》卷二〇。

四　跋王荊公字帖

右一紙，荊國王文公筆也，其體簡遠殊甚。某得之於先翁通儒，通儒得之於伯祖文饒。公在翰苑時，文饒故爲賓客者也，家是以有此帖。乾道己丑冬，敬拜於大丞相圖書之聚。

或曰："世故放紛，起諸斯人，是應流爲逸塵，蕩爲冷埃，固也，是安足寶乎？相國豈少此哉？"蓋不知夫天地之間，英靈形實之相遭，凡才絕人而用物。壯者，皆當不磨者也。昔歐陽子《集古》之以李斯爲冠，而蘇彥瞻所受乞銘之硯，乃許敬宗物也，而況是紙也乎？相國其試以是觀之。門人九華子員某書。《九華集》卷二〇。

曾協藝話（二則）

　　曾協（一一一九～一一七三）字同季，建昌軍南豐（今江西南豐）人，徙家湖州之德清。曾肇孫、曾繗子。紹興中舉進士不第，以恩蔭入官，初爲長興丞，徙嵊縣，繼爲鎮江、臨安府通判。乾道七年，知吉州，歷知撫、永二州。九年卒，官至正奉大夫。協讀書廣博，爲文操筆立成，詩詞文各體俱工。傅伯壽《雲莊集序》謂其古體詩興寄淵深，詞旨超邁，仿傚《文選》詩體爲之；近體詩則務造平淡，間出清新，精詣妥帖。傅伯壽又謂其文章雅飭有法，繁約適中，鋪陳用典，句意新而無斧鑿之痕。詞風清曠豪放，格調近似蘇、辛。現存文集多收表、啓，屬對用典均有章法。《賓對賦》爲文集中長篇，語辭偉麗，而以安享太平爲渾穆之王風，以恢復中原爲戰爭之霸術，故《四庫全書總目》卷一五八譏其"誇大其詞，以文偏安之陋，曲學阿世，持論殊乖"。著有《雲莊集》二十卷，原集已佚，清四庫館臣據《永樂大典》重輯爲五卷。

一　督幾先畫

　　北固江山自有餘，不分清景到繩樞。憑君筆底真三昧，幻出雲煙入坐隅。文淵閣四庫全書本《雲莊集》卷二。

二　書鄧器先所藏蘇帖後

　　元祐初，俊傑滿朝。劉安惠公入居丞轄〔一〕，而東坡先生將修啓爲賀，蓋二公玉堂對直之舊也。斯見一時人物之盛。

　　器先聞斯有在，力致以歸，櫝而藏之，以永兩家之好，可爲故家之勸。豫章叢書本《雲莊集》卷四。

　　〔一〕丞：原作"永"，據文淵閣四庫全書本改。

鄧深藝話（二則）

鄧深（生卒年不詳）字資道，一字紳伯，湘陰（今湖南湘陰）人。紹興中進士。十七年，通判郴州，試中教官，入爲太府丞。二十七年，輪對稱旨，提舉廣西市舶。知衡州，擢潼川府路轉運使。晚年居家，處東湖之勝，構軒曰大隱，因自號大隱居士。能詩，其古風、近體均有佳作，或豪健，或清朗，表現出不同風格。著有詩集《大隱居士集》，已佚，清四庫館臣自《永樂大典》輯爲《大隱居士詩集》二卷。郭紹虞《宋詩話考》又考證其或撰有《大隱居士詩話》一卷，今不存。

一 謁何世南

吾清軒先生年二十，以經學爲古文，一出再出而世不售，於是退而嘆曰："可以止矣！"乃結茅清軒外，形於酒，託神於字，以自放於愚溪之上，故醉輒作草。然詩家所作甚少。其所交，亦不過二三君子，每相遇，必命酒，以其所嗜也。在醉必書，日或十幅，或二三十幅，或百十幅，今不有見之者。其愛之重之而藏之什襲歟？其不知其道而委而棄之歟？予不得而知之也。予獨知世南所收先君書爲多，甚愛重之，藏之而不輕示人久矣。嘗請觀，世南曰："清軒先生有贈行詩，必和此以來，乃得見之，不然不得見也。"予欲亟見之，忘其不孝之誅，輒次先韻。嗚呼！今日而使予得見先君之字，予如見先君也，唯君圖之。

愚溪草聖祖鍾王，宰木今傷葉屢黃。何處卷藏雲滿紙，唯君護惜錦成囊。不聆洒翰音聲入，欲認驚龍氣熖長。一見自消飢渴念，天廚珍味不須嘗。文淵閣四庫全書本《大隱居士詩集》卷下。

二 畫壁

松、柏、竹、鶴四者甚清，然又旁出繁杏一株，似是生客，要不無意賦之。

松柏雙雙夾竹青，來遊仙客稱閒情。一時幻出誰能爾，四者依然太瘦生。鬱欝相交堪掬翠，昂昂自得若聞聲。如何艷冶容繁杏，殆恐人嫌境過清。《大隱居士詩集》卷下。

李壽臣藝話（一則）

李壽臣（生卒年不詳），汝陰（今安徽阜陽）人，紹興末在世。

跋周德友所藏養直帖

  後湖先生仙去已久，殘章墜稿不爲六丁取去，流落世間者尚或有之，未有若吾德友所藏如是之多也。

  先生少不就舉，老不就徵，蓋神仙中人，非世之所能羈絏者，故語帶煙霞，嚼松風，非食煙火人所能到此，尤可寶也。

  見德友説未經散亡時，其家所得詞與詩與尺牘堆案盈箱，遷徙十亡八九，則不爲世之所見，何以寶而藏之者，又不可勝計也。伏讀欽歎久之。紹興庚辰，汝陰李壽臣書。文淵閣四庫全書本《趙氏鐵網珊瑚》卷四。

葛郯藝話（一則）

葛郯（？～一一八一）字謙問，號信齋居士，鎮江府丹陽（今江蘇丹陽）人，徙湖州（今浙江湖州）。勝仲孫，立方侄。紹興二十四年進士。歷轉運司幹辦公事，乾道中官常州通判。淳熙六年知撫州，八年卒。有《信齋詞》一卷。

題李公麟《瀟湘卧遊圖》

桂琛禪師與一僧入洲，觀《牡丹圖》障。僧云：“好一朵牡丹花！”師云：“可惜許一朵花！”後有人獻畫軸與法眼禪師，曰：“汝是手巧？心巧？”曰：“心巧。”曰：“那箇是汝心？”

這二老漢自謂演説真源，爲佛祖出氣，然一人慣行草路，未免□棘參天。一人順水操舟，不覺浪來頭上，争似圓照老人並無許多指注，有畫一軸，任一切人批判。信齋到這裏不免饒舌一巡，正似羅公詠梳頭樣。圓照老人飽參叢林，具正知見，縱饒鐵作面皮，亦須爲余一笑也。乾道庚寅十一月旦，信齋居士葛郯跋。文淵閣四庫全書本《石渠寶笈》卷四四。

謝諤藝話（二則）

　　謝諤（一一二一～一一九四）字昌國，嘗名其齋曰艮齋，故人稱艮齋先生。臨江軍新喻（今江西新餘）人。少時敏惠，日記千言，爲文立成。紹興二十七年進士，調峽州夷陵縣主簿。未至，攝撫州樂安尉，改吉州錄事參軍，知袁州分宜縣。丁父憂，起授幹辦行在諸司糧料院，遷國子監簿，擢監察御史，遷侍御史。淳熙十四年，遷右諫議大夫，兼侍講。光宗登極，獻《十箴》，除御史中丞，權工部尚書。請祠，提舉太平興國宮。紹熙五年卒，年七十四。工詩文，詩清新流暢，意象生動。一生著述甚多，有《艮齋集》四十卷、《柏臺》五卷、《諫垣奏議》五卷、《自嬉集》《楚塞從稿》《雲根叢稿》《樵林機鑑》《南坡學林》《天上詩稿》《江行雜著》《景符堂文稿》等，均已佚。

一　跋王盧溪手簡

　　彭君夢協出示盧溪先生舊帖，末後語諸甥就學必有事業，意蓋可知。今觀夢協氣宇不凡，論議合理，文筆藻麗，志在青雲，當不負老先生之觀矣。紹熙二年四月二十四日，太平興國散吏桂山謝諤書。文淵閣四庫全書本《盧溪文集》附錄。

二　書百體書《千文》後

　　神剜天畫，千類萬狀，豈止汲冢、魯壁、周鼓、秦山耶？宋淳祐袁州刻本《昭德先生郡齋讀書志》卷五上附志。

魯長卿藝話（一則）

　　魯長卿（生卒年不詳），紹興中嘗輯所藏《蘭亭》帖，題曰《蘭亭會妙》。按《蘭亭續考》卷一又有雪魯伯秀（名之茂）跋家藏本《蘭亭》，謂其先祖"龍舒府君"集《蘭亭會妙》。考周必大《左朝請大夫魯公詧墓誌銘》（《文忠集》卷三二），此"龍舒府君"即魯詧之長子可簡，曾任舒州通判，舒州古又稱"龍舒"。據此，則魯長卿當即魯可簡，長卿或爲其字，或以字行。可簡，秀州海鹽（今浙江海鹽）人，紹興十五年進士。

《蘭亭會妙》跋

　　《蘭亭禊飲叙》草，號右軍法書第一。真墨入昭陵，虞、褚輩所臨，典刑猶在，散落人間，今復數百年，鉤搨既多，真贗轉雜。濃輒過肥，纖或病瘦，偏勁露鋒，規媚傷弱，工不勝拙，當時無復見右軍大成矣。

　　余每獲《蘭亭》，隨以入集。晚遊都下蘭若，得本於老書生云。清獻趙公少年學書定武本，一見驚喜，取較他本，果勝不誣，遂以壓卷。魯直嘗跋《蘭亭》，有云："摹寫或失真，肥瘦亦自成妍，要各以心會其妙處。"因題所集曰《蘭亭會妙》。紹興辛巳元夕後一日，魯長卿書。文淵閣四庫全書本《蘭亭續考》卷一。

查籥藝話（一則）

　　查籥（生卒年不詳）字元章，海陵（今江蘇泰州）人。紹興二十一年進士。二十九年除秘書省正字，歷官左奉議郎、直秘閣、充江淮東西路宣撫使司參議軍事。乾道中爲戶部郎中、總領四川財賦司，擢太府少卿兼國史院編修官。七年，坐折總領所支錢物失實，降知台州，淳熙初特與追復朝散郎。

跋徐常侍篆書

　　徐常侍此書，蓋與鐵鉤鎖同法。一時君臣以藝相高，遂具入能品，惜其不以此心法治國耳。隆二四七，海陵查籥書。同治十年利津李氏刻本《書畫鑑影》卷三。

曾伋藝話（一則）

曾伋（生卒年不詳）字彥思，建昌軍南豐（今江西南豐）人。紹興末，以大理寺丞出知袁州。慶元間居海昌。

題周衍所贈《蘭亭》帖

右蘭亭石刻，得於周延雋仲章少卿之子衍。仲章父安惠公起，真廟朝任樞密副使，同寇萊公、丁晉公執政。立朝不阿，爲晉公所忌。仲章與臨川王荊公厚善，因表其墓。安惠公弟越，皆著書名，

大觀己丑，先子守新安，衍幕官，安惠公所藏妙墨祕玩尚多存者，蓋仲章能以翰墨世其家，故衍守之不墜，而蘭亭古本尤所珍惜。以余酷愛，久以見贈，雖兵火艱難，未始不相隨也。子孫寶之。曾伋彥思題。紹興癸酉七月五日。文淵閣四庫全書本《蘭亭考》卷六。

崔敦禮藝話（五則）

崔敦禮（？～一一八一）字仲由，通州静海（今江蘇南通）人，紹興三十年進士。歷江寧尉、平江府教授、江東安撫司幹辦公事。史浩《陛辭薦薛叔似等札子》薦其"學問該通，辭藻華贍"，仕至諸王宮大小學教授。淳熙八年卒。著有《崔宮教集》二十卷，已佚，清四庫館臣自《永樂大典》中輯為十二卷。又有《芻言》三卷，上卷言政，中卷言行，下卷言學，造文規摹揚雄、王通，無語錄鄙俚之習。所爲詩格律平正，詞氣暢達，周規折矩，頗具典型。詞風頗近蘇軾。

一　《芻言》（一則）

樂之用神矣乎，無故而使人喜，雖千金容不改；無故而使人怒，雖白刃色不變。動以金石，文以絲竹，無繫於休戚也。約之則民憂，易之則民樂，厲之則民剛，勁之則民肅。吁，其神乎！先王有政以正民，刑以齊民，禮以節民，可也。無樂以行焉，其或病在骨髓，雖有針灸湯藥，將安用之？文淵閣四庫全書本《芻言》卷上。

二　樂論

古之聖人所以愚民之思慮、役民之耳目者，何其至也！聖人愛民之心，固欲其智，不欲其愚，固欲其安，不欲其勞，而必求所以愚而役之者，是非聖人忍於愚民役民也。

天下之民至弱而強，至柔而剛。彼其思慮，可使惟吾信，而不可使之自信其思慮；彼其耳目，可使惟吾用，而不可使之自用其耳目。如是而天下皆君子則可，不幸而有小人者雜乎其間，則將任其思慮、耳目之所及，無所往而不至矣。《易》曰"鼓之舞之以盡神"，《孟子》曰"殺之而不怨，利之而不庸，民日遷善而不知爲之"，愚而役之之謂也。樂也者，真聖人愚民役民之具歟！

民有思慮、耳目，其喜怒哀樂感於中而形於外，有不可強而使之也。今無故而使人喜，雖千金與之而容不改；無故而使人怒，雖白刃臨之而色不變。喜怒之不可強也如此，而樂之所感則有可以使人喜，可以使人怒者矣。強而使人哀，雖泣而不悲；強而使人樂,雖笑而不和。哀樂之不可強也如此,而樂之所感則有可以使人哀,可以使人樂者矣。故有作爲發散寬大和動順成之音,則民莫不躍然而思喜;作爲粗厲猛起奮末廣賁之音,則人莫不奮然而思怒;作爲志微噍殺困瘁趨數之音,則民莫不愀然而思哀;作爲嘽緩慢易繁文簡節之音,則民莫不泰然而思樂。夫民之喜怒哀樂出於其情之自然,不可強勉,而樂之爲樂,獨能使之喜則喜,使之怒則怒,使之哀則哀,使之樂則樂,如木偶在伎人之手,左右動作惟機緘之從,雖有思慮、耳目,莫克自信自用,是故有以愚而役之使然也。

夫樂之愚民役民一至於是,竊嘗求其所以,可得而知乎?曰:不可也。聖人因人心之自然,審聲音之所感,而寓之干戚羽籥鐘鼓管磬之末,以爲樂非有變化之妙而足以動盪人之精神,非有機械之巧而足以舞蹈人之手足,非有藥石鍼灼之方而足以流通人之氣脈。方其民之聽之而喜也,知其爲喜而不知其喜之由。非惟民不知之,而所以使之喜者,雖聖人亦不得而知也。及其民之聽之而怒也,知其爲怒而不知其怒之由。非惟民不知之,而所以使之怒者,聖人亦不得而知也。及其民之聽之而哀、聽之而樂也,知其爲哀樂而不知其爲哀樂之由。非惟民不知之,而所以使之哀、使之樂者,聖人亦不得而知也。

雖然,彼聖人者亦欲制人之喜怒哀樂者也,曰救其始也。天下治亂之端,善惡之理,吉凶悔吝之殊,皆生乎喜怒哀樂,而喜怒哀樂者,發於其心,動於其情,不可以形求,不可以力致者也。天下之事,有可以形求而力致,而刑罰得以威之,號令得以語之,政事得以治之。至於不可形求而力致,而吾無其術以愚而役之,則邪僻乖亂之心得以乘間而入,雖有刑政號令,何所用之?譬之醫者之治病也,病寒邪以陽藥治之,病熱邪以陰藥攻之,此皆切脉觀色,可以形求而力致者也。至夫思念志慮之微,一失其正而喪心失神之患隨之,攻之不能,助之不可,雖有盧扁,無以治之。

嗚呼,天下之治不先求其不可形求力致者而御之,刑罰可得而威邪?號令可得而語邪?政事可得而治邪?文淵閣四庫全書本《宮教集》卷七。

三 題韓子蒼帖

東坡每得士則喜,語人曰:"所向無一遂,獨於文人勝士多獲所欲,豈造物者專以此物見厚耶!"余謂陵陽之得黃君,其庶幾矣。《宮教集》卷一二。

四 跋蔡碻帖

忠懷公《墨帖》及《送將歸賦》,其死生禍福之說,讀之使人歎息。

公初貶新州,晁美叔謂人曰:"以言語罪人,今日長此風,他日雖悔無及。"嗚呼,美叔深智遠慮,所存者大矣,使信其說,則後來之禍豈遂至於不可救哉!《宮教集》卷一二。

五　代平江守題御札獎諭碑

　　乾道九年秋七月，平江闕守，詔以臣知軍府事。九月軍須了辦，蒙恩賜御札獎諭。平江會府經費廣，賦入不繼，匱乏之聲徹於天聽。臣既受命出守，視事之三日，按倉廩，察府庫，郡之所須，枵然無遺。始乃惶汗失措，以不克稱塞爲懼。又念職分守土，繭絲豐耗，己則是責，不敢喋喋以瀆君父。於是籌策駑鈍，夙夜究極，以振空竭。殿司就牧之資，水軍列屯之餼，月費鉅萬，僅逃乏軍之誅。宸恩優異，遽賜褒勑，奎畫雲章，震耀心目，登拜跽誦，以榮以悸。

　　竊惟聖天子在上，規恢遠圖，顯著綱紀，昭融勤懈，吏道畢振，一時人材奮勵慫恿以趨功名之會。臣之綿薄，有此冒寵，自揆慄惕，曷敢以私所賜！敬用鑱之琬琰，垂耀方來。非特蟣蝨小臣得以承無窮之光，亦將傳玩四方，以爲有位者之勸云。十月日，具位臣拜手稽首謹書。《宮教集》卷一二。

李吕藝話（六則）

李吕（一一二二～一一九八）字濱老，一字東老，邵武軍光澤（今福建光澤）人。早歲應科試不第，年四十即棄科舉，恬退力學，家族雍睦。嘗立社倉，朱熹爲作記，歎其負經濟之才，老而不遇。慶元四年以疾終，年七十七。爲人"端莊自重，記誦過人"。"詩文雖多近樸直，少波瀾回復之趣，不能成家，然明白坦易，往往有關於勸戒"，故朱熹稱其文"有補於世教"（《四庫全書總目》卷一五九）。詞多寫日常生活，時有情語。著有《澹軒集》十五卷，原集已佚，清四庫館臣自《永樂大典》輯出詩文，重編爲八卷。

一 酬令裕見寄之什

伯才不鼓琴，良爲知音撤。淵明琴無絃，荆扉晝常閉。文淵閣四庫全書本《澹軒集》卷一。

二 贈畫師郭叔詹

蚤覺儒冠多誤身，聊工傳寫養偏親。丹青遊戲臻能事，造化生成羨逼真。筆下豈皆行路輩，眼中誰是築巖人。會當詔作雲臺像，畫手惟君妙入神。《澹軒集》卷二。

三 琴友

金玉聲清圓，鸞鳳勢翔舞。重是古人風，勿效兒女語。《澹軒集》卷三。

四 題伯祖宣教書《白繖蓋呪》後

先伯祖順昌府君元豐癸亥中手寫，迨今淳熙甲辰，一百二年矣，某獲而藏之，已閱三紀。比因抖擻敗裌，見其字畫楷古，丹墨猶鮮，獨恐粘綴，歷久脱落，且悵念前人既以清修雅尚持其身，復取嚴淨教法防其外，自律如此，宜其潔白之操足以播餘芳於無窮也。展翫再三，油然起敬，乃命其曾孫椿重加裱背，以傳示久遠云。《澹軒集》卷八。

五　跋東坡《表忠觀碑》字

老坡所書小字《表忠觀碑》，絕不類異時所見，豈非造妙入神，將無所施而不可耶！《澹軒集》卷八。

六　跋晦翁《遊大隱屏詩》

右《大隱屏峰書堂古風》一篇，晦庵先生朱公作也。

淳熙己亥，公爲南康守。臘中適宴過客，某與武寧丞楊君子直集於幕府之敬老亭，僉判楊君子美實主其事。郡齋客退，公書此詩遣人走送坐上。子美爲籌祝而揚之，一籌躍來，徐取而視，乃得字，二君不能奪也。私竊喜焉，因成一絕以謝曰："晦公詞翰妙天下，可見元無一點塵。爲問爭珠誰得者，須還趯倒净瓶人。"歸而刻之澹軒，以無忘角弓。且知晦公雅志，未嘗不在泉石間，其視富貴，真若浮雲。彼世之患得患失者，睹公之詩能無愧乎？中華書局一九八六年影印本《永樂大典》卷九〇九。

張堯臣藝話（一則）

張堯臣（生卒年不詳），乾道時人。按楊萬里《誠齋集》卷七五《友善齋記》云："太學之士有東吳張堯臣以道者精於文，工於詩。"又朱熹弟子有張以道，屢見於《朱子語類》，疑爲同一人。

跋杜可升藏《蘭亭》帖

唐硬黄紙雙鈎《蘭亭叙》，字皆率意爲之，咸有褚法，必馮承素之流所搨寫本，無復可疑。

此書當下真跡一等，非知書者未易道也。昔南宫米舍人芾元章《書史》有云："《樂毅論》，天下正書第一；《蘭亭叙》，行書第一也。"縫有半書印，乃米氏寶晉書印，後有"忠孝之家"印，即吳越錢氏印，及有趙景道"進德齋印"，蓋已經名公鉅卿賞鑑矣。

乾道二年中元前一日，獲於錢塘故人杜可升升之，因手裝於行在祥符寺。張堯臣跋。文淵閣四庫全書本《蘭亭續考》卷一。

李流謙藝話（二則）

李流謙（一一二三～一一七六）字無雙，號淡齋，綿竹（今四川綿竹）人，良臣子。幼讀書好學，敏悟絕人，爲時輩所稱。屢試不第，以蔭補將仕郎，調成都府靈泉縣尉，徙雅州教授。虞允文宣撫蜀中，辟爲幕屬。赴臨安，除諸王宮大小學教授。乞補外，除通判潼川府。淳熙三年卒，年五十四。流謙以文學知名，所作詩文筆力峭勁，不以雕鑿爲工，喻汝礪謂其詩近晚唐之作，雖然內容稍嫌狹窄，時或傷淺俚，但不失爲宋之一家。嘗採唐以來詩歌佳句，分類編集爲《詩林集奇》。著有《淡齋集》八十九卷，由其子李廉梟編纂成集，原集已佚，清四庫館臣自《永樂大典》輯出詩文，重編爲十八卷。

一 觀畫文氏園小酌而歸 畫王正卿所作

衝暑去何之，城南水竹園。發篋得祕畫，筆老不見痕。作者非俗士，噫嘔不能名。王郎眼如月，指點見本根。解衣而盤薄，主人固可人。虛齋坐修竹，一面當暑煩。斜陽送暮色，無數烏鳥喧。漠漠芳樹暗，涓涓流水渾。星斗掛簷端，餘影到清樽。行觴令不虐，捉塵語不繁。不知聊爾耳，佳處正難言。文淵閣四庫全書本《澹齋集》卷一。

二 王正卿爲作山水小軸，作此促之

王郎妙墨石剖璧，正爾不從著意得。十日一水五日石，猶笑前人風雨疾。溪藤小幅白雪光，向來數筆衣不裳。濁河未清子未忙，但恐竟軸海變桑。《澹齋集》卷三。

程大昌藝話（二一則）

程大昌（一一二三～一一九五）字泰之，徽州休寧（今安徽休寧）人。紹興二十一年進士，任吳縣主簿。著《十論》獻於朝，宰相湯思退奇之，擢太平州學教授。二十七年，召爲太學正，遷秘書省正字。孝宗即位，進著作佐郎，兼恭王府讚讀、兵部郎官。隆興元年，兼慶王府直講。乾道二年，爲國子司業，兼權禮部侍郎。五年，直學士院，除浙東提點刑獄，爲江東轉運副使，徙江西。淳熙二年，召爲秘書少監，兼權中書舍人。三年，權刑部侍郎，昇侍講，兼國子祭酒。五年，權吏部尚書，兼同修國史。出知泉州，奉祠，起知建寧府、明州。紹熙五年，以龍圖閣學士致仕。慶元元年卒，年七十三，諡文簡。程大昌博雅賅洽，長於經術，周必大《回富沙程尚書大昌啓》稱其"學該上古，文儷先秦"。其著述多爲辨章學術、考訂史實、校證典籍之作。其詞以慶壽之作爲多，題材狹窄，成就不大。著有文集、《易老通言》等，已佚。今存《易原》八卷、《禹貢論》五卷、《後論》一卷、《禹貢山川地理圖》二卷、《雍錄》十卷、《考古編》十卷、《考古續編》十卷、《演繁露》十六卷、《續演繁露》六卷、《文簡公詞》一卷等。

《考古編》（選録　四則）

王書《樂毅論》

歷代以《樂毅論》爲大王正書第一。陶隱居之啓梁武，乃曰："心疑近摹，而不敢輕言。"今豈果謂爲梁世模本也。梁、晉相去絶近，既皆不以爲真，則誠偽矣。貞觀十三年，褚遂良叙禁中大王書五卷，遂以《樂毅論》爲第一，《黄庭經》次之。其別叙援太宗敕語爲證曰："此論誠真跡也。"此恐誤也。梁經侯景之亂，所藏王書悉燼於火，何以此論獨得不毁？豈其搨迹猶存？而帝獨過賞，以比其真耶？太平公主後從禁中取而有之，以織袋襲置奩中，及其敗入咸陽，老嫗手吏跡捕急，嫗欲滅跡，亟投爨竈，香聞數里。此徐浩建中四年所記也。若武平一所記，則又不然，曰：太平敗其黨，薛崇義懼罪，乃以賂岐王，遂歸岐邸，不焚棄也。二説如此，未知孰是？然貞元五年哀大王真跡爲百五十八卷，以《黄庭經》爲正書第一，無《蘭亭》《樂毅》，則開元時真本不存，明矣。今世傳本，必是模搨，又未必正是當時傳本。按褚遂良、武平一皆言貞觀中嘗敕馮承素等搨本，賜長孫無忌等六人，人間遂有六本。其内本之經褚河南叙錄者，凡接縫及卷首、卷尾皆印"貞觀二年"以識。今傳本又皆無之，知是搨之又搨不疑也。

蘭亭

《蘭亭》真本傳徽之，徽之傳七世孫智永，智永傳弟子辯才。辯才本貞觀中歸禁中，後入昭陵。褚遂良受勅，叙次王書，在十三年。《蘭亭》著錄在行書第一。武平一謂貞觀搨本是湯普徹等搨，賜房玄齡已下八人，並賜皇太子、諸王、近臣，則《蘭亭》之傳世者，亦又轉模搨本者也。未知今世石本，其模諸温韜所出者耶，抑當時轉搨本也？故今世傳本，亦自相異同，正以此耳。

《黄庭經》

《晉書》謂換鵝者，《道德經》也。世或用爲《黄庭》，人輒笑之。按褚遂良武平一記，當時親見，皆是《黄庭》。遂良仍列正書五卷之二，且曰："六十行與山陰道士者。"以是驗之，知爲《黄庭》不疑。大王書，其最爲後世貴重者三，《蘭亭》《樂毅論》與《黄庭》也。《蘭亭》既入昭陵，《樂毅論》開元間已亡。惟《黄庭》非太宗所甚注意，故更太平不取，得在御府，至潼關失守，眞跡爲張通儒持向幽州，不知何在。

王僧虔論書

《南史·王僧虔傳》：齊高帝與僧虔賭書，謂曰："誰爲第一？"對曰："臣書第一，陛下亦第一。"笑曰："卿可謂善自爲謀。"張懷瓘《書斷》所載小不同，而差有理，曰："臣書臣中第一，陛下書帝中第一。"以上文淵四庫全書本《考古編》卷八。

《演繁露》（選録　一七則）

頌琴

《左氏·襄二年》："穆姜擇美檟，自爲頌琴。"杜預曰："琴，名也，猶言雅琴。"案：《周禮》有"頌笙頌磬"。予常疑之，若謂此之二器以寫頌爲名，則大小雅亦嘗在數矣，而其器獨不記於《周禮》也。因閱杜語，乃悟頌云者乃其笙磬之名也。唐李勉所寶之琴有二，一名響泉，一名韻磬，其義亦取此乎。文淵四庫全書本《演繁露》卷四。

馬後樂

今郡守馬後樂，即古鼓吹也。《古今樂録》曰："後漢以給邊將萬人將軍得之。"劉熙《釋名》曰："橫吹麾幢，皆大將所有。班超爲將兵長史，故假鼓吹幢麾也。"《班超傳》。其謂假者，超未爲大將，止爲長史，故許借大將鼓吹幢麾而用之也。

凉州　梁州

樂府所傳大曲，惟《凉州》最先出。《會要》曰：自晉播遷，內地古樂遂分散不存。苻堅滅涼，始得漢、魏清商之樂，傳於前後二秦。及宋武定關中，收之入於江南。隋平陳，獲之。隋文曰：此華夏正聲也。乃置清商署，總謂之清樂。至煬帝乃立清樂、西涼等九部。武后朝，猶有六十三曲，如《公莫》《巴渝》《明君》《子夜》等皆是也。後遂訛爲《梁州》。

霓裳

樂天《和元微之霓裳羽衣歌》，署曰："移領錢塘第二年，始有心情問絲竹。玲瓏箜篌附好筝，教得《霓裳》一曲成，前後祇應三度案，聞道而今各星散。今年五月至蘇州，忽憶《霓裳》無處問。聞君部內多樂徒，問有《霓裳》舞者無？"元答云："七州十萬戶，無人知有《霓裳舞》。惟寄長歌與我來，題作《霓裳羽衣譜》。"案：此乃樂天守杭日，自教官妓玲瓏習爲《霓裳舞》。至樂天鎮蘇時，習舞者已皆不存。元微之爲越守，樂天求此舞人於越，而越中無之，但寄得《霓裳歌》，以爲之譜耳。元白距明皇不遠，此時此曲已自無傳，況今日乎！以上《演繁露》卷七。

澄心堂紙

江南李後主造澄心堂紙，前輩甚貴重之。江南平後六十年，其紙猶有存者，歐公嘗得之，以二軸贈梅聖俞，梅詩鋪叙其由而謝之曰："江南李氏有國日，百金不許市一枚。當時國破何所有，帑藏空竭生菱苔。但有圖書及此紙，棄置大屋牆角堆。幅狹不堪作詔命，聊備麤使供鸞臺。"用梅詩以想其制，必是紙製大佳，而幅度低狹，不能與麻紙相及，故曰"幅狹不堪作詔命"也。然一紙已直百錢，亦已珍矣。《演繁露》卷九。

筝

鼓絃竹身，樂也。按：今筝未有以竹爲之者。《演繁露》卷十。

琵琶皮絃

葉少蘊《石林語錄》，謂琵琶以放撥重爲精，絲絃不禁即斷，故精者以皮爲之。歐公時，士人杜彬能之，故公詩云："坐中醉客誰最賢，杜彬琵琶皮作絃。"因言杜彬恥以技傳，丐公爲改。予考公集所載《贈沈博士歌》，誠有此兩句，然其下續云："自從彬死世莫傳，玉練纏聲入黃泉。"則公詠皮絃時，彬已死，安得有丐改事？恐石林別見一詩耶？陳後山亦疑無用皮者。然元稹《琵琶歌》："傾聲少得似雷吼，纏絃不敢彈羊皮。"又曰："鵾絃鐵撥響如雷。"房千里《大唐雜錄》載春州土人彈小琵琶，以狗腸爲絃，聲甚凄楚。合三物觀之，以皮造絃不爲無證。若詳求元語，恐是羊皮爲質，而練絲纏裹其上，資皮爲勁，而其聲還出於絲，故歐公亦曰"玉練纏聲"也。

六么

段安節《琵琶錄》云：貞元中，康崑崙善琵琶，彈一曲新翻羽調《綠腰》。注云："綠腰，卽錄要也。本自樂工進曲，上令錄出要者，乃以爲名，誤言綠腰也。"據此，卽"錄要"已訛爲"綠腰"。而《白樂天集》有《聽綠腰詩》，注云："卽《六么》也。"今世亦有《六么》，然其曲已自有高平、仙吕兩調，又不與羽調相協。抑不知是唐世遺聲否耶？

笛曲梅花

段安節《樂府雜錄》：笛羌，樂也。古曲有《落梅花》。吳兢《樂府要解》：胡角者，本以應胡笳之聲，後漸用之，有《雙橫吹》，卽胡樂也。兢所列古橫吹曲，有名《梅花落》者。又許雲封《說笛》亦有《落梅》《折柳》二曲。今其辭亡，不可考矣。然詞人賦梅用笛事，率起此。

換鵞是《黄庭經》

王羲之本傳，以書換鵞者，《道德經》也。文士用作《黄庭》，人皆謂誤。張彥遠《法書要錄》載，褚遂良《右軍書目·正書》第二卷有《黄庭經》注云："六十行，與山陰道士。"其時真跡固在，既可以見其爲《黄庭》無疑，又武平一《徐氏法書》記，親在禁中見武后曝太宗時法書六十餘函，所記憶者扇書《樂毅》《告誓》《黄庭》。又徐浩《古跡記》："玄宗時，大王正書三卷，以《黄庭》爲第一。"不聞《道德經》，則傳之所載却誤。以上《演繁露》卷十二。

明妃琵琶

《琵琶》所作，爲烏孫公主所出塞也。文人或通《明妃》用之。姚令威辨以爲誤是矣。然《玉臺新詠》載石崇《明妃詞序》曰："公主嫁烏孫，令琵琶馬上作樂，以慰其道路之思。"其送明妃亦必爾也。其造新曲，多哀聲，故書之於紙，則崇之《明妃詩》，嘗以寫諸琵琶矣。郭茂倩著爲樂書，遂載崇此詞，入之楚調中。楚調之器凡七，琵琶，其一也。則謂《明妃》爲《琵琶辭》，亦無不可。《演繁露》卷十三。

一唱三嘆

《樂記》曰："樂之隆，非極音也；食饗之禮，非致味也；清廟之瑟，朱絃而疏越，一唱而三嘆，有遺音者矣。"大饗之禮尚玄酒，而俎腥魚大羹不和，有遺味者矣。凡瑟之絃，練而朱之，則其聲濁；底窾洪疏，則其聲遲。用絲本以取聲，而特貴其遲濁者，正與玄酒大羹薦味，而棄味者同一意度，故曰遺音遺味也。遺味遺音卽與上文之謂非極音、非致味者相發相應也。鄭氏釋"遺"爲"餘"，失其旨矣。至於一唱三嘆，則鄭謂三人從而嘆之。《大戴禮傳》亦曰："清廟之瑟，一唱而三嘆之也。"漢去古未遠，一唱三嘆其言如此，必有所受也。陳僧匠智叙《古今樂錄》，引《尚書·大傳》云："古者帝王升歌，清廟之樂，大琴練絃達越，大瑟朱絃達越，以韋爲鼓，不以竽琴瑟之聲亂人聲。清廟升歌，先人功烈德深，故欲其清也。其歌之呼也，曰'於穆清廟'，歎之也。'於穆'者，欲其在位者徧聞之也。"据此而言，其三人從旁歎之者，從"於穆"等語，申以嗟嘆，至於三人也。僧匠智作《樂錄》，起漢迄梁，其於存古甚多。其序《清商正聲篇》曰："但歌四曲，皆起漢世，無絃節。奏技最前一人唱，三人和，魏武好之，有宋容華善唱此曲。自晉以來，四曲並絕。"其曰"但歌"者，但，徒也，徒歌者不以被之絲絃，而專以人聲，故曰"無絃節"也。奏技者，技，即伎也，即本卷題首之謂"技曲"者是也。方其奏技之時，無絃矣。其歌者最前一人唱之，三人從旁和之，與鄭氏所言同，知漢人共傳之，古者如此。《樂錄》於清商類中又有可證者，其注《東光》曰："舊但絃無聲。"其注《東門》曰："舊但絃無歌。"皆宋識造其歌與聲耳，從"但絃"之義以推文，可以例"但歌"之爲"徒歌"也。其後又有楚調，但曲七，如《廣陵散》之類，謂從琴箏而得者，則又後人好事，寫之絲絃，非但歌本然也。夫古人貴本遺音，既不免絃木爲瑟矣，又從而理其絃度，使之遲濁也。漢魏宗尚而推廣之，又並與絲絃不用，而悉以人聲爲貴，此其意皆近古而可書。苟無匠智《傳錄》，則今日不可以意推測矣。

擊缶

應劭《風俗通》："缶者，瓦器所以節歌。"《易》曰："日昃之離，不鼓缶而歌。"則大臺之嗟凶，《楊惲傳》"擊缶而呼嗚嗚"者，真秦聲也。由此言之，擊缶者皆擊之以節其歌，非缶而自能出聲也。以上《演繁露》卷十四。

六州歌頭

《六州歌頭》本鼓吹曲也，近世好事者倚其聲爲弔古詞，如"秦亡草昧，劉、項起吞併"者是也。音調悲壯，又以古興亡事實之，聞其歌使人悵慨，良不與豔辭同科，誠可喜也。本朝鼓吹止有四曲，《十二時》《導引》《降仙臺》並《六州》爲曲。每大禮宿齋或行幸，遇夜每更三奏，名爲警場。真宗至自幸亳，親饗太廟，登歌始作，聞奏嚴，遂詔自今行禮罷乃奏。政和七年詔《六州》改名《崇明祀》，然天下仍謂之《六州》，其稱謂已熟也。今前輩集中大祀大恤皆有此詞。《演繁露》卷十六。

女樂隸太常

隋大業六年，以所召周、齊、梁、陳散樂悉配太常，皆置博士弟子，以相傳授。《演繁露》續集卷二。

硯

晉人最重書學，然未嘗擇硯，故石林曰："晉之善書者，不自研墨，使人研之成漿，乃以斗供。"其説不知何出。北齊試士，其惡濫者飲墨水一升，在試而有墨水，可及一升，則石林之言信矣。故東坡詩曰："麻衣如再著，墨水真可飲。"用此事也。唐以前多用瓦研，今天下通用石研，而猶槩言研瓦也。至李肇《國史補》曰："端溪之紫石硯，天下通用。"則其時已用端石矣。歙之龍尾硯，乃江南李主刱，爲唐世未之見也。見王中舍《研譜》。《演繁露》續集卷五。

樂府雜録

瑟中有賀若，乃文宗時賀若夷善琴也。《演繁露》續集卷六。

洪邁藝話（二八則）

洪邁（一一二三～一二〇二）字景廬，號容齋，鄱陽（今江西鄱陽）人，洪皓季子。幼讀書勤學，紹興十五年進士，授兩浙轉運司幹辦公事，召爲敕令所刪定官。其父以忤秦檜投閒，出添差教授福州。累遷吏部郎，除樞密院檢詳文字。三十一年，爲左司員外郎。三十二年，進起居舍人，假翰林學士使金，充賀登位使，索還河南地未果，殿中侍御史張震劾其使金辱命，論罷。明年，起知泉州。乾道二年，移知吉州。三年，拜中書舍人兼侍讀、直學士院，仍參史事。六年，知贛州。淳熙二年，移知建寧府。七年，解郡歸鄉。十一年，起知婺州。明年，召對，以提舉佑神觀兼侍講，同修國史，進敷文閣直學士、直學士院。十三年，拜翰林學士，進上《四朝史》。紹熙元年，出知紹興府，奉祠。嘉泰二年卒，年八十，贈光祿大夫，諡文敏。洪邁兄弟以文章取盛名，時人稱"三洪"，而洪邁又久在翰苑，尤爲博洽，文備衆體。擅長駢體文，嘗於《容齋隨筆》中評論其父兄制語表啓佳篇，並選自己得意之作數十聯，詳記用典故實、對仗技巧。其名篇亦往往爲人稱誦。洪邁論作詩主張用典，而又不過於拘泥，以爲"作詩要有來處，則爲淵原宗派，然字字執泥，又爲拘澀"（《容齋五筆》卷三）。但其現存詩歌內容較窄，大多用意不深。他的文學成就主要在於筆記、小說的創作。《容齋隨筆》是其重要的筆記，在文學、史學、典章名物、文獻學方面都有不少獨到的論述，具有較高學術價值，故《四庫全書總目》卷一一八謂該書"自經史諸子百家以及醫卜星算之屬，凡意有所得，即隨手札記，辯證考據，頗爲精確"，推許"南宋說部，終當以此爲首"。《夷堅志》是其創作的志怪體小說，篇帙浩繁，記載神仙怪異、當時人物軼事及社會習俗，內容博雜，多荒誕不經之語，故宋周密批評他"貪多務得，不免妄誕，此皆好奇之過也"（《癸辛雜識自序》），但是書對後來的話本和文言小說却有較大影響。洪邁的著述甚富，有內外制二十八卷，與其兄所著制詞同編爲《三洪制稿》，已佚。又有文集《野處文集》、詩集《野處類稿》二卷。

一　《隸續》序

吾兄丞相番陽公安撫浙江東道，部郡七，治所臨會稽，部縣八，西接行在所，東際海，南拊百越之區，地大物眾，榮榮一都會也。處之踰年，兵民兩安，山顛水厓，如立庭戶。不能稱過使客飾廚傳，又不能蒙子公力作長安書，獨於隸古之習根著膠固，手追心摹，今三十餘年。得黃金百，如視涕唾，即獲一漢刻，津津然盱衡擊節，輟食罷寢，摩挲而謹讀之。意世間所謂樂事，直無以右此者。喟然歎曰："天下奇寶也，吾顓鄉而獨美之爲不仁。"空篋中，得所藏碑百八十有九，譯其文，又述其所以然，爲二十七卷，曰《隸釋》。書法不必同，人視之無如也，則皆毛舉十數字刊諸石，曰《隸續》。其字同，其體異，參差不可齊，則倚聲而彙之，曰《隸韻》。龍虁爵麟，九尾之狐，琮璜璋圭，名物怪奇，凡見於扁顏者，各肖其象，曰《隸圖》。亦既釋之而又得之，則列於廿七卷以往，曰《隸續》。大氐皆祖東漢時，其高出西京，浸淫以及魏晉者，率不能什一。搜羅梱粹，蓋不遺餘力矣。

自篆捷於漢而爲隸，變於魏八分。於晉、宋、隋、唐之間，以分視隸，由康瓠之與周鼎也，而唐人篤好之，漢法益亡。杜子美之詩云："倉頡鳥跡既茫昧，字體變化如浮雲。陳倉石鼓又已訛，大小二篆生八分。"又曰："中郎石經後，八分蓋蕉萃。"則涇渭雜揉，以分爲隸，雖杜子美有所不能知。吾兄一旦發千古之秘藏，悉主張是。使蔡中郎復生，見此數者，當復有得異書之歎。

兄嘗三上奏天子，乞身歸，輒奉詔不許。儻留不已，懼其汗南山之竹云。乾道三年十二月十八日，弟左中奉大夫、守中書舍人、兼直學士院、兼同修國史、兼實錄院修撰、兼侍講邁書。中華書局一九八三年影印本《隸續》卷首。

二　《漢隸字源》序

《漢隸字源》六帙，檇李婁君彥發所輯也。其書甚清，其抒意甚勇，其考讐甚精，其立説甚當，其沾丐後學甚篤。凡見諸石刻，若壺鼎刀鏡盆槃洗甂，著録者三百有九。起東京建武，訖鴻都建安，殆二百年。濫觴於魏者僅卅而一，光和骨立，開元贔屭。點畫之鑢錘，法度之宊奥，假借之同而異，發縱之簡而古，合蔡中郎諸人筆力通神之妙，皆聚此編。

憶吾兄文惠公自壯至老，耽癖弗懈，嘗區別爲五種書，曰釋、曰纘、曰韻、曰圖、曰續。四者備矣，唯韻書不成。以爲蠢竭目力，於摹寫至難齎，旦旦而求之，字字而倣之，雖衆史堵牆，孫甥魚貫，不堪替一筆也。功之弗就，使獲睹是書，且悉循其《隸釋》次第，志之所底，不謁而同，正應慢然起立，興不得並時之歎。

彥發曩歲有《班馬字類》，突過諸家漢史之學，予嘗序之矣。今此帙刊於高明臺，方通守吾州，朱墨鮮暇。趣了官事竟，輒蕭然一室中。廞輿側睨，但見其放策欠伸，搔頭挭眼，而用心獨苦之狀，固所不克知。

彥發泝學有原委，工詞章，身端行治，名最三吳，而諸公貴人不解收拾，使周鼎斡棄，與康瓠等。予頃備侍從，承清問於燕閒，宣昭聲光宜不辭費，顧亦不能一出諸口，心焉負愧，聊復再暢叙以自釋云。慶元三年十二月朔旦，野處洪景盧序。文淵閣四庫全書本《漢隸字源》卷首。

三　跋王順伯所藏《蘭亭》帖

市馬以神駿爲主，無問屈冀；觀婦人以美爲主，無問燕越。書亦然。順伯所藏"修禊"兩副本，皆遒崒精麗，凛乎其生意存，不必深辨爲定武否也。文淵閣四庫全書本《蘭亭考》卷六。

四　跋定武本《蘭亭》石刻

定武蘭亭石刻，富春何予楚能道其詳，唐曰正本。石晉末，耶律德光輦而歸，棄之中山，爲土人李學究所得。韓魏公索之急，李瘞諸地中，而別刻以獻。李死，其子乃出之，宋景文公始買寘公帑，後爲薛紹彭換取。至大觀間，遂入宣和殿。靖康中，竟落北方。故世傳定武者有二，今宜中所藏兩卷，此其善者也。《蘭亭考》卷六。

五　題范文正公與尹師魯手啟墨跡

范公二帖，皆是師魯謫漢東時書。後一帖當在前，或是自均過鄧，託范公以死時問訊之書，與眾云云之戒可見也。賢者困厄至此，人到於今傷之。藏之深，固之密，石可朽，名不滅，歐公銘文盡之矣。淳熙丙午四月，洪邁書。宣統二年重雕康熙歲寒堂本《范文正公集》補編卷三。

六　跋米友仁《瀟湘長卷》

憶年十六時，識達功於檇李。後七年，得詞場名第，行卷贄謝諸公。米老爲兵部侍郎，謁之之明日，親袖啓扣旅舍，立須予出乃肯去。轉眼三十年，二君久歸山丘，予亦老矣，觀此使人太息。淳熙己亥夏四月七日，鄱陽洪邁景盧。文淵閣四庫全書本《續書畫題跋記》卷二。

七　又跋米友仁《瀟湘長卷》

予理圃於鄱城之西偏所謂蟻洲者，江山橫前，煙雲吐吞，晴陰朝暮，千變萬態。有口不能説也。誰能起懶拙老人於九原，爲我寫貌耶！淳熙六年四月七日，野處洪邁景盧書。《續書畫題跋記》卷二。

八　跋蘇穎濱詩帖

兩蘇公帖平生多見之，蓋真贗相半也。從季所藏如淵明詩一紙，雖擲棄瓦礫，當自有神光發見。乾道七年十一月廿九日，洪邁書。《續書畫題跋記》卷六。

九　跋《睢陽五老圖》

仁義之人，其言藹如；道德之人，其言穆如。觀此圖像，誦此廑章，雖至細人，寧有不肅拜斂者！大司農卿壽至九十有四，又於五公爲最高，而希文克承先德，宗尚其事，真畢司農孫矣。淳熙四年七月六日，鄱陽洪邁敬書。文淵閣四庫全書本《鐵網珊瑚》卷一二。

一○　跋《集古錄》

邁前此多見《集古》諸跋，已書於順伯所藏序錄中，晦庵引《隸釋》所辨仲宗假借字是也。延之以爲此卷有米襄陽題，尤可寶玩，切以爲未然。以六一翁翰墨論議，其當寶翫，正不待米老也。慶元二年十二月廿一日，洪邁書。清抄本《石渠寶笈三編》第九函第二冊。

一一　高宗賜使金札後跋

褒殺亮自立，遣使來告，以臣邁充報聘，且致賀。

自建炎以來，高宗樂天保大，過爲屈己，臣與副使張綸獻言，今故盟已寒，宜只以敵禮往。上既俯從，因親洒宸翰百五十字，有"虛文博實利"之語，蓋將求河南關陝地，猶欲假以虛名。逮至燕，迓使有沿路表章不依常式之問，爭議五日而後得見。還朝之日，逢壽皇已受内禪，有新得政者風御史，以辱國見逐。

臣所被宸翰向者不欲示人，今又三十二年，臣老矣，旦夕入地，謹略記以示子孫。同治九年刻本《（江西）樂平縣志》卷九。

《容齋隨筆》（選錄　四則）

歐陽率更帖

《臨川石刻》雜《法帖》一卷，載歐陽率更一帖云："年二十餘，至鄱陽，地沃土平，飲食豐賤，眾士往往湊聚。每日賞華，恣口所須。其二張才華議論，一時俊傑；殷、薛二侯，故不可言；戴君國士，出言便是月旦；蕭中郎頗縱放誕，亦有雅致；彭君摘藻，特有自然，至如閣山神詩，先輩亦不能加。此數子遂無一在，殊使痛心。"茲蓋吾鄉故實也。

羅處士誌

襄陽有《隋處士羅君墓誌》曰："君諱靖，字禮，襄陽廣昌人。高祖長卿，齊饒州刺史。曾祖弘智，梁殿中將軍。祖養，父靖，學優不仕，有名當代。"碑字畫勁楷，類褚河南，然父子皆名靖，為不可曉。拓拔魏安同父名屈，同之長子亦名屈，祖孫同名，胡人無足言者，但羅君不應爾也。以上文淵閣四庫全書本《容齋隨筆》卷一。

唐書判

唐銓選擇人之法有四：一曰身，謂體貌豐偉；二曰言，言辭辯正；三曰書，楷法遒美；四曰判，文理優長。凡試判登科謂之入等，甚拙者謂之藍縷，選未滿而試文三篇謂之宏辭，試判三條謂之拔萃。中者即授官。既以書為藝，故唐人無不工楷法，以判為貴，故無不習熟。而判語必駢儷，今所傳《龍筋鳳髓判》及白樂天集《甲乙判》是也。自朝廷至縣邑，莫不皆然，非讀書善文不可也。宰臣每啟擬一事，亦必偶數十語，今鄭畋《敕語》《堂判》猶存。世俗喜道瑣細遺事，參以滑稽，目為花判，其實乃如此，非若今人握筆據案，只署一字亦可。國初尚有唐餘波，久而革去之。但體貌豐偉，用以取人，未為至論。《容齋隨筆》卷十。

大曲伊、涼

今樂府所傳大曲，皆出於唐，而以州名者五，伊、涼、熙、石、渭也。涼州今轉為梁州，唐人已多誤用，其實從西涼府來也。凡此諸曲，唯伊、涼最著，唐詩詞稱之極多，聊紀十數聯，以資談助。如："老去將何散旅愁？新教小玉唱《伊州》"，"求守管絃聲款逐，側商調裏唱《伊州》"，"鈿蟬金雁皆零落，一曲《伊州》淚萬行"，"公子邀歡月滿樓，雙成揭調唱《伊州》"，"賺殺唱歌樓上女，《伊州》誤作《石州》聲"，"胡部笙歌西部頭，梨園弟子和《涼州》"，"唱得《涼州》意外聲，舊人空數米嘉榮"，"《霓裳》奏罷唱《梁州》，紅袖斜翻翠黛愁"，"行人夜上西城宿，聽唱《涼州》雙管逐"，"丞相新裁別離曲，聲聲飛出舊《梁州》"，"只愁拍盡《涼州》杖，畫出風雷是撥聲"，"一曲《涼州》今不清，邊風蕭颯動江城"，"滿眼由來是舊人，那堪更奏《梁州曲》"，"昨夜蕃軍報國仇，沙州都護破《梁州》"，"邊將皆承主恩澤，無人解道取《涼州》"：皆王建、張祜、劉禹錫、王昌齡、高駢、溫庭筠、張籍諸人詩也。《容齋隨筆》卷十四。

《容齋續筆》（選録　四則）

《丹青引》

杜子美《丹青引贈曹將軍霸》云："先帝天馬玉花驄，畫工如山貌不同。是日牽來赤墀下，迥立閶闔生長風。詔謂將軍拂絹素，意匠慘澹經營中。斯須九重真龍出，一洗萬古凡馬空。玉花却在御榻上，榻上廷前屹相向。至尊含笑催賜金，圉人太僕皆惆悵。"讀者或不曉其旨，以爲畫馬奪真，圉人、太僕所爲不樂，是不然。圉人、太僕蓋牧養官曹及馭者，而黃金之賜，乃畫史得之，是以惆悵，杜公之意深矣。又《觀曹將軍畫馬圖》云："曾貌先帝照夜白，龍池十日飛霹靂。內府殷紅瑪碯盤，婕妤傳詔才人索。"亦此意也。文淵閣四庫全書本《容齋續筆》卷三。

五十絃瑟

李商隱詩云"錦瑟無端五十絃"，說者以爲錦瑟者，令狐丞相侍兒小名，此篇皆寓言，而不知五十絃所起。劉昭《釋名》箜篌云："師延所作靡靡之樂，蓋空國之侯所作也。"段安節《樂府錄》云："箜篌乃鄭、衛之音，以其亡國之聲，故號空國之侯，亦曰坎侯。"吳兢《解題》云："漢武依琴造坎侯，言坎坎應節也。後訛爲箜篌。"予按《史記·封禪書》云："漢公孫卿爲武帝言：'太帝使素女鼓五十絃瑟，悲，帝禁不止，故破其瑟爲二十五絃。'於是武帝益召歌兒，作二十五絃及空侯。"應劭曰："帝令樂人侯調始造此器。"《前漢·郊祀志》備書此事，言"空侯瑟自此起"。顏師古不引劭所注，然則二樂本始，曉然可考，雖劉、吳博洽，亦不深究，且"空"元非國名，其說尤穿鑿也。《初學記》《太平御覽》編載樂事，亦遺而不書。《莊子》言"魯遽調瑟，二十五絃皆動"，蓋此云。《續漢書》云"靈帝胡服作箜篌"，亦非也。《容齋續筆》卷七。

古錞于

《周禮》："鼓人掌教六鼓四金之音聲，以節聲樂。"四金者，錞、鐲、鐃、鐸也。"以金錞和鼓"。鄭氏注云："錞，錞于也，圓如碓頭，大上小下，樂作鳴之，與鼓相和。"賈公彥疏云："錞于之名，出於漢之大予樂官。"南齊始興王鑑爲益州刺史，廣漢什邡民段祚以錞于獻鑑，古禮器也，高三尺六寸六分，圍二尺四寸，圓如筩，銅色黑如漆，甚薄，上有銅馬，以繩縣馬，令去地尺餘，灌之以水，又以器盛水於下，以芒莖當心跪注錞于，以手振芒，則其聲如雷，清響良久乃絶，古所以節樂也。周斛斯徵精三禮，爲太常卿。自魏孝武西遷，雅樂廢闕，樂有錞于者，近代絶無此器，或有自蜀得之，皆莫之識。徵曰："此錞于也。"衆弗之信，遂依干寶《周禮注》以芒筒捋之，其聲極清，乃取以合樂焉。《宣和博古圖說》云"其制中虛，椎首而殺其下"，王黼亦引段祚所獻爲證云。今樂府金錞，就擊於地，灌水之制，不復考矣。是時，有虎龍錞一，山紋錞一，圜花錞一，繫馬錞一，龜魚錞一，魚錞二，鳳錞一，虎錞七。其最大者重五十一斤，小者七斤。淳熙十四年，澧州慈利縣周赧王墓旁五里山摧，蓋古塚也，其中藏器物甚多。予甥余玠宰是邑，得一錞，高一尺三寸，上徑長九寸五分，闊八寸，下口長徑五寸八分，闊五寸，虎鈕高一寸二分，闊寸一分，並尾長五寸五分，重十三斤。紹熙三年，予仲子簽書峽州判官，於長楊縣又得其一，甚大，高二尺，上徑長一尺六分，闊一尺四寸二分，下口長徑九寸五分，闊八寸，虎鈕高二寸五分，足闊三寸四分，並尾長一尺，重三十五斤。皆虎錞也。予家蓄古彝器百種，此遂爲之冠。小錞無損闕，扣之，其聲清越以長。大者破處五寸許，聲不能渾全，然亦可考擊也。後復得一枚，與大者無小異，自峽來，置諸篛籠中，取者不謹，斷其鈕，匠以藥銲而柵之，遂兩兩相對。若《三禮圖》《景祐大樂圖》所畫，形制皆非。《東坡志林》記始興王鑑一節，云："記者能道其尺寸之詳如此，而拙於遣詞，使古器形制不可復得其髣髴，甚可恨也。"正爲此云。《容齋續筆》卷十一。

銅雀灌硯

相州，古鄴都，魏太祖銅雀臺在其處，今遺址髣髴尚存。瓦絕大，艾城王文叔得其一，以爲硯，餉黃魯直，東坡所爲作銘者也。其後復歸王氏。硯之長幾三尺，闊半之。先公自燕還，亦得二硯，大者長尺半寸，闊八寸，中爲瓢形，背有隱起六隸字，甚清勁，曰"建安十五年造"。魏祖以建安九年領冀州牧，治鄴，始作此臺云。小者規範全不逮，而其腹亦有六篆字，曰"大魏興和年造"，中皆作小簇花團。興和乃東魏孝靜帝紀年，是時，正都鄴，與建安相距三百年，其至於今，亦六百餘年矣。二者皆藏侄孫僩處。予爲銘建安者曰："鄴瓦所範，嘻其是邪？幾九百年，來隨漢槎。淬爾筆鋒，肆其滂葩。傴實寶此，以昌我家。"銘興和者曰："魏元之東，狗腳於鄴。吁其瓦存，亦禪千劫。上林得雁，獲貯歸笈。玩而銘之，衰淚棲睫。"贛州雩都縣，故有灌嬰廟，今不復存。相傳左地嘗爲池，耕人往往於其中耕出古瓦，可斸爲硯。予向來守郡日所得者，刓闕兩角，猶重十斤，瀋墨如發硎，其光沛然，色正黃，考德儀年，又非銅雀比，亦嘗刻銘於上曰："范土作瓦，既埴既已。何斷制於火，而卒以囿水？廟於漢侯，今千幾年？何址蹶祀歇，而此獨也存？縣贛之雩，曰若灌池。研爲我得，而銘以章之。"蓋紀實也。《容齋續筆》卷十二。

《容齋三筆》（選錄 三則）

李衛公《輞川圖跋》

《輞川圖》一軸，李趙公題其末云："藍田縣鹿苑寺主僧子良贄於予，且曰：'鹿苑即王右丞輞川之第也。右丞篤志奉佛，妻死不再娶，潔居踰三十載。母夫人卒，表宅爲寺。今冢墓在寺之西南隅，其圖實右丞之親筆。'予閱玩珍重，永爲家藏。"弘憲題其前一行云："元和四年八月十三日弘憲題。"弘憲者，吉甫字也。其後衛公又跋云："乘閒閱篋書中，得先公相國所收王右丞畫《輞川圖》，實家世之寶也。先公凡更三十六鎮，故所藏書畫多用方鎮印記。太和二年戊申正月四日，浙江西道觀察等使、檢校禮部尚書兼潤州刺史李德裕恭題。"又一行云："開成二年秋七月望日，文饒記。"前後五印：曰淮南節度使印、浙江西道觀察處置等使之印、劍南西川節度使印、山南西道節度使印、鄭滑節度使印，並贊皇二字。又内合同印，建業文房之印，集賢院藏書印，此三者南唐李氏所用，故後一行曰："昇元二年十一月三日。"雖今所傳爲臨本，然正自超妙。但衛公所誌，殊爲可疑。《唐書·李吉甫傳》云："德宗以來，姑息藩鎮，有終身不易地者。吉甫爲相歲餘，凡易三十六鎮。"吉甫平生只爲淮南節度耳，今乃言身更三十六鎮，誠大不然。所用印記，如浙西、西川、山西、鄭滑，皆衛公所歷也；且書其父手澤，不言第幾子，而有李字；又自標其字，皆非是，蓋好事者妄爲之。白樂天詩所説清源寺，即輞川云。洪慶善作《丹陽洪氏家譜序》云："丹陽之洪本姓弘，避唐諱改。有弘憲者，元和四年跋《輞川圖》。"亦大錯也。文淵閣四庫全書本《容齋三筆》卷六。

五俗字

書字有俗體，一律不可復改者，如冲、涼、況、減、決五字，悉以水爲冫，筆陵切，與"冰"同。雖士人札翰亦然。《玉篇》正收入於水部中，而冫部之末亦存之，而皆注云"俗"，乃知由來久矣。唐張參《五經文字》亦以爲訛。《容齋三筆》卷十三。

蔡君謨書碑

歐陽公作《蔡君謨墓誌》云："公工於書畫，頗自惜，不妄與人書。仁宗尤愛稱之，御製《元舅隴西王碑文》，詔公書之。其後命學士撰《溫成皇后碑文》，又敕公書，則辭不肯，曰：'此待詔職也。'"國史傳所載，蓋用其語。比見蔡與歐陽一帖云："暴者得侍陛下清光，時有天旨，令寫御撰碑文、宮寺題榜。至有勛德之家，干請朝廷出敕令書。襄謂近世書寫碑誌，則有資利，若朝廷之命，則有司存焉，待詔其職也。今與待詔爭利其可乎？力辭乃已。"蓋辭其可辭，其不可辭者不辭也。然後知蔡公之旨意如此。雖勛德之家，請於朝出敕令書者，亦辭之，不止一《溫成碑》而已。其清介有守，後世或未知之，故載於此。《容齋三筆》卷十六。

《容齋四筆》（選録　五則）

趙德甫《金石録》

東武趙明誠德甫，清憲丞相中子也。著《金石録》三十篇，上自三代，下訖五季，鼎、鐘、甗、鬲、槃、匜、尊、爵之款識，豐碑大碣顯人晦士之事跡，見於石刻者，皆是正訛謬，去取褒貶，凡爲卷二千。其妻易安李居士，平生與之同志，趙沒後，憫悼舊物之不存，乃作後序，極道遭罹變故本末。今龍舒郡庫刻其書，而此序不見取，比獲見元稿於王順伯，因爲撮述大概云："予以建中辛巳歸趙氏，時丞相作吏部侍郎，家素貧儉，德甫在太學，每朔望謁告出，質衣取半千錢，步入相國寺，市碑文果實歸，相對展玩咀嚼。後二年，從官，便有窮盡天下古文奇字之志，傳寫未見書，買名人書畫、古奇器。有持徐熙《牡丹圖》求錢二十萬，留信宿，計無所得，捲還之，夫婦相向惋悵者數日。及連守兩郡，竭俸入以事鉛槧，每獲一書，即日勘校裝緝，得名畫彝器，亦摩玩舒捲，摘指疵病，盡一燭爲率。故紙札精緻，字畫全整，冠於諸家。每飯罷，坐歸來堂，烹茶，指堆積書史，言某事在某書某卷第幾葉第幾行，以中否勝負，爲飲茶先後，中則舉杯大笑，或至茶覆懷中，不得飲而起。凡書史百家字不刓闕、本不誤者，輒市之，儲作副本。靖康丙午，德甫守淄川，聞虜犯京師，盈箱溢篋，戀戀悵悵，知其必不爲己物。建炎丁未，奔太夫人喪南來，既長物不能盡載，乃先去書之印本重大者，畫之多幅者，器之無款識者，已又去書之監本者，畫之平常者，器之重大者，所載尚十五車，連艫渡淮、江。其青州故第所鎖十間屋，期以明年具舟載之，又化爲煨燼。己酉歲六月，德甫駐家池陽，獨赴行都，自岸上望舟中告別。予意甚惡，呼曰：'如傳聞城中緩急，奈何？' 遙應曰：'從衆，必不得已，先棄輜重，次衣衾，次書冊，次卷軸，次古器。獨宗器者可自負抱，與身俱存亡，勿忘之！'徑馳馬去。秋八月，德甫以病不起。時六宮往江西，予遣二吏，部所存書二萬卷，金石刻二千本，先往洪州，至冬，虜陷洪，遂盡委棄。所謂連艫渡江者，又散爲雲煙矣！獨餘輕小卷軸，寫本李杜韓柳集、《世說》《鹽鐵論》、石刻數十副軸，鼎鼐十數，及南唐書數篋，偶在臥內，巋然獨存。上江既不可往，乃之台、溫，之衢，之越，之杭，寄物於嵊縣。庚戌春，官軍收叛卒，悉取去，入故李將軍家。巋然者十失五六，猶有五七簏，挈家寓越城，一夕爲盜穴壁，負五簏去，盡爲吳説運使賤價得之。僅存不成部帙殘書策數種。忽閱此書，如見故人，因憶德甫在東萊靜治堂，裝褾初就，芸簽縹帶，束十卷作一帙，日校二卷，跋一卷，此二千卷，有題跋者五百二卷耳。今手澤如新，墓木已拱！乃知有有必有無，有聚必有散，亦理之常，又胡足道？所以區區記其終始者，亦欲爲後世好古博雅者之戒云。"時紹興四年也，易安年五十二矣，自叙如此。予讀其文而悲之，爲識於是書。

《黃庭》換鵝

李太白詩云："山陰道士如相見，應寫《黃庭》換白鵝。"蓋用王逸少事也。前賢或議之曰："逸少寫《道德經》，道士舉鵝羣以贈之。"元非《黃庭》，以爲太白之誤。予謂太白眼高四海，衝口成章，必不規規然，旋檢閱《晉史》，看逸少傳，然後落筆，正使誤以《道德》爲《黃庭》，於理正自無害，議之過矣。東坡雪堂既毀，紹興初，黃州一道士自捐錢粟再營建，士人何頡斯舉作上梁文，其一聯云："前身化鶴，曾陪赤壁之遊；故事換鵝，無復《黃庭》之字。"乃用太白詩爲出處，可謂奇語。案張彥遠《法書要錄》載褚遂良右軍書目，正書有《黃庭經》云。注：六十行。與山陰道士真跡故在。又武平一《徐氏法書記》云："武后曝太宗時法書六十餘函，有《黃庭》。"

又徐季海《古跡記》:"玄宗時,《大王正書》三卷,以《黃庭》爲第一。"皆不云有《道德經》,則知乃晉傳誤也。以上文淵閣四庫全書本《容齋四筆》卷五。

東坡題潭帖

《潭州石刻法帖》十卷,蓋錢希白所鑴,最爲善本。吾鄉程欽之待制,以元符三年帥桂林,東坡自儋耳移合浦,得觀其藏帖,每冊各題其末。第二卷云:"唐太宗作詩至多,亦有徐、庾風氣,而世不傳,獨於《初學記》時時見之。"第四卷云:"吳道子始見張僧繇畫,曰:'浪得名耳!'已而坐臥其下,三日不能去。庾征西初不服逸少,有家鷄野鶩之論,後乃以爲伯英再生。今觀其書,乃不逮子敬遠甚,正可比羊欣耳。"第六卷云:"'宰相安和,殷生無恙。'宰相當是簡文帝,殷生則淵源也邪?"第八卷云:"希白作字,自有江左風味,故長沙法帖比淳化待詔所摹爲勝,世俗不察,爭訪閣下本,誤矣。此逸少一卷,尤妙。庚辰七夕,合浦官舍借觀。"第九卷云:"謝安問獻之:'君書何如尊公?'答曰:'故自不同。'安曰:'外人不爾。'曰:'人那得知!'"已上所書,今麻沙所刊大全集志林中或有之。案,庾亮及弟翼俱爲征西將軍,坡所引者翼也。坡又有詩曰:"暮年却得庾安西,自厭家鷄題六紙。"蓋指翼前所歷官云。此帖今藏予家。

王逸少爲藝所累

王逸少在東晉時,蓋溫太真、蔡謨、謝安石一等人也,直以抗懷物外,不爲人役,故功名成就,無一可言,而其操履識見,議論閎卓,當世亦少其比。公卿愛其才器,頻召不就。殷淵源輔政,勸使應命,遺之書曰:"足下出處,正與隆替對,豈可以一世之存亡,必從足下從容之適?"逸少報曰:"吾素自無廊廟,王丞相欲內吾,誓不許之,手跡猶存,由來尚矣,不於足下參政而方進退。自兒娶女嫁,便懷尚子平之志,數與親知言之,非一日也。"及殷侯將北伐,以爲必敗,貽書止之。殷敗後,復圖再舉,又遺書曰:"以區區江左,所營綜如此,天下寒心久矣。自寇亂以來,處內外之任者,疲竭根本,各從所志,竟無一功可論,一事可紀。任其事者,豈得辭四海之責哉!若猶以前事爲未工,故復求之於分外,宇宙雖廣,何所自容!"又與會稽王箋曰:"今雖有可欣之會,內求諸己,而所憂乃重於所欣,以區區吳、越,經緯天下十分之九,不亡何待!願令諸軍皆還保淮,須根立勢舉,謀之未晚。"其識慮精深,如是其至,恨不見於用耳。而爲書名所蓋,後世但以翰墨稱之。《晉書》本讚,標爲唐太宗御撰,專頌其研精篆素,盡善盡美,至有"心慕手追"之語,略無一詞論其平生,則一藝之工,爲累大矣。獻之立志,亦似其父。謝安欲使題太極殿榜,以爲萬代寶,而難言之,試及韋仲將凌雲榜事,即正色曰:"使其若此,有以知魏德之不長。"遂不之逼。觀此一節,可以知其爲人,而亦以書名之故,沒其盛德。二王尚爾,況於他人乎!以上《容齋四筆》卷十。

尺八

唐盧肇爲歙州刺史，會客於江亭，請目前取一事爲酒令，尾有樂器之名。肇令曰："遙望漁舟，不闊尺八。"有姚巖傑者，飲酒一器，憑欄嘔噦，須臾即席，還令曰："憑欄一吐，已覺空喉。"此語載於《摭言》。又《逸史》云："開元末，一狂僧往終南回向寺，一老僧令於空房內取尺八來，乃玉笛也。謂曰：'汝主在寺，以愛吹尺八，謫在人間，此常吹者也。汝當回，可將此付汝主。'僧進於玄宗，特取吹之，宛是先所御者。"孫夷中《仙隱傳》："房介然善吹竹笛，名曰尺八。將死，預將管打破，告諸人曰：'可以同將就壙。'"亦謂此云。尺八之爲樂名，今不復有。《呂才傳》云："貞觀時，祖孝孫增損樂律，太宗詔侍臣舉善音者。王珪、魏徵盛稱才製尺八，凡十二枚，長短不同，與律諧契。太宗即召才參論樂事。"尺八之所出，見於此，無由曉其形製也。《爾雅·釋樂》亦不載。《容齋四筆》卷十五。

《容齋五筆》（選錄　一則）

韓、蘇、杜公敘馬

韓公《人物畫記》，其敘馬處云："馬大者九匹，於馬之中又有上者下者焉，行者，牽者，奔者，涉者，陸者，翹者，顧者，鳴者，寢者，訛者，立者，齕者，飲者，溲者，陟者，降者，癢磨樹者，嘘者，嗅者，喜而相戲者，怒相踶齧者，秣者，騎者，驟者，走者，載服物者，載狐兔者，凡馬之事二十有七焉。馬大小八十有三，而莫有同者焉。"秦少游謂其敘事該而不煩，故仿之而作《羅漢記》。坡公賦《韓幹十四馬》詩云："二馬並驅攢八蹄，二馬宛頸鬃尾齊。一馬任前雙舉後，一馬却避長鳴嘶。老髯奚官騎且顧，前身作馬通馬語。後有八匹飲且行，微流赴吻若有聲。前者既濟出林鶴，後者欲涉鶴俯啄。最後一匹馬中龍，不嘶不動尾搖風。韓生畫馬真是馬，蘇子作詩如見畫。世無伯樂亦無韓，此詩此畫誰當看？"詩之與記，其體雖異，其爲布置鋪寫則同。誦坡公之語，蓋不待見畫也。余雲林繪鑑中有臨本，略無小異。杜老《觀曹將軍畫馬圖》云："昔日太宗拳毛騧，近時郭家師子花。今之新圖有二馬，復令識者久嘆嗟。其餘七匹亦殊絕，迥若寒空動煙雪。霜蹄蹴踏長楸間，馬官廝養森成列。可憐九馬爭神駿，顧視清高氣深穩。"其語視東坡，似若不及，至於"斯須九重真龍出，一洗萬古凡馬空"，不妨獨步也。杜又有《畫馬讚》云"韓幹畫馬，毫端有神。驊騮老大，騕褭清新"，及"四蹄雷電，一日天池。瞻彼駿骨，實惟龍媒"之句。坡公《九馬讚》言："薛紹彭家藏曹將軍《九馬圖》，杜子美所爲作詩者也。"其詞云："牧者萬歲，繪者惟霸。甫爲作誦，偉哉九馬。"讀此詩文數篇，真能使人方寸超然，意氣橫出，可謂"妙絕動宮牆"矣。文淵閣四庫全書本《容齋五筆》卷七。

趙伯驌藝話（一則）

趙伯驌（一一二四～一一八二）字希遠，宗室。少從高宗於康邸。改浙江安撫司幹官。乾道六年，假泉州觀察使、知閣門事、充接送伴副。使金，因功轉武義大夫。領榮州刺史。轉武功大夫、和州防禦使，淳熙間爲平江守。與祠，淳熙九年卒，年五十九。贈少師。

"金闕寥陽寶殿"跋語

上既詔新平江府天慶觀三清殿，廼親御翰墨，書"金闕寥陽寶殿"六大字以揭之。雲藻昭回，龍鳳翔崟，萬目聳瞻，威顏咫尺，猗歟盛哉！

臣觀唐文皇書畫居鍾王表，凡形篇詠，賜臣工，載在汗簡，侈爲美談。然於明道闡教，爲生民福者，未始有聞。恭惟皇帝陛下天縱多能，游藝八法，复出神所，奚唐足云！矧方玩意昭曠，儲神穆清，觀道妙於化原，躋斯民於壽域，固非下民所能測窺其萬分。第自今仰觀勾吳之墟，奎璧垂光，王氣所鍾，奔走百神，謳歌護持，罔敢或後，當與天無極云。郡守趙伯驌恭題。文淵閣四庫全書本《吳郡志》卷三一。

陸游藝話（一一九則）

　　陸游（一一二五～一二〇九）字務觀，越州山陰（今浙江紹興）人，陸佃孫、宰子。始生兩歲，隨父避金軍南逃，歷盡喪亂之苦。紹興十三年，進士試落第。二十三年，參加鎖廳試爲第一。次年，參加禮部試，列秦檜孫秦塤之前，由此觸怒秦檜，被黜落。二十八年，以恩蔭爲福州寧德主簿，調福州決曹。三十年，擢敕令所删定官，遷大理司直兼宗正簿，罷歸山陰。孝宗繼位，調樞密院編修官，賜進士出身，兼編類聖政所檢討官。出爲鎮江府通判，力讚張浚北伐。後宋軍於符離潰師，張浚被擠去職，陸游亦改任隆興府通判。乾道二年，又以"交結臺諫，鼓唱是非，力説張浚用兵"罪名免職。五年，起爲夔州通判。八年三月，王炎宣撫川陝，辟爲權宣撫司幹辦公事兼檢法官。在此期間他身着戎裝，驅馳於漢中一帶，開始了"鐵馬秋風大散關"的戰鬥生涯。同年十月，王炎奉調回臨安，陸游改成都府路安撫司參議官。九年，權通判蜀州，攝知嘉州。淳熙元年春，復返蜀州任，攝知榮州。二年，范成大帥蜀，辟游爲成都府路安撫司參議官。三年，權知嘉州，未赴任，言者論其"不拘禮法，恃酒頹放"，遂自號放翁。五年，提舉福建、江西常平。以擅發義倉米賑災，給事中趙汝愚劾之，與祠，閒居六年。十二年，起知嚴州，除軍器少監。紹熙元年，遷禮部郎中兼實録院檢討官。嘉泰二年，權同修國史、實録院同修撰，兼秘書監。三年，書成，昇寶章閣待制，致仕。嘉定二年除夕卒，年八十五。陸游是宋代著名愛國主義詩人，他生活的時代正是江西詩派盛行之時，他經歷了一個從學習江西詩派到擺脱江西詩派影響的創作歷程。在少年時代，他曾向曾幾學習作詩，對吕本中提倡的"活法"極爲讚賞，謂"我得茶山一轉語，文章切忌參死句"（《贈應季秀才》）。但到中年以後，却對江西詩派詩論主張多有批評，對江西詩派末流過分講求雕章琢句弊病，表示不滿，認爲"琢雕自是文章病，奇險尤傷氣骨多"（《讀近人詩》），甚至對"活法"也提出了質疑。陸游的文學創作以詩歌成就最大，被譽爲南宋"中興四大家"之一，今存詩九千三百餘首，各體兼備，古體、近體、五言、七言，俱各擅長。清趙翼《甌北詩話》卷六謂"放翁以律詩見長，名章俊句，層見疊出，令人應接不暇。使事必切，屬對必工；無意不搜，而不落纖巧；無語不新，而不事塗澤，實古來詩家所未見也"，"其古體詩，才氣豪健，議論開闢，引用書卷，皆驅使出之，而非徒以數典爲能事。意在筆先，力透紙背，有麗語而無險語，有艷詞而無淫詞，看似華藻，實則雅潔，看似奔放，實則謹嚴"。也擅長詞，劉克莊《後村詩話》續集卷四稱其詞"激昂感慨者，稼軒不能過；飄逸高妙者，與陳簡齋、朱希真相頡頏；流麗綿密者，欲出晏叔原、賀方回之上"，呈現出多樣化的風格。《四庫全書總目》卷一九八稱"平心而論，游之本意，蓋欲驛騎於二家（蘇軾、秦觀）之間，故奄有其勝，而皆不能造其極"。陸游亦以文名於當時，陸子遹稱其文取則於韓愈、曾鞏，"禀賦宏大，造詣深遠，故落筆成文，則卓然自爲一家，人莫測其涯涘"（《刊渭南文集跋》）。著有《高宗聖政草》一卷、《南唐書》十五卷、《會稽志》二十卷、《老學庵筆記》十卷、《家世舊聞》、《入蜀記》、《山陰詩話》一卷、《劍南詩稿》《續稿》八十七卷、《渭南集》五十卷、《放翁詞》一卷。

一　題十八學士圖

隋日昏曀東南傾，雷塘風吹草木腥。平時但忌黑色兒，不知乃有虹霓生。晉陽龍飛雲溶溶，關洛萬里即日平。東征歸來脱金甲，天策開府延豪英。琴書間暇永清晝，簪履光彩明華星。高參伊呂列佐命，下者才氣猶崢嶸。但餘一恨到千載，高陽繆公來竊名。老奸得志國幾喪，李氏誅徒連孤嬰。嚮令亟念履霜戒，危亂安得存勾萌。衆賢一佚既尚爾，掩卷涕淚臨風橫。文淵閣四庫全書本《劍南詩稿》卷一。

二　繫舟下牢谿遊三遊洞二十八韻（節錄）

舊觀三峽圖，常謂非人情。意疑天壤間，豈有此崢嶸？畫師定戲耳，聊欲窮丹青。西遊過沔鄂，莽莽千里平。昨日到峽州，所見始可驚。乃知畫非妄，却恨筆未精。《劍南詩稿》卷二。

三　綿州録參廳觀姜楚公畫鷹，少陵爲作詩者

我來訪古涪之濱，不辭百罔冀一眞。走馬朝尋海棧館，斫膾夜醉魴魚津。越王高樓亦已換，俯仰今古堪悲辛。督郵官舍最卑陋，棟撓楹腐知幾春。巋然此壁獨亡恙，老槎勁翮完如新。向來劫火何自免，叱呵守護疑有神。妖狐九尾穴中國，共置不問如越秦。天時此物合致用，下韝指呼端在人。會當原野灑毛血，坐令萬里清煙塵。老眼還憂不及見，詩成肝膽空輪囷。《劍南詩稿》卷三。

四　嘉祐院觀壁間文湖州墨竹

石室先生筆有神，我來拂拭一酸辛。敗牆慘澹欲無色，老氣森嚴猶逼人。慣閲冰霜元耐久，恥隨兒女更爭春。紛紛可笑空摹擬，爾輩毫端萬斛塵。《劍南詩稿》卷三。

五　醉後草書歌詩戲作

朱樓矯首臨八荒，綠酒一舉累百觴。洗我堆阜崢嶸之胸次，寫爲淋漓放縱之詞章。墨翻初若鬼神怒，字瘦忽作蛟螭僵。寶刀出匣揮雪刃，大舸破浪馳風檣。紙窮擲筆霹靂響，婦女驚走兒童藏。往時草檄喻西域，颯颯聲動中書堂。余嘗草丞相魯公以下與夏國主書於政事堂。一收朝跡忽十載，西掠三巴窮夜郎。山川荒絕風俗異，賴有酒美猶能狂。醉中自脫頭上幘，綠髮未許侵微霜。人生得喪良細事，孰謂老大多悲傷！《劍南詩稿》卷四。

六　聽琴

疏簾曲檻蘋風涼，細腰美人藕絲裳。綠藤水紋穿矮牀，玉指纖纖彈履霜。高林鵾囀日正長，幽澗泉鳴夜未央。哀思不怨和而莊，有齊淑女禮自防。世人但惑青樓倡，琵琶箜篌雜胡羌。試聽一曲醒汝狂，文姬指法傳中郎。《劍南詩稿》卷五。

七　龍眠畫馬

國家一從失西陲，年年買馬西南夷。瘴鄉所產非權奇，邊頭歲入幾番一作數。皮。崔嵬瘦骨帶火印，離立欲不禁風吹。圉人太僕空列位，龍媒汗血來何時。李公太平官京師，立仗慣見渥洼姿。斷縑歲久墨色暗，逸氣尚若不可羈。賞奇好古自一癖，感事憂國空餘悲。嗚呼安得毛骨若此三千疋，銜枚夜度桑乾磧。《劍南詩稿》卷五。

八　題醉中所作草書卷後

胸中磊落藏五兵，欲試無路空崢嶸。酒爲旗鼓筆刀槊，勢從天落銀河傾。端溪石池濃作墨，燭光相射飛縱橫。須臾收卷復把酒，如見萬里煙塵清。丈夫身在要有立，逆寇運盡行當平。何時夜出五原塞，不聞人語聞鞭聲。《劍南詩稿》卷七。

九　乾明院觀畫

唐年蘭若占閒坊，名畫蕭條半在亡。簌簌疏篁常似雨，陰陰古屋自生涼。入門疊鼓初催講，喚馬斜陽欲滿廊。顯晦熟思真有數，萬金奇跡棄頹牆。院中有黃筌花竹幾二十壁，多已壞矣。《劍南詩稿》卷八。

一〇　玉局觀拜東坡先生海外畫像

商周去不還，盛哉漢唐宋。蘇公本天人，謫墮爲世用。太平極嘉祐，珠玉始包貢。公車三千牘，字字炭飛動。氣力倒犀象，律呂諧鸞鳳。天驥西極來，矯矯不受鞚。飛騰上臺閣，廢放落雲夢。至寶不侵蝕，終亦老侍從。晚途遷海表，萬里天宇空。豈惟騎鯨魚，遂欲跨蟒蝀。心空物莫撓，氣老筆愈縱。粃糠《郊祀歌》，逺友《清廟頌》。我生雖後公，妙句得吟諷。整衣拜遺像，千古尊正統。《劍南詩稿》卷九。

一一　草堂拜少陵遺像

清江抱孤村，杜子昔所館。虛堂塵不掃，小徑門可款。公詩豈紙上，遺句處處滿。人皆欲拾取，志大才苦短。計公客此時，一飽得亦罕。阨窮端有自，寧獨坐房琯。至今壁間像，朱綬意蕭散。長安貂蟬多，死去誰復算。《劍南詩稿》卷九。

一二　眉州披風榭拜東坡先生遺像

蜿蜒回顧山有情，平鋪十里江無聲。孕奇蓄秀當此地，鬱然千載詩書城。高臺老仙誰所寫，仰視眉宇空崢嶸。百年醉魂吹不醒，飄飄風袖笻枝橫。爾來逢迎厭俗子，龍章鳳姿我眼明。北扉南海均夢耳，謫墮本自白玉京。惜哉畫史未造極，不作散髮騎長鯨。故鄉歸來要有日，安得春江變酒從公傾！《劍南詩稿》卷九。

一三　題張幾仲所藏《醉道士圖》

千載風流賀季真，畫圖髣髴見精神。邇來祭酒皆巫祝，眼底難逢此輩人。
臥聽牀頭壓酒聲，起行籬下摘新橙。一尊久欠敲門客，風味何人似麴生。《劍南詩稿》卷十三。

一四　題瑩師釣臺圖

羊裘老子釣魚處，開卷令人雙眼明。未可忽忽便持去，夜窗吾欲聽灘聲。《劍南詩稿》卷十四。

一五　夜夢與數客觀畫，有八幅《龍湫圖》特奇。客請予作詩其上，書數十字而覺，不復能記，明旦乃追補之，亦髣髴夢中意也

高堂閱畫娛嘉賓，巨幅小卷縱橫陳。其間一圖最傑作，命意落筆驚倒人。奇峰峭立插地軸，飛瀑崩瀉垂天紳。壽藤老木幻荒怪，深潭危棧愁鬼神。忽然白晝起雷電，始覺異物蟠齋滄。陰雲四興誅老魑，甘澍連夕蘇疲民。豈惟陂澤苗盡立，已活億萬介與鱗。文章與畫共一法，腕力要可囘千鈞。錙銖不到便懸隔，用意雖盡終苦辛。君看此圖凡幾筆，一一遒勁如秋筠。乃知世間有絕藝，天造草昧參經綸。吾言未竟且復止，權發幽奧天公嗔。《劍南詩稿》卷十四。

一六　題少陵畫像

長安落葉紛可掃，九陌北風吹馬倒。杜公四十不成名，袖裏空餘三賦草。車聲馬聲喧客枕，三百青銅市樓飲。杯殘炙冷正悲辛，仗內鬭雞催賜錦。《劍南詩稿》卷十六。

一七　醉中草書因戲作此詩

賜休暫解簿書圍，醉草今年頗入微。手挹凍醪秋露重，卷飜狂墨瘦蛟飛。臨池勤苦今安有，漏壁工夫古亦稀。穉子問翁新悟處，欲言直恐泄天機。《劍南詩稿》卷十九。

一八　觀蘇滄浪草書《絹圖歌》

天孫獨處河之湄，龍梭夜織冰蠒絲。機頭剪落光陸離，騎鯨仙人醉題詩。字大如斗健欲飛，利刀猛斫生蛟螭。墨渴字燥尤怪奇，百魃潛影神靈悲。嗚呼束雲作筆兮海爲硯，激水上騰龍野戰。乾坤震蕩人始驚，筆未落時誰得見？《劍南詩稿》卷二十二。

一九　題《陽關圖》

誰畫陽關贈別詩，斷腸如在渭橋時。荒城孤驛夢千里，遠水斜陽天四垂。青史功名常蹭蹬，白頭襟抱足乖離。山河未復邊塵暗，一寸孤愁只自知。《劍南詩稿》卷三十。

二〇　作字

整整復斜斜，翩如風際鴉。書成半行草，眼倦正昏花。未辦倉盛筆，寧能錐畫沙？老夫端可愧，頭白不名家。《劍南詩稿》卷三十七。

二一　學書

九月十九柿葉紅，閉門學書人笑翁。世間誰許一錢直，窗底自用十年功。老蔓纏松飽霜雪，瘦蛟出海挐虛空。即今譏評何足道，後五百年言自公。《劍南詩稿》卷三十七。

二二　題王仲信畫水石橫幅

王郎書逼楊風子，畫亦憑陵蜀雨孫。豈是天公憎絕蓺，一生憔悴向衡門。《劍南詩稿》卷三十八。

二三　題施武子所藏楊補之梅

補之寫生梅，至簡亦半樹。此幅獨不然，豈畫橫斜句？《劍南詩稿》卷四十五。

二四　題趙生畫

東都畫手排浮萍，天子獨賞一趙生。幅繰尺紙皆厚賜，衆史妬媚都人驚。爾來一筆不復見，好事往往空聞名。奇哉此獨出刼火，論價直恐千金輕。老廉博士最別識，一見自謂雙眼明。老夫寓居旱河上，矮軸正向幽窗橫。飯餘捫腹看不厭，林外重閣高崢嶸。憑誰喚住兩禪客，水邊共聽煙鐘聲。《劍南詩稿》卷五十二。

二五　贈傳神水鑑

寫照今誰下筆親，喜君分得臥雲身。口中無齒難藏老，頰上加毛自有神。誤遣汗青成國史，未妨著白號山人。他時更欲求奇跡，畫我溪頭把釣緡。《劍南詩稿》卷五十三。

二六　試筆

用筆如用人，利鈍烏可常。必欲責其全，無乃廢所長。宣城與晉陵，聲價略相當。不知今何年，森然集龜堂。和墨若鑒黑，擣紙如銀光。心手適調一，運此紫毫銛。前却俱稱意，六驥馳康莊。聊復取一快，詎必師鍾張。《劍南詩稿》卷五十五。

二七　游昭牛圖

游昭木石師李唐，畫牛乃自其所長。出欄切聽一聲笛，意氣已無千頃荒。客居京口老益困，衣不揜脛鬢眉蒼。時時弄筆眼力健，蹴角毛骨分毫芒。我無沙隄金絡馬，拂拭此幅喜欲狂。乞骸幸蒙優詔許，置身忽在煙林傍。日落飲牛水滿塘，夜半飯牛天雨霜。俚醫灌藥美水草，老巫訶禁祓不祥。願我孫子勤農桑，願汝生犢筋脉強。碓聲驚破五更夢，歲負玉粒輸官倉。《劍南詩稿》卷五十八。

二八　唐希雅雪鵲

烈風大雪吞江湖，巨木摧折竹葦枯。烏鳶瑟縮墮地死，豈復能顧卵與雛？棘枝拔出亂石罅，凜凜生氣獨有餘。耐寒兩鵲亦異禀，羽族有此山澤癯。神凝氣勁中自足，不待晴日相鳴呼。深知畫手亦怪偉，用意直刮造化鑪。毿毛雖細爪翮健，落筆豈獨今所無？我評此畫如奇書，顏筋柳骨追歐虞。《劍南詩稿》卷五十八。

二九　草書歌

吾廬宛在水中沚，車馬喧囂那到耳。一堂翛然臥虛曠，蟬聲未斷蟲聲起。有時寓意筆硯間，跌宕犇騰作詼詭。徂徠松盡玉池墨，雲夢澤乾蟾滴水。心空萬象提寸毫，睥睨醉僧窺長史。聯翩昏鴉斜著壁，鬱屈瘦蛟蟠入紙。神馳意造起雷雨，坐覺乾坤真一洗。小兒勸我當自珍，勿爲門生書枳几。《劍南詩稿》卷五十八。

三〇　題詹仲信所藏米元暉雲山小幅（二首選一）

俗韻凡情一點無，開元以上立規模。鏡湖老監空揮淚，想見《楚山清曉圖》。徽宗見元暉《楚江清曉圖》，大加賞歎。　《劍南詩稿》卷六十四。

三一　予素不工書，故硯筆墨皆取具而已，作詩自嘲

我昔生兵間，淮洛靡安宅。紒髦入小學，童卅聚十百。先生依靈肘，教以兔園册。僅能記姓名，筆硯固不擇。竈煤磨斷瓦，荻管隨手畫。稍長遊名場，齷若分莜麥。偶窺文房譜，雖慕無由獲。筆惟可把握，墨取黑非白。硯得石卽已，殆可供擣帛。從渠膏粱子，竊視笑啞啞。《劍南詩稿》卷七十。

三二　曝舊畫

故篋開緘一愴情，斷縑殘幅尚知名。翩翩戲鵲如相語，洶洶驚濤覺有聲。柳暗正當煙未歛，花穠仍值雨初晴。百年手澤存無幾，蟲蠹塵侵袛涕橫。《劍南詩稿》卷八十一。

三三　跋真廟賜馮侍中詩

某家舊藏孝嚴殿繪像，先正侍中馮公在焉。冠劍偉然，與太行、黃河氣象相埒。每稽首歎曰："侍中輔相兩朝，更天下大變，而社稷奠安，夷狄讋服，鋤櫌萬里，無犬吠之警，有以也夫！"

晚待罪新定，公之孫頎，出示章聖皇帝賜詩，又以想見一時盛事，恨不生其時，俯伏沙堤旁，窺望風采云。文淵閣四庫全書本《渭南文集》卷二六。

三四　跋高宗賜趙延康御書

右，知金壇縣趙君師懇錄高宗賜其大父延康公書，及延康移僞楚書，共爲一編，以示史官陸某。

某曰：延康在宣和、靖康間，聲望風采，震曜一時。及守宛丘，百戰禦狂虜，卒全其城，視唐代張巡、許遠、顔真卿皆過之。來朝行在，高皇蓋欲以左轄命之，議者謂宗室輔政非故事，遂止。方公之南徙也，謝表有云："臣本支百世，侍從三朝。"又云："堅壁以保近畿，慨前功之俱廢；登壇而陪盛禮，懷曩遇以自憐。"讀者悲之。

某又嘗於公從孫師嚴有翼家，見公建炎奏議稿一編，皆人所至難言者。不知此稿皆在《鑑堂集》中否？或可訪於有翼院中，以補逸遺，敢並以告。嘉泰癸亥歲三月丙申，臣某謹識。《渭南文集》卷二六。

三五　跋高皇御書（一）

臣某少時與胡尚書之子杞同學於雲門山中，見高皇帝賜尚書御題扇曰："文物多師古，朝廷半老儒。"蓋黃體也，與此手詔絕相類。後數年，蒙收召，得面天顏，距今四十四年矣。伏讀霣涕，不知所云。嘉泰癸亥五月一日，史官臣陸某謹題。《渭南文集》卷二六。

三六　跋尹耘師書《劉隨州集》

傭書人韓文持束紙支頭而睡，偶取視之，《劉隨州集》也。乃以百錢易之，手加裝褫。紹興二十五年正月八日，陸某記。

尹耘師耕，鄉里前輩，與九伯父及先君遊。此集蓋其手抄云。紹熙元年七月望，某再跋。《渭南文集》卷二六。

三七　跋查元章書

李份事士大夫謹，以故得書帖多不可數。然閟其書，至不敢與他札偕藏者，元章吏部一人而已。份一吏耳，知敬元章如此。豈知元章仕於朝，既不容，去而居幕府，又不容，自引於數千里外赤甲白鹽之間，乃少安。嗚呼，亦可歎也夫！丙戌上元後三日，漁隱書。《渭南文集》卷二六。

三八　跋二賢像

右，孟貞曜、歐陽率更二像，皆唐人筆墨。北湖者，吳則禮子傅也；無悔者，劉燾無言也。最後實先君會稽公、茶山先生曾文清公書。萬里羈旅，不自意全，撫卷流涕。乾道九年九月既望，刻石置漢嘉月榭上，山陰陸某識。《渭南文集》卷二六。

三九　跋山谷先生《三榮集》

予集黃帖，得贈元師及王周彥三詩，甚愛之。有黃淑者，家三榮，見而笑曰："紹興中再刻本也，舊石方黨禁時已磨毀矣。"乃出此卷曰："是舊石本。"其筆力精勁蓋如此。因錄藏之。淳熙之元二月二日，務觀書。《渭南文集》卷二六。

四〇　跋蔡君謨帖

近歲蘇、黃、米芾書盛行，前輩如李西臺、宋宣獻、蔡君謨、蘇才翁兄弟書皆廢。此兩軸，君謨真行草隸皆備。石在仙井，可寶也。淳熙元年九月八日，蜀州手裝。《渭南文集》卷二六。

四一　跋《瘞鶴銘》

《瘞鶴銘》，予親至焦山摹之，止有此耳。殘璋斷玦，當以真為貴，豈在多耶！淳熙之元九月一日，蜀州重裝。《渭南文集》卷二六。

四二　跋崔正言所書《書法要訣》

德符詩名一代，書則未之見也。觀此編中字，瘦健有神采，亦類其詩。乃知前輩未易以一技名也。戊戌重午，務觀書。《渭南文集》卷二六。

四三　跋《古柏圖》

　　此圖吾家舊藏。予居成都七年，屢至漢昭烈惠陵，此柏在陵旁廟中，忠武侯室之南，所謂"先主武侯同閟宮"者，與此略無小異，則畫工亦當時名手也。淳熙六年龍集己亥六月一日，陸某識。《渭南文集》卷二六。

四四　跋中和院東坡帖

　　此一卷，皆蘇仲虎尚書所藏。鑑定精審，無一帖可疑者。刻石在成都大聖慈寺中和勝相院。淳熙六年六月十七日，陸務觀題。《渭南文集》卷二七。

四五　跋《漢隸》

　　《漢隸》十四卷，皆中原及吳蜀真刻。淳熙己亥，集於建安公署，友人莆陽方士伯謨，親視裝褾，故無一字差謬者。六月二十一日，山陰陸某書。《渭南文集》卷二七。

四六　跋秘閣續帖張長史率意帖

　　此一帖在故簽書樞密王倫家。倫出使時，得之故都，予少日嘗見之。紹熙改元五月甲子，甫里陸某識，時年六十有六，距初見時四十有五年矣。《渭南文集》卷二七。

四七　跋法帖（一）

　　此本嘗見之，清勁可愛，及移之石，乃爾失真，拙工誤人如此。乾符元年十一月乃改元，此云三月，何耶？蔡君謨用蠆字穎字俱非是，又何耶？紹熙三載正月二十二日，三山下漚亭書。《渭南文集》卷二八。

四八　跋法帖（二）

　　魯公書殊不類。紙乃煙熏，"周副"語尤俚俗。羅紹威用"羅氏世寶"印，犯唐諱，益可疑。跋語詩句亦鄙甚也。君謨豈至是哉！惟錢希白字奇古可喜，然非題顏帖，乃剪它軸附卷後耳。《渭南文集》卷二八。

四九　跋《蘭亭》《樂毅論》並趙岐王帖

　　某恭聞太宗皇帝，天縱聖學，跨軼百王，萬幾之餘，尤留神翰墨。文昭武穆，世受筆法，有若岐簡獻王得稿書之妙。蓋其爲學，上稽三代兩漢，以象其高古，下專以晉右將軍王羲之爲法，以極其變化。所藏魯公作文王尊彝，伯禽祀文王之器，紹聖間詔取藏秘閣，《宣和博古圖》亦列於他周器上。

　　又政和中，關中發地得竹簡，皆東漢討羌書檄，字作章草，好事者爭取，而王獨多獲之。則王之窮深造微，豈寒寠書生所及哉！至《蘭亭修禊序》《樂毅論》，又王所愛玩，天下名本。

　　王之於書，名尊一代，固無足異。今周器漢劄，雖不可復見，而《修禊序》《樂毅論》，如魯靈光巋然獨存，意有神物護持，非適然也。王遺墨藏家廟者，今雖僅存，某嘗獲觀，皆奇麗超絕，動心駭目。

　　往時，米芾於書少許可，獨推王以爲能學古人。語在芾所著書畫史。王之孫不流，以從官長東諸侯，懼書家不能盡見是奇跡，乃諏良工，並刻樂石，置會稽郡齋，而屬某書其後。惟王歷事累朝，典司宗盟，嘉言善行，不可勝載，文章尤長於詩，有唐人餘風，此特論其書而已。

　　紹熙四年正月辛卯，中奉大夫、提舉建寧府武夷山冲佑觀、山陰縣開國男、食邑三百户陸某謹書。《渭南文集》卷二八。

五〇　跋《原隸》

　　故吏部郎宇文卷臣所著。卷臣爲郎數月，坐口語，亟去。晚守臨邛、廣漢，有能名，然亦以謗絀，遂卒於家，可哀也。紹熙癸丑四月二十一日，老學庵書。《渭南文集》卷二八。

五一　跋東坡帖

　　此碑，蓋所謂橫石小字者耶？頃又嘗見豎石本，字亦不絕大，數簡行筆，尤奇妙可貴。與《成都西樓》十卷中所書郭熙山水詩，頗相甲乙也。紹熙甲寅十月二十三日，務觀題。《渭南文集》卷二八。

五二　跋《劉凝之陳令舉騎牛圖》

　　公卿貴人，方黃金絡馬，傳呼火城中時，欲如二公騎牛山谷，蕭散遺物，固不可得。若予者，仕既齟齬，及斥歸，欲買一黃犢代步，其費二萬有畸，作欄蓄童，又在此外，遂一笑而止，徒有此生猶著幾兩屐之歎。乃知二公風流，亦未易追也。紹熙甲寅十二月二十九日，陸某識。《渭南文集》卷二八。

五三　跋《歸去來》《白蓮社圖》

予在蜀得此二卷，蓋名筆，規模龍眠，而有自得處。季子子聿手自裝褫藏之。慶元丁巳中秋前三日，放翁識。《渭南文集》卷二八。

五四　跋毛仲益所藏《蘭亭》

龍乘雲氣而上天，鳳凰翔於千仞。吾見舊定本《蘭亭》，其猶龍鳳耶？慶元丁巳十一月二十日，笠澤陸某務觀書。《渭南文集》卷二八。

五五　跋黃魯直書

老子曰："豫兮若冬涉川，猶兮若畏四鄰。"山谷此卷，蓋有得於此。慶元庚申重九日，笠澤陸某書。《渭南文集》卷二八。

五六　跋《蘭亭序》

觀《蘭亭》當如禪宗勘辨，入門便了。若待渠開口，堪作什麼。識者一開卷已見精粗，或者推求點畫，參以耳鑑，瞞俗人則可，但恐王內史不肯爾。余平生見佳本亦多，然如武子所藏，不過三四，真可寶也。慶元庚申重九日，笠澤陸某書。《渭南文集》卷二九。

五七　跋《樂毅論》

《樂毅論》橫縱馳騁，不似小字；《瘞鶴銘》法度森嚴，不似大字。此後世作者所以不可仰望也。庚申重九，陸某書。《渭南文集》卷二九。

五八　跋東方朔畫贊

元豐間，有德州士人攜畫讚示東坡，自言二百年前本，家藏數世矣。東坡爲題之曰："畫讚世多本，惟德州者第一，君所藏又爲德州第一。"或曉之曰："此言君是德州人耳。"其人雖不伏，亦大笑止。因觀武子所藏，聊識卷末。慶元六年九月甲子，陸某務觀書。《渭南文集》卷二九。

五九　跋東坡帖

　　成都西樓下有汪聖錫所刻東坡帖三十卷，其間與呂給事陶一帖，大略與此帖同，是時時事已可知矣。公不以一身禍福，易其憂國之心，千載之下，生氣凜然，忠臣烈士，所當取法也。予謂武子當求善工堅石刻之，與西樓之帖並傳天下，不當獨私囊褚，使見者有恨也。《渭南文集》卷二九。

六〇　跋《盤澗圖》

　　紹興己卯、庚辰之間，予爲福州決曹，延平張仲欽爲閩縣大夫，朝暮相從。後四年，予佐京口，仲欽佐金陵，數以檄往來於鍾阜浮玉間，把酒道舊甚樂。又二十年，予使閩中，仲欽閒居延平，數相聞。方約相過，而予蒙恩召還，遂有死生之異。言之恨然。仲欽之子爲西和守，寄此軸來求詩，蓋又二十餘年，予年七十有七矣。嘉泰改元歲辛酉五月十九日，陸某書，時予納祿已三年，居會稽山陰之三山。《渭南文集》卷二九。

六一　跋洪慶善帖

　　某兒童時，以先少師之命，獲給掃灑丹陽先生之門。退與子威講學，則兄弟如也。每見子威言洪成季慶善學行，然皆不及識。今獲觀慶善遺墨，亦足少慰。衰病廢學，負師友之訓，如愧何！嘉泰二年五月丁卯，陸某謹題。《渭南文集》卷二九。

六二　跋韓晉公牛

　　予居鏡湖北渚，每見村童牧牛於風林煙草之間，便覺身在圖畫。自奉詔紬史，踰年不復見此，寢飯皆無味。今行且奏書矣，奏後三日，不力求去，求不聽輒止者，有如日。嘉泰癸亥四月一日，笠澤陸某務觀書。《渭南文集》卷二九。

六三　跋畫橙

　　嘉泰癸亥四月十六日，兩朝實錄將進書，予以史官兼秘書監，宿衛於道山堂之東直舍，茶罷取此軸摩挲久之，覺香透指爪。此物著霜時，予歸鏡湖小園久矣。山陰陸某務觀書。《渭南文集》卷二九。

六四　跋臨帖

此書用筆，靄靄多態度，如雙鉤鍾、王遺書，可寶藏也。笠澤陸務觀跋。時年七十九，當嘉泰癸亥四月二十八日，居于六官宅老學行庵。《渭南文集》卷二九。

六五　跋米老畫

畫自是妙跡，其爲元章無疑者。但字却是元暉所作，觀者乃並畫疑之，可歎也。嘉泰癸亥四月二十九日，陸務觀書。《渭南文集》卷二九。

六六　跋潘豳老帖

潘豳老詩妙絕世，恨不見其字。今見此卷，無復遺恨矣。癸亥五月一日，笠澤陸某書。《渭南文集》卷二九。

六七　跋《東坡書髓》

成都西樓下石刻東坡法帖十卷，擇其尤奇逸者爲一編，號《東坡書髓》。三十年間，未嘗釋手。去歲在都下，脫敗甚，乃再裝緝之。嘉泰三年歲在癸亥九月三日，務觀老學庵北窗手記。《渭南文集》卷二九。

六八　跋六一居士《集古錄跋尾》

始予得此本，刻畫精緻，如見真筆。會有使入蜀，以寄張季長。及再得之，纔相距數年，訛闕已多，知古人欲傳遠者，必託之金石，有以也夫！嘉泰甲子六月二十二日，笠澤陸某謹識。《渭南文集》卷三〇。

六九　跋米元暉書先左丞《海岱樓》詩

右，米侍郎元暉書先大父《題海岱樓》詩一首。《春秋公羊傳》曰："山川有能潤於百里者，天子秩而祭之。觸石而出，膚寸而合，不崇朝而徧雨乎天下者，惟泰山爾。"故大父云："起爲霖雨從膚寸。"蓋言遍雨天下之澤，自膚寸而始也。米所書，誤以"從"爲"成"，遂失本意，可爲太息。嘉泰四年秋八月壬寅，山陰陸某書於三山老學庵。《渭南文集》卷三〇。

七〇　跋韓幹馬

大駕南幸，將八十年，秦兵洮馬，不復可見，志士所共歎也。觀此畫，使人作關輔河渭之夢，殆欲實涕矣。嘉泰甲子十月二十一日，山陰陸某書。《渭南文集》卷三〇。

七一　跋林和靖帖

祥符、天禧間，士之風節文學名天下者，陝郊魏仲先、錢塘林君復二人，又皆工於詩。方是時，天子修封禪，告太平，有二人在，天下麟鳳芝草不足言矣。

君復書法又自高勝絕人，予每見之，方病，不藥而愈，方饑，不食而飽。忽得觀上竺廣慧法師所藏二帖，不覺起敬立。法師能捐一石，刻之山中，使吾輩皆得墨本，以刮目散懷，亦一奇事也。嘉泰甲子歲十二月丁卯，山陰陸某務觀書。《渭南文集》卷三〇。

七二　跋卿師帖

本朝小楷，至宋宣獻後，僅有道士陳碧虛一人。今見吾里中前輩卿師所書，則蕭散小不逮碧虛，而法度森嚴無愧者，亦名筆也。後人善藏之。開禧元年乙丑歲九月丁亥，山陰陸某務觀題，時年八十有一。《渭南文集》卷三〇。

七三　跋韓晉公《子母犢》

予平生見三尤物：王公明家韓幹散馬、吳子副家薛稷小鶴及此子母牛是也。不知未死間，尚復眼中有此奇偉否？開禧二年四月甲子，陸務觀老學庵北窗書。《渭南文集》卷三〇。

七四　跋韓立道所藏《蘭亭序》

觀此本《蘭亭》，如見大勳業巨公於未央庭中，大冠若箕，長劍拄頤，風采凜凜，雖單于不覺自失，況餘子有不汗洽股栗者哉？開禧丙寅歲四月十有三日，陸某年八十二。《渭南文集》卷三〇。

七五　跋司馬端衡畫《傳燈圖》

司馬六十五丈，抱負才氣，絕人遠甚。方少壯時，以黨家不獲施用於時，欲有以寓其胸中浩浩者，遂放意於畫，落筆高妙，有顧、陸遺風。

某嘗以通家之舊，親聞其論畫，袞袞終日，如孫吳談兵、臨濟趙州説禪，何其妙也。每恨是時不能記録一二，以遺後之好事者。今獲觀《傳燈圖》，恍如接言論風指，時稽首太息，不能自已。開禧丁卯歲十月丁未，山陰陸某謹題。《渭南文集》卷三一。

七六　跋吕伯共書後

紹興中，某從曾文清公遊。公方館甥吕治先，日相與講學。治先有子未成童，卓然穎異，蓋吾伯共也。

後數年，伯共有盛名，從之學者以百數，不幸中道奄忽。而予幾九十尚未死，攬其遺墨，大抵忠信篤敬之言也，爲之涕下。開禧丁卯歲十二月乙巳，山陰陸某書。《渭南文集》卷三一。

七七　跋秦淮海書

黄豫章、秦淮海，皆學顔平原真行。豫章晚尤自稱許，淮海則退避，不肯以書自名，亦各行其志也。嘉定改元四月己酉，山陰陸某書。《渭南文集》卷三一。

七八　跋柳書《蘇夫人墓誌》

近世注杜詩者數十家，無一字一義可取。蓋欲注杜詩，須去少陵地位不大遠，乃可下語。不然，則勿注可也。今諸家徒欲以口耳之學，揣摩得之，可乎？

書家以鍾、王爲宗，亦須升鍾、王之堂，乃可置論耳。爾來書法中絶，求柳誠懸輩，尚不可得，書其可遽論哉！

然予爲此言，非獨觸人，亦不善自爲地矣。覽者當粲然一笑也。嘉定元年四月己酉，陸某書。《渭南文集》卷三一。

七九　跋朱希真所書雜抄

朱先生與諸賢，當建炎間裔夷南牧、群盜四起時，猶相與講學如此。吾輩生平世，安居鄉里，乃欲飽而嬉，可乎？嘉定之元四月乙酉，陸某書於山陰老學菴，時年八十有四。《渭南文集》卷三一。

八〇　跋陳伯予所藏《樂毅論》

世傳中山古本《蘭亭》"之"、"流"、"帶"、"右"、"天"五字，有殘闕處，於是士大夫所藏《蘭亭》悉然。又謂《樂毅論》古本至一"海"字止，於是凡《樂毅論》

亦至"海"字而亡。其餘妄僞亂真，大抵如此。今伯予此軸皆佳，後一本尤敷腴可愛，未可以"海"字爲定論也。嘉定戊辰歲七月己未，山陰陸某務觀書，時年八十有四。《渭南文集》卷三一。

八一　跋伯予所藏黃州兄帖

某之從父兄故黃州使君遺墨，伯予書其後，發揚大節至矣。伏讀感涕，不知所云。先兄諱沆，字子東，仕至朝奉大夫。嘉定元年七月己未，山陰老民陸某謹書。《渭南文集》卷三一。

八二　跋陳伯予所藏《蘭亭》帖

予監定此本，自是絕佳，然亦不必云唐舊刻也。卷末數跋，皆吾友王君玉所錄黃太史魯直語，竊恐未必然。蓋周孔無過，《蘭亭》筆法亦無過，學者步亦步，趨亦趨，猶或失之，豈可以輕心慢心觀之哉！若以夫子嘗自謂有過，孟子云周公之過，遂據以爲周孔有過，乃醉夢中語也。嘉定改元十月庚午，陸某書。《渭南文集》卷三一。

八三　跋坡谷帖

先大父左轄，元祐中自小宗伯自請守潁，踰年，移南陽。而蘇公自北扉得潁，與大父爲代。此當時往來書也。書三幅：前後二幅，藏叔父房；其一幅，則從伯父彥遠得之。亡兄次川又得於伯父，此是也。傳授明白，可以不疑，而或者疑其出於摹仿，識真者寡，前輩所歎。嘉定元年十二月乙亥，山陰陸某謹識。《渭南文集》卷三一。

八四　跋山谷書陰真君詩

此石刻在夔州漕司白雲樓下，黃書無出其右者。嘉定己巳四月辛卯，放翁書。《渭南文集》卷三一。

八五　跋法書後

法書一編付子遹，能熟觀之，亦可得筆法之梗概矣。《渭南文集》卷三一。

八六　題《蘭亭》帖（一）

自承平時，中山石刻屢爲好事者負去。如此本固已不易得，況太行北嶽，墮邊塵中已五十年乎！撫卷太息。陸游。文淵閣四庫全書本《蘭亭考》卷六。

八七　題《蘭亭》帖（二）

《蘭亭》刻石，雖佳本皆不免有可恨。此唐人響拓，乃獨縱橫放肆，不爲法度拘窘，猶可想見繭紙故書之超軼絕塵也。其後書乾符元年三月，而觀者或以不與史合爲疑，予按歐陽公《集古録》，率以石本證史家之誤，此獨不可據以爲證乎！陸游。《蘭亭考》卷六。

八八　題《蘭亭》帖（三）

近見馮達道所藏《蘭亭》，使人欲起拜。留觀百餘日，乃歸之。今又得觀孟達本，清瘦勁拔，亦其流亞也。陸游務觀嘉泰二年重午日。《蘭亭考》卷七。

八九　題《蘭亭》帖（四）

王逸少一不得意，誓墓不出，遂終其身。子敬答殿榜之請，辭意峻甚，豈知世間有得喪禍福哉！以此學二王書，庶幾得之！若不辦此，雖家藏昭陵繭紙真跡，字字而講之，筆筆而求之，去《蘭亭》愈遠矣。謂予不信，有如大江。《蘭亭考》卷七。

九○　題《蘭亭》帖（五）

馮氏所藏《蘭亭》二本，得之昭德晁氏。端彥字美叔，説之字伯以，公耄字武子：其三世也。嘉泰二年二月六日，陸游，年七十八題。《蘭亭考》卷一○。

九一　題《蘭亭》帖（六）

右定武舊本《蘭亭》，骨氣卓然可見，不以"流"、"湍"、"帶"、"右"、"天"五字定真贋也。陸游識。《蘭亭考》卷一○。

《老學庵筆記》（選録　二二則）

伯父通直公，字元長，病右臂，以左手握筆，而字法勁健過人。宗室不微亦然，然猶是自幼習之。梁子輔年且五十，中風，右臂不舉，乃慣用左手。踰年，作字勝於用右手時，遂復起作郡。

趙廣，合淝人，本李伯時家小史。伯時作畫，每使侍左右，久之遂善畫，尤工作馬，幾能亂眞。建炎中陷賊。賊聞其善畫，使圖所擄婦人，廣毅然辭以實不能畫，脅以白刃，不從，遂斷右手拇指遣去。而廣平生實用左手，亂定惟畫觀音大士而已，又數年乃死。今士大夫所藏伯時觀音，多廣筆也。

仲翼有書名，而前輩多以爲俗，然亦以配周越。予嘗見其飛白大字數幅，亦甚工，但誠不免俗耳。

慈聖曹太后工飛白，蓋習觀昭陵落筆也。先人舊藏一"美"字，徑二尺許，筆勢飛動，用慈壽宮寶。今不知何在矣。文淵閣四庫全書本《老學庵筆記》卷二。

孔安國《尚書序》言："爲隸古定，更以竹簡寫之。"隸爲隸書，古爲科斗。蓋前一簡作科斗，後一簡作隸書，釋之以便讀誦。近有善隸者，輒自謂所書爲隸古，可笑也。《老學庵筆記》卷三。

慎東美字伯筠，秋夜待潮於錢塘江，沙上露坐，設大酒樽及一杯，對月獨飲，意象傲逸，吟嘯自若。顧子敦適遇之，亦懷一杯，就其樽對酌。伯筠不問，子敦亦不與之語。酒盡各散去。伯筠工書，王逢原贈之詩，極稱其筆法，有曰："鐵索急纏蛟龍僵。"蓋言其老勁也。東坡見其題壁，亦曰："此有何好，但似篾束枯骨耳。"伯筠聞之，笑曰："此意逢原已道了。"今惟丹陽有《戴叔倫碑》，是其遺跡。

予爲福州寧德縣主簿，入郡，過羅源縣走馬嶺，見荊棘中有崖石，刻"樹石"二大字，奇古可愛。即令從者薙除觀之，乃"子翁所賞樹石"六字，蓋蘇舜元書也。因以告縣令項膺服，善作欄楯護之云。

漢隸歲久風雨剝蝕，故其字無復鋒芒。近者杜仲微乃故用禿筆作隸，自謂得漢刻遺法，豈其然乎？以上《老學庵筆記》卷四。

紹興間，復古殿供御墨，蓋新安墨工戴彥衡所造。自禁中降出雙角龍文，或云米友仁侍郎所畫也。中官欲於苑中作墨灶，取西湖九里松作煤。彥衡力持不可，曰："松當用黃山所產，此平地松豈可用！"人重其有守。

胡基仲嘗言："韓退之《石鼓歌》云'羲之俗書趁姿媚'，狂肆甚矣。"予對曰："此詩至云'陋儒編《詩》不收入，二《雅》褊迫無委蛇'，其言羲之俗書，未爲可駭也。"基仲爲之絕倒。

曲端、吴玠，建炎間有重名於陝西，西人爲之語曰："有文有武是曲大，有謀有勇是吳大。"端能書，今閬中錦屏山壁間有其書，奇偉可愛。

邛州僧寺中版壁有趙諗題字，字既凡惡，語亦淺拙，不知當時何以中第如此之高。蓋希時事力抵元祐，故有司不復計其文之工拙也。

永康軍導江縣迎祥寺有唐女真吳彩鸞書《佛本行經》六十卷，予嘗取觀之，字亦不甚工，然多闕唐諱。或謂真本爲好事者易去，此特唐經生書耳。以上《老學庵筆記》卷五。

先君入蜀時，至華之鄭縣，過西溪。唐昭宗避兵嘗幸之。其地在官道旁七八十步，澄深可愛。亭曰西溪亭，蓋杜工部詩所謂"鄭縣亭子澗之濱"者。亭旁古松間，支徑入小寺，外弗見也。有枏木版揭梁間甚大，書杜詩，筆亦雄勁，體雜顏、柳，不知何人書，墨挺然出版上甚異。或云墨著枏木皆如此。《老學庵筆記》卷六。

自唐至本朝，中書門下出敕，其敕字皆平正渾厚。元豐後，敕出尚書省，亦然。崇寧間，蔡京臨平寺額作險勁體，"來"長而"力"短，省吏始效之相誇尚，謂之"司空敕"，亦曰"蔡家敕"，蓋妖言也。京敗，言者數其朝京退送及公主改帝姬之類，偶不及蔡家敕。故至今敕字蔡體尚在。

高廟謂："端硯如一段紫玉，瑩潤無瑕乃佳，何必以眼爲貴耶。"晁以道藏硯必取玉斗樣，喜其受墨汁多也。每曰："硯若無池受墨，則墨亦不必磨，筆亦不必點，惟可作枕耳。"

唐彥猷《硯錄》言："青州紅絲石硯，覆之以匣，數日墨色不乾。經夜即其氣上下蒸濡，著於匣中，有如雨露。"又云："紅絲硯必用銀作匣。"凡石硯若置銀匣中，即未乾之墨氣上騰，其墨乃著蓋上。久之，蓋上之墨復滴硯中，亦不必經夜也。銅錫皆然，而銀尤甚，雖漆匣亦時有之，但少耳。彥猷貴重紅絲硯，以銀爲匣，見其蒸潤，而未嘗試他硯也。以上《老學庵筆記》卷八。

范文正公喜彈琴，然平日止彈《履霜》一操，時人謂之范履霜。

徽宗嘗乘輕舟泛曲江，有宮嬪持寶扇乞書者。上攬筆亟作草書一聯云："渚蓮參法駕，沙鳥犯鉤陳。"俄復取筆塗去"犯鉤陳"三字，曰："此非佳語。"此聯實李商隱《陳宮詩》，亦不祥也。李耕道云。

北都有魏博書度使田緒《遺愛碑》，張弘靖書；何進滔《德政碑》，柳公權書，皆石刻之傑也。政和中，梁左丞子美爲尹，皆毀之，以其石刻新頒《五禮新儀》。以上《老學庵筆記》卷九。

周越《書苑》云：郭忠恕以爲小篆散而八分生，八分破而隸書出，隸書悖而行書作，行書狂而草書聖。以此知隸書乃今真書。趙明誠謂誤以八分爲隸，自歐陽公始。

史丞相言高廟嘗臨《蘭亭》，賜壽皇於建邸。後有批字云："可依此臨五百本來看。"蓋兩宮篤學如此。世傳智永寫《千文》八百本，於此可信矣。以上《老學庵筆記》卷十。

《老學庵續筆記》（選錄　一則）

王羲之之先諱"正"，故《法帖》中謂"正月"爲"一月"，或爲"初月"，其他"正"字，率以"政"代之。中華書局一九七九年點校本《老學庵續筆記》。

《入蜀記》（選錄　三則）

（乾道六年閏五月）十九日……申後，至蕭山縣，憩夢筆驛。驛在覺苑寺旁，世傳寺乃江文通舊居也。有大碑，葉道卿文。寺額及佛殿榜，皆沈睿達所書，有碑亦睿達書，尤精古。又有毗陵人戚舜臣所畫水，蓋佛後座大壁也。卒然見之，覺濤瀾洶湧可駭，前輩或謂之死水，過矣。文淵閣四庫全書本《入蜀記》卷一。

（乾道六年八月）二十六日。與統、紓同遊頭陁寺，寺在州城之東隅石城山。山繚繞如伏蛇，自西亘東，因其上爲城，闕壞僅存。州治及漕司，皆依此山。寺毀於兵火，汴僧舜廣，住持三十年，興葺略備。自方丈西北躡支徑，至絶頂，舊有奇章亭，今已廢。四顧江山井邑，靡有遺者。李太白《江夏贈韋南陵》詩云："頭陁雲外多僧氣。"正謂此寺也。黃魯直亦云："頭陁全盛時，宮殿梯空級。"藏殿後有南齊王簡棲碑，唐開元六年建。蘇州刺史張庭珪溫玉書。韓熙載撰碑陰，徐鍇題額，最後云："唐歲在己巳，武昌軍節度觀察留後知軍州事楊守忠重立，前鄂州唐年縣主簿秘書省正字韓夔書。"碑陰云："乃命猶子夔，正其舊本，而刊寫之。"以是知夔爲熙載兄弟之子也。碑字前後一手，又作"溫"字不全，蓋南唐尊徐溫爲義祖，而避其名，則此碑蓋夔重書也。碑陰又云："皇上鼎新文物，教被華夷，如來妙旨，悉已徧窮，百代文章，罔不備舉，故是寺之碑，不言而興。"按此碑立於己巳歲，當皇朝之開寶二年，南唐危蹙日甚，距其亡六年矣。熙載大臣，不以覆亡爲懼，方且言其主鼎新文物，教被華夷，固已可怪。又以窮佛旨，舉遺文，及興是碑爲盛，誇誕妄謬，真可爲後世發笑。然熙載死，李主猶恨不及相之。君臣之惑如此，雖欲久存，得乎？唐制，節度使不在鎮，而以副大使或留後居任，則云知節度事，此云知軍州事，蓋漸變也。唐年縣，本故唐時名，梁改曰臨夏，後唐復，晉又改臨江，然歷五代，鄂州未嘗屬中原，皆遙改耳。做此碑開寶中建，而猶曰唐年也。至江南平，始改崇陽云。簡棲爲此碑，駢儷卑弱，初無過人，世徒以載於《文選》，故貴之耳。自漢魏之間，駸駸爲此體，極於齊梁，而唐尤貴之，天下一律，至韓吏部、柳柳州，大變文格，學者翕然慕從。然駢儷之作，終亦不衰。故熙載、鍇號江左辭宗，而拳拳於簡棲之碑如此。本朝楊、劉之文擅天下，傳夷狄，亦駢儷也。及歐陽公起，然後掃蕩無餘。後進之士，雖有工拙，要皆近古。如此碑者，今人讀不能終篇，已坐睡矣，而況效之乎？則歐陽氏之功，可謂大矣。若魯直云："惟有簡棲碑，文章巋然立。"蓋戲也。《入蜀記》卷三。

（乾道六年十月）二十日。早，離歸州，出巫峯門，過天慶觀，少留。觀唐天寶元年碑，載明皇夢老子事，巴東大守劉瑫所立。字畫頗清逸，碑側題當時郡官吏胥姓名，字亦佳。《入蜀記》卷四。

《家世舊聞》（選録　二則）

先君言：蔡京既爲相，以爲異時大臣皆碌碌，乃建白置講議司及大樂。然京實懵不曉樂，官屬亦無能知者。或言有魏漢津知鑄鼎作樂之法。漢津，蜀中黥卒也。自言年九十五，得法於仙人李良，良蓋年八百歲，謂之李八百者是也。數往来京師，京師少年戲之，曰："汝師八百，汝九百耶？"蓋俗狂癡者爲九百。惟京見悦其孟浪敢言。漢津謂："以秬黍定律，乃常談不足用，今當以天子指定之。"京益喜。顧以其師李良，特方士，恐不爲天下所信，則鑿空爲言漢津所傳，乃黃帝、后、夔法，皇祐中，嘗與房庶同召至京師，陳指尺之法，會阮逸作黍律已成，遂見排擯。時好事者言京爲漢津撰腳色樂，局官又從而爲之説曰："昔禹以身爲度，即指尺也。"其誣僞牽合如此。漢津乃請上君指三節爲三寸三，三爲九而成黃鐘之律。君指者，中指也。久之，或獻疑，曰："上春秋富，手指後或不同，則奈何。"漢津亦語塞。然樂已垂成，所費鉅萬，因遷就爲説，曰："請指之歲，上適年二十四，得三八之數，是爲大簇人統，過是，則寸餘□不可用矣。"其敢爲欺誕，蓋無所不至。然初謂漢津皇祐中嘗陳指尺，是時仁廟已近四十，則三八之説，不攻自破矣。樂成，實崇寧丙戌秋也。賜名《大晟》，府置大司樂、典樂、樂令主簿、協律郎。漢津積官至太中大夫，老病卒。

先君言：米元章"瓜洲閘"三大字，神彩飛動，姚絶古今，非惟他人所不能髣髴，元章自書亦無及此者。嘗於膝上，以指畫此三字，歎息不已。因言：元章晚病瘍，前知死日，買棺，舁至便齋，倦則卧其中，客至，邀至棺側，卧與語，如期死。且死，索筆大書，曰："吾自眾香國來，今復歸矣。"以上中華書局唐宋史料筆記叢刊本《家世舊聞》卷下。

吕簡修藝話（一則）

吕簡修（生卒年不詳）字無傲，隆興間官合州。自稱"汲國吕簡修"，當是汲郡公吕大防之裔。

龍多山石刻題跋

簡修竭來是邑，乘暇登山，尋訪孫職方舊錄。寺僧云："爲好事者削去。"繼得紙本，乃政和間令尹宋公所書也，筆畫遒勁，有顏柳之風。因命工重刊，庶幾與此山俱傳。隆興甲申中元日，汲國吕簡修無傲謹跋。民國九年刻本《合川縣志》卷三六。

姜特立藝話（三則）

姜特立（一一二五~？）字邦傑，處州麗水（今浙江麗水）人。以其父姜綬靖康中殉難，南渡後以蔭補承信郎。淳熙中，累遷福建路兵馬副都監。十一年，趙汝愚舉薦於朝，召見，獻所爲詩百篇，充太子宮左右春坊兼皇孫平陽王伴讀。恃恩無所忌憚，右丞相留正論劾其招權納賄之狀，奪職與外祠。尋除浙東馬步軍副總管。寧宗即位，遷和州防禦使，再奉祠，拜慶遠軍節度使，卒年約八十。特立倚恃宋光宗藩邸之舊，招攬權勢，其人不足道，然工於詩，詩風宗蘇黃，嘗自言"蘇黃自是今時友，李杜還爲異代家"（《看詩卷》），其詩大抵意境超曠，自然流露，不事雕琢。其詞大多爲贈妓、詠花、生朝自壽之作，內容、藝術皆無足稱述。著有《梅山詩稿》六卷、《續稿》十五卷，其《續稿》爲淳熙時官春坊以後所作，今存《梅山續稿》十七卷。

一 西湖素公愛余泊舟小詩，畫爲扇子

老子詩中那有畫，阿師畫裏自兼詩。我非今世王摩詰，子豈前身李伯時？煙月正臨青嶂落，灘聲惟許白鷗知。可憐半幅鵝溪絹，寫此寒江一段奇。文淵閣四庫全書本《梅山續稿》卷一。

二 續麗人行　　即坡公賦周昉畫欠伸內人

畫師不作春風面，豈是玉容容易見？動人正在阿堵中，妙處猶須著歌扇。沉香亭邊初睡起，鬢髮鬆薄梳理。欠伸背面故作妍，半靨墻頭出桃李。畫成衆目爭回顧，只欠孫娘折腰步。似見不見愁殺人，始是人生腸斷處。愁腸易斷可奈何，古往今來此恨多。君不見李夫人不肯回身看漢君，又不見楊太真擁行莫戀屬車塵。自古蛾眉多蠹國，玉顏畫就還傷神。《梅山續稿》卷一。

三 李仲永墨梅

寫竹如草書，患俗不患清。畫梅如相馬，以骨不以形。墨君曩有文夫子，蟬腹蛇

跗具生意。當時一派屬蘇公，雨葉風枝畧相似。花光道人執天機，信手掃出孤山姿。陳玄幻却西子面，此妙俗士那能知。近時賞愛楊補之，補之嫵媚不足奇。李生於梅却有得，高處自與前人敵。倒暈疎花出古心，暝雲暗谷藏春色。我一見之三歎息，意足不暇形模索。君若欲求之點畫，胡不去看江頭千樹白？《梅山續稿》卷四。

謝襃藝話（一則）

謝襃（生卒年不詳），永州祁陽（今湖南祁陽）人，乾道間鄉貢進士。

《續千文》後序

邑大夫侍其公，一日以其曾大父光祿所續《千文》示襃，來御於學，援古敘事曄然，雖出於當時翰墨游戲之餘，誠有補於世用。諸生請刻浯溪崖石，以彰不泯。筠居聞而喜之，爲作真、隸二體，益有可觀。昔人謂敗筆斷紙猶傳之千百載，特存其人耳，況是文乎？乾道乙酉十一月初吉，鄉貢進士謝襃謹題。雲自在龕叢書本《續千文》。

吳儆藝話（一則）

吳儆（一一二五～一一八三）原名吳偁，字恭父。避秀邸諱改今名，字益恭，號竹洲先生。休寧（今安徽休寧）人。紹興二十七年進士。與兄俯講學授徒，合稱"江東二吳"。朱熹、張栻、吕祖謙等皆與之友善，張栻稱他"忠義果斷，緩急可仗"。工詩文。詞作不多，學蘇軾，較爲平實簡淡。著有《竹洲文集》二十卷。

題《騎牛圖》

陳仲舉賢良熙寧中言新法不便，謫南康酒稅，豢兩黃犢，時與劉凝之跨之遊廬山。李伯時繪爲圖，今藏其家。

汗血聲利塲，舉世循一軌。霜風老觳觫，松路石齒齒。牛瘦僕夫疲，累累山谷裏。兩翁非病狂，顧獨不取彼。牛背有佳處，未可語俗子。夷齊向千載，凜凜有生氣。試問齊景公，烏用馬千駟？文淵閣四庫全書本《竹洲集》卷十七。

趙介藝話（一則）

趙介（一一二五～一一九八）字節夫，寶雞（今陝西寶雞）人。紹興三十二年，以父蔭補承信郎，淳熙二年試閤門舍人。六年，知道州，改郴州，與祠。慶元四年起知高州，卒於官，年七十四。

《化建三寶閣疏》跋

右府判都承薛公之文也，沙門道圓謀建此閣，規模宏傑。初度地於瀟灑軒，公爲作此文，後以舊地稍隘，則改卜於古佛大殿之後枕崇岡。冠壓一□，氣象尤偉〔一〕，實往者瑠璃殿遺址也。

一日，圓來請曰："□□道場興奇特事，公此語得毋爲今日改卜之兆歟？以吾法論之，此其理似不偶然也，盍爲書之？"余於浮屠氏因緣變幻之説素所未習，特書遷徙大概於此文之後。

公平時爲文，得句敏捷，若不暇紬繹，而言約意盡，終日杼思者所不及。試觀此作，猶想見其對客笑談，欣然落筆時也。乾道四年十月旦，秦川趙介書。希古樓刊本《八瓊室金石補正》卷一一四。

〔一〕氣：原闕，據《金石苑》補。

范成大藝話（三三則）

　　范成大（一一二六～一一九三）字致能，又作至能，平江府吳縣（今江蘇吳縣）人。少時徧讀經史，能文詞。以父喪，無科舉意，取唐人"祇在此山中"之語，自號此山居士。登紹興二十四年進士第，調徽州司戶參軍。三十二年，入監行在太平惠民和劑局。隆興元年，昇檢討官，又兼敕令所。二年，除樞密院編修官，秘書省正字。乾道元年，昇校書郎，遷著作佐郎。二年，除吏部員外郎，以言罷。四年，起知處州。五年，召爲禮部員外郎，兼崇政殿說書，擢起居舍人兼侍講。六年，遷起居郎，假資政殿大學士使金，往返途中寫成七十二首紀行詩和《攬轡錄》，以不辱使命除中書舍人。九年，知靜江府，兼廣西經略安撫使。淳熙元年，除四川制置使兼知成都府，鑿夔峽山路。四年，召權禮部尚書。五年正月兼直學士院，四月參知政事，方兩月即奉祠。六年，起知明州兼沿海制置使。七年，改知建康府兼行宮留守，陛辭，孝宗爲書"石湖"二大字。九年，因病奉祠，歸居石湖。紹熙三年，起知太平州，旋歸營范村。四年，辛，年六十八。追封崇國公，諡文穆。成大一生仕途通達，尤以使金不屈和任官有政績爲人所稱。有文名，楊萬里《石湖先生大資參政范公文集序》稱其以文學受知孝宗，"訓誥具西漢之爾雅，賦篇有杜牧之之刻深，騷詞得楚人之幽婉，序山水則柳子厚，傳任俠則太史遷"。尤以詩著名，與尤袤、陸游、楊萬里並稱"中興四大詩人"。其詩關注國事民生，多表現於寫景、叙事、詠史、懷古等各種題材之中。使金組詩七十二絕句即爲傑出代表，感事傷懷，富於愛國激情。晚年退隱石湖，所作《四時田園雜興》詩六十首，對田園景物、鄉村風俗以及農民困苦生活的描述，猶如風俗畫卷，成就最高，被譽爲"田園詩人"。其詩源自張籍、王建和晚唐體，也受江西詩派影響，故風格多樣，楊萬里稱其"清新嫵麗，奄有鮑、謝；奔逸俊偉，窮追太白"；《四庫全書總目》卷一六〇亦謂"自官新安掾以後，骨力乃以漸而遒，蓋追溯蘇、黃遺法，而約以婉峭，自爲一家"。亦工詞，詞風多清逸婉峭，其中關心國事之作亦稍顯雍容，與辛詞之激越豪放殊異，正如陳廷焯《白雨齋詞話》所云："石湖詞音節最婉轉，讀稼軒詞後讀石湖詞，令人心平氣和。"各體文章俱佳，黃震《黃氏日鈔》卷六七稱其"喜佛老，善文章，踪跡天下，審知四方風俗"，奏對"簡樸無華"，"上梁文、致語多雄"，"聖節疏亦多好句"，"跋語多簡峭可愛"。其文以《三高祠記》最負盛名，深受樓鑰、周必大等賞識。著有《驂鸞錄》《吳船錄》《吳郡志》《范村菊譜》《范村梅譜》《攬轡錄》《桂海虞衡志》《石湖集》《成都古今丙記》（佚）等。

一　題畫卷五首

鑿落秋江水石明，高楓老柳兩灘橫。君看叠巘雲容變，又有中宵雨意生。
欹傾棧路繞山明，隔隴人家犬吠聲。無限白雲堆去路，不知誰識許宣平。
春陰十日谿頭暗，夜半西風雨腳收。但覺奔霆吼空谷，遥知萬壑正争流。
暑雲潑墨送驚雷，坐見前山驟雨來。今夜一凉千萬里，更無焦卷與塵埃。
秋晚黃蘆斷岸，江南野水連天。日色微明魚網，鴈行飛入蒼煙。文淵閣四庫全書本《石湖詩集》卷二。

二　題立雪圖

堂下心如鐵，菴中語似雷。有人參此語，三箇一坑埋。《石湖詩集》卷四。

三　《梅譜》後序

梅以韻勝，以格高，故以橫斜疏瘦與老枝怪奇者爲貴。其新接稺木，一歲抽嫩枝直上，或三四尺，如酴醾薔薇輩者，吳下謂之氣條，此直宜取實知利，無所謂韻與格矣。又有一種糞壤力勝者，於條上茁短橫枝，狀如棘針，花密綴之，亦非高品。

近世始畫墨梅，江西有楊補之者尤有名，其徒倣之者實繁。觀楊氏畫，大略皆氣條耳，雖筆法奇峭，去梅實遠。惟廉宣仲所作差有風致，世鮮有詳之者，余故附之譜後。百川學海本《梅譜》卷末。

四　題《蘭亭》帖（一）

《蘭亭叙》，唐世摹本已不復見，今但石本爾。摹手刻工各有精粗，故等差不同。惟是定武者筆意彷彿尚存，士大夫通知貴重，皆欲以所藏者當之，而未必皆然。觀此本則不容聲矣。紹熙辛亥立冬〔一〕，石湖范成大書。文淵閣四庫全書本《蘭亭續考》卷一。

〔一〕紹熙：原作"紹興"，據相關史志改。

五　題《蘭亭》帖（二）

《蘭亭》爲書法之祖，南中模倣幾數十本，終不若定武者之勝。今觀此軸刻畫與使

1617

墨，皆有佳趣，決知其爲定武者也。然較之予所收者墨色勻重，亦打碑者自有不同。得之者當寶藏，蓋書法盡於此矣。石湖居士書。《蘭亭續考》卷一。

六　題山谷帖

光風轉蕙，汎崇蘭些。此山谷先生小楷氣象。石湖居士題。文淵閣四庫全書本《趙氏鐵網珊瑚》卷四。

七　題《北齊校書圖》

右《北齊校書圖》，世傳出於閻立本。魯直《畫記》登載甚詳。尚欠對榻七人，當是逸去其半也。諸人皆鉛槧文儒，然已著韡，坐胡牀，風俗之移久矣。石湖居士題。商務印書館民國二十六年影印本《越縵堂日記》第三七册。

八　題《睢陽五老圖卷》

退休就閒，士君子皆能之，惟耆耋康寧所謂五福，則天之所畀也。後生當勉己之所能，以待天之所畀，庶乎希蹤壽域云。淳熙甲辰仲冬朔，歷陽龔敦頤此卷相示，敬識其末。吳郡范成大書。文淵閣四庫全書本《式古堂書畫彙考》卷一五。

九　跋米元章臨王獻之帖

元章少時書法蓋自沈傳師，後始入大令之室，結體超軼，一用其筆意。

此帖元章所作，臨池用工如此。晚年放恣，自成一家，不復作此狡獪變化矣。文淵閣四庫全書本《古今事文類聚》別集卷一二。

一〇　跋山谷臨顏書

前輩多宗顏魯公楷法，後來自變，成一家耳，山谷尤於顏有所得，蓋專作顏體，不問得意與否。

學書當有源流，觀人書亦當知源流，未易輕置議也。《古今事文類聚》別集卷一二。

一一　御書"石湖"二大字跋

淳熙八年三月庚戌，制書擢臣守金陵。閏六月丁亥，朝行在所。庚寅，辭後殿。翼日既望，詔錫清燕苑中，皇帝親御翰墨，大書"石湖"二字以賜。天縱聖能，遊藝超絕。典則高古，如伏羲畫；體勢奇逸，如神禹碑。日光雲章，垂耀縑素。環列改觀，禁籞動色。臣驚定喜極，不知忭蹈，昧死奉觴上千萬歲壽，奉寶書以出。

越五日，至石湖藏焉。石湖者，具區東匯，自爲一壑，號稱佳山水。臣少長釣遊其間，結茅種樹，久已成趣。春秋時，吳臺其陰，越城其陽，登臨訪古，往跡具在。汙萊露蔓，千七百餘年，莫有過而問者。今猥以臣故，徹聞高清，天光博臨，燕及荒野，由開闢來，未睹斯盛。裴度、李德裕皆唐宗臣，綠野、平泉，亦聲震當代，揆今所蒙無傳焉。何物么麼，獨冒寵赫，百身萬殞，莫能負載。

臣蒲柳早秋，仕無補益，縣官倘睆晚不休，奸止足之戒，則將上累隆知，俯愧初服，臣用是懼。冀幸少日，遂賜骸骨，歸老湖上，宿衛奎壁，與山川之神，暨猿鶴松桂，同在昭回中，一介姓名，亦因是不朽。使後世知臣屬厭榮辱，得全於桑榆，以無辱君賜，則陛下丕顯休命，不委於草莽，庶幾報恩之萬一。

臣既摩刻扁榜，又被之琬琰以傳，且附著臣之自叙云爾。《古今事文類聚》別集卷一二。

一二　跋《婺源硯譜》

龍尾刷絲，秀潤玉質，天下硯石第一。今其冗塞已數年，大木生之，不復可取。或因洪水漂薄，沙礫間得異時斧鑿之餘，至瑣碎者亦治爲硯，縱橫不盈二三寸，稍大者即是故家所藏舊物，士大夫既罕得見，故能察識者少，而遂以端石爲貴。端石絕品猶不能大勝刷絲，東坡《鳳咮硯銘》云："坐令龍尾羞牛後。"此乃武夷灘石，那得度龍尾前！一時譴語，非確語也。《古今事文類聚》別集卷一四。

一三　跋米芾行草帖

米禮部行草政用大令筆意，稍跌宕，遂自成一家。後生習米者但得其踰繩越契之風，則善學柳下惠者也。范成大跋。文淵閣四庫全書本《清河書畫舫》卷九下。

一四　跋山谷帖

山谷晚年書法大成，如此帖毫髮無遺恨矣。心手和調，筆墨又如人意，譬泰豆之御，內得於中，外合馬志，六轡沃若，兩驂如舞，錫鸞肅雍，自應武象，莫不入馳驅之範，亦詭遇者之所知也。范成大至能題於此。文淵閣四庫全書本《珊瑚木難》卷三。

一五　跋道君皇帝《題宣和殿圖》後

自玉階及紅雲法駕之後，以至六小樓，意趣超絕，形容高妙，必夢遊帝所者彷彿得之，非世間俗史意匠可到。

明窗净几，盡卷展玩，怳然便覺身枉九霄三景之上。知不足齋叢書本《蘆浦筆記》卷九。

一六　跋司馬溫公帖

世傳字書似其爲人，亦不必皆然。杜正獻之嚴整而好作草聖，王文正之沉毅而筆意灑落，欹側有態，豈皆似其人哉！惟溫公則幾耳。開卷儼然，使人加敬，邪僻之心都盡，而況於親炙之者乎。文淵閣四庫全書本《山堂肆考》卷一三三。

一七　跋（二）

石曼卿真書大字妙天下。文淵閣四庫全書本《黃氏日鈔》卷六七。

一八　跋（三）

碑石未泐者具在。好奇之士乃專倣刻文剝之處，以握筆滯思作羸尪頹靡之體，僅成字形，以爲古意。《黃氏日鈔》卷六七。

一九　跋詛楚文

詛楚文當惠文王之世，則小篆非出李斯。《黃氏日鈔》卷六七。

二〇　跋東坡墨跡

事勢迫切，不若付死生禍福於無何有之鄉，雖至大故不亂，雖非得道，去道不遠。《黃氏日鈔》卷六七。

二一　跋御書

跳龍卧虎之勢，漏屋畫沙之跡，皆神動天隨，泊穆無間。譬猶葉氣絪縕，蒸爲雲漢，群光所麗，自成文章，非復世間筆墨畦徑所能比擬。文淵閣四庫全書本《玉海》卷三四。

二二　論學書須視真跡（一）

學書須是收昔人真跡佳妙者，可以詳視其先後筆勢、輕重往復之法。若只看碑本，則惟得字畫，全不見其筆法神氣，終難精進。文淵閣四庫全書本《負暄野錄》卷下。

二三　論學書須視真跡（二）

學時不在旋看字本，逐畫臨倣。但貴行住坐臥常諦翫，經目著心久之，自然有悟入處，信意運筆，不覺得其精微，斯爲善學。《負暄野錄》卷下。

二四　論書（一）

漢人作隸，雖不爲工拙，但皆有筆勢腕力，其嚴於後世真行之書，精嚴意度，粲然可以想見筆墨畦徑也。編修勵守謙家藏本《硯北雜錄》。

二五　論書（二）

古人書法，字中有筆，筆中有鋒，乃爲極致。文淵閣四庫全書本《墨池瑣錄》。

《驂鸞錄》（選錄　二則）

九日，上謁南嶽廟。四阿各有角樓，兩廡土偶仗衛皆取，則帝所正殿獨一神座。監廟與禮直官日上香火，後殿乃與后並處。湖南馬氏所植古松滿庭，殿後東西北三廊壁畫，後宮武洞清所作。紹興二十五年，火發殿上，燒後廊，壁本不圮，官不時覆護，漸爲風雨所壞。帥司亟遣眾工模揭，新廟成，用摸本更畫，雖不復武氏筆法，然位置意象，十存七八，自"宴樂、優戲、琴弈、圖書、弋釣、紉織"，下至"搗練、汲井"，凡宮中四時行樂作務，粲然畢陳，良工運思，苦心有如此者。朶殿又畫嬪御"上直、畣香、篝衣"之事，尤爲精妍。廟吏常鐍後宮門，非命官盛服，毋得入。前廊及中門所畫"文武官班、旌旗戈甲"之屬，則常筆也。衡嶽寺在前西集賢峰下有善果尊者，鐵錫存焉。孟氏有蜀，特來施。此寺藏經，其簾袠，則蜀人户部侍郎歐陽彬所施，織文妙絶。勝業寺在廟前，登御書閣以望嶽，晚晴，眾山雲盡卷，石廩、紫蓋、岣嶁諸峰畢見，惟祝融在雲氣中。嶽廟正直紫蓋峰下一小山，曰"赤帝峰"。南臺寺在瑞應峰上，登山之最近者。勝業寺有隋栢盤局於地，幾一畝，甚怪奇。柳子厚《般舟和尚碑》，子厚自書，亦有楷法。余病寒，不能風雨，未登山，遂還。

十九日，發祁陽里，渡浯溪。浯溪者，近山石磵也。噴薄有聲，流出江中，上有浯溪橋，臨江石崖數壁，纔高尋丈，《中興頌》在最大一壁碑之上，餘石無幾，所謂"石崖天齊"者，説者謂或是天然整齊之義。碑傍巖石，皆唐以來名士題名，無間隙。

外有小丘曰"峿臺"、小亭曰"唐亭"，與溪而三，是爲"三吾"，皆元子之撰也。別有一臺，祠次山與顏魯公。橋上僧舍即漫郎宅，黃魯直書其榜曰"浯溪禪寺"；又書"法堂"，字皆崎側不用工。又有陶定書"中宮寺"榜。寺既不葺，諸榜皆委棄壁下。竊計次山卜隱時，偶見江濱有此叢石，流泉帶之，遂定居，景物不出數畞，湘流至崖下，尤沈碧，助成勝致焉。打碑賣者，一民家自言爲次山後，擅其利。過浯溪，皆荒山，岡阪復重。宿東青驛。以上文淵閣四庫全書本《驂鸞錄》。

《吴船錄》（選錄　六則）

真君殿前有大樓，曰玉華。翬飛輪奐，極土木之勝。殿四壁，孫太古畫黃帝而下三十二仙真，筆法超妙，氣格清逸。此壁冠於西州。兩廡古畫尚多，半已剝落，惟張果老、孫思邈二像無恙。

甲戌。下山五里，復至丈人觀。二十里，早頓長生觀，范長生得道處也。有孫太古畫龍虎二君，在殿外兩壁上。筆勢揮掃，雲煙飛動，蓋孫筆之尤奇者。殿壁又有孫畫《味江龍》一堵。相傳孫欲畫龍而不知其真。有丈夫過，云："君欲識真龍乎？"忽變而夭矯。孫諦視，畫得之。視稍久，一目遂眚，即此畫也。舊壁，宣和間取入京師。臨行，道士募名筆摹於新壁，今所存者摹本也。

季長之族祖浩，藏仁宗御飛白書。山谷所跋者，其末句譽天地之高厚，讚日月之光華；"臣知其不能也"，今集中作"臣自知其不能也"。"自"字蓋後來所增，語意方全。山谷自稱"洪州分寧縣雙井里前史官臣黃庭堅"，蓋謫戎州時所跋。以上文淵閣四庫全書本《吴船錄》卷上。

百二十里，至忠州酆都縣。去縣三里，有平都山仙都道觀，本朝更名"景德"。冒大暑往遊，阪道數折，乃至峰頂。碑牒所傳，前漢王方平、後漢陰長生皆在此山得道仙去。有陰君丹爐及兩君祠堂皆存。祠堂唐李吉甫所作，壁亦有吉甫像。有晉、隋、唐三殿，制度率痺狹，不突兀，故能久存。壁皆當時所畫，不能盡精，惟隋殿後壁十仙像爲奇筆，豐癯妍怪，各各不同，非若近世繪仙聖者一切爲靡曼之狀也。晉殿內壁亦有溪女等像，可亞隋壁。殿前浴丹池，不甚甘涼。

凡山之故物，如袈裟、麈扇，皆已不存。承平時獨有晉安帝輦、佛馱耶舍革舄、謝靈運《貝葉經》，更李成亂，今皆亡去。成屯此寺，故與西林並，得不燬，而唐以來諸刻皆無恙。最可稱者，李邕寺碑，開元十九年作。並張又新碑陰，大中十年作。李訥《兀兀禪師碑》，張庭倩書。顏魯公題碑之兩側，略云：永泰丙午，真卿佐吉州。夏六月，次於東林。仰廬阜之爐峰，想遠公之遺烈。升神運殿，禮僧伽衣。觀生法師塵尾扇、謝靈運翻《涅槃經》、貝多梵夾，忻慕不足，聊寓刻於張、李二公耶舍禪師之碑側。自魯公題後，世因傳此石爲張李碑。又有柳公權《復寺碑》，大中十一年作，書法尤遒麗。又有李肇、蔡京、苗紳等碑，皆佳。

　　寺有《西林道場碑》，隋太常博士渤海歐陽詢撰，大業十二年作，而不著書人姓名。筆意清潤，微有肉，酷似虞永興，然結字之體，則全是率更法。疑詢在隋時作此體，入唐始加勁瘦刻削也。顏魯公題其碑額之上，亦以永泰丙午歲遊東林時來。大略謂緬懷遠、現之遺烈，躋重閣，觀張僧繇畫佛像、梁武帝蹙綿繡錦囊，因題歐陽公撰永公碑陰。然其實乃題碑額之上，非碑陰也。碑陰別有大中時遊人題名，筆法亦不凡。以上《吳船錄》卷下。

張震藝話（一則）

張震（？～一一七二）字真甫，漢州（今四川廣漢）人。登紹興二十一年進士第，歷太常博士、太學博士、秘書省正字兼國子司業，出判江陵府。入爲著作佐郎、殿中侍御史。孝宗受禪，除中書舍人，以敷文閣待制出知夔州、遂寧府。乾道六年移知成都府，充本路安撫使。八年，卒於官。

禮樂之治論

先王之世，禮樂達於天下，何也？蓋人主修身正心於一堂之上，內無聲色畋遊之嗜以取中和之心，外無奇技異能之好以亂專一之慮，根於心者皆仁義道德，發於言、見於事者皆孝悌忠信。禮樂之本，立於聖人者已至矣，然後從事於禮樂之文，正其形名，發其度數，典之有司，用之宗廟朝廷，禮一行而天下無違意，樂一作而天下無邪心。

恭遜孝悌行於匹夫匹婦之愚，而蕃阜和樂至於昆蟲草木之細，此無它也，聖人以其禮樂之心而發之於禮樂之器，精神心術與禮樂和同而爲一，故寓意於迹，迹修而教行；示教於物，物陳而教達故也。

後世則不然。治心養性之學不發，仁義道德之風不振，一人之身，內則爲聲色貨利之所誘，以傷和伐性，外則爲讒諂姦佞之所惑，以敗政亂事，其心與禮樂已判然二物矣。舉是物曰"此吾所以爲禮矣"，奏是音曰"此吾所以爲樂也"。心之所存不在器，器之所存非其誠，故見於鐘鼓玉帛者，人亦掩口竊笑，而無所化。此猶象龍不可以致雨，畫餅不可以療饑，非禮樂之罪，不取之心而求之物、有禮樂之文而無其實故也。然則禮樂達於天下，必人君先全禮樂而後可。宋慶元三年書隱齋刻本《國朝二百家名賢文粹》卷二五。

鄭興裔藝話（三則）

鄭興裔（一一二六～一一九九），初名興宗，字光錫，開封（今河南開封）人。徽宗鄭皇后姪孫。初以後恩授成忠郎，充幹辦祗候庫，累至江東路鈐轄。乾道間徙福建路。淳熙間，歷差浙東、浙西、江東提刑，入知閣門事兼幹辦皇城司，又兼樞密副都承旨，出知廬州、揚州。紹熙元年，遷保靜軍承宣使，召領内祠。寧宗即位，除知明州兼沿海制置使。告老，授武泰軍節度使。慶元五年卒，年七十四，謚忠肅。興裔喜讀白居易《長慶集》，詩必取法。立朝多正論，《四庫全書總目》卷一五八稱其"《請起居重華宮》及《論淮西荒政》諸疏，詞意剴摯"。著有《退庵集》三十卷、《四朝奏議》三十卷，已佚。其後裔鄭起泓等輯其遺文，題爲《鄭忠肅公奏議遺集》。

一　跋高宗皇帝賜世父手札

右，紹興戊寅秋九月二十七日，高宗皇帝賜世父榮國公手札也。

高宗妙悟八法，留神古雅，當干戈擾攘之餘，訪求法書名畫，不遺餘力。萬幾之暇，展玩摹榻不少怠。蓋睿好之篤，不憚勞廢，故四方爭以奉上，無虛日。繼又於榷場購北方遺失之物，故紹興間御府所藏圖書，不亞於宣、政時。

世父榮公以從龍舊臣，特命入大内鑑定標題，錫賚優渥，手札獎諭。迄今三十八載，翰墨如新。敬命工裝飾，寶藏於家，以垂來兹。慶元丙辰十一月己卯識。清康熙三十二年刊鄭氏六名家集本《鄭忠肅公奏議遺集》。

二　御批不允致仕奏並詔書跋

慶元戊午冬十有二月，興裔在明州，數上章請告，聖恩過厚，親批"降詔不允，不得再有陳請"十字付外，誠異數也。今以御筆同所降詔書合爲一軸而藏，非特寶兹宸翰，亦使奕世子孫知寵遇優渥，交相勉於忠貞云。己未六月十七日，臣興裔謹識。《鄭忠肅公奏議遺集》。

三　跋《淳化帖》

太宗皇帝留意翰墨，淳化中，出御府所藏，命侍書王著臨搨。以棗木鏤刻，釐爲一十卷。於每卷末篆題云："淳化三年壬辰歲，十一月六日，奉聖旨模勒上石。"至仁宗，又詔僧希白刻石於秘閣，前有目錄，卷後無篆題。高廟紹興中，令國子監摹本，首尾與淳化略無少異。當時御前拓者多用賡紙，蓋打金銀箔者也。自後碑工作蟬翼本，且以厚紙覆版，上隱然爲銀錠痕以愚人，但損剝，非復拓本之遒勁矣。

初，徽宗建中靖國間出內府續所收書，令刻石，即今《續法帖》也。大觀中，又奉旨摹揚歷代真跡，刻石於太清樓。字行稍高，而先後之次，與淳化少異。其間數帖多寡不同，各卷末題云："大觀三年正月一日，奉聖旨摹勒上石。"此蔡京書也。而以建中靖國"續帖"十卷易去歲月名銜，以爲後帖；又刊孫過庭《書譜》及貞觀十七帖，總爲二十二卷，謂之《大觀太清樓帖》。絳帖者，尚書郎潘師旦以官帖摹刻於家，爲石本，而傳寫字多舛誤，世稱爲《潘駙馬帖》，凡二十卷。次序卷帖雖與淳化官帖不同，而實則祖之《潭帖》者。慶曆中，劉丞相帥潭日，以淳化官帖命僧希白摹刻於石，置之郡齋，增入《傷寒十七日》、王濛、顏真卿諸帖，而字行頗高，與淳化閣本稍不同。逐卷有"慧照大師希白重摹"字樣，而歲月各異。中間謬處甚多。朱元晦譏其極爲可笑。

《戲魚堂帖》者，即《臨江帖》也。元祐間，劉次莊以家藏《淳化閣帖》十卷摹刻於戲魚堂，除去篆題而增釋文。《黔江》者，黔人秦世章於長沙買石摹僧希白《法帖》十卷，謀舟載入黔中，壁之黔江紹聖院後，題云："長沙湯正臣重摹。"鼎帖板本，較諸帖增益最多。

余酷愛法書，不惜購求，以故諸帖俱備几案間，而莫能辨其真僞。淳熙甲午冬，以孝廟所賜內府藏本較之，大都官本法帖，字極豐腴而有精彩；且有銀錠痕。每版皆全紙，無接黏處，與諸刻迥不相侔，謹什襲藏之。用識數語，以示兒輩云。《鄭忠肅公奏議遺集》。

王淮藝話（一則）

　　王淮（一一二六～一一八九）字季海，婺州金華（今浙江金華）人。幼敏悟力學，紹興十五年登第，爲台州臨海尉。除監察御史，尋遷右正言，劾罷宰相湯思退，擢秘書少監兼恭王室直講，出知建寧府，改浙西提刑。入朝，除中書舍人兼直學士院，知制誥。淳熙二年，以端明殿學士簽書樞密院事，進同知，兼參政。八年，拜右丞相兼樞密事，旋遷左丞相。淮素不喜朱熹，遂攻道學，慶元"僞學"之禁實肇於此。奉祠，提舉洞霄宮。十六年卒，年六十四，贈少師，諡文定。有詩文、制草、奏議四十卷，多已亡佚。

劉原父《秋水篇》墨跡跋

　　劉原父嘉祐間得聖從所遺蜀烏絲欄，書《南華·秋水》，不忘賞適，尤爲歐陽公之所寶玩。頃嘗見之，不能釋手。今得此卷而保其觀。淳熙九年六月既望，書於東府南，金華王淮季海。文淵閣四庫全書本《清河書畫舫》卷七上。

鄧椿藝話

鄧椿（生卒年不詳）字公壽，成都府雙流（今四川雙流）人，洵武孫。仕至通判。家富書畫收藏，因感於北宋郭若虛《圖畫見聞志》後九十餘年無人續著繪畫史，遂稽考文獻，並依自己所見寫成《畫繼》，開創了綜合利用前人詩文、筆記等多方面資料編寫繪畫史的先例。全書十卷，卷一至卷七輯錄二百一十九位畫家的傳記，按畫家的身份、地位依次排列，同時記錄畫院畫家及職業畫工的生平、專長等；卷八爲銘心絕品，著錄作者目睹過的私家收藏繪畫精品；卷九、卷十以雜記體裁記述唐、五代以迄北宋中期的畫壇傳説見聞。卷首有自撰序文，除敘述編寫緣起、經過、體例外，主要闡述自己的藝術見解。書中發揮了郭若虛的觀點，認爲繪畫作品的氣韻生動是無師可傳而決定於人品的，强調畫家的文化修養和藝術意趣。

《畫繼》

原序

自昔賞鑑之家，留神繪事者多矣，著之傳記，何止一書。獨唐張彦遠總括畫人姓名，品而第之，自軒轅時史皇而下，至唐會昌元年而止，著爲《歷代名畫記》。本朝郭若虛作《圖畫見聞誌》，又自會昌元年至神宗皇帝熙寧七年，名人藝士，亦復編次。兩書既出，他書爲贅矣。予雖生承平時，自少歸蜀，見故家名勝，避難於蜀者十五六，古軸舊圖，不期而聚；而又先世所藏，殊尤絕異之品，散在一門，往往得免焚劫，猶得披尋。故性情所嗜，心目所寄，出於精深，不能移奪。每念熙寧而後，遊心兹藝者甚衆，迨今九十四春秋矣，無復好事者爲之紀述。於是稽之方册，益以見聞，參諸自得，自若虛所止之年，逮乾道之三，上而王侯，下而工技，凡二百一十九人，或在或亡，悉數畢見。又列所見人家奇跡，愛而不能忘者，爲銘心絕品，及凡繪事可傳可載者，裒成此書，分爲十卷，目爲《畫繼》。若虛雖不加品第，而其論氣韻生動，以爲非師可傳，多是軒冕才賢，巖穴上士，高雅之情之所寄也。人品既已高矣，氣韻不得不高；氣韻既已高矣，生動不得不至。不爾，雖竭巧思，止同衆工之事，雖曰畫而非畫。嗟夫！自昔妙悟精能，取重於世者，必凱之、探微、摩詰、道子等輩。彼庸工俗隸，車載斗量，何敢望其青雲後塵耶。或謂若虛之論爲太過，吾不信也。故今於類，特立軒冕、巖穴二門，以寓微意焉。鑑裁明當者，須一肯首。是年閏旦，華國鄧椿公壽序。
津逮秘書本《畫繼》卷首。

聖藝

徽宗皇帝

　　徽宗皇帝，天縱將聖，藝極於神。即位未幾，因公宰奉清閒之宴，顧謂之曰：「朕萬幾餘暇，別無他好，惟好畫耳。」故秘府之藏，充牣填溢，百倍先朝。又取古今名人所畫，上自曹弗興，下至黃居寀，集爲一百秩，列十四門，總一千五百件，名之曰《宣和睿覽集》。蓋前世圖籍，未有如是之盛者也。於是聖鑒周悉，筆墨天成，妙體眾形，兼備六法，獨於翎毛，尤爲注意。多以生漆點睛，隱然豆許，高出紙素，幾欲活動，眾史莫能也。政和初，嘗寫仙禽之形，凡二十，題曰《筠莊縱鶴圖》。或戲上林，或飲太液；翔鳳躍龍之形，警露舞風之態；引吭唳天，以極其思；刷羽清泉，以致其潔。並立而不爭，獨行而不倚，閒暇之格，清迥之姿，寓於縑素之上，各極其妙，而莫有同者焉。已而又製《奇峰散綺圖》，意匠天成，工奪造化，妙外之趣，咫尺千里。其晴巒疊秀，則閬風羣玉也；明霞紓綵，則天漢銀潢也；飛觀倚空，則仙人樓居也。至於祥光瑞氣，浮動於縹緲之間，使覽之者欲跨汗漫，登蓬瀛，飄飄焉，嶢嶢焉，若投六合而隘九州也。五年三月上巳，賜宰臣以下燕於瓊林，侍從皆預。酒半，上遣中使持大盃勸飲，且以《龍翔池鸂圖》並題序宣示羣臣。凡預燕者，皆起立環觀，無不仰聖文，覩奎畫，讚歎乎天下之至神至精也。其後以太平日久，諸福之物，可致之祥，湊無虛日，史不絕書。動物則赤烏、白鵲、天鹿、文禽之屬，擾於禁籞；植物則檜芝、珠蓮、金柑、駢竹、瓜花、來禽之類，連理並蒂，不可勝紀。乃取其尤異者，凡十五種，寫之丹青，亦目曰《宣和睿覽冊》。復有素馨、末利、天竺、娑羅，種種異產，究其方域，窮其性類，賦之於詠歌，載之於圖繪，續爲第二冊。已而玉芝競秀於宮闥，甘露宵零於紫篁。陽烏、丹兔、鸚鵡、雪鷹、越裳之雉，玉質皎潔，鷟鷟之雛，金色煥爛。六目七星，巢蓮之龜；盤螭蠹鳳，萬歲之石；並榦雙葉，連理之蕉。亦十五物，作冊第三。又凡所得純白禽獸，一一寫形，作冊第四。增加不已，至累千冊。各命輔臣題跋其後，實亦冠絕古今之美也。宣和四年三月辛酉，駕幸秘書省。訖事，御提舉廳事，再宣三公、宰執、親王、使相、從官觀御府圖畫。既至，上起就書案，從倚觀之。左右發篋，出御書畫。公宰、親王、使相、執政，人各賜書畫兩軸。於是上顧蔡攸分賜從官以下，各得御畫兼行書、草書一紙。又出祖宗御書，及宸筆所模名畫，如展子虔作《北齊文宣幸晉陽》等圖。靈臺郎奏辰正，宰執以下，逡巡而退。是時既恩許分賜，羣臣皆斷佩折巾以爭先，帝爲之笑。此君臣慶會，又非特幣帛筐篚之厚也。始建五嶽觀，大集天下名手。應詔者數百人，咸使圖之，多不稱旨。自此之後，益興畫學，教育眾工。如進士科，下題取士，復立博士，考其藝能。當是時，臣之先祖，適在政府，薦宋迪猶子子房，以當博士之選。是時子房筆墨，妙出一時，咸謂得人。所試之題，如"野水無人渡，孤舟盡日橫"，自第二人以下，多繫空舟岸側，或拳鷺於舷間，或棲鴉於篷背，獨魁則不然。畫一舟人，臥於舟尾，橫一孤笛，其意以為非無舟人，止無行人耳，且以見舟子之甚閒也。又如"亂山藏古寺"，魁則畫荒山滿幅，上出旛竿，以見藏意。餘人乃露塔尖或鴟吻，往往有見殿堂者，則無復藏意矣。亂離後有畫院舊史，流落於蜀者二三人，嘗謂臣言："某在院時，每旬日，蒙恩出御府圖軸兩匣，命中貴押送院，以示學人。仍責軍令狀，以防遺墜漬污。"故一時作者，咸竭盡精力，以副上意。其後寶籙宮成，繪事皆出畫院。上時時臨幸，少不如意，即加漫堊，別令命思。雖訓督如此，而眾史以人品之限，所作多泥繩墨，未脫卑凡，殊乖聖王教育之意也。卷一。

侯王貴戚

鄆王，徽宗皇帝第二子也。禀資秀拔，為學精到。政和八年，射策於庭，名標第一，多士推服。性極嗜畫，頗多儲積。凡得珍圖，即日上進，而御府所賜，亦不為少。復皆絕品，故王府畫目，至數千計。又復時作小筆花鳥便面，克肖聖藝，乃知父堯子舜，趣尚一同也。今秘閣畫目，有《水墨筍竹》及《墨竹》《蒲竹》等圖。

光州防禦使令穰，字大年，雅有美才高行，讀書能文。少年因誦杜甫詩，見唐人畢宏、韋偃，志求其跡，師而寫之。不歲月間，便能逼真。時賢稱歎，以為貴人天質自異，意所專習，度越流俗也。其所作多小軸，甚清麗。雪景類世所收王維筆，汀渚水鳥，有江湖意。又學東坡作小山叢竹，思致殊佳，但覺筆意柔嫩，實年少好奇耳。若稍加豪壯，及有餘味，當不立小李將軍下也。每出一圖，必出新意。人或戲之曰："此必朝陵一番回矣。"蓋譏其不能遠適，所見止京洛間景，不出五百里內故也。大年既得名，誅求期勒，無少暇時，擲筆大慨曰："藝之役人如此！"然業已得名，無可奈何。山谷嘗詠其《蘆雁》云："揮毫不作小池塘，蘆荻江村雁落行。雖有珠簾巢翡翠，不忘煙雨罩鴛鴦。"然初跋其畫，謂"更屏聲色裘馬，使胸中有數百卷書，當不愧文與可"，蓋見其少作耳。自今觀之，其亦有宋之江都王、滕王耶？

令松，字永年，大年弟也，亦善丹青。浮休居士謝大年《江天晚景圖》雜言云："神妙獨數李將軍，安知伯仲非前身？"則知其兄弟俱能，且筆墨俱得思訓格也。又山谷跋其畫夾云："調麝煤作花果殊難工，永年遂臻此，殊不易。然作朽蠧太多，是其小疵。"又云："永年作狗，意態甚逼。遣翰林工，訖其草石，不敢畫虎，憂狗之似，故直作狗，人難我易。"

叔盎，字伯充，善畫馬。嘗以其藝並詩投東坡，東坡次其韻云："天驥德力備，馬外龍麟中。皇天不遣言，兀與畫圖同。駑駘飽官粟，未受一洗空。十駕均一至，何事簡雲風。"

士雷，字公震，長於山水，清雅可愛。李錞希聲跋其《四時景》絕句，則可知其風旨矣。春云："九江應共五湖連，尺素能開萬里天。山杏野桃零落處，分明寒食繞風前。"夏云:"繁陰雜樹映汀沙,三伏江天自一家。欲唤扁舟渡雲錦,平鋪明鏡是荷花。"秋云:"春鉏寂寞繞疎叢,霜後雲生浦溆風。此處年年報秋色,祇應衰柳與丹楓。"冬云:"剪水飛花細舞風,斷蘆洲外水連空。剡溪幾曲知名處,何似今朝眼界中。"今秘閣畫目,有《春雪》《早梅》及《小景》等圖。

嗣濮王宗漢,字獻甫,安懿王幼子也。少即敏慧,儀矩端莊,作《蘆雁》,有佳思。米元章題詩曰:"偃蹇汀眠雁,蕭梢風觸蘆。京塵方滿眼,速爲喚花奴。"又曰:"野趣分弱水,風花剪鑑湖。塵中不作惡,爲有鄴公圖。"元章許予甚嚴,詩意如此,則可知其含毫運思矣。嘗有《八雁圖》,識者歎賞其工。

士暕,字明發,讀書能文。元符初,試宗室藝業,合格者八人,獨明發賜進士出身。嘗作《春詞》《烏夜啼》,掃除凡語,飄然寄興於煙霞之外,至今流傳,推爲雅什。兼工畫藝,後山居士題其《高軒過圖》,詩曰:"滕王蛺蝶江都馬,一紙千金不當價。異才天縱非力窮,畫工不足甘爲下。今代風流數大年,含毫落筆開山川。忽忘朽老壓塵底,却怪鳧鴻墮目前。爾來二人復秀出,萬里河山纔咫尺。眼邊安謂有突兀,復似天地初開闢。"其卒云:"未許二豪今角立,則其高情雅韻,自宜追配今昔也。"

士衍,號花一相公,長於著色山水。宣和初進十圖,特轉一官。犍爲王瑾家有扇面,意韻誠可喜愛,然少見於世。瑾即其甥也,故得之。

士遵,光堯皇帝皇叔也。善山水,紹興間一時婦女服飾,及琵琶箏面,所作多以小景山水,實唱於士遵。然其筆超俗,特一時傚傲宮中之化,非專爲此等作也。

伯駒,字千里,優於山水、花果、翎毛。光堯皇帝嘗命畫集英殿屏,賞賫甚厚。多作小圖,流傳於世,有所畫《蟠檜怪石便面》,在吉州團練使楊可弼良卿家。官至浙東路鈐轄。其弟路分伯驌,字希遠,亦長山水、花木,著色尤工。

士安,長於墨竹。不遵川派,好作笎竹,殊秀潤,與石室體制大異也。

子澄,字處度,廉介修潔,流落巴峽四十年,藉添差祿以自給。善草隸,長歌詩,人不知其能畫也。紹興末,官秭歸,士子重其風度,每載酒從之遊。一日,乘醉入小肆,見素壁可愛,案上拈秃筆作濺瀑,勢欲動屋,筆力極遒壯也。

王詵,字晉卿,尚英宗女蜀國公主,爲利州防禦使。雖在戚里,而其被服禮義,學問詩書,常與寒士角。平居攘去膏粱,黜遠聲色,而從事於書畫。作寶繪堂於私第之東,以蓄其所有,而東坡爲之記。東軒亦贈詩云:"錦囊犀軸堆象床,义竿連幅翻雲光。手披橫素風飛揚,捲舒終日未用忙。遊意澹泊心清涼,屬目俊麗神激昂。"其所畫山水學李成,皴法以金碌爲之,似古。今《觀音寶陀山狀小景》,亦墨作平遠,皆李成法也,故東坡謂"晉卿得破墨三昧"。有《煙江疊嶂圖》《房相宿因圖》及《山陰陳迹》《雪谿乘興》《四明狂客》《西塞風雨圖》《著色山水》等圖,傳於世。以上卷二。

軒冕才賢

蘇軾,字子瞻,眉山人。高名大節,照映今古。據德依仁之餘,遊心兹藝。所作枯木,枝榦虬屈無端倪。石皴亦奇怪,如其胸中盤鬱也。作墨竹,從地一直起至頂。

或問何不逐節分，曰："竹生時何嘗逐節生耶？"雖文與可自謂"吾墨竹一派在徐州"，而先生亦自謂"吾爲墨竹，盡得與可之法"。然先生運思清拔，其英風勁氣逼人，使人應接不暇，恐非與可所能拘制也。又作《寒林》，嘗以書告王定國曰："予近畫得《寒林》，已入神品。"雖然，先生平日胸臆宏放如此。而蘭陵胡世將家收所畫《蟹》，瑣屑毛介，曲畏芒縷，無不備具，是亦得從心不踰矩之道也。米元章自湖南從事過黃州，初見公，酒酣，貼觀音紙壁上，起作兩行，枯樹、怪石各一，以贈之。山谷《枯木道士賦》云："恢詭譎怪，滑稽於秋毫之穎，尤以酒爲神，故其觸次滴瀝，醉餘嚬呻。取諸造化之爐錘，盡用文章之斧斤。"又《題竹石》詩云："東坡老人翰林公，醉時吐出胸中墨。"先生自題郭祥正壁，亦云："枯腸得酒芒角出，肺肝槎牙生竹石。森然欲作不可留，寫向君家雪色壁。"則知先生平日非乘酣以發真興，則不爲也。

龍眠居士李公麟，字伯時，爲舒城大族，家世業儒。父虛一，嘗舉賢良方正科。公麟熙寧三年登第，以文學有名於時。陸佃薦爲中書門下省刪定官。董敦逸辟檢法御史臺，官至朝奉郎。元符三年病痹致仕，終於崇寧五年。學佛悟道，深得微旨，立朝籍籍有聲。史稱以畫見知於世，非確論也。平日博求鐘鼎古器，圭璧寶玩，森然滿家。以其餘力留意畫筆，心通意徹，直造玄妙，蓋其大才逸羣，舉皆過人也。士夫以謂"鞍馬愈於韓幹，佛像追吳道玄，山水似李思訓，人物似韓滉"，非過論也。尤好畫馬，飛龍狀質，噴玉圖形，五花散身，萬里汗血，覺陳閎之非貴，視韓幹以未奇。故坡詩云："龍眠胸中有千駟，不惟畫肉兼畫骨。"山谷亦云："伯時作馬，如孫太古湖灘水石。"謂其筆力俊壯也。以其耽禪，多交衲子。一日，秀鐵面忽勸之曰："不可畫馬，他日恐墮其趣。"於是翻然以悟，絕筆不爲，獨專意於諸佛矣。其佛像每務出奇立異，使世俗驚惑，而不失其勝絕處。嘗作《長帶觀音》，其紳甚長，過一身有半。又爲呂吉甫作《石上臥觀音》，蓋前此所未見者。又畫《自在觀音》，跏趺合爪，而具自在之相，曰："世以破坐爲自在，自在在心不在相也。"乃知高人達士，縱施橫設，無施而不可者。平時所畫不作對，多以澄心堂紙爲之，不用縑素，不施丹粉，其所以超乎一世之上者此也。郭若虛謂："吳道子畫今古一人而已。"以予觀之，伯時既出，道子詎容獨步耶？有《孝經圖》《九歌圖》《歸去來圖》《陽關圖》《琴鶴圖》《憇寂圖》《嚴子陵釣灘圖》《山莊圖》《卜居圖》，又有《虎脊天馬》《天育驃騎》《好頭赤》《沐猴馬》《欲馬》《象龍馬》及《揩癢虎》等圖。一時名賢，俱留紀詠也。

襄陽漫士米黻，字元章，嘗自述云："黻即芾也。"即作芾。世居太原，後徙於吳。宣仁聖烈皇后在藩，其母出入邸中，後以舊恩，遂補校書郎。自蔡河撥發，爲太常博士，出知常州，復入爲書畫學博士，賜對便殿，擢禮部員外郎，以言罷知淮陽軍。芾人物蕭散，被服效唐人，所與遊皆一時名士。嘗曰："伯時病右手後，余始作畫。以李常師吳生，終不能去其氣，余乃取顧高古，不使一筆入吳生。又李筆神采不高，余爲睛目面文骨木，自是天性，非師而能。惟作古忠賢像也。"又嘗與伯時論分布次第，作《子敬書練裙圖》，復作《支、許、王、謝於山水間縱步》，自掛齋室。又以山水古今相師，少有出塵格，因信筆爲之，多以煙雲掩映樹木，不取工細。有求者只作橫掛三尺，惟寶晉齋中掛雙幅成對，長不過三尺，褾出乃不爲倚所蔽，人行過，肩汗不著。更不作大圖，無一筆關同、李成俗氣。然公字札流傳四方，獨於丹青，誠爲罕見。予止在利倅李驥元駿家見二畫：其一紙上橫松梢，淡墨畫成，針芒千萬，攢錯如鐵，今古畫松，未見此制。題其後云："與大觀學士步月湖上，各分韻賦詩，芾獨賦無聲之詩。"蓋與李大觀諸人夜遊潁昌西湖之上也。其一乃梅、松、蘭、菊，相因數一紙之上，交柯互葉，而不相亂，以爲繁則近簡，以爲簡則不疎，太高太奇，實曠代之奇作也。乃知好名之士，其欲自立於世者如此。大觀乃元駿之族父，後歸元駿。

晁補之，字無咎，濟北人。元祐中爲吏部郎中，紹聖中謫監信州稅，流落久之。張天覺當國，起知泗州，不累月，下世。有自畫山水《留春堂》大屏，上題云："胸中正可吞雲夢，踐底何妨對聖賢。有意清秋入衡霍，爲君無盡寫江天。"又題自畫山水寄人云："虎觀他年清汗手，白頭田畝未能閒。自嫌麥壟無佳思，戲作南齋百里山。"陳無己獨愛重其跡，亦嘗詠其扇云："前身阮始平，今代王摩詰。偃屈蓋代氣，萬里入咫尺。"無咎又嘗增添《蓮社》圖樣，自以意先爲山石位置向背，作粉本以授畫史孟仲寧，令傳模之。菩薩倣侯昱，雲氣倣吳道玄，天王、松石倣關同，堂殿、草樹倣周昉、郭忠恕，臥槎、垂藤倣李成，崖壁、瘦木倣許道寧，湍流、山嶺、騎從、鞾服，倣魏賢。馬以韓幹，虎以包鼎，猴、鹿以易元吉，鶴、白鵰、若鳥、鼠以崔白。集彼眾長，共成勝事。今人家往往摹臨其本，傳於世者多矣。

晁說之，字以道，少慕司馬溫公之爲人，自號景迂。未三十，東坡以著述科薦之。靖康初，自休致中召爲著作郎，後試中書舍人，兼東宮詹事。建炎初政，以待制侍讀而終。山谷嘗題其《雪雁》云："飛雪灑蘆如銀箭，前雁驚飛後回盼。憑誰說與謝元暉，休道澄江靜如練。"又無咎題四弟橫軸畫云："黃葉滿青山，枯蒲淨寒水。鳧雁下陂塍，牛羊散墟里。擔穫暮來歸，兒迎婦窺籬。虎頭無骨相，田野有餘思。"

張侍郎舜民，字芸叟，號浮休居士。紹聖入黨，貶均州，紹興初追復直學士。生平嗜畫，題評精確。雖南遷羈旅中，每所經從，必搜訪題識。東南士大夫家所藏名品，悉載錄中。亦能自作山水，有自題扇詩云："忽忽南遷不記年，二妃祠外橘洲前。眼昏筆戰誰能畫，無奈霜紈似月圓。"又題鄧正字家劉明復《秋景》，末句云："我有故山常自寫，免教魂夢落天涯。"

劉涇，字巨濟，簡州人，熙寧六年進士中第，王安石薦爲經學所檢討。歷太學博士，因講詩爲諸生所服。後罷，諸生乞留不報，終職方郎中。涇，米元章之書畫友也。善作林、石、槎、竹，筆墨狂逸，體制拔俗。予家藏其幅紙，所作竹葉，幾逼鍾、郭。今成都大智院法堂壁間有《松竹窠植》二，惜其歲久，將磨滅也。

蘇過，字叔黨，坡公之季子也。元祐中，公知杭州，叔黨年十九，預計偕。七年，公爲兵部尚書，任承務郎，後公謫英州，貶儋州，移廉、永二州，叔黨皆侍行。叔父欒城公每稱其孝。平生禁錮僅三十年，晚除中山倅而卒。善作怪石、叢篠，咄咄逼翁。

坡有觀過所作《木石竹》三絕，以爲老可能爲竹寫真，小坡解與竹傳神者是也。晁以道誌其墓，亦云："書畫之勝，亦克肖似其先人。"又時出新意作山水，遠水多紋，依巖多屋木，皆人跡絕處，並以焦墨爲之，此出奇也。

宋子房，字漢傑，鄭州滎陽人，少府監選之子，復古之猶子也，官至正郎。坡公跋其畫，謂："不古不今，稍出新意，若爲之不已，當作著色山也。"又云："觀士人畫，如閱天下馬，取其意氣所到。乃若畫工，往往祇取鞭策、毛皮、槽櫪、芻秣，無一點俊發，看數尺許便卷。漢傑真士人畫也！"又云："假之數年，當不減復古也。"初，崇、觀盛時，大興畫學，予大父中書公，見其《江臯秋色圖》，甚珍愛之，首薦爲博士。然其人乃賢冑子，不獨以畫取也。所著《畫法六論》，極其精到。

程堂，字公明，眉人，舉進士，爲駕部郎中。善畫墨竹，宗派湖州，出湖州之門者，獨公明入室也。好畫鳳尾竹，其梢極重，作回旋之勢，而枝葉不失向背。又登峨眉山，見菩薩竹，有結花於節外之枝者，茸密如裘，即寫其形於中峰乾明寺僧堂壁間，儼如生也。又象耳山有苦竹、紫竹、風竹、雨竹，好事者已刻之石。成都笮橋觀音院，亦有所畫竹，且題絕句云："無姓無名逼夜來，院僧根問苦相猜。攜燈笑指屏間竹，記得當年手自栽。"又能作園蔬，嘗見《紫芥》《紫茄》二軸，奪真也。

范正夫，字子立，潁昌人，文正公之諸孫，德孺之子也。長於水墨雜畫，標格高秀。予家與之同居溴水，多藏其得意之作，如《訪戴圖》《脊令圖》《竹石圖》，寄興清遠，真士人筆也！惜乎以名家高才，而知鳳翔，還鄉，適虜人屠城，死之。

顏博文，字持約，德州人。政和八年，嘉王榜登甲科。長於水墨，宇文季蒙龍圖家，有橫披《十六羅漢》，其筆法位置如伯時，但意韻差短耳。陳去非次何文縝題所作《墨梅三絕》云："窗前光景晚清新，半幅谿藤萬里春。從此不貪江路遠，勝拚心力喚真真。奪得斜枝不放歸，倚窗乘月看熹微。墨池雪嶺春俱好，付與詩人說是非。""未央宮裏紅杏，羯鼓三聲打開。大庾嶺頭梅蕚，管城呼上屏來"，非此畫不稱此詩也。初，持約與王寀厚善。寀敗，持約方退朝，聞之，即馳馬還家，閉關拒人，盡焚與寀平生往來牋記詩文之類，於是獨免。

任諠，字才仲，宋復古之甥也。嘗爲協律郎，後通判澧州，適丁亂離，鍾賊反叛，爲羣盜所殺。平日凡所經歷江山佳處，則舐筆吮墨，輒成圖軸。髣髴籠淡，清潤可喜。邵澤民爲春官，才仲正在太常，與之同部，相好甚密，今其家富有才仲手跡，有《南北江山圖》《平蕪千里圖》《四更山吐月圖》《唐功臣圖》《斗山煙市圖》《松谿深日圖》。又取平生所見蘭花數十種，隨其形狀，各命以名，如"杏梁歸燕"、"丹山翔鳳"之類。皆小字隸書，記其所見之處，邵氏名曰"香圃"。其隸古勁，學中郎也。

米友仁，元章之子也，幼年山谷贈詩曰："我有元暉古印章，印刓不忍與諸郎。虎兒筆力能扛鼎，教字元暉繼阿章。"遂字元暉。元章當置畫學之初，召爲博士，便殿賜對，因上友仁《楚山清曉圖》。既退，賜御書畫各二軸。友仁宣和中爲大名少尹，天機超逸，不事繩墨。其所作山水，點滴烟雲，草草而成，而不失天真，其風氣肖乃翁也。

每自題其畫曰"墨戲"。被遇光堯，官至工部侍郎、敷文閣直學士，日奉清閒之燕。方其未遇時，士大夫往往可得其筆；既貴，甚自秘重，雖親舊間亦無緣得之。眾嘲曰："解作無根樹，能描濛鴻雲。如今供御也，不肯與閒人。"後享年八十，神明如少壯時，無疾而逝。

朱敦儒，字希真，少從陳東野學，嘗賦古鏡云："試將天下照，萬象總分明。"東野奇之。紹興間，御史明橐，宣諭廣東，被旨訪求遺逸。是時，希真放浪江湖間，自江西避亂晉康，橐遂以應詔命。初品官召赴闕登對，改官，入館爲郎，出爲浙東憲。秦檜當國，有攜希真畫山水謁檜，檜薦於上，頗被眷遇。與米元暉對御輒畫，而希真恥以畫名，輒退避不居也。故常告親友曰："吾非善畫者，所畫多出錢端回之手。"其實非也。

廉布，字宣仲，山陽人，妙年登科，官至武學博士，以聯貴姻坐累，遂廢終身。後居紹興，既絕仕宦之念，專意繪事。山水林石，種種飄逸。師東坡，幾於升堂也。其子頗得家法，今有圖軸傳於世。

李石，字知幾，資州人，少負才名。既登第，以趙逵莊叔左史之薦，任太學博士。直情徑行，不附權貴，遂不容於朝。出主石室，就學者其合如雲，至閩越之士，萬里而來。刻石題諸生名幾千人，蜀學之盛，古今鮮儷也！今倅成都，醉吟之餘，時作小筆，風調遠俗，蓋其人品既高，雖遊戲間，而心畫形矣。

巖穴上士

杭士林生，作江湖景，蘆雁水禽，氣格清絕。米老謂："唐無此畫，可並徐熙，在艾宣、張涇、寶覺之右。"人罕得之。

李申，字景元，自號華亭逸人。作逸筆翎毛，有意外趣，但木柯未佳耳。坡題其《喜鵲圖》云："聞說神仙郭恕先，醉中狂筆勢瀾翻。百年牢落何人繼？只有華亭李景元。"又晁無咎《題周兼彥所收李甲畫三絕》，鵲云："上林花妥逐鶯飛，愁絕江南雪裏時。嘍啁何須傍簷喜，髬髵相對兩寒枝。"雁云："網羅無限稻粱肥，憐爾冥冥亦庶幾。戲鴨眠鷗滿中沚，衡陽無意更南飛。"鴨云："急風吹雪滿汀洲，近臘淮南憶倦遊。小鴨枯荷野艇冷，去年今日凍高郵。"

周純，字忘機，成都華陽人。後依解潛，久留荊楚，故亦自稱楚人。少爲浮屠，弱冠遊京師，以詩畫爲佛事，都下翕然知名。士大夫多與之遊，而王寀輔道最與相親，後坐累編管惠州，不許生還。適鄰郡建神霄宮，本路憲舊知其人，請朝廷敕能畫人周純來作繪事，從之。於是憑藉，得以自如。其山水師思訓，衣冠師凱之，佛像師伯時，又能作花鳥、松竹、牛馬之屬，變態多端，一一清絕。畫家於人物，必"九朽一罷"，謂先以土筆撲取形似，數次修改，故曰"九朽"，繼以淡墨一描而成，故曰"一罷"。罷者，畢事也。獨忘機不假乎此，落筆便成，而氣韻生動。每謂人曰："書畫同一關棙，善書者又豈先朽而後書耶？"此蓋卓識也。初，寀未敗，會朝士大尹盛章在焉，謂忘機曰："子能爲我作圖《梅》，狀'遙知不是雪，爲有暗香來'之意乎？"忘機曰：

"此臨川詩，須公自有此句，我始爲之。"盛恨甚。未幾，案敗，而盛猶爲京尹，故忘機被禍獨酷。

高燾，字公廣，沔州人，自號三樂居士。作小景，自成一家，清遠靜深，一洗工氣。眠鴨浮雁、衰柳枯槁，最爲珍絕。篆隸、飛白，一一造妙。

僧德正，信州人，宣和郎官徐兢明叔之兄，紹興侍從徐林稺山之弟。登科爲平江教官，棄而出家。是日即勅往江州圓通寺開堂拈香，爲三世諸佛，於是其徒不容，棄去。居廬山南疊石庵，服漆辟穀。閩淮名山，意往無礙，凡登山臨水，即橫笛自娛。後入蜀，其兄陰遣人僞作其徒，賸齎金帛，牽挽而歸。過叙州宣化縣，久留樊賓少卿家，作《峨眉圖》。山水人物，種種清高。初登峨眉時，鍊指供佛，兩手止餘四指，麓可執筆，而畫意自足。其松石、人物，專學龍眠。遇興伸紙揮毫，頃刻而成，貴勢或求之，絕不與。

江參，字貫道，江南人，長於山水。形貌清癯，嗜香茶，以爲生。初以葉少蘊左丞薦於宇文湖州季蒙，今其家有泉石五幅，圖一本。筆墨學董源，而豪放過之。季蒙欲多取其畫，而貫道每被召去，止得此圖，居以爲慊。後劉季高侍郎再寄《江居圖》一卷，作無盡景，始少慰意。當貫道被召時，尚書張如瑩知臨安，貫道既到臨安，即有旨館於府治。明當引見，是夕殂，信有命也。以上卷三。

搢紳韋布

劉明復，爲直龍圖閣，師李成，特細秀。作松枝而無向背，荆楚秀甚。浮休有鄧正字宅見劉明復所畫《麓山秋景》五十六言云："洛陽才子見長沙，自識中丹鬢未華。文武全才皆不試，丹青妙筆更誰加。老杉列在皇堂上，小景將歸學士家。我有故山常自寫，免教魂夢落天涯。"

蔣長源，字永仲，官至大夫。作著色山水，山頂似荆浩，松身似李成，葉取真松爲之，如靈鼠尾，大有生意。石不甚工。作凌霄花纏松，亦佳作。

鄢陵王主簿，未審其名，長於花鳥。東坡有書所畫《折枝》二詩，其一云："論畫以形似，見與兒童鄰。爲詩必以詩，定知非詩人。詩畫本一律，天工與清新。邊鸞雀寫生，趙昌花傳神。如何此兩幅，疎淡含精勻。誰言一點紅，解寄無邊春。"二云："瘦竹如幽人，幽花如處女。低昂枝上雀，搖蕩花間雨。雙翎決時起，眾葉紛自舉。可憐採花蜂，潰蜜寄兩股。若人富天巧，春色入毫楮。懸知君能詩，寄聲求妙語。"

李世南，字唐臣，安肅人。明經及第，終大理寺丞。嘗與晁無咎同試諸生，無咎有求橫幅長篇，又有題扇詩，蓋長於山水也。東坡亦嘗題其《秋景平遠》云："人間斤斧日創夷，果見龍蛇百尺姿。不是谿山曾獨往，何人解作掛猿枝？野水參差落漲痕，疎林欹倒出霜根。浩歌一棹歸何處？家在江南黃葉村。"予嘗見其孫皓云："此圖本寒林障，分作兩軸，前三幅盡寒林，坡所以有'龍蛇姿'之句，後三幅盡平遠，所以有'黃葉村'之句，其實一景而坡作兩意。又'浩歌'字，雕本皆以爲'扁舟'，其實畫一舟子張頤鼓枻作浩歌之態，今作'扁舟'，甚無謂也。"

趙宗閔，爲尚書郎。山谷載銅官僧舍墨竹一枝，筆勢妙天下，爲作小詩云："省郎潦倒今何處？敗壁風生雙竹枝。滿世閻劉專翰墨，誰爲眞賞拂蛛絲。"又云："獨來野寺無人識，故作寒崖雪壓枝。想得平生藏妙手，只今猶在鬢成絲。"

薛判官者，不得其名。浮休題其所作《秋谿煙竹》云"深墨畫竹竹明白，淡墨畫竹竹帶煙。高堂忽爾開數幅，半隱半見如自然"者是也。

倪濤，字巨濟，宣和間爲都司。一日訪其友，戲畫三蠅壁間，自題云："何人刻獼猴，老眼覷荊棘。不如丹青手，快意風雨疾。我窮坐詩豪，九鼎扛筆力，偶然一點污，著紙生羽翼。千言走虯蚪，寧爲寸紙逼。還當寫君詩，什襲同藏冪。"今李文正之孫有所畫蜥蜴蝀蟾，甚佳。

文勛，字安國，元祐末作太府寺丞、福建漕。東坡跋其畫扇云："道子畫西方變相，觀者如堵。作佛圓光，風落電轉，一揮而成，嘗疑其不然。今觀安國作方界，略不抒思，乃知傳者之不謬。"

劉延世，公是先生之猶子也，少有盛名。元祐初，遊太學，不得志，築堂業講，名曰"抱甕"。嘗作墨竹，題詩云："酷愛此君心，常將墨點眞。毫端雖在手，難寫淡精神。"又云："靜室焚香盤膝坐，長廊看畫散衣行。"趣尚之高，有如此者。

王冲隱，名持，字正叔，長安人。長於翎毛，學崔白。今顏魯公《鹿脯帖》後有題跋："妙於筆法，蓋其人也。"嘗於邵氏見《竹棘》《雪禽》二軸，極清雅。上題云："正叔爲伯起作，崇寧甲申。"伯起名振，其兄也。

王利用，字賓王，潼川人。舉進士，終夔憲。書畫皆能，光堯皇帝頗愛其書，畫則山水長於人物，精謹而已，不及其書也。

靳東發，字茂遠，其高祖太尉，即射撻覽者，官止叙倅。其性多能，尤工畫藝，人目之爲"靳百會"。近世畫手，少作故事人物，頗失古人規鑒之意，茂遠獨集古今諫諍百事，以爲圖，號《百諫圖》，誠可尚者。

詠，字少張，其子也，今主簿於郫。長於山水，尤爲多能，蓋其出藍之青也。

魏燮，字彥密，北人，長於水墨雜畫。光堯見之，喜動天顏，遂除浙西參議。

李昭，字晉傑，鄆城人。李文靖之曾孫，蔡文忠公曾外孫也，以恩科仕江州德化尉。長於墨竹，自云："他人以蕭疎爲能，余以重密爲巧，吾之墨竹一派，不讓湖洲。"又善墨花小筆，亦能山水，學范寬，篆尤精，學《三墳記》也。紹興間死於江南。

李頎秀才，善畫山，嘗以兩軸並詩上東坡，東坡次其韻答之："平生自是箇中人，欲向漁舟便寫眞。詩句對君難出手，雲泉勸我早收身。年來白髮驚秋速，長恐青山與世新。從此北歸休悵望，囊中收得武陵春。"

陳直躬，高郵人也。坡有題所畫《雁》二詩云"野雁見人時，未起意先改。君從何處看，得此無人態"者是也。而無咎集中有《和蘇翰林題李甲畫雁二首》，乃用此韻，不知何謂也。

朱象先，字景初，松陵人，馳名紹聖、元符間。坡跋其畫云："能文而不求舉，善畫而不求售，文以達吾心，畫以適吾意而已。"以其不求售也，故得之自然。世亦罕見，不知其所長也。

張無惑，山人也，善畫山水。浮休贈詩云："西征已度故關山，秋雨零零路屈盤。受盡艱辛心不足，解程又展畫圖看。"

眉山老書生，不得其名。作《七才子入關圖》，山谷謂人物亦各有意態，以爲趙雲子之苗裔。摹寫物象漸密，而放浪閑遠，則不逮也。

何充秀才，不知何許人，能寫貌。坡有贈詩云："問君何苦寫吾真，君言好之聊自適。"

雍秀才，不知何許人。坡有詠所畫《草蟲八物》詩。詩意每一物，譏當時用事者一人，如"升高不知回，竟作黏壁枯"，以比介甫；"初來花爭妍，倏去鬼無跡"，以比章惇。今詩與畫俱刊石流傳於世。又作畫《捕魚圖讚》，載集中。

章友直，字伯益，善畫龜蛇。以篆筆畫，頗有生意。又能以篆筆畫棋盤，筆筆相似。

黃斌老，不記名，潼州府安泰人，文湖州之妻姪也。登科，嘗任戎倅，適山谷貶戎州，與定交。且通譜，善畫竹。山谷有詠其《橫竹》詩，又謝斌老送《墨竹十二韻》云："吾子學湖州，師逸功已倍。預知更入神，後出遂無對。"

黃彝，字子舟，斌老之弟。其名字初非彝與子舟也，山谷以其尚氣，故取二器以規之，自後折節遂爲粹君子。舉八行，終朝郎郡倅。山谷用贈斌老韻謝子舟爲余作《風雨竹》兩篇，前篇云："歲寒十三本，與可可追配。"後篇云："森削一山竹，牝牡十三輩。誰言湖州沒，筆力今尚在。"而與可每言，所作不及子舟。

劉明仲，善作竹，山谷爲作《墨竹賦》。

黃與迪，善畫竹，山谷次韻謝與迪所作《竹》五幅云："吾宗墨修竹，心手不自知。"但不知爲何人，任子淵詩注，亦不及之。

楊吉老，文潛甥也。文潛嘗云："吾甥楊吉老，本不好畫竹，一旦頓解，便有作者風氣。揮灑奮迅，初不經意，森然已成，愜可人意。其法有未具，而生意超然矣。"無咎亦有《贈文潛甥克一學與可畫竹》詩。克一，吉老字也。

成子，不得其名。山谷詩云："成子寫浯溪，下筆便造極。"徐師川亦有《成生畫山水歌》云："成子貌古心亦古，造化爲工筆端取。玄冬起雷夏造冰，翻手爲雲覆手雨。"

張遠，字行之，太原榆次人。本士人，隱居山間。政和中有河東漕宋姓者，親訪其廬，邀致公署，令畫絹八幅。遠請屛去左右，且約漕無相見，獨與弟子郝士安評議。酣寢數日，忽起下筆，頗窮天真。兩幅不如意，遂焚之，以六幅與宋。宋大喜，贈送甚厚，高謝還廬。

張明，其姪也，亦以山水擅名，比季父則差肩矣。

王元通，以字稱，工山水，滄州人也，師李成。爲人豪逸自負，每畫竟，輒大呼

"奇奇"數聲，乃得意筆也。

喬仲常，河中人，工雜畫，師龍眠。圍城中思歸，一日，作《河中圖》贈邵澤民侍郎，至今藏其家。又有《龍宮散齋》手軸、《山居羅漢》《淵明聽松風》《李白捉月》《玄真子西塞山》《列子御風》等圖，傳於世。

孔去非，汝州寧極先生之後也，長於小筆，清雅可玩。尤工草蟲，作蟻、蝶、蜂、蟬、竹雀甚可觀。平生極留意於此，凡翹蚗而飛動之物，必募小兒求之，搜索無遺。以類置其翅羽冊葉中，按形爲之，纖悉畢具。

閭丘秀才，江南人，不記名。長於畫水，無所宗師，自成一家。嘗畫五嶽觀壁，凡作水，先畫浪頭，然後畫水紋，頃刻而成，驚濤洶湧，勢欲掀壁。

劉松老，字榮祖，書學元章，畫師東坡。成都李才元家有四軸山水，上有印文云"巨濟震子名松老者"八字，可見其高怪不隨俗也。成都《佛掌骨記》，實榮祖筆，特借米老名耳。予見此本在張恭州彌明家，後歸一豪族，價三十萬，非真物也。

王逸民，字逸民，永康導江人。初爲僧，名紹祖，詩畫俱倣周忘機，而氣韻懸絕也。平生頗負氣，政和間改德士，則云："我生不背佛而從外道。"取祠部焚之。自加冠巾，學山谷草書，亦美觀。

馮久照，字明遠，汾州人也。少遊太學，兵亂入蜀，寓居渠州。其山水初頗繁冗，後因郭熙之孫游卿來爲太守，盡以其家學傳之，遂一變。趙相鼎與之有太學之舊，薦於川路監司，由是益得名。

劉履中，字坦然，汴人也，寓遂寧靈泉山趾。壁傳人物，筆勢雄特。今遂寧后土祠殿廡內外，盡出其手。仙佛圖軸，亦其所長。但作故事人物，未脫工氣也。

劉銓，字真孺，成都人，察院濬卿之族也，家本豪富，性好畫。所居對聖壽寺，寺多唐蜀名跡，真孺終日諦翫，至忘飲食，久而自能。所畫山水，多以布紋印科葉者，唐舊制，蓋得於壁間也。尤精佛像，描墨成染，與李道明無異，清勁則過之。

李皓，字雲叟，唐臣孫也。避亂入蜀，居成都。其所作山水，取前輩成樣，合而爲一，故能美觀，一時翕然稱之。

張昌嗣，字起之，與可之外孫也，筆法既有所授。每作竹，必乘醉大呼，然後落筆。不可求，或強求之，必詬罵而走。然有愧宅相者，於攢三聚五，太拘拘耳。

連鼇，字仲舉，吉州人，自號石臺居士。精於長短句，工畫魚，幾於徐白。紹興間人。

任粹秀才，仲之姪，能作著色山。

楊補之，字無咎，洪州人，長於水墨人物。祖伯時，今年七十矣，自號逃禪老人。

雍巘，字幼山，興元人。善山水，作巖崖、枯木、雲氣，墨梅尤佳。舉進士，屢免。以上卷四。

道人衲子

甘風子，關右人，陽狂垢污，恃酒好罵，落泊於廛市間。酒酣耳熱，大叫索紙，以細筆作人物頭面，動以十數，然後放筆如草書法，以就全體，頃刻而成，妙合自然。多畫列仙之流，題詩其後。傳觀既畢，往往毀裂而去。好事者藏匿，僅存一二。豪富求之，唾罵不與。或經年不落一筆，故流傳於世者極少。一日，忽別素與遊者，歸則薰浴題頌，擲筆而逝。

王顯道，漢州人，本餅師，後學道。專心畫龍，格制雄壯。今成都三井觀三寶院，有畫壁存。

李德柔，駕部員外郎宗固孫也。宗固景祐中良吏，嘗守漢州。有道士尹可元，精練善畫，以遺火得罪當死，君緩其獄，會赦獲免。時可元年八十一，自誓且死，必爲李氏子以報。可元既死二十餘年，而宗固子世昌之婦，夢可元入其室而生得柔，且名蜀孫。幼而善畫，長讀莊老，喜之，遂爲道士，賜號妙應。其寫真妙絕一時，坡贈詩云："千年鼻祖守關門，一念還爲李耳孫。香火舊緣何日盡，丹青餘習至今存。"

三朵花，房州人。許安世通判其州，以書遺坡，謂："吾州有異人，常戴三朵花，莫知其姓名，郡人因以'三朵花'名之。能作詩，皆神仙意，又能自寫真。"坡作詩曰："畫圖要識先生面，試問房陵好事家。"

眉山道士羅勝先，自號雲和山長。善山水，有古意，然布置景物，多越嶲夜郎所見。蓋其人善地理，遍歷諸山，所以曲盡形勢。又多作雨餘蠨蛸，可觀。

李時澤，遂寧人。初爲僧，受業於成都金地院，因李驚顯夫喪其子京師，顯夫親往迎喪，拉與同行，自是熟遊中原。多觀古壁，見武洞清所畫羅漢，豁然曉解，得其筆法。兵亂歸蜀，即以畫名。圓悟住昭覺日，大殿既成，命畫十六羅漢，及文殊、普賢、藥師菩薩等像，見存。

楊大明，字民瞻，號至樂子。關中將家，棄蔭走方外。善畫龜蛇，今丈人山道院藏經閣後壁，有所作龜蛇，廣丈餘，最雄傑。嘗爲之咒蔡迫肩吾作息龜，龜之六藏，畫者止能爲神屋而已。而其妙處頭爪皺皵見於殼間，鼻竅深潤，觀者疑真息也。

寶覺和尚，翎毛、蘆雁不俗。嘗畫一鶴，王安上純甫，一見以謂薛稷筆，取去。元章《畫史》屢稱其能。

杭僧真慧，畫山水、佛像，近世佳品；翎毛、林木，有江南氣象。米老嘗見其本，牛形似虎也。

惠洪覺範，能畫梅、竹。每用皂子膠畫梅於生絹扇上，燈月下映之，宛然影也。其筆力於枝梗極遒健。

妙善師，長寫貌，嘗寫御容，坡贈詩云："天容玉色誰敢畫，老師古寺畫閉房。夢中神授心有得，覺來信手筆已忘。幅巾常服儼不動，孤臣入門涕自滂。元老侑坐鬚眉古，虎臣侍立冠劍長。"

仲仁，會稽人，住衡州花光山。一見山谷，出秦、蘇詩卷，且爲作梅數枝，及《煙外遠山》，山谷感而作詩記卷末："雅聞花光能墨梅，更乞一枝洗煩惱。寫盡南枝與北枝，更作千峰倚晴昊。"又見其《平沙遠水》，題云："此超凡入聖法也。每率此爲之，當冠四海而名後世。"又題橫卷云："高明深遠，然後見山見水，蓋關同、荊浩能事。花光嬾筆，磨錢作鏡所見耳。"

道臻，嘉州石洞講師也，能墨竹。山谷贈序云："道臻刻意尚行，自振於溷濁之波，故以墨竹自名。然臻過與可之門，而不入其室也。"

道宏，峨眉人，姓楊，受業於雲頂山，相貌枯瘁，善畫山水、僧佛。晚年似有所遇，遂復冠巾，改號龍巖隱者。其族甚富，宏不復顧，止寄跡旅店，惟一空榻，雖被襆之屬亦無有。每往人家畫土神，其家必富，畫猫則無鼠。往往言人心事，輒符合。族婦烹魚，宏命留食。既去，其姪不知，輒先嘗。宏歸，視魚曰："此竊食之餘也。"婦方隱諱，姪遂吐出先嘗於地。又凡如廁，必出郭五里外，鄉人怪訝，每隨而窺之，既就溷，則無復便利，但立語再四而出。此皆奇異者。後竟坐化店中，八十餘。成都正法院法堂，有所畫高僧。

法能，吳僧也。作《五百羅漢圖》，少游為之記云："昔戴逵常畫佛像，而自隱於帳中，人有所否臧，輒竊聽而隨改之，積年而就。"意法能研思，亦當若此，非率然而為之決也。雖然少游獨能察人之畫，而不退思其作記時耶？

智平，成都清涼院僧也，善畫觀音。南商毛大節得其像以歸，過海，風浪大作，開展懇祈，光相忽現，如大月輪，長久之間，已數千里。侯溥賢良載之《觀音儀》中。今水陸院普賢閣所畫像，其徒虛己作水石，見存。

祖鑒，成都僧，住不動尊院，師智平畫觀音。今大慈超悟院佛殿有十觀音。又於邛州鳳皇山畫觀音，一日，忽現五方圓相，直閣計敏功為作《瑞像記》，見存。

虛己，成都柏林院僧，善山水，有圖軸傳世。今白馬院僧慧琳，本仕族，多蓄圖書，尊尚士大夫。入慈藍者，以為稅鞅之所。翻香煮茗，終日蕭然，不知身在囂塵中也。有虛己《雪障》及《山水》二圖，甚佳。

覺心，字虛靜，嘉州夾江農家，甚富。少好遊獵，一日，縱鷹犬，棄妻子出家，遊中原，作《從犢圖詩》。孔南明、崔德符見而愛之，招來臨汝，連住葉縣東禪、及州之天寧、香山三大剎，兵亂還蜀。邵澤民、劉中遠兩侍郎復喜之，請住毗盧，凡十八年。初作草蟲，南僧稱為"心草蟲"。後因宣和待詔一人，因事匿香山，心得其山水訣，一日千里。陳澗上稱之曰："虛靜師所造者，道也。放乎詩，遊戲乎畫，如煙雲水月，出沒太虛。所謂風行水上，自成文理者也。"陳去非亦稱其詩無一點僧氣。

智源，字子豐，遂寧人。傳法牛頭山，攻雜畫，尤長於人物、山水。嘗見《看雲圖》，畫一高僧，抱膝而坐石岸，昂首竚目，蕭然有出塵之姿，使人敬仰。不暇風格，其忘機之亞歟？

智永，成都四天王院僧。工小景，長於傳模，宛然亂真，其印湘之匹亞歟？初，宇文季蒙龍圖，喜其談禪，欲請住院，永牢辭曰："智永親在，未能也。"於是售己所長，專以為養，不免徇豪富廛肆所好。今流布於世者，非其本趣也。嘗作《瀟湘夜雨圖》上邵西山，西山即題云："嘗擬扁舟湘水西，篷窗剪燭數歸期。偶因勝士揮毫處，却憶當年夜雨時。"西山既詠詩，問永云："前輩曾有此詩否？"永因誦義山問歸篇，西山矍然，亟取詩以歸。翌日乃復改與之："曾擬扁舟湘水西，夜窗聽雨數歸期。歸來偶對高人畫，却憶當年夜雨時。"深恐多犯前人也。

真休，漢嘉僧也，山谷所與遊清閒居士王朴之子。善模搨人物，如真，今見存。

世胄婦女（宦者附）

宋莊，字臨仲，漢傑之孫也。其於山水，氣韻得家法，但筆未老耳。本難列於世胄，以世胄無可爲冠者，故屈而冠之。

賈公傑，字千之，文元公昌朝諸孫，侍郎炎之子也。學馬賁，而標格過之。又作佛像，極精細，衣縷皆描金而不俗。官至半刺而終。

郭道卿，字仲常；游卿，字季能；熙之諸孫也。皆爲郡守，頗有家學，仍善畫馬，其筆法真季孟也。今成都正法、保福兩院有壁傳《窠植湖灘》與《渡水》《齕草》《帶鴉》《病馬》等跡。遂寧官圃中，亦有松鹿石竹見存。

高大亨，字通叟，宣仁聖烈之族。公字行也，以所降出身告，誤爲大亨，故止名大亨。長於山水。澤民邵侍郎嘗邀致於家，同季能兄弟合手畫圖障。後卒於瀘。

錢端回，戚里人也，善寫平遠。朱希真每借其名自諱，曰："敦儒非善畫者，皆出端回手也。"

李景孟，字仲淳，善畫馬，其於圖軸鑒別精確。蓋中原故家，聞見之多也。

邵少微，字叔才，澤民侍郎之子也。放曠不羈，不樂從宦，初爲馬曹，不一月，棄官去。則取補官勑牒，盡畫飛潛走伏之物，已乃抵於地，遂致終身焉。筆墨草具。而有餘意，眉倅廳壁，有煙林窠石。對宋頤仲所作松石，皆存。

李元崇，字季姚，文正公裔，無盡之甥也。官止縣令。生平好畫成癖，因自能之。師范寬，清潤可喜，尤工雪景，士友求之，欣然下筆，頃刻而就，未嘗作難，此其所長也。

王會，字元叟，端明公之長子，今爲朝請大夫。工花竹、翎毛，頗拘院體，蘂葉枝莖，嘴爪毛羽，窮極精細，不遺毫髮也。

李蕃，字元翰，成都人，才元之曾孫也。李氏世以書鳴，蕃得其家學，轉而爲畫，種種能之。寶相院門天王二壁，實出其手，全體聖壽寺范瓊樣。但蕃不善布色，以俗工代之，反晦其所長耳。後十年，又用青城山長生觀門龍虎君樣，飜天王二壁於青蓮院門，且自傅彩，遂勝於前也。

朝議大夫王之才妻崇德郡君李氏，公擇之妹也。能臨松、竹、木、石，見本即爲之，卒難辨。又與可每作竹以貺人，一朝士張潛，迂疎修謹，作紆竹以贈之，如是不一。又作一橫絹丈餘著色偃竹，以貺子瞻，過南昌，山谷借而李臨之，後數年，示米元章於真州。元章云："非魯直自陳，不能辨也。"作詩曰："偃蹇宜如李，揮毫已逼翁。衛書無遺妙，琰慧有餘工。熟視疑非筆，初披颯有風。固藏惟謹鑰，化去或難窮。"山谷亦有題姨母李夫人《墨竹》《偃竹》及《墨竹圖歌》，詩載集中。

和國夫人王氏，顯恭皇后之妹，宗室仲輗之室也。善字畫，能詩章，兼長翎毛。每賜御扇，即翻新意彷成圖軸，多稱上旨，一時宮邸，珍貴其跡。

文氏，湖州第三女，張昌嗣之母也，居郫。湖州始作《黃樓障》，欲寄東坡，未行而湖州謝世，遂爲文氏奩具。文氏死，復歸湖州孫，因此二家成訟。文氏嘗手臨此圖於屋壁。暮年盡以手訣傳昌嗣，今昌嗣亦名世矣。

章友直之女煎，能如其父以篆筆畫棋盤，筆筆相似。

任才仲妾豔豔，本良家子，有絕色，善著色山。才仲死鍾賊，不知所在。

陳暉晦叔經略子婦桐廬方氏，作梅、竹，極清遠。又臨《蘭亭》，並自作草書，俱可觀。

魏觀察者，政、宣之宦寺也，善畫墨竹。嘗被旨來衞州，起御前竹。入林竹中，有籠中飛鳥，名遏濫堆，能歌《六么》。遂呼其主問之，主人年已七十矣，云："初教時以木匣束其身，每五鼓，吹其唇作腔，筆管敲拍以警其寢，如是五六年，方能之。前後凡數十，獨無此之慧者。"強欲求之，不可；以貨取之，不可；以官酬之，又不可。遂封其籠以黃帕，翁不敢近，自撲於地而死。

任源，字道源，自號真常子，政、宣宦者，死於紹興間。作枯木、怪石，又作小景，粗可觀。以上卷五。

仙佛鬼神

劉國用，漢州人，工畫羅漢，壁素之傳甚多，在丘、杜、金水張之下也。

陳自然，工畫佛。山谷題云："陳君以佛畫名京師。"作《秋水寒禽》，甚可觀。

于氏，不記名，河東人，寓閬州。工佛道像，兼畫鬼神。

雷宗道，商州人，工雜畫，尤長於佛像、山水。雙流張庭堅家，有兩橫軸，人以爲郭熙也。

能仁甫，以字行，本畫院出身，官至縣令。長於佛像、山水，世多觀音。

費宗道，蔡州人。來京師，畫太一宮中主火神，頃刻而成。眾工疾之，告監牧中使曰："畫太速成，殊不加意。"中使遂令墁毀，一夕憤怒而卒。

成宗道，長安人，工畫人物，兼善刻石。凡長安壁傳吳筆，皆臨摹上石。其跡細如絲髮，而不失精神體段。有所集吳生三清像與左右侍衛，宛如吳作。或云："因能勒石，後轉而爲畫也。"又改武洞清長沙羅漢與三元，皆能捨短求長，自出新意，過於長沙遠矣。

吉祥，平陽人，工佛道，筆墨輕清，又能布景。作佛像、星辰，多在山水中，後人罕及。山水亦佳。

司馬寇，汝州人，佛像、鬼神、人物，種種能之，宣和間稱第一手。多畫翊聖真武，於雲霧中現半身，觀者駭敬。士大夫奉事，皆有靈應。

楊傑，閬州人，長於鬼神。每下筆，必先畫手足四支，然後用三兩筆成就全體。

鄭希古，河東人，長於平畫。每出新意，輒過人。初未甚精。紹興初，遇郝章於閬州，居相近。一日，章病，希古視候甚謹。病已，章感其誠，盡傳其法。

張通，鄜延人，長於仙佛。初居利州，今居興元。

人物傳寫

李士雲，金陵人。傳荊公神，贈詩曰："衰容一見便疑真，李氏揮毫妙入神。欲去鍾山終不忍，謝渠分我死前身。"又善山水，荊公贈古風有"李子好山水，而常寓城郭。毫端出窈窕，心手初不著"之句。

程懷立，南都人。東坡作《傳神記》，謂："傳吾神衆，以爲爾得其全者。懷立舉止如諸生，蕭然有意於筆墨之外者也。"

朱漸，京師人。宣和間寫六殿御容。俗云："未滿三十歲不可令朱待詔寫真。"恐其奪盡精神也。

朱宗翼，畫院人也。嘗與任安合手畫慕容夫人宅堂影壁《神州圖》。樓觀、屋木，任安主之；山水、人物，宗翼主之。

徐確，不知何許人，今居臨安，供應御前傳寫，名播中外。

劉宗道，京師人。作《照盆孩兒》，以水指影，影亦相指，形影自分。每作一扇，必畫數百本，然後出貨，即日流布，實恐他人傳模之先也。

杜孩兒，京師人。在政和間其筆盛行，而不遭遇，流落輦下。畫院衆工，必轉求之，以應宮禁之須。

山水林石

燕文季，神廟時人，工畫山水，清雅秀媚。予家舊有《花村曉月》《平江晚雨》《竹林暮靄》《松溪殘雪》四時景，畫院謂之"燕家景"。

陳用之，居小窰村，善山水。宋復古見其畫，曰："此畫信工，但少天趣耳。"先當求一敗牆，張絹素倚之牆上，朝夕觀之。既久，隔素見敗牆之上，高平曲折，皆成山水之勢。心存目想，高者爲山，下者爲水，坎者爲谷，闕者爲澗，顯者爲近，晦者爲遠，神領意造，恍然見其有人禽草木，飛動往來之象。則隨意命筆，自然景皆天就，不類人爲，是爲"活筆"。用之感悟，格遂進。予按：存中《筆談》，故錄用之，而郭《志》亦有小窰陳，名用智，豈用之耶？

王可訓，京西人，熙豐待詔也。工山水，自成一家。曾作《瀟湘夜雨圖》，實難命意。宋復古八景，皆是晚景。其間"烟寺晚鐘"、"瀟湘夜雨"，頗費形容。鐘聲固不可爲，而瀟湘夜矣，又復雨作，有何所見？蓋復古先畫而後命意，不過略具掩靄慘淡之狀耳。後之庸工，學爲此題，以火炬照纜，孤燈映船，其鄙淺可惡。至於形容不出，而反嘲誚云："不過剪數尺皂絹，張之堂上，始副其名也。"可訓之作，悉無此病。

李明，善山水。坡嘗以其畫送吳遠游云："近李明畫山水有名，頗用墨不俗。"輒求得一橫卷，甚長，可用床上繞屏。

池州匠，作《秋浦九華》，筆粗有清趣。師董源。

蔡規，建昌軍人。謝無逸觀其畫山水，有"蔡生老江南，山水涵眼界。揮灑若無心，筆端出萬怪"之句。

李宗晟，作《水簾圖》，坡題云："宗晟一軸《水簾圖》，寄與南舒李大夫。未向林泉歸得去，炎天酷日且令無。"

兼至誠，不知何許人。大觀初得旨，以至誠進所畫山水，意匠精深，筆法高古，特補將仕郎。

賀真，延安人，出自戎籍，專門山水。宣和初建寶真宮，一時名手，畢呈其技。有忌真者，推爲講堂照壁，實難下手，真亦不辭，日醉酒於門。眾工皆畢，中使促真。真以幕圍壁，揮却其徒，不數日成。作《雪林》，高八尺，觀者嗟賞，眾工斂衽。

窅濤，華陰敷水人。師范寬，多作關右風景，其巧過寬，而渾厚藏蓄不及也。但樓觀人物，纖悉畢呈，失於太顯，正如高克明。人謂馬行家山水也。

窅久中，濤子也。又兼畫人物，深得出俗之態，筆意不減其父。但多平遠道路之景，不起峰頂耳。

高洵，京師人，工山水，師高克明，尤長於湖石。以畫院多學克明，故洵晚年復師范寬。

馮曠，河內人，工山水，體制不類前人，自成一家，馳名於熙豐間。其筆墨蒼老，峰巒秀潤，亦爲難及也。

何淵，在圖畫院，不知何處人。專師克明，往往逼真，然失之繁碎也。

劉翼，耀州呼爲劉評事。學范寬，而有自得處，不知者以爲寬筆。

宋處，不記名，邢州人。州署有郭熙《滿溪春溜圖》，乃宋所模。其名見林泉高致。

李遠，青州人。學營丘，氣象深遠，崇、觀間馳名。

郝士安，太原榆次人，張遠之弟子也。事其師甚敬，常執杖屨，侍立左右。

張舉，懷州人，亦山水家。其性不羈，好飲酒，與羣小日遊市肆，作鼓板社。每得畫貨，必盡於此。尤長濺撲。

趙林，字子安，懷州人。李士舉提刑家有林所畫《不凋圖》《步驟營丘》。然方籍籍間，遽以疾亡，聞者惜之。

郭鐵子，太原榆次人。學李成，善鍛鐵作方響，故號爲"鐵子"。

老成，洺州臨洺人。熙豐間工雜畫，尤長山水。其性沉靜，終日兀坐，似不能言者。筆法謹細，如其爲人。年八十餘而終。

李希成，華州人。慕李成，遂命名。初入圖畫院，能自晦以防忌嫉。比已補官，始出所長，眾雖睥睨，無及矣。

田和，陝人。學李成，意韻深遠，筆墨精簡，熙豐間罕能及者。

蒙亨，華州人。初爲僧，兵火後偶其兄從軍，遂置軍中。屯綿州，學其鄉人窅濤，得典刑也。

李唐，河陽人。亂離後至臨安，年已八十。光堯極喜其山水。

戰德淳，本畫院人，因試"蝴蝶夢中家萬里"題，畫《蘇武牧羊假寐》，以見萬里意，遂魁。能著色山，人物甚小，青衫白袴，烏巾黃履，不遺毫髮。又作紅花綠柳，清江碧岫，一扇之間，動有十里光景，真可愛也。

和成忠，京西人，宣和待詔，不記名，成忠其官也。學李成，筆墨溫潤，病在煙雲太多爾。

劉仲先，成都人，善山水。照覺方丈僧堂內外皆仲先筆，時年七十矣，今存。

瀟湘劉堅，頗柔媚，師范寬，樓閣人物，種種皆工。多作小圖，無豪放之氣。

郝孝隆，太原人，師李成。今成都信相寺有所畫四壁，可觀。

李覺，京師人，字民先，自號方平九友。能書、能琴、能占。嘗為明節皇后閣掌牋，後流落於廣州。長於山水，每被酒，則綳素於壁，以墨潑之，隨而成象，曲盡自然之態。

花竹翎毛

尹白，汴人，專工墨花。坡嘗賦之云："花心起墨暈，春色散毫端。"

劉常，江南人。所作花氣格清秀，有生意，在趙昌、王友上。

張涇，不知何處人。米元章稱其翎毛、蘆雁不俗。

陳常，江南人。以飛白筆作樹石，有清逸意。折枝花亦有逸氣，一株以色亂點花頭，意欲奪造物，本朝妙工也。

張希顏，漢州人，初名適。大觀初，累進所畫花，得旨粗似可採，特補將仕郎、畫學諭。希顏始師昌，後到京師，稍變，從院體。得蜀州推官以歸。不勝士大夫之求，多令任源代作，故復似昌。

任源，漢州人。少隸軍籍。從希顏久，盡得其法。

費道寧，懷安人。善畫花，多作交枝，此趙昌有筆格。

楊寵，成都人，善畫花，可亞費道寧。

楊祁，彭州崇寧人。善花竹翎毛，有《百禽帳》。又畫《籠雞》如生，昭覺寺超然臺舊有《倦翼知還》等壁，今不復存。

李猷，河內人。長於鷹鶻，精神態度，曲盡其妙。世所作多搏搦狐兔鳧鷺之屬，流血淋漓，頗乖好生之意。猷盡反之。嘗見其畫二鷹坐於枯枝之上，貌甚閒暇，略無鷙猛慘烈之狀，而不失英姿勁氣，可尚也。

韓若拙，洛人。善作翎毛，每作一禽，自觜至尾、足，皆有名，而毛羽有數。政、宣間兩京推以為絕筆，又能傳神。宣和末，應募使高麗，寫國王真。會用兵，不畏行。年八十餘，死襄陽。

孟應之，不知何許人。入圖畫院，精於翎毛。嘗見其畫扇，作《秋老海棠》，子著枝已幹而不枯，猶帶生意，坐一白頭翁，生動。

宣亨，京師人，久在畫院。承平時入蜀，終普州兵官。精花鳥。初離院時，徽宗留之，亨牢辭而去。既出，當塗命畫者甚眾，不勝煩勞，頗厭苦之。每云："上嘗戒我勿出，必爲措大所殃，今果然也。"

老麻，關中人，熙寧間以花鳥稱，非蜀之居禮也。

胡奇，長安人，長於蘆雁。何丞相文縝家，有四幅圖，可觀。

鮑洵，京西人。工花鳥，尤長布景，小景愈工。

鮑洋，洵之弟，真魯衛也。

盧章，京畿人。久在畫院，多畫禁中物象，如白杏花、綠萼梅、白鸚鵡，皆其本也。

李端，京師人，偏工梨花、鳩子。多作扇圖，極形似。亂離後卒於杭。

劉益，京師人，字益之，以字行。宣和間專與富燮供御畫，其自得處，多取內殿珍禽諦玩以爲法，不師古本，故多酷似。尤長小景，作蓮塘，背風荷葉百餘，獨一紅蓮花半開其中，創意可喜也。

富燮，京師人，宣和間與劉益同供御畫。布景運思，過於益。

夏奕，不知何地人，工翎毛。雙流張庭堅家，有《野鴨》《鸂》兩軸，極精詳。鸂作對而皆雄，蓋求脫俗也。

田逸民，濟南人，長於墨竹，宣和畫院人。其所作極美觀，多作欹風、冒雪、帶雨、含煙之狀。

李誕，河間人。多畫叢竹、筍、籜、鞭、節，色色畢具，宣和體也。以上卷六。

畜獸蟲魚

李遵易，不知何郡人。無咎有跋畫《魚圖》，甚詳。

侯宗古，本畫院人。宣和末罷諸藝局，退居於洛。畫西京大內大慶殿御屏面升龍，傑作也。

郗七，不知其名，亦畫院人。退居於洛，畫西京大內大慶殿御屏，皆拏雲吐霧龍，比宗古有筆力。

郝章，汾州人，長於人馬。河東稱"三絕"者，謂路皋橐駞、郝章人馬、張遠山水也。兵火後居閬州。已八十，每畫一人一騎，則自云："雖老矣，他人亦做不到也。"

陳皋，漠州人，長於番馬，頗盡胡態，張勘之甥也。

路皋，并門人。畫橐駞，兼長鬼神。每醉則畫駞，不過數筆，捽搹而成，頗全生意。

龔吉，不知何許人，長於畫兔，餘人所不及。

吳九州，燕人。善畫鹿，窮盡番鹿之態。牛鹿、馬鹿、養茸、退角、老嫩之別，無不曲盡其似。

周照，畫院人，專畫狗。作竹石獳子，殊有生意。作大軸，俗惡不入看。

老侯，瀘州合江人，善畫猿、鹿，馳名兩蜀。兼長花果，頗有生意。

屋木舟車

趙樓臺，不得其名，相州人，賣畫中都。屋宇深邃，背陰嚮陽，不失規矩繩墨也。

郭待詔，趙州人，每以界畫自矜。云置方卓，令眾工縱橫畫之，往往不知嚮背尺度，真所謂良工心獨苦也。不記名。

任安，京師人，入畫院，工界畫。每與山水賀真合手作圖軸。一日，安先作橫披，當中界樓閣，分布亭榭滿中以困真。真止作坡岸於下，上則層巒疊嶂出於屋杪，由是不得困。

劉宗古，京師人。宣和間以待詔官至成忠郎，亂離後歸江左。朝廷方尋訪車輅式，而宗古進本稱旨，除提舉車輅院。其畫人物，長於成染，不背粉，水墨輕成，但筆墨纖弱耳。

蔬果藥草

陶縝，不知何郡人。荊公有題所畫果《示德逢》詩。所作花果，精緻可玩。

薛志，字子尚，畫院出身。長於水墨雜畫，然翎毛不逮花果。志不善設色，嘗學於劉益，益不肯盡授，以非志所長也。

小景雜畫

馬賁，河中人，長於小景。作《百雁》《百猿》《百馬》《百牛》《百羊》《百鹿》圖，雖極繁夥，而位置不亂。本佛像馬家，後寫生，馳名於元祐、紹聖間。

周曾，不知何地人，與馬賁同時。差高於賁，又長山水。

段吉先，不知何地人。無咎有題其《小景三絕》。

李逹，京師人，尤長位置。好作沙汀遠岸，含蓄不盡之意，一時妙手也。

劉浩，居華陰，愛作雪驢水磨。故事人物，多布叙景致，意象幽遠，筆法輕清也。

楊威，絳州人，工畫村田樂。每有販其畫者，威必問所往。若至都下，則告之曰："汝往畫院前易也。"如其言，院中人爭出取之，獲價必倍。以上卷七。

銘心絕品

玉牒趙中大保之（士俥）家：

韓幹《馬圖》、李伯時《並馳小馬圖》、黃筌《鶴圖》、艾宣《荷鴨葦雁圖》、范寬《山圖》、許道寧《山水圖》、崔愨《三雁圖》。

玉牒趙（伯兼）節推家：

東丹王《舞胡圖》、燕穆之《山林倒影圖》、郭熙《濺撲圖》。

洛人王朝議國寶（良器）家：

李成《窠石小軸》、范寬《橫山小軸》、范寬《秋山》六幅圖、伯時《起本馬圖》。

文元公孫賈通判（公傑）家：

黃筌《鼯捕鼠圖》、崔白《雕狐圖》、徐崇嗣《荷蓼鷺鷥圖》、易元吉《猿鹿扇圖》。

眉山寶學程純老（唐）家：

唐畫《諸功臣像圖》、李營丘《山水》大軸二圖、崔白《翎毛》雙幅八圖、孫太古《湖灘水石圖》。

汝州令狐中奉之子陳古（諷）家：

徐熙《梅花嘉雀圖》、鍾隱《槎竹瑞雞圖》、江南道士劉真《白梅雀圖》、范將軍《胡佛圖》、徐熙《瓜圖》、黃筌《偷倉雀圖》、孫太古《焦夫子圖》。

河南邵澤民侍郎（溥）家：

徽宗《花鳥百扇圖》、董奴子《叢花圖》、戴嵩《牛圖》、徐熙《荷花鵝圖》、李成《偃松圖》。

邵太史（博）公濟家：

徐熙《牡丹戲魚圖》、閻立本《鎖諫圖》、李後主《蟹圖》、李伯時《嫁小喬圖》、李後主《曉竹圖》、孫位《松竹圖》、孫太古《維摩壁》、盧楞迦《羅漢》十六圖。

成都雙流張（珪）庭堅家：

曹道元模曹弗興《醉佛林圖》、徐熙《牡丹》獨幅圖、郭恕先《畫藁》十圖、崔白《禽竹》四圖。

河南王朝議樂道（沂）家：

李成《寒林》四幅圖、郭熙《山水》雙幅圖、崔愨《蘆雁》六幅圖。

中山劉寶賢（璟）提刑家：

徐熙《娑羅花圖》、黃筌《花竹馴雉圖》。

文正公孫李（大觀）家：

周昉《虢國夫人圖》、范寬《武關雪圖》、摩詰、高克明、李成《扇圖》。

叔父符寶（叔誼）家：

徽宗皇帝御賜《竹、石、扇圖》、黃筌《海棠金雞圖》、營丘《山水圖》、郭熙《山水》雙幅圖。

河陽李（邦獻）士舉敷文家：

徽宗皇帝御賜《雜禽圖》、徐熙《牡丹叢圖》、董源《著色山水圖》。

中原王（冠朝）元台制幹家：

徽宗皇帝《鷗荷圖》、王摩詰《橫披山水圖》、李成《山水扇圖》、東丹王《鞍馬圖》。

遂寧王（灼）晦叔撫幹家：

童仁益《波旬幸佛涅槃圖》、崔白《禽竹》雙幅圖、范瓊《佛壁》、張南本《觀音壁》、黃筌《鶴壁》、孫太古《列星壁》。

遂寧客鎮張（衍）知縣家：

吳道子《三教圖》、厲歸真《百牛圖》、孫太古《十一曜圖》。

阿陽陳（古）與權安撫家：

黃筌《牡丹馴狸圖》、黃筌《雪梅凍雀圖》、紀真《山水圖》、馬賁《百雁、百猿圖》、徐高《盤魚圖》。

綿州李（廉夫）德隅知郡家：

徽宗皇帝《著色橫山圖》、郭熙《橫山圖》。

開封尹盛（章）季文家：

徽宗皇帝《風竹鵓鴿喜鵲圖》、顧愷之《三教圖》、戴嵩《牛圖》、崔白雙幅《禽竹圖》、范寬《四時山水圖》。

宣獻公孫宋（艾）去病家：

趙昌《叢萱月季圖》。

太常少卿何（麒）子應家：

吳道子《白衣觀音圖》、韓滉《牛圖》、張南本《勘書圖》、黃居寀《雀躍圖》、唐希雅《風竹鷙禽圖》、巨然《四時橫山圖》、徐熙《棃桃折枝圖》、崔白《鴛鴦蒲荷圖》、李成四幅《林石圖》、張勘八幅《蕃馬圖》。

中原衛（昂）師房知縣家：

趙邈卓《伏石眠虎圖》、徐熙《梅菊萱荷雜禽圖》、包鼎《雙虎圖》。

成都王（稑）茂先大夫家：

黃筌《秋山圖》、勾龍爽野老《移居圖》、文湖州雜畫《鳥獸草木橫披圖》、趙昌《雞冠花圖》。

廣都宇文（時中）季蒙龍圖家：

徽宗皇帝《水墨花禽圖》、王維《雪山圖》、杜揩《佛圖》、董奴子《雞冠花圖》、李伯時《高僧圖》、又《嘶二馬圖》、又《明皇八馬圖》、又《水晶宮明月館圖》、又《退之見大顛圖》、江貫道《飛泉怪石圖》、又《江居圖》。

成都郭（勉中）敦一承議家：

勾龍爽《宋鈞去獸圖》。

漢州何（耕）道夫類元家：

盧楞伽小本《十六羅漢圖》。

范榮公孫（淑）忠甫家：

黃筌《竹雀圖》、趙昌《折枝桃圖》、王維《雪竹圖》、馬賁《雁圖》。

雙流趙（延）修仲知縣家：

黃筌《竹雀圖》、又《蘆鴨圖》、孫太古《列宿像圖》。

雙流王（焞）子中縣尉家：

黃筌《竹鶴壁》。

雙流宇文（子震）子友主簿家：

黃筌《花竹、禽兔圖》。

達守時（時宏）廣叔家：

艾宣《棘鶉圖》、徐高《魚圖》、王友折李《草蟲圖》。

成都呂給事（陶）元鈞家：

東坡《竹石枯槎圖》、湖州六幅《槎竹圖》、易元吉紙本《猿獼圖》。

燕穆之龍圖曾孫（興祖）知縣家：

龍圖公《忍事敵災星圖》、又《山水橫幅圖》、又《寒林橫幅圖》、又《鷺鷥圖》、又《散馬橫披圖》、又《墨竹圖》。

蜀僧智永房：

吳道子《慈氏菩薩圖》、范瓊正《坐佛圖》、惠崇《臥雪圖》。

廣安黎（希聲）博士孫（邦基）家：

黃筌《竹鶴、竹雀圖》、范寬《四時山水圖》。

廣安姚（賓）觀國通判家：

許道寧《四時山水圖》、范寬《四時山水圖》、易元吉《猴犬圖》。

右前所載圖軸，皆千之百，百之十，十之一中之所擇也。若盡載平日所見，必成兩牛腰矣。然不載者皆米元章所謂"慚惶殺人之物"，何足以銘諸心哉！以上卷八。

雜說論遠

畫者，文之極也。故古今之人，頗多著意。張彥遠所次歷代畫人，冠裳太半。唐則少陵題詠，曲盡形容；昌黎作記，不遺毫髮；本朝文忠歐公、三蘇父子、兩晁兄弟、山谷、後山、宛丘、淮海、月巖，以至漫仕、龍眠，或評品精高，或揮染超拔。然則畫者，豈獨藝之云乎？難者以為自古文人，何止數公？有不能，且不好者，將應之曰："其為人也多文，雖有不曉畫者寡矣；其為人也無文，雖有曉畫者寡矣。"

畫之為用大矣！盈天地之間者萬物，悉皆含毫運思，曲盡其態，而所以能曲盡者，止一法耳。一者何也？曰："傳神而已矣！"世徒知人之有神，而不知物之神，此若虛深鄙眾工，謂："雖曰畫而非畫者，蓋止能傳其形，不能傳其神也。"故畫法以氣韻生動為第一，而若虛獨歸於"軒冕"、"巖穴"，有以哉！

自昔鑒賞家分品有三，曰神、曰妙、曰能。獨唐朱景真撰《唐賢畫錄》，三品之外，更增逸品。其後黃休復作《益州名畫記》，乃以逸為先，而神、妙、能次之。景真雖云"逸格不拘常法，用表賢愚"，然逸之高，豈得附於三品之末？未若休復首推之為當也。至徽宗皇帝，專尚法度，乃以神、逸、妙、能為次。

予嘗取唐、宋兩朝名臣文集，凡圖畫紀詠，考究無遺。故於羣公，略能察其鑒別，獨山谷最為精嚴；元章心眼高妙，而立論有過中處；少陵、東坡兩翁，雖注意不專，而天機本高，一語之確，有不期合而自合者。杜云："妙絕動宮牆，則壁傳人物，須動字始能了。請公放筆為直幹，則千丈之姿，於用筆之際，非放字亦不能辦。"至東坡又曲盡其理，如"始知真放本細微，不比狂華生客慧。當其下筆風雨快，筆所未到氣已吞"。非前身顧、陸，安能道此等語耶？

予作此錄，獨推高、雅二門，餘則不苦立褒貶，蓋見者方可下語，聞者豈可輕議？嘗考郭若虛論成都應天孫位、景朴天王曰："二藝爭鋒，一時壯觀。""傾城士庶，看之闐噎。"予嘗按圖熟觀其下，則知朴務變怪以徇位，正如杜默之詩，學盧仝、馬異也。若虛未嘗入蜀，徒因所聞，妄意比方，豈為歐陽之誤耶？然有可恕者。尚注辛顯之論，謂"朴不及位遠甚"，蓋亦以傳爲疑也。此予所以少立褒貶。

郭若虛所載，往往遺略。如江南之王凝花鳥，潤州僧修範湖石，道士劉貞白松石、梅雀，蜀之童祥，許中正人物、仙佛，丘仁慶花，王延嗣鬼神，皆名筆也，俱是熙寧以前人物。

山水家畫雪景多俗，嘗見營丘所作《雪圖》，峰巒林屋，皆以淡墨爲之，而水天空處，全用粉填，亦一奇也。予每以告畫人，不愕然而驚，則莞爾而笑，足以見後學者之凡下也。

李營丘，多才足學之士也。少有大志，屢舉不第，竟無所成，故放意於畫。其所作寒林多在巖穴中，裁剪俱露，以興君子之在野也。自餘窠植，盡生於平地，亦以興小人在位，其意微矣。宇文龍圖季蒙云："宣和御府曝書，屢嘗預觀，李成大小山水無數軸。今臣庶之家，各自謂其所藏山水爲李成，吾不信也。"

畫之六法，難於兼全，獨唐吳道子，本朝李伯時始能兼之耳。然吳筆豪放，不限長壁大軸，出奇無窮。伯時痛自裁損，只於澄心紙上運奇布巧，未見其大手筆。非不能也，蓋實矯之，恐其或近眾工之事。

米元章云："伯時病臂三年，予始畫。雖似推避伯時，然自謂學顧高古，不使一筆入吳生。專爲古忠賢像，其木強之氣，亦不容立伯時下矣。鳥獸草木之賦狀也，其在五方，自各不同。而觀畫者獨以其方所見，論難形似之不同，以爲或小或大，或長或短，或豐或瘠，互相譏笑，以爲口實，非善觀者也。"

蜀雖僻遠，而畫手獨多於四方。李方叔載德隅齋畫，而蜀筆居半。德麟，貴公子也，蓄畫至數十函，皆留京師，所載止襄陽隨軒絕品，多已如此。蜀學其盛矣哉！

畫之逸格，至孫位極矣，後人往往益爲狂肆。石恪、孫太古猶之可也，然未免乎粗鄙；至貫休、雲子輩，則又無所忌憚者也。意欲高而未嘗不卑，實斯人之徒歟！

蜀之羅漢雖多，最稱盧楞伽，其次杜措、丘文播兄弟耳。楞伽所作多定本，止坐、立兩樣。至於侍衛、供獻、花石、松竹、羽毛之屬，悉皆無之，不足觀。杜、丘雖各有此，而筆意不甚清高，俱愧長沙之武也。

舊說楊惠之與吳道子同師，道子學成，惠之恥與齊名，轉而爲塑，皆爲天下第一。故中原多惠之塑山水壁。郭熙見之，又出新意。遂令坏者不用泥掌，止以手搶泥於壁，或凹或凸，俱所不問。乾則以墨隨其形跡，暈成峰巒林壑，加之樓閣、人物之屬，宛然天成，謂之"影壁"。其後作者甚盛，此宋復古張素敗壁之餘意也。

大抵收藏古畫，往往不對，或斷縑片紙，皆可珍惜。而又高人達士，恥於對者，十中八九，而俗眼遂以不成器目之。夫豈知古畫至今，多至五百年，少至二三百年，那得復有完物？斷金碎玉，俱可寶也。

榮輯子邕，酷好圖畫，務廣藏蓄。每三伏中曝之，各以其類，循次開展，徧滿其家。每一種日日更換，旬日始了，好事家鮮其比也。聞之故老曰："承平時有一不肖子，質畫一匣於人家。凡十餘圖，每圖止各有其半，或橫或豎，當中分剪，如維山、戴特、徐熙芙蓉桃花、崔白翎毛，無一全者。蓋其家兄弟不義之甚，凡物皆如是分之，以爲不如是，則不平也。"誠可傷歎！以上卷九。

雜說論近

徽宗建龍德宮成，命待詔圖畫宮中屏壁，皆極一時之選。上來幸，一無所稱，獨顧壺中殿前柱廊栱眼《斜枝月季花》。問畫者爲誰，實少年新進，上喜賜緋，襃錫甚寵，皆莫測其故。近侍嘗請於上，上曰："月季鮮有能畫者，蓋四時、朝暮、花、蕊、葉皆不同。此作春時日中者，無毫髮差，故厚賞之。"

宣和殿前植荔枝，既結實，喜動天顏。偶孔雀在其下，亟召畫院眾史令圖之。各極其思，華彩爛然，但孔雀欲升藤墩，先舉右脚。上曰："未也。"眾史愕然莫測。後數日，再呼問之，不知所對。則降旨曰："孔雀升高，必先舉左。"眾史駭服。

宣和殿御閣，有展子虔《四載圖》，最爲高品。上每愛玩，或終日不捨，但恨止有三圖，其《水行》一圖，特補遺耳。一日，中使至洛，忽聞洛中故家有之，亟告留守求觀。既見，則愕曰："御閣中正欠此一圖。"登時進入。所謂"天生神聖物，必有會合時"也。

聞之薛志曰："明達皇后閣初成，左廊有劉益所畫《百猿》。後志於右畫《百鶴》以對之，舉動各無相犯，頗稱上旨，賞賚十倍也。"

政和間，每御畫扇，則六宮諸邸，競皆臨倣，一樣或至數百本。其間貴近，往往有求御寶者。

先大父在樞府日，有旨賜第於龍津橋側。先君侍郎作提舉官，仍遣中使監修。比背畫壁，皆院人所作翎毛、花、竹及家慶圖之類。一日，先君就視之，見背工以舊絹山水揩拭几案，取觀，迺郭熙筆也。問其所自，則云不知。又問中使，乃云："此出內藏庫退材所也。"昔神宗好熙筆，一殿專背熙作，上即位後，易以古圖。退入庫中者，不止此耳。先君云："幸奏知，若只得此退畫足矣。"明日，有旨盡賜，且命轝至第中，故第中屋壁，無非郭畫。誠千載之會也。

政和間，有外宅宗室，不記名，多蓄珍圖。往往王公貴人令其別識，於是遂與常賣交通。凡有奇跡，必用詭計勾致其家，即時臨摹，易其真者，其主莫能別也。復以真本厚價易之，至有循環三四者，故當時號曰"便宜三"。

勾處士，不記其名，在宣和間，鑒賞第一，眷寵甚厚。凡四方所進，必令定品。欲命以官，謝而不爲，止賜"處士"之號，令待詔畫院。

畫院界作最工，專以新意相尚。嘗見一軸，甚可愛玩。畫一殿廊，金碧熀耀，朱門半開，一宮女露半身於戶外，以篝貯果皮作棄擲狀。如鴨脚、荔枝、胡桃、榧、栗、榛、芡之屬，一一可辨，各不相因。筆墨精微，有如此者！

祖宗舊制，凡待詔出身者，止有六種，如模勒、書丹、裝背、界作、種飛白筆、描畫欄界是也。徽宗雖好畫如此，然不欲以好玩輒假名器，故畫院得官者，止依倣舊制，以六種之名而命之，足以見聖意之所在也。

本朝舊制，凡以藝進者，雖服緋紫，不得佩魚。政、宣間獨許書畫院出職人佩魚，此異數也。又諸待詔每立班，則畫院爲首，書院次之，如琴院、棋、玉、百工，皆在下。又畫院聽諸生習學，凡係籍者，每有過犯，止許罰直，其罪重者，亦聽奏裁。又他局工匠，日支錢謂之"食錢"，惟兩局則謂之"俸直"，勘旁支給，不以眾工待也。睿思殿日命待詔一人能雜畫者宿直，以備不測宣喚，他局皆無之也。

圖畫院，四方召試者源源而來，多有不合而去者。蓋一時所尚，專以形似，苟有自得，不免放逸，則謂不合法度。或無師承，故所作止眾工之事，不能高也。

凡取畫院人，不專以筆法，往往以人物爲先。蓋召對不時，恐被顧問，故劉益以病贅異常，雖供御畫，而未嘗得見，終身爲恨也。

高麗松扇，如節板狀，其土人云："非松也，乃水柳木之皮。"故柔膩可愛。其紋酷似松柏，故謂之"松扇"。東坡謂："高麗白松，理直而疎，折以爲扇，如蜀中織楼櫚心，蓋水柳也。"又有用紙而以琴光竹爲柄，如市井中所製摺疊扇者，但精緻非中國可及。展之廣尺三四，合之止兩指許。所畫多作士女乘車、跨馬、踏青、拾翠之狀，又以金銀屑飾地面。及作星漢、星月、人物，粗有形似，以其來遠，磨擦故也。其所染青綠奇甚，與中國不同，專以空青、海綠爲之。近年所作，尤爲精巧，亦有以絹素爲團扇，特柄長數尺爲異耳。山谷題之云："會稽內史三韓扇，分送黃門畫省中。海外人煙來眼界，全勝博物注魚蟲。蘋汀遊女能騎馬，傳道蛾眉畫不如。寶扇真成集陳隼，史臣今得殺青書。"

倭扇，以松板兩指許砌疊，亦如摺疊扇者。其柄以銅鷹錢環子，黃絲縧，甚精妙。板上罨畫山川人物、松竹花草，亦可喜。竹山尉王公軒惠恭后家，嘗作明州舶官，得兩柄。

西天中印度那蘭陀寺僧，多畫佛及菩薩、羅漢像，以西天布爲之。其佛相好與中國人異，眼目稍大，口耳俱怪，以帶挂右肩，裸袒坐立而已。先施五藏於畫背，乃塗五彩於畫面，以金或朱紅作地，謂牛皮膠爲觸，故用桃膠，合柳枝水，甚堅漬，中國不得其訣也。邵太史知黎州，嘗有僧自西天來，就公廨令畫釋迦，今茶馬司有十六羅漢。以上卷十。

吕企中藝話（二則）

吕企中（生卒年不詳），乾道三年爲淮南路轉運判官，六年直敷文閣，兼淮西提刑，提典常平鹽茶，措置屯田。九年，除浙西提刑，擢直寶文閣、知揚州。淳熙二年直龍圖閣、知隆興府，四年除秘閣修撰，再任，尋以侵奪民利放罷。

一　跋米元章墨跡

自天粟晝零之後，灑染翰墨，代不乏人。必其不蹈故常，始可以永其傳。

襄陽米禮部，生平無他嗜好，獨遊神心畫。始學顔書，已而厭其俗，聞有李邕法，又惡之，遂學沈傳師。自後數改，遂成名家。麻紙十萬，散失多矣。故知八法之妙者，請於是觀焉。淳熙丙申暮冬申吕企中書。文淵閣四庫全書本《續書畫題跋記》卷三。

二　跋豫章所刻法帖

米氏心畫之妙，得於家傳，父作子述，識者謂宋之有元章、元暉，猶晉之有羲之、獻之。知不足齋叢書本《皇宋書錄》卷下。

周必大藝話（一三五則）

周必大（一一二六～一二〇四）字子充，初字弘道，號省齋居士，晚號平園老叟，廬陵（今江西吉安）人。紹興二十一年進士，授徽州司戶參軍。二十四年，差監行在太平和濟局門。二十七年，中博學宏詞科，充建康府府學教授。三十年，爲太學錄。三十二年，除監察御史。孝宗即位，除起居郎，兼權中書舍人，又權給事中。乾道六年，除秘書少監，兼權直學士院。八年，兼權中書舍人。九年，除知建寧府，提舉江州太平興國宮。淳熙元年，除右文殿修撰。二年，除侍講，兼直學士院，擢兵部侍郎。三年，兼侍讀，除吏部侍郎、翰林學士。五年，除禮部尚書，兼翰林學士。七年，遷吏部尚書，兼翰林學士承旨，五月，除參知政事。九年九月，知樞密院事。十一年六月，除樞密使。十四年二月，拜右丞相。十六年正月，轉特進、左丞相。光宗即位，特授少保，封益國公，五月，除觀文殿大學士、判潭州。紹熙元年十月，除判隆興府。二年，判潭州。四年，改判隆興府。五年，除醴泉觀使。慶元元年，轉少傅致仕。嘉泰四年十月卒，年七十九，謚文忠。周必大博學，嘗校正《文苑英華》及《六一居士集》。工文章，徐誼《平園續稿序》稱其"連篇累牘，姿態橫出，千匯萬狀，不主故常"。《四庫全書・文忠集提要》云："必大以文章受知孝宗，其制命溫雅，文體昌博，爲南渡後臺閣之冠。考據亦極精審，歸然負一代重名。著作之富，自楊萬里、陸游以外，未有能及之者。"其詩喜次韻，喜用典，"詩格淡雅，由白傅而溯源浣花"。亦能詞，丁丙謂"筆意華貴，迥殊艷褻之體"（《善本書室藏書志》卷四）。平生著述十餘種，開禧間由其子周綸仿《六一集》體例彙刻成《周文忠公大全集》二百卷、附錄五卷、年譜一卷。另著有《二老堂詩話》《玉堂雜記》。

一 題《聳寒圖》二絕 乙酉

浪傳魁梧越滄溟，過譽清夷得好銘。今見畫圖寒乞甚，心聲心畫果難形。
道山仙聖典刑真，原廟功臣劍佩新。歸掩柴門無此夢，撚鬚畫腹對斯人。文淵閣四庫全書本《文忠集》卷三。

二 進謝御書古詩 _{戊戌十一月二十五日}

臣伏蒙聖恩，賜臣御書白居易《七德舞》樂府一軸，天光賁飾，蔀屋輝華。臣榮感之餘，謹用蘇軾《謝御書》、居易《紫薇花》絕句故事，齋沐課成古詩一篇，少見戴恩之意。輕瀆宸嚴，伏地俟罪。具官臣周某上進。

允文元祐詞臣軾，勁節名章世無敵。御前曾賜紫薇詩，袖裏驪珠光的爍。小臣謬直白玉堂，也紆皇眷摘雲章。雲章元是《七德舞》，字字筆法超鍾王。兩朝相望九十祀，長慶集中偏属意。咸池日照草木光，天門龍躍魚鰕悸。我皇英銳真太宗，文武神聖功德隆。黃鉞指期擒頡利，捷書先獻太安宮。元和學士白居易，臣非其才私有志。願隨班賀四海清，續唐之歌誇萬世。《文忠集》卷七。

三 兵部王仲行尚書惠詩叙近日直舍隔壁論詩說棋之戲，次韻爲謝。尚書近錄舊詩一篇爲贈，故並及之 _{己亥}

詩可弄萬象，棋能消百憂。苦吟復苦戰，已過心休休。自從識夫子，十閱長安秋。奇才擶棐俊，博物包九流。遊戲亦臻極，他人欸無由。腳踏軟紅塵，手把大白浮。每坐客常屈，有社誰敢投。此事聊復爾，壯懷許聞否。殺虜盧龍溝，殲羌西海頭。六奇蘊秘策，鑿壁那可偷。稍見壺子機，已知季咸儔。遂盜祖師法，敢與神秀侔。豈知念貧績，明許餘光求。故將繡段贈，不責玉案酬。從今空囊富，免爲杜陵羞。《文忠集》卷七。

四 贛守鄭舜舉寄詩酒於答書中，就附四句 _{己酉}

十七篇詩酒滿壺，贛州風景塞繩樞。詩中有畫今摩詰，安用當年《八景圖》。《文忠集》卷八。

五 自題寫真

此淳熙庚子余記顏也，時年五十有五，觀者以爲酷似，七兄讚之。今十五年矣，髮白面皺殆如他人，所謂"君顏老可憎"，特未知常河性依然否。如魚飲水，冷暖自知。紹熙甲寅十二月十日，子充題。清道光二十八年歐陽榮瀛塘別墅刊、咸豐元年續刊之《廬陵周益國文忠集》本之《平園續稿》卷六。

六　題六一先生手書後

右熙寧間文忠公與趙彥若先考帖〔一〕。江端友跋云："先祖非戲言。蓋往時風法華每至人家〔二〕，見筆便書，初無倫理。"公友江鄰幾舍人亦以公見筆輒書，戲比風僧。此說載公文集《試筆》門。端友即鄰幾孫也。

慶元五年二月癸未，周某題。《廬陵周益國文忠集》本之《平園續稿》卷六。

〔一〕先：原作"元"，據文淵閣四庫全書本改。
〔二〕往時風法華：原作"性時風發"，據同上改。

七　題蔡君謨飛草帖

慶元己未仲冬，餘干徐君來赴安福宰〔一〕，攜此相示，謂是君謨真跡。參以後帖，又似它人作，不能定也。因命筆吏臨本置秀巖堂。

平園老叟周某記。《廬陵周益國文忠集》本之《平園續稿》卷六。

〔一〕來：原作"求"，據國家圖書館藏明祁氏淡生堂抄本改。

八　題唐人臨王子敬帖

王子敬《異聞帖》，杜氏所藏，云其祖正獻公並蕭楚公《華陽帖》得於蕭氏之裔孫，相傳是唐人臨本，或者楚公所臨耶？《廬陵周益國文忠集》本之《平園續稿》卷六。

九　題吳說書

此詩乃吳說傅朋書，而劉季高用名、字及杼山三印，意其愛而蓄之爾。嘉泰二年八月二十四日，平園老叟周某題。《廬陵周益國文忠集》本之《平園續稿》卷六。

一〇　題蕭楚公帖

蕭楚公自負奇節，未嘗以書名，而字畫亦甚可觀，蓋唐世風俗，其雅尚如此。

嗚呼，士大夫風俗，根本其所當勉者，何獨此一藝哉！《廬陵周益國文忠集》本之《平園續稿》卷六。

一一　跋王獻之保母壙志

右嘉泰癸亥越人掘地得古碑，乃晉興寧三年乙丑歲王獻之保母李意如壙志也，云善爲文，能草書。王謝奴婢定小異耳。又有小硯，背刻"王獻之永和"五字。二者以致行都，別鎪此本，四明樓尚書鑰摹以相示。字畫固妙，其詞則有望於八百餘年後守官之人。自興寧距今適八百三十餘年，預知如此，蓋當時卜地如郭璞輩固不乏也。五月二十八日記。《廬陵周益國文忠集》本之《平園續稿》卷六。

一二　題米禮部《參星賦》真跡

右米禮部《參星賦》，筠州集本以爲首篇，其間意同辭異者多，具列如上。今秘閣有石刻，字畫稍大。此卷收斂豪逸，秀傑痛快，尤可愛重。紙背題詩一聯，不敢慢也。

嘉泰癸亥秋，池州故人文思提轄葉柟之子之真自所居鐵圍山附遞壽予，其意厚矣，乃褾軸而識之。七月望日，平園老叟周某題。《廬陵周益國文忠集》本之《平園續稿》卷六。

一三　題孫氏《四皓圖》

嘉泰癸亥，池州故人子葉之真既以米元章《參星賦》真跡爲予壽，又寄漢四皓像，絹僅盈尺，前有印文云"孫汝節筆"，而之真以爲孫顯節，不知何時人，蓋名畫也。上有蘇文忠讚，元祐三年二月楊次公書，東坡諸集皆無之。

因記乾道庚寅閏十二月過京口，遊金山妙高臺，壁間有東坡族姪成都中和院僧表祥繪公像，公自讚云："目若新生之犢，心如不繫之舟。要問平生功業，黃州、惠州、崖州。"其爲暮年所作無疑，諸集亦不收，乃知平生遊戲翰墨，散落何限？如去黃日戲贈李琪詩，偶見於何薳《春渚紀聞》之類是也〔一〕。八月壬戌，平園老叟周某書。《廬陵周益國文忠集》本之《平園續稿》卷六。

〔一〕何薳：原作"李薳"。按《春渚紀聞》乃何薳所作，徑改。

一四　題祖妣秦國潘夫人書

右靖國元年辛巳祖妣秦國潘夫人從祖父初任忻州司法時與鄭州叔祖母姚氏書。

夫人，富文忠公彌甥。其云奉、文，乃運使金紫及奉使太師小字。後批三管散一行，金紫年十四代寫。

常記祖母張秦國道祖父之言，舊小吏事上官極恭，太守禮上，法曹與它掾窄裏捧桉。此書亦云日起五更，每日兩衙。極邊小壘事體尚爾，況藩府乎！今儀門外雖有

"州縣官於此下馬"牌，然皆肩輿直箠客位。初到略展衙禮，遠不過三日，近則是日亟免。並記此以示後人。嘉泰三年十月旦立石。《廬陵周益國文忠集》本之《平園續稿》卷六。

一五　題《樂毅論》

右夏侯泰初《樂毅論》，以世傳兩石本校正，與《史記》本注時時異同。歐陽文忠公引《文選》所載，今無之，不可曉也。嘉泰甲子三月乙卯周某記。《廬陵周益國文忠集》本之《平園續稿》卷六。

一六　跋汪聖錫與武義宰趙醇手書

玉山汪公名重天下，人得尺牘榮之。今觀此帖，則於舊僚趙令傾倒至矣，其人亦可推也。

公中年常苦目疾，頗憚親染。虞丞相雅善公，公帥蜀時，因占吏答書，遂稍相失。公爲予言如此。其後數與予通問，皆季路代作。當時翰墨已難得，況今日乎？況後世乎？

紹熙五年四月旦，周某題。《廬陵周益國文忠集》本之《平園續稿》卷六。

一七　跋德化縣陳氏《義門碑》

胡周父史筆文華著聲三朝，《義門碑》甚有古風。中經兵火，得賢宰呂仁甫表而出之，又可傳遠。

予恐石本頗艱，爲刻板付陳氏裔孫兼善，使携以歸，凡族人皆當遺之一本。惟其有之，是以似之，尚其勉旃！高山仰止，景行行止，予亦庶幾焉。銘以"居官"爲"若官"，疑後來碑誤。紹熙五年十七日。《廬陵周益國文忠集》本之《平園續稿》卷六。

一八　題吉州司户趙彥法所藏山谷帖

紹聖元年甲戌夏，山谷得郡武昌，未赴，坐蔡卞奏乞疏問前修《神録》訕謗事，改授亳祠，即開封府界。七月至陳留，寓東寺之淨土院，院有深明閣，書此二詩贈表姪李繩武，墨翰燁然照人。時年五十，是臘貶黔州。後百年，當紹熙五年甲寅八月旦，周某敬觀。《廬陵周益國文忠集》本之《平園續稿》卷六。

一九　題汪季路所藏書畫四軸（一）

右汪季路所藏歐陽文忠公在政府與蔡忠惠公兩帖。其一蔡公親題十字，蓋嘉祐八年八月自翰林學士、右諫議、權三司轉給事中、正除三司使時也。其一稱端明侍郎，則後二年當治平乙巳二月解三司、除端明殿學士、轉禮部侍郎、出守杭州時也。李斅乃尚書都省令史〔一〕，見文忠公《祭石曼卿文》，殆亦忠惠故吏耶？後人但謂二帖有遣斅往復之語，後又適題二十六、二十九日，遂以爲先後之序，宜正之。紹熙五年九月旦〔二〕，周某書。《廬陵周益國文忠集》本之《平園續稿》卷六。

〔一〕都：原作"部"，據文淵閣四庫全書本改。
〔二〕旦：原作"日"，據同上改。

二〇　題汪季路所藏書畫四軸（二）

右高學士家《樂毅論》，歐陽文忠公《集古錄》跋云碑石燬於回祿，而尤延之謂無錫徐氏蓄此碑，殘闕已甚，得非後人摹刻者耶？乾道己丑，同年史志道又以文忠所藏刻之金陵，失真愈多。茲乃天錫楊氏舊物，近世士大夫家絕無而僅有也。紹熙五年九月旦，周某書。《廬陵周益國文忠集》本之《平園續稿》卷六。

二一　題汪季路所藏書畫四軸（三）

蔡忠惠公大字端重沉著，宜爲本朝法書第一。紹熙五年九月十二日。《廬陵周益國文忠集》本之《平園續稿》卷六。

二二　題汪季路所藏書畫四軸（四）

吳畫在唐已有妙絕動宮牆之稱，況數百年後乎哉！或謂縑帛久則飛揚，須良匠乃能補葺，今赫蹏如新何也？然滄浪、東坡翰墨在前，後來名勝跋語盈軸，可謂珍玩矣。《廬陵周益國文忠集》本之《平園續稿》卷六。

二三　題劉昌詩母墓誌

唐人欲銘其先世，必得韓雲卿之文，李陽冰之篆，擇木八分書，乃稱三絕。今劉君昌詩有母賢，其沒也，鄉人徐思叔爲誌，謝昌國題額，而趙從善書之，蓋庶幾焉。慶元乙卯六月八日，周某題。《廬陵周益國文忠集》本之《平園續稿》卷六。

二四　題顏魯公書撰《杜濟神道碑》

右顏魯公書撰《杜濟神道碑》，沉著端重，真可入木八分，友人曾三異無疑寶藏之。

案六一先生《集古跋》謂殘闕不能成文，今乃燦然可讀，得非摹拓有先後耶？濟蓋魯公友壻，故又誌其墓。六一先生亦有跋，云顏撰而不云書，然筆法非魯公不能爲；世頗以爲非顏書〔一〕，更俟識者辨之。今考魯公文集，大抵碑詳而誌略，亦微有異同。如碑以濟祖任明堂丞，誌則云令；碑以濟爲惠第二子，誌作第三；又碑與誌並歷渭南宰，而文集於碑中乃以爲尉。皆傳寫之誤，當以此碑爲正。慶元乙卯六月二十日，周某題。《廬陵周益國文忠集》本之《平園續稿》卷六。

〔一〕世：原作"始"，據國家圖書館藏明祁氏澹生堂抄本改。

二五　跋獨孤延壽碑

唐初歐、虞、褚、薛皆以書名，此碑清勁可愛，不知出於誰手？趙明誠《金石錄》列之第五百九十五，謂無書撰人姓名。今其題乃于志寧製文，又謂君諱某，字延壽，名殘闕不可辨。今熟視之，名左從言，右亦髣髴可尋。至於隋、唐間人多以字行，則歐陽文忠公跋《顏勤禮神道碑》論之矣。友人曾無愧持此相示，爲題其後。慶元丙辰正月癸卯，平園老叟周某題。《廬陵周益國文忠集》本之《平園續稿》卷六。

二六　跋後漢《樊常侍碑》

右後漢《樊常侍碑》，歐陽文忠公已有跋。今其文幸可讀，以永壽四年二月卒，是年六月改元延熹。八月丁酉，制詔湖陽長劉操追授騎都尉印綬，至二年十二月，其子勒文碑石，俾不失墜。而趙明誠《金石錄》乃以爲元年八月，蓋因贈官，而不考立碑在後也。慶元丙辰正月癸卯，平園老叟周某書而歸之曾氏。《廬陵周益國文忠集》本之《平園續稿》卷七。

二七　跋歐陽公《堯祠碑跋》

《堯祠碑》在《集古錄》爲第七百九十一卷。《左氏傳》云"巡群屛攝"，《正義》謂"束茅爲之"，《國語》云"屛攝之位"，注以屛爲屛風，攝如翣扇。二義雖殊，其指主人祭祀之所則一也。今跋以"攝"爲"懾"，或疑其誤，暨得漢碑，亦以爲"懾"，豈古今傳寫不同？抑事神之祭當屛息懾服以致其恭？或以爲遮罩之屛，攝以威儀之攝也。

廬陵祠曹趙彥法示此跋，敬題其下，爲輕改古書者之戒。慶元丙辰正月癸卯，周某題。《廬陵周益國文忠集》本之《平園續稿》卷七。

二八　御書《樂毅論》跋

臣伏讀高宗皇帝《翰墨志》云："魏、晉以來筆法無不臨摹。"又云："每得右軍書，手之不置。初若食蜜，少甘則已；末如橄欖，真味久愈在也，故尤不忘於心手。"紹興三四年間，嘗臨羲之所書《樂毅論》以賜樞臣韓公肖胄，比之世傳高氏石本，間節三十餘字，得非御府別藏真跡自不同邪？

後六十有三年，樞臣之孫前韶州守臣亞卿示臣，使記歲月。恭惟龍鸞飛動，衆所共窺；天日清明，臣何敢繪！慶元丙辰四月二十八日，具位臣周某謹再拜稽首書其後。

《廬陵周益國文忠集》本之《平園續稿》卷七。

二九　題《呂獻可墓誌》

呂公獻可以熙寧四年五月卒，八月葬。時王荊公在相位，司馬文正公誌銘不斥其名，不沒其實，荊公見之亦無所發其怒。前謂樞密副使者，陳丞相晹叔也，方以憂去，牽聯潛其姓名，可謂深得史法矣。是時太僕卿劉仲通自請書丹，而命其子忠定公器之秉筆。斯文既出，其誰不知？邵伯溫乃謂仲通初雖有請見文，復遲回不敢，器之代父書之。仲通又勸呂氏諸子勿模本，恐非三家之福。

按《國史》，仲通剛方人也。押伴夏人，折正其章服〔一〕，奉使却秉常寶貨，歸論不宜輕用兵，因旱條新政不便者五事，又上書論人主不可輕失天下心，豈狥時畏禍者哉？設有前却之意，器之亦安得强其父而陷之罪也？大抵《邵氏聞見錄》頗多荒唐，凡所書人及其歲月鮮不差誤，因略爲之辨。

此碑當日號三絕，謂其人與文及書也。真跡今藏名相劉忠肅公玄孫無欲家，嘗以示忠定公曾孫孝昌。孝昌念祖之心切，將傳之副墨，而力不足，會湖南部使者吳仲權鎰助其費，久之乃能成，是可以傳遠矣。慶元丙辰五月九日，具位周某謹識。《廬陵周益國文忠集》本之《平園續稿》卷七。

〔一〕服：原無，據文淵閣四庫全書本補。

三〇　題蔡忠惠公帖

某之先君秦國公平生喜學蔡忠惠公書，家藏京師舊石刻兩卷，真行草畢備，妙絕一世。乾道間，公曾孫户部尚書洸來守廬陵，摹寘郡齋，雖傳寫失真，而典型故在。今公玄孫户部侍郎戡出帥豫章，復刻公遺墨，俾某記其歲月。

恭惟高宗皇帝天縱游藝，嘗評公書爲本朝諸臣之冠，且有"入格律、度驊騮"之褒。天監在上，誰敢措辭？惟公當仁廟天聖八年擢進士甲科，名在第十，後百三十有七年歲在丙戌，孝宗龍飛策士，侍郎復踐世科，名次若合符節。《詩》云："惟其有之，是以似之。"慶元二年五月二十二日。《廬陵周益國文忠集》本之《平園續稿》卷七。

三一　跋徐夫人所書《華嚴經》《梁武懺》

鬱林蔡侯子羽故母徐氏，三衢人，宣和間刑部侍郎諱敷言之女。潛心內典，學虞世南書，嘗手寫《華嚴經》《梁武懺》皆終部帙〔一〕，所謂婦人身得度者。其子將藏是書於名山，求予一言。

予謂夫人爲善如此，郯氏之業在所不論，二經果報，寧復唐捐？《華嚴經》云："南方國有長者，妻名曰善慧，見佛神力，心生覺悟。"《法華經》云："比丘尼憍曇毗得佛授記，後名光相如來。"予知夫人此念不斷，盡未來世當證二說，豈止資其冥福而已！慶元丙辰六月丙寅。《廬陵周益國文忠集》本之《平園續稿》卷七。

〔一〕帙：原作"帖"，據文淵閣四庫全書本改。

三二　跋胡忠簡公《論和議稿》

紹興戊午，胡忠簡公三十有七，以樞密院編修官上書論和議，此其稿也。時長子方生，未幾南遷。公知後禍叵測，惟從姪昌齡字長彥賢而可託，故以稿屬之，今五十餘年矣。

昔顏魯公與魚朝恩《論坐位帖稿》，摹本已數百載，人爭傳寶。公之所論豈止坐位，而其心畫端勁，實法魯公，自當並傳於百世。慶元丙辰六月。《廬陵周益國文忠集》本之《平園續稿》卷七。

三三　題《廬山西林道場碑》

右《隋廬山西林道場碑》文，歐陽率更撰，而不云何人書，要當出於一手。昔唐韋絢錄劉禹錫《嘉話》載率更行見索靖所書碑，下馬布毯，坐觀三宿而後去。又云率更不擇紙筆，皆能如志。惟其好古如前說之勤，是以肆筆無不臻妙，理當然矣。

《三門銘》逸姓名，亦元和名筆也。慶元丙辰十一月己卯，平園老叟周某題。《廬陵周益國文忠集》本之《平園續稿》卷七。

三四　題裴晉公撰《李西平神道碑》

右裴晉公撰《李西平神道碑》，以校江、浙、閩《唐文粹》本，大率傳寫脫謬，且經改易，不暇徧舉，姑言其甚者。

"乾元初立功武都，邦人咸服，具以狀聞"，而諸本盡作"具狀以聞"，何俗弱也。"乘壖壍如通道"，殆有二義，當謂士卒賈勇，升高陟險如履平；不然以"而"爲"如"，猶《春秋》書"星隕如雨"也。今眾本直改作"而通道"，或增一字爲"軌道"，於是下句"䕾梟鏡而清宮"亦添一"禁"字。按《周禮·秋官》"䕾簇氏掌覆夭鳥之巢"，鄭氏讀如摘。碑蓋用此"䕾"字，而諸本盡改爲"磔"，尤更淺陋。古書日壞，俗本日多，此予所以撫卷三歎也。慶元丙辰十一月己卯。《廬陵周益國文忠集》本之《平園續稿》卷七。

三五　題張志寧所藏東坡畫

蘇文忠公詩云："空腸得酒芒角出，肝肺槎枒生竹石。森然欲作不可留，寫向君家雪色壁。"英氣自然，乃可貴重。五日一石，豈知此耶？慶元二年十二月旦。《廬陵周益國文忠集》本之《平園續稿》卷七。

三六　題李龍眠《山莊圖》

龍眠居士博學嗜古，志尚清遠，筆端餘力，溢而爲畫。王荆公雅重之，數贈以詩，又從蘇、黃諸公遊，蓋文與可一等人也。

龍眠《山莊圖》匹休《輞川》，張右丞遠明《雁峰談錄》云正本爲中貴梁師成取去，今所臨摹蓋初本也。居士出處具蔡天啓所作誌文〔一〕。一子諱碩，字天老，湖南提舉常平。是生四子，予識其二：長諱琥，字西美，通敏善議論，終於郡倅；季曰瑜，字季周，嘗爲理掾，能傳乃祖筆法，予屢得之，今亡矣。西美之孫咎出此軸，請予題其後。慶元三年十月壬午，平園老叟周某題。《廬陵周益國文忠集》本之《平園續稿》卷七。

〔一〕天：原無，據傅增湘校勘本補。

三七　跋撫州游祖武《禊帖》

某與家兄子中自少喜收法書，前後得右軍《禊帖》共以十數計。此軸游氏所藏，謂謝脫拘束，而動容周旋，如印印泥，無不愜當，筆意變化，妙入神品。蓋傳於今者惟定武瘦本最佳，茲其一也。慶元丁巳臘月丁酉。《廬陵周益國文忠集》本之《平園續稿》卷八。

三八　跋黃山谷書唐人詩

右山谷大書一軸，紹興末外舅御史王公彥光守漢或帥瀘時得之〔一〕。今將四十年，其孫紹祥以相示。

昔山谷謫居，多作字以遺蜀人。中興後，凡東南士大夫之爲監司郡守者往往有所獲而歸，歲月既久，遇其良輒取之，群無留良焉。《詩》不云乎："尚有典刑。"慶元戊午五月十四日。《廬陵周益國文忠集》本之《平園續稿》卷八。

〔一〕末：原脱，據國家圖書館藏明祁氏淡生堂抄本補。

三九　跋山谷草書太白詩

南豐諶氏收山谷草書太白《歌行》一卷，殆中年筆也。予家藏數卷亦太白詩，蓋非謫仙妙語不足發龍蛇飛動之勢耳。今江西豫章、廬陵、宜春皆刻山谷真草，惟蜀中劉氏十卷中草聖尤奇，實暮年筆也。

始潁昌劉昱〔一〕，字晦叔，與山谷友善，暨其子瓛、孫伯虎三世相繼持節於蜀，日裒月聚，固宜得之之富。其間二説，學者不可不知，乃命小吏録於左。慶元戊午十月丁亥。《廬陵周益國文忠集》本之《平園續稿》卷八。

〔一〕劉昱：原作"劉氏顯"，據傅增湘校勘本改。

四〇　跋張如瑩《歸去來辭》

永嘉陳開祖紹興二年登第，張公子韶雅重之。仕至廣德太守，行誼表於一方，廉靖著於仕塗。其倅豫章，户部尚書張公如瑩以慶遠軍節度使來爲連帥，素以翰墨馳聲，位望既崇，益自珍貴，人欲其尺牘不可得，獨爲開祖書《歸去來辭》於畫卷，且推美其古雅。今五十年，而開祖之子求仁請予爲之跋。

求仁三爲劇邑，以名稱，再典郡。予嘗同僚，知其端諒通達，蓋名父子也。開祖諱一鶚，求仁名自修。慶元五年正月十九日。《廬陵周益國文忠集》本之《平園續稿》卷八。

四一　跋宋景晉手書佛經

待制宋公手書《金剛經》，端謹有法度，始末一體，如摹印然，敬之至也。王荆公學王濛書，多爲橫風疾雨之勢。每作帖初尚矜持，後必坦率，惟寫佛經專用楷法，亦是理歟！

公以紹興己未五月書此，其曾孫曾老以慶元己未五月示周某，甲子適一周矣。《廬陵周益國文忠集》本之《平園續稿》卷八。

四二　跋山谷《題橘州畫卷》

橘洲在湘江中，巨浸不能没，膏潤宜橘，以是得名。唐張曲江、杜子美、劉夢得皆見於詩。又畢田序云："橘千餘本，居民數百家，佛刹神祠、馬氏書堂、詰盜官舍在焉。"張舜民記："洲南北與州城等，有巡檢寨及僧寺兩三所，漁者數百家。"

予比歲嘗至其上，不復曩時之盛。今觀山谷所題畫卷，亦似疑其略也。橘，訣律切；吉，激質切。本作兩音，北人混而爲一。故酈道元注《水經》，橘洲或作吉字，近世僞傳東坡《綠橘傳》亦指爲吉，五方音訛多此類。予以舊遊，故詳記之。慶元庚申二月乙丑，平園老叟周某書而歸之趙仲肅。《廬陵周益國文忠集》本之《平園續稿》卷九。

四三　題東坡晚年手帖

東坡以靖國辛巳北歸，五月由金陵過儀徵，二十九日手簡別發運司屬官，六月自潤還常州，七月仙去。此乃數旬前帖，尤可貴也。趙仲肅以示周某，敬題其後。慶元庚申二月乙丑。《廬陵周益國文忠集》本之《平園續稿》卷九。

四四　跋顏魯公書

真卿承命南來，諸事草草。
但賊勢尚爾，奈何！張貞不了
國事。可念，可念〔一〕！

右顏魯公帖凡四行計二十六字，或真或臨不能辨也。第一、第二行盡處各減一字。惟公忠烈巍然，千載猶有生氣，況睹遺墨，起敬謂宜如何？

按永泰二年歲在丙午，公奏宰相元載抑塞人言甚於李林甫、楊國忠。載怒，因公論祭器誣以誹謗。二月乙未，由檢校刑部尚書、知省事貶峽州別駕，未至，易吉州司馬，所謂"南來諸事草草"正此時也。先是漢州刺史崔旰陷成都，蜀中大亂。公貶後十九日癸丑，興元帥兼劍南東川節度張獻誠就近討旰。三月戰梓州，獻誠大敗，僅以身免，所謂"不了國事"殆指斯人。張貞之下闕文疑稱其字，蓋誠、貞義相通耳。初獻誠陷安史之亂，將兵守汴，後棄朝義，以州來降，與公俱奮忠義者，故公賢其人，念其敗云爾。此帖當是公赴吉或到官所作。自丙午歲距慶元六年庚申凡四百三十五年，而臨川梁世昌實寶藏之，遠來求跋。考《唐史》永泰無二年，蓋是歲冬至改元即稱大曆元年。至三年八月，公自吉移刺撫州，六年書《麻姑山仙壇記》。今年三月戊寅夜，山之仙都觀大火，焚蕩幾盡，古杉星列亦隨飛煙，眾碑皆斷裂雜瓦礫中，獨公《壇記》巋然其傍。祝融回祿，曲意護持如此，故併記其異，爲後世忠臣之勸。十月甲子，周某書。《廬陵周益國文忠集》本之《平園續稿》卷九。

〔一〕原校："按此處錄原文三行二十七字，而跋云'四行二十六字'，俟考。"

四五　跋張安國與伯子家書

士大夫尺牘施之尊長未免矜持，用之交遊容或假借，若乃行草得於肆筆，獎勵發於真情，捨群從家問何以哉？

觀此五帖，則故紫微郎之墨妙，今太常伯之蚤成，何待讚也！憶乾道壬辰夏道縣池陽，太常伯之尊君持節在焉，晤言累日，其論難進易退，學道愛人，皆可書而誦也。施及賢嗣，立朝濟世美，沿官守家法，義方之教，有自來矣，茲用表而出之。庚申秋社，平園老叟周某題。《廬陵周益國文忠集》本之《平園續稿》卷九。

四六　跋山谷書《文賦》

右山谷元豐壬戌歲，年三十八，宰太和縣，書陸士衡《文賦》，及半，興盡而止，以遺晁仲詢。仲詢傳其親孫勝之，尋歸廬陵王揚仁。揚仁以遺太和嚴端禮，端禮將刻寘山谷舊治，偕萬安郭澥求跋語。

昔王右軍距士衡屬耳，已重其賦，書之。唐太宗時，獨褚河南能辨右軍帖真偽，愛而臨其本，至國朝藏蜀中李翹叟家。元符間，山谷自黔移戎見之，謂豪勁清潤，天下奇書，益悟古人沉著痛快之語。今觀此卷，書法娟秀不減晉、宋諸賢，自足名世。或乃疑山谷元祐以後每恨向來字中無筆，遂謂四十年前書非其所喜。殊不知前輩為學日益，新而又新，晚欲自成一家，豈遽矜誇滿假，是殆癡人前不得說夢也。慶元六年庚申九月甲戌。《廬陵周益國文忠集》本之《平園續稿》卷九。

四七　跋柳公權《赤箭帖》

唐柳公書，當時自九重至外夷無不愛重。史稱其結體勁媚，蓋筆諫之意先形心畫，所以為貴，亦猶魏元成忠直而嫵媚耶！後世真跡日少，賴石刻僅存典刑。

予官行都，有朝士楊文昺蓄公碑三十餘種，往往來自西北。其在東南者，山南西道《修驛路記》、和州《陋室銘》、贛州《閒禪師碑》、台州國清寺額、翠屏院"天台佛"三字、題僧清觀簡及《江州復東林寺碑》耳。東林近又煨燼，或重惜之。予笑曰："趙明誠《金石錄》載《何進滔德政碑》，在柳書中尤奇偉，政和間大名尹磨去，別刊新制，厄會至此，殆不若東林之一炬也！"太和蕭知節示《赤箭帖》，求予一言。

夫顏筋柳骨，古有成說，此帖字瘦而骨不露，沉著痛快而氣象雍容，歐、虞、褚、薛不足道焉。昔歐陽文忠公最愛《高重碑》，以為摹刻之工，鋒鋩皆在；而蔡忠惠公則謂《陰符經序》善藏筆鋒，柳書之最精者。二說正相反。文忠每推忠惠善書，而自云論此不同，況晚輩寡學乎？宜擇良工刻石傳之，以俟識者。微知節儒雅好事，其孰能與此？慶元六年九月辛巳。《廬陵周益國文忠集》本之《平園續稿》卷九。

四八　題山谷書《大戴禮·踐阼篇》

《大戴禮·踐阼篇》學者罕讀，東坡妙語聞所未聞，山谷翰墨世共寶之，可謂三絕。

太和彭惟孝字孝求，好古嗜學，謀刻之石，頗疑元祐甲戌四月改元，不應仲春先云紹聖。竊意山谷或以仲夏書此誤作春耳。六一先生《集古跋》謂："鍾繇《賀破關羽表》當在漢延康庚戌之春，乃作己亥閏十月。唐《羅池廟碑》據書撰官當在長慶三年〔一〕，乃題元年立石。世既盛行，姑俟識者。"予於此亦云。嘉泰辛酉四月丙午。《廬陵周益國文忠集》本之《平園續稿》卷九。

〔一〕據：原作"掾"，據國家圖書館藏明祁氏淡生堂抄本改。

四九　題《鞠城銘》

李公麟字伯時，堂弟粲字德素，南唐李先主昪四世孫〔一〕，並登科，隱舒城龍眠山。里人李沖元字元中，少年邁往，善論人物書畫，共為山澤之遊，號龍眠三友。元祐三年亦登第，典獄宜春，作《鞠城》等十一銘，其賢可知。

汪公涓字養源，被遇孝宗，歷左司諫、中書舍人，蓋吏部尚書諱應辰字聖錫之兄。嘗為吉掾，喻公子材為書此銘，五十三年矣。子材即聖錫婦翁，諱樗，紹興初擢館職，後宰懷寧，避時相掛其冠，晚起為郎，久之再致仕。今其孫珪來為酒官，兼行掾事，參前手澤，服膺法戒，矜式賢範，謂予昔與乃祖及汪氏兄弟俱厚善，請題下方，詳記以告來者。嘉泰辛酉四月丙午。《廬陵周益國文忠集》本之《平園續稿》卷九。

〔一〕昪：原作"昇"，據《益公題跋》卷四改。

五〇　跋《養正堂記》

右《冀州養正堂記》並《與魯侯帖》，山谷為北京教授時所作，年方三十五，自云比平時書札似差老勁。明年調太和宰，秋歸江南，真積力久，詞翰又非前比，所謂九萬里風斯在下矣。淳熙元年五月晦，周某觀於宗人愚卿兄弟家。

後二十八年，歲在辛酉，再觀此卷，恍如隔世，徒有波斯匿玉之歎。嘉泰改元六月癸未，某書於平園明農堂，時年七十六。《廬陵周益國文忠集》本之《平園續稿》卷九。

五一　跋曾無疑所藏二帖（二）

予家藏石曼卿大書《籌筆驛詩》，宛類顔魯公心畫。今友人曾無疑又示其行草二十一字，絕似柳誠懸。范忠宣公云："曼卿之筆，顔筋柳骨。"諒哉！嘉泰元年七月癸丑。《廬陵周益國文忠集》本之《平園續稿》卷九。

五二　跋文與可草書李賀《金銅仙人辭漢歌》

蘇文忠公謂："亡友文與可有四絕：詩一、楚辭二、草書三、畫四，世少知音，惟予一見識其妙處。"又有詩云："斯人定何人，遊戲得自在。詩鳴草聖餘，兼入竹三昧。"他日觀其飛白，復恨知與可之不盡。況當百年之後，不以蘇公之言求之可乎？嘉泰元年隆聖節，書而歸之宗人愚卿兄弟。《廬陵周益國文忠集》本之《平園續稿》卷一〇。

五三　跋《修禊序》

唐太宗始得《修禊序》，命趙模、韓政、馮承素、諸葛正搨本賜羣臣，而虞世南、歐陽詢、褚遂良各自臨摹，繇是流傳人間。今高宗皇帝臨定武石本，則唐摹本亦亡矣。皇諸孫臣善鑠好古博雅，得紹興宸奎寶藏之，屬臣某記其後。

臣嘗伏讀御製御書《翰墨志》近三千言，而稱美此序無慮數四，既曰："測之益深，擬之益嚴，姿態橫生，莫造其原。"又曰："得右軍書，手之不置。自束髮喜作字，晚年得趣。"又曰："右軍揮毫製序，用蠶繭紙、鼠鬚筆，遒媚勁健，絕代更無。凡三百二十四字，有重者皆具別體，'之'字二十許無同者。"歷代論書，遂集大成。方孝宗皇帝在王邸，詔摹寫爲日課，乃知二聖心畫雖曰天縱，亦積學之助也。使羲之復生，將云"非恨陛下無臣法，恨臣無陛下法耳"。嘉泰二年三月三日，具位臣周某謹書。《廬陵周益國文忠集》本之《平園續稿》卷一〇。

五四　跋汪逵所藏東坡字

右蘇文忠公手寫詩詞一卷、《梅花》二絕，元豐三年正月貶黃州道中所作。"昨夜東風吹石裂"，集本改爲"一夜"。二月至黃。明年，定惠顒師爲松竹下開嘯軒，公詩云："喧喧更訨誚。""更"字下注："平聲。"而集本改作"相訨誚"，"嘻笑"之下自添一聯云："嵇生既粗率，孫子亦未妙。"今集本改作"阮生已粗率，孫子亦未妙"。按《阮籍傳》，籍遇孫登〔一〕，與商略終古及栖神導氣之術，登皆不應。籍長嘯而退，至半嶺，聞有聲若鸞鳳，響振巖谷，乃登長嘯也。嵇康雖有"永嘯長吟，頤神養壽"之句，特言志耳。其用阮對孫無疑。某每校前賢遺文，不敢專用手書及石刻，蓋恐後來自改定也。

《水調歌頭》題元豐七年三月十八日，黃州已刻石於公法帖第一卷，遠方無良工，失真遠矣。

《浴室院東堂》三絕句，元祐六年六月作，集本但添注遂良事。歲月之序如此，既內殿印御幅不容輒易，至於李、杜佳句，公常愛而錄之，《行路難》八句〔二〕，豈一時漏寫歟？老泉詩則家雞也。嘉泰壬戌三月甲寅，東昌周某書而歸之汪氏。《廬陵周益國文忠集》本之《平園續稿》卷一〇。

〔一〕籍：原脱，據傅增湘校勘本補。
〔二〕行：原脱，據同上補。

五五　跋趙弁《雪圖》

趙弁祖文往至臨安，諸公貴人愛之，凡秘書省及新作政府所畫照壁多出其手，迄今尚存。觀此《雪圖》，風度可想。

其弟奇，字祖穎，紹興中屢爲監司〔一〕，王初寮之壻，文采似冰清，安靜有家法。蓋其祖吏部郎諱偊，東郡人，元豐末知登州，民宜其政，元祐末以河北轉運使權中山府，兩得蘇文忠公爲代，故祖文、祖穎字畫亦皆慕藺云。嘉泰壬戌三月甲子，廬陵户趙公括仲蕭以示周某，爲題卷末。《廬陵周益國文忠集》本之《平園續稿》卷一〇。

〔一〕中：原脱，據傅增湘校勘本補。

五六　跋楊無咎畫秋蘭

鄉人徐丙字漢章，博於學而贍於文，示予楊無咎手畫香草，題曰"秋蘭"，後有兵部侍郎章茂獻、國子博士湯君寶跋語。其説特未定也。

予老而學圃，問諸園丁，則曰："春蘭夏芷，秋蕙冬蓀，葉莖花色及多寡往往不同。"予異其説，徧以古書考之。屈原《離騷經》"紉秋蘭以爲佩"，張衡《東京賦》"秋蘭被涯"，又《思玄賦》"幽蘭秋華"，曹植《朔風詩》"秋蘭可喻"，潘尼《贈河陽詩》"流聲馥秋蘭"之類，此言蘭以秋而花也。屈原《九歌》"春蘭兮秋菊"；隋煬帝《煙花錄》用此句。陸機《庭中奇樹詩》"歡友蘭時往"，注：春時也；梁元帝詩"春蘭本無絕"；唐太宗詩"春暉開紫苑，淑景媚蘭湯"之類，此言蘭以春而花也。宋玉《招魂》"光風轉蕙氾崇蘭"，《抱朴子》"春蕙秋蘭"，陸機《悲歌行》"春芳傷客心，蕙草饒淑景"，是蕙亦可言春矣。《本草圖經》"蕙七月中旬開花，至香"，是蕙亦可言秋矣。故《騷經》曰"蘭芷變而不芳，荃蕙化而爲茅"，《説文》荃、蓀同音，《文選》以蓀壁爲荃壁。蓋合四者而言之。《湘君歌》亦云"薜荔柏兮蕙綢，蓀橈兮蘭旌"，《湘夫人》則並言"蓀壁"、"蘭橑"、"蕙櫋"、"芷葺",司馬相如《長門賦》"搏芬若以爲枕,席荃蕙而茝香",乃知四時香草同出異名,葉常青而花隨時。自屈宋至漢唐皆以蘭蕙互言春秋,豈特邵伯温《見聞録》證黄氏之誤而已?然則園丁之説未爲無據,所謂禮失求之野歟!

嘉泰壬戌下元節,平園老叟周某書。《廬陵周益國文忠集》本之《平園續稿》卷一〇。

五七　跋曾無疑所藏黄魯直晚年帖

右友人曾無疑所藏太史黄公帖。

其前一幅,崇寧癸未公寓武昌,竄宜州,十二月赴貶時留與黄州何頡斯舉者。明年二月南過洞庭,寄家永州。五月初道由桂林,題名於行勔大師榕水閣。自是月十八日至宜,有賃黎秀才宅子手約,今刻石秀峰帖中。後六帖皆與融州都監高德脩。乙酉九月晦公卒。自崇、觀以後,凡片文隻字禁切甚嚴,至炎、興間則雖宸翰猶俯同其筆法。蓋一弛一張人事也,或抑或舉有天道焉。觀三代兩漢以來,彝器碑刻沉埋蝕泐之餘,傳寶百世,何獨公遺墨歟!嘉泰壬戌閏臘月丁巳。《廬陵周益國文忠集》本之《平園續稿》卷一一。

五八　跋馮輢所藏五帖

東坡書《富文忠公神道碑》

富文忠之使虜,所謂"肅肅王命,仲山甫將之"也。蘇文忠之翰墨,所謂"吉甫作誦,穆如清風"也。《大雅·烝民》,兹可無愧。富公孫樞密、蘇公猶子侍郎,皆題名卷末,抑所謂臧孫有後於魯者。

嘉泰癸亥四月戊午。《廬陵周益國文忠集》本之《平園續稿》卷一一。

東坡書陶靖節詩

東坡云:"吾於詩人無所甚好,獨淵明詩質而實綺,癯而實腴,自曹、劉、鮑、謝、李、杜諸人皆莫及。"蓋嘗盡和其詩,尤喜此四篇,再三書之。

嘉泰癸亥四月戊申,平園老叟某題而歸之馮氏。《廬陵周益國文忠集》本之《平園續稿》卷一一。

東坡潁州詩

東坡以元祐六年秋到潁州,明年春赴維揚作此詩,題曰《西湖夜月泛舟》。今集序以"趙德麟餞飲湖上舟中對月"爲題是也。

按公在潁僅半年,集中自《放魚》長韻而下凡六十餘詩。歷考坡所至歲月,惟潁爲少,而留詩反多。蓋陳傳道、履常、趙德麟、歐陽叔弼、季默適聚於潁,故《臨别詩》："五君從我遊，傾寫出怪珍。"又中間《劉景文特來送行詩》云："歐陽、趙、陳皆我友，豈謂夫子駕復迁。邇來又見三黜柳，共此煖熱餐甔蘇。"自注云："郡中日與叔弼、景貺、履常相從，而景文復來，不數日柳成之亦見過，賓客之盛，頃所未有。"乃知攄發妙思，羅列於此，抑有由也。堂名"聚星"，古今相望，使有俗物敗人意如坡所云，其能爾乎？馮吳江輊遠示真蹟，敬題其後。嘉泰癸亥孟夏九月。《廬陵周益國文忠集》本之《平園續稿》卷一一。

米元章上呂汲公書

右元祐九年春未改紹聖時，米元章知雍丘縣上呂汲公書。元章字畫豪逸，非以畿令事宰相故加謹楷，殆由切於爲民，有莊敬之心。心既莊敬，字畫隨之，此與檄報鄰縣打回蝗蟲之戲異矣。雍丘本杞子國，初以名縣，嘗名州云。嘉泰癸亥四月戊申《廬陵周益國文忠集》本之《平園續稿》卷一一。

山谷書六一先生古賦

《六一居士集》共五賦，山谷寫其三，《黃楊》疑少作，《憎蒼蠅》嫌譏刺耳。《外集》別有四賦，惟取《述夢》，蓋因悼亡，辭意俱妙，類李太白耶！嘉泰癸亥四月九日。《廬陵周益國文忠集》本之《平園續稿》卷一一。

五九　跋《王獻之保母墓碑》

銘墓，三代已有之。薛尚功《鐘鼎款識》第十六卷載唐開元四年偃師耕者得比干墓銅槃，篆文云："右林左泉，後岡前道。萬世之寧，茲焉是寶。"蓋古者範銅精巧，鏤以爲器，生死皆用。自漢錢幣益重，銅禁日嚴，工不宿業，於是陶土堅緻，與鐵石等。

予得光武時梓潼扈君墓，先敘所歷之官，末云"千秋之宅"，橅脱隸書而非鎸也〔一〕。又有章帝時范君、謝君銘，以四字爲句。厥後銅雀之瓦遂可作硯，字亦隱起。以此知東漢誌墓初猶用，久方刻石。

紹興中，予親見常州宜興邑中劚出靈帝時太尉許馘塚，有碑漫滅，惟前百餘字可讀，大略云：夫人會稽山陰人，姓劉氏，太尉之婦也。

任昉在梁撰《文章緣起》，乃謂誌墓始晉殷仲文。洪丞相适跋云："世傳東漢墓碑皆大隸，疑昉時尚未露見。"其説良是。惜乎洪公不見漢甎也。由今論之，自銅易，自斲石，愈久愈簡便矣。

嘉泰癸亥，故友四明沈煥叔晦之子省曾出示越上新拓《王獻之保母墓碑》，因詳記於後。十二月壬寅。《廬陵周益國文忠集》本之《平園續稿》卷一一。

〔一〕橅：原作"撫"，據文意徑改。

六〇　題《平園圖》後

使臣王思恭昨寫予真求贊，因記書對文苑之勞；今又繪《平園圖》，集予詩文於後，用意益可嘉也。嘉泰甲子端午日。《廬陵周益國文忠集》本之《平園續稿》卷一一。

六一　歐陽文忠公《集古錄》後序

集古碑千卷，每卷碑在前，跋在後，銜幅用公名印，其外標以緗紙，束以縹帶，題其籤曰某碑卷第幾，皆公親跡，至今猶有存者。

按公嘗自云"四百餘篇有跋"，今世所傳本是也。其間如《唐鄭權碑》，乃熙寧辛亥歲跋。又至明年正月方跋《鄧艾碑》、李德裕《山居詩》，四月題前漢《雁足鐙銘》，後數月而公薨，殆集錄之絕筆也。方崧卿裒聚真跡，刻板廬陵，得二百四十餘篇，以校集本，頗有異同。疑真跡一時所書，集本後或改定。今於逐篇各注何本，若異同不多，則以真跡爲主，而以集本所改注其下。或繁簡遼絕，則兩存之。如後漢《樊常侍碑》，真跡作永壽四年四月，而集本改作二月，訪得古碑，二月爲是。至於以始元爲漢宣帝年號，又稱後周大統十六年、唐大定二年之類，乃公一時筆誤，不敢有所更改。

《集古跋》既刻成，方得公子叔弼目錄二十篇，具列碑之歲月，雖朝代僅差一二，而紀年先後頗有倒置，已具其下。《廬陵周益國文忠集》本之《平園續稿》卷一二。

六二　跋御書

淳熙五年十一月甲申，臣遞直禁林中。漏上三刻，蒙宣召至選德殿，有中使諭旨云："内翰所作《殿記》，上燕見多呼官。詞義甚美。今刻石立殿上，特命觀覽。"讀已，趨至後楹。上面南坐，起居畢，詣榻前再拜謝。天音獎諭如初。因泛論三代以來人君知道與否，遂評六經諸子，下至道釋精粗，累數百言。臣偶及聖人之言異乎賢人，即訓臣曰："聖賢氣象廣狹極相遠，如孔子謂'飽食終日，無所用心。不有博弈者乎，爲之猶賢乎已'。至孟子則云人'飽食煖衣，逸居無教，近於禽獸'。夫人爲萬物之靈，安可輕比禽獸？"又論《易·繫辭》，復數百言，皆老生宿儒沒世窮年晝思夕覃所不能至者。臣第知俯首傾耳服膺而已。將退，命坐，賜卮酒，侑以時果。飲醻欲興，復宣坐賜茶。上曰："待以惡札賜卿。"聖語不敢易，以著謙德。臣頓首稱謝。

薄暮歸院而奎畫隨至，蓋書白居易《七德舞》一軸。鸞翔鳳騰，體備八法，鍾繇羲獻，方之蔑矣。其後仍注"賜必大"三字，加御寶焉，朱墨猶未乾也。

臣伏思元祐中，哲宗皇帝嘗書居易《紫薇花》絕句以寵學士蘇軾〔一〕。今臣亦拜樂府之賜，雖庸愚不肖，視前人無能爲役，然兩朝相望殆且百年，聖心所屬，其揆則一。意者以居易爲元和學士時，非特文字過人，而忠純諒直自能光明厥職，後世惟軾爲無愧，故欲下臣師慕兩賢之萬一以爲報答歟？臣既摹刻之石，俾有目者咸仰聖天子遊藝入神，動存至戒。又略記謨訓於後，使萬世而下知聖學淵懿，仁民愛物，高出帝王之表蓋如此。若夫陛下功德兼隆，同符太宗，天下將誦而歌舞之，固非臣謇訥所能宣也。

　　翰林學士、中奉大夫、知制誥、兼侍讀、兼太子詹事、兼脩國史、管城縣開國子、食邑五百户、賜紫金魚袋臣周某謹記。《廬陵周益國文忠集》本之《玉堂類稿》卷一〇。

　　〔一〕哲：原作"太"，據傅增湘校勘本改。

六三　御筆《千字文》跋

　　臣以紹興丁丑中詞科，今上皇帝在普安邸，數對宫僚稱其試程。逮庚辰九月召試館職，太上皇帝喜所對策，諭宰相陳康伯、參政朱倬，欲除校書郎。宰執奏選人只當爲正字〔一〕，偶不記前朝李邴等例耳。上又宣諭：他日當令掌制。康伯親爲臣言如此。未幾，自依格改秩，而校書丞郎、著作員闕，進擬皆不及。上雖簡記，然非侍從臺諫未嘗親批。壬午夏，察官陳良祐引執政汪澈薦舉之嫌出臺爲郎。五月，御筆除臣監察御史。尋闕諫官，同僚謂臣必選。臣測聖意不在此，果就下用袁孚爲正言。今上受禪累月，遂擢左史兼外制。此則兩宫本指也。後十七年，叩貳大政，表謝太上云："鑾坡召試，金口褒揚。許以能文，欲其掌制。乏援助廟堂之上，甘滯留館閣之中。會臺察之虛員，簡宸衷而親擢。"皆紀實也。暨入謝德壽殿，太上盡記本末，面賜御書《千文》一軸，前者執政罕嘗得此。

　　退而伏讀太上御製《翰墨志》云："智永禪師，逸少七代孫。克嗣家法，居永興寺閣三十年，臨逸少真草《千文》，擇八百本散在浙東。後並《禊帖》傳弟子辨才。唐太宗三召，恩賜甚厚，求《禊帖》終不與。善保家傳，抑可重也。余得其《千文》藏之。"今觀宸奎所臨，疑是此本。然淵、民、旦之外又闕"才"字。按米芾云：郡牧元發家藏辨才弟子所書，並缺"永"字，以尊智永。兹拜賜書，却有"永"字而無"才"字，豈非辨才門人别本與？謹刻於石，歷叙遭遇之由以示後世。淳熙七年七月日，通議大夫、參知政事、滎陽郡侯臣周某恭題。《廬陵周益國文忠集》本之《省齋文稿》卷一四。

　　〔一〕執：原作"職"，據文淵閣四庫全書本改。

六四　御書白居易詩跋

　　右唐白居易大和八年以太子賓客分司東都，賦《飽食閒坐詩》一首。淳熙五年，皇帝親御翰墨，下臣拜受而寶藏之。

謹按居易先以長慶二年過漢江，賦詩云："秋水淅紅稻，朝煙烹白鱗。"今復云："紅粒陸渾稻，白鱗伊水魴。"蓋於一飲食間默寓忠愛不忘君之意，所謂造次必於是者。時文宗雖恭儉儒雅，而中人之禍已萌。其云："朝廷重經術，草澤搜賢良。"殆譏不能用劉蕡也。又云："堯、舜求理切，夔、龍啓沃忙。"言上雖銳意於治，而王涯輩爲相非徒無益也。又云："懷才抱智者，無不走遑遑。"指李訓、鄭注等也。明年而甘露之亂果作，居易其知幾乎！雖不逢其時，孰知三百餘載之後，乃遭遇聖明，發揮其語，光榮多矣。

臣叨陪近侍，獲此宸奎，敬題卷末，以示來裔。翰林學士臣周某謹記。後七年，當淳熙乙巳歲四月戊辰，臣某稽首重觀於西府。《廬陵周益國文忠集》本之《省齋文稿》卷一四。

六五　御書蘇軾和唐人惠山泉詩跋

右蘇軾元豐二年自徐州移守湖州，道由惠山，和唐人三詩。皇帝書其首篇，臣敬寶藏之。淳熙七年四月一日，吏部尚書、兼翰林學士承旨、兼侍讀、兼太子詹事、兼同修國史臣周某謹記。《廬陵周益國文忠集》本之《省齋文稿》卷一四。

六六　光宗皇帝東宮秋雨詩跋

淳熙五年八月四日，東宮講畢，袖出御製《新秋雨過書懷詩》一篇。六日，又蒙送示和章，詞翰雙美，光照蔀室。垂索菲句，輒附於後。某恭題。《廬陵周益國文忠集》本之《省齋文稿》卷一四。

六七　題秦少游《瑤池宴》

少游所書《瑤池宴》，蘇易簡詞也，事載《冷齋夜話》。《湘中野錄》止有數句，亦與此不同。乾道辛卯九月十九日，周某子充題。後四年，令工鄭源重裝。時再掌內制，故用翰苑印識之。淳熙乙未十月旦，某謹記。《廬陵周益國文忠集》本之《省齋文稿》卷一五。

六八　跋《詛楚文》

右《詛楚文》，待制董公守邠日辨證刻石。先公時爲州學教授，實爲書册。後四十年，得副墨於董公之子弇，今又十年矣。

按此文六一先生《集古錄》、趙氏《金石錄》、方氏《泊宅編》皆爲之說，而嚴陵、延平各有別本。今特以先公手澤在焉，故重刻之，蓋爲家塾之寶也。淳熙元年甲午七月十九日，嗣子某題。《廬陵周益國文忠集》本之《省齋文稿》卷一五。

六九　家塾所刻六一先生墨跡跋十首

試筆

世傳文忠公《試筆》，自《說硯》而下凡數十紙，有元祐四年九月東坡蘇公跋，此最後數紙也。初藏劉氏，後歸王卿，今復還歐陽氏，餘不知何之矣。公薨於熙寧五年，距元豐屬耳，其遺墨已為諸公珍愛如此，況百世之下乎。淳熙甲午十月二十八日，某書。

唐贊草

右藏郡人會昌尉羅良弼家。良弼字長卿，博雅士。

錄徐嶠書

右藏郡人安遠令曾尚家。"試察"之下尚有"孟羕"二字，餘皆漫滅，不知與何人帖也。

會食帖

右為帖不竟，豈筆誤別書，抑意倦遂止也？

誨學帖

右因友人胡公武而得之。世有《歐陽兗公別集》二十卷，自志學至夢奠，《詩》《書》、雜說之類，文集所略者舉集焉，而亦不及此，乃知遺書散軼多矣，惜哉！

小草古詩賦

右藏思仲之子將作監丞當世所。或脫字弗補，或衍字弗塗，或意未愜重書，悉仍其舊。

臨小草《洛神賦》

右臨率更所書《洛神賦》，僅存其半，某寶藏之。王子敬好寫此賦，決非一本，此殆率更師本耶？比近世所刊字畫差瘦小云。

家藏小草《洛神賦》不曾入石

錢穆父謂王子敬草書《洛神賦》在范堯夫、王卿、范中濟三家，元祐末合而摹藏之，遂以入石。今歐陽文忠公所臨四百八十五字，題云歐陽詢書，或乃以穆父所聚即率更筆，未知孰是？予不識書，特以人之賢而寶藏之耳。

按歐陽氏家譜，文忠蓋率更二十代孫，是固一家也。紙背乃晏元獻行狀，當時求銘於公者。

淳熙二年十月一日，東昌周某記。

家書

右與伯和家書，蓋熙寧四年守蔡時也。後兩月而公歸矣。今藏玄孫儒林郎雋所。

前漢五器銘

六一堂《集古錄》千卷，卷爲一通，褾以緗紙，束以縹帶，揭帙次於外，列名物於首，而繫考證於後，銜幅皆用名印，其精謹如此。靖康間，公諸孫避難南行，不能盡載，乃取遺澤而棄舊刻。此五銘者總爲一軸，首尾獨備，又皆前漢昭、宣時字畫。跋誤以元始爲宣帝年號。公得之頗難，愛之甚至，且以劉裴手書附其中。今併刻之，不特使後世識其全編體制，抑亦成公遺志也與！

五鳳、黃龍三器字極小，甬銘雖大而瘦勁。刻銅既不能深，歲久印染復黝昧。熟視之，前銘"容十"之下但晦"斗"字，與後銘同，亦髣髴可辨，蓋不必均以四字爲行也。《廬陵周益國文忠集》本之《省齋文稿》卷一五。

七〇　總跋自刻六一帖

歐陽公道德文章，百世之師表也，而翰墨不傳於故鄉，非闕典與？

某不佞，好公之書而無聚之之力，聞有藏其尺牘斷稿者，輒假而摹之石。多寡既未可計，則先後莫得而次也。昔公爲《集古錄》，上起周穆，下迄五代，雖仙釋詭怪平時力闢而不語者，苟一字畫可取，一事跡可記，莫不咸在。既軸而藏之，又從而發揚之，惟恐其泯沒無聞於世。

嗚呼，公之存心可謂仁也已矣！老子曰："其事好還。"天殆啓予衷哉！不然，以公心畫之妙，宜冶金伐石，布之四方久矣，而予何足以與此。《廬陵周益國文忠集》本之《省齋文稿》卷一五。

七一　題干祿字書

予讀開成四年湖州刺史楊漢公跋顏魯公《干祿書碑》云："工人用爲衣食業，晝夜不息，刓闕遂多。親姪顗頃牧天台，欲移他石，資用且乏，不能克終。漢公謬憩棠陰，得以餘俸成之。"乃知唐時不敢妄用公錢如此。近世若止刊刻文字，乃是伯夷、公儀休，其他以公帑爲私帑可勝計哉！淳熙戊戌七月二十一日夜偶書。《廬陵周益國文忠集》本之《省齋文稿》卷一五。

七二　題蘇文定公批答二稿

右元祐四年，蘇文定公撰丞相以下批章二稿。首尾以"省覽"、"允許"爲兩宮之別，蓋定制也。家藏久矣，比貳夏官，適公曾孫諤爲同舍郎，出以示之，乃謂公子遲代書。熟視信然，蓋字畫太真謹爾。淳熙庚子三月乙亥講筵退，置酒學士院，與侍讀史少傅、侍講王尚書、説書崔著作同觀。某題。《廬陵周益國文忠集》本之《省齋文稿》卷一五。

七三　題山谷書太白詩

乾道庚寅寓直翰苑，嘗録山谷草書李太白詩，使開卷者不至惝怳。淳熙甲辰十一月十七日，復題於西府，俯仰之間已十五年矣。《廬陵周益國文忠集》本之《省齋文稿》卷一五。

七四　題山谷書《長楊賦》

山谷書此賦三十年而曾紓公衮跋其後，又五十年而東昌周某題於行在。淳熙甲辰十一月十七日。《廬陵周益國文忠集》本之《省齋文稿》卷一五。

七五　跋初寮王左丞贈曾祖詩及《竹林泉賦》

大父太師與初寮先生同爲元符庚辰進士。大父任忻州法曹，侍曾大父太傅以行。先生調瀛州理掾，未赴而母裴夫人卒，其考孝孫宰代州之五臺縣，先生端憂侍傍。曾大父遊台回過之，先生年纔二十九，投贈古賦律詩各一篇，詞氣亹亹乎東坡，字畫駸駸乎山谷，蓋崇寧癸未歲也。

後十有五年而先君莒公以文受先生之知。又七年，先生自燕山以檢校少師入爲寶籙宮使，兼侍讀。時大父倅廬陵，始刻斯文於石，繫以跋語。未幾亡之，而某實藏其真跡。紹興丙子，抱關京局，又燬於火，恫傷乃心，寤寐弗敢忘。

今先生季子通直郎辟綱出示録本，捧讀怳然，如魯人之得寶玉大弓，燕人之悲國城社也。泣書而重刻之，庶幾副墨之子、洛誦之孫傳之乎無窮。蓋自宣和乙巳至淳熙乙巳，歲行適周，其日月又同。嗚呼，此豈人力耶，數也！十二月日，孫通奉大夫、樞密使、滎陽郡公某謹記，通直郎田橡填諱。《廬陵周益國文忠集》本之《省齋文稿》卷一五。

七六　題五代應順年堂檢臨本

右後唐宰臣劉昫兼判三司堂檢，其內批用御前新鑄之印。予從洪景盧待制借本臨之，真贗幾不可辨。

按應順元年三月戊辰，愍帝遜於衛，必以印寶自隨。四月壬申從珂入洛，乙亥即位，殆倉卒鑄此印也。乙酉大赦改元，清泰時愍帝已殂，璽應來歸。後十餘年，晉出帝奉玉璽、金印歸契丹。契丹謂璽非工，與前史所傳異，命求真璽。出帝曰："從珂自焚玉璽，不知所在。"疑焚之事載《家人傳》，所謂金印亦新鑄之類耳。

本朝紹聖三年十二月，長安村民段義掘地得玉璽，正綠色，以獻於朝。蹇序辰、安惇等皆言："此秦璽，漢以爲傳國璽，自五代亡之，今爲時而出。"尋詔禮部、御史臺、學士院、秘書省、太常寺講求定驗，於是蔡京等奏："考之璽文：'皇帝壽昌'，晉璽也；'受命於天'，後魏璽也；'有德者昌'，唐璽也；'惟德允昌'，石璽也；即出帝獻契丹者。今云'受命於天，既壽永昌'，其爲秦璽無疑。"哲宗皇帝遂以五月朔御大慶殿受寶，行朝會禮，仍降德音於諸道，改紹聖五年爲元符元年云。淳熙丙午四月辛酉，致齋龍華寺題。《廬陵周益國文忠集》本之《省齋文稿》卷一五。

七七　題閻立本《列帝圖》

右閻立本畫《列帝圖》，凡十三人。嘉祐名勝楊之美褒藏之，後入吳開內翰家。吳氏子孫今寓贛，貧，質諸市，過期不能贖。予兒子中爲守，用錢二十萬齎以相示。初展視，斷爛不可觸，亟以四萬錢付工李謹葺治，乃可觀。十三人中，惟陳宣帝侍臣兩人，從者並執扇各兩人，挈輿者四人，筆勢尤奇，絹亦特敝，是閻真跡無疑。餘似經摹傳，故稍完好。自富韓公而下皆有題識，往往闕落破碎。第一跋文雖具，而年月姓名俱漫滅，賴紹聖間張勵引六一先生《戲楊直講詩》兩句，而印縫有"之美"及"四世三公之家"兩印，然後知其爲褒也。

古帝王多矣，繪事必不止此，無乃後人欲獻宮禁而削其偏方不令之主，故間得流傳於世，如人《弔喪》《問疾》帖耶！然漢文、光武儼然卷首，何也？文帝而曰昭文，殊不可曉，豈題者誤耶？林叔豹謂孝文廟樂曰昭德，頗似遷就。或云《載記》李壽在蜀嘗以漢王僭位，改元漢興，其死也，諡昭文帝，廟曰中宗，豈其然乎？必有能辨之者。東昌周某書。《廬陵周益國文忠集》本之《省齋文稿》卷一五。

七八　題蘇子美帖臨本

歐陽公銘蘇子美，謂喜行押草書，今玉山汪季路所藏頗備此體。其間峽束巖排之詩既用杜工部句，又錄《漫興》《惜花》二絕，其愛杜至矣。俱字子美，得非司馬相如慕藺之意乎？

衢本《滄浪集》改"蕭然"作"飄然"，"梁寺"作"蕭寺"，"能驅"作"聊驅"，"向城市"易"松門路"，"還自羞"易"却自羞"，蓋加潤色，比舊爲勝，世以前輩真跡證別本〔一〕，未必盡然也。淳熙十五年二月十六日，命小子綸臨而載之。《廬陵周益國文忠集》本之《省齋文稿》卷一五。

〔一〕真跡：原無，據文淵閣四庫全書本補。

七九　題《修禊帖》

朝士喜藏金石刻且殫見洽聞者，莫如沈愚卿、尤延之、王順伯，予每咨問焉。淳熙乙酉正月五日，某題。《廬陵周益國文忠集》本之《省齋文稿》卷一五。

八〇　題《聳寒圖》

右《聳寒圖》，紹興末在臨安西百官宅傳之陸務觀。隆興癸未秋，歸廬陵村居，戲題二小詩，朋友多屬和者，已而爲人借去不還。淳熙乙酉，復與務觀同朝，再傳此本，命小兒録舊詩於後。某題。《廬陵周益國文忠集》本之《省齋文稿》卷一五。

八一　再題劉子澄《聳寒圖》二絕句

右亡友劉子澄當時所作。紹熙三年臘月二日，子澄門人劉黻季章自廬陵送子澄遺集來，二詩在焉，因併録之。《廬陵周益國文忠集》本之《省齋文稿》卷一五。

八二　題清虛居士真草四詩

右王鞏定國真草四詩，故人瀘帥張愻同山谷先生《煮茶賦》遠以相示，蓋與《茶賦》跋語相連耳。紹熙元年三月十二日〔一〕，某題。《廬陵周益國文忠集》本之《省齋文稿》卷一五。

〔一〕紹熙：原作"紹興"，據文淵閣四庫全書本改。

八三　跋劉仲威《蘭亭叙》

人風度不凡，於書亦然，右軍又人之龍鳳也。觀其鋒藏勢逸，如萬兵銜枚，甲令素定，摧堅陷陣，初不勞力。蓋胸中自無滯礙，故形於外者乃爾，非但積學可致也。

昔梁昭明以一語不中，廢此《叙》而不録，後世因以"絲竹管絃"爲重復之病，至齊、梁小兒僞妄之作，則信而不疑。是蓋以微瑕棄玉，而以玉表重珉也。唐太宗親傳《史》，備載詩文，豈無意耶？雖然，翰墨如此，閱千百載，終當輝映學海。後之覽者亦將有感於此，固右軍期望於士大夫之志也，故吾樂爲仲威言之。紹興乙亥九月二十七日書。《廬陵周益國文忠集》本之《省齋文稿》卷一六。

八四　跋宗室士奎所書周以宗強賦

漢二獻皆以好書聞，故傳國亦皆最久。彼其遺子孫者，固有以致之矣。今賀王不惟金譜玉局是務，而孜孜短檠佔畢間，無惑乎文章盛於王門，而遺澤遠及苗裔也。

僕少時應舉覓官，乃未嘗手抄一賦，見此不覺汗下。壬午十月十四日。《廬陵周益國文忠集》本之《省齋文稿》卷一六。

八五　跋平江張漢卿推官《華山就隱圖》

洞庭，楚之巨浸，而山乃在震澤中，其產橘柚皆足以冠天下，世謂地脉潛通，宜哉！太華之峰有玉井，井之蓮十丈，自古記之矣。

今吳郡有華山，山有天池，池嘗有異蓮，其地脉亦洞庭比與？儒者知《禹貢》、職方氏，必以斯言爲疑，安知造物之視方輿直塊土耳，況區區秦、吳間，相去殆不能以寸，復何疑哉？誰能補圖經之闕，願以此告之。隆興元年四月十一日〔一〕。《廬陵周益國文忠集》本之《省齋文稿》卷一六。

〔一〕元：原作"九"，據文淵閣四庫全書本改。

八六　跋羅良弼家歐陽公唐草贊

長卿好古博雅，藏本朝名公帖至數十百紙，以《那》爲首不在此稿乎！隆興癸未十二月九日。《廬陵周益國文忠集》本之《省齋文稿》卷一六。

八七　跋宗室世㳲與教授閭丘仲和帖

孝穆公，宗室祭酒，而敬愛儒者如此，子孫其有不樂善者乎？一傳爲安定郡王表之，遂以才名發聞於世。今忠訓郎子，公之儲孫也，醇雅好書，驟見之，疑其爲寒士，尚寶此帖。籝金可散，此帖不可失也。隆興二年五月十一日。《廬陵周益國文忠集》本之《省齋文稿》卷一六。

八八　跋黃承議宗諤所藏文潞公、劉莘老、
　　　　韓師朴諸公題顏魯公、懷素書

予往在館閣，凡古今法書盡見之，而魯公《祭濠州刺史文》、懷素書皆在焉。嘗以

告少監，刻爲《中興法帖》數十卷，使學士大夫盡得寓目，亦一段奇事。諸公雖然予言，而未暇也。黃君廷老蓄元祐名卿二跋久矣，今歸會稽，道行闕，盍以是告有位者，乞並刻之，殆將補《商頌》之亡，合豐城之劍耶？隆興二年五月十七日。《廬陵周益國文忠集》本之《省齋文稿》卷一六。

八九　跋山谷《發願文》

此書藏河陽李彥將家，豪勁端重，所謂入顏、楊鴻雁行者。今已刻石廬陵郡齋。然可傳者，位置形勢而已，若乃濃淡鮮妍，體備衆妙，則副墨之子亦如佩夫子象環耳。乾道元年二月二十六日，彥將自贛上來，僕具脫粟請少留，遂出此軸，獻豚蹄而得禾車者耶！《廬陵周益國文忠集》本之《省齋文稿》卷一六。

九〇　跋宗室子藏前輩帖（五）

山谷翰墨毀棄於大觀、政和間，而中興之初搜訪甚急，故散在士大夫家者浸少。不然，此公平生喜爲人作字，仙去纔數十年，未應爾也。

往聞唐文皇盡收二王真跡，惟不取弔喪問病者，此帖得傳於世，亦幾是耶？《廬陵周益國文忠集》本之《省齋文稿》卷一六。

九一　跋《三蘇畫像讚》

侍讀公讚蘇氏父子兄弟之盛，游、夏不能措辭矣。英彥以示省齋周某，乃續一轉語云："是家一瓣香，並爲文忠公。"此圖盛行於廬陵宜也。乾道丙戌五月十二日。《廬陵周益國文忠集》本之《省齋文稿》卷一六。

九二　跋劉季高與溧陽筆工顧綱帖

杼山老人筆精墨妙，獨步斯世，而顧綱之藝數見褒稱，東坡詩中李文政也。乾道三年八月辛酉。《廬陵周益國文忠集》本之《省齋文稿》卷一六。

九三　跋黃魯直所書《金剛經》

此經最貴徐、柳所書，今或漫或燔，所可致者，獨灌溪本，但恨傳刻失真耳。

山谷遺跡自當盛行於世，故四明別駕陳篆藏而未刻者，爲其非全書也。然經多復語，類而次之，計所欠無多。山谷翰墨滿江南，康廬又產樂石，取諸人而補華黍，攻他山而傳副墨，斯無難矣。此孝子慈孫所宜勉也。乾道丁亥十二月十三日，敬觀於天池院文殊亭。

　　魯直自題卷後云："寫到此，絹已盡，亦可笑。然觀已前九分筆弱，終不成器，可漫留與六郎學書。若兄須續，當以鵝溪白絹寫一卷，他時寄上。某再拜。"後又有跋云："得李伯時畫須菩提，乃求魯直書經。己巳春末叔和。"《廬陵周益國文忠集》本之《省齋文稿》卷一六。

九四　跋斛繼善所藏柳書《千文》

　　張長史草書以雄放名，而魯公謂其模楷精詳，最爲真正，乃知真生行，行生草，果有徵也。

　　斛使君家藏柳書《千文》，予雖未能必其是否，然筆勢雄放而法度精密，如造父、王良馭八駿，駕輕車，馳驟萬里，其進退曲折未嘗不中規矩，豈非書家之傑然者耶！亦恐歐、虞、褚、薛未必能辦此耳。乾道四年。《廬陵周益國文忠集》本之《省齋文稿》卷一六。

九五　跋安福令王棣所藏王介及其子渙之、漢之、沆之等帖〔一〕（一）

　　王公與荆文公同學，眉山蘇公同科。二公皆弔以詩，其人可知矣。敬觀翰墨，恨不同時也。彥魯嘗從荆公學，故手筆數字頗有橫風疾雨之勢。乾道五年三月。《廬陵周益國文忠集》本之《省齋文稿》卷一六。

〔一〕沆：原作"流"，據文淵閣四庫全書本改。

九六　又跋歐、蘇及諸貴公帖

　　尺牘傳世者三，德、爵、藝也，而兼之實難。若歐、蘇二先生，所謂毫髮無遺恨者，自當行於百世。《廬陵周益國文忠集》本之《省齋文稿》卷一六。

九七　跋趙德麟書

　　詞翰雖君子餘事，必淵源有自，乃可貴焉。德麟既著録於老坡之門，子禮復順風於德麟之室，而誠父又子禮過庭之佳子弟也。文獻相承，夫豈偶然。推而上之，傳道安可以無宗哉？乾道己丑五月二十四日。《廬陵周益國文忠集》本之《省齋文稿》卷一六。

九八　跋米元章書秦少游詞

　　借眼前之景而含萬里不盡之情，因古人之法而得三昧自在之力，此字此詞所以傳

九九　跋吳説《千字文》

尚書郎吳傅朋，王逢原先生外孫也。往見其論唐孫氏《書譜》，自言總角以來徧參博考，始悟筋脉相連之理，蓋與近世不知而作者異矣。皇諸孫從季家藏古帖甚富，又求《千字》於傅朋而刻之，非樂善好事，安能若此！

予於書懵甚，而季兄子中筆法絕高，常問道焉，共評此字雖未至顛張醉素之雄放，而圓美流麗，亦書家之韻勝者也。乾道己丑九月。《廬陵周益國文忠集》本之《省齋文稿》卷一六。

一〇〇　跋虞丞相尺牘

陳孟公口占私書數百封，親疏各有意，河南大驚。韋郀公命侍史答牋記，惟書名，若五朵雲，時人慕之。翰墨之貴，古今一也。《廬陵周益國文忠集》本之《省齋文稿》卷一六。

一〇一　跋胡邦衡辭工侍並御批降詔真本

乾道六年冬，澹庵先生胡公正貳冬官，具章陳免。皇帝親批降詔不允，臣某實視草也。明年，先生求去甚力，進公敷文閣直學士奉祠還廬陵，敬以宸翰歸之。《廬陵周益國文忠集》本之《省齋文稿》卷一六。

一〇二　建炎御筆跋

德壽皇帝中興初肆筆便入神品，庭堅書法特筌蹄耳。臣宋錢孫之子以遺臣段元愷，而元愷以示臣某，謹稽首再拜題其後。淳熙元年三月既望。《廬陵周益國文忠集》本之《省齋文稿》卷一六。

一〇三　跋曾無疑所藏米元章帖

元章初學羅讓書，其後超邁入神，殆非側勒弩趯策掠墜磔所能束縛也〔一〕。《廬陵周益國文忠集》本之《省齋文稿》卷一六。

〔一〕弩：原作"努"，據文淵閣四庫全書本改。

一〇四　又跋章友直畫草蟲

近世文與可工行草篆隸飛白，溢而爲畫。章伯益蓋同時人也。後題無礙居士即米元章，元章亦兼嗜書畫，有好古之癖。使此軸出晉、唐間，當在巧偷豪奪之數耶！淳熙元年三月十四日。《廬陵周益國文忠集》本之《省齋文稿》卷一六。

一〇五　跋吳仁傑所藏張旭草書《酒德頌》

張顛，蘇人，吳君斗南實與之同郡，寶藏其書固宜。然莫子齊云：章申公家有《酒德頌》，甚奇偉，紹興間入御府。茲豈別本耶！淳熙乙未八月旦。《廬陵周益國文忠集》本之《省齋文稿》卷一六。

一〇六　跋初寮先生帖

初寮先生未冠時及拜東坡於中山，筆精墨妙，宜有傳授。當政、宣時，禁切蘇學，一涉近似，旋坐廢錮。而先生以奪胎換骨之手揮毫禁林，初無疑者。靖康而後，黨禁已解，玉佩瓊琚之詞，怒猊渴驥之書，盛行於東南，然後人人知其蘇門顔、閔也。晁、張復生，其雁行。

先生與仲明尚公及某之大父俱爲元符庚辰進士，故尚公之孫中庸出示此帖，敬題其後。淳熙丁酉四月既望。《廬陵周益國文忠集》本之《省齋文稿》卷一七。

一〇七　跋徐鉉篆李衛公《項王亭賦》

常侍此書，陽冰之後一人而已。淳熙戊戌十月十三日。《廬陵周益國文忠集》本之《省齋文稿》卷一七。

一〇八　跋王介甫《彌勒偈》

王荆公書楷法如此者絕少，端明胡公已茂所謂不敢以易心爲之者是也。又平生儉約，未嘗輕用縑帛，獨於佛語用之，亦是意耶？淳熙戊戌十一月二十五日。《廬陵周益國文忠集》本之《省齋文稿》卷一七。

一〇九　跋黃魯直畫寢呈李公擇等四詩

詩雜古律，字兼行草，此山谷得意之作也。淳熙戊戌十一月二十五日。《廬陵周益國文忠集》本之《省齋文稿》卷一七。

一一〇　跋東坡帖

淳熙戊戌十一月二十五日東宮講讀，因與同僚共觀坡仙筆妙，而戴子微太常亦出《懶放》一帖，大概絕相類，惟"拜"字異耳。真臨雖難辨，要皆法書也。《廬陵周益國文忠集》本之《省齋文稿》卷一七。

一一一　跋彌明石鼎聯句圖

昌黎詩中有畫，李伯時畫中有詩。此雖臨本，亦可見"吳生遠擅場"之意云。《廬陵周益國文忠集》本之《省齋文稿》卷一七。

一一二　跋陳簡齋《法帖奏稿》

德壽皇帝嘗論近世《絳帖》已少，錢希白所臨《潭帖》爲勝，《臨江帖》失真遠矣。又《淳化帖》《大觀帖》，當時以晉、唐善本及江南所收帖擇善者刻之，豐骨意象皆存。今觀故參知政事陳公與義爲侍從時，奉詔定帖十卷，釋文一冊，稍辨劉次莊之誤，殆臨江或潭帖與。

陳公字畫清簡，類其詩文。紹興初，初步中朝，特承善誨，知人則哲，兹可睹其緒餘。淳熙七年正月十四日，試吏部尚書、兼翰林學士承旨周某爲起居舍人木待問題。《廬陵周益國文忠集》本之《省齋文稿》卷一七。

一一三　跋江權卿所藏諸家帖（三）

蘇長公黃岡《冬至帖》妙甚，已漸變右軍書矣。"中俞仁丈"未詳其姓名，既云"鄉思浩然，想同此味"，殆蜀之老成人也。少公詩皆簽判南京所作，長篇蓋憶在齊州與孔常父遊從耳。二絕句乃和張厚之。厚之，樂全之子恕也。淳熙八年三月五日。《廬陵周益國文忠集》本之《省齋文稿》卷一七。

一一四　題蘇子美草章蔡君謨大書

蘇草蔡真，可稱二絕。淳熙癸卯中春告朔，周某敬觀。《廬陵周益國文忠集》本之《省齋文稿》卷一七。

一一五　題唐人硬黃臨王獻之帖

臨本猶可愛如此，況於真跡？伯時寶之，伯長、仲晦書之，不可不題其後。淳熙癸卯二月朔。《廬陵周益國文忠集》本之《省齋文稿》卷一七。

一一六　題蘇子美《寶奎殿頌》帖

仁宗朝摹太宗御書大相國寺額於石，即寺爲殿而藏之，御飛白名曰"寶奎殿"。舜欽此頌當是召試館職時所作，年方三十餘也。其云"上宰、宗工，更爲詞章"者，謂呂夷簡作記，章得象題額之類與。淳熙十年二月五日，周某書而歸之玉山汪氏。《廬陵周益國文忠集》本之《省齋文稿》卷一七。

一一七　題蔡君謨書柳子厚《吐谷渾詞》

蔡忠惠書《洛陽橋記》與《吐谷渾詞》，皆大書之冠冕也。淳熙癸卯月日。《廬陵周益國文忠集》本之《省齋文稿》卷一七。

一一八　跋東坡代張文定公上書

東坡代張文定公上書，蓋熙寧十年也。其後爲公墓碑，明載"老臣死見先帝有以藉口"之語，然則書雖成於坡手，而意旨必出於公。不然，何其危言至是耶！神廟時，可謂邦有道矣。

此稿比集本減數句，改數字，當以集爲正。真跡今藏會稽薛氏，而同郡石氏安摹刻之。淳熙十二年二月清明節。《廬陵周益國文忠集》本之《省齋文稿》卷一八。

一一九　題彭仲衡家東坡書《黃庭內景經》石刻

《集古錄》有《黃庭經》二篇，不著書人姓名，其字亦止於不俗。一爲六一先生所取，而殿中丞裴造"好古君子"之名遂得附見。今武岡主簿彭銓仲衡收《黃庭內景》石刻，蓋東坡書也，重以潁濱、山谷之詩，李龍眠之畫，視《集古》所錄自當過之。所謂好古君子固應無慊於裴，獨鄙言不足行遠爲可愧耳。淳熙丙午四月二十日。《廬陵周益國文忠集》本之《省齋文稿》卷一八。

一二〇　題洪景盧所藏王摩詰山水

自崇寧興畫學，名筆間出，有賜紫待詔高克明者，頗得摩詰用筆意，當時甚重之，今已不易致，況唐朝真跡乎？淳熙丁未八月八日過史院，翰林洪公景盧出示此軸，輒記其後。《廬陵周益國文忠集》本之《省齋文稿》卷一八。

一二一　題向薌林家所藏山谷書《南華玉篇》〔一〕

《黃庭內景》一篇，世傳魏晉時道家者流所作。自王逸少以來，高人勝士皆喜書之。此三十六篇乃其義疏，名曰《內景》，蓋養生之樞要也。

薌林居士藏山谷先生所書有年數矣，其孫士虎遠以相示，筆勢秀傑，何待稱讚。惟所用字校光堯皇帝賜寧壽觀本差殊頗多，如首句"虛皇尊"今作"虛皇前"，末句"此其文"今作"此真文"，皆當以御書本爲正。淳熙十五年五月旦日。《廬陵周益國文忠集》本之《省齋文稿》卷一八。

〔一〕書：原作"畫"，據文淵閣四庫全書本改。

一二二　題汪逵季路所藏墨跡三軸〔一〕

右東坡祭范蜀公文稿。"所穫皆賢"後作"所得"，"燦如長庚"後作"燦焉"，"誰復舉之"後作"似之"。蓋種自應穫，既喻求賢，孰若"得"字之廣大也。前已用"今如星辰"，不必又云"燦如長庚"，改用"燦焉"則語健而意足。以"舉"爲"似"，大率類此。學者因前輩著述而觀其所改定，思過半矣。淳熙戊申三月壬寅，東昌周某敬觀於大廟之齋廬。

李西臺、吾家膳部、石曼卿、鍾離景伯皆中原以書名者，朱希真、尹彥明又皆南渡名勝。季路藏此帖，可謂好事矣。《廬陵周益國文忠集》本之《省齋文稿》卷一八。

〔一〕原校：案跋止二首，"三軸"疑當爲"二軸"也。

一二三　題蘇季真家所藏東坡墨跡（一）

陸宣公爲忠州別駕，避謗不著書，又以地多瘴癘，抄《集驗方》五十卷，寓愛人利物之心。文忠蘇公手書藥法亦在瓊州別駕時，其用意一也。淳熙戊申三月十七日。《廬陵周益國文忠集》本之《省齋文稿》卷一八。

一二四　題蘇季真家所藏東坡墨跡（二）

元祐六年夏，坡公既作《聰聞復字序》，後三年春，在武定復和其見寄詩，有"前生同社"之語。又後七年，當靖國辛巳，蓋公夢奠歲也，猶贈詩僧道通詩，云："雄豪妙句苦而腴，祇有琴聰與蜜殊。"其愛之重之如此。淳熙戊申三月，與洪景盧同以永思陵使事留泰寧寺獲觀。《廬陵周益國文忠集》本之《省齋文稿》卷一八。

一二五　題蘇季真家所藏東坡墨跡（三）

文忠公在翰林時，兩因答臣僚辭免有所論奏。其《乞許安燾辭轉官》見《內制集》，當時真跡未知存否，茲其一也。蘇氏宜世寶之。淳熙戊申四月六日，東昌周某書而歸之公玄孫朴。《廬陵周益國文忠集》本之《省齋文稿》卷一八。

一二六　跋臨江守潘燾所收蔡君謨寫韓文三箋

蔡忠惠公書爲本朝第一，蘇文忠公言之矣，誰敢改評？至於因筆之正而知公心之正，不在此三箋乎？淳熙己酉重明節。《廬陵周益國文忠集》本之《省齋文稿》卷一八。

一二七　跋李次山《雪溪漁社圖》

唐元結字次山，嘗家樊上，與眾漁者爲鄰，帶笭箸而歌欸乃，自號聱叟。今河陽李君名元，字次山，卜築雪溪，又號漁社，其善學柳下惠者耶！

始乾道間，予官中都，君以先世之契，數攜此圖求跋。自念身遊東華塵土中，欲爲西塞溪山下語難矣。屬者奉祠歸廬陵，所居在城東隅，去江無五十步，洲名白鷺，橫陳其前。日以扁舟貪緣葦間，鷗來相從，百住而不止。雖未敢竊比張志和，亦庶幾乎元次山矣。而君方以尚書郎奉使全蜀，凡六十一郡之官吏，數十萬之將士，莫不斂板受約束，銜枚聽號令。猶念舊社不置，萬里遺書，與圖偕來，督踐前約。予欲遽數忘機之樂，則君權任如此，顧豈招隱時耶？需君他日奉計甘泉，厭直承明，尚寄聲於我，當有以告君，今未可也。姑題卷軸歸之。紹熙元年三月三日，適逢丁巳，青原野夫周某。《廬陵周益國文忠集》本之《省齋文稿》卷一八。

一二八　題周噩兄弟閻立本《樂治圖》

《圖畫見聞志》叙古名筆，最後有唐陸滉《堯民鼓腹圖》，殆此類與。紹熙改元五月晦〔一〕，周某觀。《廬陵周益國文忠集》本之《省齋文稿》卷一八。

〔一〕紹熙：原作"紹興"，據文淵閣四庫全書本改。

一二九　又題《款塞圖》

周武王時，四夷咸賓，史官集其事爲《王會圖》。至唐貞觀三年，東蠻入朝，顏師古亦請繪蠻夷之在邸者以彰懷遠之德，太宗令閻立本爲之。此豈唐人遺筆乎？何意象之古也！《廬陵周益國文忠集》本之《省齋文稿》卷一八。

一三〇　題方季申所刻歐陽文忠公《集古跋》真跡

通天下郡邑，凡賢傑之鄉與其宦遊之地，往往揭名公字，繪像以祀，非獨誇耀古昔，亦惟高山仰止，景行行止，期有補於將來。

歐陽文忠公文章事業師表百世，佛者惠勤尚能於公平昔不到之處，以六一名其泉。廬陵，公父母邦也，而夢奠兩甲子，祠堂僅列於學宮，歷刺史不知幾人。芝草、雙蓮何物，草木乃得記瑞，名堂若亭，獨於公置而弗及，此何理也？毋乃謂公生於綿，長於隨，仕於朝，家於潁，雖中間葬母一至永豐，則又凶服不入公門，遂相忘於道術與？

紹熙元年，太守莆陽方侯實來，首創六一堂，猶肖公其上，以備闕典；復訪求《集古跋》真跡，擇良工摹刻之。日聚月裒，旁搜遠取，凡得二百五十餘篇，以較印本，其未獲者纔百餘篇，指授點畫殆類親筆，非石刻比也。會徙節廣東，猶捐俸工以竟斯事，其用力至矣。

昔韓文公以六經之文倡於唐，而其遺書初因公大顯，厥後遂以六經之文鳴於宋，蓋傳道之宗在焉。今侯篤志《韓集箋校》，討論殆四十年，傳錄無慮數百家，然後定著善本。既牧廬陵，復尊事公於故鄉，以風勵學者，其有補於斯文豈少哉！書來俾之掛名卷末，不得而辭也。三年二月七日，周某書。《廬陵周益國文忠集》本之《省齋文稿》卷一九。

一三一　題權邦彥草書《舞劍器》行

樞密權公進士起家，當靖康擾攘，偕宗澤邀擊金虜，功雖不成，斯亦壯矣。旋以智略被遇高廟，紹興初由兵書踐西府，未滿歲薨於位，不及有所設施。今觀草書杜工部《舞劍器行》，龍蛇飛動，得顛張、醉素之遺意〔一〕。前輩文武自將，不名一善，大率類此。後題庚戌中元，蓋年五十有一，辭免起復發運使時所書。"風塵澒洞王室昏"，殆有感云。紹熙壬子七月二十一日。《廬陵周益國文忠集》本之《省齋文稿》卷一九。

〔一〕意：原無，據文淵閣四庫全書本補。

一三二　題潭州道林寺六絕堂

　　唐乾符中，袁浩作《道林寺四絕堂記》，蓋指沈傳師、裴休筆札，宋之問、杜甫篇章也。本朝治平四年秋，蔣之奇別爲記，謂"沈、杜固無間言，裴本學歐陽詢書，寺幸有詢四大字，當爲一絕，又不應近捨韓愈詩，遠及之問"，其去取如此。今三人詩各載集中，衆所共知，惟袁記與歐、裴字畫則不復存。

　　予既稍葺其堂，訪沈碑而歸之，復臨閣本歐書並襄陽僧舍裴所作八大字並刻於石。蓋歐實郡人，裴嘗牧此，俱不可廢。合古今異同之論，衍四爲六，其在茲乎！

　　後數日，寺僧於朽壤中得大中十一年斷際禪師《傳心法要序》，字乃小楷，亡其後段，亦作裴筆，真贗未可知也。先是堂之題梁著馬氏五代時職位，近歲修《長沙志》，遂謂此名創於馬氏，誤矣。紹熙癸丑十二月旦，郡守周某題。《廬陵周益國文忠集》本之《省齋文稿》卷一九。

一三三　跋劉提刑家六帖

　　米南宮辭翰妙絕一世，東平劉氏藏之久矣。紹熙癸丑臘日，周某獲觀，心目爲之開明。米元章詞。

　　右陳瑩中詞翰，皆與劉斯立者。曾孫無欲、無玷實藏之，以示周某，敬題其後。紹熙癸丑臘日。陳大諫。

　　劉忠肅公四世孫無玷、無欲家藏宋次道、呂微仲四帖。紹熙癸丑臘日，周某敬觀。宋宣獻、呂伋公。

　　右蘇文定公與劉忠肅公父子四帖。紹熙癸丑臘日，周某敬觀。蘇黃門。

　　張浮休與劉忠肅五帖，比尋常作字極不同，蓋加敬耳。紹熙癸丑臘日，周某謹題。張芸叟。

　　劉子駒手書《辨謗始末》，當與蘇氏《烏臺詩案》並行於世，足以知權臣誣陷之慘，而聖朝昭雪之公也。紹熙癸丑臘日，周某書。劉忠肅公《辨誣本末》。《廬陵周益國文忠集》本之《省齋文稿》卷一九。

一三四　跋平江蔣守帖　代程崑山沂

　　右手書二通，太守蔣公諭屬令以勤民之旨也。

　　公由天子侍臣來鎮輔藩，惠足以存下，明足以恤隱，故雖尺牘，而周悉勤懇如此。昔韓愈有言："賦有常而民産無常，水旱癘疫之不期，民之豐約繫於州縣。縣令不以言，連帥不以信，民就窮而斂愈急。"嗚呼！使唐之守帥能以公之心爲心，則愈言何自而發哉！

公之筆精墨妙，獨步當世。人得半稿，自當藏弆以爲榮，況利民之心昭然在是，沂也何敢獨拜嘉命而私諸篋衍乎？固宜冶金伐石，揭示百里，俾爲吏者目擊而戒追呼之擾，爲民者户知而殫樂輸之誠。一舉而二美具焉，蓋公之賜也，沂之幸也。紹興二十七年十一月日。《廬陵周益國文忠集》本之《省齋別稿》卷一。

一三五　庚辰跋陳丞相手書　代三十九舅

　　高文大册，屬意而爲，則其詞章黼黻，筆墨精妙，理亦宜之。若乃書疏填委，引紙占答，此豈有意於其間哉？特以溫厚之性根於中，故雖造次，皆樂善之言；心畫之妙應於手，故雖遊戲，皆絕人之藝。

　　昔漢嘉威侯贍辭善書，數百封親各有意。人得尺牘，皆藏弆以爲榮。丞相蓋其苗裔與，何道大德全而餘力猶至於斯也！

　　某寶此十餘年矣，我公方運造化以鑪錘一世，如某盤姍闃茸，仕愈久而身益困，視鞭景而弗悟，委衮襃於草莽，凡前日好賜之榮，祇所以爲今日之媿歟！年月日。《廬陵周益國文忠集》本之《省齋別稿》卷一。

尤袤藝話（一二則）

　　尤袤（一一二七～一一九四）字延之，號遂初，又號梁谿，無錫（今江蘇無錫）人。紹興十八年進士。三十一年，爲泰興令。金兵大舉南侵，袤堅守不去。隆興初注江陰軍教授。乾道五年，以薦除將作監簿。六年，除大宗正丞。七年，遷秘書丞兼實錄院檢討。八年，遷著作郎。淳熙二年，出知台州。四年，提舉淮南東路常平。六年，改江南東路提舉。八年，除江南西路轉運判官。九年，遷轉運使兼知隆興府。十年，召爲吏部員外郎兼太子侍講。十二年，除右司郎中。十四年，遷樞密檢正兼左諭德，除太常少卿。十五年，權禮部侍郎。十六年，兼權中書舍人兼直學士院。因論姜特立，奉祠歸里。紹熙元年，起知婺州，改太平州，召除給事中，兼侍講。四年，除禮部尚書兼侍讀。五年卒，年六十八。謚文簡。尤袤博極群書，記憶尤強，楊萬里稱之爲"書府"，時人呼爲"尤書櫥"。與陸游、范成大、楊萬里並稱爲南宋詩人四大家，或稱"中興四大家"。楊萬里稱其詩"平淡"（《千巖摘稿序》），"絕似晚唐人"（《誠齋詩話》）。方回謂其詩與范成大"冠冕佩玉，度《騷》媲《雅》，蓋皆胸中貯萬卷書，今古流動，是惟無出，出則自然"（《跋遂初尤先生尚書詩》）。清朱庭珍謂，南宋四大家，"三人皆非放翁匹，而延之尤卑"，"浪得虛名，粗鄙淺率，自墮惡道"（《筱園詩話》卷四）。惜其詩大都散佚，"篇什寥寥，未足定其優劣"（《四庫全書總目》卷一六〇）。著有《遂初堂書目》一卷。《直齋書錄解題》卷一八著錄《梁谿集》五十卷，《宋史》本傳稱有《遂初小稿》六十卷、《內外制》三十卷，均佚。清康熙間，尤侗得朱彝尊所收輯遺文，刊成《梁谿遺稿》二卷；民國尤桐續刊《梁谿遺稿》，分《文鈔外編》、《詩鈔外編》，收入《錫山尤氏叢刊》甲集，鉛排印行。現存詩以《淮民謠》爲代表，繼承杜甫《三吏》《三別》傳統，見出詩人關心民瘼之感情。另輯有《全唐詩話》六卷，以人爲經，"首列諸帝，下逮方外、閨媛"；以事爲緯，列詩家名號、籍貫、主要詩篇及與詩有關的資料；每人之後排列從正史、政書、書志、文集、筆記、類書、山志、小說、詩話中輯出的相關資料，或辨析詩歌句法，或賞玩詩中意境，或敷陳詩家軼事，或注解詩事源流，或褒貶詩品高下，爲瞭解唐代詩歌和研究唐代詩人詩作提供了重要依據。

一 跋《蘭亭帖》（一）

唐文皇既得《脩禊叙》，命趙模、諸葛承正輩臨寫。當時在廷之臣，競相傳摹，故流傳於世者皆可寶。蘇大令自言家有五本，今不知此是第幾本也。梁谿尤袤。錫山尤氏叢刊集本《梁谿遺稿》文鈔。

二 跋《蘭亭帖》（二）

司業汪逵家藏禊叙至多，內一軸首跋乃康伯可，是轉摹失真爾。此本良是定武古本，但定武世以湍損帶、流、右、天四字爲真，而此獨完好。然精彩乃與唐人鈎摹本不異，殆是定武以前未湍損者邪？乾道壬辰中秋日，錫山尤袤跋。《梁谿遺稿》文鈔。

三 跋《蘭亭帖》（三）

文皇初得此叙，命歐、褚、趙模、馮承素、韓道政、諸葛承正揭本，以賜羣臣，故傳於世數本。歐陽公《集古》，不錄定武本，謂與王沂公家所刻不異。自山谷嘉定武本，以爲肥不賸肉，瘦不露骨，於是士大夫爭寶之。其實或肥或瘦，皆有佳處。

此本差肥，而最有精神，號唐古本。或云在永興年，若定武自有三本。獨民間李氏本爲勝，其餘用李本再刻，益瘦細矣。尤袤。《梁谿遺稿》文鈔。

四 跋《蘭亭帖》（四）

《蘭亭》舊刻，此本最勝。而世貴定武本，特因山谷之論爾。余在中秘，見唐人臨本皆肥，以楊樶所藏、薛道祖所題本驗之，實唐古本也。而近世以此爲定武，則誤矣。余凡見前輩所跋定武本，悉有依據，不敢臆斷。其湍、流、帶、右、天五字皆損。後有見余所嘗見者，當自識之，難以筆舌辨也。尤袤。《梁谿遺稿》文鈔。

五 跋《蘭亭帖》（五）

《蘭亭叙》肥不賸肉，瘦不露骨，如山谷語，頗似定本。但以越紙拓，故多疑之。今觀王仲言所聞，殆幾是耶。尤袤觀。《梁谿遺稿》文鈔。

六 跋《蘭亭帖》（六）

此本有晁美叔、宋次道跋，爲可寶。宋所書蘇公詩，乃參政易簡題其家所藏唐人摹本絹素上書。今藏太常博士汪逵季路家。餘嘗見之。第二本與楊樿伯時所藏、薛道祖親題正同，以爲唐古本云。尤袤題。《梁谿遺稿》文鈔。

七　題王順伯第一本

定武《蘭亭》舊本，在承平時已不易得。薛師正之子紹彭刻他本易去，而於舊石斲損數字以惑人，後以石龕置宣和殿壁。渡江以來，士大夫家凡得此本，悉指爲定武本。不但肥瘦不同，而精彩頓異。其"竹"字、"託"字，宛轉處與"夫"字、"人"字末筆意態橫生，非他本可及。比斲去本自不多見，況未經薛氏所斲之本乎？

此本舊所拓，尤可貴。余見《蘭亭叙》多矣，此特一二見爾。淳熙丙午季夏望日，尤袤延之。《梁谿遺稿》文鈔。

八　題王順伯第二本〔一〕

唐文皇既得《脩禊叙》，命趙模、韓道政、諸葛楨、馮承素揭賜諸王近臣。虞、褚、歐陽各有臨跡，至今不知幾本，而獨貴定武刻。順伯諸本皆佳，顧以字肥而不者爲定武，則與余所見特異。楊樿伯時有薛道祖親籤題一本正肥，云是唐古本。平生所見前輩所跋定武本，皆有依據，一畢少董家賜本，一蔣丞相家米元章諸人跋本，一張文潛家王岐公跋本。最後見澄江呂氏舒王所跋，與此本無毫髮異，其闕處正同。益信山谷所謂肥不賸肉，瘦不露骨者。後有識者，當賞餘之言。淳熙四年仲春望日，尤袤題〔二〕。《梁谿遺稿》文鈔。

〔一〕二：原作"一"，據《蘭亭考》卷七改。
〔二〕此下原有"順伯第二本"五字，據同上删。

九　范文正公與尹師魯二帖跋

方范文正因與呂文靖争論上前貶饒州時，尹舍人實上書願得俱貶，監郢州酒税。此一卷帖，情義諄諄，不啻兄弟。蓋二公愛君憂國，道合志同，其相與之厚，自應爾耳。淳熙乙巳清明日，梁谿尤袤敬觀。《梁谿遺稿》文鈔補編。

一〇　跋米元暉《瀟湘圖卷》

蔡天啓作《米襄陽墓誌》，言元符初，進其子所畫《萬里長江圖》。時元暉年尚少，其小筆已知名當世矣。方此老無恙時，諸公貴人求索者日填門，不勝厭苦，往往多令門下士做作，而親識元暉二字於後。嘗自言："遇合作處，渾然天成，薦爲之不復相似。"

此卷寂寥簡短，不過數筆，而淺深濃淡，姿態橫生，使人應接不暇，蓋是其得意筆。自其云亡，畫益難得，矧題識皆一時名勝之士。終日把翫，不能去手也。淳熙辛丑二月中休，梁谿尤袤題。《梁谿遺稿》文鈔補編。

一一　題米元暉瀟湘圖

里江天杳靄，一村煙樹微茫。只欠孤篷聽雨，恍如身在瀟湘。

淡淡曉山橫霧，茫茫遠水平沙。安得綠蓑青笠，往來泛宅浮家。文淵閣四庫全書本《宋詩紀事》卷四十七。

一二　歐陽文忠公《集古録跋尾》

此卷有米襄陽題，尤可寶玩。《楊統碑跋》歉其名之磨滅，蓋公偶未考爾。統以建寧元年三月癸丑卒，而《跋》以爲五月，當由筆誤。淳熙十五年季冬廿三日，錫山尤袤觀。上海書店二〇一一年本《秘殿珠林石渠寶笈合編》第九册第一四〇三頁。

周煇藝話（一四則）

周煇（一一二七～？）字昭禮，泰州（今山東泰州）人。出身於書香之家，自幼隨父行役各地，晚年定居杭州清波門之南，往來湖山間，把酒賦詩，自得其樂，終生未仕。所著《清波雜志》《清波別志》，是宋代較爲重要的筆記，多記宋代典章制度及名流、文人逸事，保存了不少宋人佚詩佚文，可補史傳之闕，證他書之誤。另著有《梅史》三十卷、《北轅錄》一卷，已佚。

《清波雜志》（選錄　一〇則）

東坡在海外，語其子過曰："我決不爲海外人，近日頗覺有還中州氣象。"乃滌硯焚香，寫平生所作八賦，當不脱誤一字以卜之。寫畢，大喜曰："吾歸無疑矣！"後數日，廉州之命至。八賦墨跡，初歸梁師成，後入禁中。煇在建康，於老尼處得東坡元祐間綾帕子，上所書《薄命佳人詩》，末兩句全用草聖，筆勢尤超逸。尼時年八十餘矣。又於吕公經甫少卿家見所書《傷春詞》。虞部文甫，少卿父也。二墨跡屢經兵火而尚存，誠宜珍秘。吕乃申公之後。

信安孟王仁仲，酷嗜法書名畫，且能別真贗。帥建康日，知先人素從後湖蘇養直征君遊，託移書求仇池故硯。蘇答云："抄掠之餘，所存百骸九竅耳。平生長物，豈復一毫，況仇池之尤物乎？公殆索我於昔之隱几者也。"孟見之，笑曰："只是不肯見界爾。"後數年，黃山谷甥洪仲本，託先人以一畫致於孟，乃枯柟上一鷹，實山房李公擇尚書故物，補破處，龍眠筆題作"鍾隱"。米元章《畫史》云李後主號"鍾山隱居"，疑後主筆也。而《名畫錄》自有鍾隱，南唐人，未知孰是。或謂古畫必有對，後聞並歸於孟氏。鍾隱，天台人，隱於鍾山，遂爲姓名。李方叔爲趙德麟品德隅齋畫，備書其藝之妙。以上文淵閣四庫全書本《清波雜志》卷二。

淮西憲臣霍漢英奏：欲乞應天下蘇軾所撰碑刻，並一例除毀。詔從之。時崇寧三年也。明年，臣僚論列：司農卿王詔，元祐中知滁州，諂事奸臣蘇軾，求軾書歐陽修所撰《醉翁亭記》重刻於石，仍多取墨本，爲之贐遺，費用公使錢。詔坐罪。漢英遺臭萬世，臣僚亦應同科。政和間，潭州倅畢漸，亦請碎元祐中諸路所刊碑，從之。

米元暉善畫，能以古爲今，蓋妙於薰染縑素。先人在丹徒，米嘗以自畫《寒林》見予，爲好事者袖去。先人復得於元暉：「少年所作《楚山清曉圖》，嘗上於御府，今猶可想像爲之。病懶，未暇也。」

元暉尤工臨寫。在漣水時，客鬻戴松《牛圖》，元暉借留數日，以模本易之，而不能辨。後客持圖乞還真本，元暉怪而問之，曰：「爾何以別之？」客曰：「牛目中有牧童影，此則無也。」江南徐諤得畫牛，晝齕草欄外，夜則歸卧欄中。持以獻後主煜，煜獻闕下。太宗問群臣，俱無知之者。惟僧贊寧曰：「南倭海水或減，則灘磧微露，倭人拾方諸蚌，臘中有餘淚數滴，得之和色著物，則畫隱而夜顯。沃焦山時或風撓飄擊，忽有石落海岸，得之滴水磨色，染物則畫顯而夜晦。」牧童影豈亦類此而秘其說？

老米酷嗜書畫，嘗從人借古畫日臨拓，拓竟，並與真贗本歸之，俾其自擇而莫辨也。巧偷豪奪，故所得爲多。東坡《二王帖跋》云：「錦囊玉軸來無趾，粲然奪真疑聖智。」因藉以譏之。舊傳老米在儀真，於中貴人舟中見王右軍帖，求以他畫易之，未允。老米因大呼，據舷欲赴水，其人大驚，亟畀之。好奇喜異，雖性命有所不計，人皆傳以爲笑。

曾祖殿撰，與元章交契無間，凡有書畫，隨其好即與之。一日，元章言：「得一硯，非世間物，殆天地秘藏，待我而識之。」答曰：「公雖名博識，所得之物真贗居半，特善誇耳。得見乎？」元章起，取於笥。曾祖亦隨起，索巾滌手者再，若欲敬觀狀，元章顧而喜。硯出，曾祖稱賞不已，且云：「誠爲尤物，未知發墨如何？」命取水。水未至，亟以唾點磨研。元章變色而言曰：「公何先恭而後倨？硯汙矣，不可用，爲公贈。」初，但以其好潔，欲資戲笑，繼歸之，竟不納。陳通亂後，偕古大悲、雷琴莫知所在。米老嘗有題跋云：「侍講仁熟攜顧陸真跡、保大琴會於米老庵。」即此畫，並《女孝經》是也。曾祖字仁熟，時守京口。唾硯事，吳虎臣《漫錄》誤書爲東坡。以上《清波雜志》卷五。

浯溪《中興頌碑》，自唐至今，題詠實繁。零陵近雖刊行，止會粹已入石者，曾未暇廣搜而博訪也。趙明誠待制妻易安李夫人，嘗和張文潛長篇二，以婦人而廁眾作，非深有思致者能之乎！「五十年功如電掃，華清花柳咸陽草。五坊供奉鬭雞兒，酒肉堆中不知老。胡兵忽自天上來，逆胡亦是奸雄才。勤政樓前走胡馬，珠翠踏盡香塵埃。何爲出戰輒披靡？傳置荔枝多馬死。堯功舜德本如天，安用區區紀文字。著碑銘德真陋哉，乃令神鬼磨山崖。子儀、光弼不自猜，天心悔禍人心開。夏商有鑒當深戒，簡策汗青今具在。君不見當時張說最多機，雖生已被姚崇賣！」「君不見驚人廢興傳天寶，

《中興碑》上今生草！不知負國有奸雄，但説成功尊國老。誰令妃子天上來，虢、秦、韓國皆天才。花桑羯鼓玉方響，春風不敢生塵埃。姓名誰復知安、史，健兒猛將安眠死。去天尺五抱甕峰，峰頭鑿出開元字。時移勢去真可哀，奸人心醜深如崖，可憐孝德如天大，反使將軍稱好在。嗚呼！奴輩乃不能道輔國用事張后尊，乃能念春薺長安作斤賣！"頃見易安族人言："明誠在建康日，易安每值天大雪，即頂笠披蓑，循城遠覽以尋詩。得句，必邀其夫賡和，明誠每苦之也。"煇嘗欲裒今昔名人所賦《廬山高》《明妃曲》《中興頌》，用精紙爲軸，丐工字畫者隨意各書一篇，後志姓名歲月。常常披展，爲醒心明目之玩，竟未克成。是極易辦，人必樂從，特坐因循耳。易安父文叔，元祐館職。《清波雜志》卷八。

徽宗嘗命米芾以兩韻詩草書御屏，次韻乃押"中"字，行筆自上至下，其直如線。上稱賞曰："名下無虛士。"芾即取所用硯入懷，墨汁淋漓，奏曰："硯經臣下用，不敢復進御，臣敢拜賜。"又一日，米回人書，親舊有密於窗隙窺其寫至"芾再拜"，即放筆於案，整襟，端下兩拜。《清波雜志》卷十一。

煇頃於池陽一士大夫處見紙上橫卷《山陰圖》，乃葉石林家本。人物止三寸許，已再三臨寫，神韻尚爾不凡，況龍眠真筆邪！前有序、讚各八句，詞翰皆出石林。石林文集，世不見其全，此讚尚慮散逸，矧墨妙之雅玩乎？當時嘗錄其文，恐好奇之士雖不見畫，而欲想像高勝。今乃著於是："龍眠李伯時畫許玄度、王逸少、謝安石、支道林四人像，作《山陰圖》。玄度超然萬物之表，見於眉睫。逸少藏手袖間，徐行若有所觀。安石膚腴秀澤，著履，返首與道林語。道林羸然，出其後，引手出相酬酢。皆得其意。俯仰步趨之間，筆墨簡遠，妙絕一時。碧林道人梵隆，少規模伯時，爲余臨寫，真僞殆不辨。更三十年，世當不知有兩伯時也。"此序也。讚曰："揚眉軒然，意軼萬里。亦將焉往？而竟斯止。曰遠遊者，以是爲遊。疾走息陰，彼將安休？"其二："翰墨之娛，以寫萬變。不償一姥，笑哉山扇。袖手縱觀，我行故遲。豈以懷祖，樂此逶迤？"其三："韞玉於山，煒然不枯。我觀此容，非山澤儒。卻顧何爲？東山之陬。如何淮淝，乃折此屐？"其四："一世所驅，顛倒衣裳。是身何依？獨委支郎。從容三人，亦躡其後。人所無言，聊一舉手。"後又見一本，摹益失真，第書四讚而亡其序。《清波雜志》卷十二。

《清波別志》（選錄　四則）

米元章風度飄逸，自處晉宋人物，然所爲不羈，得"顛"之名。嘗以書歷訴於廟堂，自謂久任中外，被大臣知遇，舉主累數百，皆用吏能爲稱首，一無以顛薦者。世遂傳米老《辯顛帖》。又嘗以書抵西府，蔣穎叔云："芾老矣，生生勿恤浮議。"自薦之曰："襄陽米芾在蘇軾、黃庭堅之間，自負其才，不入黨與。今老矣，困於資格，不幸一旦死，不得潤色帝猷，黼黻王度，臣某實惜之。願明天子去常格料理之，先生以爲何如？"芾皇恐。又傳米老《自薦帖》，以是二帖，余考其人，顛之名不虛傳也。文淵閣四庫全書本《清波別志》卷一。

米元章《畫史》載，唐人帖用硾熟紙，且引韓退之用生紙錄文爲不敏。生紙當是草土所用，如米所言，乃有喪服者所用毛頭紙，既涉不祥，其可寫錄文書，又恐別有意義。《清波別志》卷二。

禮部尚書韓忠彥、御史中丞黃履、禮部侍郎李常、給事中陸佃、蔡卞，中書舍人錢勰、范百祿，禮部郎中林希、殿中侍御史黃降、禮部員外郎何洵，直元豐乙丑八月十一日議事於禮部，同觀後又書。公翊留此相示。適諸公來集，元度爲書，同觀歲月。常題初符離，史君張公詡圖池陽清溪秋景攜入京師，蘇文忠公首爲賦詞，文屬秦少游，書職位姓名並詞於圖後，一時名士皆有跋語。觀前諸公所書職位姓名，字畫端楷，信非率爾遊戲者。今日輕俊後生輩，乘酒縱筆，題識書畫卷軸不著姓名、止題道號者，得不有愧於前輩乎！

王韶嘗進唐誥三道，虞世南書狄仁傑告，顏真卿書顏允南母蘭陵郡夫人張氏告及徐浩封贈告。徽宗曰："朕欲教習書法告，命使能者書之，不愧前代。"時書學已罷，特置書藝所，生徒以五百人爲額。唐告令士大夫家猶有襲藏者，雖吏輩所札，亦皆有法，況虞、顏名畫乎！唐太宗亦嘗謂輔臣曰："書學小道，初非急務。時或留心，猶勝棄日。凡諸藝業，未有學而不得者，病在心力懈怠，不能專精耳。"宜乎臣下體上訓飭，皆留意於翰墨。以上《清波別志》卷三。

宋孝宗藝話（五則）

宋孝宗趙昚（一一二七～一一九四）字元永，太祖七世孫，父秀王子偁。高宗無子，紹興二年選育於禁中。十二年，封普安郡王。三十年，立爲皇子，進封建王。三十二年，立爲皇太子，受禪即皇帝位。建元隆興、乾道、淳熙，在位二十七年。即位之初，起用張浚，鋭志恢復。隆興元年宋軍符離之敗後，復媾和。雖不忘恢復，終無成效。淳熙十六年，傳位於其子趙惇，尊爲至尊壽皇聖帝。紹熙五年卒，年六十八。諡曰哲文神武成孝皇帝，廟號孝宗。喜文事，《鶴林玉露》甲編卷二稱"孝宗最重大蘇之文"，親撰序讚，與集同刊，以致"人傳元祐之學，家有眉山之書"。明方孝孺稱："予嘗論宋之諸帝，仁宗法不足而厚有餘，孝宗才不逮而志甚鋭。"（《題宋孝宗題橙花詩後》）《瀛奎律髓匯評》卷五亦載其《秋日臨幸秘書省因成近體詩一首賜丞相史浩以下》，紀昀謂"湊泊而成，氣象狹小，不及仁宗遠矣"。《宋史》卷三八載，寧宗朝時建華文閣，以藏《孝宗御集》。今其集已佚，詩文散見於宋人文集、方志、筆記。

一　題周文矩合樂士女圖

今夜調琴忽有情，欲彈惆悵憶崔卿。何人解愛中徽上，秋思頭邊八九聲。文淵閣四庫全書本《式古堂書畫彙考》卷三十三。

二　題刁光胤畫冊

雙飛蛺蝶圖

融融風日雜花開，一雨凋殘滿綠苔。倘有紅粧來拾翠，無端蝴蝶鬭飛來。

五羊圖

霜風不動節毛塵，同沐中原水草春。蘇武還朝典屬國，一時高爵豈庸人。

葵石圖

中央正色殊堪重，況復丹心向太陽。可信化工深意在，只教此本染宮黃。

雪松圖

夢中衣褐定何祥，明际由來世澤長。誰擬前身是韓子，爲他毛穎著文章。

竹菊圖

賦得閒情思獨工，想攜卮酒對芳叢。鉛華不爲春争艷，留得先生醉頰紅。

蜂蝶戲貓圖

白澤形容玉兔毛，紛紛鼠輩命難逃。後邨詩與涪翁詠，未及崔公一議高。

雪裏山茶圖

一枝殘雪照山城，春意原非復後生。羞把紅顔媚兒女，梅兄知我歲寒情。

江南風景圖

秋雨池塘透晚凉，蜻蜓飛處白蘋香。江南風景堪圖畫，怪得先生一闋。

雪景水仙圖

黃冠翠帔玉爲姿，何處春風一見之。未到湘江清絕地，試看山谷老人詩。

芙蓉泉石圖

託根不與鞠爲雙，歷盡霜風未肯降。本自無心那有怨，年年清艷照秋江。《式古堂書畫彙考》卷三十五。

三　光堯太上皇帝臨《修禊序》跋

臣恭惟光堯壽聖太上皇帝以天縱之聖，富緝熙之學，寓之翰墨，俯臨王羲之《修禊叙》，妙入神品。

劉光世當靖康之末，奉迎濟上，率先諸帥敦詩閱禮，夙蒙恩遇，固宜被此寵章。其子堯仁褾軸來上，捧觀再三，復書此以賜之。乾道改元季冬，臣謹書。文淵閣四庫全書本《蘭亭考》卷二。

四　光堯太上皇帝真行草書跋

乾道辛卯春，被賜真行草書總十卷。臣下拜瞻玩，心目開明。

竊惟書法自東漢迄於晉、唐，代有名家，然莫不祖述鍾、張，憲章羲、獻，而各得一偏，未有超軼拔乎其萃者。

恭惟光堯壽聖憲天體道太上皇帝高蹈羲皇之上，遊戲翰墨之間，初若無意，而筆力所到，自得之妙，集乎大成。如春雲行空，千狀萬態，遠視前古，有不足述。因知天縱之能，心與神會，非眾庶曲學之所可及也。帝王餘事，猶能至此，顧不休哉！道光振綺堂刊本《咸淳臨安志》卷七。

五　《很石銘》跋

觀秦《很石銘》屹立中逵，若有神靈，以戒秦皇之暴虐。從欲則善矣，又豈可加石以惡名乎！宜易之以美名，表異之可也。因跋於本銘之後云。《咸淳臨安志》卷七。

楊萬里藝話（六二則）

楊萬里（一一二七～一二〇六）字廷秀，號誠齋。諡文節。吉州吉水（今江西吉水）人。紹興二十四年進士。一生力主抗金，以詩著名，與尤袤、范成大、陸游合稱南宋"中興四大詩人"。今存詩四千二百餘首，多抒發愛國情思之作，思想性和藝術性都相當高；也寫過一些反映百姓生活的詩，從不同角度表現出對農民艱難生活的同情。其詩初學江西詩派，重在字句韻律；五十歲以後詩風轉變，由師法前人到師法自然，形成獨具特色的誠齋體，講究所謂"活法"，善於捕捉稍縱即逝的情趣，語言幽默詼諧、平易淺近。所著《誠齋詩話》一卷，不專論詩，也有一些文論。其賦以《浯溪賦》《海賦》為有名，以意新文奇見許於周必大、岳珂、劉壎等人。其詞今存僅十五首，風格清新，富於情趣，類其詩。又精於《易》學，有《誠齋易傳》二十卷，以史證《易》，為經學家非議。另有《誠齋集》一百三十三卷、《楊文節公詩集》四十二卷。

一 董主簿正道壁間作水墨老梅一枝，宿鵲縮脛，合半眼棲焉 _{董生名臨。脛，一作胆。}

斜枝飽風雪，疎花淡冰玉。一鵲忍清寒，居然伴幽獨。_{文淵閣四庫全書本《誠齋集》卷一。}

二 蔣蓮店有書柳子厚寄吳武陵琴詩，三讀敬哦五言

秋晴得凉行，壁閱遇佳讀。已咽猶餘滋，將爐忽騰馥。語妙古來多，聽難今良獨。追誦惜去眼，信步遑擬足。驚心一鳥鳴，隔溪兩峯綠。_{文淵閣四庫全書本《誠齋集》卷二。}

三 跋馬公弼省幹出示山谷草聖《浣花醉圖歌》 _{名彥輔，西人}

涪翁《浣花醉圖歌》，歌詞自作復自寫。少陵無人張顛死，此翁奄有二子者。不論釵股與錐沙，更數早蛟及驚蛇。詩仙不合兼艸聖，鬼妬天嗔敎薄命。人言愛書緣愛賢，

紫眉未必勝青編。舊時鬼門關外客，如今一字抵尺璧，何須千載空相憶。文淵閣四庫全書本《誠齋集》卷二。

四　寄題郭漢卿琴堂

著眼飛鴻外，攲巾韻磬邊。半忘今古操，豈校有無絃。自適何須妙，能聽也則賢。如何劃然裏，猶露祖生鞭。文淵閣四庫全書本《誠齋集》卷二。

五　題文發叔所藏潘子真水墨江湖八境小軸（選一）

靈隱冷泉

小潘詩家子，解作無聲詩。八境俱妙絕，冷泉天下奇。文淵閣四庫全書本《誠齋集》卷四。

六　題蕭岳英常州草蟲軸，蓋畫師之女朱氏之筆二首

常州草蟲天下奇，女郎新樣不緣師。未應好手傳輪扁，便恐前身是郭熙。

筆端春草已如生，點綴蟲沙更未停。淺著鵝黃作蝴蝶，深將猩血染蜻蜓。文淵閣四庫全書本《誠齋集》卷四。

七　題謝昌國《金牛煙雨圖》

金牛煙雨最相關，老子方將老是間。不分艮齋來貌取，更於句裏占江山。文淵閣四庫全書本《誠齋集》卷五。

八　表弟周明道工於傳神，而山水亦佳，久別來訪，贈以絕句二首

筆端人物更江山，外弟周郎兩不難。可把吳淞半江水，博他頭上進賢冠。

儂家有軸郭熙山，墮在冰溪雪嶺間。有弟新來眼如月，爲儂洗手拾將還。文淵閣四庫全書本《誠齋集》卷六。

九　戲題郡齋水墨坐屏二面

兩客呼船一急行，樹林半落半猶青。諸峰最是中峰好，我欲峰頭築小亭。

荊溪四面四無山，不是荒林即野田。忽有石崆天半出，飛泉落處稍人煙。文淵閣四庫全書本《誠齋集》卷八。

一〇　戲題水墨山水屏

櫂郎大似半邊蠅，摘蕙爲船折草撐。今夜不知何處泊，浪頭正與嶺頭平。文淵閣四庫全書本《誠齋集》卷十一。

一一　東窗梅影上有寒雀往來

梅花寒雀不須摹，日影橫窗作畫圖。寒雀解飛花解舞，君看此畫古今無。文淵閣四庫全書本《誠齋集》卷十二。

一二　看畫常州圖迎新太守

畫工呌筆畫常州，老子來看却自羞。若遣此圖還解語，道儂調戲幾君侯。文淵閣四庫全書本《誠齋集》卷十二。

一三　正月十二日遊東坡白鶴峯故居，其北思無邪齋真跡猶存

詩人自古例遷謫，蘇李夜郎並惠州。人言造物困嘲弄，故遣各捉一處囚。不知天公愛佳句，曲與詩人爲地頭。詩人眼底高四海，萬象不足供詩愁。常將湖海賜湯沐，僅僅可以當冥搜。却令玉堂揮翰手，爲提椽筆判羅浮。羅浮山色濃潑黛，豐湖水光先得秋。東坡日與羣仙遊，朝發崑閬夕不周。雲冠霞佩照宇宙，金章玉句鳴天球。但登詩壇將騷雅，底用蟻穴封王侯。元符諸賢下石者，秪於千載掩鼻羞。我來剥啄王粲宅，鶴峯無恙江空流。安知先生百歲後，不來弄月白蘋洲。無人挽住乞一句，猶道雪乳冰湍不。當年醉裏題壁處，六丁已遣雷電收。獨遺無邪四箇字，鷟飄鳳泊蟠銀鉤。如今亦無合江樓，嘉祐破寺風颼颼。文淵閣四庫全書本《誠齋集》卷十八。

一四　跋尤延之山水兩軸

水際蘆青荷葉黃，霜前木落蓼花香。漁舟去盡天將夕，雪色飛來鷺一行。

水漱瓊沙冰已澌，埜鳧半起半猶遲。千竿修竹一江碧，只欠梅花三兩枝。文淵閣四庫全書本《誠齋集》卷二十一。

一五　鄉士李英才得老潘墨法，善作墨梅，復喜作詩。艮齋目以三奇，贈之七字，予復同賦云

吾鄉李君磊嵬胸，夜持雲梯倚秋空。月中奪得修月斧，斫倒南山千歲松。束歸丹

竈和玉桂，燧出綠霧霏驚龍。搗成玄圭與蒼璧，灑作橫枝崴寒色。庾嶺霜林和靖園，掇入生綃供戲劇。幻松作璧璧作梅，豪氣勃鬱尚不開。瓊醙滿釃梅雪下，吐出西湖有聲畫。文淵閣四庫全書本《誠齋集》卷二十二。

一六　七月二十三日題李亨之墨梅

夏熱秋踰甚，寒梅暑亦開。無塵管城子，幻出雪枝來。文淵閣四庫全書本《誠齋集》卷二十三。

一七　題眉山程佽所藏山谷寫杜詩帖

杜家碧山銀魚詩，黃家虎臥龍跳字。六丁難取真宰愁，程家十襲今三世。程家蘇家元舅甥，子瞻正輔外弟兄。正輔有孫文百鍊，筆倒三江胸萬卷。公車獻策五十篇，玉札國體耽化源。遠謀小扣囊底智，瓌詞未出海內傳。三年抱璞咸陽市，子虛無因達天視。如今却買巴峽船，峨嵋山月秋正圓。丈夫身健恐不免，即召枚皋未渠晚。文淵閣四庫全書本《誠齋集》卷二十三。

一八　跋悟空道人墨跡

臨川蔡教授詵之母徐氏諱蘊行，自號悟空道人，學虞書，得楷法，手抄佛書，跋以五言。

葱嶺書如積，銀鉤墨未新。前身虞學士，今代衛夫人。曲水脩蘭禊，明珠採洛神。更令添此帖，急就不須珍。文淵閣四庫全書本《誠齋集》卷二十三。

一九　跋王順伯所藏歐公《集古錄》序真跡

遂初欣遇兩詩伯，臨川先生一禪客。三人情好元不踈，祇是相逢逢不得。渠有貞觀碑，儂有永和詞。真贗爭到底，未說妍與媸。珊瑚擊得如粉碎，趙璧博城翻手悔。不似三家鬪斷碑，夜半戰酣莫先退。皇朝愛碑首歐陽，《集古》萬卷六一堂。玄珪漆玉堆墨寶，黟霜黑水塗緇裳。臨川無端汲古手，席捲歐家都奄有。岣山科斗不要論，嶧山埜火不經焚。尤家沈家喙如鐵，未放臨川第一勳。不知臨川何許得尤物，《集古》序篇出真筆。遂初心妬口不言，君看跋語猶悵然。遂初、欣遇，尤延之、沈虞卿自號也。二公與順伯皆喜收碑刻，各自詡尚。　文淵閣四庫全書本《誠齋集》卷二十四。

二〇　題曾無己所藏高麗疋紙蔡君謨、歐公筆跡

三韓玉葉展明繭，諸老銀鈎卷碧鮮。幸自不逢文與可，一竿秋竹掃風烟。_{文淵閣四庫全書本《誠齋集》卷二十四。}

二一　跋范文正公與尹師魯帖

帖云"承以朝車憩歇南亭，未敢拜謁，且請與通判喫食，所事不須與衆"云云也。當是尹責均州監酒，自均來訪范於南陽時也。

佳客千山得得來，主人雙眼爲渠開。逢人莫説當時事，且泊南亭把一杯。_{文淵閣四庫全書本《誠齋集》卷二十四。}

二二　跋韓魏公與尹師魯帖

帖中語蓋韓公經略西事時，以書與尹往還，多謀畫軍事。

侍中尺箠撻羌酋，更得河南共運籌。到得降書來北闕，河南騎馬去均州。_{文淵閣四庫全書本《誠齋集》卷二十四。}

二三　跋陳簡齋奏草

詩宗已上少陵壇，筆法仍抽逸少關。真跡總歸天上去，獨留奏草在人間。_{文淵閣四庫全書本《誠齋集》卷二十四。}

二四　又跋簡齋與夫人帖

帖云："平江尚留兩日。"書中説錢盡，再遣四尊。

家在錢塘身在蘇，炊㸑消息近來踈。極知薪水無錢買，且遣長鬚送乘壺。_{文淵閣四庫全書本《誠齋集》卷二十四。}

二五　贈寫眞水鑑處士王溫叔

我不如森森千丈松，我不如濯濯春月柳。髩疎髯禿已雪霜，皮皴肉皺真老醜。葉

生畫時顏尚朱，王生畫時骨更臞。一生愛山吟不就，兩肩化作秋山瘦。君不見褒公鄂公圖凌煙，腰間羽箭大如椽。君不見浣花醉圖粉墨落，日斜泥滑驢失脚。貴人寒士兩相嗤，畫圖猶在人已非。王生王生且停手，不如生前一杯酒。文淵閣四庫全書本《誠齋集》卷三十。

二六　題汪季路所藏李伯時《飛騎斫髻射楊枝》及《繡毬圖》

虎夫馳射殿西偏，一箭穿毬不再彎。飛騎新圖天上本，龍眠留得到人間。

君王將幸寶津園，刷洗天駒尚未乾。禁地何緣有闌入，考官應奉得來看。文淵閣四庫全書本《誠齋集》卷三十。

二七　贈翦字吳道人

翦李義山《經年別遠公》詩，用青紙翦，字作米元章，字體逼真。

寶晉雲煙雜海濤，玉谿花月寫風騷。一生不倩毛錐子，只倩并州快翦刀。文淵閣四庫全書本《誠齋集》卷三十。

二八　跋袁起巖所藏《蘭亭帖》

南湖千載有斯人，拈出蘭亭花草青。俛仰之間已陳跡，至今此紙尚如新。文淵閣四庫全書本《誠齋集》卷三十一。

二九　跋葛子固題蘇道士《江行圖》

《江行圖》上指君山，寄語煙波不用看。亟買水船歸雪水，全家搬入畫圖間。文淵閣四庫全書本《誠齋集》卷三十五。

三〇　贈寫真劉敏叔秀才

冰鑑傳神苦未工，傳來恰恰五秋風。又將老醜形骸子，傳入劉家畫苑中。

江右傳神下筆親，杉溪集裏識劉君。君今有子能傳業，撞過煙樓更入神。文淵閣四庫全書本《誠齋集》卷三十六。

三一　跋寫真劉敏叔《八君子圖》

寫趙韓王、韓魏公、文潞公、司馬溫公、王荆公、六一先生、東坡先生、山谷先生小像手軸。

　　一代一兩人，國已九鼎重。如何八君子，一日集吾宋。古人三不朽，諸老一一中。久別忽相逢，相對恍如夢。文淵閣四庫全書本《誠齋集》卷三十六。

三二　跋劉敏叔《梅蘭竹石四清圖》

　　老夫老伴竹千竿，湖石江梅更畹蘭。不道外人將短紙，一時捲去也無端。文淵閣四庫全書本《誠齋集》卷三十八。

三三　跋洪治中梅蘭竹水墨畫軸

　　孤竹之君，靈均之䩅，子真之孫。避世霞外，物莫作對，疇敢尋葵丘之會？惠然盍簪，參語其森，其侶若林。胥砥以節，胥芬以烈，雪潔玉潔〔一〕。旁招來同，伊誰膚公，猶曰中書之不中也耶！文淵閣四庫全書本《誠齋集》卷一〇〇。

〔一〕上"潔"字似有誤。

三四　三山陳先生《樂書》序

　　宋自藝祖基命，順應天人，太宗集統，清一文軌，真宗懿文，倬彼雲漢，仁宗深仁，天地大德，英宗廣淵，克肖四聖，至於神宗屬精天綱，發憤王道，丕釐製作，緝熙百度，集五朝之大成，出百王而孤雄，聲明文物，焕乎有章。相如所謂五三六經之傳，揚雄所謂泰和在唐虞成周，不在我宋熙、豊之隆，其將焉在？

　　於是太常博士臣陳祥道上體聖意，作爲《禮書》一百有五十卷，其弟太學博士臣暘作爲《樂書》二百卷，然未就也。至哲宗時，祥道以《禮書》獻，至徽宗時，暘以《樂書》獻。中更多難，二書見之者鮮焉。

　　今年二月丙子，朝奉大夫、權發遣建昌軍事三山陳侯岐送似《樂書》一編，以書抵萬里曰："岐學殖荒落，稽古刺經則岐豈敢？然幼師先君樞密，嘗因請業而問焉，曰：'士奚若而成於樂？'先君曰：'聖門之樂，驟而語未可也，抑從先儒而問津焉。則鄉先生陳公晉之有《樂書》在，小子志之。'岐自是求其書，老而後得之。舒鼎昭兆不足爲古，瑾斝紀甒不足爲珍，然不敢私也，是用刻棗，與學者公之。願執事發揮而潤色之，以詮次於先生序篇之左方，俾學者有稽焉。"

　　萬里發書披編而三讀之，蓋遠自唐虞三代，近逮漢唐本朝，上自六經，下逮子史百氏，內自王制，外逮戎索，網羅放失，貫綜煩悉，放鄭而一之雅，引今而復之古，使人味其論，玩其圖，忽乎先王金鐘天球之音，鏘如於左右也；粲乎前代鷺羽玉戚之容，躍如於前後也。後有作者不必求之野，證之於杞宋，而損益可知焉。讀之至《女樂》之篇曰："女樂之爲禍大矣，齊人遺魯孔子行，秦人遺戎由余去，晉出宋褘帝疾愈，虞受二八邦政亂。"則執編而歎曰："鑠哉言乎！其有國者之膏肓，而醫國者之玉札丹砂乎？斯人也，不有斯疾也，上也。斯人也，有斯疾也，而服斯藥也，次也。斯人也，有斯疾也，而吐斯藥也，又次矣〔一〕。"慶元庚申，具位楊萬里謹序〔二〕。四部叢刊影宋抄本《誠齋集》卷八二。

〔一〕又：原作"無"，據文淵閣四庫全書本改。
〔二〕具：原作"其"，據同上改。

三五　《遞鐘》小序

劉敏叔得一古琴，來示予。是夕霜月入簾，寒欲墮指，爲予作流水高山，申之以易水，終之以醉翁吟。其聲清激若出金石，聽者聳毛酸骨，予命之曰《遞鐘》云。年月日，誠齋野客楊萬里廷秀。四部叢刊影宋抄本《誠齋集》卷八三。

三六　《樂》論

論曰：天下有同然之機，不動於靜而不得不動於動。不得不動於動者，執其機以觸其機也。聖人欲天下之趨於道，而不得天下同然之機而執之，則觸焉而無動也。觸焉而無動，則能使天下之吾從，而不能使天下之自從。使天下之吾從者，天下從聖人者也；使天下之自從者，不從聖人者也。從聖人者，非從聖人之至也；不從聖人者，從聖人之至也。蓋從聖人則亦勉焉以從於人爾，從於人未必得於己，勉而往亦必廢而歸。是故所從者雖聖人也，人耶？我耶？至於不從聖人而自從者，非其心欣然以啓也，其何能決然以趨也？欣然以啓而後聖人之道有以投，決然以趨而後聖人之道有以驅。故夫天下之情不病其不決然，病其欣然者之不動也。欣然之心一動，則聖人之道有不動而行、不挽而進、不噓而高、不引而深者矣。是故欣然之心者，進道之機也歟！聖人者得是機而執焉，復執是機而觸焉。惟其不觸天下也，觸則天下之機動矣。然則天下之所以決然趨於道者，聖人有以動其道之機也。

其初《易》之道無所倚，而聖人申之以禮之可踐，宜亦可以少足矣。雖然，禮之道可以踐之者，未必決然也，豈非欣然者未動而勉焉者獨行歟？人之情安於倨，而禮勞之以恭；人之情速於得，而禮緩之以遜。渴也而百拜乃得飲，飢也而日昃未得食。夫雍容文雅之化，固天下之所不能廢，而周旋委曲之節，無乃天下亦有所不盡安者耶？

夫使天下之情有所不盡安，則聖人之道其行豈得而遠也？道行於暫而不行於遠，是未得天下欣然之機也。得其欣然之機，而道可以遠矣。且生者天下之至愛也，死者天下之至畏也，而兵家者率天下之人以趨其所至畏，而捐其所至愛也，此亦有所甚難者矣。令發而士之坐者涕霑襟，卧者涕交頤，此宜有所甚不樂者矣。然鼓鼙之聲鏜然以鳴，則三軍之士躍然以奮，悲者喜，惰者激，至於殺身而不自還，則有以動其欣然之機故也。故夫得天下之機而執之者，可以動之而趨於死也。

聖人之道非如兵家使天下趨於死之危也〔一〕，趨於道者趨於安也。聖人者執其機而觸之，則天下之趨也孰禦？今夫金石絲竹八物之善鳴，此其於吾道何與焉？而聖人之經繼《禮》以《樂》者何也？

人有幽憂而不樂者，散之以嘯歌；有所欝結而不平者，銷之以管絃。聲之入人心易也。然則天下欣然之機不寓於八物之質，而寓於八物之聲。聖人得其機之所寓而執之以觸天下之機，是故取仁義道德之意而颺之於恬愉平淡之樂，使聽之者心悅，悅之者心喻，必有渙然而悟，犂然而契者矣。樂之功用至此而天下不知也。惟其不知，乃其真知也歟？

善乎，孟子之言道也，曰："樂之實，樂仁義是也。"樂則生矣，生則烏可已也。烏可已則不知手之舞之，足之蹈之也。夫聖人之樂，至於使人手舞足蹈於仁義之中而不自知，此化之妙也。堯、舜、禹、湯、文、武、周公、孔子者，不示其機者也；孟子者，不秘其機者也。謹論。四部叢刊影宋抄本《誠齋集》卷八四。

〔一〕也：原無，據文淵閣四庫全書本補。

三七　跋御書"誠齋"二大字

淳熙十三年三月十九日，今上皇帝陛下於東宮榮觀堂召宮僚燕集。酒半，從至玉淵堂，詹事臣邲、臣端禮，諭德臣揆，侍講臣袠，各傳刻所賜御書齋名籤軸以進〔一〕，再拜稱謝。惟侍讀臣萬里於同列爲末至，蓋已嘗有請，因再拜申言之。皇帝陛下欣然索一大研，命磨潘衡墨，染申屠覺竹絲筆〔二〕，乘興一揮"誠齋"二大字、"贈侍讀楊檢詳"六小字，識以清賞堂印。視諸齋字畫雅健相若，而精神飛動，似覺更勝。

恭惟皇帝陛下心畫超詣，雲章昭回，龍跳虎卧，鸞飄鳳泊，蓋天縱之能，聖覺之餘也。

臣既拜賜，退而寶藏於家。今假守高安郡，幸逢六龍御天之初，敬刻之金石，以侈寒士千載之榮遇云〔三〕。淳熙十六年歲次己酉八月戊子，朝議大夫、直秘閣、知筠州兼管内勸農營田使、借紫臣楊萬里拜手稽首謹書。四部叢刊影宋抄本《誠齋集》卷九八。

〔一〕齋：原作"齊"，據文淵閣四庫全書本改。下文"諸齋"同。
〔二〕申：原脱，據同上補。
〔三〕侈：原作"後"，據同上改。

三八　跋劉景明《四美堂序》

吾友劉景明此作非《四美堂序》也，蓋《禾川晚秋圖》也。乾道六年九月望，誠齋野客楊萬里跋。四部叢刊影宋抄本《誠齋集》卷九八。

三九　題曾無己《漁浦晚歸圖》

浦，吾里。舴艋，吾宅。黃帽郎，吾侶也。苒苒京塵，於今三年。偶開曾無己此軸，風煙慘澹，波濤汹欻，欣然振衣登舟云。乾道癸巳月日書。四部叢刊影宋抄本《誠齋集》卷九八。

四〇　跋歐陽文忠公《秋聲賦》及《試筆》帖

六一先生墨妙每見石刻，未見真跡也，今乃得見《秋聲賦》《試筆》帖。

先生之孫提幹不來歸故鄉，安得此奇觀？提幹云，尚有《集古錄跋》及家書四百餘紙。某聞之，雖喜，然未敢盡求觀也〔一〕。某山林之日月方永〔二〕，欲一日盡此四百紙，何以卒歲！四部叢刊影宋抄本《誠齋集》卷九八。

〔一〕"敢"下原有"書"字，據文淵閣四庫全書本刪。
〔二〕方：原無，據同上補。

四一　跋李成山水

余葺茅棟而工徒病雨擾擾，不肯畢也。今日偶小霽〔一〕，鳥烏之聲樂。吾友王才臣偶攜李成山水一軸來，展卷煙雨勃興，庭戶晦冥。吾廬何日可了耶！四部叢刊影宋抄本《誠齋集》卷九八。

〔一〕霽：原作"齋"，據文淵閣四庫全書本改。

四二　跋趙大年小景

予故人曾禹任寄似大年小景，敗素一規，不盈咫也。愈視愈遠，忽去人萬里之外。然水石草樹，鴻鴈鳬鷖，可辨秋毫。予剩欲放目洞視之，而舊以挑燈抄書，目眚屢作，嘗謁之醫，醫云窮睇遠睨，目家所忌也。偶憶此戒，速捲還客。四部叢刊影宋抄本《誠齋集》卷九八。

四三　跋《蘭亭》帖

右《蘭亭記》，曾禹任得之諫大夫毛氏，毛氏得之淮陰，非近時襲訛者也。予見元明跋山谷書云："山谷謫黔沅峽，舟中日日惟把玩石刻一紙，蓋此記也。故末歲筆法超絶云。"予聞"五更侵早起,更有夜行人",願持此句子寄聲山谷。四部叢刊影宋抄本《誠齋集》卷九八。

四四　跋浯溪曉月、錢塘晚潮一軸

予以歲癸未官滿浯溪,去年自杭都補外,每懷兩地山水之勝〔一〕,輒作惡數日。所謂"東西南北皆欲往,千江隔兮萬山阻"者歟？今日獨坐釣雪舟中,風雪方霽,故人曾禹任邀我,乃並至兩地,此殆夢中事也。四部叢刊影宋抄本《誠齋集》卷九八。

〔一〕兩：原作"雨",據文淵閣四庫全書本改。

四五　跋張安國帖

張安國書甚真而放如此,然學之者皆未嘗見公之足於户下者也。四部叢刊影宋抄本《誠齋集》卷九八。

四六　跋曾子宣帖

曲阜筆跡斷爛可惜,擣粉爲牋,其色也,豈不滑澤可愛？其久乃爾。問交亦然。四部叢刊影宋抄本《誠齋集》卷九八。

四七　跋郭功父帖

俗吏之冗,不得觀書,功父所厭,此殆與予同病也〔一〕。四部叢刊影宋抄本《誠齋集》卷九九。

〔一〕予：原作"子",據文淵閣四庫全書本改。

四八　跋薛諫議曾都官帖

薛諫議、曾都官與親戚少者書,前署名而後花押,使施之今之後生,怒罵不置矣。四部叢刊影宋抄本《誠齋集》卷九九。

四九　跋山谷小楷書陸機《文賦》帖

予嘗見前輩言,山谷先生爲人書古人詩文,初非檢書,亦非己出,必問求書者曰：子欲某史某傳乎？某賦某詩乎？

《文選》諸賦，自《三都》《二京》《子虛》《西征》《江》《海》之外，《文賦》辭最多，而先生一筆爲晁仲詢芻民書之，雖未卒章，亦不少矣。今之士引筆未識偏旁，姑無以譙爲也，能不檢書而寫古人詩書字六七十如五六十者有幾？顧曰筆畫記誦學之末乎爾。以此帖示之，得覆醬瓿，其榮厚矣。年月日某跋。四部叢刊影宋抄本《誠齋集》卷九九。

五〇　跋曾達臣所作蜥蜴螳螂墨戲

歸愚居士曾達臣，予家親戚且最厚者〔一〕，予知其蓄學問、善議論今古而已。其子無逸爲予出二蟲敗紙而有生態〔二〕，予既驚喜其奇觀，又歎平生初不知達臣之多能也。所挾愈大者，其知愈狹，予之不知達臣，獨此而已乎？之二蟲又何知？淳熙己亥季冬十七日，誠齋野客楊某書。四部叢刊影宋抄本《誠齋集》卷九九。

〔一〕予：原作"子"，據文淵閣四庫全書本改。下文"予"字同。
〔二〕態：原作"熊"，據同上改。

五一　跋尚提幹所藏王初寮帖〔一〕

覽王初寮帖卷首，愛其字畫美秀，然其神氣風骨竟莫名其胄出也。最後《次韻尚仲明衡陽十絕句》，如獻臺鴈峰等字，乃知其爲東坡之別子，豈其出之於建炎之後，而閟之於宣、政之間耶？篷篨之下，誰知庚水政在此也。四部叢刊影宋抄本《誠齋集》卷九九。

〔一〕提：原作"帳"，據文淵閣四庫全書本改。

五二　跋東坡所書雉帶箭大字帖

東坡先生所挾，孰非招尤取嫉之具？復出此掀天決地大字，投畀嶺海，豈元符大臣罪哉！四部叢刊影宋抄本《誠齋集》卷九九。

五三　跋米元章登峴大字帖

某學書最晚，雖遍參諸方，然袖中一瓣香五十年未拈出也。今得見米禮部登峴大字，乃知李密未見秦王耳。四部叢刊影宋抄本《誠齋集》卷九九。

五四　跋韶州李倅所藏山谷書劉夢得"王謝堂前燕"詩帖

此山谷歸自黔南，之官當塗時所作也。雖放舟大江，順流千里，而兩川雲煙，三峽怒濤，尚勃欝汹湧於筆下。四部叢刊影宋抄本《誠齋集》卷九九。

五五　跋東坡小楷《心經》

予每見山谷自言學書於東坡，初亦嘸然，恐是下惠之魯男子也。今觀《心經》，乃知波瀾莫二。昔宋人請南宮長萬於陳，陳人飲之酒，醉而以犀革裹之。比及宋，手足皆見。四部叢刊影宋抄本《誠齋集》卷九九。

五六　跋仲謙所藏山谷先生爲石周卿書《大戴禮·踐阼篇》、太公《丹書》

文字中喜用古人語，此自是山谷一法也。如"先生美米，後生爲秕"，"以貧賤有人易，以富貴有人難"之類，此《呂覽》語也。豈盡然哉！而今集中至全載丹書諸銘，與山谷之文相亂，蓋山谷嗜此銘，故每喜爲人士書之耳，此軸其一也。莊周之蝶不可以告周子之兄，信有是事。淳熙丁未六月十九日。四部叢刊影宋抄本《誠齋集》卷一〇〇。

五七　跋段季承所藏三先生墨跡

六一先生、半山老人、東坡居士，間何闊也，因段季承爲介紹，乃一日併得望履幕下，快哉！淳熙丁未至後三日，廬陵楊某敬書。四部叢刊影宋抄本《誠齋集》卷一〇〇。

五八　跋蔡忠惠公帖

世傳仙人呂公飲酒家，大醉，自寫真壁間而去，明日觀者如堵牆。或以問予，曰："傳者誕也。"或曰："寫者亦誕也。"予不能決。

友人蔡定夫寄贈其祖忠惠公帖，讀至思杜祁公遇孫資政詩、惜殿中君謫春州事簡牘，因悟曰："呂公事非誕矣。"或曰："何用知之？"曰："忠惠斯言，非爲三君子發也。""然則誰爲？"曰："是亦忠惠自寫真也。"或曰："子之言亦誕也。"予滋不能決，並書于跗以決諸定夫。四部叢刊影宋抄本《誠齋集》卷一〇〇。

五九　跋李氏所藏黃太史、張右史帖

右山谷帖二十七紙，張右史帖十一紙，予友人李師心攜以示予。蓋自其從曾祖承議公與二先生還往之尺牘，藏去至師心，今四世，且百有餘歲矣。其紙新，其墨濕，猶昨日物也。藏之久而莫之竊，觀者眾而莫之奪，其守寶有道哉〔一〕！

予於是有感焉。豈惟此帖哉，又有大者焉。使李衛公子孫能守其花木竹石，魏鄭公子孫能守其宅與笏，房、杜子孫能守其門户，皆如李氏子孫之守此帖，至今存不存也？予於是重有感焉。豈惟數姓之所有哉，又有大者焉。年月日，誠齋野客楊某敬書。四部叢刊影宋抄本《誠齋集》卷一〇〇。

〔一〕其：原作"某"，據文淵閣四庫全書本改。

六〇　跋羅天文墨跡

右，此帖予婦翁印山先生羅公天文送士人曾千里序也。

予往來印山，求公之文章字畫而不得，今其孫紹何許得此紙，再拜三讀，悲喜相兼〔一〕，瓌詞妙墨〔二〕，兼麗山谷。此羅氏密須之鼓〔三〕、封父之繁弱也。君家子子孫孫永言寶之，自紹興辛酉三朝至今歲嘉泰辛酉良月初吉，蓋甲子一周矣。此帖六十年乃出而歸羅氏，物之顯晦故自有時耶，況於人乎？誠齋野客楊萬里敬書。四部叢刊影宋抄本《誠齋集》卷一〇〇。

〔一〕喜：原作"嘉"，據文淵閣四庫全書本改。
〔二〕瓌：原作"環"，據同上改。
〔三〕鼓：原作"彭"，據同上改。

六一　跋山谷《踐阼篇》法帖

予頃丞零陵，嘗於同官張仲良許觀山谷先生小楷《兩都賦》，歎其多而不疲且愈精也。仲良笑曰："此未足歎也。子知其落筆時乎？學者每求作字，山谷必問曰欲六經何篇，《左氏傳》、太史公、班孟堅書何篇〔一〕，它詩文亦然〔二〕。即隨所欲，一筆立就，命取架上書閱而校之，不錯一字。"蓋張中丞口誦〔三〕，山谷筆誦也。西昌彭孝求好古博雅，示予《踐阼篇》，因誌所聞於後。

予嘗見章懷太子注范蔚宗《後漢書》，載武王《衣銘》云〔四〕："蠶事苦，女工難。得新棄故，後必寒。"而此篇無之，豈逸文乎？抑見他書也？則並志之。年月日某書。四部叢刊影宋抄本《誠齋集》卷一〇〇。

〔一〕堅：原作"賢"，據文淵閣四庫全書本改。
〔二〕它：原作"宅"，據同上改。
〔三〕中：原作"仲"，據同上改。
〔四〕王：原作"玉"，據同上改。

六二　跋李彥良瑞木

董生孝慈，瑞見犬雞，韓子詩之，謂"刺史不能薦，天子不聞名"，歎其不上聞，所以媿其不能薦者也。

彥良平國之孝友，幽能致瑞於天，而明不能上聞於朝，當有蒙其媿者。今彥良之孫彥從能傳大父之學，用心如止水，族如葛藟，瑞木其再榮，李氏其有聞與？嘉泰甲子孟陬晦，誠齋老人楊萬里書。四部叢刊影宋抄本《誠齋集》卷一〇〇。

李遠藝話（一則）

　　李遠（生卒年不詳）字器之，毗陵（今江蘇常州）人。紹興二十七年進士。乾道二年，除秘書省正字。三年，除校書郎。四年，除著作佐郎。五年，出爲福建安撫司參議官。

贈寫御眞李長史

　　玉座煙銷研水清，龍顏不動紫毫輕。初分隆準山河秀，再點重瞳日月明。宮女捲簾皆暗認，侍臣開殿盡遙驚。三朝供奉應無敵，始覺僧繇浪得名。文淵閣四庫全書本《御定淵鑑類函》卷三百二十八。

王明清藝話（一一則）

王明清（一一二七～？）字仲言，潁州汝陰（今安徽阜陽）人，王銍次子。紹興十年，方總角，侍親居山陰。三十二年，以外舅方滋帥淮西，侍行至建康，見張孝祥。孝宗即位，得補官。乾道初，奉祠居山陰，撰《揮麈錄》。淳熙四年，至臨安，獲登李燾之門。淳熙十二年，以朝請大夫主管台州崇道觀。紹熙三年，爲雜買務雜買場提轄官。居臨安七寶山，撰《揮麈後錄》。四年，簽書寧國軍節度判官。五年，添差通判泰州，撰《揮麈第三錄》。慶元間，寓居嘉禾。嘉泰初，爲浙西參議官。明清以史學知名，父兄並稱博學，王禹錫《揮麈後錄跋》稱其"雅健之文，著述之體，誠有所自來"。《四庫全書總目》卷一四一稱其"博物洽聞，兼嫺掌故，故隨筆記錄，皆有裨見聞"。著有《揮麈前錄》四卷、《後錄》十一卷、《第三錄》三卷、《餘話》二卷、《玉照新志》五卷、《投轄錄》一卷。

一　題榮次新所藏《蘭亭叙》帖

熙寧末，滕章敏帥定武，大父以幕府從。時《蘭亭叙》石刻留郡齋，世人未知貴也，大父撫十餘本。後十年，薛師正分閫，遂爲其子道祖易去，天下翕然欲得而不可矣。南渡以來，僕家僅存一本，深寶惜之，未嘗妄以示人。今觀榮次新所藏，略無毫髮之異，信可賞也。汝陰王明清識。乾道己丑暮春庚戌。文淵閣四庫全書本《蘭亭考》卷七。

二　題楊槃齋所藏《蘭亭》帖

《蘭亭》皆以定武爲貴，其實有三，各不同。始，慶曆中宋景文爲帥，得唐石本，匣藏庫中。至元豐中，薛居正爲帥，惡摹打聲，乃刻別本置譙樓。未幾，其子紹彭又別刻，易元石歸長安。蓋道祖嗜古工書，臨摹盡善，三本皆出定武，而宋之所得者當謂之唐石本，薛氏父子所刊者則謂之定武本可也。大觀既詔取元易石本，龕置宣和殿。靖康時，岐陽石鼓共載以北。南渡以來，舊物多不存，後人所在摹刻，不知幾本。觀之者有肥瘦剗損取況之說，紛紛不一，皆未足爲證，多取他本較出，自然萬萬不侔。

余亦嘗以後凡所見參考，兼見楊槃齋所藏薛道祖籤題本，與此無纖毫異，故知此本爲定武者無疑。淳熙丁未仲冬後一日，山陰王明清題。文淵閣四庫全書本《蘭亭續考》卷一。

三　題定武本《蘭亭》帖

定武郡齋舊有《蘭亭》石刻，爲薛師正之子紹彭易去，世之所傳多矣。宣和初，其弟嗣昌獻於天上，徽宗命龕置睿思東閣之壁，自是人間不復得。靖康之亂，凡尚方奇尤卓絕之珍，悉爲羣胡輦歸彼國。獨此石虜所不識，棄而不取。建炎初，高宗駐蹕廣陵，宗澤汝霖居守東都，見之，與賊竊之餘數物，遣騎疾馳進行在所。曾未踰月，狄復南寇，大駕幸浙，失於倉猝之際。紹興中，向子固叔堅帥淮南，密旨令搜訪之。叔堅冥索不獲，其後叔堅遭臺評，以謂窮尋窖藏金寶，至於廣掘地土，蓋緣此焉。叔堅之子洎端叔語余，如是物之顯晦有時，未知何辰復當出耶。

紹熙壬子夏，余覓官修門，與順伯劇談偶及，順伯云："此一段事，世所未聞。當爲我識之所藏舊本之左。"因遂書之，斯碑所用紙竹，豈非維揚模打者歟？叢書集成本《寶刻叢編》卷六。

四　題李西臺淮潁帖

李西臺遺墨，余頃睹於朱希直先生之室，今獲再見。何處不相逢，豈但人之一生耶！殊深感慨。嘉泰甲子季春己巳，清林王明清仲言父題。叢書集成初編本《寶真齋法書讚》卷九。

《揮塵前錄》（選錄　二則）

《（李）和文遺事》又云："其家書畫最富，有吳道子《天王》、胡瓌《下程圖》、唐淨心《須菩提》、黃居寀《竹鶴》、孫知微《虎》、韓幹《早行圖》《梅雞》、傳古《龍》、江南畫《佛》、唐希雅《竹》、李成《山水》、唐畫《公子出獵圖》、黃居寀《雕狐圖》、黃筌《雨中牡丹》、李思訓《設色山水》、周昉《按舞》《折枝杏花》、徐崇嗣《沒骨芍藥》、江南《草蟲》《獨幅山水》、黃筌《金盆鵓鴿》《大窠山茶》。書有懷仁真跡，集右軍《聖教序》、貞觀《蘭亭詩序》、右軍《山陰帖》《樂毅論》、顏魯公書《劉太冲序》，皆冠世之寶。文淵閣四庫全書本《揮塵前錄》卷一。

郭熙畫山水名盛。昭陵時，嘗爲翰林院待詔。熙寧初，其子思登進士第，至龍圖閣直學士，更帥三路，既貴，廣以金帛收贖熙之遺筆以藏於家，緣是熙之畫人間絕少。思亦多材藝，有《笑談》《可用集》行於世。《揮塵前錄》卷四。

《揮麈後錄》（選錄　一則）

宣和元年八月丁丑，皇帝詔大晟作景鐘。是月二十五日鐘成，皇帝以身爲度，以度起律，以律審聲，以聲製鐘，以鐘出樂，而樂宗焉。於以祀天地、享鬼神、朝萬國，罔不用乂。在廷之臣，再拜稽首上頌："明明天子，以身爲度。有景者鐘，衆樂所怙。於昭於天，乃眷斯顧。揚於大庭。罔不時序。億萬斯年，受天之祐。"此翰林學士承旨強淵明之文也。偶獲斯本，謹錄於右。文淵閣四庫全書本《揮麈後錄》卷三。

《揮麈三錄》（選錄　一則）

元祐中，舒州有李亮工者，以文鳴薦紳間，與蘇、黃遊，兩集中有與其唱和。而李伯時以善丹青，妙絕冠世，且好古博雅，多收三代以來鼎彝之類，爲《考古圖》。又有李元中，字畫之工，追蹤鍾、王，時號"龍眠三李"，同年登進士第，出處相若，約以先貴毋相忘。其後位俱不顯。約，宋刻作納。　文淵閣四庫全書本《揮麈三錄》卷二。

《揮麈餘話》（選錄　二則）

沈睿達遼，文通之同胞，長於歌詩，尤工翰墨。王荆公、曾文肅學其筆法，荆公得其清勁，而文肅傳其真楷。登科後，遊京師，偶爲人書幨帶，詞頗不典，流轉鬻於相藍，內侍買得之，達於九禁近幸，嬪御服之，遂塵乙覽。時裕陵初嗣位，勵精求治，一見不悅。會遣監察御史王子韶察訪兩浙，臨遣之際，上喻之曰："近日士大夫全無顧藉。有沈遼者，爲倡優書淫冶之辭於幨帶，遂達朕聽。如此等人，豈可不治！"子韶抵浙中。適睿達爲吳縣令，子韶希旨，以它罪劾奏。時荆公當國，爲申解之。上復伸前說，竟不能釋疑。遂坐深文，削籍爲民。其後卜居池陽之齊山，有集，號《雲巢編》，行於世。文淵閣四庫全書本《揮麈餘話》卷一。

李伯時自畫其所蓄古器爲一圖，極其精妙，舊在上蔡畢少董良史處。少董嘗從先人求識於後。少董死，迺歸秦伯陽熺。其後流轉於其壻林子長桷，今爲王順伯厚之所得，真一時之奇物也。先人跋語云："右《古器圖》，龍眠李伯時所藏。因論著自畫，以爲圖也。今藏予友畢少董家。凡先秦古器源流，莫先於此軸矣。昔孔子刪《詩》《書》，以堯舜殷周爲終始。至於《繫辭》言三皇之道，則罔罟、耒耨、衣裳、舟楫所從來者，而繼之曰：'後世聖人者，欲知明道、立法、製器咸本於古。'本朝自歐陽子、劉邊父始輯三代鼎彝，張而明之，曰：'自古聖賢所以不朽者，未必有託於物，然固有託於聖賢而取重於人者。'歐陽子肇此論，而龍眠賡續，然後渙然大備。所謂'三代邈矣，萬一不存。左右採獲，幾見全古'，惟龍眠可以當之也。此圖既物之難致者而得之,又少董以聞道知經爲朝廷識拔,則陳聖人之大法,指陳根源,貫萬古惟一理,其將以春秋侍帝傍矣。"順伯録以見予。《揮麈餘話》卷二。

《玉照新志》(選録 一則)

石才叔蒼舒,雍人也,與山谷遊從,尤妙筆札,家蓄圖書甚富。文潞公帥長安,從其借所藏褚遂良《聖教序》墨跡一觀,潞公愛翫不已,因令子弟臨一本。休日宴僚屬,出二本令坐客别之,客盛稱公者爲真,反以才叔所收爲僞。才叔不出一語以辨,笑啓潞公云:"今日方知蒼舒孤寒。"潞公大哂,坐客赧然。文淵閣四庫全書本《玉照新志》卷五。

項安世藝話（二則）

項安世（一一二九～一二〇八）字平甫，號平庵，又號江陵病叟。其先括蒼（今浙江麗水）人，徙居江陵（今湖北江陵）。七歲能賦詩。曾與朱熹相與講理義之學。淳熙進士。累遷校書郎，上疏請寧宗省養兵及宮掖之費，以厚民生、壯國力。慶元黨禁起，上書請留朱熹，被劾爲"僞黨"罷廢。開禧北伐，起知鄂州，旋除湖廣總領、權京湖宣撫使。後以私憾斬呈獵幕客免官。其詩有聲當世，多與孫應時、姜夔等人唱和。其文存世不多，以奏議見長。好《易》，主程頤之說，兼雜象數。著有《周易玩辭》《項氏家說》《平庵悔稿》。

題東坡琴操帖

"荷蕢過山前，曰有心也哉此賢"，志士仁人愛國愛民之心，千古一轍也。故曰"思翁無歲年"，又曰"此意在人間"，蘇公可謂不孤後學矣。紹熙壬闕州尹江陵項安世書。文淵閣四庫全書本《鐵網珊瑚》卷四。

《項氏家說》（選錄 一則）

六樂

劉彝《中義》曰：凡樂，以律爲宮，則以呂爲升。歌之宮，以呂爲宮，則以律爲升；歌之宮，陰陽之氣合，則宮商之聲和也。黃帝之《雲門》，以黃鐘爲宮，《高陽》《高辛》同之。至堯《咸池》，始以大蔟爲宮。舜《大磬》，以姑洗爲宮。禹《大夏》，以蕤賓爲宮。商《大濩》，以夷則爲宮。周《大武》，以夾鐘爲宮。文淵閣四庫全書本《項氏家說》卷五。

李洪藝話（九則）

李洪（一一二九~?）字可大，一字子大，號蕓庵，揚州（今江蘇揚州）人，正民子。寓居海鹽，又寓湖州，卜居歸安飛英坊。紹興二十五年，監鹽官縣税。隆興元年，爲永嘉監倉。乾道初，入朝爲官。淳熙初入莆陽幕府。終知藤州。與弟漳、泳、淦、溯合著《李氏花萼集》五卷，又有《蕓庵類稿》二十卷，均佚。宋陳貴謙序稱其"該括衆體，每於草木鳥獸之微，有可寄興以爲忠邪賢否之辨者，未始不反覆致意"。清四庫館臣據《永樂大典》輯爲六卷，其中詩五卷，稱其詩"雖骨幹未堅，而神思清超，時露警秀，七言律詩尤爲工穩"，足繼其父（《四庫全書總目》卷一六〇）。詞僅存十一首，大抵詠物及期歸之作，偶有佳句。

一　題水墨羅漢

大士神通超一切，果成道備棲覺地。厖眉山立孰寫真，水墨良因作遊戲。明窗棐几氍巾净，竹爐栢子香雲細。條繩乍解目增明，短幅溪藤聯數紙。當年意匠寄高遠，慘澹風雲生眼底。穹巖怪石隨步奇，獄鬼蠻奴凛生意。僧繇未貌錦㡆像，道子曾罷長安市。手攜貝多口忘言，餅瑩琉璃瞻舍利。或嘿或語或慈威，亦躡芒鞋將渡水。天女獻供顔如蓮，結習自空花墮袂。神閒態逸讚莫窮，墨妙筆精足珍祕。蕭然着我巖壑中，雁蕩經行恍能識。詩成倒挽兩龍湫，不用韓公爲《畫記》。文淵閣四庫全書本《芸庵類稿》卷一。

二　和柯山先生讀《中興碑》

曲江罷相跡如掃，滿朝媕婀無諫草。動地漁陽鼙鼓驚，舊將半死哥舒老。蜀道乘騾萬里來，不識平原濟世才。倉皇靈武送玉册，豈顧九廟蒙塵埃。天開地闢扶皇紀，李郭功成安史死。一日三朝有深意，臣結胸中老文字。麻鞋詩老脱賊來，《北征》自足配磨崖。我思瀟湘不易到，誰持墨本心眼開。鑒古評詩增感慨，《無逸》圖亡山水在。君不見阿忠少日歷艱貧，湯餅曾持半臂賣。《芸庵類稿》卷一。

三　次韻薛士昭琴室

抗志青霞上，高情復見今。五言冠詩眼，三疊觊琴心。世業含香地，傳衣翰墨林。朝端方籲俊，正始有遺音。《芸庵類稿》卷二。

四　偶成律句十四韻

白雪人誰和，朱絃世所輕。薄才慙吐鳳，豪氣欲騎鯨。豈有江山助，應無風雨驚。雕龍寧可學，刻鵠歎無成。韻險元非絮，詞新敢效顰。何如一盃水，難比五言城。七步才空敏，千言敵必勍。固羞鶴膝病，莫繼鳳雛清。徒溢牛腰軸，誰題鴈塔名。清新希庾信，巧律漫陰鏗。鳥過言難補，魚勞尾自頳。只憂生白髮，有志撫青萍。伯樂方知駿，鍾期善聽聲。敢將嘔心作，試就屑談評。《芸庵類稿》卷二。

五　次韻子都兄寄伯封論書

絕藝當如郢匠斤，家雞野鶩漫分羣。山陰妙法羲傳獻，江左名聲薄繼欣。競作墨豬無健骨，誰知筆髓貴豐筋。斯言舉似秦谿後，三折君須子細分。《芸庵類稿》卷三。

六　題《謫仙回舟卧披錦袍圖》

太白狂歌一酒船，錦袍夜醉楚江邊。此時應向剡中宿，逼耳清猿月滿川。《芸庵類稿》卷五。

七　次子都兄借楊凝式帖韻

空傳狸骨與鵝羣，惟有關西筆可珍。鑱刻所存猶勁健，歐虞信是捧心人。
前朝惟有楊虛白，心畫心聲獨擅功。身縶南冠懷洛寺，恨無北客話高嵩。
楊李書名五季間，江南勁筆儉而寒。臨摹更陋唐人筆，不脫《蘭亭》舊界闌。《芸庵類稿》卷五。

八　跋《盤谷圖》

乾道壬辰重陽，余客雲間錢師魏家，觀趙祖文畫《歸來》《盤谷》二大圖，見其位置豐富。

余歎曰：愿將家子，豈真隱者，特博徒之雄耳。韓退之厄窮於時，文章之遊俠也，戲弄翰墨，以鳴其不平，借願爲喻，豈當與斜川爲偶耶？坐客皆稱善。及考唐史，亦載愿歷方鎮，卒以聲色荒侈敗。退之作文，不見歲月，及閱歐陽棐《集古錄》，則知其貞元中刻石。當是時，退之間關一第，從辟汴徐，自四門博士始得監察御史，時年三十五。論事觸幸臣，爲李實讒，貶山陽令。方其少年，負功名之志，宜乎有激而欲從愿於盤谷也。

是歲除夕前二日，風雪塞門，康道出此軸求跋，因直筆叙余言，綴諸公之後。《芸庵類稿》卷六。

九　跋《陶彭澤歸去來圖》

陶彭澤可謂善居貧矣。其出處之節，余固不論也。讀其詩，《九日閒居》則曰"塵爵恥空罍"；《怨》詩則曰"夏日長抱饑，寒夜無被眠"；《歲暮》則曰"屢闕清酤至"；《始作鎮軍》則曰"被褐欣自得，屢空常晏如"；《與從弟》則曰"深得固窮節"；《飲酒》則曰"饑寒飽所更"；《有會而作》則曰"老至更長饑"；《詠貧士》則曰"量力守故轍，豈不寒與饑？傾壺絕餘瀝，窺竈不見煙。敝不掩肘，藜羹常乏斟"。《歸來》自序曰"家貧，耕植不足自給，幼稚滿室，缾無儲粟"。及其恥一束帶見鄉里小兒，則又有饑凍，雖"切違已交病"之語，是豈有一毫矯飾於其心哉？信吾夫子所謂"人不堪其憂，回也不改其樂"。

余素貧，蓋深味其旨，未嘗不掩卷長太息也。余豈敢尚友彭澤，然歲儉居貧，備嘗彭澤詩中之趣，因觀康道此軸，附見余所好於後。《芸庵類稿》卷六。

釋寶曇藝話（四則）

　　釋寶曇（一一二九～一一九七）字少雲，俗姓許，嘉州龍游（今四川樂山）人。幼學五經，習章句。後因多病，出家投本郡德山院僧甘爲師，從經論老師遊。越五歲，復依成都昭覺徹庵、白水六庵。出蜀，從大慧於育王、徑山，又從東林卍庵、蔣山應庵，後住四明仗錫山。歸蜀葬親，又住無爲寺。再住四明，史浩深敬之，爲築橘洲，因自號橘洲老人。慶元三年四月卒，年六十九。工文詞，初慕蘇軾，後敬黄庭堅，有聲叢林，釋曇觀跋稱其詩文高妙簡古，有前輩風。著有《大光明藏》三卷（存）、《橘洲文集》十卷（存）等。

一　跋雪菴常思惟像

　　補陀大士像，唐待詔左全所作也。
　　唐二宗幸蜀，翰林待詔負絶藝者皆扈從而西，故蜀成都大慈興聖寺有畫佛菩薩神王像，充斥徧滿，如鹿苑、祇園之初集也。
　　此像在大慈普賢閣之後壁左方，有一佛十菩薩圍繞説法，閣之中又有八大菩薩。像坐高尋丈，兀然如山，率皆左首傾聽，謂之常思惟相，妙絶動人，亦全所作。唐《畫録》列全爲妙格上品，蜀好事者户知之。
　　予頃還鄉，暇日挈諸友訪尋故處，得善工摹寫甚真。久藏篋中，今以奉雪菴老子，爲大士結歲寒香火之盟也。雪菴又欲誌其顛末，敬爲書之。禪門逸書初編本《橘洲文集》卷六。

二　跋趙君實知丞家李伯時《二馬圖》

　　神駿暇逸，固非凡馬。簡潔端靜，夫豈畫者。平生所聞，龍眠宗工。昔有四駿，今爲六龍。風馳電回，跬步千里。吾不能言，似我君子。春雨苜蓿，天閑寂寥。何時北歸，隨霍票姚。
　　龍眠之孫爲澹齋趙居士作二駿馬，神閑而志軼，意頗有在。居士以示橘洲，復畀之讚，輒取李君之意爲題其上云。《橘洲文集》卷六。

三　跋《應真圖》

深山大澤，龍蛇之所都，虎豹之與，麋鹿之爲，使天鄰人，神鬼左右前後，自童子觀之，亦必以爲有道者矣，況得不死之道，一日四天下而爲師子吼者哉！

或謂滯空之人，佛所麾斥，重爲子所敬，此理云何？予曰不然，大菩薩以悟爲宗，以斷惑爲趣，如王者之師執兵以伐叛，其易知矣。若阿羅漢則從博地凡夫，直斷可煩惱，如徒手伐人之國，豈不甚難？予以媿後世空愚貪僞之輩，無豪髮之長，自謂了證，詬罵先哲，豈不悖哉？

故朴菴畫之於前，而予跋之於後，非爲几席耳目之玩，蓋有深激云。《橘洲文集》卷七。

四　跋淵明《歸去來》

晉無文章，惟淵明《歸去來》一篇而已。余嘗誦其詞，讀其詩，知其賦以田園丘壑、琴書親戚之爲樂，曾不一語以及當世盛衰與黃老虛無淡泊之論及吾身用不用之歎，是誠有道者也。一篇之旨，惟倦飛之翼，無心之雲盡之。

次山親在堂，念歸之心無以自見，遂圖《歸去來辭》於一榻之上，庶幾夢想以之。次山端人造物，當肆其歸，若淵明之心，開北窗以求之不遠也。

張君爲書其辭於上竹院，輒題其末云。《橘洲文集》卷七。

趙雄藝話（一則）

趙雄（一一二九～一一九三）字溫叔，資州（今四川資中）人。隆興元年類省試第一。虞允文宣撫四川，辟爲幹辦公事，後薦於朝。乾道五年，除正字。一歲中歷右史、舍人及中書舍人。淳熙二年，除禮部侍郎，授端明殿學士、簽書樞密院事。十一月，同知樞密院事。五年三月，擢參知政事，十一月，拜右丞相。出爲四川制置使，改瀘南安撫使，改知江陵府。光宗立，進衛國公，帥湖北，以疾改判資州，又除潼川府，改隆興府。紹熙四年卒，年六十五。嘉定二年，謐文定。

御製《峎石銘》跋書後

上纘祚之十九年，政成德孚，方內阜安，萬物得宜，允臻於泰和。迺三月辛未，召臣雄、臣淮、臣良臣入侍閒燕，從容言天下事甚眾，極論古帝王學問有精有粗，而治忽分焉，最後及唐文章。因舉皇甫湜《峎石銘》，謂石有至戒，而秦弗克省，乃更被以醜名，惟茲沈冤，歷世未洒。於是出聖製跋湜語以賜臣等。睿識高遠，宸畫炳麗。

臣等不足以辱賜，謹拜手稽首言曰：陛下紹集大統，夙宵軫怛，不忘中原。茲石至微，猶復慨然興念思爲，澡滌振拔，矧遺黎故老，久淪塗炭者乎！且驪山之役，秦君臣曾弗聞危懼之言，茲石獨屹然中立，若示大警。寥寥天壤間，亡秦之峎與石不磨，而湜也有銘，亦罔克載石，意石之不遇千四百年於此矣。陛下超神悟於有物之先，雪幽憤於無傳之後，石之神靈乃今始克用顯。異日掃清關輔，出茲石於腥血膏火中，時巡方嶽而幸過之，大書石上，以詔示無極，則勒銘砥柱、刊頌浯溪，不足儷已。此中原父老所以引領南望，日日以冀於仁聖者，臣等尚幸見之。道光振綺堂刊本《咸淳臨安志》卷七。

留正藝話（一則）

留正（一一二九～一二〇六）字仲至，泉州永春（今福建永春）人。紹興三十年進士，授陽江尉。孝宗朝歷起居舍人、權中書舍人，兼權吏部尚書。出知紹興府，歷知贛州、隆興府，除四川制置使兼知成都府。紹熙元年，累遷至左丞相。寧宗即位，出判建康府，旋罷。嘉泰元年進封魏國公。開禧二年七月卒，年七十八，贈太師，謚忠宣。嘗編纂《壽皇聖政》，著有詩文、奏議、外制二十卷。

玉巖題石

通天巖屋數椽，以居浮屠氏。余一再至，坐敗壁下，障蔽無所見，迺據軒豁，結屋四楹。排闥深幽，怪石林立，如瑯琊道中。因見昔人嘗題隱者有"玉巖"之號，亦扁之以舊號焉。

夫士有跡市朝而心丘園之素，身軒冕而襲荷芰之制。遇主時行，薄利祿而厚節義，扞社稷而死封疆，玉成厥終，鮮弗繇始。不然，竊吹草堂，是毀櫝中耳。余懼昧者謂尚隱遯而忘斯世也，故書而記之石，亦以自警云。

嘉定丁丑良月三日，雲麓留正敬書，並刻以詩曰："我來卜築枕山厜，月曉崖空覓斷碑。漫榜玉巖袪世，儘饒金谷有人知。"同治十一年刻本《贛縣志》卷五〇。

宇文紹奕藝話（一則）

宇文紹奕（生卒年不詳）字卷臣，成都雙流（今四川雙流）人，時中從孫。以承議郎通判劍州。後知臨邛、廣漢，爲政有能聲。以謗黜，卒於家。宇文紹奕博雅好古，嘗賦《三友堂》詩，以山、泉、竹、風、月爲五賢友。著有《臨邛志》二十卷、補遺十卷，又著有《原隸》，均已佚。

石經跋

制置、給事、內翰胡公每以天下自任，推六經精微，寓諸日用，至於屋壁所藏，殘篇斷刻，收拾無遺。常歎石經隸書最古，旁搜博訪，合諸家所藏，得蔡中郎石經四千二百七十字有奇，以楷書釋之，又得古文篆隸三體石經遺字八百一十九，並鎸諸石，永貽不朽。文淵閣四庫全書本《蜀中廣記》卷九一。

何異藝話（一則）

何異（生卒年不詳）字同叔，號月湖，撫州崇仁（今江西崇仁）人。紹興二十四年進士，調石城主簿，歷兩任。淳熙間，知萍鄉縣，有政績，召爲行在雜賣場提轄官。以薦除國子監主簿，遷丞。紹熙間，爲監察御史，遷右正言。出爲湖南轉運判官，攝帥事，徙浙西提刑。慶元元年，除江東提刑。三年，召爲太常少卿。四年，除秘書監兼實錄院檢討官，權禮部侍郎、太常寺。忤韓侂胄，奉祠。起知夔州兼本路安撫，提舉太平興國宮。嘉泰四年，起知潭州，再奉祠。嘉定元年，召爲刑部侍郎。二年，權工部尚書。告老，除知泉州，予祠，旋致仕。卒，年八十一。有詩名。所著《月湖詩集》今不傳。

題《五老圖》

元豐間，耆英之會自富公而下十三人，鄭奐繪像堂中，爲洛陽盛事。然富公享年八十，是時已七十九也；惟文潞公，如是者十五年而後即世；至司馬溫公，則以晚進與會，蓋不及七十矣。遐壽清福，其難如此。

今《睢陽五老圖》，畢公爲最高年。至和中，錢翰林爲之序，四老皆無恙，而畢獨書"故衛尉河東畢卿"，則於時又爲前輩行。洛陽風俗，以齒不以官。考錢翰林之叙次，不能無議云。丁巳三月中澣，臨川何異書於明清堂。文淵閣四庫全書本《趙氏鐵網珊瑚》卷一三。

李洪藝話（二則）

李洪（生卒年不詳），洺州曲周（今河北曲周）人。乾道中爲司農少卿。慶元初爲淮南運判兼淮西提刑提舉。嘉定初官朝議大夫、太府少卿，總領淮西、江東軍馬錢糧，封曲周縣開國男。

一 刊定武古本《蘭亭帖》題記

山陰以蘭亭重，蘭亭以《禊帖》重。蘭亭故跡雖存，而《禊帖》獨無善本，因以定武古本刊諸石。廣平李洪書。文淵閣四庫全書本《蘭亭考》卷七。

二 刊孝宗手札題記

臣先及昨以司農少卿董饟淮右，屬時北兵侵軼，邊圍繹騷，孝宗皇帝欲考金穀出納與夫兵興以來添支數目，蓋嘗親灑宸翰，俾速奏聞。臣不肖不才，猥忝先職，復值江淮俶擾，供億夥繁，懍涉淵冰，懼弗克紹。仰觀昭回之光，竊以謂參稽收支，此特有司之事，聖慮宏遠，雲章下垂，非惟責任臣工者爲不輕，而規恢中興，端足以詔萬世矣。用取刊諸琬琰，並侈疇昔之榮遇云。嘉定元年三月望日，朝議大夫、太府少卿、總領淮西江東軍馬錢糧、專一報發御前軍馬文字、兼提領措置屯田、曲周縣開國男、食邑三百户、借紫臣李洪拜手稽首謹書。文淵閣四庫全書本《景定建康志》卷四。

唐季度藝話（一則）

唐季度（生卒年不詳）字伯憲，婺州金華（今浙江金華）人。紹興二十九年鄉舉，累官郴州教授。

定本《蘭亭叙》跋

定本《蘭亭叙》如世奇寶，不惟難得亦難辨。此蓋故家所藏，米、徐二公好古博雅，與之不疑，僕因而識焉，幸矣。淳熙辛丑閏月晦日，唐季度題。文淵閣四庫全書本《蘭亭續考》卷一。

趙善括藝話（三則）

趙善括（生卒年不詳）字無咎，號應齋居士，太宗七世孫，隆興（今江西南昌）人。孝宗朝登進士第。乾道四年，知常熟縣。七年，以賑濟有功，通判平江府，徙潤州。淳熙六年，知鄂州。十年，差知廉州。十六年，差知常州，被論兇暴，主管建寧府武夷山冲佑觀。善括能詩文，與洪邁、章甫、辛棄疾多有詩詞唱和，楊萬里《應齋雜著序》稱其詩"感物而發，觸興而作，使古今百家，萬象景物，皆不能役於我"；其文"大抵平淡夷易，不爲追琢，不立崖險，要歸於適用"。《四庫全書總目》卷一六〇亦謂其奏議"簡潔切當，得論事之要"，而無"宋人奏議多浮文妨要，動至萬言，往往晦蝕其本意"之弊。

一　跋昭陵諸朝相與袁中丞帖

汗青所載建儲之議，始於先正司馬公倅青州之日。今觀魏公帖，乃知盡出於袁公父子。炯炯勳績，垂亘千古，宜我宋共用無疆之休。十利三害，惜乎未之見也。文淵閣四庫全書本《應齋雜著》卷四。

二　趙清獻帖跋

居今之世，慕古之人，要當得其用心如何爾。噫！古人不得而見之，得見其筆語，斯可矣。由其手澤，想其用心，是亦今之古人也。陶彭澤之詩，發言古澹，誦其言，則知其忘機械，脱風塵，邈乎其遠矣。顏魯公之書，立法端莊，睹其字，則知其抱忠赤，秉節義，確乎其敬矣。

清獻趙公林泉遠致，鶴琴逸樂，不知軒冕之足貴，故詩有淵明古淡之風；霆裂姦膽，霜清物心，不知儀表之自正，故筆有真卿端莊之體。合是二者，萃於一帖，正襟危坐，伏而讀之，蕭如也；超思遠想，緬而慕之，澹如也。況夫一時從遊之士，更唱迭和，目受心傳，固可以類推焉，都官張公其人也。

今耳孫家傳此帖，三世不失。觀其安時處順，不以利勢汩其心，見義思勇，不以貴賤易其操，豈非探此帖以得清獻與其祖考之用心耶？

敢憑卷末，告於其後之人。《應齋雜著》卷四。

三　題辛參政手澤

蘭穆舅父壯年抱恢復中原之志，未見於用，得孫賦詩，人徒知其善，而不知其感也，懼其老將至而功未成爾，故曰："子舍有孫添老大，鄉關無路任漂浮。"觀者試味其句。《應齋雜著》卷四。

宋黻藝話（一則）

宋黻，孝宗時人。餘不詳。

跋蘇後湖墨跡

米元章在儀真時，謁貴人於舟中，見右軍《王略帖》，求以他畫易之，貴人不可。元章因大呼，據舷欲墜，貴人大驚，遽以與之。

後湖先生高風素節，照映天壤，字畫高妙，奕奕有晉人風氣。先生下世二十餘年矣，文章翰墨散落士大夫家，獨松巒居士所得尺牘甚富，筆勢俯仰，如見其與之抵掌談笑也。歎愛之餘，且祝松巒謹藏之，有好奇如米老者，松巒得無情也邪！宋黻題。文淵閣四庫全書本《趙氏鐵網珊瑚》卷四。

喻良能藝話（一二則）

喻良能（生卒年不詳）字叔奇，號香山，婺州義烏（今浙江義烏）人。紹興二十七年進士，補廣德尉，通判紹興府，遷國子監主簿。以國子博士兼工部郎中，除太常寺丞。出知處州，後以朝請大夫致仕。良能以詩文有聲於時，與楊萬里、王十朋唱和甚多，其詩風格與楊萬里相似，不爲雕章繪句之詞，但詩格總體不如萬里之博大。存世文章甚少，陳亮嘗稱其文"精深簡雅，讀之愈久而意若新"（王十朋《題喻季直文編》），周必大也謂其《古甕賦》《紆竹記》《詩禮左氏說》等篇，皆"意深詞古，追跡前人"（《與喻宮教良能札子》）。著有《忠義傳》二十卷、《諸經講義》五卷、《家帚編》十五卷，均已佚。又有文集《香山集》三十四卷，已佚，清四庫館臣自《永樂大典》裒輯遺詩，編爲十六卷。

一　次韻奉酬刑部王嘉叟侍郎書《戲綵集》後

製作參易經，不用草玄準。眼空天壤間，誰得並捷敏。鴻文翻水就，未省苦吟吻。齊梁逮陳隋，衆作付一哂。南國容本冶，西子髮更鬒。混然真天成，寧復分域畛。飛上青雲端，秋空擊鷹隼。豈唯持荷橐，已復班玉笋。雖未究所長，要亦攄素蘊。大手秉綸綍，至音發簜簨。嗟予墮詩窮，政坐無鉛粉。數奇秖自憐，多忤誰汲引。有賦難逐貧，無詩不招隱。明公獨深憐，不嫌邊幅窘。謂雖敉尋如，或可充貢篚。恃此以無恐，枚皋窮久忍。儻復念菅蒯，庶免辱荊槿。文淵閣四庫全書本《香山集》卷二。

二　次韻楊廷秀《浣花圖歌》

詩翁衒袖出清詩，醉墨淋漓驚乍寫。明珠炯炯照户牖，怳疑驪龍睡遺者。彌明高唱詩云云，此翁一掃如飛蚊。詩狂克念酒作聖，樽前笑殺劉師命。李白張旭稱世賢，姓名優入少陵編。平生我亦忝詞客，自得此詩輕尺璧，他年別去長相憶。《香山集》卷三。

三　飲餞王共父分韻得"轉"字（節錄）

子猷風味最諸王，墨妙文工眼如電。慣吟疎雨滴梧桐，解道澄江淨如練。去年落筆中書堂，姓名高徹蓬萊殿。至尊動色催除目，俾向蘭臺參俊彥。《香山集》卷四。

四　自題木假山

根幹輪囷蔽馬牛，何年飄泊寄滄洲。幽巖邃壑漁罾得，百巧千奇雲浪鎪。好喚老泉來作記，肯將居士與同遊。畢宏韋偃丹青妙，畫得天然意緒不？《香山集》卷十一。

五　題李通判《斷橋圖》

平生心地夷坦，一旦足跟嶮巇。不是籃輿安穩，只應神物護持。
橋上笋輿岌岌，橋下浪波沄沄。但覺往來無惱，不知觀者傷神。《香山集》卷十二。

六　書趙德莊詞後

老眼看書成霧，介菴墨妙金篦。波底斜陽紅濕，絕勝彩筆新題。《香山集》卷十二。

七　題徐子由《菊坡圖》

先生萬事不挂眼，獨向秋叢餐落英。未省折腰營五斗，懸知今日有淵明。
茸坡種菊當餱糧，想見西風百本黃。安得一尊相對飲，爲公滿意賦柴桑。《香山集》卷十四。

八　題《泛五湖遊東山圖》

陶朱西子功名後，安石東山隱遯初。畫圖三挹春風面，豁得平生俊氣無。《香山集》卷十四。

九　題五洩瀑布四首（選一）

香爐太白有佳句，鴈蕩老坡題畫圖。安得二仙居至此，新詩想見唾成珠。《香山集》卷十五。

一〇　題藍田松竹圖

風姿凜凜千君子，冠劍堂堂兩大臣。著我中間哦五字，只應斯立是前身。《香山集》卷十五。

一一　次韻夔府王待制寄示《巫山圖》

碧嶂嶙峋夔子國，白雲縹緲昭君鄉。平生不識巫山面，今日巫山到眼傍。《香山集》卷十五。

一二　《隸續》跋

右淳熙《隸續》，觀使、大觀文番陽公所撰也。公頃帥越，嘗會粹漢隸一百八十九，爲二十七卷，曰《隸釋》；續有得者，列之十卷，曰《隸續》。既墨於版，亦已詳矣，猶以爲未也，復冥搜旁取，又得六十有五，爲九卷，所謂毫髮無遺恨者。

書成，下示門下士良能。良能既得之，敬白安撫大資吳興公。公一見大喜，謂可開覺後學，乃命鏤之堅梓，以侈其傳。噫嘻！番陽公之好古，吳興公之樂善，俱極其至，槩之古人，可謂無愧也已。淳熙六年八月十七日，承議郎、特添差通判紹興軍府事喻良能謹題。洪氏晦木齋刻本《隸續》卷首。

翟畋藝話（一則）

翟畋（生卒年不詳），丹陽（今江蘇丹陽）人，耆年子。淳熙初爲帥府丞。淳熙中知楚州。六年，以過淮生事奪五官、筠州居住。

龍筋廟碑跋

謬丞帥府，將及二載，護使客往反，凡十拜祠下。其碑刻之所傳，蔑有存者。偶家藏元章真跡，著偉節足以律人者，已不敢私，謹摹刻置於郡丞官舍，使後世有考焉。淳熙乙未七月既望，虔亭翟畋題。乙巳十月廿二日，書于玉峰景德寺僧舍。文淵閣四庫全書本《珊瑚木難》卷七。

朱熹藝話（九一則）

朱熹（一一三〇～一二〇〇）字元晦，後改仲晦，號晦庵、晦翁、雲谷老人。祖籍徽州婺源（今江西婺源），生於福建尤溪（今福建尤溪），徙居建陽崇安（今福建武夷山），晚年徙居考亭，學者稱考亭先生、朱子。紹興十八年進士，授泉州同安主簿，歷四考罷歸。二十八年，監潭州南嶽廟。孝宗即位，上封事反對議和。隆興元年被召見，進言主講學與恢復。除武學博士。乾道初，以時相主和，請祠以歸，屢辭召命。淳熙元年，主管台州崇道觀。二年，偕呂祖謙至信州，與陸九淵兄弟會於鵝湖寺。五年，史浩薦知南康軍，屢辭不許，次年赴任。修復白鹿洞書院，立學規，教諸生。除江西提舉待次，以荒政修舉除直秘閣。八年，以浙東大饑，改浙東提舉，單車就道，救荒革弊，興置社倉。九年，累章按劾台州守唐仲友，唐爲丞相王淮姻家，獄已具而得釋，憤而請祠。十年，差主管台州崇道觀。十四年，起爲江西提刑。次年，王淮罷相，昇兵部郎官，以足疾請祠。光宗即位，除江東轉運副使，改知漳州。紹熙二年，奉祠歸建陽。五年，起爲湖南安撫使兼知潭州，修復嶽麓書院，四方學者畢至。寧宗即位，召爲煥章閣待制、侍講，以忤韓侂胄提舉南京鴻慶宮。慶元元年，趙汝愚罷相，侂胄專權，草諫稿不進，自號遁翁。二年，監察御史史繼祖劾其僞學欺人，落職罷祠而歸。六年卒，年七十一。嘉定二年，追謚文。朱熹早年師從劉子翬、李侗等，遠紹孔、孟思想，繼承和發展了程顥、程頤、周敦頤等人的學說，融通佛、道，集宋代理學之大成，構建了龐大的哲學體系，歷宋元明清，長期被奉爲正統思想，影響波及朝鮮、日本，成爲中國封建社會後期影響最大的思想家。他生平任地方官九年，在朝任職僅四十天，主要精力傾注於講學與著述，從學者達五百餘人，著述數十種，在文獻整理、校讎、訓詁、音韻以及史學方面都有巨大貢獻。在文學觀念上，他以理學爲本，詩文爲末，認爲"今人不去講義理，祇去學詩文，已落第二義"，提出"這文皆是從道中流出"的文學本體論（《朱子語類》卷一三九）。他又從"理一分殊"的觀點出發，肯定文學藝術的特殊性，認爲"文字到歐、蘇，道理到二程，方是暢。荊公文暗，東坡文字明快，老蘇文雄渾，盡有好處"。詩文創作也有較高成就，王應麟稱其詩"爲中興冠冕"（《題蘭皋集後》），清朱彝尊稱"南宋之文，惟朱元晦以窮理盡性之學出之，故其文在諸家中最醇"（《與李武曾論文書》），因此被奉爲南宋大家（洪亮吉《北江詩話》卷三)。其文師法曾鞏,結構嚴密,説理透徹。存詞十九首,多道學氣。著述甚富,計有文集一百卷、續集十一卷、別集十卷,《上蔡先生語録》三卷,《河南程氏遺書》二十五卷,《河南程氏外書》十二卷,《名臣言行録》前集十卷,後集十四卷,《近思録》十四卷,《四書章句集注》十九卷,《太極圖解》注一卷,《通書解》一卷,《伊洛淵源録》十四卷,《詩集傳》八卷,《資治通鑑綱目》五十九卷,《楚辭集注》八卷,《朱子語類》(黎靖德編)一百四十卷等,俱存世。

一　又聞琴作

瑶琴清露後,寥亮發窗間。韻逐回風遠,情隨玄夜闌。端居獨無寐,林扉空掩關。起望星河落,哀絃方罷彈。文淵閣四庫全書本《晦庵集》卷一。

二　題畫

青鸞凌風翔,飛仙窈窕姿。高挹謝塵境,妙顏粲瓊蕤。登霞抗玉音,結霧吹參差。神鈞儷空洞,玄露湛霄暉。山中玉斧家,胡不一來嬉。真凡路一分,冥運千年期。《晦庵集》卷一。

三　觀黃德美《延平》《春望》兩圖爲賦二首

川流匯南奔,山豁類天闢。層甍麗西崖,朝旦羣峰碧。劍閣望南山。
方舟越大江,凌風下飛閣。仙子去不還,蒼屏倚寥廓。冷風望演山。　《晦庵集》卷一。

四　題可老所藏徐明叔畫卷二首

群峰相接連,斷處秋雲起。雲起山更深,咫尺愁一里。
流雲繞空山,絶壁上蒼翠。應有採芝人,相期煙雨外。《晦庵集》卷二。

五　題祝生畫呈裴丈二首

近代丹青手,心期良獨難。夫君偏有思,妙處却無端。堂上三湘遠,人間五月寒。空囊今有此,不用一錢看。
斗酒淋漓後,顛狂不作難。千峯俄紙上,萬景忽豪端。石瘦岡巒古,林深煙雨寒。蒼茫無限意,俗眼若爲看。《晦庵集》卷二。

六　題畫卷　丁亥

小山

飛來小坡坨，未雨已滂濞。荒此定何人，蘇公有遺記。

吳畫

妙絕吳生筆，飛揚信有神。羣仙不愁思，步步出風塵。

卵硯

端溪有潛虬，孕此金玉質。混沌一竅開，千年瀉寒液。

鬼佛

冥濛罔象姿，相好菩薩面。鬼佛吾詎知，水石翫奇變。

范寬

山雄雲氣深，樹老風霜勁。下有考槃人，超搖得真性。《晦庵集》卷三。

七　題祝生畫

裴侯愛畫老成癖，歲晚倦遊家四壁。隨身只有萬疊山，秘不示人私自惜。俗人教看亦不識，我獨摩娑三歎息。問君何處得此奇，和壁隋珠未爲敵。答云衢州老祝翁，胸次自有陰陽功。峙山融川取世界，咳雲吐雨呼雷風。昨來邂逅衢城東，定交斗酒歡無窮。自言妙處容我識，爲我埽此須臾中。爾時聞名今識面，回首十年齊掣電。裴侯已死我亦衰，祇君雖老身猶健。眼明骨輕鬢不變，筆下江山轉蔥蒨。爲君多織機中練，更約無事重相見。《晦庵集》卷三。

八　題米元暉畫

楚山直叢叢，木落秋雲起。向曉一登臺，滄江日千里。《晦庵集》卷四。

九　觀劉氏山館壁間所畫四時景物，各有深趣，因爲六言一絕，復以其句爲題作五言四詠

絕壑雲浮冉冉，層巖日影重重。釋子巖中宴坐，行人雪裏迷蹤。
頭上山洩雲，脚下雲迷樹。不知春淺深，但見雲來去。

夕陽在西峰，晚谷背南嶺。煩鬱未渠央，佇兹清夜景。
清秋氣蕭瑟，遥夜水崩奔。自瞭巖中趣，無人可共論。
悲風號萬竅，密雪變千林。匹馬關山路，誰知客子心。《晦庵集》卷四。

一〇　觀祝孝友畫卷爲賦六言一絶，復以其句爲題作五言四詠

春曉雲山烟樹，炎天雨壑風林。江閣月臨静夜，溪橋雪擁寒襟。
天邊雲繞山，江上烟迷樹。不向曉來看，詎知重叠數。
炎蒸無處逃，亭午轉歊炣。萬壑一奔傾，千林共蕭瑟。
草閣臨無地，江空秋月寒。亦知奇絶景，未必要人看。
茆屋無煙火，溪橋絶往還。山翁獨乘興，飄灑一襟寒。《晦庵集》卷四。

一一　壁間古畫精絶，未聞有賞音者

老木樛枝入太陰，蒼崖寒水斷追尋。千年粉壁塵埃底，應識良工獨苦心。《晦庵集》卷五。

一二　夜聞擇之誦師曾題畫絶句，遐想高致，偶成小詩

一幅瀟湘不易求，新詩誰遣送閒愁。遥知水遠天長外，更有《離騷》極目秋。《晦庵集》卷六。

一三　題嚴居厚溪莊圖

平日生涯一短篷，只今回首畫圖中。平章箇裏無窮事，要見三山老放翁。謂陸務觀，時嚴居厚之官剡中。《晦庵集》卷九。

一四　奉題李彥中所藏俞侯墨戲

不是胸中飽丘壑，誰能筆下吐雲烟。故應祇有王摩詰，解寫《離騷》極目天。《晦庵集》卷九。

一五　墨梅

夢裏清江醉墨香，藥寒枝瘦凛冰霜。如今白黑渾休問，且作人間時世裝。《晦庵集》卷九。

一六　題謝安石東山圖

家山花柳春，侍女髻鬟綠。出處亦何心，晴雲在空谷。《晦庵集》卷十。

一七　江月圖

江空秋月明，夜久寒露滴。扁舟何處歸，吟嘯永佳夕。《晦庵集》卷十。

一八　贈書工

平生久要毛錐子，歲晚相看兩禿翁。却笑孟嘗門下士，祗能彈鋏傲西風。《晦庵集》卷十。

一九　答林黃中

所扣《鄉飲酒》疑義，近細考所奏樂有不用《二南》《小雅》《六笙詩》，而用南呂、無射兩宮十章，不知何據？豈有以見古之鄉樂用此律而寫其遺聲邪？將古樂已亡，不可稽考，而別製此樂也？然則特用此律，其旨安在？又所奏樂必有辭，聲必有譜，而律之短長必有定論。凡此數端，皆所未諭，幸因風詳悉指教。嘉靖十一年張大輪、胡岳刻本《晦庵先生朱文公文集》卷三七。

二〇　與周益公（節錄）

先君子少喜學荆公書，收其墨跡爲多。其一紙乃進《鄞侯家傳》奏草，味其詞旨，玩其筆勢，直有跨越古今、開闢宇宙之氣。然與今版本文集不同，疑集中者乃删潤定本，而此紙乃其胸懷本趣也。《晦庵先生朱文公文集》卷三八。

二一　答蔡季通（節錄）

《琴説》向寄去者尚有説不透處，今別改定一條錄呈，比舊似差明白，不審盛意以爲如何？琴固每絃各有五聲，然亦有一絃自有爲一聲之法，故沈存中之説未可盡以爲不然。《晦庵先生朱文公文集》卷四四。

二二　答蔡季通（節錄）

中旋宮一事，正爲初絃有緊慢，而衆絃隨之耳。若一定而不可移，則旋宮之法何所施耶？但恐午未以後聲太高急而小絃斷絶，故疑所謂五降者，乃謂蕤賓以下不可爲宮耳。此說固未必然，然與今所謂一定而不可易，古所謂隨十二月爲宮者，似得中制。試更推之如何，復以見教也。《參同》之說，子細推尋，見得一息之間便有晦朔弦望。上弦者，氣之方息，自上而下也。下弦者，氣之方消，自下而上也。望者，氣之盈也，日沈於下而月圓於上也。晦朔之間者，日月之合乎上，所謂"舉水以滅火，金來歸性初"之類是也。眼中見得了了如此，但無下手處耳。《晦庵先生朱文公文集》卷四四。

二三　與陳伯堅（節錄）

沙縣寄到新刻《責沈文》，字畫精神，非桂本之比。此書流傳，足使世之聾盲者有所警覺，稍知觸凈，非小補也。但恐木本或不耐久耳。瓊學記文鄙拙，不足有所發明。亦緣韓兄將滿，方遣人來，恐其代去，匆匆草成，不能滿意耳。《晦庵先生朱文公文集》卷五三。

二四　答吳元士

來教云，凡樂，黃鐘爲宮，太蔟爲商，姑洗爲角，林鐘爲祉，南呂爲羽。此五者，聲律之元也。今之五聲，獨角聲不得其正。以六十律齊之，乃姑洗部依行之聲耳。姑洗部有五律，四律合姑洗，下生蕤賓部律，獨依行一律合中呂，上生黃鐘部律。然則今之角聲雖曰依行，實爲中呂。中呂而下，正合還宮之次，是以名爲中呂宮。而古名清角者，以依行本屬姑洗而清於姑洗，故謂之清角。内"蕤賓"二字當作"應鐘"，恐是筆誤。然兩本皆同，更望詳之。又曰，姑洗一聲十徽，律在徽前，應在律後者，中呂聲高，不能生黃鐘部第一律。生黃鐘部第一律者，姑洗部之依行也。依行爲宮，生黃鐘部包育，爲祉。包育生林鐘部謙待，爲商。謙待生太蔟部未知，爲羽。未知生南呂部南呂，爲角。然則當十徽者，正依行宮也。十徽以依行爲應，故姑洗律在徽前，序或然也。

今詳此論，角聲不得其正，發明精到，前此所疑，皆釋然矣。但依行之說，則凡十二律皆自黃鐘三分損益，上下相生，以極乎中呂。而以琴考之，自龍齦以下至七徽之東，凡十二律之位，其遠近疎密，往來相生，亦與律寸符合。京房雖增爲六十律，然亦十二正律相生已徧，然後乃生執始，係第十三律以至依行，係第五十三律遂生包育，以極乎南事而終焉，其序正與《禮運》正義六十調同。但自黃鐘右旋，歷應、無、南、夷、林、蕤、中、姑、夾、太、大，以爲諸宮之次。方其未徧十二律以及中宮之時，正律不生子律，而琴自南呂上生姑洗，亦未見其有不合而須變以爲子律也。今曰琴之角聲乃姑洗部之依行，則未知其何自而來，忽破此例？且將來下生之時，不知其將復爲應鐘耶？抑遂爲包育也？復爲應鐘，則數不合；便爲包育，則從此抹過，姑洗以下八正律，依行以前四十子律，皆成無用矣。若曰用正律時自未應遽用子律，自無射爲宮之後，方用執始以下子律，則中呂爲宮，又自用内負子律而生黃之分動以下四律，初不用依行也。至於太蔟之形晉爲宮，乃夷汗爲祉，依行爲商，包育爲羽，謙待爲角，則是依行未嘗爲中呂之宮。且其短長雖若鄰於中呂，而其分部實居姑洗，亦不得而應於十徽也。凡此反復求之，竟未之得，偶別思得一說，具於後段中宮調說中，更望垂教。

來教云，古黃鐘，今慢角調，三正角。姑洗中聲。古清角，今正宮，亦名中呂宮，三清角。中呂中聲。又曰，若下其角聲於大弦十一徽而取其應，則可以復古之正調矣。今詳此說，慢角三爲姑洗者，從大弦十一徽調之而應，其弦緩也。清角三爲中呂者，從大弦十徽調之而應，其弦急也。以此推之，則王侍郎所說直以第一弦爲中呂者，清角法也。不知其說是如此否？其間尚有未曉者，別見後段。

古黃鐘宮調。亦曰慢角。今詳來教，既曰古黃鐘宮調，則此一均正是黃鐘爲宮正聲之調，而琴中聲氣之元也。又曰今謂之慢角調，則是今世猶有此調也。然不知今之琴曲，何者爲此調？何以世俗都不行用，而唯以中呂爲宮也？且既知其誤，則改而正之，似無難者。今長者雖知其然，而猶未免有傳習之久，莫之能改之歎，則又似有未易改者，此又何也？又此但以見行中呂宮調緩其一弦以爲正角，則其餘弦之相應者，恐亦須有差舛，不知合與不合并行改易？若不改易，而但抑按以求其合，既謂之黃鐘正宮，又似不當如此。此皆未曉，更望指喻。

中呂宮調。亦曰正宮，亦曰清角。

今詳來教，此但以古黃鐘正調緊第三弦之散聲而因以爲宮耳。雖不得姑洗正角之位，然角聲所占地位甚廣，自十一徽之西以盡乎九徽之東，皆角聲之位也。今既不循常而欲緊其聲，則於其中雖移一律，初亦不出本聲之位，不必更以京房子律推之，強改姑洗之依行，使屬中呂，然後爲得也。但既以第三弦爲宮，則其下即便可就按第六弦黃清以爲祉，四弦林鐘爲商，七弦太清爲羽，五弦南呂爲角，皆應於十徽，其散聲則自爲祉、羽、宮、商如故。其上兩弦則聲濁而勝於本宮，故不入調而以爲應。宮應祉，商應羽，散聲自爲宮商。來教謂以旋宮命之，故曰中呂之宮者，正謂此也。然詳此調以中呂爲角，則已不得角聲之正；以角聲爲宮，則又不得宮聲之正。又就少宮少商以爲祉羽，而反以正宮正商爲祉羽之應，則其遷就雖巧，而顛倒失正亦甚矣。以此竊意或非古樂旋宮正法，但不知其自何時而變耳。然當時若且私行此調而不廢本曲，則人猶得以識其是非。今乃反以所變爲正宮，而本曲遂不可見，則今之所謂琴者，非復古樂之全明矣。故東坡以爲古之鄭衛，豈亦有見於此耶。

旋宮諸調之法。

以上黃鐘中呂首尾二宮，其法略可見矣。但其中呂一宮，未有以見其爲古樂旋宮之正法耳。若是正法，則其餘十律亦當各自爲宮。若非正法，則其本調亦當并考，然後其法乃備。故古說有隨月用律之法，而來教亦謂不必轉軫促弦，但依旋宮之法而抑按之，正謂此也。然亦難祇如此泛論，須逐宮指定各以何聲取何弦爲唱，各以何弦取何律爲均，乃見詳實。又以《禮運》正義之說推之，則每律既已各爲一宮，每宮亦合各有五調，而其逐調用律取聲亦各有法，此爲琴之綱領。而前此說者皆未嘗有明文，誠闕典也。欲望暇日定爲一圖，以宮統調，以調統聲，令其賓主次第各有條理，則覽者曉然，可爲萬世之法矣。若作此圖，先須作二圖，各具琴之形體、徽弦尺寸、散聲之位，然後以一圖附按聲聲律之位，以一圖附泛聲聲律之位，列於宮調圖前〔一〕，所附三聲皆以朱字别之，刻版則爲白字。

十徽十一徽。舊疑七弦隔一調之，六弦皆應於第十徽，而第三弦獨於十一徽調之乃應，故角聲兼應兩律，而其餘四聲皆止應一律。前此故嘗請問，而角聲兼應兩律之辨，則固已蒙指示矣。然依行之說，愚意終有所未曉也，已於前章再論之矣。至於七弦隔一之應不同在於一徽，則又嘗思之，七弦散聲爲五聲之正，而大弦十二律之位又衆弦散聲之所取正也，故逐弦之五聲皆自東而西，相爲次第。其六弦會於十徽，則一與三者角，與散角應也。二與四者祉，與散祉應也。四與六者宮，與散少宮應也。五與七者商，與散少商應也。其第三第五弦會於十一徽，則羽，與散羽應也。義各有當，初不相須，故不得同會於一徽，無他說也。《晦庵先生朱文公文集》卷六三。

〔一〕列：原作"則"，據宋浙本改。

二五　答鞏仲至（節錄）

名畫想多有之，性甚愛此，而無由多見。他時經由，得盡携以見顧，使獲與寓目焉，千萬幸也！彼中亦有畫手，能以意作古人事跡否？此間門前衆人作一小亭，舊名"聚星"，今欲於照壁上畫陳太丘見荀朗陵事，而無可屬筆者，甚以爲撓。今録其事之本文去，幸試爲尋訪能畫者，令作一草卷寄及爲幸。但以兩幅紙爲之，此間却自可添展也。

又有一事，鄉見聖泉寺有李邕碑，龜趺螭首，鎸刻甚精。六螭糾結，既異今制，而龜狀逼真，雖稍破析，然猶有生意也。幸爲尋一木工巧於雕鏤者，以木寫之，用寸折尺，不過高尺餘，便中寄示爲望。放翁老筆尤健，在今當推爲第一流。近聞復有載筆之招，不知果否。方欲往求一文字，或恐以此疑賤跡之爲累，未必肯作耳。悟老化去，甚可傷。《晦庵先生朱文公文集》卷六四。

二六　送郭拱辰序

世之傳神寫照者，能稍得其形似，已得稱爲良工。今郭君拱辰叔瞻乃能並與其精神意趣而盡得之，斯亦奇矣。

予頃見友人林擇之、游誠之稱其爲人而招之不至。今歲惠然來自昭武，里中士夫數人欲觀其能，或一寫而肖，或稍稍損益，卒無不似，而風神氣韻，妙得其天。致有可笑者，爲予作大小二象，宛然麋鹿之姿，林野之性。持以示人，計雖相聞而不相識者，亦有以知其爲予也。

然予方將東遊雁蕩，窺龍湫，登玉霄以望蓬萊，西歷麻源，經玉笥，據祝融之絕頂以臨洞庭風濤之壯，北出九江，上廬阜，入虎溪，訪陶翁之遺跡，然後歸而思自休焉。彼當有隱君子者，世人所不得見，而予幸將見之。欲圖其形以歸，而郭君以歲晚思親，不能久從予遊矣。予於是有遺恨焉，因其告行，書以爲贈。淳熙元年九月庚子，晦翁書。《晦庵先生朱文公文集》卷七六。

二七　贈畫者張黃二生

鄉人新作聚星亭，欲畫荀陳遺事於屏間，而窮鄉僻陋，無從得本。友人周元興、吳和中共稱張、黃二生之能，因俾爲之。果能考究車服制度，想像人物風采，觀者皆歎其工。

二生因請爲記其事，予以爲二生更能遠遊以廣其見聞，精思以開其胸臆，則其所就當不止此。予老矣，尚能爲生印之。慶元庚申正月二十四日，晦庵病叟書贈張彥悦、黃某。《晦庵先生朱文公文集》卷七六。

二八　贈筆工蔡藻

予性不善書，尤不能用兔毫弱筆。建安蔡藻以筆名家，其用羊毫者尤勁健，予是以悦之。藻若去此而遊於都市，蓋將與曹忠輩爭先云。淳熙元年八月五日，朱仲晦父書。《晦庵先生朱文公文集》卷七六。

二九　《律吕新書》序

古樂之亡久矣，然秦漢之間，去周未遠，其器與聲猶有存者。故其道雖不行於當世，而其爲法猶未容有異論也。逮於東漢之末，以接西晉之初，則已寖多説矣。歷魏、周、齊、隋、唐、五季，論者愈多而法愈不定。

爰及我朝，功成治定，理宜有作。建隆、皇祐、元豐之間，蓋亦三致意焉，而和、胡、阮、李、范、馬、劉、楊諸賢之議，終不能以相一也。而況於崇、宣之季，姦諛之會，黥涅之餘，而能有以語夫天地之和哉！丁未南狩，今六十年，神人之憤，猶有未攄。是固不遑於稽古禮文之事。然學士大夫因仍簡陋，遂無復以鐘律爲意者，則已甚矣。

吾友建陽蔡君元定季通當此之時，乃獨心好其説而力求之，旁搜遠取，巨細不捐，積之累年，乃若冥契。著書兩卷，凡若干言。予嘗得而讀之，愛其明白而淵深，縝密而通暢，不爲牽合傅會之談，而橫斜曲直，如珠之不出於盤。其言雖多出於近世之所未講，而實無一字不本於古人已試之成法。蓋若黃鐘圍徑之數，則漢斛之積分可考。

寸以九分爲法，則淮南、太史、小司馬之説可推。五聲二變之數，變律半聲之例，則杜氏之《通典》具焉。變宮變徵之不得爲調，則孔氏之《禮》疏因亦可見。至於先求聲氣之元而因律以生尺，則尤所謂卓然者，而亦班班雜見於《兩漢》之《志》、蔡邕之説與夫《國朝會要》以及程子、張子之言。顧讀者不深考其間，雖或有得於此者，而又不能無失於彼，是以晦蝕紛挐，無復定論。大抵不拘攣於習熟見聞之近，即肆其胸臆，妄爲穿穴而無所據依。季通乃能奮其獨見，超然遠覽，爬梳剔抉，參互考尋，用其平生之力，以至於一旦豁然而融會貫通焉，斯亦可謂勤矣。及其著論，則又能推原本根，比次條理，管括機要，闡究精微，不爲浮詞濫説以汩亂於其間，亦庶幾乎得書之體者。

予謂國家行且平定中原，以開中天之運，必將審音協律，以諧神人。當此之時，受詔典領之臣能得此書而奏之，則東京郊廟之樂將不待公孫述之瞽師而後備，而參摹四分之書，亦無待乎後世之子雲而後知好之矣。抑季通之爲此書，詞約理明，初非難讀。而讀之者往往未及終篇，輒已欠伸思睡，固無由了其歸趣。獨以予之頑鈍不敏，乃能熟復數過，而僅得指意之彷彿。季通以是亦許予爲能知己志者，故屬予以序引，而予不得辭焉。

季通更欲均調節奏，被之笙絃，別爲樂書，以究其業，而又以其餘力發揮武侯六十四陣之圖，緒正邵氏《皇極經世》之歷，以大備乎一家之言，其用意亦健矣。予雖老病，儻及見之，則亦豈非千古之一快也哉！淳熙丁未正月朔旦，新安朱熹序。《晦庵先生朱文公文集》卷七六。

三〇　書和靜先生遺墨後

和靜尹公先生遺墨一卷，皆先生晚歲片紙手書聖賢所示治氣養心之要，粘之屋壁，以自警戒者。其家緝而藏之，今陽夏趙侯刻寘臨川郡齋，摹本見寄。

熹竊惟念前賢進修不倦，死而後已，其心炯炯，猶若可識。而趙侯所以摹刻之意，又非取其字畫之工，以供好事者之傳玩而已。捧讀終篇，恍然自失，因敢識其後以自詔云。淳熙丙申三月丁巳，新安朱熹敬書。《晦庵先生朱文公文集》卷八一。

三一　跋《叙古千文》

右《叙古千文》，故禮部侍郎胡公明仲所作。其叙事立言，昭示法戒，實有《春秋》經世之志。至於發明大統，開示正塗，則又於卒章深致意焉。新學小童朝夕諷之而問其義，亦足以養正於蒙矣。

清江劉孟容出其先朝奉君所書八分小卷，莊謹齊一，所以傳家之意甚備。豈亦有取於斯乎？因摹刻寘南康郡齋，傳諸小學，庶幾其有補云。淳熙己亥八月戊戌，新安朱熹書。《晦庵先生朱文公文集》卷八一。

三二　題《洛神賦圖》

此卷筆意淳古，略似漢石刻中所見草樹人物，亦可考見當時器用車服制度，不但爲好事者無益之玩而已。朱熹識。《晦庵先生朱文公文集》卷八一。

三三　跋歐陽文忠公帖

歐陽公作字如其爲文，外若優遊，中實剛勁，惟觀其深者得之。淳熙庚子中夏丁巳，新安朱熹觀於南康郡圃之愛蓮堂，因識其後。《晦庵先生朱文公文集》卷八一。

三四　跋《冰解圖》

熹觀此圖，讀洪、陸二公跋語，爲之隕涕。淳熙庚子五月戊午。《晦庵先生朱文公文集》卷八一。

三五　跋太室中峰詩畫

觀此卷二室諸峰，誦陶翁《送羊長史》詩，爲之慨然，掩卷太息。至於畫筆精深，山勢雄偉，不暇論也。淳熙庚子中夏七月，朱熹仲晦父書。《晦庵先生朱文公文集》卷八一。

三六　跋張巨山帖

近世之爲詞章字畫者，爭出新奇，以投世俗之耳目，求其蕭散澹然絕塵如張公者，殆絕無而僅有也。劉兄親承指畫，妙得其趣。然公晚以事業著，故其細者人無得而稱焉。敬夫雅以道學自任，而遊戲翰墨，乃能爲之題識如此，豈亦有賞於斯乎？《晦庵先生朱文公文集》卷八一。

三七　跋〔一〕

尤延之論古人筆法來處，如周太史奠世系，真使人無間言。朱熹仲晦父識。《晦庵先生朱文公文集》卷八二。

〔一〕此篇文淵閣四庫全書本題作"跋尤延之論字法後"。

三八　題歐公《金石録序》真跡

集録金石，於古初無，蓋自歐陽文忠公始。今順伯嗜古無厭，又有甚於公之所爲。而復得公此序真跡藏之，其不偶然矣。淳熙壬寅，禊飲會稽西園，暮歸書此。朱熹仲晦父。《晦庵先生朱文公文集》卷八二。

三九　題西臺書

西臺書在當時爲有法要，不可與唐中葉以前筆跡同日而語也。細觀此帖，亦未見如延之所云也。新安朱熹仲晦父。《晦庵先生朱文公文集》卷八二。

四〇　題荆公帖

先君子自少好學荆公書，家藏遺墨數紙，其僞作者率能辨之。先友鄧公志宏嘗論之，以其學道於河雒，學文於元祐而學書於荆舒爲不可曉者。

今觀此帖，筆勢翩翩，大抵與家藏者不異，恨不使先君見之。因感咽而書於後。朱熹書。《晦庵先生朱文公文集》卷八二。

四一　題《力命》帖

《力命表》舊惟見近世刻本，今乃得見貞觀所刻，深以自幸。然字小目昏，殆不能窺其妙處，又愧其見之晚也。他日見右方諸公，當請問焉，又未知其所見與予果如何耳。朱熹仲晦父。《晦庵先生朱文公文集》卷八二。

四二　題《樂毅論》

新安朱熹觀王順伯所藏《樂毅論》《黄庭經》《東方讚》，皆昔所未見，撫歎久之。《晦庵先生朱文公文集》卷八二。

四三　題《蘭亭叙》

淳熙壬寅上巳，飲禊會稽郡治之西園。歸，玩順伯所藏《蘭亭叙》兩軸，知所謂世殊事異，亦將有感於斯文者猶信。及覽諸人跋語，又知不獨會禮爲聚訟也。附書其左，以發後來者之一笑。或者猶以賤奏功名語右軍，是殆見杜德機耳。晦翁。《晦庵先生朱文公文集》卷八二。

四四　題鍾繇帖

此表歲月予未嘗深考，然固疑征南將軍爲曹仁也。今觀順伯所論，適與意合。是時字畫猶有漢隸體，知此《墓田帖》及官本"白騎"等字爲非鍾筆亡疑也。朱熹記。《晦庵先生朱文公文集》卷八二。

四五　題法書

予舊嘗好法書，然引筆行墨，輒不能有毫髮象似，因遂懶廢。今觀此帖，益令人不復有餘念。今人不及古人，豈獨此一事？推是以往，庶乎其能自彊矣。朱熹書。《晦庵先生朱文公文集》卷八二。

四六　題曹操帖

余少時曾學此表，時劉共父方學顔書《鹿脯帖》，余以字畫古今誚之。共父謂予："我所學者唐之忠臣，公所學者漢之篡賊耳。"時予默然亡以應。今觀此謂"天道禍淫，不終厥命"者，益有感於共父之言云。晦翁。《晦庵先生朱文公文集》卷八二。

四七　題右軍帖

隨事行藏，固謝萬之藥石，然右軍未必能踐斯言也。豈其自知已審，遂超然遠逝而不顧邪？三復此紙，欲罷不能。後之君子當有識此意者。朱熹仲晦父。《晦庵先生朱文公文集》卷八二。

四八　跋喻湍石所書《相鶴經》

舊藏碧虛子《相鶴經》石本，意頗愛之。今觀湍石喻公所書，法度謹嚴而意象蕭散，知彼爲法縛矣。淳熙壬寅臘月庚申，朱熹。《晦庵先生朱文公文集》卷八二。

四九　跋朱希真所書樂毅《報燕王書》

余嘗恨右軍不寫此書而寫夏侯之論，今觀玉山汪季路所藏伊水老人手筆，老人得無亦有余之恨乎？季路將刻之石，以貽永久，余知有志之士當復有廢書而泣者矣。淳熙壬寅十二月庚申，新安朱熹書。《晦庵先生朱文公文集》卷八二。

五〇　跋朱喻二公法帖

書學莫盛於唐，然人各以其所長自見，而漢、魏之楷法遂廢。入本朝來，名勝相傳，亦不過以唐人爲法。至於黃、米，而欹傾側媚、狂怪怒張之勢極矣。

近歲朱鴻臚、喻工部者出，乃能超然遠覽，追迹元常於千載之上，斯已奇矣。故嘗集其墨刻，以爲此卷，而尤以樂毅書、《相鶴經》爲絕倫，不知鑑賞之士以爲如何也。《晦庵先生朱文公文集》卷八二。

五一　跋米元章帖

米老書如天馬脫銜，追風逐電，雖不可範以馳驅之節，要自不妨痛快。朱君所藏此卷尤爲犖軼，而所寫劉無言詩亦多奇語，信可寶也。淳熙乙巳三月晦日，朱熹仲晦父觀於建陽西山景福僧舍。《晦庵先生朱文公文集》卷八二。

五二　跋陳了翁《責沈》〔一〕

陳忠肅公剛方正直之操得之天姿，而其燭理之益精，陳義之益切，則學問之功有不可誣者。觀於此帖，其克己尊賢、虛心服善之意尚可識也。

墨跡今藏所贈兄孫宗正之子筠家，而建業、桂林、延平皆有石本，顧字畫不能無小失真，獨沙縣乃爲版刻，尤不足以傳遠。今縣丞黃東始復就摹墨跡，礱石刻之縣學祠堂，以爲此邑之人百世之下猶當復有聞風而興起者，其志遠矣。至於心畫之妙，刊勒尤精，其凜然不可犯之色，尚足以爲激貪立懦之助。而桂林本有張敬夫題字，以爲於公之意有發明者，因並刻之。淳熙戊申十一月辛丑，新安朱熹敬爲書其左方。《晦庵先生朱文公文集》卷八二。

〔一〕沈：原作"説"，據宋閩中刻本改。

五三　跋黃山谷帖

此朱希真書也。韓子蒼之誤可耳，何斯舉親見前輩，亦誤，何耶？然希真書自不凡，老筆尤放逸。此雖其少作，蓋亦可藏也。晦翁書。《晦庵先生朱文公文集》卷八二。

五四　跋蔡端明帖

蔡公節概論議、政事文學皆有以過人者，不獨其書之可傳也。南來多見真跡，每深敬歎。朱熹題。《晦庵先生朱文公文集》卷八二。

五五　跋東坡《牛賦》

蘇公此紙似是臨本。紹熙庚戌，晦翁審定。《晦庵先生朱文公文集》卷八二。

五六　跋蔡端明《獻壽儀》

蔡忠惠公書跡徧天下，而此帖獨未布。今歲南來，始得見於其來孫誼之家，乃知昔之君子所以事其親者如此其愛且敬也。孤露餘生，無所爲孝，捧玩摧咽，不能仰視。遂請其真，摹而刻之，以視世之爲人子者，庶以廣蔡公永錫爾類之志，非獨以其字畫之精而已〔一〕。然又偶得善工，且屬諸生黃榦臨視唯謹，知書者亦以爲不失其用筆之微意云。紹熙庚戌臘月既望，丹陽朱熹書於漳浦郡齋。《晦庵先生朱文公文集》卷八二。

〔一〕畫：原作"書"，據清人賀瑞麟《朱子文集正訛》改。

五七　跋唐人《暮雨牧牛圖》

予老於農圃，日親犁耙，故雖不識畫，而知此畫之爲真牛也。彼其前者却顧而徐行，後者驤首而騰赴，目光炯然，真若相語以雨而相速以歸者。覽者未必知也，良工獨苦，渠不信然！

延平余無競出示此卷，卷中有劉忠定、鄒忠公題字，覽之並足使人起敬。而龍山老人又先君所選士而余所嘗趨走焉者也，俛仰存沒，爲之慨然，因識其後而歸之。紹熙壬子中冬壬辰，新安朱熹。《晦庵先生朱文公文集》卷八三。

五八　書邵康節誡子孫真跡後

右薌林向氏所藏康節先生誡子孫之文也。熹嘗從故友劉子澄得其摹本，刻石廬山白鹿精舍。今乃獲覩其真，格言心畫，模範一世。伯虎得而葆之，所以佑啓厥後者爲亡窮矣。借觀累月，玩不釋手，已復竊識其後而歸之。紹熙甲寅八月□日，新安朱熹書於豐城傳舍。《晦庵先生朱文公文集》卷八三。

五九　跋魯直書《踐祚篇》

紹熙甲寅閏十月十日，餞范文叔於張功父南湖之上。功父出此爲贈，云舊得其真跡藏之，近以主上踐祚，已訓釋並上御府矣。因省數日前入侍講筵，上語嘗及此也。

熹謹記。《晦庵先生朱文公文集》卷八三。

六〇　跋司馬文正公《通鑑綱要》真跡

右司馬文正公手書楚漢間事一卷，疑是《通鑑目錄》草稿。然又加以總目，則今本所無。且別有"綱要"之名，不知又是何書也。嗚呼！公之願忠君父、陳古納誨之心，可謂切矣。竊觀遺跡，三復敬歎，敢識其後云。《晦庵先生朱文公文集》卷八三。

六一　跋邵康節"檢束"二大字

康節先生自言大筆快意，而其書跡謹嚴如此，豈所謂從心所欲而自不踰矩者耶？慶元乙卯七月既望，後學朱熹觀趙履常所藏"檢束"大字敬書。《晦庵先生朱文公文集》卷八三。

六二　跋《十七帖》

官本法帖號爲佳玩，然其真僞已混殽矣。如劉次莊有能書名，其所刻本亦有中分一字，半居前行之底，半處後行之顛者，極爲可笑。唯此《十七帖》相傳真的，當時雖已入官帖卷中，而元本故在人間，得不殽亂。此本馬莊甫所摹刻也，玩其筆意，從容衍裕而氣象超然，不與法縛，不求法脫，真所謂一一從自己胸襟流出者。

竊意書家者流雖知其美，而未必知其所以美也。書詞問訊蜀道山川人物、屋宇圖畫至纖至悉，蓋深有意於遊覽而竟不遂。豈所謂不朽之盛事信難偶耶？因念頃年廬阜終更，諸公議遣使蜀，而孝廟記憐，不欲使之遠去，議乃中寢。然束留訖無補報，而徒失西遊之便，每以爲恨。今觀此帖，重以慨然。又念仙遊之日遠，無復有意於人世也。熹記。《晦庵先生朱文公文集》卷八四。

六三　跋李伯時馬

觀龍眠《飛騎圖》及讀延之、廷秀、大防三君子佳句，因思法雲秀公語，尤物移人，甚可畏也。慶元三年孟冬八日，朱熹仲晦父。《晦庵先生朱文公文集》卷八四。

六四　跋東坡書李杜諸公詩

東坡此卷，考其印章，乃紹興御府所藏，不知何故流落人間。捧玩再三，不勝敬歎。但其所寫李白《行路難》，闕其中間八句道子胥、屈原、陸機、李斯事者，此老不應有所遺忘，意其刪去，必當有說。

《老翁井》詩在老蘇送蜀僧去塵之前〔一〕，必非他人之作。然不見於《嘉祐集》，亦不省其何説也。彼欲井中老翁改顔易服，不使人知，而後篇遽有嫌瘦廢彈之歎，何耶？然其言怨而不怒，獨百世以俟後賢而不惑，則其用意亦遠矣哉。

慶元丁巳十月丁丑，新安朱熹觀玉山汪季路所藏，而識其後如此云。《晦庵先生朱文公文集》卷八四。

〔一〕井：原作"並"，據宋浙江刻本改。

六五　跋杜祁公與歐陽文忠公帖

杜公以草書名家，而其楷法清勁，亦自可愛。諦玩心畫，如見其人。慶元丁巳十月丁丑，新安朱熹觀。《晦庵先生朱文公文集》卷八四。

六六　跋東方朔畫讚

平生所見東方生畫讚，未有如此本之精神者。筆意大概與《賀捷表》《曹娥碑》相似，不知何人所刻，石在何處，是可寶也。朱熹仲晦父。《晦庵先生朱文公文集》卷八四。

六七　跋蔡端明寫老杜《前出塞》詩

蔡公大字蓋多見之，其行筆結體往往不同。豈以年歲有蚤晚，功力有淺深故耶？巖壑老人多見法書，筆法高妙，獨稱此爲勁健奇作，當非虛語。慶元三年十月戊寅，朱熹。

巖壑再題，勢若飛動，可見字隨年長也。《晦庵先生朱文公文集》卷八四。

六八　跋吴道子畫

頃年見張敬夫家藏吴畫昊天觀壁草卷，與此絶相類，但人物差大耳。

此卷用紙而不設色，又有補畫頭面手足處，應亦是草本也。張氏所藏本出長安安氏，後有張芸叟題記云："其兄弟析產，分而爲二，此特其半耳。頃經臨安之火，今不知其存亡。而此卷斷裂之餘，所謂天龍八部者，亦不免爲焦頭爛額之客。豈三災厄會，仙聖所不能逃耶？"是可笑也。

吴筆之妙，冠絶古今，蓋所謂不思不勉而從容中道者，兹其所以爲畫聖與。季路所藏法書名畫甚富，計無出其右者。既以得觀爲幸，因記歲月於其後。

時慶元丁巳十月十日己卯也，朱熹仲晦父。

襄陽張舍人筆法出其家存誠子，先君子甚愛之，而世莫之貴也。因覽遺墨，不勝悲歎。熹謹書。《晦庵先生朱文公文集》卷八四。

六九　跋舊石本《樂毅論》

　　沈存中《筆談》云，皇祐中，嘗於高紳之子錢塘主簿安世家見此石。後十餘年，安世在蘇州，石已破爲數片，以鐵束之。後安世死，石不知所在。或云蘇州一富家得之，亦不復見。存中所記，與歐陽公不同如此。

　　延之所謂錫山徐氏者，豈又得之蘇州富家耶？延之又謂損泐模糊，則石雖倖存，亦無復如此本之清勁矣。《續閣帖》中所刻全文，又不知所自來。頃年曾於折子明家見其所藏舊本，筆意絕類徐季海，要皆非此本之比也。慶元丁巳十月己卯，朱熹。《晦庵先生朱文公文集》卷八四。

七〇　跋韓魏公與歐陽文忠公帖

　　張敬夫嘗言，平生所見王荆公書，皆如大忙中寫，不知公安得有如許忙事？此雖戲言，然實切中其病。

　　今觀此卷，因省平日得見韓公書跡，雖與親戚卑幼，亦皆端嚴謹重，略與此同，未嘗一筆作行草勢。蓋其胸中安靜詳密，雍容和豫，故無頃刻忙時，亦無纖芥忙意，與荆公之躁擾急迫正相反也。

　　書札細事，而於人之德性其相關有如此者，熹於是竊有警焉。因識其語於左方。慶元丁巳十月庚辰，朱熹。《晦庵先生朱文公文集》卷八四。

七一　跋朱希真所書《道德經》

　　巖壑老人小楷《道德經》二篇，精妙醇古。近世楷法，如陳碧虛之《相鶴》，黃長睿之《黃庭》，皆所不及，唯湍石喻公之《典引》諸書爲可方駕耳。季路得之，遠以相視，恨目已昏盲，不得盡見其妙處。把玩不足，因記其後而歸之。季路能攻石傳刻，以與好事者共之，即大幸。蓋此書難得善本，讀此數章，似少譌謬，又爲可傳也。慶元丁巳十月庚辰，雲臺子私記。

　　如"儼若客"，語意最精。今本多誤作"容"，殊失本指。此本爲不誤也。《晦庵先生朱文公文集》卷八四。

七二　跋湯叔雅墨梅

　　墨梅詩自陳簡齋以來，類以白黑相形。逮其末流，幾若禪家五位正偏圖頌矣。故湯君始出新意，爲倒暈素質以反之。而伯謨因有"冰雪生面"之句也。然"白黑未分時"一句,畢竟未曾道著。詩社高人,試各爲下一轉語看。

湯君自云得其舅氏楊補之遺法,其小異處則又有所受也。觀其醖藉敷腴,誠有青於藍者,特未知其豪爽超拔之韻視牢之爲何如爾。病眼眵昏,不能覼論,故願與諸君評之。戊午三月,病起戲書。《晦庵先生朱文公文集》卷八四。

七三　跋程沙隨帖

《離騷》九章云:"乘鄂渚而反顧兮,欸秋冬之緒風。"《説文》:"欸,訾也,亞改切,又焉開切。"《史記》范增撞破玉斗,曰"唉"!《説文》:"唉,膺也,烏開切。"二字音義並同,如"歎"與"嘆"、"欸"與"咳",實一字耳。其聲則皆楚語也。故元次山有《欸乃曲》,而柳詩亦用此二字,皆湘楚間作。柳文舊本作"靄襖"音,上字正協亞改之聲。《集韻》亦於"皆"韻收"唉"字,"海"韻收"欸"、"唉"二字爲一,其説蓋與《説文》不異。但"乃"字之讀如"襖"者,未有考耳。近世乃有倒讀之者,又或寫"欸"爲"款",則其誤益甚矣。《欸乃歌》

唐肅宗中興之業上比漢東京固有愧,而下方晉元帝則有餘矣。故許右丞之言如此,蓋亦有激而云者。然元次山之詞歌功而不頌德,則豈可謂無意也哉。至山谷之詩,推見至隱以明君臣父子之訓,是乃萬世不可易之大防,與一時謀利計功之言,益不可同年而語矣。近歲復有諸子妄爲刻畫以謗傷之,其説之陋,又許公所不道,直可付一笑云。《浯溪詩》〔一〕

顏公剛毅忠烈,得之天資,與其學之不純而詔道佞佛自不相掩。有志於道者,師其所當師而戒其所可戒可也。淺聞卑論,易以溺人,不足爲法,覽者詳之。《麻姑山詩》

余少嘗學書,而病於腕弱,不能立筆,遂絕去,不復爲。今觀沙隨程丈此卷饒娥一紙,蓋有意於黃絹之碑者,亦可愛也。饒娥故居小廟在樂平縣東二十餘里,余嘗特往沃茗酹之。闕已不復存矣,因語州縣宜增葺之,且爲請敕額、列祀典,而莫有應者,甚可歎也。《辨饒娥》

余嘗爲沙隨言,《孝經》獨篇首六七章爲本經,其後乃傳文,然皆齊魯間陋儒纂取《左氏》諸書之語爲之,至有全然不成文理處。傳者又頗失其次第,殊非《大學》《中庸》二傳之儔也。程丈報書云:"吾嘗聞之玉山汪公,亦若吾子之言是也。"今覽其手書遺論,因記其語於後云。《孝經論》

慶元戊午十一月二十六日,劉用之爲劉伯醇携此卷來求跋,爲書以歸之。《晦庵先生朱文公文集》卷八四。

〔一〕浯:原作"語",據清人賀瑞麟《朱子文集正訛》改。

七四　跋張安國帖

安國天資敏妙,文章政事皆過人遠甚。其作字多得古人用筆意,使其老壽,更加學力，當益奇偉。建陽張大夫珍藏此紙，間以視予。展玩恍然如接談笑，書其後而歸之。慶元己未三月八日。《晦庵先生朱文公文集》卷八四。

七五　跋山谷宜州帖

山谷宜州書最爲老筆，自不當以工拙論。但追想一時忠賢流落，爲可歎耳。雲谷老人因覽竊識，慶元己未三月八日。《晦庵先生朱文公文集》卷八四。

七六　跋米元章《下蜀江山圖》

米老《下蜀江山》嘗見數本，大略相似。當是此老胸中丘壑最殊勝處，時一吐出，以寄真賞耳。蘇丈粹中鑑賞既精，筆語尤勝。頃歲嘗獲從遊，今觀遺墨，爲之永歎！慶元己未三月八日，新安朱熹仲晦父。《晦庵先生朱文公文集》卷八四。

七七　跋蔡端明帖

蔡公書備眾體，此卷評書一紙，獨有歐、虞筆意，甚可愛也。慶元己未三月八日，雲谷老人觀縣大夫張侯所藏，爲識其後。《晦庵先生朱文公文集》卷八四。

七八　跋東坡帖

東坡筆力雄健，不能居人後，故其臨帖物色牝牡，不復可以形似校量。而其英風逸韻高視古人，未知其孰爲後先也。成都講堂畫象一帖，蓋屢見之，故是右軍得意之筆，豈公亦適有會於心歟？慶元己未三月八日，朱熹仲晦父觀永福張氏所藏墨跡，歎賞不足，因記其左方。《晦庵先生朱文公文集》卷八四。

七九　跋曾南豐帖

余年二十許時，便喜讀南豐先生之文而竊慕效之，竟以才力淺短，不能遂其所願。今五十年，乃得見其遺墨，簡嚴靜重，蓋亦如其爲文也。慶元己未三月八日。《晦庵先生朱文公文集》卷八四。

八〇　跋張以道家藏東坡枯木怪石

蘇公此紙出於一時滑稽詼笑之餘，初不經意，而其傲風霆、閱古今之氣，猶足以想見其人也。以道東西南北，未嘗寧居，而能挾此以俱，寶玩無斁，此其意已不凡矣。

且不以視王公貴人而獨以誇於畸人逐客，則又有不可曉者。雲谷老人因覽爲識，時慶元己未仲秋既望。

愚叟之墓已有宿草矣，撫玩遺墨，相視感慨，泫然久之。若歸羌廬以視西坡，當同此歎也〔一〕。《晦庵先生朱文公文集》卷八四。

〔一〕文末原注云："愚叟謂呂子約，晚謫高安，寓大愚寺，自號大愚老叟。西坡謂黃商伯。"

八一　跋山谷草書《千文》

李端叔崇寧三年八月一日題云："紹聖中，詔元祐史官甚急，皆拘之畿縣，以報所問，例悚息失據。獨魯直隨問爲報，弗隱弗懼，一時栗然，知其非儒生文士而已也。"

紹聖史禍，諸公置對之辭，今皆不見於文集，獨嘗於蘇魏公家得陸左丞畫一數條，皆詆元祐語也。其間記黃太史欲書王荆公"勿令上知"之帖，而己力沮止之。黃公爭辨甚苦，至曰："審如公意，則此爲佞史矣。"是時陸爲官長，以是其事竟不得書，而黃公猶不免於後咎。然而後此又數十年，乃復賴彼之言而事之本末因得盡傳於世，是亦有天意矣。惜乎秉史筆者不能表而出之，以信來世，而顧獨稱其詞筆以爲盛美。因觀此卷李端叔跋語，爲之感慨太息，輒記其後。若其書法，則世之有鑑賞者自能言之，故不復及云。慶元己未十一月既望，雲谷老人朱熹記。《晦庵先生朱文公文集》卷八四。

八二　跋陳光澤家藏東坡竹石

東坡老人英秀後凋之操，堅確不移之姿，竹君石友，庶幾似之。百世之下，觀此畫者尚可想見也。《晦庵先生朱文公文集》卷八四。

八三　跋周司令所藏東坡帖

蘇公翰墨爲世寶藏，故流俗多偽作者。余家有其與德叟先輩書兩紙，詞意超然，筆勢飛動，觀者尚或疑之，余亦不能辨也。今觀作肅所藏源流有自，而二公賞識又如此，其亦可以無疑矣。五月朔日，朱熹云。《晦庵先生朱文公文集》卷八四。

八四　跋徐騎省所篆《項王亭賦》後

騎省自言晚乃得闕嫗法，今觀此卷縱橫放逸，無毫髮姿媚意態，其爲老筆亡疑。淳熙辛丑仲冬乙酉，新安朱熹觀汪伯時所藏於西安浮石舟中。《晦庵先生朱文公文集》卷八四。

八五　跋《蘭亭叙》

觀王順伯、袁起巖論《蘭亭序》，如尤延之著語，猶未免有疑論，余乃安敢復措説於其間？但味務觀之言，亦復慨然有楚囚之歎耳。朱熹。《晦庵先生朱文公文集》卷八四。

八六　跋《泰山秦篆譜》

乾道丁亥，予訪張敬夫於長沙。一日，相與謁劉子駒文，閱其先世所藏法書古刻及近世諸公往來書帖，竟日不能徧。因出《泰山秦篆譜》曰："此雖墨本，然舊藏僅存此紙。頃歲有欲取以入石者，顧手澤所在，不忍壞，遂已。"獨《學易》《養性》二篇乃重刻本，因取以見遺，予受藏之。

後累年，乃得《篆譜》新本於汪季路，不知其何從得本以刻也。因合二書通爲一卷，追省前事，如宿昔也。

劉丈多聞彊記，清貧苦節，少仕州縣，遇熙、豐故家子孫輒引避，饘粥不繼，或僵卧終日，而處之泰然。相見時已老，尚能談説往事，滾滾不休，氣貌醇古自然，有前輩風度。今不復有斯人矣。

去歲守潭，俯仰昔遊，幾閲一世，劉丈與敬夫逝去皆已久，而劉氏子無欲無咎，獨能閉門忍窮，謹守家法，又足令人感慨太息云。

明年慶元改號，歲在乙卯，五月丁未，病中讀《養性》語，因記其後。《晦庵先生朱文公文集》卷八四。

八七　跋蔡藻筆

蔡藻造筆，能書者識之，此故沅州吕使君語也。因試其所製棗心樣，喜其老而益精，并深山陽鄰笛之感。慶元丙辰冬至前五日，晦翁書。《晦庵先生朱文公文集》卷八四。

八八　書李巽伯所跋《石鼓文》後　先生之曾孫濬家藏

唐貞觀中，吏部侍郎蘇勗著論歧陽獵鼓，引歐陽、虞、褚並稱墨妙爲據。三君體法爲世楷式，賞好爲物軒輊，在當時已爾。今其故跡僅存，隋珠和璧不足喻其珍也〔一〕。予避地來南，一日，料檢行笈，得歧鼓及《孔廟》《醴泉》《化度》《孟師》《丹州》諸碑。流徙之餘，偶無林菆落，爲之驚喜過望，書其事以示子孫。建炎己酉夾鍾五日，雒人李處權巽伯。

余年十八九時，邂逅李卿於衢守張紫微坐上。二公皆一時名勝，揮麈論文，意象超逸，令人傾竦。今觀此卷，恍然若將復見其人。而追數歲月，忽已四十寒暑矣。不惟前輩零落殆盡，而及見之者亦無幾人，可爲太息。淳熙戊申五月既望，朱某仲晦父書。嘉靖十一年張大輪、胡岳刻本《晦庵先生朱文公文別集》卷七。

〔一〕璧：原作"壁"，據宋閩中刻本改。

八九　跋王羲之《蘭亭叙》

世傳王羲之書《蘭亭叙》，惟定武所藏石刻獨得其真，乃歐陽詢所摹刻之唐內府者也。熹嘗見三本，紙墨不同而字跡無異。縉紳題者剖析毫末，議論紛然，大約奇秀渾成，無如此搨。陳舍人至浙東，極論書法，携此本觀之。看來後世書者刻者不能及矣，亦可爲一慨云。淳熙壬寅歲，浙東提舉常平司新安朱熹記。文淵閣四庫全書本《佩文齋書畫譜》卷七一。

九〇　題米敷文瀟湘圖卷

建陽、崇安之間有大山橫出，峰巒特秀，余嘗結茆其巔小平處。每當晴晝，白雲坌入窗牖間，輒咫尺不可辨。嘗題小詩云："閒雲無四時，散漫此山谷。幸乏霖雨姿，何妨媚幽獨。"下山累月，每竊諷此詩，未嘗不悵然自失。

今觀米公所爲左侯戲作橫卷，隱隱舊題詩處似已在第三、四峰間也。又得並覽諸名勝舊題，想像其人，益深歎息。淳熙己亥中夏廿九日，新安朱熹仲晦父書於江東道院。萬曆搨本《初拓戲鴻堂法書》第十四冊。

九一　《睢陽五老圖卷》跋並詩

拜瞻五老圖像，儼然儀刑。當代以來，遇時否塞，遭家多故，支同派別，遷播不一，南北之濶，其來尚矣。得其畢氏之傳再見於江南，豈勝幸哉！使人企仰，以續將來，非獨表大宋隆德興盛之時，實起後世爲人臣子孫亘古永錫無替之昭鑑，垂不朽云爾，以踵其祖韻而已矣。後學朱熹拜手敬題。

同支派別胄遙遙，南渡衣冠尚北朝。千載畫圖文獻在，兩朝開濟政明昭。公卿倡和遵皇運，嗣子傳家念祖饒。幸得慶源流自遠，匡扶人世釋塵囂。文淵閣四庫全書本《式古堂書畫彙考》卷四五。

沈揆藝話（六則）

沈揆（生卒年不詳）字虞卿，嘉興（今浙江嘉興）人。紹興三十年進士。歷官知嘉興，人號儒者之政。淳熙六年，遷知台州。九年，除秘書少監。十一年，遷秘書監兼國史院編修官，累遷秘閣修撰。十四年，出爲江東轉運副使。十五年，奉祠。紹熙二年，知平江府。四年，遷司農卿，除太府卿、中書舍人，爲劉光祖劾罷。轉一官權吏部侍郎致仕。與尤袤、楊萬里、王厚之等交好，多有唱和，楊萬里稱其爲"詩伯"（《跋王順伯所藏歐公集古録序真跡》）。著有《野堂集》，已佚。

一　書《蘭亭考》見聞

舊見里中人藏此本，卷末有何子楚跋語云："石晉之亂，契丹自中原輦國貨圖書至真定。德光死，漢祖起太原，遂棄此石於中山。慶曆中，其石歸李學究。李死，其子始摹以售人，後負官緡。宋景文爲帥，出公帑代輸，取石匣藏庫中，非交舊莫得見。熙寧中薛師正爲守，其子紹彭别刻本易歸長安。大觀間，詔取石龕置宣和殿。丙午，與岐陽石鼓俱載以北。"子楚，余不熟其爲人，而其説之詳如此，恐或有所傳承也。晚又得姚令升跋范元卿郎中本云："慶曆中，宋景文爲定帥。有遊子携此石走四方，最後死營妓家。伶人孟水清取以獻，子京愛而不受，留之公帑。元豐中，薛師正爲帥，始携石去。其長子留贋本於郡，鑱去'湍流帶右天'五字以爲驗。"令升之説如此，顧與何君山不合，未知孰是。

順伯出此本，欲余著語。余曰："右軍落筆時真有神助，醒後更寫數十本，皆不及。想其妙處，雖右軍自不能形容。余尚何言？"輒書所聞二説於後，期與博聞君子共考訂之。沈揆。文淵閣四庫全書本《蘭亭考》卷六。

二　題《蘭亭》書卷後

上即大位之初，揆以國子祭酒召入都。越旬日，被命使燕，過定武得此本，然非舊刻也。顧修程萬里，犯暑馳驅，而歸橐有此，亦可喜也。後三年來守吳門，遂以頃歲所得別本裝爲一卷。北望故都，回思經行之地，撫卷慨然，因書於卷後。紹熙壬子仲冬四日，揆題。文淵閣四庫全書本《蘭亭續考》卷一。

三　題定武舊本《蘭亭》帖

右《蘭亭修禊叙》，劉餗《嘉話》云："《蘭亭叙》，梁亂出在外。陳天嘉中僧智永得之。隋平陳，或以獻晉王，即煬帝也。僧智果借搨不還。後果死，歸弟子辨才。唐太宗爲秦王時，見模本喜甚，使歐陽詢求之，以武德二年入秦王府。貞觀中，搨十本賜近臣，世言遣蕭翼詭計取之者妄也。後遂入昭陵。温韜發唐諸陵，《蘭亭》復出人間。世所傳刻本極多，而獨貴定武本者，自山谷始，所謂彷彿存古人筆意者是已。"

此刻是定武舊本。慶曆中韓魏公守定武，有李學究者得此刻，魏公力求之，迺埋石土中，刻別本以獻。李死，其子稍稍摹以售人。宋景文爲帥，伶人孟水清得之以獻子京。子京愛而不敢有，留於公帑。元豐中，薛師正樞密爲帥，携石去，其子紹彭道祖刻別本在郡。大觀中，次子嗣昌始納之御府，龕於宣和殿。後與岐陽石鼓俱載以北。或云道祖於定武舊本劖去"湍流帶右天"五字以惑人，或云道祖別刻本劖去此五字，未知孰是。尤延之云："此舊本蓋道祖未劖去之前摹拓者，尤可愛重也。"延之平生所見禊帖不一，其言當可信。攜李沈揆題。《蘭亭續考》卷一。

四　書歐公所得《蘭亭》

歐公所得《蘭亭》凡三，其一得於王沂公家，此本是也。揆爲太學正時，同舍生章漑爲余得之其族人家，今二十有一年矣。撫卷感慨，豈惟山陰勝遊成陳跡而已哉！紹興癸丑正月十日，書於姑蘇郡齋。《蘭亭續考》卷一。

五　題家藏《蘭亭》定武《禊帖》

揆家所藏定武《禊帖》有三，最後得此本絕妙。戊申九月三日，觀於欣遇東齋。沈虞卿題。《蘭亭續考》卷一。

六　再題家藏《蘭亭》定武《禊帖》

是歲冬十一月，觀楊伯時路分家藏本，與此正同。其籤題是薛紹彭手書，知此爲定武真刻無疑。沈虞卿再題。《蘭亭續考》卷一。

章深藝話（一則）

章深（生卒年不詳），號蒙齋居士，乾道間人。按雍正《浙江通志》卷一二五："章深，歸安（今浙江湖州）人，乾道二年登進士第。"當即此人。

跋李公麟《瀟湘臥遊圖》

雲谷老師妙齡訪道方外，足跡徧浙江東西諸山，窮幽遐瓌詭之觀。心空倦遊，歸臥於吳興之金斗山且十七年。宜於山水猒聞而厭見，況紙墨所幻，顧何足道。舒城李生爲師作《瀟湘橫看》，愛之，俾予評。

余謂昔人見斷牆而知畫，斷牆非所以爲畫，而心適與畫會耳。故畫無工拙，要在會心處。披此軸，飄然起塵外之想，亦有足佳。然畫之佳否尚不議，而師一丘一壑，胸次有不凡者，箇中活句却請諸人別爲拈出。乾道庚寅重陽，蒙齋居士章深題。文淵閣四庫全書本《石渠寶笈》卷四四。

高文虎藝話（二則）

高文虎（生卒年不詳）字炳如，一云字炳儒，明州鄞縣（今浙江寧波）人，閌從子。紹興三十年進士，調吳興縣主簿。從曾幾遊，聞見博洽，多識典故。召爲國子正，孝宗幸兩學，輯宋朝臨幸故事授祭酒林光朝。五年，兼國史院編修官，與修《四朝國史》。六年，遷太學博士。七年，除將作監丞。九年，添差通判台州，知建昌軍。紹熙五年，擢將作監兼實録院檢討官、玉牒所檢討官，修《高宗實録》《神宗玉牒》，多所刊正。又修《徽宗玉牒》，考訂詳審。寧宗即位，遷軍器少監。慶元二年，爲國子司業兼學士院權直，遷祭酒。三年，以中書舍人兼實録院同修撰。四年，韓侂胄命草《禁僞學詔》，遷兵部侍郎兼中書舍人。五年，拜翰林院學士兼侍讀。六年，出知建寧府，提舉太平興國宮，以事奪職，卒。著《蓼花洲聞録》一卷。

一　《蘭亭考》序

晚挈書結廬山陰茂林修竹間，訪問王、謝遺躅，但見壑巖深秀、雲物興蔚而已。得汪龍谿所藏《修禊》大圖，表之屋壁；中山石中字又在棋硯間，若與諸人接。一日，澤卿携此編見，越故事也。

夫羲之召爲侍中尚書，不拜，擢後將軍，又不拜。至於兒娶女嫁，便有尚子平之意，縷縷書辭間，其識度宇量，似非江左諸賢可及。天若佑晉，使昌於事業，當不在司徒叔、太傅公下。今論者知有此帖而已，然知此帖者，亦足以大雅風流自任，況知之者無如澤卿乎。《詩》曰："雖無老成人，尚有典刑。"於兹有之。既請序，名曰《蘭亭考》。嘉定元年十二月望日，華文閣學士、通奉大夫、提舉江州太平興國宮高文虎。文淵閣四庫全書本《蘭亭考》卷首。

二　《蘭亭博議》叙

《蘭亭博議》，予友桑君澤卿所輯也。予挈故書入山陰，結廬茂林修竹間，訪問王、謝諸人遺躅，但見壑流巖秀、雲物興蔚而已。既而於屋東得鄰土地數畝，益藝卉竹，治堂觀。又有以汪龍溪家所藏《禊圖》見遺者，乃揭之屋壁閒。又有舊藏定武石刻，亦設諸几席。日與兒輩來遊，觀圖玩字，如與王、謝諸人相接。

一日澤卿忽携《博議》見過，予驚且歎曰："此越故事也，吾曹不能爲之，而澤卿所編其勤且篤，而又精贍貫串如此！"余每謂右軍召爲侍中尚書，皆不拜，又擢護軍將軍，仍不就，至於兒娶女嫁，便有尚子平之意，纚纚書辭閒，其識宇度量，似非江左諸傳所可及。天若有晉，使昌於事業，當不在司徒叔、太傅公之下。而論者僅推其研精篆素盡善盡美而已。吁，是何其不知右軍者耶！

繭紙一帖，辨者多矣，自有確論，固不復云。獨愛我澤卿續燈詩書之系，膏肓大雅之傳，凡所考訪，一一詳的，直有括囊流略，苞舉藝文，編該緗素，殫極丘墳之意。因以此叙《博議》，且以策兒曹之苟簡鮮工云。開禧元年十二月望日，四明高文虎書。

文淵閣四庫全書本《蘭亭續考》卷一。

王厚之藝話（七則）

王厚之（一一三一～一二〇四）字順伯，號復齋，其先臨川（今江西撫州）人，徙諸暨（今浙江諸暨）。紹興二十六年，以鄉薦舉首入太學，乾道二年進士。淳熙十二年，監都進奏院。十五年，除秘書郎。十六年，除淮南路轉運判官。紹熙四年，以兩浙路轉運判官權知臨安府。五年，放罷。歷提點坑冶鑄錢，官至江東提刑，以直寶文閣致仕。嘉泰四年卒，年七十四。博雅好古，與尤袤並稱。多藏先代彝器及金石刻，參詳考訂，著爲《復齋金石錄》，已佚。

一　諸家藏《蘭亭叙》帖跋

定武之說不一，有李學究所藏，見《春渚記聞》；有孟水清所獻，見姚氏《叢語》。又《集古》所錄四本，其得於王文公家者與定武民間兩本分毫不異，當時自有數本明矣。今所見之種或闕或完，而完本又有肥瘦之異，世皆以定武目之，筆法相去不遠，皆是舊刻。而薛氏所摹易偶是闕本，或者遂以完闕辨先後，而謂薛氏鑱去五字以自別，未爲至論。然校三本之優劣，則肥而完者最得運筆意。薛道祖籤題爲唐古本，乃此帖也，尤爲可寶。王厚之，淳熙戊戌五月甲寅。文淵閣四庫全書本《蘭亭考》卷六。

二　長興施氏《蘭亭叙》帖跋

定武《蘭亭叙》，熙寧中薛師正爲帥，其子紹彭竊歸洛陽，鏨損"湍流帶右天"數字以惑人。宣和間歸御府。建炎初宗澤送之維揚，金騎焚維揚，方不知所在。此本未鏨損，乃舊日定武所拓，尤可貴重。黃太史謂"肥不剩肉，瘦不露骨"，謂此帖也。臨川王厚之。《蘭亭考》卷六。

三　定武《蘭亭》帖跋

《修禊序》，唐人所摹，最有典型者。李學究得此石，携以遊四方，而終於定武。

宋景文爲帥，取而龕之郡齋，遂以定武本著名於世。熙寧中，薛師正之子道祖摹刻僞本，易取歸洛陽，掩其跡，而於攜去之石，鐫損"湍"、"流"、"帶"、"右"、"天"數字以爲異。其跡終不可掩。宣和間竟歸天上。其始末大略如此。其獨冠於他本者，山谷所謂"肥不剩肉，瘦不露骨"，蓋其彷彿矣。此紙乃未歸薛氏時所摹，尤爲可貴。王厚之書。慶元丁巳下元日。《蘭亭考》卷七。

四　高續古本《蘭亭》帖跋

《修禊序》乃留定武未歸薛氏本，承平日已不易得，況今日乎？臨川王厚之。《蘭亭考》卷七。

五　徐仁叔藏《樂毅論》帖跋

《樂毅論》，淳熙癸卯歲徐仁叔持以見遺，云此即周越《法書苑》所記高紳學士得於秣陵井中者也。紳之子安世死於吳，其家以石質錢，沒入州民錢氏。錢氏遺火石焚，裂爲數片，雖未甚損闕，素厭州縣索取，因紿以不存。熙寧間，吳中大饑疫，始出碎石求售。趙子立捐黃金數十兩得之，鐵掬匣藏，躬自濡紙，以綿帛漬墨搨取，所傳於人蓋寡。子立死，以授徐平甫，徐氏二世秘藏，不以語人。雖極加愛護，亦日就剝落。今則石面盡脫，初見若不復有字，側目細視，僅存髣髴。揭取稍不謹，石屑隨紙而起，想不復能傳遠矣。

子立名疎，泉南人，曾漕兩浙，爲都水使者。二女，無子。徐平甫諱康直，實子立長壻。仁叔名壽卿，平甫孫也。因以其說考之。歐陽公《集古錄》云："高紳死，其子弟以石質錢於富人，富人失火，遂焚其石，今無復有本矣。"趙德甫《金石錄》云："《集古》云非也。元祐間予侍親官徐州，時故郎官趙疎被旨開呂梁洪，挈此石隨行，已斷裂，用木匣貯之。疎甚珍惜，親舊有求墨本者，必手摸以遺之。歿，今遂不知所在。"蓋歐公爲質錢所紿，而趙德甫不知後歸徐氏也。

按褚遂良《右軍書目》，《樂毅論》四十四行，而高紳舊本存二十九行，又闕一角，損者九行，而最後二行止有一字，至"海"字止，字之全者三百五十七。今伯仁所摹可見者一百八十九字，又內二十二字不全，疏瘦僅存字骨，不復見運筆勢矣。予先得舊本，校歐陽氏所藏文忠公本，分毫不異。今又得此，遂附其後。可以見物之變遷，雖金石之堅，亦就泯滅也。臨川王厚之。叢書集成本《寶刻叢編》卷一四。

六　書《石鼓文》後

右《石鼓文》，周宣王之獵碣也。唐自貞觀以來，蘇勗、李嗣真、張懷瓘、竇臮、竇蒙、徐浩咸以爲史籀跡，虞世南、歐陽詢、褚遂良皆有墨妙之稱。杜甫《八分小篆歌》叙歷代書，亦廁之倉頡、李斯之間。其後韋應物、韓愈稱述爲尤詳。至本朝，歐陽修作《集古録》，始設三疑，以韋、韓之説爲無所考據。後人因其疑而增廣之。南渡之後，有鄭樵者作《釋音》，且爲之序，乃摘"丞"丞、"殹"也二字，以爲見於秦斤、秦權，而指以爲秦鼓。僞劉詞臣馬定國以宇文泰嘗蒐岐陽，而指以爲後周物。

嗚呼，二子固不足爲石鼓重輕，然近人稍有惑其説者，故予不得不辨。《集古》之一疑曰：漢桓、靈碑大書深刻，磨滅十八九。自宣王至今爲尤遠，鼓文細而刻淺，理豈得存？予謂碑刻之存亡，繫石質之美惡，摹拓之多寡，水火風雨之及與不及，不可以年祀久近論也。且如《詛楚文》刻於秦惠文王時，去宣王爲未遠，而文細刻淺過於石鼓遠甚，由始出至近歲，戕害所不及，至無一字磨滅者。顏真卿《干禄》字刻於大曆九年，顯暴於世，工人以爲衣食業，摹揭爲多，至開成四年纔六十六載，而遽已訛闕。由是言之，年祀久近不足推其存亡，無可疑者。

二疑以謂自漢以來博古之士略而不道。三疑以謂隋氏藏書最多，獨無此刻。予謂金石遺文涸於瓦礫，歷代湮没，而後世始顯者爲多。三代彝器或得於近歲，其制度精妙，有馬融、鄭玄所不知者。又《詛楚文》筆跡高妙，世人無復異論，而歷秦漢以來數千百年，湮沉泉壤，近歲始出於人間，不可謂不稱於前人，不録於隋氏，而指爲近世偽物也。予意此鼓之刻雖載於傳記，而經歷代亂，離散落草莽。至唐之初，文物稍盛，好事者始加採録，乃復顯於世。及觀蘇勗叙記，尤喜予言之爲得也，則夫隋氏之不録，又無足疑者。況唐之文籍，視今爲甚備，而歷秦不敢爲臆説。自貞觀以來，諸公之説若出一人，固不特起於韋、韓也。而韋應物又以爲文王之鼓，宣王刻詩，言之如是之詳，當時無一人非之，傳記必有可考者矣。小篆之作本於大篆，"丞"、"殹"二字見於秦器，固無害。況"丞"字從山，取山高奉丞之義，著在《説文》，字體宜然，非始於秦也。唐初去宇文周爲甚近，事語尚在於長老耳，使文帝鑄功勒成，以告萬世，豈細事哉？宜時人共知之。況蘇勗之祖邳公綽用事於周，文物號令悉出其手，豈得其賢子孫乃不知其祖之所作者乎？

嗚呼，三代石刻存於世者，壇山，"吉日癸巳"刻於此耳，而"吉日癸巳"無所考據，獨此鼓昔人稱説如是之詳。觀其字畫奇古，足以追想三代遺風，而學者因可以知篆隸之所自出，好異者又附會異説而詆訾之，亦已甚矣。其鼓有十，因其石之自然粗有鼓形，字刻於其旁。石質堅頑，類今人爲碓磑者。其初散在陳倉野中，韓吏部爲博士時，請於祭酒，欲以數橐駝輿致太學，不從。鄭餘慶始遷之鳳翔孔子廟，經五代之亂，又復散失。本朝司馬池知鳳翔，復輦至於府學之門廡下，而亡其一。皇祐四年，向傳師搜訪而足之。大觀中歸於京師，詔以金填其文，以示貴重，且絶摹拓之患。初致之辟廱，後移入保和殿。靖康之末，保和珍異北去，或傳濟河遇大風，重不可致者，棄之中流。今其存亡特未可知，則拓本留於世者，宜與法書並藏，詎可輕議也哉！

紹興己卯歲，予得此本於上庠，喜而不寐，手自裝治成帙。因取薛尚功、鄭樵二音，參校同異，並考覈字書而是正之，書於帙之後。其不知者，姑兩存之，以俟博洽君子而質焉。四部叢刊本《古文苑》卷一。

七　書《詛楚文》後

　　《詛楚文》有三，《告巫咸文》在鳳翔東坡，《鳳翔八觀詩》嘗紀其事。舊在府廨，徵歸御府。述秦穆公與楚成王相好，及熊相倍十八世詛盟之罪。以《史記》世家、年表考之，秦自穆公十八世至惠文王，與楚懷王同時，此詛爲懷王也。文淵閣四庫全書本雍正《陝西通志》卷九八。

葛郛藝話（一則）

葛郛（生卒年不詳），號澹齋居士，丹陽（今江蘇丹陽）人，徙湖州，立方長子。乾道八年以奉議郎知江寧縣。淳熙中知興化軍，七年通判鎮江府。著有《載德集》四卷。

跋李公麟《瀟湘臥遊圖》

昔東坡題宋復古《瀟湘晚景圖》，有"照眼雲山出，浮天野水長"等句。余觀此筆，雖不置身巖谷中，而心固與景俱會矣。

圓照老人早悟靈機，洞見佛祖根源，視六塵境界如夢幻泡影，而寒煙澹墨，猶復襲藏，所謂寓意於物而不留意於物也。乾道庚寅十月晦日，澹齋居士葛郛跋。文淵閣四庫全書本《石渠寶笈》卷四四。

張泉甫藝話（一則）

張泉甫（生卒年不詳）號愚齋，乾道時人。

跋李公麟《瀟湘卧遊圖》

雲谷禪隱有《瀟湘圖》，諸大士題跋下語説真説幻，僕不免畫蛇添足。

凡物苟有可觀，皆有可樂，不必以真幻爲斷當也。瞿曇氏以山水爲幻融結，幻對真生，真假幻行，真幻之見不立，是圖存亦可，亡亦可。兔起鶻落，少縱則逝，當知東坡之意不但施於善畫者。辛卯秋，愚齋張泉甫題。文淵閣四庫全書本《石渠寶笈》卷四四。

周蒙藝話（一則）

周蒙（生卒年不詳），湖州長興（今浙江長興）人。紹興二十一年進士。乾道二年爲黄巖縣令，時郡督賦甚急，蒙於公牒書一絕以歸。

題米元章道林詩帖

米元章字畫，類能用其所長，往往不擇紙筆，皆得如意。至於險怪脱略，雖其病處，亦自成妍者也。慶元戊午秋八月，周蒙題。叢書集成初編本《寶真齋法書讚》卷二〇。

沈端節藝話（一則）

沈端節（生卒年不詳）字約之，號克齋，湖州（今浙江湖州）人，寓居溧陽。令蕪湖，知衡州，提舉江東茶鹽。乾道間主管官告院，淳熙間官至朝散大夫。所著有《克齋詞》，今存。

《蘭亭序》跋

《蘭亭》得於薛氏最善，薛與西京王參政家世爲婚姻，所藏二百本。伯父、伯兄皆壻王氏，崇、觀間分二十本，余得其一。南渡以來所見雖多，大抵皆晚，故多剥闕，然今亦未易得。沈端節約之識，淳熙己亥十月既望。文淵閣四庫全書本《蘭亭考》卷七。

羅頌藝話（一則）

羅頌（？～一一九一）字端規，徽州歙縣（今安徽歙縣）人，汝楫子。紹興二十二年以父蔭補承務郎，注臨安府餘杭縣浣坎鎮，改監潭州南嶽廟、鎮江府排岸。差湖北帥司主管機宜文字，行在檢點贍軍酒庫所幹辦公事。通判鎮江府，擢知鄆州。紹熙二年，卒。性嗜書，不阿附，與其弟羅願並稱。所爲詩文，藏稿數十，筆力高古，奇詭跌宕，人謂有西漢風。著有《狷庵集》，已佚，其遺文收入《粵雅堂叢書》本《鄂州小集》後。

《蘭亭序》墨本

文皇嗜好非聲色，偶愛《蘭亭》亦其癖。河南猶恐後來聞，竟使昭陵隱眞跡。世間能悟知幾人，墨本眞傳意愈勤。有似春雲隱明月，光影還到千江分。法曹得此深恨晚，有客攜從大梁遠。多言南渡曾罕見，大勝薛家蟬翼。本嗟我學書從少年，較計點畫分媸妍。老拈撅筆萬事懶，忽見錦軸心凄然。眞行姿媚公所取，篆隸何妨更兼有。退之但作《石鼓歌》，談笑譏訶換鵝手。文淵閣四庫全書本《蘭亭考》卷十。

張孝祥藝話（一二則）

　　張孝祥（一一三二～一一七〇）字安國，號于湖居士，歷陽烏江（今安徽和縣）人。少穎悟，讀書過目不忘，下筆頃刻數千言。年十六，領鄉薦，再舉冠里選。紹興二十四年進士，高宗因其詞翰俱美，擢爲第一，退秦檜之孫塤爲第三，大忤秦檜。又上疏頌岳飛冤獄，授簽書鎮東軍節度判官。二十五年，召爲秘書省正字，遷校書郎。二十七年，遷秘書郎、著作郎，累遷起居舍人、權中書舍人，爲御史中丞汪徹劾罷。尋起知撫州。孝宗即位，知平江府。張浚北伐，薦除中書舍人，遷直學士院兼都督府參贊軍事，兼領建康留守。宋軍符離潰師，被劾落職。湯思退罷，起知靜江府兼廣南西路經略安撫使，復以言者罷。起知澤州，權荊湖南路提點刑獄，遷知荊南、荊湖北路安撫使，所歷皆有政績。乾道五年，因疾以顯謨閣直學士致仕。六年卒，年三十九。張孝祥值主戰、主和兩派鬥爭激烈之際，力主抗金，除積弊，裁冗官，明賞罰，求實才。所作詩文詞，都圍遶抗金主旨。其詞充滿愛國熱情，兼有沉雄與曠放俊逸之美，風格接近蘇、辛。其詩文也頗受時人稱譽而廣爲流傳。韓元吉《張于湖詩集序》盛讚其詩，謂"其歡愉感慨莫不發於詩，好事者稱嘆，以爲殆不可及"。謝堯仁《張于湖先生集序》則盛讚其文，謂"如大海之起濤瀾，泰山之騰雲氣，倏散倏聚，倏明倏暗，雖千變萬化，未易詰其端而尋其所窮"。但其詩、文的整體成就不及其詞。工書法，尤長篆書、大字。所著有《于湖居士文集》四十卷，《于湖先生長短句》五卷、拾遺一卷。

一　題張仲欽所藏隆茂宗畫《登瀛圖》

　　老隆已死畫筆枯，畫歸天上人間無。公從何處得此圖，明眼嶺海三嘆吁。天策上將天爲徒，指揮羣龍清八區。褒鄂英衛供掃除，功成告廟金糢糊。歌童舞女不願渠，乃此數士相爲娛。鐵面苦口談詩書，直欲措世如唐虞。老隆妙手神所摹，蒼頭廬兒亦敷腴。祝公歸直承明廬，願持此道補帝裾。文淵閣四庫全書本《于湖集》卷二。

二　題蔡濟忠所摹御府米帖

　　生前官職但執戟，身後一字萬金值。當時雷霆不收拾，世間不復有遺逸。上清虛皇手自擇，編星爲囊雲作笈。流鈴擲火守護密，君從何處見真跡？知君定通玉帝籍，太微垣中賜餘墨。龍騰虎卧摹不得，想君神授五色筆。江南鈎鑕腕中力，釵折屋漏千態出。整整十卷字猶濕，光彩激射海爲立。平生我亦有書癖，對此懌悦心若失。口呿汗下屢太息，十日把玩不得食。作牋天公拜稽首，乞我此老生時一。雙手爲君痛飲百斛酒，墨池如江筆如帚，一掃萬字不停肘。《于湖集》卷二。

三　賦衡山張氏米帖

　　人物千年海嶽翁，筆精墨妙與天通。傳聞有帖藏張姓，怪底湘江月貫虹。《于湖集》卷十一。

四　借魏元理畫

　　復古殿中留醉墨，只今神品世間無。衡山尚畫傳家寶，花鴨來禽肯借不？《于湖集》卷十一。

五　題畫

　　權郎筆墨禪，往者屢參請。斯人骨已朽，妙處一笑領。《于湖集》卷十二。

六　龔養正寫真贊

　　山澤臞儒詩中仙，獨立骯髒遺拘攣。服以幽蘭佩芳荃，臨風高詠《離騷》篇。不知畫工胡爲而得其傳耶？四部叢刊本《于湖居士文集》卷一五。

七　跋山谷帖

　　字學至唐最勝，雖經生亦可觀，其傳者以人不以書也。褚、薛、歐、虞，皆唐之名臣，魯公之忠義，誠懸之筆諫，雖不能書，若人何如哉！

　　豫章先生孝友文章，師表一世，欬唾之餘，聞者興起，況其書又入神品，宜其傳寶百世。恭聞徽宗皇帝評公之書，謂如抱道足學之士坐高車駟馬之上，橫斜高下，無不如意。聖人之言經也，晚學小生尚安所云！《于湖居士文集》卷二八。

八　跋《道德經》碑

荊州開元觀直牙城西五百步，有南極注生鐵像，祥符八年更爲天慶觀，紹興五年，遷觀楚鎮門之東，舊觀廢。

乾道五年春，某與客過焉，像在壞垣中，覆以竹屋；屋後積草，草中小碑高三尺，即《初建天慶觀記》。去草，見碑趺隱隱有字，洗刮久之，可讀，蓋唐明皇所注《道德經》，是時詔天下道觀皆立經幢。因火中折。天慶之役，官吏督促，妄道士不暇它求石，即取折幢穴其腹植碑焉。經文行草，注楷法，行間茂密，唐經生固多善書，然此或非經生所能辦也。既還碑天慶，發地出趺，合八方，得三千餘字，剝闕斷續，益奇古，百夫輦致文公堂下。歷陽張某識。《于湖居士文集》卷二八。

九　跋周德友所藏後湖帖

德友少時趣尚奇偉，一斗百篇，諸老先生慕與之遊。今歲晚矣，訖未有識，一飽之不謀，可歎也。右《後湖書帖》自甲軸至己。紹興二十八年三月望。《于湖居士文集》卷二八。

一〇　題《單傳閣記》後

去年九月，某守建康，公行部至郡，嘗見屬書此記，時文未具也。今年夏，某將赴桂林，道過隱靜，則記成而公蓋死矣。感欷以泣，敬如公志。《于湖居士文集》卷二八。

一一　題陳擇之《克齋銘》

陳琦擇之，名其齋曰克，張敬夫爲之銘。某復爲書聖師問答與敬夫之銘，置齋中左右序。乾道丁亥七月，張某識。《于湖居士文集》卷二八。

一二　跋李公麟《石鼎聯句圖》

張孝祥安國氏觀於南郡衙公堂上，信一代奇筆也，養正善藏之。乾道戊子八月十日。文淵閣四庫全書本《石渠寶笈》卷六。

程迥藝話（一則）

程迥（生卒年不詳）字可久，學者稱沙隨先生，寧陵（今河南寧陵）人，徙居餘姚（今浙江餘姚）。年十五喪親，孤貧飄泊。二十餘始知讀書。隆興元年進士，授泰興尉，調德興丞。淳熙九年，知進賢縣，調信州上饒縣。爲政寬明，禮賢下士，朱熹稱其博通世務，非獨章句之儒，"老於州縣，深爲可惜"（《答尤尚書袤》）。後奉祠，寓居鄱陽之蕭寺。官終朝奉郎。師從汪應辰等，深於經學，著書甚富，有《春秋傳顯微例目》《論語傳》《孟子章句》《文史評》《户口田制貢賦書》《度量權三器圖義》《四聲韻》《淳熙雜志》《南齋小集》等，已佚。今存者有《三器圖義》《醫經正本書》《周易古占法》《周易章句外編》。

跋歐公小草

張湯逞君之惡，賊殺不辜，獨以推賢揚善，有後於漢。文忠公推賢揚善之功，一時元老鉅公多出其門，非湯所敢望其萬一，而無湯之罪。今其後止有選人三數輩，景德監鎮俣得替半年未得去，又選人之困者也。天之報施，有時而爽，可爲慨歎。

堯舜一傳已不振，吾於文忠何恨？雖然，令聞廣譽，常若袞繡，筆力千鈞，常若壯夫，豈與曹蜍輩富貴宦達者同日語哉！中華書局一九八一年校點本《遊宦紀聞》卷一〇。

趙彥衞藝話（二三則）

趙彥衞（生卒年不詳）字景安，浚儀（今河南開封）人。魏王廷美七世孫。約宋寧宗慶元初前後在世。以學識見稱於世，被人視爲"外吏而內儒，學而有用者"（《擁爐閒話序》）。孝宗隆興元年進士。紹熙間，宰烏程縣，有治名。又通判徽州，官新安郡守。著有筆記《雲麓漫鈔》。《雲麓漫鈔》初名《擁爐閒話》，其內容"記宋時雜事者十之三，考證名物者十之七"（《四庫全書總目》）。其中不少資料，如記建寧府松溪縣銀礦及礦工生活（卷二）、浙東河流及船工生活（卷九）、出使全國的路綫里程（卷八）及送迎金使的經費數字（卷六）等，頗有史料價值。此外考訂天文、地理、名物制度，則往往賅博；搜採方言俗諺，載述詩詞遺文，亦頗多參考價值。又如呂大防《長安圖》，原書已佚，此存其概；章援與東坡書，向來不爲人注意；韓愈、歐陽修個別佚文，呂本中《江西詩社宗派圖》等亦賴以保存。但其考證亦間有紕漏。

《雲麓漫鈔》（選錄 二三則）

淵聖皇帝居東宮日，親灑宸翰，畫唐十八學士，並書姓名序讚，以賜宮僚張公叔夜。靖康初，張以南道總管自鄧領兵勤王京師，拜樞密，以不肯推戴異姓，取過軍前，飲恨而薨。長子慈甫從行，慈甫閣中攜畫南來，諸叔屢取之，不與。有以勢力來圖者，慈甫閣令人以贋本遺之，今豫章刻是也。丞相李公伯紀爲之頌序，以爲閣立本畫，褚亮贊，而御書十八人姓名。畫既不精，而讚中字亦有故與改之者，李初不考也。後邊人請和，慈甫來取其室，有旨還之。先妣乃樞密公之姪，而樞密夫人亦先人諸姑。先人在樞密勤王幕中經理諸孤南來，慈甫之閣，留宸翰付先君以行。慶元五年，余爲天台倅，以宸翰刻諸台倅公廨，並載其事。丞相京公得其本，答書云："鄉里所刻爲贋本無疑矣。"

高宗嘗書《車攻篇》，賜樞密沈公與求必先，字甚大，重字皆更一體書，雲漢昭回，今古罕儷。聖政書作賜宰臣，誤矣。嘗敬觀於孫公侍郎處。_{侍郎公諱誐。} 以上文淵閣四庫全書本《雲麓漫鈔》卷一。

《瘞鶴銘》，在今鎮江府大江中焦山後巖下，冬月水落，布席仰臥，乃可摹印。紹興中，訪舊本，有使者過，命工鑿取之。石頑重，不可取。祇得十許字，又以重不能攜，但攜一兩字去，棄其餘，今通判東廳者是也。

舒州皖公山洞，留題者甚眾。沈樞密复曩嘗遊，見洞上莓苔剝落處露一字，"日"下"火"，知非今人名，試命抉剔之，乃唐李翺題，字甚勁健。予嘗親到，名公題刻已徧，山水殊勝。

岳州華容縣玉眞宮柱上有謝仙火字，常州宜興縣善拳寺佛殿柱上有侯、米、謝字，湖州項王廟覺海寺亦有侯、米等字，皆倒書。《六一集·跋龍書》云："恐是簿筏中記號。"

宣和書畫學之制：學生習篆者，蟲魚、古今大小二篆；習隸者，習羲、獻、歐、虞、顏、柳眞行；習艸者，習章草、張芝；兼習諸家者，聽諸書方圓肥瘦適中，鋒藏筆勁，氣清韻古，老而不俗爲上；或方而有圓，或圓而有方，或瘠而不怯，或肥而不濁，若得一體者爲中；方而不能圓，肥而不能瘠，做古人得其筆畫而不得其均齊可觀者爲下。至諸畫筆意簡全，不模倣古人而盡物之情態，形色俱若自然，意高韻古爲上；模倣前人而能出古意，形色象其物宜，而設色細、運思巧爲中；博模圖繪，不失其眞爲下。其習有六：一曰佛道，二曰人物，三曰山川，四曰鳥獸，五曰竹花，六曰屋木。各以釋名。以上《雲麓漫鈔》卷二。

古碑有重字，多作疊畫，今人或寫"又"字，不若作疊畫爲雅馴。秦《嶧山碑》，李斯小篆所題御史大夫有夫而不着大，但於下作疊畫。衛宏說："夫，大夫也。"古一字有兩名者，因就注之。孔子作"大夫"及"千人"字如此。"天"字從"大"從"一"，蓋"夫"中有"大"字；"千"字從"一"從"人"，"千"中有"人"字。古人從簡，每遇此二字則作疊畫。

今之太常所用祭器、雅樂，悉紹興十六年禮器局新造，祭器用《博古圖》，雅樂用大晟府制度。大晟樂用徽宗君指三節爲三寸，崇寧四年所鑄景鐘是也。紹興之制，則用皇祐二年製造大樂中黍尺，景鐘高九尺，垂則爲鐘，仰則爲鼎；鼎之大，中容九斛，中聲所極，退藏則八斛有一焉。時鑄匠鄭眞以謂高九尺，約度金分厚薄，取應聲律，退藏可容二千斛，數即不應八斛有一；緣九尺之高，則金分太薄，難以取應聲律。故止令高九尺，厚薄樣則隨宜鎔造。以上《雲麓漫鈔》卷三。

唐人書皆有楷法，今得唐碑，雖無書人姓氏，往往可觀。說者以爲唐以書判試選人，故人競學書，理或然。國朝亦重楷法，如歐陽永叔、蔡君謨諸公是也。自蘇、黃、米一洗翰墨蹊逕，而行書多矣。

予家有米元章《評書》云："善書者歷代有之。梁武帝評書，從漢至末梁得三十四人；襄陽米芾評書，隋唐及今又得一十四人。僧智果書雖骨氣清健，大小相雜，如十五貴人謂偏性，方循繩墨，忽越規矩。褚遂良書如熟戰御馬，舉動從人意，而別有一種驕色。虞世南書如學術休糧道士，神氣雖清而體勢瘦困。歐陽詢書如新瘥病人，顏色憔悴，舉動辛苦。柳公權書如深山得道之士，修養已成，神氣清健，無一點塵俗。顏真卿書如項羽掛劍，樊噲排突，硬弩欲張，鐵柱嶷立，昂然有不可犯之色。李邕書如乍富小民，舉動崛強，禮節生疏。徐浩書如蘊德之士，容顏溫厚，舉措端正，體氣純白。沈傳師書如龍遊天表，虎嘯溪傍，神采自如，骨法清虛。周越書如輕薄少年舞劍，空健而鋒刃交加。錢易書如美丈夫，肌體充悅而神氣清秀。蔡襄書如少年女子，體態妖饒，行步緩慢，多飾鉛華。蘇舜欽書如五陵少年，訪雲尋雨，駿馬春衫，醉眠芳草，狂歌酕醄。張友直書如宮女插花，嬪嬙對鑑，端正自照，別有一種情態。繼其人者，襄陽米芾也。"

優人雜劇，必裝官人，號為"參軍色"。按《西京雜記》：京兆有古生嘗學縱橫、揣摩弄矢、搖丸、捭闔之術，為都掾史四十餘年，善詆謾二千石，隨以諧謔，皆握其權要而得其歡心。趙廣漢為京兆，下車而黜之，終於家。至今排戲皆稱古掾曹。又《樂府雜錄》：漢館陶令石耽有贓犯，和帝惜其才，免罪。每宴，令衣白衫，命優伶戲弄辱之，經年乃放。後為參軍。本朝景德三年，張景以交通曹人趙諫，斥為房州參軍。景為《屋壁記》曰："近到州，知參軍無員數，無職守，悉以曠官敗事、違戾改教者為之。凡朔望饗宴，使預焉，人一見必指曰參軍也。倡優為戲，亦假為之，以資玩戲。"今人多裝狀元、進士，失之遠矣。以上《雲麓漫鈔》卷五。

宣和中，陝右人發地，得木簡於甕，字皆章草，朽敗不可詮次。得此檄云："永初二年六月丁未，朔廿日丙寅得車騎將軍幕府文書，上郡屬國都尉、二千石守丞、廷義縣令三水，十月丁未到府受印綬，發夫討畔羌，急急如律。今馬四十匹，驢二百頭，日給。"內侍梁師成得之，以入石。未幾，梁卒，石簡俱亡，故見者殊鮮。吳思道親睹梁簡，故賦其祕古堂云："異錦千囊更妙好，中有玉匧藏漢草。"榮次新，吳出也。得其模本示余。按章草今在世益少，唯《急就章》見在，並諸帖所傳耳。然《急就》轉模，失真愈遠，《官帖章草》《皇象索靖》等書，與張芸叟所珍《鵁鶄賦》，又率是贗作，黃長睿已嘗辨於《東觀餘論》。然則此檄當為今章草第一也。米元章《淮鱗帖》卷內稱，章草乃章奏之章。今考之，既用於檄，則理容概施於章奏。蓋小學家流，由古以降，日趨於簡便，故大篆變小篆，小篆變隸。比其久也，復以隸為繁，則章奏文移，悉以章草從事，亦自然之勢，故雖曰草，而隸筆仍在，良由去隸未遠故也。右軍作草，猶是其典型，故不務為冗筆。逮張旭、懷素輩出，則此法掃地矣。《雲麓漫鈔》

卷七。

余外舅家，收柳公權親筆啟草二十四，皆小楷，字僅盈分，而結體遒媚，意態舒遠，有尋丈之勢。紙長不過七尺，廣亦如之。中興重興祕省，賀方回之子首以獻書得官，秦太師付以搜訪遺逸。外舅之兄張公觀言以所得，託賀納之秦府，秦進之上。方張自待次虔州瑞金簿，易監文思院，其季復以所得投之中人，引秦事為證，亦歸天上。獨外舅兩啟尚存，云："上翰林柳學士瓛：某謬至顯榮，皆承闕乏。昨者璽書慰勉，蘭省遷超，雖上意欲壯於軍威，在外臣轉深於官謗，此皆學士曲垂獎會，潛為扶持，繼音容於北風，為主人於東道；況兼姻媾，早接清華，推魏公感外家之情，用何氏奉諸姨之敬，念深外妹，亦愛愚夫。不然，則安得道已隔而分更敦，官轉尊而志愈下？藏之不忘，佩以彌芳；思奉冰霜，邈同雲漢。仰計亘霄路於高閣，隔人烟於禁垣。嘯傲霞高，從容日近；間揮彩筆，時弄紫泥。益彰叔夜鸞鶴之姿，轉映王恭神仙之狀；便當乘御灝氣，濯弄瑤池，秉陰陽之鑪錘，輔天地之橐籥。異時獲賜，今日先知；瞻望風猷，常在魂夢。某再拜。"又："侍郎頡頑重霄，騰稜迥漢，刻名仙館，絕跡人寰。潤飾洪猷，承迎中旨；金莖瑞露，雲表先嘗。玉輦靈桃，窗間暗識；方茲獨步，誰敢爭衡？況藝奮神工，時推妙翰；鳳鸞異態，龍虎殊姿。白首何人，墨池誰子；後生是畏，前聖有言。若非思與神凝，韻無俗累，則安能致茲酋逸，超彼等夷，窮鍾、蔡之楷模，入王、羊之閫域。往者韋相公嘗謂侍郎能以書諫者，今則行執陶鈞，坐登台輔；終提一筆，以絕百僚；後命之來，延頸而俟。某素無勳效，叨濫寵榮；一授藩垣，兩遷官秩。猶以處牀操扇，粗識孤虛；跨馬彎弓，未為遲暮。誓將丹懇，以奉休明。所冀侍郎猥錄孤微，終垂庇遇，使其晚節無愧平生下情。"云云。前輩俱跋為柳筆，然非柳亦不能造此。但啟中有"筆諫"之語，豈它人上柳啟，柳自書之耶？當有辨之者。《雲麓漫鈔》卷八。

近日優人作雜班，似雜劇而簡略。金人官制，有文班、武班；若瞽、卜、倡優。謂之雜班。每宴集，伶人進，曰："雜班上。"故流傳及此。《雲麓漫鈔》卷十。

黃鐘、太簇、姑洗、蕤賓、夷則、無射，此六者，為陽月之管，謂之律。律者，法也，言陽氣施生，各有法也。又律者，述也，所以帥道陽氣，使之通達。所謂大呂、應鐘、南呂、林鐘、仲呂、夾鐘，此六者為陰律之管，謂之呂。呂者，助也，言陰氣沈伏，各有助也。泠州鳩曰："夫六，中之色，故名之一曰黃鐘，所以宣養六氣、九德也。由是第之，二曰太簇，所以金奏贊陽出滯也。三曰姑洗，所以清潔百百物，考神納賓也。四曰蕤賓，所以安靜神人，獻酬交酢也。五曰夷則，所以詠歌九德，平民無貳也。六曰無射，所以宣布哲人之令德，示民軌儀也。為之六間，以揚沉伏而黜散越也。元間大呂，助宣物也；二間夾鐘，出四隙之細也；三間仲呂，宣中氣也；四間林鐘，和展百事，俾肅純恪中也；五間南呂，贊陽秀也；六間應鐘，均利器用，俾應復也。"

黃鐘,中色,君之服也。鐘者,種也。天之中數五,五爲聲,聲尚宮,五聲莫大焉。故陽氣施鐘於黃宮,滋萌萬物,爲六氣元也。以黃色名元氣律者,著宮聲也。宮以九唱六,變動不居,周流六虛。位於子,十一月。大呂:呂,族也,言陰大,族助黃鐘宣氣而生物也。位於丑,十二月。太蔟:蔟,奏也,言陽氣大,奏地而達物也。位於寅,正月。夾鐘:言陰夾助太蔟宣四方之氣而出種物也。位於卯,二月。姑洗:洗,潔也,言陽氣洗物姑潔之也。位於辰,三月。仲呂:言微陰始起未成,著於其中旅助姑洗宣氣齊物也。位於巳,四月。蕤賓:蕤,繼也;賓,送也,言陽始導陰氣使繼養物也。位於午,五月。林鐘:林,君也,言陰氣受任物,助蕤賓主種物使長大茂盛也。位於未,六月。夷則:則,法則也,言陽氣正法度而使陰氣夷當傷之物也。位於申,七月。南呂:南,任也,言陰氣族助夷則任成萬物也。位於酉,八月。無射:射,厭也,言陽氣究物而使陰氣畢剝落之,終而復始,無厭已也。位於戌,九月。應鐘,言陰氣應無射,該藏萬物而雜陽閡鐘也。位於亥,十月。十二月還相爲宮。

伏羲氏作《易》,紀陽氣之初,以爲律法。建日冬至之聲,以黃鐘爲宮,太蔟爲商,姑洗爲角,林鐘爲徵,南呂爲羽,應鐘爲變宮,蕤賓爲變徵,此五聲之正也。各統一日,其餘以次運行,當日者爲宮,而商徵以類從事。

十二月管相生之次,至中呂而匝。黃鐘爲第一宮,下生林鐘爲徵,上生太蔟爲商,下生南呂爲羽,上生姑洗爲角。林鐘爲第二宮,太蔟爲第三宮,其餘爲宮與推五聲,同第一宮法。

古十二律,京房衍爲六十律,以律所生者爲夫婦,以呂所生者爲母子;律所生者常同位,呂所生者常異位,故曰"律娶妻,呂生子"。律左旋,呂右轉。黃鐘爲天統者,黃鐘十一月陽始生,故黃鐘爲宮以祀天;林鐘爲地統者,林鐘六月坤始生,故林鐘爲宮以祀地;夾鐘爲人統者,夾鐘二月即日之所自出,夾鐘爲宮以祀先祖;皆以類求之。先作律準,準之狀如瑟,而長丈,十三絃,隱間九尺,以應黃鐘之律九寸,中央一絃,下有畫分寸以爲六十律。蔡邕已曰:"今無能爲者。"魏列和制十二笛以求律,故有笛律;歌聲濁者用長笛長律,歌聲清者用短笛短律,聲濁者用三尺二笛,聲清者用二尺九笛,因名曰此三尺二調,此二尺九調。典部郎劉秀、鄧昊等,以三尺二寸者應無射之律,若宜用長笛執樂者,曰"請奏無射"。它十一律笛皆類此。於制爲雅,是因笛以求律也。宣和間,作樂求徵聲不得,嘗創爲燕樂,曰《黃河清曲》,其聲雜,故當時有"落韻詩"之誚。《周禮疏》:"濁者是角音,清者徵音。"今人却以軍中所吹角爲角聲,則角聲不可考矣。按八音,惟笛可以推尋。《晉唐·志》:"黃鐘,南呂爲羽,第三孔也；林鐘爲徵，第四孔也。"又曰："宮有三：一曰政聲，二曰下徵，三曰清角。宮有七聲，錯綜用之，凡二十有一。變伏孔四：一曰正角，出於角上；二曰倍角，近笛下；三曰變宮，近於宮孔倍，令下；四曰變徵，遠於徵孔倍，令高，或倍或半或四分一，皆不作孔而取其度，以近進退上下之法。"即今笛家於其孔按以指之或半、或上、或下取聲者是也，謂之拆搭。《晉書》又謂："準之用絃，緩急清濁，非管無以正也。"則知笛誠可以求律。今人忽而不知求，雖范蜀公、司馬文正公，亦皆泥於上黨之黍，宜乎律法日熄。嘗欲求善笛而問之，未暇。當有因余言而探賾者，律庶乎復顯矣。觀律準，則又知今之瑟，乃漢時律準，非古瑟也。古瑟，蓋五十絃云。

今人呼路岐樂人爲散樂。按《周禮》："掌教散樂。"釋云："散樂，野人爲樂之善者。"以其不在官之員內，謂之散樂。古之禮樂，於野人尚有可髣髴者。今之響鍉即編鐘，今之舞蠻牌即古武舞，舞三臺與調笑即古文舞，蓋古舞皆有行綴。自《大曲》《柘枝》之類徧行於宇宙間，而古舞亡矣。今反以三臺爲簡澹。古以鐘鼓爲樂，凡樂先擊鐘，繼之鼓。孟子曰："百姓聞王鐘鼓之聲。"今但用鼓，是以杖鼓易編鐘矣。鐘聲和緩，鼓聲急逼，磬則人皆不識，蓋釋氏擊銅鉢號曰磬。嘗見碑本，宣、尼十哲有持鉢者，是誤認爲磬也。以上《雲麓漫鈔》卷十二。

蕭條淡泊，此難畫之意，畫者得之，覽者未必識也。故飛走遲速，意淺之物易見；而閒和嚴靜，趣遠之心難形。若乃高下嚮背，遠近重復，此畫工之藝爾，非精鑒者之事也。不知此論爲是不，余非知畫者，強爲之說，但恐未必然也。然世謂好畫者，恐未必能知此也。此字不乃傷俗耶？

清濁二聲，爲樂之本。而今自以爲知樂者，猶未能達此，安得言其細微之旨？妙論精微，言不以多爲貴，而非人聰明，不能達其義。余嘗聽人讀佛書，其數萬言，謂可數談而盡；而溺其說者，以謂欲曉愚下人，故如此爾。然則六經簡要，愚下獨不得曉耶？

蔡君謨跋丁道《護興國寺碑》云："此書兼後魏遺法，與楊本微異。隋唐之交，善書者衆，皆出一法，道護所得最多。楊本開皇六年，去此十七年，書當益老，亦稍縱也。甲辰治平初元七日莆陽蔡襄記。"六一先生跋云："蔡君謨，博學君子也，於書尤稱精鑒。予所藏書，未有不更其品目者，其謂道護所書如此。隋之晚年，書學尤盛，吾家率更與虞世南皆當時人也。後顯於唐，遂爲絕筆。余所集錄開皇、仁壽、大業時碑頗多，其筆畫率皆精勁，而往往不著名氏，每執卷惘然，爲之歎息。惟道護能自著之，然碑刻在者尤少，余家集錄千卷，止有此爾。有太學官楊褒者，喜收書畫，獨得其所書《興國寺碑》，是梁正明中人所藏，君謨所謂'楊家本'者是也。欲求其本，爲不知碑所在，然不難得則不足爲佳物。古人亦云'百不爲多，一不爲少'者，謂此也。治平元年立春後一日太廟齋宮書。"以上六事見歐跋，不載集中。以上《雲麓漫鈔》卷十四。

袁采藝話（一則）

袁采（生卒年不詳）字君載，號梧坡，衢州西安（今浙江衢州）人。隆興元年進士。歷知樂清、政和、婺源三縣，官至監登聞鼓院。所著有《樂清縣志》十卷，《政和雜志》《縣令小錄》《袁氏世範》三卷，今存。

《鴈蕩山圖》序

唐一行禪師所言南戒，蓋至鴈蕩山而盡。山石像物賦形，步移即換，巖瀑噴濺霏沫，俄頃百態，且限以重岡復嶺，實不可模寫。

邑有倪端，世以畫鴈山名。某嘗因送迎及祠禱，三走山間，默記所歷，歸按其圖，差紊爲多。凡畫止一面，此山前後向背，左右偏側，皆有奇妙，雖善畫者尤難施工。乃與商較，令背者面，側者正，每寺爲小圖，附《樂清志》。一峰而三二名者，各隨其寺所見。又合爲大圖二，大抵東西四谷，自縣往者，由西始。西外谷有寺四，曰古塔、靈雲、寶冠、石門，其水流大芙蓉港，出纜嶼，其路平夷。西谷有寺七，曰能仁，曰羅漢、飛泉、普明、天柱、華嚴、瑞鹿。其水自峽流筋竹澗，出清江，皆峻嶺。自石門來者曰東嶺，自芙蓉來者曰丹芳嶺，自筋竹來者曰飛泉嶺，達於東谷曰馬鞍嶺。東谷有寺四，曰靈巖、淨名、靈峰、真濟，其水自峽流白溪，溪上有路通白溪驛。東北有嶺曰謝公嶺，達東外谷，有寺曰石梁。自石梁東北至雙峰，以達黃巖，左有谷曰南比閤。南閤乃鴈蕩之北，有崇德寺，水自蕩頂分流，山亦奇勝。舊圖不載，今附焉，庶見其大概云。天一閣藏明代方志選刊本永樂《溫州府樂清縣志》卷二。

張栻藝話（二三則）

張栻（一一三三～一一八〇）字敬夫，後因避諱改字欽夫，號南軒，漢州綿竹（今四川綿竹）人，徙居長沙（今湖南長沙），張浚子。幼穎悟，長師胡宏，以聖賢自期。紹興三十一年，隨父至潭州，築城南書院以教學者。三十二年，孝宗銳意北伐，浚爲江淮東西路宣撫使，辟爲都督府書寫機宜文字，力主抗金，反對議和。隆興二年，湯思退用事，主和議，隨父罷職。乾道二年，應劉珙之邀主講嶽麓書院。五年，知嚴州。六年，召爲吏部員外郎，兼侍講，遷左司員外郎。明年，出知袁州。七年，歸居長沙，講學著述。淳熙元年，起知靜江府，廣南西路經略安撫使。五年，除荆湖北路轉運副使，改知江陵府、荆湖北路安撫使。七年卒，年四十八，謚曰宣。淳祐初從祀孔子廟廷。張栻是湖湘學派的代表人物，與朱熹、呂祖謙被時人譽爲"東南三賢"。其主要成就在理學方面，以二程爲宗，明義利之辨，反復闡明去人欲，存天理。朱熹《答胡季隨書》稱其文章"最好是奏議文字及往還書中論時事處，確實痛切"。劉克莊《張尚書集序》稱"其詩冲淡和平，可薦之郊廟，非如孟郊、賈島鳴其窮愁而已"。著有《易説》《論語解》《孟子詳説》《二程粹言》《南嶽倡酬集》《漢丞相諸葛忠武侯傳》《南軒先生文集》等，清道光年間合刻爲《南軒全集》。

一　讀李邕碑

荒榛日莫倚筇時，歎息危亭北海碑。後輩但知尊字畫，當年不得戍邊垂。豈關貝錦能成禍，祇恐干將不自奇。杜老惜才千古意，如今誰詠六公辭。文淵閣四庫全書本《南軒集》卷四。

二　墨梅

眼明三伏見此畫，便覺冰霜抵歲寒。喚起生香來不斷，故應不作墨花看。

日暮橫斜又一枝，水邊記我獨吟詩。不妨更作江南雨，並寫青青葉下垂。《南軒集》卷六。

三　跋王介甫遊鍾山圖

林影溪光靜自如，蕭疎短鬢獨騎驢。可能胸次都無事，擬向山中更著書。《南軒集》卷七。

四　和元晦詠畫壁

松杉夾路自清陰，溪水有源誰復尋。忽見畫圖開四壁，悠然端亦慰予心。《南軒集》卷七。

五　題趙鼎家光堯御筆

比覽元符諫臣任伯雨章疏，論列章惇、蔡卞詆誣宣仁聖烈太后，欲追廢爲庶人。誰無母慈，何忍至此！賴哲宗皇帝聖明灼見，不從所請。向使其言施用，豈不蔑太母九年保佑之功，累泰陵終身仁孝之德？自朕纂服，是用疚心。昭雪黨人，刊正國史，雖崇寧之後，迷國猥衆，推原本始，實自紹聖惇、卞竊位之時，而讒慝未彰，將何以仰慰在天，稱朕尊嚴宗廟之意？可令三省取索議稿來上，當正典刑，布告天下。早來朕所諭卿章惇、蔡卞事，此二人罪惡貫盈，須是盡追官爵，子孫親戚並不得與在內差遣。若如此施行，甚不過當。卿更看如何。

覽卿奏，只欲罷黜子孫，不及親戚。卿仁恕過人，朕甚嘉之。然利害極大，若留親戚在朝，但恐紛紛不已，爲善類患。前日卿嘗留身奏陳曲折，恐當絕其本根，勿使能殖，則善者信矣。卿可熟思，勿復後悔。早來章僅除外任指揮，未得施行。

臣栻伏睹聖詔所云，蓋撥亂反正之宏綱，天下古今之公理，足以貽訓無窮，敢頓首以誌卷末。乾道八年三月己巳朔，具位臣張栻謹書。嘉靖元年劉氏翠巖堂慎思齋《新刊南軒先生文集》卷三三。

六　題太上皇帝賜陳規手敕

臣伏睹太上皇帝賜順昌守臣陳規手敕，下拜感歎。蓋自紹興以來，艱勤積累，至是時虜勢已屈，我師既捷，聲搖京輔，而朝廷講解之議已成矣。臣在省中，太常適上規事，臣以爲彰善癉惡，有國之典。規官雖未應謚，功則當謚，正以是役爲重也。仰惟昭回之章，所以待遇臣下與夫風厲振作之意，誠足以詔萬世也。《新刊南軒先生文集》卷三三。

七　跋杼山書少陵歌行帖

杼山風流蕭散，如晉宋間名人，其書法亦然，覽之者猶可想見從容談笑時也。《新刊南軒先生文集》卷三三。

八　題司馬文正公《薦士編》

右司馬文正公《薦士編》，起至和之元，盡熙寧十年，凡百有六奏，其間多公所親錄，而其外題曰"舉賢才"，亦公隸筆也。

某來宜春，公之元孫邁出以相示。翻閱終日，起敬起慕。惟公薦士報國惻怛篤至之心，後世觀此編者，亦可以想見萬一矣。《新刊南軒先生文集》卷三四。

九　題文正公《條畫沿邊弓箭》手稿後

右文正公《條畫約束沿邊弓箭手事》，蓋公在并州佐龐穎公時所具稿也。其察微慮遠、固本防患之意具備。觀諸此，非獨可以窺公制事之權度，抑可得爲國禦邊之良法矣。《新刊南軒先生文集》卷三四。

一〇　跋濂溪先生帖

右濂溪周先生二帖，某來桂林，邇先生之鄉，因鄉之士何士先來訪，屬以考尋先生舊跡。已而胡良輔持此二帖及家譜石刻來，良輔寔先生姻族也。

按石刻，先生皇考諱輔成，任賀州桂嶺縣令，累贈諫議大夫，葬道州營道縣榮樂鄉鍾樂里。又載濂溪隱居在石塘橋西。先生之兄諱礪，其子仲章，即第二帖所寄者是也。濂溪在其鄉，古有是名，先生晚築廬山下，有溪焉，因亦以名之，蓋示樂其所自生、不忘其本之意。良輔云，鄉之父老相傳，能道先生此意也。

某不佞，竊誦習先生之言行，蚤歲獲拜遺像，今又得心畫而藏之，慕仰涵泳，不勝拳拳，敢書於左方。《新刊南軒先生文集》卷三四。

一一　跋上蔡先生所述《衡州秦府君誌銘》

右上蔡先生所述《衡州秦府君誌銘》。

先生克己之嚴，徙義之勇〔一〕，任道之勁，讀斯文者亦可以想其餘風於辭氣間矣。先生之於言無所苟也，則府君之行事足以取信於來今不疑矣。

府君之出劉拯景仁以此刻相示，蓋潤上陳公之書，字畫森嚴，寔歐陽率更書溫公碑法,是亦可寶云。《新刊南軒先生文集》卷三四。

〔一〕從:原作"徒",據文淵閣四庫全書本改。

一二　題先忠獻公清音堂詩後

先公書此詩,去易簪纓兩句。先是,一日遊清音堂,步上山頂,下煮泉亭瀹茗,命道士鼓琴,復步下石磴,略無倦意。笑顧某曰:"爾輩喜吾強健,不知吾大命且不遠矣。"次年重九日,泣血追記。《新刊南軒先生文集》卷三四。

一三　跋范文正公帖（一）

先公舊藏文正范公與朱校理手帖墨刻一卷,某以示汶上劉君子駒,一見咨歎,不忍去手,即摹本寘之篋笥〔一〕,且屬某志其後。

某竊惟文正公平生事業光明偉特如此,及觀此帖,味其辭意,而有以知公處事之周密,玩其書畫,而有以見公日用之謹嚴,此豈非其事業淵源所自耶?晚生何足以形容萬一。然嘗反復於此,而復有感焉。公蓋生二歲而孤,隨其母育於長山朱氏,既第,始歸姓范氏。今所與書者,即其朱姓時從子行也。公雖以義還本宗,而待朱氏備極恩意,既貴則用南郊恩贈朱氏父,以及其諸子之喪,皆爲之收葬,歲時奉祀,則別爲饗。朱氏以公廕爲官者三人,此載在遺事,世所知也。詳觀是帖,其親愛惇篤之意發於自然,蓋與待其本族何異!其於天理人情可謂得其厚矣。只此一事,表而出之,聞其風者蓋可使鄙夫寬,薄夫敦也,誠盛德哉!

淳熙元年六月既望,張某謹題。《新刊南軒先生文集》卷三四。

〔一〕摹:原作"墓",據文淵閣四庫全書本改。

一四　跋范文正公帖（二）

文正范公德業之盛,借使字畫不工,猶當寶藏,況清勁有法度如此哉!至於溫然仁義之言,使人誦歎之不足也。《新刊南軒先生文集》卷三四。

一五　跋吳晦叔所藏伊川先生上蔡龜山帖

乾道癸巳歲八月之七日,某伏閲是軸,喟然而歎曰:

嗟乎!學者不克躬見先生之儀刑,既朝夕誦味其遺言以求其志,考其行事以究其用,又幸而得其字畫而藏之,蓋將以想慕其誠敬之所存而亡有極也,豈與尋常緘藏書帖者比哉！夫聞其風猶使人若是，況於如上蔡、龜山親炙之而稱高弟者乎？並與二公之書而寶焉，抑可見師友淵源之盛矣。《新刊南軒先生文集》卷三五。

一六　跋王介甫帖（二）

金陵王丞相書初若不經意，細觀其間，乃有晉宋間人用筆佳處。但與人書帖例多匆匆草草。此數紙及予所藏者皆然，丞相平生何有許忙迫時邪？《新刊南軒先生文集》卷三五。

一七　跋王介甫帖（三）

予喜藏金陵王丞相字畫，辛卯歲過雪川，有持此軸來售而得之。

丞相於天下事多鑿以己意，顧於字畫獨能行其所無事如此。此又其晚年所書，尤覺精到，予所藏他帖皆不及也。《新刊南軒先生文集》卷三五。

一八　跋東坡帖（二）

坡公結字穩密，姿態橫生，一字落紙，固可藏玩，而況平生大節如此哉！

竊嘗觀公議論，不合於熙、豐固宜。至元祐初諸老在朝，羣賢彙徵，及論役法，與己意小異，亦未嘗一語苟同，可見公之心惟義之比，初無適莫也。方貶黃州，無一毫挫折意，此在它人已爲難能，然年尚壯也。至於投老炎荒，剛毅凜凜，略不少衰，此豈可及哉？

范太史家藏公舊帖，其間雖有壯老之不同，然忠義之氣未嘗不蔚然見於筆墨間也，真可畏而仰哉！《新刊南軒先生文集》卷三五。

一九　跋蔡端明帖

蔡端明書，如禮法之士盛服齋居，不敢少有舒肆之意，見者自是起敬。《新刊南軒先生文集》卷三五。

二〇　跋李泰發帖

李公以八十之年，流落鯨波萬里之外，而翰墨辭氣凜凜如此，誠一時偉人也。某雖不及識公，展玩此軸，亦足想見其平生耳。《新刊南軒先生文集》卷三五。

二一　跋蔡端明帖

蔡端明此書，大得顏平原浯溪磨崖刻筆意。世人但知其端嚴有法度，而不察其操縱運用妙處，何異趙括讀兵書乎？前輩評端明正書爲本朝第一，蓋不誣也。文淵閣四庫全書本《游宦紀聞》卷九。

二二　跋歐公小草（一）

張湯逢君之惡，賊殺不辜，獨以推賢揚善，有後於漢。文忠公推賢揚善之功，一時元老鉅公多出其門，非湯所敢望其萬一，而無湯之罪。今其後止有選人三數輩，景德監鎮俁，得替，半年未得去，又選人之困者也。天之報施，有時而爽，可爲慨歎！《游宦紀聞》卷一〇。

二三　跋歐公小草（二）

堯、舜一傳已不振，吾於文忠何恨？雖然，令聞廣譽，常若衮繡，筆力千鈞，常若壯夫，豈與曹蜍輩富貴宦達者同日語哉！《游宦紀聞》卷一〇。

陳造藝話（二〇則）

陳造（一一三三～一二〇三）字唐卿，高郵（今江蘇高郵）人。淳熙二年進士，調太平州繁昌尉。改平江府教授，撰《芹宮講古》，闡明經義，人稱"淮南夫子"。鄭興裔薦其"問學閎深，藝文優贍"，尋知明州定海縣，通判房州，攝郡事，皆有治績。秩滿，爲浙西路安撫司參議官，改淮南西路參議官。自以沉淪州縣，無補於世，置之江湖乃宜，遂自號江湖長翁。嘉泰三年卒，年七十一。以詞賦聞名藝苑，范成大見其詩文，謂"使遇歐、蘇，盛名當不在少游下"。尤袤、羅點得其騷詞、雜著，愛之手不釋卷。陸游爲其文集序，稱能居今篤古，一洗纖巧摘裂爲文、卑陋俚俗爲詩之病。《四庫全書總目》卷一六一謂其"文則恢奇排奡，要亦陳亮、劉過之流。其他札子諸篇，多剴切敷陳，當於事理。記序各體，錘字煉詞，稍傷真氣，而皆謹嚴有法，不失規程"。著有《江湖長翁文集》四十卷，近人趙萬里又輯有《江湖長翁詞》一卷。

一　陳宣卿爲予作《後彫圖》

吾宗灑畫墨，似我詩得趣。未至心手忘，敢議江山助。東絹十幅圖，中有千尺樹。窮冬萬蟲蟄，拆地雙虯怒。彷彿風雨聲，想像棟梁具。人間汗反漿，對此毛髮豎。怪君物寫影，落筆神與遇。自言閱世孰，妙解等僧悟。每當槃薄餘，了知精靈聚。此圖尤傑出，持用博新句。墨君第一流，論世無殆庶。三熏且十襲，復靳爲子賦。文淵閣四庫全書本《江湖長翁集》卷六。

二　題胡處士《猿麋圖》

畫工神品今代無，祁岳一脈傳醉胡。幾年傲睨不落筆，乘興掃出赤縣圖。今君所寶亦第一，我疑神遇非有筆。青林紅葉晚未暝，遥山遠水秋一色。五猿踞石相因依，兩猿掛樹松枝低。仰睇側顧麋善疑，其二行齧如不知。昔人畫馬師廐馬，畫山直付居山者。野猿不馴麋易驚，邈影渠能寫閒暇。草露空荒遠刀几，即今放麋誰氏子。山蜂負毒不足憐，盍貸蟷蛸留報喜。《江湖長翁集》卷七。

三　題劉明府所藏《秋江欲雨圖》　　明府侍兒善歌舞，欲出不果。

墨雲含雨江空濛，島嶼細瑣連煙空。我家茆屋菰葦叢，卷蓑背笠隨漁翁。展掩倍覺心神融，緬想慘澹經營中。王孫玉面食肉相，萬里山川入遐想。當時宮禁斷過逢，可得如儂逞江望。江天漠漠那容畫，渺莽風煙生筆下。鳧鴻滅沒波不搖，霧墅霜林共蕭灑。乃知絕藝神與通，盤薄傲睨窺化工。市師日日江湖上，幾人擅價能無窮。君家雙蓮冰玉質，此畫與人俱第一。固應緘鐍付牢收，俗眼紛紛莫輕出。《江湖長翁集》卷七。

四　題陳主管《東牆三峴圖》

堂上不合青楓起煙霧，牆間江山更疑誤。千巖萬壑眩明滅，暎翠浮嵐滿窗戶。峴山鼎列屹相望，發地撐空騫欲翔。一峯拔起羣山上，業若紫蓋相雄長。仙山佛國住杳靄，晨煙暮雲追懍恍。良工妙與山寫真，詩中有畫須詩人。誦君清詩對畫壁，承蜩斲鼻俱疑神。知君懷古有高趣，我擎襄山識佳處。願抄此詩膽此圖，開卷時時揖羊杜。《江湖長翁集》卷八。

五　次韻解禹玉　　解作詩亦工，於畫詩則饜觀矣。諸公多得其畫，予獨不見與，故詩中及之。

夫君官職雖西班，夫君不獨師孔顏。畫手人言逼曹霸，詩力自詭追子山。對客每遊庖丁刃，得興笑解齊女環。槃礴贏前筆未落，競病韻險思不慳。掀髯掃出山河影，就醉或放風月間。我亦平生弄翰墨，諸公頗置齒頰間。側身南望常仰高，肯交下風俄二毛。京口市樓聽度曲，廣陵帥席陪揮毫。悲吟自作夜蟲響，絕唱傍羨秋鷹豪。虛挈高名擅顧陸，僅識妙思陵莊騷。金阜老仙憲文武，醴筵繼日喚我曹。銀臺吐燄眩金翠，繡帷護煖聞蘭膏。挈挈去尋樵牧盟，貸我抗俗憨山靈。風流雲散有悲喑，目前赤腳仍樵青。府公忽駕西輶鵠，言訪劍閣摹舊銘。女媧青泥萬山外，爭突雲日寒崢嶸。前慳弦斷更容續，一紙寄意良未能。嚮者望望君不來，談舌攢棘胸填埃。叩門剝啄粲一笑，灑然一洗衰病懷。新詩絕妙不我靳，笑口忽復緣君開。驥足爭先真老矣，屠門大嚼亦快哉。但令石交不遐棄，此外擾擾付一咍。幾時攜將好束絹，倩卷吳中山水回。《江湖長翁集》卷十。

六　贈畫士龔子

古人論畫索畫外，世俗區區較形似。眼明亦有可人者，龔子畫形兼畫意。穠蘭春蕙相與芳，梅花照影生暗香。倚煙映霧各夸娬，併作短軸供寶藏。斬新雪色三丈壁，勝日煩渠揮淡墨。楂牙老樹對醜石，龍騰獸伏起恍惚。松底跳波隱隱轟，千礐石間橫斜風。竹相因依長翁雅趣在水竹，新開湖南規辦五畮綠。此松此石偕四友，身未出門先在目。暮年供給良易足，龔子惠我真絕俗。萬錢酬贈不頷頤，新詩渠能飽君腹。平生好事吾屢空，龔子好事未後翁。藏詩寶畫從人笑，與子把玩無終窮。《江湖長翁集》卷十。

七　謝劉提幹墨竹見遺二首

王孫筆自徐州派，戲為詩翁寫渭川。眼底疏枝欹密葉，靜含寒雨暝蒼烟。

龍孫裊裊初辭籜，鳳尾娟娟擬受風。疏影向人翩欲舞，夢殘依約月庭空。《江湖長翁集》卷十八。

八　題《九老圖》二首

涼亭燠館塵埃外，野鳥溪花俎豆前。但愛林泉映華髮，豈知勳烈載青編。

帝憐憂國許歸田，猶得幽居俯澗瀍。應笑詩人賦《招隱》，茹芝帶索只臞儇。《江湖長翁集》卷十九。

九　題《行山圖》

溪山無處著纖塵，翠壁蒼漪襯月痕。可惜人間清絕地，葦間漁父與平分。《江湖長翁集》卷十九。

一〇　題《潮出海門圖》二首

絕島平岡捲欲空，兩崖相對屹穹崇。即今畫手兼詩筆，更與江山角長雄。

卷裏濤波快一披，蒼山踴起雪山馳。浮天沃日無窮意，到我春窗病酒時。《江湖長翁集》卷十九。

一一　題因老《松江煙雨圖》二首

遠峰近薄鑑中浮，每泊行舟十日留。雨望晴臨俱不惡，最憐煙靄暝高秋。

千里湖山宿霧昏，倚欄一筆解平吞。漁郎好在收綸罷，想踞笭箵共一樽。《江湖長翁集》卷二十。

一二　題因師《百鴈圖》二首

蓼灘蘆渚好徜徉，肯便雲天去作行。未用選奴防夜燎，不妨結伴傲晨霜。

聞道崔公作蘆鴈，端如莊叟玩鯈魚。騫翔唼嗻妙百態，君看老因槃薄餘。《江湖長翁集》卷二十。

一三　題因師《蒲桃圖》二首

因師寫物三昧手，公取天機付筆端。坐想瑛盤分磊瑰，憶嘗貝齒冰_{去聲}甘寒。

晶熒壓架紺珠圓，苒蒻縈風露葉鮮。病酒人方渴羗似，爲師開卷忍饞涎。《江湖長翁集》卷二十。

一四　題《釣遊圖》

風煙萬頃，生涯一蓑。修魚食以垂絲，亂鷗羣而分波。吏曹縛虎，如此樂何！把玩是圖，怳若鏡清，深躡陂陁也。《江湖長翁集》卷三一。

一五　題《石蘭圖》

羗楚佩之可紉，眇鄭夢之安取。政使媚九畹之秋，孰若得一拳之友。《江湖長翁集》卷三一。

一六　跋龔判院罷邑質錢二帖

士有得於中，其於應世，桔橰仰俯，虛舟泛浮，我無心焉，然其冰蘖厲操，一介不取，自守嚴甚。

此數紙，元亮《歸去來》草、魯公《乞米帖》也，龔氏寶藏之。《江湖長翁集》卷三一。

一七　跋蔡武伯家藏尹和靖所書《孝經》

士何以探道？曰尊經。何以抗志？曰慕古。不經則他，不古則汙。

和靖尹公一代名士，其尊經探道，今者所宗。《孝經》十八章，蓋其手書。想平生六經之學，著之心，筆之紙，不一日廢，不一二傳，惜不盡見之。

是書流落，而武伯能有之，時玩誦不忘。武伯經術士，孟子曰："是以論其世，是尚友也。"武伯慕古之心，世所謂則而象之者，非耶？《江湖長翁集》卷三一。

一八　筆工俞生所藏書法

俞處士造筆精緻甲吳中。俞頗能書，理則然，然餬口不餘，見古碑法書，捐衣食求之，不論價。此亦奇嗜癖好，未可以常情計。所蓄多善本，此軸真跡可寶，士大夫願得之者，俞能有之，予敢以市工例視之耶？《江湖長翁集》卷三一。

一九　題《變離騷》

歸來子之於楚騷，古今源流正變之意備且盡矣，山谷曰："設欲作錦，當作錦機。"君子之於學，取法以類如此。

是書也，蓋機之良，取法者之不可一日闕然也。然歸來子泛然取，必叙述所以作與所以取之意，其又典重深粹，求之西漢司馬長卿、劉子政其輩流歟，王褒、谷永之徒猶當辟舍。

歸來子，蘇門高第，是書又學力既定之後耶，故予深所珍秘以此。《江湖長翁集》卷三一。

二〇　論寫神〔一〕

使人偉衣冠，肅瞻視，巍坐屏息，仰而視，俯而起，草毫髮不差，若鏡中寫影，未必不木偶也。著眼於顛沛造次、應對進退、顰頩適悦、舒急倨敬之頃，熟想而默識，一得佳思，亟運筆墨，兔起鶻落，則氣王而神完矣。少陵云："褒公鄂公毛髮動，英姿颯爽來酣戰。"所以美曹將軍也。張橫浦則曰："孔門弟子能奇怪，畫出當年活聖人。"所以詠子温而厲、威而不猛、恭而安也。人鮮克知此妙，故重為商評之。文淵閣四庫全書本《佩文齋書畫譜》卷一五。

〔一〕此篇原注出自《江湖長翁集》，但今集中無此文，似有誤，俟考。

張縯藝話（二則）

張縯（生卒年不詳）字季長，蜀州（今四川崇州）人。隆興元年進士。乾道九年，爲秘書省正字。淳熙九年，爲夔州路轉運判官。十三年，提點利州路刑獄。十五年，知遂寧府。累官夔州路漕運使、大理少卿。陸游在蜀，與之交厚，相互唱酬頗多。召還，爲大理少卿，復與楊萬里、袁說友等人酬唱，楊萬里《答張季長少卿書》又謂其"文辭高寒"，"陶泓諸銘，山谷之菁；房湖諸記，柳子之裔；《魯論明微》，闖神之機；《春秋述義》，泄聖之秘"。紹熙二年，主管建寧府武夷山冲佑觀。

一　寒食詩帖跋

東坡老仙三詩，先世舊所〔一〕。伯祖永安大夫嘗謁山谷於眉之青神，有携行書帖，山谷皆跋其後，此詩其一也。老仙文高筆妙，粲若霄漢雲霞之麗，山谷又發揚蹈厲之，可爲絕代之珍矣。

昔曾大父禮院官中秘書，與李常公擇爲僚。山谷母夫人，公擇女弟也，山谷《與永安帖》自言識先禮院於公擇舅座上，由是與永安遊好，有先禮院所藏《昭陵御飛白記》及曾叔祖廬山府君志名，皆列《山谷集》，惟諸跋世不盡見。此跋尤恢奇，自詳著卷後。永安爲河南屬邑，伯祖嘗爲之宰云。三晉張縯季長甫，懿文堂書。臺灣新文豐出版社《宋代蜀文輯存》卷六五。

〔一〕此句似有脱字。

二　石經跋

石經本末，丞相洪公論載於《隸釋》詳矣。洪公所未及者，今粗見於此。

唐章懷太子引《洛陽記》注范蔚宗《後漢書》，稱石經凡四十六碑，及高澄遷石經於鄴，《通鑑》所書爲五十二碑。自東漢歷魏、晉、宋，數百年間，洛陽數被兵，此碑當有毀者，其遷於鄴，乃視《洛陽記》多六焉，疑《洛陽記》未詳也。碑制高一丈，廣四尺。六經文多，必非四十六碑所能盡者。宋常山公《河南志》稱石經凡七十三碑。常山公博物洽聞，歐陽文忠每以古今疑事諮之，《河南》所書，必有據依矣。

後周代齊，毀碑以爲砲石。方高緯昏亂，兩陣勝負之頃，猶需孼婦一觀，遂以其國輸後周，復何有於石經！則此碑之殘闕亦宜也。貞觀考古，止得石經數段，其傳於今者亦可知其無幾矣。蔡邕本傳稱邕"自書丹於碑"，不知何體書。今世所傳皆爲隸體。至《儒林傳序》則云"爲古文、篆、隸三體書法以相參檢"，注言"古文謂孔氏壁中書"。

以續考之，孔壁所藏皆科斗文字，孔安國當武帝之世，已稱科斗書無能知者，其承詔爲《尚書》五十九篇作傳，爲隸古定，不復從科斗古文，邕獨安能具三體書法於安國之後二百年哉？漢建武際，杜林避地河西，得古文《尚書》一軸，諸儒共傳寶之。一軸已爲世所珍如此。熹平距建武又幾載，乃謂六經悉能爲古文，非事情也。或者邕以三體參檢其文，而書丹於碑則定爲隸，亦如安國之書傳耶？《儒林傳序》疑字有誤者。初，邕正定六經，與堂溪典等數人同受詔，今六經字體不一，當是時書丹者亦不獨邕也。姑識其末，以俟博識之君子。文淵閣四庫全書本《全蜀藝文志》卷五九。

朱晞顏藝話（一則）

朱晞顏（一一三三~一二〇〇）字子淵，或作名希顏，字子囦，徽州休寧（今安徽休寧）人。登隆興元年進士第，授當陽尉。歷知永平、廣濟縣，昇知興國軍。入對，論事稱旨，除知靖州，改知吉州，擢廣西安撫使。後召爲太府少卿，總領江東軍馬錢糧，權工部侍郎，兼知臨安府。慶元六年卒，年六十八。

跋鉅鹿介石曼卿墨跡

上闕磨崖子能俾是書託以不朽，則惟子之惠。

余謂曼卿詞墨妙一世，片語隻字流落人間者率寶藏過珠璧。此題筆法勁古，又所列皆名輩，尤士大夫所願見。與世爲公，□余心也，因報曰諾，遂刻於龍隱洞之石室。時慶元改元正月吉日，新安朱希顏書。光緒《臨桂縣志》卷九。

薛季宣藝話（三則）

薛季宣（一一三四～一一七三）字士龍，號艮齋，溫州永嘉（今浙江溫州）人，徽言子。早年隨伯父薛弼宦游四方，喜從父老問岳飛、韓世忠兵間事。年十七，妻父荆南帥孫汝翼辟爲書寫機宜文字，師從程頤弟子袁溉。紹興二十三年，入四川制置使蕭振幕。次年，歸鄉。二十六年，至毗陵探望孫汝翼。三十年，以蔭知鄂州武昌，嚴保伍以防金兵。隆興元年，赴調武林，得婺州司理參軍，待次居鄉。乾道四年，赴任，以薦召對，改知平江府常熟縣，待次居毗陵。七年，以薦召赴臨安，除大理寺主簿，持節使淮西，安置流民。次年，回臨安復命，遷大理正。以直言闕失，僅七日而出知湖州。九年，改知常州，未上卒，年四十。爲學重事功，晚與朱熹、吕祖謙交往商榷，強調"步步着實"，注重研究田賦、兵制、水利等，開永嘉學派先聲。《四庫全書總目》卷一六〇稱其學問淹雅，持論明晰，考古詳核，立説精確，卓然自成一家，"於詩則頗工七言，極踔厲縱橫之致"。平生著書甚多，著有《古文周易》《古詩説》《書古文訓》《春秋經解》《春秋指要》《論語直解》《小學》諸書，多不傳。今存《浪語集》三十五卷。

一　士昭兄琴堂

弄琴函丈者，無始到來今。韶濩五弦上，乾坤三古心。荷香流曲沼，煙雨抹寒林。閔子罷傾聽，何人知此音。文淵閣四庫全書本《浪語集》卷四。

二　觀法帖

字學從前小藝林，誰論終古可傳心。毛錐劃劃龍蛇動，筆陣縱橫劍戟森。須省六書兼八法，由來一字直千金。世人不解張顛聖，剛把碑文鎮日臨。《浪語集》卷七。

三　誠臺瓦鼓詩　瓦鼓，樂有稱也。

瓦鼓坯坯，實之誠臺。誠臺有稱，不革不銅。不尚其鏗，自天之性。天性如之何，至質無華。有稱如之何，埏埴無加。誠哉誠哉，其儀孔嘉。瓦鼓坩坩，誠臺之上，崇基有壎。可據而居，可憑而望，湯其泱漭。瓦鼓之坩然，稱臺址之隤然，抱峯崿之巍然。誠哉誠哉，紛會意之飀然。瓦鼓坩坩，誠臺之下，筠鄉有楚。掃地而居，修竹猗猗。坩其反古，五畝之竹兮。彼坩者鼓，在彼墺兮。在彼墺兮，稱此麓兮。誠哉誠哉，會我獨兮。瓦鼓坩坩，在彼青林，有象無音。稱臺觀之嶔岑，稱筠竹之清陰，樂稱走之誠心。豈無胡牀，可將可坐。豈無蘷鼗，可嗚可播，可坩鼓以無和。誠哉誠哉，不加其埵。《浪語集》卷十二。

葛邲藝話（二則）

葛邲（生卒年不詳）字楚輔，號可齋，其先丹陽（今江蘇丹陽）人，徙湖州安吉（今浙江安吉北），立方子。以蔭授建康府上元丞。隆興元年登進士第，除國子博士、著作郎兼學士院權直、右正言，歷侍御史，累遷中書舍人。又遷給事中，除刑部尚書，同知樞密院事。光宗受禪，除參知政事、知樞密院事。紹熙四年拜左丞相，除觀文殿大學士、知建康府。寧宗即位，判紹興府，改判福州。以少保致仕，卒，年六十六。贈少師，諡文定。

一　跋李公麟《瀟湘卧遊圖》

雲谷師行腳卅年，幾遍山河大地，心空及弟歸，猶以不到瀟湘爲恨。每遇名筆，使之圖寫，間爲好事取去，亦復不禁。

此係最後所作，予素不識畫，師求跋語，莫知所讃也。然師亦知夫掌上之妙喜，耳中之兜元，胸次之八九雲夢者乎？不出户庭，師已遊瀟湘矣。乾道辛卯中秋，可齋居士葛邲書。文淵閣四庫全書本《石渠寶笈》卷四四。

二　題李伯時《姑射真人像卷》

伯時號龍眠居士，以書畫自重，當世咸推獎焉。僕雖知名，未得目其真。暇日，因訪靖齋陳先生於雙桂堂，話間出示徽廟宸翰、紹興初太上皇復賜朱勝非御卷，及姑射真人遺像〔一〕，乘龍駕雲，高古得法，云："即伯時筆也。"細窮熟玩，有如啖蔗，漸入佳境云爾。時紹熙三年，尚書左僕射、寶溪樂閒居士葛邲頓首謹書〔二〕。文淵閣四庫全書本《式古堂書畫彙考》卷四二。

〔一〕及：原作"乃"，據文意徑改。
〔二〕按：當時無尚書左僕射之官。此跋疑僞。

榮芑藝話（三則）

榮芑（生卒年不詳）字次新，東平（今山東東平）人，淳熙前後在世。著有《絳帖釋文並說》一卷。

一 跋《蘭亭》三本

《定武蘭亭叙》凡三本：其一李學究本，傳爲陳僧法極字智永所撫。薛道祖別刻本，易以歸長安，宣和間歸御府，前本是也。其二字肥有鋒鍔，道祖別刻留定武，與前本方駕，人多誤爲舊本，非也。其三"崇山"字中斷，字差瘦勁，得於修城役夫，後藏康惟章伯可家。伯可云：舊刻與岐陽石鼓俱載以北。宋元功云：嘗從使金，聞在中京。楊伯時云：與薛氏爲姻家，定武本以玉石刻，舒元輿《牡丹賦》並記之。聊廣異聞。右北平榮芑題。淳熙十三年五月十三日。文淵閣四庫全書本《蘭亭考》卷七。

二 書《蘭亭》帖後

慶曆中，宋景文公帥定武〔一〕，有舉子攜此石至郡，死於營妓家。樂營吏號河水清者見而識之，取獻景文。景文喜甚，不敢私有，留於公帑，世謂之定武本〔二〕。後薛道祖換以歸長安。宣和中詔取舊石，置睿思殿。嘗以墨本分賜近臣，時先君通籍殿中，遂得此本。間關兵火中，迨今數十年，秘藏不墜，精神焕發，豈有神佛護持耶？因書所聞，以告來者。淳熙十年八月二十三日，東平榮芑書〔三〕。《蘭亭考》卷七。

〔一〕宋景文公：原作"宋景公"，據下文徑補。
〔二〕武：原脱，據《蘭亭續考》卷一補。
〔三〕"因書"以下二十三字原僅作"榮芑書"，下有小字注云："榮次新所藏本，淳熙三年八月二十三日。"此據《蘭亭續考》卷一換補。又兩處所引，一作"淳熙三年"，一作"淳熙十年"，當有一誤。

三 書《端溪硯譜》

右，縉雲葉樾交叔傳此譜，稍異眾人之說，不知何人所撰。稱徽祖爲太上皇，必紹興初人云。淳熙十年七月二十四日，東平榮芑書。百川學海本《端溪硯譜》卷首。

曾槃藝話（二則）

曾槃（生卒年不詳）字樂道，河南府（今河南洛陽）人，幾之孫，逢之子。官工部郎官，嘉定元年十二月以言者劾其兇狠放罷。

一 《絳帖釋文》跋

諸家書帖，閣下舊本，今時已不多見，惟《絳帖》尚復流傳，但筆勢放逸，石本磨滅，學者每患其難通。

槃常欲取古今訓釋，參其同異，爲作釋文，因循未果。會有以北人所著見界者，因附益以舊所考證，刻之桐川郡齋。大抵古帖多非全文，歲月既深，傳摹不一，其語意之斷續，字畫之訛舛，欲盡通貫難矣。今亦姑取其可解者訓釋之，固不敢自以爲是。好事者開卷之際，儻有所見，能爲鍼砭，以成此書，是所望也。嘉泰癸亥六月下澣，贛川曾槃樂道謹識。元抄本《絳帖釋文》卷末。

二 題《蘭亭》帖

《修禊帖》，李中甫用定武本刻於寧海官舍。所貴定武本者，以其鐫刻精好，不失右軍筆意而已。中甫新刊，或病其不能皆備眾體，故爲之解嘲。曾槃樂道題。文淵閣四庫全書本《蘭亭考》卷七。

周勛藝話（一則）

周勛（生卒年不詳），淳熙間人。

書薛道祖本《蘭亭叙》後

唐太宗得右軍《蘭亭叙》真跡，使趙模搨，以十本賜方鎮，惟定武用玉石刻之。文宗朝，舒元輿作《牡丹賦》，刻之碑陰。事見《墨藪》，世號定武本。薛似尚書之爲帥，求之不得。其猶子紹彭，索公廚有石鎮肉，乃刻《牡丹賦》於背者，道祖別刻石以易之，玉石歸長安。宣和中詔取之，乃連夜墨搨，冀得多蓄流傳人間。每疊三紙加氈墨焉。故最下近石字肉爲真，在上二紙字畫愈細。浙西都監楊伯時與薛氏孫爲工部郎經，同爲曹氏壻，得薛氏本，題清閟堂法書墨本，最爲近古。今亡之，聞爲某人借去。某人者死，問其子不知所在。

淳熙甲辰春，與伯時相遇於臨安，得其厓略。再見於京口，復扣其詳云爾。因錄所聞，書之薛道祖本後。周勛。文淵閣四庫全書本《蘭亭考》卷六。

秦焴藝話（一則）

秦焴（生卒年不詳），秦檜兄梓之子，建康（今江蘇南京）人。紹興二十四年第進士。淳熙十三年知德安府，刻鄭獬《鄖溪集》、趙善譽《易說》。紹熙五年以朝議大夫知嚴州。慶元中屏居溧陽。

題胡靖書撰《英烈王廟籤記》

右故諸王宮教授胡公所撰記，時則有王路分令者願刻諸石。公既爲書蠟紙矣，會令卒，不果就，公之子本保藏之。

公惟揚人，自少以行義藻翰取重州里。建炎南渡，來居義興，年纔廿餘，而一時名公貴人皆敬愛之。義興素號多士，亦翕然師尊焉。惟周侯自放心既歸，從師不苟，忠孝大節，儳道而行。故其廟食昭示神靈者以教人而納諸善爲主，視他祠之出威變以驚怖流俗者爲有間矣。胡公教人者也，心與神契，故爲發明。

淳熙丙午歲，中山平撲至祠處，扣乞靈籤，應如響。撲悚感起敬，佩服唯謹。克自敕厲，以銷悔吝，念有以顯揚神休。見本所藏記，欣然輸財，命工伐石鎸刻，遂以紹熙甲寅季春，立諸廟廡。自是而後，墨本四出，凡見聞者，興起良心，而歸於善。惟侯與公，若本、若撲，其有功德於民則一致也。碑成見告，俾志歲月。

焴少年實從公遊，每念公行義藻翰過人數等，而不得大施於時，少垂於後。嘉本能成父之志，而撲能闡神之德，故喜而從之。奉直大夫、新知嚴州軍州事、賜紫金魚袋秦焴書。民國《江蘇通志稿·金石》一一。

孫紹遠藝話（一則）

孫紹遠（生卒年不詳）字稽仲，淳熙時人。嘗集唐宋人題畫之詩爲《聲畫集》八卷，今存。

《聲畫集》序

畫之益於人也多矣。居今之世，而識古之人，知古之事。生長人間，而睹碧落之真容，净土之慈相。市朝而見山林氣象，晷刻而觀四時變化。佳花異卉，無一日而不開；珍禽奇獸，不籠檻而常存。凡宇宙之內，苟有形者，皆能藏吾室中，世豈可廢此哉！

第古今畫手，不能一律。如論文章，班、馬固高矣，韓、柳、歐、蘇何歉乎？如論書法，鍾、王固奇矣，虞、褚、顔、柳何愧乎？學藝精到，率可貴而無古今也。俗士於畫，但取煙顏塵容，故暗舊物，至稍新潔者，則以爲無足采。竊嘗譬之，如見八九十歲人，其老雖可敬，奈愚不解事者何？不滿十歲許，而有所謂神童，有所謂奇童者，其可不敬愛乎？此新舊畫之別也。

夫玩物喪志，先聖格言，誰敢不知警？而假書畫以銷憂，昔嘗有德於紹遠，今雖不暇留意，未能與之絕也。入廣之明年，因以所行前賢詩及借之同官，擇其爲畫而作者，編成一集，分二十六門，爲八卷，名之曰《聲畫》，用有聲畫、無聲詩之意也。惟畫有久近，詩有先後，其他參差不齊甚多，故不得而次第之。然士大夫因詩而知畫，因畫以知詩，此集與有力焉。淳熙丁未十月，谷橋孫紹遠稽仲序。文淵閣四庫全書本《聲畫集》卷首。

鄒勇藝話（一則）

鄒勇（生卒年不詳），邵武軍（今福建邵武）人。淳熙中官迪功郎、道州州學教授。

跋周濂溪先生手帖

先生之文章傳於世者，有《通書》遺文。惟其字畫，人無識之者。

乾道七年十月，來春陵，訪先生遺跡，久而得此於諸生胡元鼎之家。嘗以墓誌及家譜考之，先生始名惇實，避英宗舊諱，改惇頤。仲章，其猶子名也。當先生之世，朝廷所以褒贈其先人者，止於諫議大夫。前帖之名，蓋其未避諱之時。而與猶子書，豈先生季年爲嶺南使者與守南康時耶？辭氣溫厲，讀之如見其人。敬刻之石，植之祠前。祠舊在郡學稽古閣，往來者莫之見，無以感發，於是遷於敷教堂云。淳熙二年正月日，迪功郎、道州州學教授昭武鄒謹書。正誼堂全書本《周濂溪集》卷八。

張頎藝話（一則）

張頎（生卒年不詳），嘉興（今浙江嘉興）人。嘉泰初嘗知真州。開禧初爲湖南提舉，臣僚言其年齡遲暮，了無聲稱，詔與祠祿。

題《蘭亭》帖

定武《蘭亭》，余家所蓄數十本，雖肥瘦勁弱不同，而各有所長。張頎書。楊伯時本，慶元己未四月。　文淵閣四庫全書本《蘭亭考》卷七。

薛澄藝話（一則）

薛澄（生卒年不詳）字清卿，號述齋，紹熙間人。

跋法智大師帖

　　四明尊者道德淵源固未易窺測，而學者仰止高風，雖片言隻字，得之者如獲珙寶，至有"甘棠勿敗"之比。

　　此帖流落人間，世不多見，而楷公得之，罔敢失墜，因求跋於二三宗匠，用託不朽。噫！"日新"之銘，非即之湯盤則不知；"大思"之銘，非即之周量則不著。師資心傳之妙，亦可想見於此矣。異世相遇若日暮，玆是亦聖教中一段奇事，神而明之，存乎其人，又豈在神物護持而已。述齋薛澄清卿敬跋。紹熙壬子四月五日。《續藏經》第二編第五套第五冊《四明尊者教行錄》卷五。

王質藝話（九則）

王質（一一三五～一一八八）字景文，號雪山，其先鄆州（今山東鄆城）人，後徙興國軍（今湖北陽新）。博通經史，才氣縱橫。年十六舉鄉貢，二十三入太學，與王阮齊名。又與張孝祥父子交遊，深受器重。著《樸論》言歷代君臣治亂。紹興三十年進士，召試館職，爲言者論罷。次年，入汪澈荊襄幕府。又次年，入張浚江淮幕府。乾道二年，入爲太學正，被讒罷官。三年，虞允文爲四川宣撫使，辟置幕府，命草檄契丹文，援筆立就，辭氣激壯。入爲敕令所刪定官，遷樞密院編修官，時虞允文當國，薦可右正言，復爲曾覿所沮。七年，出通判荊南府，改吉州，皆不行，奉祠居里。淳熙二年，復爲郡守構陷，以孝宗稱"佳士不應有此"而獲免。十六年卒，年五十五。王質以詩文享盛名，周必大《與王景文質書》稱其"詞源如翻三峽之浪，快讀殆不能去手"。王阮亦稱："聽其論古，如讀酈道元《水經》，名山支川，貫穿周匝，無有間斷"，"咳唾隨風，皆成珠璣，使讀之者如嚼蜜雪，齒頰有味"。其詩文流暢爽快，小詞清麗，長調雄豪，喜用口語，風格清壯。其著述今存《詩總聞》二十卷、《紹陶錄》二卷、《雪山集》十六卷、《雪山詞》一卷。

一 題《九歌圖》

《九歌》世未有能暢其旨者也，蓋訴神之辭乎！已矣，國無人，莫我知，無可告者矣。神其有靈，尚庶幾見答乎，哀哉！

蔡京當國，致一異己者於理，其人顧所謂天王，號曰："有冤不雪，尚爲天王乎？"神爲之目張，京聞而捨之。屈子之訴切矣，顧神漠焉，何哉？至使抱石投沙，以殞其軀，獨無力援之歟。司命湘君之流，其有負於茲賢哉！ 文淵閣四庫全書本《雪山集》卷五。

二 跋文與可墨竹

文與可甚多能，最篤好畫，得意無過竹者。木石蓋晚爲之，亦寡作，不自以爲奇，故木石流傳，皆鮮配於竹。

與可作校理，以疾請郡，欲襄、汝，或資、簡，已有首丘之意。既乃得吳興，至苑丘傳舍而卒。此帖去死無幾日，猶眷戀竹，未能掃除。與可之死，沐浴衣冠端坐而逝，是時胸中不復有我，況有竹乎！畫後有帖云："伏暑不能退，須在假將理。今僅能飲食，惟皮骨耳。欲求襄、汝，或資、簡，生事窘薄，俛首碌碌，爲竊祿人。慚悚！素所嗜好，都自撤去，惟畫竹吟詩，有子駿、子瞻爲眞賞，故斷之遲遲。"此與可將去國時畫及帖也，故余言云然。《雪山集》卷五。

三　墨梅

貴簡不貴繁，妙在有無間。滿眼尋不見，約畧見纖纖。貴老不貴稚，妙在榮枯際。芳態減初年，其中寓幽意。貴瘠不貴肥，愈瘦愈清奇。瘦到無何有，政好甄空枝。貴含不貴開，風度韜胚胎。遊蜂啅不得，乃始抱全才。宜在幽且邃，終日無人至。水繞山重重，隔樹令人嚏。宜在平且闊，大江驚濤潑。潑上稍連顛，半驀忽衝脫。宜夜不宜畫，更宜月波溜。崖淨澗淙淙，漁子推篷嗅。宜陰不宜晴，更宜雪花凝。五七點未足，封枝要全扃。宜與竹相鄰，白白參青青。所恨花無音，間借竹爲聲。宜與松相伴，扶疏交凌亂。松香麤則麤，亦能佐一半。其鳥宜翠羽，否則碧蒿侶。山雀仍山鴉，速去切勿駐。其人宜野僧，否則閒道民。宜疎綺紈客，公子共王孫。吾非僧，又非道，兩眼貯五湖，兩肩負三島。相煩健筆凌風掃，梅子王子成二老。《雪山集》卷十二。

四　聽譚師彈琴

君不能百步洪中裂橫竹，一聲吹入秋天綠。巨魚鼓舞碎明珠，白浪軒昂動浮玉。又不能多景樓上吹飛鴻，哀絃欲斷滄浪風。徘徊舟子駐不進，江妃出聽烟溟濛。不知何處得此薰風琴，元龍六尺含蒼雲。恐是嶧山孤峯絶頂上，萬歲不老之寒根。道人兩手提天機，中有妙法無人知。風顛雨急倏來往，雨收風定遊絲飛。欲下不下窺魚鷗，忽前忽後回波舟。恍惚浮雲捲天宇，錯落萬點飛星流。世間萬法總非眞，況此假合非天成。匣琴不出手無聲，袖手不彈琴不鳴。此琴此手兩無與，問君《廣陵》《賀若》從何去？王子有琴誰復傳，無徽無軫亦無絃。若人解得非耳聽，爲君試作無手彈。《雪山集》卷十二。

五　倦繡圖

短屏小鴨眠枯葦，徘徊略住西風指。佳人手閒心不閒，腸斷吳江烟水寒。淒淒空庭晚苔濕，冷篆青烟半絲直。捲簾寂寞滿天秋，惟見孤楠一株碧。《雪山集》卷十二。

六　題李白笠釣圖

龍子梅粧釣笠前，脫韡豪氣總蕭然。一絲來往茫茫碧，不記開元後幾年。《雪山集》卷十五。

七　題薛公肅西湖問梅圖二首

茅屋荒寒籜影昏，口心相應共花論。山橋野渡香凌亂，君在江南我劍門。

人眼心花總不昏，細從烟外月中論。孤山疏影橫斜處，今有珠樓鎖翠門。《雪山集》卷十五。

八　題李贊可掀篷梅軸

"低篷掀起湊平沙，略見玲瓏八九花。自有青天袞明月，靈臺長見影橫斜。""半腰已自見全身，但要當人著眼明。覷到梅花頭上上，十方同是玉爲京。"

右俞舜俞所作，其意緒多步武楊無咎，以此自名，壬戌晚秋書〔一〕。入春闈，至不能落筆。余叔父君玉戲曰："若掃一枝，當作省元矣。"無咎長歎曰："《天地大德曰生賦》全無一語。祇有《八陣圖》詩兩句以遺公，曰：'遺法千年在，斯人百代無。'"語訖，拂袖而出。無咎不惟筆端梅格絕倫，其詩清婉堪咀嚼，並書於此。中華書局一九八六年影印本《永樂大典》卷七八一二。

〔一〕晚：原作"免"，據文意徑改。

九　再題李贊可掀篷梅軸

"不見梅梢不見根，參橫咫尺未能捫。掀篷何自掀篷盡，一任江風吹斷魂。""半江鼻觀已前知，恨不身先急櫂飛。雖則梅花不全見，妙香滿載野航歸。"既題掀篷已，又出此軸，亦掀篷也。與梅花因緣獨在江湖何耶？

余在成都西樓下，見晁子止侍郎有詩在扇云："短篷烟裏冷蕭蕭，兩岸梅花各見招。吹散前村一盃酒，滿江風雨不相饒。"余屢玩頻哦，子止曰："君愛此耶？"出小橫軸，江路野梅數枝，曰："爲我題此，當以扇乞君。"余沉吟良久，曰："西樓何自有江聲，安得梅花的皪明。斗轉參橫無定舍，侍郎行處亦隨行。"子止即舉扇與余。至江陵，劉共父樞密覓去。味此風標，與掀篷大同而小異者耶？《永樂大典》卷七八一二。

周孚藝話（八則）

周孚（一一三五～一一七七）字信道，號蠹齋，濟南（今山東濟南）人，寓丹徒（今江蘇鎮江）。天資穎悟，七歲通《春秋左氏傳》。既長，於鄧氏書肆得閱天下書。乾道二年進士及第，十年後，始官真州教授。淳熙四年，辛於官，年四十三。與辛棄疾相友善，辛嘗刊其文集，二人多唱和。詩意慷慨。陳珙爲其文集作序，稱尤邃於楚騷、遷史、韓愈、杜甫之詩文及宋朝名世之作，出入貫穿，掇拾精華。爲詩初學後山，其後由陳而黃，黃而杜。屬思高遠，煉句精穩，少而工，壯而新，晚而平淡。《四庫全書總目》卷一五九亦稱其詩"詞旨清拔，無纖仄卑俗之病。文章不事雕績，而波瀾意度，往往近於自然"。長於叙事，簡潔而峻厲。著有《蠹齋鉛刀編》三十二卷。

一　題豫章先生像，予嘗作《看雲圖詩》二首

吾生較此翁，已落二紀後。一時偶蹉跌，千載難邂逅。悠悠牂柯水，冉冉峩眉雲。自恨詩語拙，莫慰沉湘魂。

今朝開此圖，英氣尚髣髴。酹予中郎酒，醻此浪仙佛。束髮守孤學，觸事多罵譏。九原不可作，吾老欲安歸。文淵閣四庫全書本《蠹齋鉛刀編》卷七。

二　題游元著《瀟湘晚景圖》

與翁家世俱東魯，不記翁游曾到楚。看翁寫此六幅圖，怪翁筆力能如許。孤煙合處漁著邨，老雁歸時帆入浦。丹楓翻翻江氣寒，莫雪初晴山月吐。杜陵野老經行處，度支病郎用心苦。惟翁妙思自暗同，楚玉何曾識神女。信知胸中著雲夢，不止豪端挾風雨。祇今小紙弄姿態，氣韻酸寒終愧古。蜀山秦樹各異狀，所向一律人笑汝。誰能爲證張與吳，十年此病翁今無。《蠹齋鉛刀編》卷八。

三　戲題小庵畫軸三首

扁舟渺渺入平湖，秋葉經霜半已無。不是幽林欠殘雪，爲君題作剡溪圖。寒林平遠

一落縶維中，永別嘯雲友。秋月耿寒林。時來夢中否。猨
當時餓鴟箭，驚皇無復魂。困臥階下草，深愧主人恩。麋　《蠹齋鉛刀編》卷十。

四　聽環上人琴

幽絃窈眇方秋蠅，和音條鬯俄春鶯。斷冰哀玉俱入耳，聽盡清商聽清徵。浮雲斂盡江月明，不意莫耳聞此聲。夷中知白骨已朽，後來如師亦希有。但憂曲古世罕聽，那不少徇時人情。寧甘絃斷挂壁角，纏聲《鹿鳴》渠不學。《蠹齋鉛刀編》卷十二。

五　題所畫梅竹二首

東坡戲作有聲畫，歎息何人爲賞音。雨葉煙梢出新意，老夫知子用功深。
駸駸老境困埃塵，開卷霜林解笑人。畫地饞涎君莫怪，十年魂斷故園春。《蠹齋鉛刀編》卷十二。

六　書日新《煙江秋晚圖》後

莫年何處是莵裘，逆帽黃塵子更愁。開卷只今先有識，晚煙寒葦兩沙鷗。《蠹齋鉛刀編》卷十三。

七　題宣書記《塞門積雪圖》

此圖真柳子厚所謂"千山鳥飛絕，萬逕人蹤滅"者。若"孤舟簑笠翁，獨釣寒江雪"，則以余詩見之。

冰崖雪嶺鬭巉嵓，中有新詩子試參。短笠輕簑釣寒瀨，爲君題出是江南。《蠹齋鉛刀編》卷十三。

八　跋童壽卿所藏《蘭亭》

是非公論，久而後定。往時定武兩民家俱有此本，初不以爲重。元祐中，此本遂爲首冠。蘇門下、米禮部家各有本，自以爲可以凌躪，而書家終不許之也。

兵火之餘，古刻湮沒，反復觀之，廢卷三歎。《蠹齋鉛刀編》卷三〇。

程洵藝話（一則）

程洵（一一三五～一一九六）字欽國，後更字允夫，號克庵，晚號翠林逸民，婺源（今江西婺源）人。朱熹內弟。少有意禄仕，攻舉子業，誦習時文，讀河南程氏、眉山蘇氏之書。後從熹學，往復辨難，卒棄蘇學而歸向濂洛，並將道問學齋更名爲尊德性齋。累舉進士不第，後以特恩授信州文學，尋主衡陽簿，深爲知州劉清之敬重，講求精義，屬辭比事，更唱迭和，不以屬吏相待。再調吉州録事參軍，周必大至屈行輩與之爲友。慶元二年，卒於官，年六十二。所著有《尊德性齋集》十卷，已佚，史志未見著録。明嘉靖九年，裔孫程資始得遺稿，刊爲三卷，前有周必大序，稱其"議論正平，辭氣和粹"。又邑人王炎序稱其文"大抵理勝而詞彩附之，陶鑄隱括，俱不苟作"。所作《董府君墓表》，朱熹稱爲"近歲難得此文"（《答董叔重書》）。

跋朱魯叔所藏曾、鄒、陸三公帖

祐陵即位之三年，改元建中靖國，悉收召元祐舊人，布列中外，將與之復慶曆、嘉祐之治，德意甚美〔一〕。俄曾丞相當國，復以紹述事啓上意，凡元祐起廢之人浸不用，時文黨禍，遂牢不可解，靖康之亂，實基於此。洵嘗讀其書而悲之。今觀公所與朱公帖，有云："别紙丁寧，豈惟益友忠告之誼，亦出於憂國懇懇之誠！衰拙於此，豈能恝然，但再三則瀆，終於無補。"豈朱公遺公書時，猶以諫止其兄事望之耶？所謂憂國懇懇者，誠仁人君子用心哉。

洵官衡陽，朱公曾孫爲郡法曹掾，數出文昭此帖，及道鄉鄒公、侍郎陸公諸帖，洵敬觀數公皆近世名卿，而曾、鄒風節尤峻。三復想見其人，因書卷末。年月日，程洵書。知不足齋叢書《尊德性齋小集》卷二。

〔一〕意：原脱，據《宋元學案補遺》卷四補。

林亦之藝話（一則）

　　林亦之（一一三六～一一八五）字學可，號月魚，福清（今福建福清）人。早年挾策遊四方，後從學於莆之紅泉，師事林光朝三十餘年。趙汝愚帥閩日，辟入東井書堂，待以賓禮，上其學業於朝。命未下而卒，時年五十。其詩文師法林光朝，林希逸稱其"格制精嚴，趣味幽遠"，並集其詩與林光朝詩，名爲《吾宗詩法》。劉克莊《網山集序》亦謂"句句字字足以明周公之志，得少陵之髓"，"律詩高妙者絕類唐人"。清四庫館臣稱"其文章以峻潔簡峭爲工，詩法尤爲嚴謹，艾軒流派，當時貴自成一家"，謂諸家所論"雖所評不無太過，要其研煉道密，亦自有能別開生面者"（見文淵閣《四庫全書》本《網山集》提要）。著有《論語》《考工記》《毛詩》《莊子》解、《玉融志》，已佚。今存《網山集》八卷。

答稚春送《瘞鶴銘》

　　烹魚蒙尺牘，《瘞鶴》有殘碑。老去無他好，朝來愜所思。幽懷增感激，妙處自傾欹。喜劇還生嘆，如今愛者誰。文淵閣四庫全書本《網山集》卷一。

朱渙藝話（一則）

朱渙（生卒年不詳）字濟仲，福州永福（今福建永泰）人。乾道二年進士。《宋詩紀事》卷六〇選其七古《蟻飲研槽歌》，以蟻爭硯水之小，見人間勢利場之大，設想奇特，饒有理趣。《前賢小集拾遺》卷二存其詩七首。

題徐禮部家《歸去來圖》

古木參天叫杜鵑，春愁渾在夕陽邊。看君此畫還三歎，憶得西江上水船。文淵閣四庫全書本《宋詩紀事》卷六〇。

羅願藝話（一則）

羅願（一一三六～一一八四）字端良，號存齋，徽州歙縣（今安徽歙縣）人，汝楫子。甫七歲，已能爲賦。稍長，落筆萬言。既冠，數月不妄下一語。紹興二十五年，以蔭補承務郎，監新城縣稅。連丁內外艱，服除，監景德鎮稅。乾道元年，監南嶽廟。二年進士及第，知鄱陽縣。八年，通判贛州，攝州事。秩滿，差知南劍州。淳熙六年，召對，主張富強民力，不爲浮文，孝宗謂議論可採。改知鄂州，與通判劉清之相與建學勸農甚力。十一年卒，年四十九。羅願以古文著稱，被推爲南渡後第一，尤以《陶令祠堂記》《淳安社壇記》《爾雅翼後序》等作膾炙人口。著有《爾雅翼》《新安志》《羅鄂州小集》，均存。

書《急就篇》

右《急就篇》，漢黃門令史游作，唐秘書監顏師古爲之訓解。

此篇舊分三十二章，前代能書者多以草書寫之。今唯有一本相傳，是吳皇象寫，比顏解本，無"焦滅胡"以下六十三字，裁三十一章而已。國朝太宗皇帝嘗親書此篇，又於顏本外多"齊國"、"山陽"兩章，凡爲章三十有四。此兩章蓋起於東漢。

案《急就篇》末說"長安中涇渭街術"，故此篇亦言洛陽人物之盛以相當。而鄡縣以世祖即位之地，升其名爲高邑，與先漢所改真定、常山並列，此爲後漢人所續不疑。又豫章黃太史手校本出於太和人家，亦有此兩章。黃於篇中時小小箋釋，而顏解本亦自有詳略不同。會户部郎中、總六道賦、天水趙公欲是正傳廣之，乃用禮部侍郎眉山李公所藏顏本，校鄂州通守臨江劉子澄本，兼考諸本正文同異，及附黃太史所箋於其下。見今顏本不分章，則從而因之。升注爲大字，用便觀覽。而列兩章於篇外，可傳後。

古者學童六歲至十歲教之數與方名及朔望六甲書計之事，蓋循末以窮本，因藝以濟道，濫觴乎小學之源，而涵泳乎大學之海，終其身不厭。至秦不然，棄其道本而志其藝末，丞相李斯等雖頗作《蒼頡》《爰歷》《博學篇》，然天下方專學法令，以吏爲師，《詩》《書》六藝之言棄不習。學者進無所依，退無可玩，自童幼鄙之，以爲書足記姓名而已。又其篇雖名祖《蒼頡》，而實異《史籀》。時益多事，而徒隸之字方起。漢興，稍開書禁，兼崇字學，吏民上書頗劾其不正者。然古來用字約少，板策所書，多者裁百名以上。今漢代試爲史者，一童所記至九千字，烏睹古所謂正哉？游當孝元時，去斯等已遠，獨能取其篇中正字類而韻之，以爲此書，使操觚小童不隨俗迷誤。是時元帝善史書，而游爲此篇，皆稍近古。傳稱游勤心納忠，有所補益，豈此類耶？

自東漢杜度、張芝善稿法，始用以寫此章，號章草。説者因謂草書起於游，蓋不察作此書之意。今篇中所撫《蒼頡》正字，其體雖不存，而其讀具在，因可以見漢世官府市里之名物。又得顏氏解訓而益明，可用虞覽。然顏以慈姓爲祖於宣慈惠和之才子，審姓爲出於審曲面勢者，名忠敬與愛君而必以爲慕趙盾鸑拳，解距虛即蛩蛩，以檻車膠人之目，謂老復丁爲蠲其子孫之役，亦不皆是。顧作者以録古文，而解者以著漢事。雖非《詩》《書》論世之學，要主於好古存舊。且其語亦微有勸，不若世俗師俚童，相教以囂訟之書。故因定著之，以爲前世小書其偶存者猶如此，學者因亦有啓焉。淳熙十年十月望日，歙羅願。粵雅堂叢書本《羅鄂州小集》卷四。

胡融藝話（二則）

胡融（生卒年不詳）字小淪，號四朝老農，寧海（今浙江寧海）人。嘗與劉倓、李揆、王度、周仲卿等同遊天台山，有聯句詩。現存詩多登臨遊覽、憑弔古跡之作，表現其"喜與冥寂士，共談秋水篇"的興致。

一　墨池　並序

傳王逸少嘗讀書華頂，又有白雲先生者。今從招手石沿磴而下巖岫杳靄處，有黃經洞，先生之隱也。聞逸少嘗與先生裂素寫《黃庭》於此，故名黃經。先生羽化，遺書多藏石壁，好奇之士往往窮搜於崖广藤蘿之間。今磴棧蒙翳，洞穴冥絕，聞有二虎乳子其中，尋之者自崖而返。墨池在絕頂右軍書堂之側，書傳不載，得之野老云爾。

吾聞逸少筆，入手銛如戈。結廬在華頂，鑿池派天河。書將鬼汗寫，墨遣神手磨。掞藻卧白雲，禿兔堆成坡。臨池日月邃，素流變玄波。咨嗟撫遺跡，寒猿啼薜蘿。搏壁尋瘞鶴，入洞求換鵝。長松落青蔭，石巘空摩挲。文淵閣四庫全書本《天台續集別編》卷四。

二　書堂

右軍本清真，名題列仙籍。朝披赤城霞，憑崖望南極。不讀人間書，誅茅近東壁。松窗拂清靄，石架橫野色。草聖天僝求，竹扇山猿覓。不有鐵石心，敢邇虎豹跡。高歌振林木，上與霄漢迫。時有太一星，擁杖照几席。《天台續集別編》卷四。

唐仲友藝話（一則）

唐仲友（一一三六～一一八八）字與政，號悅齋，東陽（今浙江東陽）人，堯臣子。紹興二十一年進士，調衢州西安簿。紹興三十年，再中宏詞科，通判建康府。隆興二年，除秘書省正字。乾道二年，監南嶽廟。六年，再除正字。七年，兼國史院編修官、實錄院檢討官。八年，除著作佐郎，出知信州。淳熙七年，再轉知台州。八年，遷提點江西刑獄，爲朱熹劾罷，主管武夷山冲佑觀以歸。開館授徒，致力於經史百家。十五年卒，年五十三。唐仲友以博學窮理聞名於時，周必大《帝王經世圖譜題辭》稱其"於書無不觀，於理無不究"，王柏《跋同郡五公帖》稱其"所言親密，不爲潤飾之辭"。所著有《六經解》《諸史精義》《群書新錄》《說齋文集》四十卷等，大多已佚，今存《帝王經世圖譜》《詩解鈔》《九經發題》《魯軍制九問》《愚書》。清張作楠輯爲《金華唐氏遺書》。胡宗楙又刻《悅齋文鈔》十卷、補一卷。

讀《荀子·樂論》

卿言"樂，人情所不能免"，與《孟子》"樂則生矣"合乎？曰：樂，人情也，樂斯二者，樂之正也；形而不爲道，樂之流也。聖人因人情而製樂，順其正而防其流。獨以爲惡其亂而制之，則正聲乃矯揉，而淫聲乃若其情者乎？抑卿見禮樂之末，而未揣其本者也。續金華叢書本《悅齋文鈔》卷九。

吕祖谦藝話（七則）

吕祖謙（一一三七～一一八一）字伯恭，婺州金華（今浙江金華）人。家有中原文獻之傳，長從林之奇、汪應辰、胡憲、張栻、朱熹遊，其學益精。以蔭補官，隆興元年進士，復中博學宏詞科，調南外宗學教授。乾道五年，添差嚴州教授。六年，召爲太學博士，兼國史院編修官、實錄院檢討官。七年，除秘書省正字。淳熙元年，主管台州崇道觀。二年，與朱熹、陸九淵會於鵝湖。三年，召除秘省郎，修《徽宗皇帝實錄》，奉旨校正《聖宋文海》。五年，遷著作佐郎，兼史職，兼禮部郎官，遷著作郎。六年，繳進《文海》，以"採摭精詳，有益治道"，賜名《皇朝文鑑》，除直秘閣。淳熙八年卒，年四十五。諡曰成。在理學上，與朱熹、張栻齊名，時稱東南三賢。主張"明理躬行"，反對空談性理，開浙東學派先聲，學者稱東萊先生。在文學上與重道輕文的理學家不同，力求融合道學與辭章之學。"祖謙於《詩》《書》《春秋》皆多究古義，於十七史皆有詳節，故詞多根柢，不涉遊談。"（《四庫全書總目》卷一五九）所著《吕氏家塾讀詩記》，是宋人研究《詩經》的力作，可與朱熹《詩集傳》媲美。奉命編纂的《宋朝文鑑》一百五十卷，收北宋詩文作者二百餘人，作品二千一百餘篇，選文兼重實用與文彩，不因人廢言。又編有《古文關鍵》，圈點評注，對古文的體格、源流、命意、結構、句法、字法，多有闡釋。所作詩文豪邁駿發，無語錄體之習。議論閎肆雄辯，筆鋒犀利，敘事之文條理井然，語言清麗。存詩不多，而頗有情致。一生著述甚富，除上述作品外還有《周易本義》《東萊書說》《左氏傳說》《春秋集解》《少儀外傳》《東萊左氏博議》《歷代制度詳說》《周儀外傳》等十多種，並與朱熹合撰《近思錄》。其詩文集通稱《東萊吕太史文集》四十卷。《麗澤論說集錄》十卷，乃吕祖謙門人雜錄其師之說，前有祖謙從子喬年題記。《詩律武庫》前、後集共三十卷，舊本題宋吕祖謙編，與《歷代制度詳說》皆祖謙年譜所不載，前人多認爲乃後人依託之作，今姑置於吕祖謙名下，俟考。

一　李仲南《集古錄》序

觀物者必於其會。缾水，知天下之冰；堂下之陰，知日月之行。理則固然，然未若廣川大陸，會三光五嶽之氣，闇明闇晦，轇轕降升，一覽而盡陰陽舒慘之變也。堙壘沈鼎，頹趺僕碣，布濩於莽蒼之濱。餘款墜刻，流落人間，財以侑几案、虞賓客而止耳。自歐陽文忠公始合而輯之，和者踵武。靖康之後，皆有錄無書。

吾友昭武李丙仲南父，講肆論述之餘，採擷衰積，越二十年，而天下聞碑名跡舉集其門。起夏后氏，竟五季，著錄千卷。百世之消息滿虛，歆然具見於緗帙之上。愈遠愈簡，愈簡愈真，天摹神畫，不落雕斲，太古之遺風可挹也。文雖日縟，體雖日備，而渾灝之氣實行乎其中，三代之損益可知也。下此則廣者、狹者、淳者、漓者、肆者、拘者，有萬不同，蓋莫不與時偕也。雖其寡羣絕輩〔一〕，號爲獨出一時，反復觀之，要亦不能出也。書在六藝爲末，於其萃聚，則有大者焉。物之會，其可觀也哉！

予嘗有幽憂之病，胸次偪側，往從仲南父引卷徐展，鼎彝之潤，篆籀之光，映發左右，爽然神解。竊意古人不必親相與言者殆如是，固未易苟以玩物訾之也。其他如正曆紀，定世系，刊疆域之誤，砭官制之舛，存容典之舊，裨《凡將》之缺，尚非一條，在取之者如何耳。至於聚散之相尋也，珍怪之無涯也，晤賞之不可遂而極也，心思之不可囿而滯也，仲南父則既知之矣。續金華叢書本《東萊呂太史文集》卷六。

〔一〕輩：原作"藝"，據金華叢書本《呂東萊先生文集》改。

二　書楊次淵之父所藏舊遊諸公手簡後

盛山十二詩，前唱後和者，長慶間皆集闕下。敗楮瘴墨，奕奕頓有生氣。今楊侯自放林壑間，其視韋閬州老身廊廟，未知孰得孰失。而同帖四君，皆發聞於時，嗣德有繼。異時一笑相遇，細數盛山詩軸中人，必將曰："爾何曾比予於是？"《東萊呂太史文集》卷七。

三　書焦伯強殿丞帖後

焦伯強先生之在潁，歐陽文忠公爲守，先正獻公爲貳，王公深父、常公夷甫爲州民，伯強實爲守客。未幾去文忠而依正獻，又得我榮陽公兄弟爲學徒，一時賓主師生之際盛矣。

其在家塾，師道甚嚴，律諸生事事皆如節度。榮陽公既壯，徧遊諸公長者之門，多閱天下之義理。晚歲學成行尊，顧獨睠睠於伯強，曰："吾所以不辱先訓，蓋焦公力也。"伯強經行，儒者皆知推先之，獨記家世所傳如此。《東萊呂太史文集》卷七。

四　題伯祖紫微翁與曾通道手簡後

先君子嘗誨某曰："吾家全盛時，與江西諸賢特厚。文靖公與晏公戮力王室，正獻公靜默自守，名實加於上下，蓋自歐陽公發之。平生交友如王荆公、劉侍讀、曾舍人，屈指不滿十。雖中間以國論與荆公異同，元豐末守廣陵，鍾山猶有書來，甚倦倦，且有絕江款郡齋之約，會公召歸乃止。已而自講筵還政路，遂相元祐二劉、三孔，曾子開、黃魯直諸公，皆公所甄叙也。侍講於荆公乃通家子弟，李泰伯入汴，亦嘗講繹焉。紹聖後，始與李君行遊。晚節居黨籍，右丞以筦庫之祿養親，雖門可設爵羅，然四方有志之士多不遠千里從公。謝無逸、汪信民、饒德操自臨川至，奉几杖、侍左右如子姪。退見右丞，亦卑抑嚴事，不敢用鈞敵之禮。舍人以長孫應接賓客，三君一見，折輩行爲忘年交，談賞篇什，聞於天下。是時吾家筐笥瑣碎，僮僕能言，諸名勝無不諳悉。南渡以來，此事便廢。紹興初，寇賊稍定，舍人與諸父相扶出桂嶺，謁臨川，訪舊友，多死生，慨然太息。乃收聚故人子曾益父、裘父輩，與吾兄弟共學，親指畫，孳孳不怠。既又作詩勉之，今集中寄臨川聚學諸生數詩是也。自秦氏專國，風俗日益隘陋，吾几案間無江西書札久矣。蓋江西人物之盛衰，觀人文者將於此乎考。而吾家江西賢士大夫之疏密，亦門户興替之一驗也。"言畢復蹙然久之。某再拜識之，不敢忘。

建昌曾通道丈，以學問識度爲舍人伯祖所許，不幸早世。其子撙節夫，復與某爲同年進士，而節夫外舅李夔州，則某少所承事者也。故雖未得與節夫合堂同席，而知其父子之賢爲詳。病廢三年，不復知户限外事。今年春，節夫以伯祖與通道丈尺牘墨本見遺，反復展玩，不能去手。顧諸弟曰："吾家其猶庶幾乎？今日真得江西書札矣。"因錄先君之語寄節夫，且以交相厲云。《東萊呂太史文集》卷七。

五 《左氏傳説》（選錄）

吳季札來聘觀樂 二十九年

季札來聘魯，請觀周樂。魯使樂工爲之歌諸國之"風"及歷代之詩，如小大《雅》《頌》之類。札隨所觀，次第品評之：有論其聲者，有論其義者。如所謂"美哉淵乎"、"美哉泱泱乎"、"美哉渢渢乎"、"廣哉熙熙乎"之類，此皆是論其聲也。如所謂"憂而不困"、"思而不懼"、"樂而不淫"、"大而婉"、"險而易行"、"思而不貳"、"怨而不言"、"曲而有直體"之類，此皆是論其義也。以此知古人之詩，聲與義合，相發而不可偏廢。至於後世，義雖存而聲則亡矣。大抵詩人之作詩，"發乎情，性止乎禮義"，固其義也；至"聲依永，律和聲"，則所爲詩之義，又賴五音六律之聲以發揚之，然後鼓舞動盪，使人有興起之意，如清廟之瑟，朱絃而疏越，一唱而三嘆，有遺音者矣。至今清廟之詩，其義雖存，而一唱三歎之音何在？然音雖亡而義存，學者亦可涵泳其音節，使有所興起也。所謂"工以納言，時而颺之"，五音六律，今之世固不可求，須想像；所謂"歌永言，聲依永，律和聲"，庶幾聲義交相發。然魯工之所歌，乃未刪之《詩》，而今之《詩》，已經孔子刪定，故魯爲季札歌諸國之風，置《豳》於

《秦》《魏》之前。然札隨所歌品評，又有可議者。如歌《小雅》之詩，則曰"周德之衰乎"？至後世文中子則曰："孰謂季札子知樂？《小雅》烏乎衰？其周之盛乎？"《小雅》之一詩，季札以爲周之衰，而文中子以爲周之盛，蓋是中子錯看了。當時魯史樂工爲季札歌諸國之詩，欲觀歷代之樂，一時之間，每國不過歌一兩篇而已。若使其於《風》《雅》《頌》一一徧歌，則雖窮年越歲，歌亦未能畢，豈一朝一夕之間，樂工能盡歌之乎？札所聽者，樂工偶歌"變風"，故札隨所歌言之。且如歌《唐》，季札則曰："其有陶唐氏之遺民乎？不然，何其憂之遠也？"這只是歌《蟋蟀》一篇分明，以此知文中子亦錯觀了這二段；又須看得次序與今之次序不同，以此知孔子刪《詩》，大段移轉。以季札之言考之，聲音尚可想見，如歌《秦》則曰："此之謂夏聲。"此則全以聲論，非《無衣》《小戎》之所可見。札當時觀樂，一一品評之，札見《舞韶·箾》則曰："若有他樂，不敢請已。"杜預以爲魯用四代之樂，故及《韶·箾》，而季札知其終，然其義似不止此，要皆不必如此説。蓋《韶》之樂，虞舜之時最和氣之所聚，觀《益稷》之篇所載，其和可以想而知之，故《韶》最爲盡善美，雖善如《雲門》亦不能出此。札一聞之，有感於中，其曰"不敢請已"者，非謂聽樂欲止於此，言其樂無加於此也。正如孔子在齊聞《韶》，三月不知肉味之意相類。能知此意，則知札觀樂之意，此殆未易以言語訓詁求也。文淵閣四庫全書本《左氏傳説》卷九。

六 《詩律武庫後集》卷五（選録）

書畫門

【咄咄逼人】晉王羲之，字逸少，學書於衛夫人。夫人曰："有一弟子，咄咄逼人。"故羲之自言："吾書比鍾繇當抗衡，比張芝當雁行。"故坡詩有"咄咄真相逼，諸生敢雁行"之句，以此也。

【臨池盡墨】唐張旭，字伯美，吳郡人，官至右率府長史。善草書，遇醉輒揮筆大叫，以頭濡墨而書，醒後自視，以爲神。凡家之絹素，必先書而後練。臨池學書，池水盡墨，故時人目爲"張顚"、"草聖"。嘗自謂："吾始見公主擔夫争道而得其法，後觀公孫氏舞劍而得其神。"故杜公詩云"連山蟠其間，溟渤與筆力。有練實先書，臨池真盡墨"是也。

【厭家雞愛野鶩】晉庾翼能書，與右軍齊名，而右軍後進，翼心不服，在荆州與都下人書云："小兒輩皆學王書，所謂厭家雞、愛野鶩。"出《王僧虔傳》。

【春蚓秋蛇】《王羲之傳》言："蕭子雲近出，擅名江表，僅得成書，無丈夫之氣，行行若縈春蚓，字字若綰秋蛇，卧王蒙於紙中，坐徐偃於筆下，以茲播美，非濫名耶？"故坡《草書》詩有"春蚓秋蛇病子雲"之句。

【柳家元和脚】唐柳公權在元和間，書最有名，而劉禹錫《酬柳宗元》詩云："柳家新樣元和脚，且盡薑芽斂手從。"故坡《贈柳氏二外生求筆跡》詩云"君家自有元和脚，莫厭家雞更問人"，可謂故語。金華叢書本《詩律武庫》卷五。

七 《詩律武庫後集》卷六（選錄）

書畫門

【群鴻戲海】梁武帝評近代善書者，若鍾繇書如雲鶴遊天、群鴻戲海。故坡詩有"每驚雲海戲群鴻"之句。

【一臺二妙】晉衛瓘伯玉與尚書郎索靖俱善草書，時號"一臺二妙"。漢末張芝善草書，論者謂瓘得伯英筋，靖得伯英肉。自二人既往，妙處雕零不振，筆法掃地空矣。故坡詩有"二妙雕零筆法空"之句。

【婉若銀鈎】索靖作《草書狀》曰："蓋草書之爲狀也，婉若銀鈎，飄若驚鸞。"故杜詩云："三年辭玉樹，千里寄銀鈎。"而李白亦云："寫了吟看滿卷愁，淺紅箋紙小銀鈎。"又云："清泠玉韻兩三章，燦爛銀鈎七八行。"而東坡亦有"開緘奕奕滿銀鈎，書尾題詩語更遒"之句是也。

【妙畫通靈】晉顧愷之，字長康，爲虎頭將軍，善畫，性癡絕，嘗以一廚畫糊題其前，以寄桓玄。玄發其廚，自後竊之。愷見封題如故，而畫不見，直云："妙畫通靈，變化而去，猶人之登仙。"其言了無怪色。故坡詩有"一笑誰似癡虎頭"之句。

【裴楷三毛】《世說》："顧愷之畫裴楷，頰上益三毛，人問其故，曰：'楷雋朗有識，正在三毛。'"

【宜置丘壑中】"又畫謝鯤在石巖裏，人問其故，曰：'鯤嘗云一丘一壑，自謂過之。故此子宜置丘壑中。'"故坡詩有"頰上三毛自有神"，又云"戲著幼輿丘壑裏"。幼輿，鯤之字也。皆美顧之善畫也。

【正在阿堵中】又，"愷之畫人物，每畫成，或數年不點目睛。人問其故，愷之曰：'四體妍媸，本無關於妙處；傳神寫點，正在阿堵中。'"

【二龍飛去】梁張僧繇，吳人，於金陵安樂寺畫四龍，不點眼睛，每云點之則飛去。人以爲妄誕，因請點之。試點二龍，須臾，雷電破壁，奮迅乘雲，飛天而去，未點睛者見在。出《名畫記》。

【奏樂圖】唐王維右丞家於藍田玉山，嘗至招國坊庾敬休宅，見屋壁有畫《奏樂圖》，維熟視而笑之。或問其故，維曰："此《霓裳羽衣曲》第三疊第一拍。"好事者集樂工驗之，無一差者。出《國史補》。

【此君墨君】晉人以卿爲常，以君爲重，命竹謂之君者，王子猷也。子猷常寄居空宅中，便令種竹。或謂其何故，但嘯詠指其竹曰："何可一日無此君耶？"故文與可善畫墨竹，東坡呼爲"墨君"，作《墨君堂記》。詩云"壁上墨君不解語，見之尚可消百憂"是也。

【通神佳手】朱景臨《歷代畫斷》云："開元中，諸衛將軍李思訓善畫山水，甚得其妙。一日，明皇命畫大同殿壁，詔諭曰：'卿所畫夜聞水聲，真通神之佳手耳。'"

【名下無虛士】唐閻立本工畫，一時無對。嘗至荊州，見張僧繇舊跡，曰："定應虛得名耳！"明日又往，曰："猶是近代佳手。"明日又往，始歎曰："名下定無虛士。"坐臥觀之，留宿其下，十餘日乃去。僧繇，梁朝人，侯景之亂來奔湘東，承制拜爲右將軍，工畫，爲江南之冠。

【咫尺萬里】《南史·竟陵王子良傳》云："賁文煥善畫，於扇上圖山水，曰：'咫尺之內，萬里非遙。'"故杜公《題王宰畫山水圖》云"尤工遠勢古難比，咫尺應須論萬里"是也。

【畫魚得獺】《齊諧記》："魏徐邈善畫，明帝遊洛水，見白獺，愛之，不能得。邈曰：'獺嗜鯔魚，乃不避死。'遂畫板作鯔魚懸岸，群獺競來，一時捕得。帝曰：'卿畫何其神耶！'"

【雌雄龍】唐劉洞微於老君殿繪龍，忽有夫妻二人入曰："善則善矣，若何別於雌雄？"洞微大服之。其人曰："龍之雄者，角浪凹峭，目深鼻豁，鬐尖鱗密，上壯下殺，朱火煒煒然，此則龍之雄者也。若乃角靡浪平，目肆鼻直，鬐圓鱗薄，上下勻力，而厥尾壯於腹脅，此則龍之雌者也。"二人忽振迅蜿蜒，化爲雌雄龍而去。

【雲漢北風圖】後漢劉褒，桓帝時人，曾畫《雲漢圖》，人見之覺熱；又畫《北風圖》，人見之覺涼。官至蜀郡太守。

【天皇寺仲尼像】梁武帝修飾佛寺，多命張僧繇畫之。江陵天皇寺，僧繇畫盧舍那像及仲尼十哲。帝怪問："釋門如何畫孔聖？"僧繇曰："後當賴此耳。"及後周滅佛法，焚天下寺塔，獨此殿有宣尼像，乃不毀拆。

【畫龍作雨】唐開元關輔大旱，命大臣徧禱無應。上於龍池新創一殿，召少監馮紹正，令於四壁各圖一龍。紹正先於西壁畫素龍，奇狀蜿蜒，如欲振躍。繪事未半，風雨隨筆而生，上及從官於壁下觀之，鱗甲皆濕。設色未終，有白氣若籤廡間出，入於池中，波濤洶湧，雷電隨起，侍御數百人皆見白龍自波際乘雲氣而上。俄頃，陰雲四布，風雨暴作，不終日而甘澤遍於畿內。出《明皇雜錄》。　《詩律武庫》卷六。

馬純藝話（一則）

　　馬純（生卒年不詳）字子約，自號朴樕翁，單州武城（今山東武城）人，默孫，南渡後，寓居永嘉（今浙江溫州）。紹興中，爲江西轉運副使。隆興初，以太中大夫致仕。有"智術甚優，博識多聞"之稱（《茗溪集》卷四六《馬純江西運副制》）。後退居越之陶朱鄉，採當時雜事，著《陶朱新錄》，多涉怪異，論者比之於洪邁《夷堅志》（《四庫全書總目》卷一四二）。陸游《老學庵筆記》卷四載：僧宗昂被敕住持能仁寺，郎官馬純題詩法堂壁，有"黃紙除書猶到汝，固知清世不遺賢"之句，傳誦一時。

《陶朱新錄》（選錄　一則）

　　蔡君謨爲諫官時，父母留鄉里，因通家信云："諫官不是穩當的差遣。若緘口不言，則辜負朝廷，願大人勿憂也。"筆法勁密，在其孫伸字伸道處，名公題跋甚多。文淵閣四庫全書本《陶朱新錄》。

葛天民藝話（一則）

葛天民（生卒年不詳）字無懷，山陰（今浙江山陰）人。落髮爲僧，更名義銛，字朴翁。其後返初服，隱居杭州西湖，築室蘇堤，自號柳下，足不入城，吟詠自樂。嘗與楊萬里、翁卷、薛師石、姜夔、葉紹翁、蘇泂等唱和。慶元二年，嘗與俞灝、張鑒、姜夔乘雪出遊，各得詩詞若干，手書爲《載雪錄》（佚）。姜夔稱其"據詩社，出奇無窮"（《浩然齋雅談》卷中），薛師石《和葛天民》稱："賈島文章懷素書，得來讀罷捲還舒。西湖柳下爲君宅，東海雲邊是我廬。"著有《無懷小集》二卷，收入《汲古閣景鈔南宋六十家小集》《兩宋名賢小集》。其詩構思新奇，語言脫俗，格調閒雅。

題謝耕道一犁春雨圖

耿耿思田舍，攸攸倚釣竿。一犁歌短闋，十口飯長安。老覺驅馳倦，生知稼穡難。畫圖詩卷在，留與後人看。文淵閣四庫全書本《江湖小集》卷六十七。

章淵藝話（一則）

　　章淵（生卒年不詳）字伯深，自號懲室子，建州浦城（今福建浦城）人，惇曾孫，居長興，徙蘇州。博學有文，不就舉，以蔭入仕，乾道間曾爲江山縣令。著有《槁簡贅筆》五卷（今存一卷）。

《槁簡贅筆》（選錄　一則）

笙簧

　　笙中有簧，以火炙之，樂家謂之煖笙。故陸魯望《贈遠詩》云："妾心冷如簧，時時望君煖。"亦巧於用韻。文淵閣四庫全書本《説郛》卷二十四上《槁簡贅筆》。

樓鑰藝話（一六〇則）

樓鑰（一一三七~一二一三）字大防，舊字啓伯，自號攻媿主人。明州鄞縣（今浙江寧波）人。隆興元年，賜同進士出身。二年，調溫州教授，秩滿，充詳定一司敕令所刪定官，兼玉牒所檢討官。乾道五年，以書狀官隨舅汪大猷使金。通判台州，召除宗正寺主簿。淳熙八年，遷太府寺丞，尋除宗正丞。丁憂，起知溫州。光宗即位，除考功郎中，遷國子司業，除太府少卿，遷起居郎。紹熙五年，以中書舍人兼實錄院同修撰。草內禪詔書，辭婉而切，朝野傳誦。寧宗即位，獨當內外制，明白正大，得代言體。遷給事中，權吏部尚書，兼侍讀。慶元元年，忤韓侂胄，出知婺州，提舉太平興國宮。食祿七任，不爲權臣所用，於東樓聚書萬卷，手自校讎。開禧三年，起爲翰林學士，遷吏部尚書。嘉定元年，簽書樞密院事，兼太子賓客，進同知樞密院事。二年，參知政事。六年，罷，提舉萬壽觀，致仕，卒年七十七，謚宣獻。樓鑰立朝直言敢諫，論奏以"援據該洽、義理條達"著稱。博通群書，識古文奇字，精通音律，爲學多究實用，博綜古今，多可傳信。作文以意爲主，不事雕鐫，自然工緻。著述今存《攻媿集》《書樂正誤》《宋汪文定公行實》《范文正公年譜》。

一　題龍眠畫《騎射抱毬戲》

綠楊幾枝插平沙，柔梢裊裊隨風斜。紅綃去地不及尺，錦袍壯士斫鬃射。橫磨箭鋒滿分靶，一箭正截紅綃下。前騎長纓抱繡毬，後騎射中如星流。繡毬飛硯最難射，十中三四稱爲優。元豐策士集英殿，金門應奉人方倦。日長因過衛士班，飛騎如雲人馬健。駕幸寶津知有日，窮景馳驅欣縱觀。龍眠胸中空萬馬，駭目洞心千百變。追圖大槩寫當時，至今想像如親見。靜中似有叱吒聲，墨淡猶疑錦繡眩。閒窗撫卷三太息，五紀胡塵暗幾甸。安得士馬有如此，長驅爲決單于戰。文淵閣四庫全書本《攻媿集》卷一。

二　題羅春伯所藏《修禊圖序》

東遊登會稽，祇見蘭亭不見碑。北過中山府，欲訪此碑不知處。間從故家看墨本，如此二者絕難遇。曾經耶律氈裹去，至今薊北猶知慕。時將一二餽北使，持歸往往快先覩。未知玉石真在否，要比江南終近古。他日縛取呼韓作，編户勒銘歸來過定武。只問君王乞此碑，打向人間莫論數。文淵閣四庫全書本《攻媿集》卷一。

三　題《孟東野聽琴圖》，因次其韻

誰歟住前溪，夜深以琴鳴。天高顥氣肅，日斜映疎星。橡林助蕭瑟，泉聲激琮琤。彈者人定佳，能使東野聽。束帶不立朝，遙夜甘空庭。龍眠發妙思，神交窮杳冥。不見彈琴人，畫出琴外聲。郊寒凜如對，作詩太瘦生。恨不從之遊，撫卷空含情。文淵閣四庫全書本《攻媿集》卷一。

四　臨海縣治琴堂

子賤彈琴真是琴，我今無絃知琴心。使我不得琴中趣，弦以修綆誰知音。才術高低不自由，單父二子心則侔。後人不得彈琴暇，勿以戴星爲可羞。文淵閣四庫全書本《攻媿集》卷一。

五　催老融墨戲

古人惜墨如惜金，老融惜墨如惜命。濡毫洗盡始輕拂，意匠經營極深夐。人非求似韻自足，物已忘形影猶映。地蒸宿霧日未高，雨帶寒煙山欲暝。中含太古不盡意，筆墨超然絕畦逕。畫家安得論三尺，身世生緣俱墮甑。人言可望不可親，夜半叩門寧復聽。三生宿契誰得知，一見未言心已應。巖傾千丈雪散空，上有清池開錦鏡。意行忽發虎溪笑，許作新圖寫幽勝。歸尋一紙五十尺，傅以礬膠如練淨。自知能事難促迫，捲送松窗待清興。筆端膚寸今何如，西抹東塗應暑定。何當一日快先睹，洗我昏眸十年病。文淵閣四庫全書本《攻媿集》卷二。

六　陳順之靈壁石硯山

陳順之吏部靈壁石硯山中有雙澗，低處爲硯，下米元章題云：唐弘文館校書李羣玉有詩，南唐李重先故物也。蔣教授文會有詩，次韻。

名畫法書環四壁，中有米家真寶石。壁峯森聳外潤流，他物雖奇敢爭席。舊屬半山老偘人，佛印乞之如乞鄰。阿章有力負之走，一時攘取成紛綸。此石天然非琢磨，是時有水生巖阿。至今硯池尚餘潤，歲月既久惜不多。幾年徒見士夫説，一旦喜看形偃月。傍連玉立兩於菟，主人照映冰壺澈。陳侯之富可敵國，會有寶光驚四塞。呼童吸盡硯中水，更爲輕翻玩奇刻。不堪回首江南李，空唱多愁似春水。不如此石千載傳，玉砌雕欄等糠粃。寶晉得之真不易，身後寧知亦輕棄。只今傳玩知幾人，當日瑣窗空自秘。端歙爭名南北部，勿向雷門揚布鼓。銅臺渴瓦更不須，秖合觚稜蔭風雨。文淵閣四庫全書本《攻媿集》卷二。

七 跋汪季路所藏《修禊序》

永和歲癸丑，羣賢會蘭亭。流觴各賦詩，風流見丹青。右軍草《禊序》，文采粲日星。《選》文乃見遺，至今恨昭明。字畫最得意，自言勝平生。七傳到永師，襲藏過金籯。辯才畫祕重，名以徹天庭。屢詔不肯獻，託言墮戎兵。妙選蕭御史，微服山陰行。譎詭殆萬徑，徑取歸神京。辯才恍如失，何異敕六丁。文皇好已甚，丁寧殉昭陵。當時馮趙輩，臨寫賜公卿。惟此定武本，謂出歐率更。採擇獨稱善，遂以鑲瑤瓊。流傳迨五季，皆在御寢扃。耶律殘石晉，睥睨不知名。意必希世寶，氈裹載輜軿。帝杷既北去，棄與朽壤並。久乃遇知者，龕置太守廳。或云政宣間，此石歸紹彭。又言入內府，宣取恐違程。焚膏繼知晷，拓本手不停。疊紙至三四，肥瘠遂異形。南渡愈難得，得者輒相矜。我見十數本，對之心欲醒。汪侯端明子，嗜古自弱齡。錦囊荷傾倒，快覩喜失聲。帶流及右天，往往字不成。而此獨全好，護持如有靈。尤王號博雅，異論誰與評。硬黃極摹寫，唐人若無稱。贗本滿城南，瑣瑣不足呈。猶有婺與撫，砥砆近璵珩。右軍再三作，已覺不稱情。心摹且手追，安能效筆精。響搨固近似，形似神不清。不如參其意，到手隨縱橫。況我筆素拙，何由望羣英。近亦得舊物，庶幾窺典型。此本更高勝，著語安敢輕。孤風邈難繼，悵望冥鴻征。文淵閣四庫全書本《攻媿集》卷二。

八 題范寬秋山小景

山高最難圖，意足不待大。尺楮眇千里，長江浸橫翠。畫家雜雲煙，懍怳徒意會。苟或森三尺，便若俗子對。此畫格律嚴，興寄獨超邁。洗眼映窗明，妙處乃不昧。流泉見原委，著屋分嚮背。推車度危橋，指路嚮關隘。輕舟最渺茫，浦嶼如有待。山稜瘦露骨，汀洲橫若帶。木葉黃欲脫，秋容儼然在。霜餘無片雲，歷歷數沙界。搜尋因力疲，欲賦無可奈。近山纔四寸，萬象紛納芥。欲識無窮意，聳翠更天外。文淵閣四庫全書本《攻媿集》卷二。

九 江西李君千能能和墨及畫梅，艮齋許以三奇，而詩非所長也

遊藝無小大，要皆知本原。後人率意作，終當媿前賢。老潘妙對膠，法從玉局傳。或假季心名，空掃幹鐙煙。補之貌梅花，疎瘦仍清妍。折枝映月影，真態得之天。李君信雅尚，二者將求全。諸公競稱許，試之乃誠然。江西有詩派，皎皎俱成編。茲事

未易窺，屬君尚加鞭。文淵閣四庫全書本《攻媿集》卷二。

一〇　題老融畫《牛溪煙雨》

暝煙吹雨冥冥，兩牛半渡深清。京塵久污巾履，頗思歸濯吾纓。文淵閣四庫全書本《攻媿集》卷二。

一一　慧元畫《寒林七賢》

舊有《唐人出遊圖》，謂宋之問、王維、李白、高適、史白、岑參六人，多畫七賢，不知第七人爲誰。或云是潘趙遙，然未見所據。病起，坐攻媿齋，元公忽作《寒林七賢》相寄。余方夢寐故山，見之灑然，戲作數語謝之。

羣賢俱詩豪，世代不同處。安得寒林中，聯鑣睇相語。誰歟創妙意，臭味無今古。吾聞顧陸輩，寓意或如許。桃李並芙蓉，雪中蕉葉吐。元師師老融，淡墨掃風雨。作此寄攻媿，歸興渺煙渚。舊六今則七，未知果誰與？我欲從之遊，詎敢厠儔侶。畫我往執鞭，欣爲李君御。文淵閣四庫全書本《攻媿集》卷二。

一二　跋袁起巖所藏修禊亭

悵望當時真蹟，臨慕所在支分。千載但稱合作，誰能有感斯文？
定本爲世第一，此又在定定前。今日錦標玉軸，嚮來不直一錢。文淵閣四庫全書本《攻媿集》卷二。

一三　次韻趙子野《石城釣月圖》

石城江頭可憐月，曾照六朝清夜獵。古往今來知幾何，長江袞袞蕭蕭葉。謫僊去後詩盟寒，王孫詩瘦清犖犖。詩情浩蕩坐無奈，扁舟笑把磻溪笑。江平風輕波瑟瑟，宿靄捲空天一色。東風吹句入長安，一卷風流坐中得。初得神意清，再讀胸次平。回顧明月秖如故，世上興廢徒分更。想君一葉方掀舞，夜靜水寒誰與語？船頭有酒且孤斟，莫向金陵重懷古。文淵閣四庫全書本《攻媿集》卷二。

一四　范牛

人問吾何愛一牛，范僊真筆倍風流。繩牽雖未如自放，猶勝更著金籠頭。文淵閣四庫全書本《攻媿集》卷三。

一五　贈范緯文秀才

括蒼范牛自題云：中興道士范子璿，異人也。淳熙間，武昌羅端良使君遠寄詩篇，有《贈畫牛范秀才》一詩，愛玩不能去手，時時誦之，以寫云亡之悲，今十八年矣。有范緯文叩門，初談風鑒，旋及墨戲事，自言視子璿爲大父行，羅使君贈詩即其人也。既試其說，草數語畀之。

中興道士以牛鳴，淡墨百果尤著聲。妙入神品仍有靈，我不識之欽其名。曾得烏犍兩橫軸，又有石榴纔一幅。武昌使君舊寄詩，末言秀才乃其族。忽有緯文來款門，自言真是當家孫。口誦羅詩若翻水，他詩歷歷俱能言。一見前畫歎真跡，願得生綃奮吾筆。爲作來禽對石榴，一掃橫枝生意出。我詩不工人已陳，有詩豈復能動人？爲君一寫使君語，更求知己如羅君。文淵閣四庫全書本《攻媿集》卷三。

一六　題家藏二畫

一龍

老龍臥海沙，覺來未欠伸。珠光發海底，闖然目有神。畫龍不畫全，必雜煙與雲。此龍未嘗動，具見爪與鱗。一龍望見之，爭心生怒嗔。奮迅勇欲前，便爾雲滿身。不知出誰筆，定非塵中人。若非親見之，何由寫其真。雲濤方洶湧，恍若渺無津。爲霖會有時，正爾良苦辛。乃知青雲高。不如寂寞濱。深虞或飛去，什襲聊自珍。

一虎

一虎弭耳行，一虎立而顧。猛鷙乃天資，亦爾相媚嫵。媚嫵尚耽耽，況復逢其怒。吾聞宣城包，今古稱獨步。投老筆愈精，利牙爪可怖。方其欲畫時，閉户張絹素。磨墨備丹彩，飲酒至鬭許。解衣恣盤礴，手足平地踞。顧盼或騰拏，窺之真是虎。捉筆一揮成，神全威不露。此其真是歟，爲我振蓬户。藜藿將不採，何止讋狐兔。以上文淵閣四庫全書本《攻媿集》卷三。

一七　題趙尊道《渥洼圖》

趙尊道制幹以龍眠《渥洼圖》示余，余曰：誤矣！本韓幹馬，東坡曾爲賦詩者。此龍眠所臨，而以後爲前，俾易之爲書坡詩於後，而次其韻。馬實十六，坡集詩云十四匹，豈誤耶？

良馬六十有四蹄，騰驤進止紛不齊。權奇倜儻多不羈，亦有顧影成驕嘶。或行或涉更相顧，交頸相靡若相語。畫出老杜《沙苑行》，將軍弟子早有聲。中間名種雞羣鶴，無復瘦瘠鳥暮啄。當時玉花可媒龍，後日去盡烏呼風。開元四十萬匹馬，俯仰興亡空見畫。龍眠妙手欲希韓，莫遣鐵面關西看。文淵閣四庫全書本《攻媿集》卷三。

一八　題高麗《行看子》

高麗賈人有以韓幹馬十二匹質於鄉人者，題曰《行看子》，接處黃綾上書"韓幹馬"，表飾以綾尾以精紙，皆麗物也。聞有懷金來取，因命工臨寫而歸之。再用東坡韻，書臨本之後。

竹批雙耳風入蹄，霜鬣剪作三花齊。相隨西去皆良種，撼首勢竄迎風嘶。丹青不減陸與顧，麗人傳來譯通語。裝爲橫軸看且行，云是韓幹非虛聲。圉人乘馬如乘鶴，人馬相語同呼啄。中有二匹真遊龍，爬梳迴立綠楊風。賈胡攜金贖此馬，亟呼工人臨舊畫。我詩無分到三韓，寫向新圖時自看。文淵閣四庫全書本《攻媿集》卷三。

一九　跋李少裴《修禊序》

唐文皇之賜韓王，有崔潤甫之題爲可攷。若李重光撥鐙書，斷然無能效之者，其爲真筆何疑？朱徐開皇之記則已見少裴之辨。開元去貞觀未遠，潤甫又職校定四部圖書，以爲最善本，則真善矣。辯才之本既殉昭陵，今世止以定武本爲第一，又出歐陽率更所臨石本，自應在墨跡之下，則知此本信爲冠絕，蓋希代之寶也。然攷之新、舊《唐史》，崔湜弟液滌及從兄淮並有文翰，居清要，液至殿中侍御史，液弟滌，明皇用爲祕書監，出入禁中，後賜名澄。如此，則液爲湜之親弟，而爲祕書監者，滌也。又《宰相世系表》：博陵安平崔氏仁師相太宗，高宗次子擢，擢之子液吏部員外郎；第四子挹，挹之子湜相中宗，湜之弟滌祕書監。如此，則液爲湜之從弟，又不爲祕書監。傳之與表已自不同，而滌之親筆乃爾，於是知作史與攷古之難也。因併述之，仍賦長句，以副少裴好古之意。

蘭亭修禊永和中，羣賢高會俱雍容。右軍作序亦寓爾，稿草乃致傳無窮。自言疑若有神助，他日屢書終不同。歷代傳寶在秘府，尤其甚者唐太宗。當時搜取極心力，摹本一一頒羣公。惟此真跡最奇絕，蕭梁開皇有遺蹤。親御奎文賜元嘉，龍蟠鳳翥何其工。辯才所取秘昭陵，此本一洗凡馬空。崔家兄弟列清要，誨子況復稱龜龍。圖書四部資校讎，當時尚有貞觀風。自云此爲最善本，冰銜臣液題甚恭。李王深得撥鐙法，筆力絕勁雄江東。右軍以來皆妙筆，名勝異代如相從。病餘扶憊行掃松，李君攜來爲發蒙。平生多看舊墨本，一見使我開心胸。摩挲歎息不自已，至寶盍入明光宮？隱居懷寶正不惡，異氣或能牛鬭衝。叩門有客勿傾倒，恐有御史來乘驄。文淵閣四庫全書本《攻媿集》卷三。

二〇　再題《行看子》

先引護欄毬子驄，九馬遠近俱相從。黑駒騧黃騅素騮，亦有笂面仍銀騵。夏國一種青於藍，五明錯靴皆如龍。或驂或引恣馳驟，坐覺隱耳聲瓏瓏。人間安得有此，輩一一必自天閑中。不惟骨相異凡馬，圉人貴介多雍容。三花翦鬃自宮樣，空鞍更以香羅幪。中間二者蓋天馬，齒雖已老氣尚雄。不知幾出橫門道，雙立柳下青陰濃。擡韁捽頷刷背膌，旋梳駿尾搖清風。人人生意馬欲動，態度曲盡各不同。韓生去我幾百年，藻色尚濕青與紅。不知何時墮雞林，萬里遠在東海東。賈人攜來得寓目，一見絕歎丹青工。千金可買真不惜，忽復攜去何匆匆。巫令臨寫得形似，如此神駿那得逢。開元內外馬盈億，色別爲羣從登封。韓生所貌定傑出，七尺爲駭八尺駥。向來鶯邊繫金絨，歸乘款段頭已童。伏櫪寧能忘千里，却笑區區據鞍矍鑠翁。文淵閣四庫全書本《攻媿集》卷四。

二一　錢清王千里得王大令保母甎刻，爲賦長句

書家千載稱《蘭亭》，《蘭亭》真跡藏昭陵。只今定本誇第一，貞觀臨寫鎸瑤瓊。黃閱岡下得寶墨，古人燒甎堅於石。大令親書保母銘，況是當時晉人刻。甎雖破裂文多全，妙畫遠過《蘭亭》鎸。其間曲水悲夫字，駸駸欲度驊騮前。我家阿連縛虎手，更得退堂方外友。王君係出三槐家，參坐會文真耐久。田丁初來獻小硯，尋見津津若微溜。細看背刻晉獻之，永和彷彿在傍右。巫訪田家叩所從，始知墓崩隨意取。大甎支牀得前段，掀倒浮屠全尾首。字爲十行行十二，百十有七二字漏。交螭方壺不復見，貞石摧藏松亦朽。我得此碑喜不寐，摩娑三嘆歎未已。興寧甲子十四周，更閱三年仍乙丑。若非洞曉未來數，安知八百餘年後。坡翁應未見此志，金蟬之銘何絕類。又知文章有暗合，智謀所見畧相似。二王遺蹤無所遺，誰知地下此段奇。三君共爲成勝事，至寶呈露端有時。越山盤屈獻與義，付與兒孫世守之。煩君更爲護幽竁，或恐意如猶有知。文淵閣四庫全書本《攻媿集》卷四。

二二　賦蔣生若水《番馬圖》

何處驅來良馬六，驪黃參錯如花簇。胡爲不作騰驤去，各有遊韁繫前足。胡人下馬俱少休，背倚氈裘眠正熟。酋豪揀箭奚奴撚，意欲射麞不遺鏃。琵琶橫倚續續彈，一夫坐聽胡中曲。臥擁提壺將引飲，英氣虯鬚皆貴族。沙磧坡陀高復低，天寒不見寸草綠。我行燕冀頗見之，狼帽烏靴乃其俗。勿云恃勇不知義，要以赤心置其腹。嗚呼！安得壯士健馬咸作使，坐令戎虜爲臣僕。文淵閣四庫全書本《攻媿集》卷四。

二三　盧甥申之自吳門寄顏樂閒畫牋

年來吳門牋，色澤勝西蜀。春膏最宜書，葉葉瑩栗玉。賢甥更好奇，惠我小畫副。開緘粲殷紅，展玩光溢目。巧隨硏光花，傅色濕丹綠。桃杏春共嫵，蘭桂秋始肅。趙昌工折枝，露華清可掬。妙手真似之，藏去不忍觸。苟非歐虞輩，誰敢當簡牘。又聞樂閒君，古篆頗絕俗。並求數紙書，寄我慰幽獨。文淵閣四庫全書本《攻媿集》卷四。

二四　題申之寄示春郊畫軸

郊原膴膴春意足，細草淒迷芳樹綠。雁鶩無數泛陂塘，牛羊相與隨芻牧。幾年不泛浙西船，恍如蘇臺俯平川。閒人憂國無他策，但願好雨成豐年。文淵閣四庫全書本《攻媿集》卷四。

二五　風琴

淵明有琴本無絃，白傅偏喜聽人彈。不如空中風度曲，隨風往來聲斷續。非宮非商從君聽，不中律呂無虧成。大如角韻來孤城，細似蚓竅蒼蠅聲。華亭夜鶴圓吭清，顫動長引寒蟬鳴。或疑鳳咮叫霄漢，又恐儇佩雲中行。使具似曲無別調，安得自在聲泠泠。蛙喧尚謂勝鼓吹，牛鳴猶以黃鐘稱。絲不如竹亦漫語，賴此七竅俱瓏玲。幽人院靜新涼生，八風不問來縱橫。短簟六尺午睡足，拂拂神來傳廣陵。文淵閣四庫全書本《攻媿集》卷四。

二六　趙南仲寄王樸畫貓犬，戲爲之賦

□鬚兩狻猊，胡爲到庭户。細觀畫手妙，摹寫真態度。意足謝繁筆，不待丹青汙。亂掃腹背毛，頭足巧分布。尨也如愁胡，眉攢眼光注。豈惟足生氂，垂耳紛敗絮。掉尾固自若，狸奴爲驚懼。側耳寔畏之，衝目猶敢怒。誠知取形似，不吠亦不捕。對之輒一笑，聊用慰沈痼。文淵閣四庫全書本《攻媿集》卷四。

二七　跋余子壽所藏山谷書《范孟博傳》

山谷晚在宣州，或求作字。山谷問："欲何書？"則曰："惟先生之意。"山谷許以書《范孟博傳》。或謂南方無復書，山谷曰："平時好讀此傳。"遂默誦而書之。舊聞此說，又知在上饒大夫家，願見不可。余子壽來入制幕，博記善屬文，偶談及此，又出摹本及尊公跋語，始知其爲先世舊物也。爲賦長句。

宜人初未宜於人，菜肚老人竟不振。《承天院記》顧何罪，一斥致死南海濱。賢哉別駕眷遷客，不恤罪罟深相親。攘攘不容處城闉，夜遣二子從夫君。一日攜紙丐奇畫，引筆行墨生煙雲。南方無書可尋閱，默寫此傳終全文。補亡三篋比安世，偶熟此卷非張巡。巖巖汝南范孟博，清裁千載無比倫。坡翁侍母曾啟問，百謫九死氣自伸。別駕去官公亦已，身雖既衰筆有神。我聞此書久欲見，摹本尚爾況其真。輟公清俸登堅瑉，可立懦夫羞佞臣。文淵閣四庫全書本《攻媿集》卷四。

二八　題楊子元琪所藏東坡古木

東坡筆端遊戲，槎牙老氣橫秋。笑揮退廉博士，信酷似文湖州。文淵閣四庫全書本《攻媿集》卷五。

二九　題汪季路家藏吳彩鸞《唐韻》後

舊說僊人吳彩鸞，日書《切韻》歸毫端。不應神速有如此，令人至今疑稗官。相傳此事三百載，誰知真跡儼然在。筆精墨妙信入神，間以朱丹倍晶彩。法言初為此韻時，膰衷文字覺後知。寧知遂經謫僊手，諱字曾闕民與基。經生矻矻盡精力，摩以歲月或可得。勁翰如飛猶恐遲，一日一揮出心畫。神僊之說云渺茫，僊凡配耦尤荒唐。簫史弄玉乘鳳去，藍田空說容裴航。文簫之遇真是否，豈比虛名傳不朽。五篇歷歷為全書，始信傳聞是真有。當時所直纔五緡，於今千金價未均。十年蓋有數百本，未知幾本傳今人。惜哉字畫太纖細，後日傳之知幾歲。祗今已有字不全，欲鎸翠瑉固非易。我踰七十方見之，暫借一觀聊自怡。平生願見心便足，何必更謀身後為？文淵閣四庫全書本《攻媿集》卷五。

三〇　題汪宏輔《三馬圖》

玉花流雲照夜白，開元尚想行九街。韓李鄭君俱已矣，健筆誰能如順齋？文淵閣四庫全書本《攻媿集》卷五。

三一　桃園圖

《夷堅丙志》載桃園圖畫事甚詳。曾茂昭尚書以所藏墨本題識其上，後見遺余，益信《夷堅》之說不誣。作長句以謝。

桃園初傳武陵谿，靖節作記人不疑。其先深避嬴政虐，嘉遯與世真相違。尚不知漢況晉魏，子孫綿遠無終期。正如三韓有秦語，傳爲神僊愈難知。桃園洞府漁人窺，別有天地均四時。意必志者塞其谿，不然將爲世所羈。後人想像作圖畫，但見羣稚咸嬉嬉。人家隨處成井市，畎畝頗亦分塍畦。井鬼不照坤之維，方士異人多崛奇。筠籠二版堅如鐵，能刻景物窮纖微。淨室給以酒盈罍，一昔圖成了無虧。同寮欲求第二本，版忽震裂人已非。《夷堅》作怪言歷歷，何意今乃親見之。未知桃源有此否，此事茫昧不可稽。初疑長房縮地脈，又似照影歸摩尼。巨麗寫成《阿房賦》，牽連貌出《連昌辭》。采女細數七十二，人言霓裳舞羽衣。樓閣玲瓏在縹緲，其間恐有太真妃。刻畫工巧世固鮮，磨以歲月或可爲。彩鸞唐韻已甚捷，未見神速能如斯。尚有漁舟傍階遲，咫尺安知前路迷。天聖已踰三甲子，何人寶藏至今兹。南豐丈人惠墨本，老眼增明失昏眵。固知凡蹤不可到，一夢遊僊猶庶幾。祕之十襲何以報，贈子相好無衰時。文淵閣四庫全書本《攻媿集》卷五。

三二　謝文思許尚之石函廣陵散譜（節錄）

余好彈《廣陵散》。比見周待制《清真集》序石函中譜，歆昧不已，念無從可得，文思許尚之中行云："家有此本。"後自武昌錄寄，深嘆雅尚，又以知然諾之不輕也。因作是詩以謝之。

叔夜千載人，生也當晉魏。君卑臣寖強，駸駸司馬氏。幽憤無所洩，舒寫向桐梓。慢商與宮同，慘痛聲足備。規橅既弘濶，音節分巨細。撥刺洎全扶，他曲安有是？昌黎《贈穎師》，必爲此曲製。昵昵變軒昂，悲壯見英氣。形容泛絲聲，雲絮無根蒂。孤鳳出喧啾，或失千丈勢。謂此琵琶詩，歐蘇俱過矣。餘生無他好，嗜此如嗜芰。清彈五十年，良夜或無寐。嚮時幾似之，激烈至流涕。素攷韓皋言，神授託奇詭。別姊取韓相，多用聶政事。近讀清真序，始知石函祕。賢哉許阿訥，自言家有此。文君昔寶藏，人亡琴亦廢。荷君重然諾，寫譜遠相寄。按拍三十六，大同小有異。此即名止息，八拍信爲贅。君遠未能來，我老從此逝。何當爲君彈，更窮不盡意。文淵閣四庫全書本《攻媿集》卷五。

三三　《名畫記》言韋鑒工龍馬，妙得精氣。從子鷗善小馬，有《小馬放牧圖》傳於代，思陵親爲再書，尤爲可寶。申之求詩，感而有作

嗟哉馬之生，馳驟乃其性。一爲人所羈，寸步不得騁。局促閒廄中，專俟圉人令。調服無蹄齧，始可用朝請。戰騎冒鋒鏑，或致隕其命。繡韉非不華，金狨號爲盛。青黃木之此，此亦馬所病。立仗尤貴重，一鳴輒斥屛。何如在牧時，卧起玩煙景。豐草勝芻荳，清波恣遊泳。韋侯擅筆精，幻出無人境。思陵賜珍題，昭回光炳炳。身方縛

名韁，三年懟負乘。細窺樂寬閒，悠然動歸興。文淵閣四庫全書本《攻媿集》卷五。

三四　宇文樞密借示范寬《春山圖》，妙絕一時，以詩送還

范生本以寬得名，不學關仝與李成。筆端自出一機杼，理通神會真其能。橫披小軸屢到眼，頗亦時能辨真贗。未見弘大如公藏，茂樹喬山春爛漫。此圖不是江南山，寒空青嶂疑商顏。高高下下幾佳處，莊家時有茅三間。橋梁樓觀各有趣，一夫驅驢何處去？安得隨入杳靄間，布襪青鞋踏空霧。近山忽斷見遙碧，天涯一望無中極。胸中丘壑誰測知，鐵屋石人驚筆力。鷟鷟六幅高堂空，終日坐對心神融。看罷為我捲還客，自此歸餘境夢中。文淵閣四庫全書本《攻媿集》卷五。

三五　次韻章樞密賦吳彩鸞《玉篇》

文簫躡彩鸞，夜半恐不逮。山深忽呼名，驚喜不得退。僊謫無所逃，士貧何可耐。乃以三生緣，遂為二姓配。至人與凡夫，伉儷豈其輩。鸞書以自給，細字如玉碎。一一存楷法，明珠蔑瑕纇。初出鶼比翼，久若魚同隊。終日了韻編，心畫無罣礙。人間八百本，終古知敬愛。《玉篇》尤可珍，何必贈雜珮。倘邀千黃金，雖貧亦當貸。摩挲惜見晚，老眼看茫昧。墨妙饒精神，筆勁含姿態。次第部居中，盤曲法庫內。九齡美風度，孟博信清裁。書拙無合作，見此增愧慨。尤物難久假，雪窗暫相對。遺蹤雖已邈，真跡儼然在。輒效西子顰，小楷書牘背。文淵閣四庫全書本《攻媿集》卷五。

三六　洛杜老僧聽琴（二首選一）

自言幾載不聞琴，屢聽清彈苦契心。少待庭柯蟬噪靜，為師更作《醉翁吟》。文淵閣四庫全書本《攻媿集》卷八。

三七　題汪季路太傅所藏龍眠《陽關圖》

離觴別淚為君傾，行李匆匆欲問程。不用陽關尋舊曲，圖中端有斷腸聲。

畫出陽關古別離，蕭疎柳質不勝悲。行人顧歎離人泣，柳下漁翁總不知。文淵閣四庫全書本《攻媿集》卷八。

三八　題尤延之給事所藏《葛僊翁徙居圖》

莫言傢俱少於車，藥裹衣囊自有餘。老婦親攜三稚子，僊翁獨玩一篇書。羊牛相與趨新築，雞犬無因戀故廬。到處山頭有丹井，不知如此幾遷居。文淵閣四庫全書本《攻媿

集》卷八。

三九　又題《楊妃上馬圖》

金鞍欲上故徐徐，想見華清被寵初。後日延秋門下路，不應有暇作踟躕。文淵閣四庫全書本《攻媿集》卷八。

四〇　題老融《歸牛圖》

薄宦六年辭故山，故山秖在夢魂間。簪紳何苦自纏縛，却羨歸牛自在間。文淵閣四庫全書本《攻媿集》卷八。

四一　題惠崇著色四時景物

舊說惠崇真畫師，生綃四幅見天機。鷺翻桃岸韶光嫵，鵝浴蓮塘暑氣微。風勁賓鴻霜始肅，寒欺花鴉雪初飛。分明知是丹青卷，仍欲沙頭喚渡歸。文淵閣四庫全書本《攻媿集》卷九。

四二　題施武子所藏老融《二牛圖》

佳哉淡墨掃人牛，一笛橫風各自由。平日深知焉用稼，如今但欲老西疇。
烏犍離立意逶遲，鞭策俱忘取次歸。駃犢跳風仍却顧，老融於此露天機。文淵閣四庫全書本《攻媿集》卷九。

四三　題賀監、李謫仙二像

不有風流賀季真，更誰能識謫仙人。金龜換酒今何在，相對畫圖如有神。
鬭酒澆詩動百篇，鑑湖牛渚兩俱仙。早知今日猶相對，不向稽山回酒船。文淵閣四庫全書本《攻媿集》卷十。

四四　贈畫梅呂生

西湖處士賦疎影，未似希貞好樂章。豈是無情甘澹泊，受他風月幾淒涼。文淵閣四庫全書本《攻媿集》卷十。

四五　戲題龍眠《馬性圖》

狗子已知無佛性，馬又何曾有性來。伯樂若來休著眼，任他騏驥混駑駘。文淵閣四庫全書本《攻媿集》卷十。

四六　謝舒景叔寫照見贈

誰寫衰容入畫圖，本來面目舊形模。幾年老瘦鬢如雪，不道今吾非故吾。文淵閣四庫全書本《攻媿集》卷十。

四七　題趙晞遠二畫

藻鱍數尾已如生，妙絶魚兒作隊行。不是深知濠上趣，未應筆底得縱橫。魚扇。

窗前驚見一枝斜，照眼英英十數花。千載簡齋僊去後，何人更著好詩誇。墨梅。　文淵閣四庫全書本《攻媿集》卷十。

四八　戲題十四弦

十四朱弦欲動時，泛商流羽看瑤姬。弦疏不隔如花面，聲急還同墮馬兒。谿蟹霜餘縈密網，簷蛛雨後理輕絲。曲終勸客杯無算，一吐空喉醉不知。文淵閣四庫全書本《攻媿集》卷十一。

四九　葉處士畫貂蟬喜神見惠

重煩妙手費丹鉛，貌出衰容信宛然。君看頭顱已如許，豈堪頭上著貂蟬？文淵閣四庫全書本《攻媿集》卷十一。

五〇　海潮圖

錢塘佳月照青霄，壯觀仍看半夜潮。每恨形容無健筆，誰知收拾在生綃，蕩搖直恐三山沒，咫尺真成萬里遙。金闕岧嶢天尺五，海王自合日來朝。文淵閣四庫全書本《攻媿集》卷十一。

五一　題施武子所藏《醉白堂記》　有序

《醉白堂記》，相臺舊刻已不多見。施武子得太清樓所藏真跡，一代奇寶也。魏王尚友香山、坡翁詞翰兩絶。晝錦故居，昔嘗以假吏過其門巷，恨不一到其處。太清圖書流傳至此，撫卷無非可歎者。事至今日，歎又不足，爲之慟哭可也。

堂名醉白尚存不，詞翰輝光射兩眸。天下曾除蘇氏學，禁中却有太清樓。舊碑於世已難見，真跡惟君乃得收。感歎不堪衰淚落，林慮山下水空流。魏王以相州城中無水，於林慮山引水入城，貫第中，溢爲灌溉之利。　文淵閣四庫全書本《攻媿集》卷十一。

五二　題汪季路侍郎所藏吳道子《天龍八部》

妙絕《天龍八部圖》，細看真不失錙銖。聲名自足高千古，題品尤難遇二蘇。旌旆冕旒猶可想，鬼神人物亦何殊。君看坐位蘭亭草，費盡工夫學得無。二蘇謂子美、子瞻也。
文淵閣四庫全書本《攻媿集》卷十一。

五三　謝顏樂閒篆《離騷》

樂閒下筆素推高，攻媿耽書老更饕。顧我好看秦小篆，煩君爲作楚《離騷》。晚年應悟成䫃扁，痛飲猶堪寫鬱陶。喜劇但知歲十襲，瓊瑤無以報投桃。文淵閣四庫全書本《攻媿集》卷十一。

五四　題徐聖可知縣所藏楊補之二畫

誰種疎梅古岸頭，推篷瞥見倍清幽。君看竹外一枝好，真有江南萬斛愁。
梅花屢見筆如神，松竹寧知更逼真。百卉千華皆面友，歲寒祇見此三人。文淵閣四庫全書本《攻媿集》卷十一。

五五　嵩嶽圖有序

先祖太師齊國公，元符中知河南府登封縣。建炎兵燬，先集故物煨燼無遺。兒時猶及見揚州有序伯父藏《嵩山圖》，丹青僅存，雖傳錄廿四峯詩。以生晚，既不逮事，不知有石刻也。張致遠爲京西僚屬，寄登封舊碑，得之驚喜，唐律爲謝。

先世前蹤不可追，君從何處得全碑？上橫嵩嶽三千丈，下列齊公廿四詩。室號揖仙懷舊事，菴名面壁認遺基。青氈真是吾家物，欲以瓊瑤厚報之。文淵閣四庫全書本《攻媿集》卷十一。

五六　題郭恕先《雪霽江行圖》

妙絕丹青郭恕先，幻成雪霽大江船。沿流更飽輕帆舉，上水仍勞百丈牽。捩柂長年渾欲動，褰帷佳客若將仙。侍親曾泛滄浪月，猶記蘭成射策年。十八歲時，侍先太師行大江。文淵閣四庫全書本《攻媿集》卷十一。

五七　題汪季路尚書所藏米元暉《蔣山出雲》

龍盤往昔名鍾山，雲起從龍意自閒。膚寸須臾成戴帽，坐看膏雨滿人間。文淵閣四庫全書本《攻媿集》卷十一。

五八　題林宗魯校書所藏宣和御畫

周公多藝孔多能，徽廟才高更倍增。除却萬幾都不會，至今遺老話昭陵。文淵閣四庫全書本《攻媿集》卷十一。

五九　薌林《雪中過峽圖》

不土之里無言詩，泛雪清圖事已非。墨隱爲君傳舊跡，宛然興起剡谿西。文淵閣四庫全書本《攻媿集》卷十一。

六〇　《樂書正誤》序

　　樂之壞久矣。自孔子時問樂於萇弘，學琴於師襄，語魯太師翕如純如之變，記《關雎》洋洋盈耳之美，聞《韶》而忘肉味，與人歌而善，必反之而後和之，太師摯而下適齊適楚，入河入海，必謹識之。蓋周衰而樂工散亡，一日欲用，則猶可訪求也，聖人之用意深切如此。故自衛反魯，然後樂正，《雅》《頌》各得其所。《詩》三百五篇，皆絃歌之，以求合《韶》《武》《雅》《頌》之音。去今又二千餘年，雜之以鄭衛，混之以兜離，而樂幾亡矣。

　　以祖宗全盛之時，聚天下博洽之士，不惜重費，欲定樂律，以求合於古而不可得。蓋其聲者，樂之本也，不得其本而求其末，取之尺寸，是以度也，求之秬黍，是以量也，未有能吹律而求聲者，而況於今乎？

　　嘗從知樂者得十二律均旋相爲宮之法，益以變宮變徵而求八十四調，調爲七聲，其説甚備。蓋本出於龜兹，而鄭譯首好之，以傳於世。乃與《周官·大司樂》之説不合，又不可曉。

　　近歲得陳禮部樂書，謂《周禮》止以圜鐘、函鐘、黃鐘爲宮，如三統三正，不過子丑寅而止。又謂古無四清聲，痛夷樂之入中國，必欲盡去之，頗與其他論樂者異。閒居無事讀之，盡二百卷，古今之樂曰雅，曰俗，曰胡，器用舞曲，無所不該。其間重見者亦多，要可謂浩博矣。求其所謂聲者，終不可得，然念其用心之勤，樂家之書未有此比。而又苦其舛誤，無所攷證。聞建昌陳使君刊此書，與禮書竝傳，取而校之，賴以改定者甚眾。又亦互有得失，併爲質之經傳而是正之，尚三數百條。會表兄華文閣直學士陳公之子芾爲南豐宰，因以寄之。南豐欲別刊此編，以補郡本之闕，求書其後。

老矣，精力日衰，而氣習未除，強爲少年書生事，亦可笑矣。校書如掃塵，而況拙者？尚望多聞之士增益其所不及，以全此書，使後來者有攷焉，亦區區之志也。武英殿聚珍版《攻媿集》卷五三。

六一　《燕樂本原辨證》序

樂之失久矣。本朝諸鉅公逢時遇主，不可謂不行所學，而終無定論。

今之君子學此者益寡，建安蔡季通久從晦菴朱先生遊，學問該洽，持論皆有信據，一見而及此，因得叩請，曰：「大樂之書，卷帙繁重，不能自隨。」出所著一編，曰《燕樂本原辨證》，謂雅鄭固已遼絕，而燕樂尤爲淫靡。然推其所自，實出於雅。《唐志》論雅俗之別，謂俗樂有與律呂同名而聲不近雅者，其宮調乃應夾鐘之律。季通謂律度量衡言蓋有叙，若以尺寸求之，則是律生於度；若以累黍爲之，則是律生於量，皆非也，故自爲律以吹之而得其聲。每疑今之樂以夾鐘爲黃鐘，得唐史之言而信，故爲圖爲說。而又列律本、正律、俗名三者，使人知今之俗樂雖非古而其本則不能外此也。則又歎曰：「爲此俗樂者不知其何人，使後世眈玩而人心日漓，風俗日薄，不能自還於雅正，其亦不仁也矣。然名宮與調，猶曰黃鐘、中呂、南呂以紀律本，意謂聲雖變而名尚存，不沒其本，以待後之知者，其用心又何其仁也。故欲民之歸於厚，當先正樂，欲樂之正，不可不先求俗樂之原。」

此書之作，非一日之積。余雖好之，亦未能遽解。老矣，恐不能自進於此。季通又長余二歲，安貧樂道，壯歲已棄科舉，此志其遂申否乎？季通此行，得一觀頌臺之樂，歸而益考諸書，欲使樂書全備，善矣。

然古謂妙解者猶不如神解，如萬寶常等人，亦幾於神者，恐非書所能盡。季通用功已深，更加勉焉，必無歉於我，然後可傳諸人。求大樂之書而觀之，尚俟後日。武英殿聚珍版《攻媿集》卷五三。

六二　《復古編》序

文字之書，世謂之小學。或者因陋就簡，指以爲學之細事而忽之，非也。古者四民擇其秀者爲士而教之，所謂八歲入小學者，教以禮、樂、射、御、書、數。是六者，雖不見古人之大全，《周禮注疏》亦見其略，是皆有名數法度。及人之幼，真淳未散，記識性全，使習六藝，則終身可以爲用。此爲小年之學，非曰學者之小事。

禮壞樂崩，射御弗習，數學亦復罕傳。猶幸六書之說具存，《凡將》《爰歷》等書不復可見，《急就章》止存大略，惟許叔重著《說文解字》垂範千載。李陽冰中興斯文於唐，若南唐二徐兄弟，尤深此學。楚金在江南，既爲《通釋》《部叙》《通論》《袪妄》《類聚》《錯綜》《疑義》《系述》等篇，總謂之《繫傳》，又著《韻譜》，備矣。鼎臣入本朝，逮事熙陵，命校定叔重之書，至今賴之。爾後楊南仲、章友直、文勳、邵疎、陳睎諸公皆以篆鳴，遺跡猶班班見之。然不聞有書以惠後來。

吴興張謙中有篤志古道，傷俗學之混淆，爲書一編，號曰《復古》，用功數十年，書成於大觀、政和之間。陳了齋、程北山爲前後序，稱美甚至，足以不朽矣。鑰晚出，何敢容喙？尚有欲言而未盡者。

謙中考證精詣，字之合於古者皆所不論，惟俗書亂之者必正其訛舛，毫釐不貸。讀者悦服，無有異論。聞其落筆作篆，如真行然，略無艱辛之態。惟體修而末重，與人小異，不入俗目。漢宣帝時器械工巧，元、成間鮮及之。有谷口銅甬傳於世，款識銅字，其體正爾，始知謙中之作蓋有自來，非以意爲之也。"巍"字從"委"從"嵬"，或省"山"以爲"韓魏"之"魏"，謙中爲林中書家篆墓碑，終不省去"山"字。古無"菴"字，謙中以爲當作"闇"，而難於題扁。山谷雖定從草，謙中亦不用也。嘗篆楊龜山所作《踵息菴記》終篇，偶無此字，碑額雖從廣，竟作隸體書之，其信古不從俗類如此。

鑰不能作篆，心顧好之。陽冰《新義》猶爲楚金所袪，使二徐見此編，殆無以訾之。陽冰務新而謙中一意於古，優劣可以坐判矣。武英殿聚珍版《攻媿集》卷五三。

六三　恭題知貢舉所賜御札

皇帝御極十有五年，歲在戊辰，禮部試進士五千餘人。二月甲辰，以御札付臣等。臣亟率同知貢舉臣思、臣幼學、臣時暨參詳點檢試卷官以下三十三人，班列於庭，望闕重拜。退而啟緘伏讀，莫不驚喜感歎，以爲前此雖間有之，未有如今日之盛舉也。

仰惟皇帝陛下以濬哲之資，承付託之重，清心寡欲，崇儒典學，不懈益虔。乃者權臣開邊，塗炭生靈，陛下憂形於色，外鉏叛將，內誅元惡，處之晏然而天下復定。所謂淵默而雷聲，神動而天隨者也。方且厲精而躬覽，臨政而更化，廩廩嚮治安矣。先是，三錫宸翰於貢闈，其二皆以不及臨軒，故戒主司以審取捨。今歲親策造士，而又豫戒臣等至於再三。蓋自比年以來，姦倖弄權，公道幾泯，舉場寬縱，以私害公，士類嗟惋，不勝其敝。又慮人之議己也，專爲蒙蔽，杜絕人言。仰賴陛下聖心感悟，首下求言之令，繼頒溫詔，博採芻蕘，真社稷之福。

今聖訓有曰："去取之間，趨嚮所繫，使精加攷閱，擇文體醇正、議論精確者。"又曰："或因問獻言，實有可用，雖涉訐直，勿以爲諱。"陛下隆寬盡下，高視千古，屬意人才，興起治功，煌煌帝謨，五三六經載籍之傳，敢諫之鼓，誹謗之木，何以尚此！猗歟休兹！臣等既以宣示寮屬，更相勸勵，又以聖意發策，俾士子盡言無隱矣。

伏念臣等受國厚恩，平日所願，推賢遜能，圖報萬分。矧以孤學，誤蒙委以文衡，回念場屋之舊，固不敢輕於抑揚，恪遵告戒，謹拔其尤異者，實在前列。然士子局於文體，雖有奇才，恐不得騁。又臣等智識荒淺，深恐上不足以副陛下求賢之切，下不足以得人物之真，驚惕祗懼，夙宵靡遑。敢以奎畫登諸樂石，以詔四方。仰惟國家設科得人最盛，然山林巖穴之士，必有逸才高節，非科目所能致，爵祿所能誘者。惟陛下推此心以往，不憚孜孜而求之，當有魁壘不世之才出而爲陛下用。野無遺賢，多士濟濟，臣等不佞，尚庶幾見之。武英殿聚珍版《攻媿集》卷六九。

六四　恭題賜陳傅良宸翰

臣仰惟皇帝陛下龍潛嘉邸，毓德進學，一時宮寮皆出遴選。嘗逢誕辰，咸獻詩頌。既而置酒高宴，初酌黃裳，次酌陳傅良，各授文書一通，致謝再三。及視之〔一〕，其一曰"上呈翊善"，其一曰"上呈贊讀"，御名謹封。因請問所以謙賜之由。陛下爲言："二公之詩雖因爲壽而作，皆寓警誨之意。輒依所惠，親書一本，復以爲贈，以示不忘。"裳與傅良跽謝而退。

陛下踐阼之初，擢裳禮部尚書，傅良中書舍人。未幾，裳以疾歿，傅良奏請以宸翰刊之堅珉，玉音賜許。是時臣鑰待罪瑣闥，與傅良同直北門，嘗過其家，傅良以跋語示臣。大略曰："季札觀樂歌頌，而曰哀而不愁；太史遷讀《虞書》，至於'君臣相敕，維是幾安'，未嘗不流涕也。成王作頌，推己懲艾，可不謂戰戰恐懼，善始善終者哉！蓋頌者不專於美盛德之形容，皆有警戒之義。秦斯以來，此義殆絕。"臣爲之矍然作而曰：偉哉論也！自《詩·大序》言"以成功告於神明"，無有以頌爲警戒者。舜、皐賡歌，世但以爲盛事，非司馬遷不足以發聖賢相敕之旨。自李斯頌秦，專務溢美，人亦不以爲過。韓愈有曰"不以頌而以規"，亦不悟頌之有規也。而傅良能發之。臣於傅良，平日所畏，至是益以歎服，促使刻之。傅良曰："今既刊奎畫于上方，不敢使人代書。適有目眚，當俟小瘳。"曾未信，而已報罷。

臣尋亦去國，相忘於江湖者十餘年。傅良下世，訪遺稿於其家，則不知所在矣。其子臣師轍求跋其下，將碑之以傳遠。臣既傷傅良不及見更化之日，敢直書始末，上以彰陛下好賢樂善之素，下以侈傅良等際遇之寵，抑使後學知古人賡歌頌詩本非專於形容稱美，而諷諫之切未嘗不寓於斯云。

嘉定三年歲在庚午秋八月丙辰朔，正議大夫、參知政事兼太子賓客、奉化郡開國公、食邑三千六百戶臣樓鑰〔二〕。武英殿聚珍版《攻媿集》卷六九。

〔一〕及視之：原無，據《止齋先生文集》卷四一補。
〔二〕"嘉定"至"樓鑰"一段文字原無，據同上補。

六五　恭題仁宗賜董淵宸翰

臣竊攷皇祐五年三月辛丑朔壬子，崇政殿試禮部進士《圜丘象天賦》。辛酉，放鄭獬等五百二十人。前所書十四日，是爲甲寅，蓋廷試後二日。又自言以大理丞景福殿祗應，豈非爲諸位官耶？孟子曰："國家閒暇，及是時明其政刑。"是時神文臨御已三十餘年，正月平儂智高，朝廷無事，而肆筆匪頒，小臣猶不忘保治之要。雖止二字，足以示萬世法。印文左曰"帝"，右則古"筆"字也，見《義雲章》。

臣高祖先臣某以是年中第，爲第三甲第八十人。臣家衣冠實始於此。感歎再三，謹附書下方。武英殿聚珍版《攻媿集》卷六九。

六六　恭題仁宗賜懷璉御頌

臣仰惟紹興初元高皇帝南巡，慨念天章所藏祖宗宸翰墜失殆盡，求訪山林，所得不多。惟明州廣利寺住持僧淨曇悉以宸奎閣中仁宗皇帝所賜懷璉贊頌寶墨上進，上大悅，賜以御札，謂卷軸既豐，護持有道，又書"佛頂光明之塔"以寵之。孝宗皇帝賜以妙勝之殿，皆已登之樂石。

惟淨曇摹勒昭陵詩翰，雖至今珍藏，而因仍七十餘年，未稱尊奉之義。今住山臣僧宗印始盡摹而刻之，以補名山之闕典，而後累朝雲漢昭回之美於焉大備，真東南禪林第一盛事也。山君海王，益當來朝，以謹其藏。若禪頌之深妙，宸藻之交輝，則非小臣讚歎形容之所能盡也。武英殿聚珍版《攻媿集》卷六九。

六七　恭題仁宗賜張中庸恤刑敕書

臣家藏賜吳紹儒恤刑敕書，後止書日，不知何帝時。秘書丞兼權兵部郎官臣張鈞以其從曾祖中庸所藏仁宗皇帝暑月敕書一通示臣，凡二百五十字。紹儒者二百二十七字，而同者一百七十有九字。始知紹儒者，亦昭陵所賜也。紹儒當是郡守，故有云"方伸共理之良"，中庸爲部使者，故稍詳焉。

聞之故事，每更一朝，則敕字別爲一體。此二書雖作字不同，而每行皆九字，璽文大小如一，末有敕字，絕甚相似，則是同時無疑。日子不同，蓋以頒降遠近爲先後。至今先下川廣，次及諸道，或恐非一歲之書也。

臣仰惟藝祖開基，仁覆天下，好生之德，洽於民心。開寶二年四月詔："扇暍泣辜，前王能事；恤刑緩獄，有國通規。今朱夏既臨，溽暑方甚，睠兹縲繫，深用哀矜。宜令有司限詔到日，其囚人枷械圜圄户庭吏每五日一檢視，灑掃蕩洗，務在清潔。貧無所自給者供給飲食，病者給醫藥，小罪即時遣，重繫無有淹滯。"太宗太平興國六年詔："當鑠石流金之候，在黃沙聚棘之中，亦有灑掃供饋之文。"雍熙三年四月詔曰："當此炎蒸之際，念其縲紲之人，宜伸欽恤之文，庶協長嬴之候。宜令諸道州府軍監縣等，凡禁繫之所，並須灑掃牢獄，供給漿飲。械繫之具，皆令潔淨。疾病者爲致醫療，供送飲食，畫時傳送，無令邀難減剋。無家屬者官給口糧，合歸法者候處斷之時給與酒食。小罪逐旋遣，大罪窮究其情，無致淹延，以稱朕意。"蓋又加詳矣。自是每歲首夏下詔恤刑，遂爲定制。真宗大中祥符、仁宗慶曆，皆有詔旨，而條約大率如開寶、雍熙之詔，乃知此二敕書實本朝之家法。累聖遵行，尤以炎蒸爲念。肆我主上，當盛暑時，臨軒疏決，分命諸道慮囚，悉如故典。至開禧二年，復因論囚，又命提點刑獄使者仲冬巡歷，如仲夏之法，每歲必再舉行，又命御史劾其不虔者。欽恤之恩，又益廣矣。

鈞，蜀人也，禔身肅括，持心篤厚。行其所學，不苟於職，朝譽藹然。力求外補，今爲潼川憲使。奉訓詞之丁寧，寶前朝之敕書，宣揚德意於萬里之外，使遠民自以不冤，如在畿甸，真可以仰副臨遣之意矣。武英殿聚珍版《攻媿集》卷六九。

六八　恭題向公起所藏仁宗宸翰

臣頃見故秘書省正字陳師道跋修起居注江休復之孫端禮所藏仁宗皇帝御書"善法刑政"四字，又言其璽文曰"帝籙"，竊疑其不倫。後見昭陵他刻，正用此印。臣尋玫之，其字曰"□"，蓋古文"筆"字也，出《義雲章》，始知師道誤以爲"籙"字爾。

密州觀察使贈太尉向惠節公傳范蒙賜以飛白"帝筆"二大字，七世孫新知桂陽軍臨武縣公起刻於石，以示臣。雲漢昭回，不容繪畫，敢以舊聞再拜書於下方。武英殿聚珍版《攻媿集》卷六九。

六九　恭題趙時穆家藏兩朝賜碑

臣三造朝行，四官玉牒，凡聖語御筆，在法當書。嘗預修仁宗皇帝朝玉牒十年，求所謂二者，絕無而僅有，有則必謹書之。蓋以臨朝淵默，幾欲無言。雲漢之章，尤不輕畀。有如尹孝齊公叔充，乃獨蒙忠孝之襃，則其賢行真可以信後世矣。三子決科，神宗皇帝又寵異之，益彰麟趾之慶，君子之澤流衍至今。

五世孫剡夫與其子時穆以家藏二碑示臣，端拜敬誦，仰歎累朝崇篤親賢之盛事。孝齊公立身訓子之懿美，一時名公或序或議，雄文相照。碑制古雅，書札精到，抑以窺見承平文物之大槩。

竊考印章左曰"帝"，人所易識，右曰"筆"，《義雲章》中古字也，昭陵多用此印。退傅張文懿公士遜富藏書畫，友正能世其家，擅書名，有晉宋風度。此二碑皆其奇畫，世所罕見。友正不仕，故銜中無職守，養高故第中三數十年。非孝齊公父子之賢且厚，未易得其書丹也。剡夫寓四明，有鄉曲之舊。時穆登世科，爲開化尉，奕奕佳公子也。其益寶藏，以無忘先朝先世之典訓。武英殿聚珍版《攻媿集》卷六九。

七〇　恭題神宗賜沈括御札

臣仰惟神宗皇帝經略西事，纖悉周密，萬里風煙，俱入長算。時四明沈公括帥鄜延，閱月纔十有六，承密詔至二百七十三道。元祐編裕陵御集，悉已上送官。此秘貯所存者盡元豐五年十月，蓋以永樂事，而公亦歸矣。

臣頃在都下，嘗恭覩宣諭楊公繪宸翰，筆法與此卷絕類。倉猝戒諭邊臣，而字體莊重，廟謨遠矣。再拜欽歎，謹識於後。視張丞相魏公浚潭州舊題，恰六十年矣。武英殿聚珍版《攻媿集》卷六九。

七一　恭題徽宗賜沈晦御詩

宣和六年，御試策問，非舉子所能條對。惟胥山沈公晦以軼羣之才，精通象數，借箸籌之一揮，數千萬言炳如也。祐陵喜於得人，聞喜宴以御詩寵之。雲章昭回，具在金花箋上，至今如新，勢欲飛動。是時以貢士人眾，特添省額一百人，廷試士子至八百有五人，文物盛一時。

沈氏其世世寶之，使後來者猶得以想見承平氣象。胥山遭時多艱，不得躋時於舜禹之前。能捐軀盡瘁於干戈搶攘中，而去就出處卒保名節，褎然舉首，可謂不負徽皇知人之哲矣。武英殿聚珍版《攻媿集》卷六九。

七二　恭題宇文紹節所藏徽宗御書《修禊序》

臣嘗觀《蘭亭修禊序》草本流傳千載，唐太宗求之尤勤，自謂心慕手追，一人而已，唐人作字無不效之者。故南唐後主謂善法書者，各得右軍之一體。若虞世南得其美韻而失其俊邁，歐陽詢得其力而失其溫秀，褚遂良得其意而失其變化，薛稷得其清而失於窘拘，顏真卿得其筋而失於麤魯，柳公權得其骨而失於生獷，徐浩得其肉而失於俗，李邕得其氣而失於體格，張旭得其法而失於狂，獨獻之俱得之，而失於驚急，無蘊藉態度。觀此言則是終無有得其全者。

恭惟徽宗皇帝天縱多能，遊心六藝，筆力超邁，高掩前古，自出機杼，真書禊序於青繒中，雖曰出於薛稷，而楷法精妙，何止青出於藍而已。

臣世受國恩，先臣大父某受不世之知，俾守四明鄉郡者幾五年，寵光狎至，細書方國之賜聯翩而下。雖遭兵燹，遺刻猶有存者。茲焉恭覩簽書樞密院事紹節家藏御書真跡，昭回之光，照耀凡目。感歎不足，謹流涕再拜書於左方，歸其書於宇文氏。武英殿聚珍版《攻媿集》卷六九。

七三　恭題徽宗賜張繼先御詩

　　嘉定五年，歲在壬申，郊祀慶成，中外交賀。迺季冬甲午，皇帝恭謝太一宮。臣扈駕陪班，既已竣事，知宮事高士臣易如剛以所藏徽宗皇帝賜虛靖先生張繼先詩翰示臣，且求跋其後。

　　竊惟漢天師道成於蜀，而教傳於龍虎山，至三十代而虛靖出。仙姿絕人，道術驚世，人謂天師復生，誠不爲過。祐陵親御詞翰，爛然如新，再拜仰瞻，盪耀凡目。勒之堅珉，以鎮名山，已爲晚矣。

　　嗚呼！人知祐陵之崇道教，不知仁心實本乎爲民。人知虛靖之仙去，而蜀之青城猶有見之者。此詩尤不可以無傳也。武英殿聚珍版《攻媿集》卷六九。

七四　恭題欽宗御畫《十八學士圖》

　　唐文皇十八學士猶在秦府，蓋武德四年也。仰惟欽宗皇帝毓德春宮，以仁孝恭儉聞天下，手臨舊畫，而又親灑宸翰以誌之，誠有慕於貞觀之盛也。

　　臣嘗觀後周光祿丞杜良作文皇畫像記曰：“太宗已定天下，而高祖已登九五矣。太宗於閭閻疾瘝、干戈勤勞且盡知之，於仁義之治、興太平極治之功，容或有未究焉耳。既作文學館，延四方英俊講貫紬繹，薰隱耳目者莫非帝王之事。彼十八登瀛，人必曰‘爲如是事而治，爲如是事而亂’，乙太宗之明刻記於心，肯圖衰亂乎？一意於求治而已。仁鑪義韝，道薪德火，日往月來，就聖神之模，其爲宗廟社稷生靈者，炳焉與三代無以異矣。故太宗之功烈自漢高以降，莫之與敵，十八人之力也。”此真得太宗之意。

　　嗚呼！欽宗遊戲翰墨而爲此，固爲萬世法。由今觀之，豈不爲臣子萬世之痛哉？抑聞後世人君能用材者無如太宗，然許敬宗乃得預議者，謂如摘瓜手耳。取之既多，其中不容無濫，此又足爲世戒，故併載之。武英殿聚珍版《攻媿集》卷六九。

七五　恭題孝宗御書《心經》

　　淳熙十四年歲在丁未，孝宗皇帝元命之年也。十月二十二日會慶聖節，親灑翰墨，書《心經》於禁中觀堂。先是，上天竺山再建觀堂，既成，住山妙珪求記於臣，嘗既登之石矣。嘉定二年孟夏之十日，珪又來言，蒙皇帝賜以孝宗所書真跡，願得跋語，併刻之山中。

　　臣仰惟孝宗皇帝聖學高明，度越前古，是時在位已二十有六年。不倦於勤，治體已定，而進德不已，退朝餘暇，遊心內典，深味禪悅。毗盧五千餘卷，而此經獨名以

"心"，蓋千經萬論之至要也。列聖在御，相傳以仁，忠厚積累，福祚延永。蘇軾有云："惟佛與佛，乃識其真。"臣謹齋被書於下方，以詔後世。武英殿聚珍版《攻媿集》卷六九。

七六　恭題曹勛所藏《迎請太后回鑾圖》

臣嘗恭讀光堯太上皇帝宸翰，稱譙公歷事四朝，盡瘁國事，始終一節，夷險不渝。且言："令請太后、天眷至金主前，宣予孝思，使彼感動，俾予母子如初。"洪惟太上皇帝睿性仁孝，天地助順，以遂長樂之歡，而乃推功臣下，堯言炳然，亦惟譙公忘身徇主，有以得此也。

臣自爲兒時，聞臨平道中太后回鑾之盛，恨不身見之。暨官玉牒，預聞史事，纔得窺一二。今從譙公家獲覲《迎請圖》，丹青煥爛，賦篇贍蔚，然後一時慶事歷歷在目。敬拜歎仰，嗚呼休哉！

夫以譙公功成之初，乞身退歸，無一毫矜伐意。此圖之作，非欲自明其功，蓋所以發揮太上皇帝聖孝之跡，過於方冊遠矣。是豈惟其家所當寶藏，後之太史氏尚有取於斯焉。武英殿聚珍版《攻媿集》卷六九。

七七　跋王順伯所藏二帖

鍾繇《力命表》

始，順伯示余以定武《蘭亭序》、書賜官奴《樂毅論》，余謂小字無以復加矣。順伯笑曰："未也，又有邁此者。"乃出鍾繇《力命表》，諦觀久之，心爲之醉。字畫精到，乃至是乎？

順伯博雅好古，蓄石刻千計。單騎賦歸，行李亦數篋，家藏可知也。評論字法，旁求篆隸，上下數千載，袞袞不能自休，而一語不輕發。先鍾後王，字家固有定論。以此三者坐判優劣，豈爲知者道耶？

定武《修禊序》

順伯好石刻成癖，《蘭亭》善本收至三四未已。余家無一名帖，心顧好之，把玩不忍去手。雖未若順伯之膏肓，然疾在腠理矣。豈所謂不治將深者耶？以上武英殿聚珍版《攻媿集》卷七〇。

七八　跋秦淮海帖

山谷晚遊浯溪，題詩磨崖碑後，見少游所書文潛詩，嘗恨其已下世，不得妙墨刊石間。時少游醉臥古藤下未久也，而山谷老人已有此恨。矧今相去幾百年，此帖灑然如新，得而讀之，寧不感歎！武英殿聚珍版《攻媿集》卷七〇。

七九　跋吴生畫卷

李廣射虎

史言將軍射沒鏃。謂沒矢者殆未必，然臨右北平，盛秋匈奴避之，畫不能真似，尚可想見也。神氣如此，而恂恂如鄙人，此所以爲李將軍耶？

山水準遠

延陵生丹青無不工，適興作山水，尤深遠有意趣。宦遊三載，歸心蕩搖。渡口喚舟，殆屬夢境。

跋韓幹馬

舊讀坡翁詩，恨未見此畫。今日得之，便覺詩畫互相映發。此詩此畫誰當看，豈無所待耶？以上武英殿聚珍版《攻媿集》卷七〇。

八〇　跋徐子由《菊坡圖》

徐君傲菊坡，不復出仕，故其樂同彭澤令。少日便賦歸，而三徑已就荒，松菊僅有存者。則夫火馳宦途，碌碌忘返之士，顧有一適如君者耶？武英殿聚珍版《攻媿集》卷七〇。

八一　書元章《簡公神道碑》後

章簡公名德隆重，詞章典裁，蓋平昔之所慕者。兹來佐州，披圖牒，訪故跡，始知甃城楗門、疏河建隆梁，以爲此邦無窮之利者，皆公之力。

曾孫康曾適爲監征，叩其家世，始得碑銘而讀之，益加歎仰。若蘇魏公之雄文，韓南陽之奇畫，又皆可寶也。武英殿聚珍版《攻媿集》卷七〇。

八二　跋王清叔畫卷

斷崖小枯木

醒菴古木大似梁鵠，書有劍拔弩張之氣。

全幅枯木

此幅筆勢尤瓌壯，雜之文湖州射澤中，未易辨也。

橫披山水

觀此圖當作煙雨半開，登高臨遠時想，苟求形似，便失妙意，要不可以畫家三尺繩之。以上武英殿聚珍版《攻媿集》卷七〇。

八三　跋霍氏《球川圖》

霍君來爲赤城理官，垂去矣，益不得志，書銜袖過余曰："漫仕三年，不逢己知。圖家之球川，得名勝詞翰盈巨軸，以此西歸，賢於薦書遠甚。"余頗愛其言，展卷久之，字呼曰："子登宦情如水，而家居勝絕乃爾，君之歸似晚矣。他日有客道南蘭陵，捨舟金鬭門外，徑造竹所者，必我也，君其容之乎？"武英殿聚珍版《攻媿集》卷七〇。

八四　跋丁端叔所藏鼎彝款識

右商周以來鼎彝尊鬲等八十有六。

予遊南蘭陵，從丁端叔借觀。商周遠矣，器之存於今者蓋寡。識者望而知之，以爲商質周文，世愈遠則文愈簡。然周器亦有甚簡者，不知何以別其非商也。盤誥詰曲聱牙，商周皆然。其他訓誥誓命之文，初不相遠者。《商頌》雖止五篇，求其體制，比之《清廟》《維清》之詩加詳焉。豈高識者它有見於此耶？古人不可復見而得其器，器又不可得有，乃摹取款識之文，茫昧難讀，顧有何好？而深好之，是殆難與不知者道也。武英殿聚珍版《攻媿集》卷七〇。

八五　跋劉杼山帖

先子嗜書如嗜芰，平生富藏名流翰墨，而獨謂杼山先生之書光前絕後，尤祕寶之。

鑰自遭家艱，文字散落，惟此二番宛然巾箱中，疑有神物爲護持焉。謹帛其縵而新之，以續先子之志。武英殿聚珍版《攻媿集》卷七〇。

八六　跋秦淮海《戒殺帖》

秦淮海妙墨，前輩所推。余頃得此本，愛玩不能去手。時在校官，念此邦日事鮮食物命，不可勝計，欲傳於人未暇也。茲來假守，遂登之石。

釋氏戒殺誠是，而言之太過，不若遠庖廚之言爲適中。然則何取於此？嘗感汝南周顒之言曰："變之大者莫過死生，生之所重無踰性命。性命之於彼極切，滋味之在吾可賒。"讀者宜動心焉。武英殿聚珍版《攻媿集》卷七〇。

八七　跋杜祁公草書詩

鑰在郡庠直舍時，薛君文老以近鄰相過，出杜祁公草書《雲》詩，嘗跋之云："歐陽公《答祁公惠詩》：'言無俗韻清而勁，筆有神鋒老更奇。二寶收藏傳百世，豈惟榮耀詫當時？'薛君所藏詩雖出於唐人，而草聖則公真跡也。歐陽公二寶，君得其一矣。"茲遂登之於石。武英殿聚珍版《攻媿集》卷七〇。

八八　跋薛士隆所撰《林南仲墓誌》

淳熙四年冬，鑰備員敕局，陳君舉任太學錄，官居相鄰。一日同林伯順大備相過，愴然曰："薛寺正之亡，吾儕之所痛也。嘗爲伯順求先銘於寺正，書以古篆，恐其難辨，又作楷法於後，已授我而亡之矣。後從薛氏子沄得其稿，茫不知何語，子能辨之否？"鑰不善篆，而素好之。一見纔識十二三，餘皆奇古難知。白仲氏故嚴州使君，相與徧閱字書，攷究幾月，而後盡得之。

寺正於書無不讀，耽玩鐘鼎古文，搜奇抉怪，凡易識者多不用。古文所無，間以小篆補其闕，真好古哉！君舉、伯順得之，喜甚。又十二年，假守東嘉，二君來見，曰："寺正所授真篆二本，後得之故書中。取以校昔所考，無差者。併爲刊石，以授伯順，使寶之，以成其志，以存寺正之遺跡，抑以見吾兄弟用心之勤。"俯仰皆有感焉。

始伯順葬父於金舟，如寺正之志。後以五年九月壬申改葬於親仁鄉龍門山，合其母陳氏云。武英殿聚珍版《攻媿集》卷七〇。

八九　跋諸名公翰墨

韓魏公　司馬公　王文公　韓康公　富韓公　文潞公
王宣徽　晏元獻　陳文惠　韓南陽

右諸名公翰墨，米寶晉題跋，過江以來鮮有之。或謂得之揚州擾攘中，蓋故家物，真可寶也。

司馬公書必施於所尊，其論出處大致然不可奪。晏元獻屬其弟於人，以爲不可溫顏，茲非前輩之言耶？是時士夫書必以小紙圓緘，故多用圓印，而書無摺痕。禮簡而意厚，字畫又不苟，類可傳後。今世專以錄子往來，語多浮溢，紙尾書銜，全是吏牘體。雖有詞翰之工，欲襲藏之，終覺不韻，重可歎也。武英殿聚珍版《攻媿集》卷七〇。

九〇　跋汪季路所藏書畫

徐騎省篆《項王亭賦》

舊見《岸老筆談》載騎省灕區之說，近有敷原王季中彥良，實襄敏諸孫，余及見其暮年，嘗問古人篆字真跡何以無燥筆，季中笑曰："罕有問及此者。蓋古人力在肘，不盡用筆力。今人以筆爲力，或燒筆使禿而用之，移筆則墨已燥矣。"今觀此軸，信然。子孫非不甚工，惜其自壞家法，反以端直姿媚售一時。後進競倣之，古意頓盡，但可爲知者道耳。

龍眠《九歌圖》

三閭大夫見楚先王廟圖畫古聖賢怪物而作《天問》，龍眠讀《九歌》而爲之圖，一段風流，視楚人何遠！

王晉卿《江山秋晚圖》

宋大夫聞襄王之夢，孫興公見天台山圖，皆想像爲之賦，文章之妙如此。若丹青，非親見景物，則難爲工。晉卿固自名勝，然方其以金狨遊冶都城嫩寒中，安知江山秋晚時事？不有南州之行，寧能盡寫浩然詞意耶？

孫浩然詞云：一帶江山如畫，景物向秋蕭灑。水浸碧天何處斷？霽色冷光相射。橘樹蓼花洲，掩映竹籬茅舍。天際客帆高掛，煙外酒旗低亞。多少六朝興廢事，盡入漁樵閒話。悵望倚層樓，紅日無言西下。右離亭燕。　以上武英殿聚珍版《攻媿集》卷七〇。

九一　跋李伯和所藏書畫

東坡所作《文與可硯屏讚》

老坡文如河漢，而寂寥短章措意曲折，不窘邊幅，大似老泉《名二子説》，而又過之。使但言竹石之工，何以爲文湖州耶？

《薄薄酒》二篇

兩頭纖纖，終不如月初生。虛飄飄，終不如花飛不到地。《薄薄酒》，後作者寖不及前。詞人務以相勝，似不若別出機杼。

蘇氏《璿璣圖》

《晉史》載：竇滔妻蘇氏，始平人，名蕙，字若蘭，善屬文。滔苻堅時爲秦州刺史，被徙流沙。蘇氏思之，織錦爲迴文旋圖詩以贈。滔宛轉循環以讀之，詞甚悽惋，凡八百四十字，即此圖也，與武氏所記多不同，未知孰是。又武氏謂二百首，而龍眠止得百二十六首。細推之，殆不止此也。以上武英殿聚珍版《攻媿集》卷七〇。

九二　跋汪季路書畫

王岐公立英宗詔草

昭陵以英宗爲皇子，詔曰："濮安懿王之子，猶朕之子也。"思陵以壽皇爲皇子，詔曰："藝祖皇帝七世孫也。"明白洞達，曉然使天下後世知之。前聖後聖，其歸一揆。大哉王言，茲豈詞臣之力也哉！

魏野《草堂圖》

寇巴東終於無地起樓臺，熟魏三山居乃如許，宜乎不肯以此而易彼也。

蘇子美詩

嘗見滄浪補懷素草書，至不可辨。雖天才豪逸，自謂信手縱筆，何嘗留意？然非水墨積習，亦未易至此。

東坡《祭范蜀公文》

唐人讚狄梁公云："取日虞淵，洗光咸池。潛授五龍，夾之以飛。"公稱蜀公云："導日而昇，燦如長庚。"事固不侔，詞意亦卓然過之。

東坡與歐陽叔弼兄弟帖

蘇以歐而顯，歐以蘇而尊。薦士蔽賢，後人當知所擇。

東坡與林子中論賑濟帖

荒政無第一手，蓋蓄積無素，聚飢民以千萬計，仰給於官，活者雖多，其不免者亦眾。盡心力而爲之，尚庶幾焉爾。坡翁亦自言："懲熙寧流殍之禍，公私皇皇，曉夜措置，僅免狼狽。"九年耕必有三年之蓄，古制既不明，此賈誼所以哀痛公私之積也。

黃太史書少游海康詩

祭酒芮公賦鶯花亭詩，其中一絕云："人言多技亦多窮，隨意文章要底工。淮海秦郎天下士，一生懷抱百憂中。"嘗誦而悲之，醉臥古藤，誠可深惜。宜人者宜於人，竟亦不免。哀哉！

蔡京自書竄謫元符黨人詔草

裕陵裁決庶政，動出親札。是時京方爲檢正，建請差官置局，類而爲書，因委京編次。迨事徽皇，遂以爲相業之本。違御筆者初以違制論，後又以大不恭論，其實皆出於京也。黨籍之設，臣子所憤，纖悉見於此，尚可掩乎？比其再相，以至三入，寵任既不及舊，御筆一從中出，京亦不知所爲。

商鞅立法，親受其弊，隕身覆宗，誠自取之。敗國殄民，中原丘墟，豈不痛哉！以上武英殿聚珍版《攻媿集》卷七一。

九三　跋喬仲常《高僧誦經圖》

始余從鄉僧子恂得羅漢摹本，舊有跋云："姚仲常善畫而不易得，一貴人待之三年，一日欣然索匹紙爲作應真，數日而成。"其本已經四摹，固知失真已遠，而筆意尚卓然可觀。衆像之外，人物鬼神、山水樹石無不畢備。以瑠璃瓶貯藕花，小龜緣茄而上，童子隔瓶注視，末有大蛇橫行水簾中，節節間斷而意象自全，皆新意也。恨不得見真筆。後又見摹本於蘇卿伯昌家，則已題爲龍眠矣。大率事不深攷，又不謹於闕疑，見唐人畫則指爲道子摩詰，不知有盧楞伽輩；見國朝畫則指爲龍眠，亦不知有喬君也。

今見此圖洎巖壑跋語，爲之醒然，且知姚之爲誤也。是僧默誦何經，而仙佛諸相縹緲，自其口出，鬼物俯聽於後，皆有妙思，又使人之意也消。武英殿聚珍版《攻媿集》卷七一。

九四　跋游嗣祖所藏帖（三首選一）

山谷草聖

草聖可習，無如俗何。以山谷之高勝，晚乃得脫此耳。武英殿聚珍版《攻媿集》卷七一。

九五　跋王順伯家藏帖

蘇子美《錦雞》詩

滄浪文采絕羣，正似錦雞。雖欲爲木雞，可乎？悲哉！

范文正公與尹師魯帖

師魯自均州輿疾至南陽〔一〕，託范公以死，蓋平日之相與者如此。
四明樓鑰書。紹熙三年十月晦〔二〕。

韓魏公與尹師魯帖

嘗讀《安陽集》及《家傳》，公之慮事精審，非他人所及。此帖尤可見兵凶戰危，安保必勝？或記師魯謂公置勝敗於度外者，過矣。

王荆公書佛語

公詩有云："世間好事佛説盡。"豈爲此等語耶？公之書自有來處，非無意於工者。

林和靖與通判帖

通判不知何如人，承平無事時佐錢塘佳郡，又得此老爲州民，樂哉！

右軍章草

章草之絕久矣。嘗見皇象所書《急就章》，象時有張子竝、陳梁甫能書，甫恨逎，竝恨峻，象斟酌其間，甚得其妙，中國善書者不能及。惟如此然後可作章草。

此帖信是合作，正使非右軍真跡，決非近世所能爲者，是可寶也。

米元章三帖　　一行書，一篆，一隸。

孔融遺張紘書曰："前勞手筆多篆書，每舉篇見字，欣然獨笑，如復覩其人。"以是知古人作書亦有以篆者。

寶晉行書妙絕一世，此卷四十三字尤高，而不善用二短，何耶？以上武英殿聚珍版《攻媿集》卷七一。

〔一〕均：原作"筠"，據《趙氏鐵網珊瑚》卷二改。
〔二〕"四明"至"十月晦"原無，據《趙氏鐵網珊瑚》卷二補。

九六　跋陳聞遠所藏了翁、龜山、元城帖

楊龜山嘗宰餘杭，今贊府陳棠則了齋之曾孫也，出家，藏二公及元城先生手帖家問凡十二紙。邑大夫江君相與刻石於縣庠。名德翰墨，前後照映。整襟讀之，如三君子相從於一時。百世之下，尚當興起。矧聲跡尚未遠耶？武英殿聚珍版《攻媿集》卷七一。

九七　跋袁起巖所藏閻立本畫《蕭翼取蘭亭圖》

此圖世多摹本，或謂韓昌黎見大顛，或謂李王見木平，皆非也。使是二者，不應僧據禪牀而客在下座，正是蕭翼耳。

吳公傅朋云："書生意氣揚揚，有歸全璧之色，老僧口張不噏，有遺玄珠之態。"亦非也。翼以權謀被選，遠取蘭亭，首奏乞二王雜帖三數通以行。至越，衣黃衫極寬長潦倒，得山東書生之體。方卑辭以求見，銜袖之書，乃是御府所齎。野童自隨，亦攜書帙。此正畫其納交之時。後既得蘭亭，則以御史召。辨才曉然告之，不復作此儒酸態矣。且其時，此僧爲之絕倒良久，何止口張不噏而已。右相不惟丹青精妙，其人物意度曲折，尤非後人可及也。武英殿聚珍版《攻媿集》卷七一。

九八　跋揚州伯父《賦歸六逸圖》

淵明聯句　山谷西軒　真長望月　太白把酒　玉川啜茶　東坡題詠

嘗見古畫《六逸圖》，孫登長嘯，阮孚蠟屐，淵明以巾漉酒，韓伯休貨藥，邊孝先

畫眠，畢卓甕下，皆非同時，特取其逸耳，非若竹溪六逸之同遊也。

滕子濟藏唐人《出遊圖》，亦六人：宋之問、王維、李白、高適、史白、岑參。雲林子跋云："據其名題，或有弗同時者。而揚鑣竝驅，睇盼相語，以爲得意忘象者。"

揚州伯父所圖，是豈可與俗人言耶？武英殿聚珍版《攻媿集》卷七一。

九九　跋揚州伯父《四賢圖》

謝安遊東山　張翰思蓴鱸　子陵釣臺　淵明臨流賦詩

謝公雖爲蒼生一起，而東山之志不渝。子陵出見劉文叔，終不肯爲三公以歸。季鷹、淵明尤爲高尚。

伯父擁麾持節十餘年，興寄高遠，尚友四賢，晚而得歸，殆不負此志矣。武英殿聚珍版《攻媿集》卷七一。

一〇〇　跋施武子所藏諸帖

鍾繇墓田丙舍帖

慶元二年孟冬壬子，見餘姚施令尹，蓋司諫之子也。出其家所藏墓田帖碑石，余誦山谷之詩曰："平生半世看墨本，摩挲石刻鬢成絲。"爲之三歎。

王右軍《東方畫讚》

李陽冰《上李嗣真論右軍書》有云："《畫像讚》《洛神賦》姿儀雅麗，有矜莊嚴肅之象。"視之信然。

《黃庭經》

硬黃小字臨《黃庭》，平生所見三四，非精筆不能到。第未知玉軸《黃庭》比此何如耳。雲林子以陶隱居之言證此經非逸少書，而隱居與梁武帝啟自以《黃庭》爲逸少有名之跡，若遂以爲興寧以後宋、齊人書，恐亦未易定也。

王大令《洛神賦》

大令好書《洛神賦》，而李陽冰《論右軍書》與《畫像讚》同稱右軍之跡不復可見，不知更勝此否。柳公權記於前，璨題其後，何止公懇卿耶？

東坡《救月圖讚》

舊未見此圖，直不知讚之所以作。東坡竹樹猶傳之文與可，兹以一點成月，一抹成蛇，曲盡妙趣，蓋自得之。若曹不興誤墨成蠅，子敬爲烏駁特牛，高道興墜筆亦成畫，彼皆工於牡畫者。坡乃以遊戲至此，真天人哉！

東坡醉中書對客醉眠詩

公自言"我書意造本無法,點畫信手煩推求"。然豪逸邁往如此者不多見。每每言酒氣從十指間出,而飲酒正自不多,豈所謂醉中醒者耶?以上武英殿聚珍版《攻媿集》卷七一。

一〇一　跋蘇魏公所臨閣帖

此蘇魏公所臨閣帖也。《譚訓》云:"嘗於相國寺置得閣本法帖十卷,甚奇。畢文簡公賜本也。"魏公記誦絕人,固由天分,博極羣書,蓋出學力。觀此卷臨摹之工,其勤可知。中人自怠,而欲追及前輩,可乎?武英殿聚珍版《攻媿集》卷七一。

一〇二　跋石曼卿《古松詩》

曼卿上世家幽州,燕俗勁武,少以氣自豪,書體兼顏、柳,前輩謂愈大愈奇。余三見真跡,禮部尤尚書家《西師》詩有"旗光秋曉起,甲色夜江橫"之句,歐陽氏《籌筆驛》詩有"意中流水遠,愁外舊山青"之句。今又見此詩,"影搖千尺,聲撼半天",尤為人膾炙,皆警策也。歐陽公稱文章勁健,稱其意氣,余以為字畫尤有劍拔弩張之勢。

吾鄉郡從事官舍中先有《籌筆驛》詩石刻久矣〔一〕,今趙君致遠又欲刻此,是為二妙也。四明樓鑰〔二〕。武英殿聚珍版《攻媿集》卷七二。

〔一〕詩:原無,據《趙氏鐵網珊瑚》卷三補。
〔二〕此句原無,據同上補。

一〇三　跋《周公禮殿圖》

余近得臨江《周公禮殿圖》石刻,紹興十七年向薌林刻於學宮,疑與先人所藏畫本不侔。聞大資政趙公帥守成都,嘗摹禮殿本為八軸,借而校之,丹青煥然。

自盤古而下,位次嚮背不同者十八九。虙羲八卦上下各有字,位置亦不倫。夔之球為鍾,無傅說像。孔子弟子中多徒父、叔魚、原亢,又一人闕名。石刻中有梁鱣字叔魚,而形貌不類。却無顏路、公孫龍、冉季、公祖兹、漆雕從、狄昱、公良孺、奚蒧、叔仲會、容蒧、顏之僕、左郢,而有蜀太守李冰,又一人無名。第七軸畫文翁、司馬相如、匡衡、蕭德仁、戴聖、王吉、嚴君平、揚雄、劉向、服虔、陳寔、鍾繇、諸葛亮、崔桓、平福、王濬、杜預、張華、杜畿、豆盧。第八軸畫漢武帝、蕭何、張良、叔孫通、陸賈、陳寬、賈誼、司馬遷、董仲舒、漢光武、鄧禹、桓榮、班固、張湛、廉範、馬融、第五倫、鄭玄、公孫弘、兒寬。丹青愈工,皆石刻所無。益州刺史張收，未知在漢何帝時。後漢諸名儒或在其前，若鍾繇、諸葛亮、王濬、杜預、張華等皆魏晉間人，既在張收之後，豈後人所續耶？武帝、光武列於諸臣之間，次序亦多不可攷。蕭德仁、崔桓、平福名不甚顯，豆盧復姓，不知何名。

姑記大概，以俟攷證。武英殿聚珍版《攻媿集》卷七二。

一〇四　跋任氏所藏外祖汪少師帖

鑰生長外家，事外大父少卿二十餘年，屢侍筆硯，書問多出親札。外祖母王夫人居奉川，任氏與舒、董諸家皆至親，相與篤厚類此。忽瞻遺墨，肅然起敬。

陳後山謁龐丞相墓有云："少日拊頭期類我，暮年垂淚向西風。"陳簡齋跋存誠子帖有云："客來空認袁公頟，淚盡慙無楊憚書。"三復二詩，重增悲歎。武英殿聚珍版《攻媿集》卷七二。

一〇五　跋從子深所藏吳紫溪遊絲書

錢塘吳傅朋遊絲字前無古人，黃給事仲秉鈞嘗稱蜀士仲明舉詩云："春蠶一縷來不斷，萬鈞筆力歸毫芒。"佳句也，然未若參政漢濱先生王公瞻叔之詩爲工。

伯父揚州嘗得二紙於吳公從子深，求書王公之詩於後。武英殿聚珍版《攻媿集》卷七二。

一〇六　跋《虢國夫人曉妝圖》

"虢國夫人承主恩，平明騎馬入金門。却嫌脂粉汙顏色，淡掃蛾眉朝至尊。"余每疑此恐非杜少陵語，後乃得於張祜集中，蓋《集靈臺》第二篇也。

素聞同年林子長家有《虢國夜游圖》甚佳，而未之見，或謂此曉妝圖也。豈正畫平明騎馬時耶？武英殿聚珍版《攻媿集》卷七二。

一〇七　跋范石湖遊大峨詩卷

文殊示現於五臺，普賢示現於大峨，光景殊勝，大略相似。

舊見無盡居士《清涼傳》書五臺事甚詳，亦有詩紀所見。今石湖先生大峨數篇，尤爲奇偉。張公素不善書，必不能如此翰墨飛動。然無盡後謁無業禪師塔，塔上五色光現，有詩云："四入臺山禮吉祥，五雲深處看熒煌。而今不打這鼓笛，爲報禪師莫放光。"尤爲禪林稱誦。使石湖再登大峨，必須別有一則佳話也。武英殿聚珍版《攻媿集》卷七二。

一〇八　跋徐神翁真跡

海陵漢、晉間有樂真君子長，或云徐二翁其後身也。如蔡魯公之東明，呂東平之善守，尤爲著驗。

此卷脫去白字，遂爲桑公大夫登第之祥，可謂神矣。然使吾得爲二翁，道成之後，閉口藏舌，何用管人間如許閒事？武英殿聚珍版《攻媿集》卷七二。

一〇九　跋傅夢良所藏山谷書《漁父》詩

漁家無鄉縣，滿船載稚乳。鞭笞公私急，醉眠聽秋雨。

右山谷之父亞夫詩也。谷之書既刊諸石，此雖僅得三之一，殘圭斷璧，要自可寶。谷嘗有《古漁父》詩云："四海租庸人草草，太平長在碧波中。"殆此意耶？武英殿聚珍版《攻媿集》卷七二。

一一〇　跋朱叔止所藏書畫（節錄）

李公垂書《樂毅論》

李公垂短小精悍，詩最有名，時號短李。其在翰林，與李德裕、元稹同時，又號三俊。傳稱以文藝節操見用，余固嘗見石刻大字，不知其小楷精到如此。今世以海字本爲第一，殘闕已多。

此卷比右軍所書甚小，墨跡具全，尤爲可珍。詳視印章，蓋巖壑老人故物也。

龍眠《蓮社》橫卷

余得《蓮社圖》，高三尺，橫二尺，筆力精勁，五采煥發，妙絕一世，龍眠真筆也。

此爲橫軸，大略相似，時有不同。元中之記云"童子蹲而汲水者一人"，而有二；書"猿一、麋一"，而猿亦有二，麋則鹿也。元中書甚工，既非其親書，疑別爲一圖作記。余所藏童子汲水及猿皆一，而麋亦鹿也。

龍眠爲此圖，妙意非一。自知愛重，或縱或橫，意必有數本，恨未能盡見也。此卷謝康樂不爲長鬚，捕蛇翁亦欠樸憨之狀，必有能辨之者。武英殿聚珍版《攻媿集》卷七二。

一一一　跋沈雲巢帖

雲巢妙於楷隸，諸書備古今體。寸墨尺紙，落筆輒爲人取。富池靈神猶知護惜，子孫尤宜寶之也。武英殿聚珍版《攻媿集》卷七二。

一一二　跋吳僧若逵所書《觀經》

太府卿蘇公伯昌謫爲明州長史，僧有獻少公《維摩經》手澤，蓋爲老泉小祥書此。後以示蜀士，士曰："蜀有長公書《圓覺經》，與此同時，字體亦相類。"以所石本示公，且許求墨跡以來，後不知曾得之否。

若逵二經，元祐諸名公爲之跋而增重。《觀經》儼然如新，不知《法華經》何在。安知他日不能復合耶？武英殿聚珍版《攻媿集》卷七二。

一一三　跋揚州伯父所藏魏元理畫卷

蓮荷

《爾雅·釋草》言荷最詳，其莖茄，其葉蕸，其本蔤，其華菡萏，其實蓮，其根藕，其中的，的中薏。觀魏君墨戲，曲盡形狀，殆無餘蘊。又有熟芡、生菱、鳧茈之屬，一一如生，祥暑尤宜觀之。所謂宛然坐我水仙府也。

桂花

伯父揚州持節擁麾，幾徧東南。襟度高勝，所至多與雅士遊。若魏君元理之畫，徐公明叔之書，皆擅名一時者。桂花才一枝，諦觀佳處，疑有秋風生其間。以上武英殿聚珍版《攻媿集》卷七三。

一一四　跋龍眠二馬

余家藏《白氏長慶集》久矣，近又得吳門大字者。周伯範模欲得舊本，以所藏龍眠二馬遺余。古有以妾換馬者矣，以書換馬，自攻媿始，可博一笑。武英殿聚珍版《攻媿集》卷七三。

一一五　題拳毛騧

杜少陵《觀曹將軍畫馬圖》詩云："國初已來畫鞍馬，神妙獨數江都王。"又云："昔日太宗拳毛騧，近時郭家師子花。"

《名畫記》，江都王緒，乃霍王元軌之子，多藝善書，畫鞍馬擅名。陳後山亦謂"一紙千金不當價"。人傳此馬爲江都筆，誠有之。《長安志》：太宗昭陵有六駿，在陵後，曰拳毛騧。《金石錄》：昭陵琢石象平生征伐所乘六馬，爲讚刻之。此馬神駿耐戰，是橫行萬里，堪託死生者。史稱秦王自起兵以來，前後數十戰，身先士卒，輕騎深入，雖屢危殆而未嘗爲矢刃所傷。今觀帝手書親乘之馬，槊箭之瘡十有二處而不及其身，真大人哉！攷之史，其平黑闥也，洺水大陣，信然。穀州乃河南府之新安、福昌二邑，武德元年改穀州，至顯慶二年始廢。此言合鬭，蓋征世充時。黑闥乃在山東也。武英殿聚珍版《攻媿集》卷七三。

一一六　跋王伯長定武《修禊序》

定武本凡"湍流帶右天"五字全者，皆謂在薛紹彭之前，然不能知歲月之久近，此誠善本。王順伯謂是熙寧前摹拓於中山者，爲可貴。近見畢少董所藏董氏淳化間本，尤爲精好。自言爲兒時親在定武見青石本，"帶右天"三字已闕壞。大觀再見之，與舊所見無異。則五字未必皆紹彭劖損也。更當考紹彭在中山時歲月云。武英殿聚珍版《攻媿集》卷七三。

一一七　跋余襄公題崖碑

襄公以孤生起嶠南，忠言劘上，顯於慶曆。嘗出居庸關，口伐戎酋於九十九泉，退其二十萬之師，西邊亦賴以定。晚而經制五管，前後十年，如交趾、大理、特磨、南詔之國，皆可以頤指氣使。使坐廟堂，真可以鎮撫四夷。乃終於南方。人之功業不惟有時，亦各自有地。如伏波之在南，孔明之在蜀，蓋非一人。不然昭陵非棄才之主，而公之用不得盡，爲可歎也。

此帖字有顏體，石崖天齊，人物亦俱與之相高云。武英殿聚珍版《攻媿集》卷七三。

一一八　跋蘇氏《迴文錦詩圖》

《晉史》載竇滔苻堅時爲秦州刺史，被徙流沙。蘇氏思之，織錦爲迴文旋圖以贈。滔宛轉循環以讀之。武氏及見《晉史》之成，不知何所據依，記載如此之詳。滔字連波，記之末云："因述若蘭之多才，復美連波之悔過。"故山谷題此圖云："千詩織就迴文錦，如此陽臺幕雨何。亦有英靈蘇蕙手，祇無悔過竇連波。"正用武氏之記。而任子淵止以《晉史》注之，豈未考此記耶？

余前後見舊畫數本，大小不侔，未有如此卷之精者。武英殿聚珍版《攻媿集》卷七三。

一一九　跋黃氏所藏東坡山谷二張帖

東坡與黃穎州父子厚善，嘗書穎州之父子思詩集之後。又龍圖二女爲少公二子適、遜之婦。觀此祭穎州之文與龍圖直閣二公書問，情好可知。子思名上字孝，下字先。穎州名上字好，下字謙。龍圖名從宀從是，字師是。直閣名從宀，從辛，字才叔。居宛丘，家藏二蘇翰墨甚富。此二十一帖及孫志康二帖、《墨妙亭記》《鶂種麥行》及山谷、二張公挽詩。直閣之孫約之年纔十三，遭靖康之變，隨其父郎中公脫身來南，能以自隨，既又力貧登之石，其未刻者一二爾，可謂善守家法者也。狡嘗銘其墓，亦爲及此。約之幼子直義以真跡見示，爲記其大略。坡書皆有法，石本類多失真。此卷字字飛動，惠州儋耳及北歸等帖尤爲老筆，信可寶也。第六帖云："因志康行。"即孫君也。第七帖云："乞會稽，使其得請，則題詩必滿浙東矣。"第十六帖云："乏人寫大狀，不罪簡率。"蓋今所謂外啟者，前輩書問皆用之，故云。第十九帖在曲江云："何時定居，少安晚節。"歸及毘陵而仙去，曾不得一日之安也，悲哉！

黃太史、張右史、張浮休皆一時人物之英，則穎州之賢可知。太史先自金華徙豫章，穎州之先自浦城徙宛丘，嘗叙宗盟，故稱從姪。右史爲龍圖友壻，且居於陳。嘗爲穎州作《友于泉記》，故叙鄉曲。浮休又周旋伯仲間，任道即汝陽守。誦三公之詩，使人興起也。

《墨妙亭記》惜未登之石，《鶂種平麥行》有章草體，別是一種風氣。

《祭穎州文》"故穎州使君同年黃兄"，集云："幾道大夫年兄之靈。""終焉玉雪"，集："身爲玉雪。""不緩不"，集："不。""與義降升"，集："與道。""含章不矜"，集："終焉不矜。"

《墨妙亭記》"以爲吳興新集"，集無"以"字。"余以事至吳興"，集："至湖。""乃爲差久"，集："猶爲差久。"

山谷詩"仕路厭風沙"，集："厭"作"困"。"袖有投虛手"，集："手"作"刀"。

張右史詩"但使將軍桃李在"，集："使"作"得"。"聞凶哭朋友"，集："聞哀苦朋友。"

張浮休詩"常憶之官穎上時"，集作"憶昔"。"著靴騎馬"，集作"乘馬"。

三公詩皆親筆，集中猶不同如此，豈編集時嘗改定耶？武英殿聚珍版《攻媿集》卷七三。

一二○　跋《遺教經》

歐陽叔弼《集古錄目·遺教經》卷第二百六十三："右不著書人名氏，刻石年月，世以爲王羲之書。石在永興。"歐陽公《集古錄跋尾》："《遺教經》相傳云羲之書，僞也，蓋唐世寫經手所書爾。唐時佛書今在者大抵書體皆類此，第其精粗不同爾。近有得唐人經題，其一云薛稷，一云僧行□書者，皆與二人他所書不類，而與此頗同。予知寫經手所書也。然其字亦自可愛，故錄之。蓋今士夫筆畫能髣髴乎此者鮮矣。"山谷云："不知何世何人書，或曰右軍義之書。吾嘗評此書在楷法中小不及《樂毅論》爾。清勁方重，蓋度越蕭子雲數等，非右軍筆畫也。"趙明誠《金石錄》云："唐《遺教經》，正書，無姓名。"第一千九百四十八跋云："國初時人盛傳爲王右軍書，惟歐公識其非是。"

攷諸公之論，非右軍書明矣。然歐公謂唐寫經手所書，明誠定著爲唐《遺教經》，則尚有可疑。以"世民"二字俱如此寫，不空筆畫，恐非唐人書。或若山谷之言，不知何世何人，得闕如之意也。武英殿聚珍版《攻媿集》卷七三。

一二一　跋東坡紙帳詩

坡公次韻柳子玉二詩曰地爐，曰紙帳，此紙帳詩也。集中"紋"作"文"，"氎"作"疊"，"煖"作"暖"，"秖"作"但"，皆可通。惟以"鯨"爲"衾"則非也。少陵有《太子張舍人遺織成褥段》詩有云："開緘風濤湧，中有掉尾鯨。"後又云："錦鯨卷還客，始覺心和平。"坡正用此事，而編集者未之考也。

此卷字畫飛動，不可形容。公嘗和子由論書曰："端莊雜流麗，剛健含婀娜。"豈自道耶？武英殿聚珍版《攻媿集》卷七三。

一二二　書從兄少虛教授金書《金剛經》後

嗚呼！此從兄教授少虛之真跡也。兄少好二王書，筆力素高。後得《樂毅論》石刻，深愛之，一筆不妄下，故楷法精妙，字字可敬，觀者當自知之。

兄諱鉉，少虛其字也。幼有俊才，日誦千言。未冠能屬文，十五應鄉書，中其選。又十年始入太學，聲聞諸公間。公試《聖人肆筆成書賦》，薛叔云元鼎魁文固佳，而兄之賦云："元聖有作，斯文在茲，惟得書之體也，故肆筆以成之。"兄自少習書，未嘗作賦，時方兼經，一出而誦之。私試《惟聖人可以踐形論》，冠絕一時。蓋他人皆謂聖人能踐形，兄獨謂可以踐形，尤得孟子之旨，而文又勝。蜀名士馮圓仲方、李知幾石爲學官，相與擊歡，且曰："東南乃有如此人才耶！"必欲實首選，雖以異議小卻，而名愈重。紹興二十有九年解試，爲第七名，明年省試爲第六名，三場俱高。而《堯仁如天》《光武總攬權綱》二論尤爲世所稱述。錢子和豫爲參詳官，批其卷云："議論雄特，文勢雅健，非老於史學者不及此，無有與之衡者。"

方未第時，嫂鄭氏不幸，勉強赴省。既登丙科，授鹽官尉，已成見次，遭伯父朝散之喪，哀毀瘠甚。奉親至謹，真是食在口則吐之。至是欲寬伯母陳氏安人之憂，先意承志，曲盡子道。服闋，除泰州教授，未幾又罹內艱。何其多難耶！

乾道三年，莊文太子將葬，宮僚二詹事、庶子、諭德當作祭文，而難於言，或以屬兄爲之。文曰："嗚呼！惟天惟祖宗啓佑我國家，純篤生哲人，允惟元良。及茲重離並明，家用平康，於萬斯年。肆用貳我宸極，承我兩朝，用奉若於天休。洪惟我億萬年並受丕丕基者，庶其在茲。若之何弗弔旻天，降割於我家，虛我主器？惟御事庶士越在外服，越百姓裏居，罔不盡傷心，矧惟某等，有服在百僚？惟我儲君，既冠成人，夙敏日躋，弗勤弗煩。惟茲四人，無能往來，厥有顯德，亦罔克紀述。惟速戾於厥躬是懼，若涉淵冰。今日月有時，惟是窀穸之事，所以奉神靈於幽宮者，其孰敢弗虔？肆惟靈其監於茲！"雖多用盤誥語，而體正文古，無能易者，眾作爲之皆廢。

尋爲臨安府教授，以爲郡國首善，爲上庠之亞，堅持規矩，學者翕然師尊之。光宗以東宮尹京，內侍知省甘怙勢橫恣，欲廣湖上園囿，諷府中移置社壇。府命兄爲祝文，兄執不可，以書抵少尹曰："依奉令旨，改移社壇，就昭慶寺前築疊，令譔祝文。某竊以社稷繫一府利害，不可輕有改作。況今皇太子殿下領尹，事大體重，尤難輕議。某雖聞見今社壇委是荒蕪沮洳，每歲不問晴雨，只就寺宇祠祭，深失禮意。此實累歲有失修治，止合芟治增築，別建祭屋。孟子云：'祭祀以時，然而旱乾水溢，則變置社稷。'趙岐謂其間有旱乾水溢之災，則毀社稷而更置。蓋謂國之事神者既備，而神或不職，然後可以易置，示加責於神也。今六氣順序，別無災沴，若今輕改社稷，神何所依？祝史之文，其將何辭？揆之幽明，事未穩便。欲望別取令旨，止下本府如法修築。若必欲改移，所有祝文不知所謂，難以下筆，未敢製譔。"言雖不用，而聞者歎服。咸曰："昔知其能文，不謂風節如是之高也。"

淳熙改元，考試婺女，得疾，卒於貢院，壽止四十有二。嗚呼，痛哉！天胡予以才而嗇其壽，畀之名而奪其祿耶？

娶鄭氏，宣和太宰居中之曾孫。再娶孫氏，紹興參政近之孫、郎中大雅之女。俱無子，以族人之子演爲後。又得一子澧於民家，以其爲遺體也。始，日者唐杞謂兄不壽，且大期不遠，齋戒泥金以書此經，冀望少延。而竟如其言，尤可哀也。

兄喜讀《莊子》《漢書》，故文氣有近似者。嘗謂鑰曰："我欲手寫古書意所好者。"首以《檀弓》，繼以《天問》《天對》之屬，必與時好不合，欲名曰《攻瑟編》。大率志尚如此。甥壻盛箕號能文，自婺來明，作《四明八詠》頗工。眾方環坐讀之，兄久與之厚，字呼曰："次龍沈約文體卑弱可憎，君又效之耶？"坐客赧然，盛亦悔媿，藏其不出。鄭先生剛忠席下數十人，兄一日忽私謂鑰曰："吾默觀同舍中，惟楊聖可與吾弟爲佳。"問之，則曰："惟汝二人清而有福。"問兄何如，又曰："我雖清，如無福何。"今同舍凋謝，存者蓋寡。聖可名公冶，晚得官而有子琛登甲科，兄非相形者，而風鑑乃如此。

鑰少兄四歲，愛撫訓獎過於同氣。其卒於婺也，往爲護喪以歸。兄之昆弟五人，惟幼弟在，其子洓裝潢此卷以求跋。痛念兄之抱負不羣，宜乎遠到，顧其少作與場屋之文俱不足爲兄道，而區區具載於此者，傷其不壽，而見於世者止此。其亡也，誌銘不立，羣從輩行今亦無幾，鑰不書此，則兄之哲蹤遠韻遂泯泯矣，故書之不嫌於詳。鑰非不慕兄之書，而天資不穎，不及遠甚，於是年六十有七矣。勉追後塵而猶如此，雖覺我形穢，亦無所辭焉。武英殿聚珍版《攻媿集》卷七三。

一二三　跋王恭叔所藏淵明雪中詩圖

初寮跋祖穎所藏東坡帖，言史部趙西元豐、元祐與坡爲代，所藏則公使淮南時坡所行詞也。言公之孫奇育而不及棄，奇蓋寮之愛壻也。集中與之賡唱近三十篇，亦謂之趙十六，有云：「何敢壻君真好友，端來學道伴衰翁。」與之別則曰：「吾詩如鐘鬚子撞，豈可一日相參商？」則翁壻之間固可知。觀此圖，則又知其兄弟之相與，風度殊不凡。

王郎示余此卷，余何敢望寮君之伴我？亦我家之祖穎也。武英殿聚珍版《攻媿集》卷七三。

一二四　跋揚州伯父所藏錢希白《三經堂歌》

紹興二十四年歲在甲戌，先銀青部綱過儀真，鑰實侍行。時七伯父方以漕使兼揚州，遂到郡齋。公餘出示書畫卷，有草書一軸，末章云：「君家世世爲好官。」後書「錢希白」，今五十年矣。偶以問諸孫，而桂始出此卷，蓋《三經堂歌》也。

希白名易，吳越國王倧之子，與其兄昆隨俶歸朝，願從科舉。年十七舉進士，御試三題，日中而就，言者以其輕俊而黜之。太宗語蘇易簡曰：「朕恨不與李白同時。」易簡曰：「有錢易者，李白才也。」太宗喜曰：「若然，當用唐故事，召至禁林。」會盜起劍南，不果用。復舉進士甲科，又舉賢良方正科，官翰林學士，俊逸過人。爲文數千言，頃刻而就。又善行、草書，有文集在秘閣。觀此卷可知其人也。

宋諫議敏求著《東京記》，載崇慶坊司空致仕李昉宅有《孝經》《道德經》，爲三經堂，家有《東京圖》。崇慶坊在城之東北，有李昉司空宅，則詩所謂「夾城盡北十里街」者也。黑轓，蓋用漢舊儀丞相兩黑轓事，攷其家譜，子孫爲郎者眾，獨未知客曹爲誰。司空之子宗諤，爲翰林學士，年不及五十，真宗甚悼之，恨不及大用。且曰：「自國朝將相家能以聲名自立，不墜門閥者，惟昉與曹彬家爾。」宗諤之子昭述亦爲翰林侍讀學士，從子昭道爲天章閣待制，世世爲好官，非虛言也。武英殿聚珍版《攻媿集》卷七四。

一二五　跋從子深所藏書畫

東坡

公以元祐五年在杭州治西湖，《四明圖經》載太守七人，皆止書元祐年。韓宗道、李莘、李閌、王子淵、張修、劉淑、呂溫卿，不知所與何人。謂視此民猶公民，雖欲勿與，得乎？

錢明逸張文潛

錢子飛父子兄弟俱中制科，作字猶有父風。然以言事，致杜、范、富三公皆罷政，惜哉！張右史手書自有一種風氣，與《大禮慶成賦》相類。

林和靖蔡端明范太史

和靖名逋，字君復，而曰"君復頓首"，古有此例。此西臺差少肉，信然。求仲，蓋用三徑事也。

蔡端明詩見於集中第八卷，題云："二十二日山堂小飲，和元郎中牡丹向謝之什。"

范太史筆勢端重，似其為人。集中今無此詩，家傳謂自紹聖之後貶責萬里，屢遭焚溺之厄。元符喪歸，再嚴黨禁，家藏文字固已不全。靖康避地遷徙，所存益少。悲夫！

劉杼山

伯父揚州與杼山同在京師太學，相與最厚。觀此書詞，交情可見。

此皆在貶所書也。第二帖"三霍"之言雖出雅謔，蓋是時鮮有與遷客相親者，故鴻慶孫尚書亦有"望望然如避垢汙"之言。其志先伯之墓有曰："余謫洮陽，壽玉方持湖南使者節過我，相勞苦如平生。"與此意不侔矣。第三帖問疾而進苦語，有味其言哉。

鑰少隨侍溧陽，及拜公牀下，見與伯父一書，其言尤切。有曰："久聞壽玉後堂甚盛，某不敢謂然。吾儕老矣，違情逆境，固不可堪。若縱意於聲色之娛，為計似疎，其於保壽命也左矣。人世浮生，其誰不死？眼前亦何嘗見有百歲之人？然古人必謂衛生有經者，大恐未死以前或因此疾病纏身，舉動須人，其況亦何可堪也？"嘗歷歷服膺此言，不知舊帖何在。前輩責善之義如此。陶公安世因公之言遂為伯父上客，後所立亦不負二公之知。時先君銀青為道州僉幕，避伯父親嫌而歸，亦過清湘見公，故帖中兩問及。後在溧陽受知尤深。公嘗曰："某無他長，頗能對客發書，草聖飛動，觀者必謂敏手。"鑰親見其落筆沈著詳緩，甚不苟也。

感愴疇昔，謹為詳志之。

李西臺

西臺不惟以書名，每見其詩，真有唐人風度。紙尾花押，筆力亦不凡。

錢曲臺昆　呂芸閣大臨　蘇後湖庠

錢裕之善草隸，而字體又與希白子飛不同，却近李西臺，但未老耳。芸閣先生經學之餘，詞翰皆有餘韻。後湖居士詩筆俱老，豈奪命鬼手之後，哦詩結字尚有餘習耶？止之諱正由，了翁次子。其與前輩相接如此，家風可知。

游御史酢

建安游先生從伊川游，在謝上蔡、楊龜山之間，宜其與了翁父子相厚也。龍舒爲今佳郡，是時乃空乏如此，天災流行，可無先備耶？

趙清獻

清獻平生四入蜀，先爲蜀州江原縣，後歷梓、益兩路漕使，又兩知成都，最後則已爲執政矣。神宗亦曰："能爲我行乎？"帖中言寄家甬上，單騎入蜀，是爲部使者，一琴一龜時耶？

徐東湖

徐東湖與了翁家相厚如家人。通判郎中即了翁次子止之也，呼以仁弟，情義可知。

韓南陽　宋宣獻　文潞公

南陽爲元章簡公書神道碑，字體莊重正如此。宣獻傳言筆法精妙，上嘗取所書《千字文》及其家之墨跡藏禁中，故敝紙渝墨尚有典刑。潞公翰墨飛動，使人望而畏之。

曹子方

祐陵盛時，曹公上書極論時事。廟堂質責之，問所從知，對曰："天下皆知之，而相公不知。所謂焉用彼相？"遂貶去。京尹不忍辱之，引頸荷校而行。吏卒問何以爲路費，曰："少俟吾子。"已而一介草履負擔而至，即其子也。問所攜，前則草履，後則乾糧。卒輩憤然，欲加捽辱。子奮曰："我父得罪朝廷，爾曹敢加無禮，我當殺爾。"愕不敢動。靖康初召還，寖至樞筦。又閩人也，宜乎游了翁之門。

石曼卿　張都官

石學士以書名，所謂愈大愈奇者。張都官未知何等人，要是前輩作字不苟，如"再拜"、"尊候"施於所敬，今亦不見此風矣。

張魏公

紫巖翁忠肝義膽，炳炳如丹，蓋矢死而不變也。使士夫俱能懷此心，國其庶幾乎！

呂子約

哀哉子約！見其書如見其人。

始余以隆興初元與其兄東萊爲同年，聞子約之賢而未識也。淳熙九年，子約來掌庚事，余在先君服中，時時相過，情義日篤。服除，舍弟買舟赴調，或傳以爲余將西上。子約在庚中，亟以片紙力言其不可。前余固不爲行計，然此意不可忘也。其後兩得同朝，迨天台贅倅之行，又見其遭貶，自此不復得見，亦不意其遽沒也。

嘗評其人：楊秉三不惑之外，視軒冕又如浮雲，非勉強然也。見其進未見其止，觀人多矣，未有表裏如一如子約者。所謂"蓋有之矣，我未之見"也。九原可作，微斯人，吾誰與歸？

周蓮峰　朱灣山　王侍御伯庠

紹興之末，蓮峰周貳卿歸自永嘉，灣山朱公舍人歸自平江，俱以次對，來寓四明僧舍。侍御王公年雖未及而從二公遊，完顏亮既平，周公賀表用"萬馬救中原"對"一驢載都市"，朱公問之，侍御適參坐，誦《臧質傳》中數十言，二公俱稱其強記，故倡醻之頻如此。周公之詩三，惟中篇及朱公一詩皆親筆，侍御皆使人代書。蓋至敬之地，不敢縱筆也。山谷與王才元舍人詠牡丹詩云："欲搜佳句恐春老，試遣七言賒一枝。"周公豈用此事耶？

鑰少時俱及拜三公牀下，撫卷惘然，豈復得此前輩人物乎！

徐明叔《剡溪雪霽圖》

伯父揚州所至辦治，官府清簡，坐多佳客，如徐公明叔其一也。幼時猶及望見，徐公之風流韻度如晉唐間人，翰墨篆畫四明人家多有之。時徐貳卿獻之爲守，與叔宗盟，久留郡齋。如秦詔刻石篆韻，皆其筆也。嘗爲高麗使屬，盡圖其山川器物以歸。兄稺山侍郎有重名，從子子禮誌其出處甚詳。謂畫入神品，山水人物一一俱冠絕〔一〕，濡毫漱墨，成於須臾，此卷幾是矣。

命女壻狀其行，則近故參政張公伯子也。因併記之。以上武英殿聚珍版《攻媿集》卷七四。

〔一〕冠：原作"寇"，據文淵閣四庫全書本改。

一二六　跋再刊《裴公紀德碣》

熙陵命王著集法帖第五卷，有李斯篆十八字。米南宮云未知何人書，蓋亦不敢以爲斯之書也。黃秘書伯思長睿著《法帖刊誤》云："按其文云'田疇耕耨，爲政期月而致法令，使父子爲鄒魯'，乃李陽冰篆王密所撰《明州刺史河東裴公紀德碣》中字也。此帖乃摹'田疇'等十八字爲斯書，與碑中篆無銖黍差，而米云'不知何人書'，蓋未見此碑也。"校書攷古精確類此。然秘書又云："自蒼頡至程邈書皆僞。史籀書傳後世者，岐鼓耳。今此書云'揚州裴易意糸'，字殊無三代體，與其辭皆唐人筆。"亦爲未盡。蓋所謂史籀書者，即此碑額中字也。"𩖖"乃《碧落碑》第二字，唐字也。

陽冰最愛《碧落碑》，故用之。秘書以爲"楊"字，殆未攷爾。"州"三字皆在，"糸"即"紀"字之半，但無"易"字。疑以"明"字疊而成之，特以大爲小。豈秘書却未攷此碑之額耶？若謂字無三代體，與其辭皆唐人筆，亦可謂精鑑矣。

建炎三年，此邦兵燹最酷，舊物幾無存者。待制仇公得此碑於蓁莽中，重刻之，而或毀焉，僅存其額，識者深惜之。貳卿李公以臺省舊德來臨，政成多暇，訪得墨本。新知繁昌縣王牒善潼素工小篆，專以屬之，輦石其家，臨視摹刻，漫者闕之，以成此一段奇事，使裴公之政，陽冰之筆與公之名俱傳。又俾鑰書其後，亦預有榮焉。

按東武趙明誠德甫《金石錄》，此碣又有八分書者，今不知所在矣。貳卿名景和，九江人也。武英殿聚珍版《攻媿集》卷七四。

一二七　跋《秦王獨獵圖》

山谷題摹燕郭尚父圖云："往時李伯時爲余作李廣奪胡兒馬，挾兒南馳，取胡兒弓，引滿以擬追騎，觀箭鋒所直發之，人馬皆應弦也。"伯時笑曰："使俗子爲之，當作中箭追騎矣。"余因此深悟畫格。

此《文皇獨獵圖》，唐小李將軍之筆。建炎間，內府宣取於宗室家，奏以非所敢惜，但以前射一豕，而上生於亥，故不敢進。復令取之，亟摹一本，而以真者進御。三馬一豕，皆極奔驟。弓既引滿，而箭鋒正與豕相直。豈山谷、龍眠俱未見此畫耶？武英殿聚珍版《攻媿集》卷七四。

一二八　跋《二疏圖》

開僖二年，余年七十，鄉黨作會於敝廬。俞惠叔以此圖爲壽，愛玩不已。時余已告老於朝，至明年，再請而後得之。

韓文公《送楊巨源序》引二疏事云："後世工畫者又圖其跡，至今照人耳目，赫赫若前日事。"則知舊有此圖矣。澹巖右丞張公有《二疏圖》詩，自注云："世傳顧長康筆。"故詩中云："虎頭圖一卷，高貴鄉公畫。"隋朝官本二者，未知孰是。右丞詩又稱"潼關四山萬木送，車闐咽導騎交馳。"疑非此本。龍眠思出新意，或約舊圖而爲之。洛陽王壽卿魯翁篆李陽冰《琴銘》跋尾，趙公明誠稱其深入陽冰之室。賀公所稱殆是斯人，而非公也。近又得龍眠《四皓圖》，稍大。遂臨此本，展以爲對。武英殿聚珍版《攻媿集》卷七五。

一二九　題柳公權所跋《洛神賦》

《洛神賦》本《感甄賦》，王大令好書此，故多傳於世。嘗見六一居士家傳絹素真跡，亦非全文。柳誠懸小楷書跋，此卷作章草體，雖合作未到皇象諸公，其用工亦深矣。

余以讀者不能盡識，欲爲行書於後，因參以他本正定，以冗未暇，書此以歸之。他日或再見，尚當屬筆。武英殿聚珍版《攻媿集》卷七五。

一三〇　跋《金縢圖》

《金縢》之説不明久矣。嘗偶得其意，欲著於冊而未暇。盧甥祖臯申之攜此圖見示，雖出臨摹，而古意具在，遂爲之説。

《書序》曰："武王有疾，周公作《金縢》。"讀者遂謂公作金縢之匱，殊不知序《書》者蓋言《金縢》之篇爲公而作也。古之卜筮，非若後世之輕易。《記》曰："易抱龜南面，天子北面。"蓋聖人齋戒以求蓍龜，其求之天也，可易乎哉！此篇之説既不明，似覺文義間斷，又若非可以傳後世者。間有不通，先儒多略而不道。余熟復之，始得其意，而後詞意聯屬。所謂豐不餘一言，約不失一辭者，要當先正"金縢"二字。

所謂金縢之匱者，其中實藏古書。自后稷之封於邰，分茅胙土，授之以龜，占書至嚴，子孫世守，非有大事不啟也。武王克商纔二年，而疾弗豫，召公。太公曰："我其爲王穆卜。"穆，敬也。二公欲卜之於天也。周公曰："未可，不若以感動我先王。"遂以告太王、王季、文王。卜三龜，而皆吉，所謂"啟籥見書"者，正啟先世金縢之匱也。既觀占書，亦曰吉，公納冊於匱中，不欲人之見之，非聖人欲徼福於後也。"罪人斯得"之後，又爲《鴟鴞》之詩以遺王，其意切矣。史臣書王，亦未敢誚公。言雖不誦言，而不利孺子之讒，王之心猶未釋然也。雷電以風，禾偃木拔，王與大夫盡弁以啟金縢之書，不知何爲而啟此書也。以爲不知，則天變於上，何爲而啟此？以爲知之，則亦不必啟此書也。蓋其時正以不知天之所以爲變，故啟占書以卜天意。及得公代武王之説，至於執書以泣，王心始大悟。首曰："其勿穆卜。"蓋本欲卜，而今不必卜也。始知天變之意，欲彰公之勤勞爾。出郊而迎雨，反風而歲大熟，而後一篇之義煥然。

孔子定《書》，特存此篇以見周公之製禮作樂以致太平，本於此也。新莽以平帝有疾，作策請命，願以身代，藏冊金縢。莽之譎詐不足言，漢去古未遠，此説已不明，直以金縢之匱爲周公所作，而況於後世乎？武英殿聚珍版《攻媿集》卷七五。

一三一　跋章達之所藏虞書《孔子廟堂碑》

此本雖無"大周"二字，比余所藏爲多，又精彩殊勝。聞天台有真跡在，余生恨不得見之。得見此本，斯可矣。武英殿聚珍版《攻媿集》卷七五。

一三二　跋章達之所藏《心經》

虞書石刻雖不盡有，尚多見之。《心經》精妙，始見此本，章貳卿自言家藏已百餘年矣。柳誠懸蘇浩夫人志銘，此本奇甚，只一"疊"字，真欲照人。小字難於寬綽而有餘，不如此不足爲楷法。

户籄李公誠之示以大父參政文肅公草堂所藏懷素自叙，嘉定元年閏四月丙子同觀於道山堂，有疑爲臨本者。然亦妙矣，未易輕議。武英殿聚珍版《攻媿集》卷七五。

一三三　跋李山房與山谷帖

山房不以書名，嘗見行書，不知草聖乃如此，以是知前輩無不過人者。所謂不有此舅，安得此甥也。武英殿聚珍版《攻媿集》卷七五。

一三四　跋黃子耕定武《修禊序》

子耕明遠以古帖相易，不肯各有其寶。余有淳化間本，與此相似，而"流帶右天"尚全。謂子耕曰："天下有道，丘不與易也。"

明遠姓單，名丙父，右選之有文者。武英殿聚珍版《攻媿集》卷七五。

一三五　跋韓忠武王詞

近見費補之衮《梁谿漫志》，紹興間韓蘄王自樞密使就第，放浪湖山，匹馬數童，飄然意行。一日至湖上，遙望蘇仲虎尚書宴客，蘄王徑造其席，喜甚醉歸。翌日折簡謝，餉以羊羔，且作二詞，手書以贈。蘇公緘藏之，親題其上云："二闋三紙，勿亂動。"

淳熙丁未，蘇公之子壽甫山丞太府，以示蘄王長子莊敏公。莊敏以示余，字畫殊傾欹，然其詞乃林下道人語。莊敏云，先人生長兵間，不解書，晚年乃稍稍能之耳。嘉定改元，莊敏公次子樞密副都承旨帶御器械枞以二詞石本見示，益信梁谿之説。但詞中一二字不同耳。昔人有競病之詩及"塞北煙塵"之句，雖皆可稱，殆未有超然物外如蘄王之曠達者也。武英殿聚珍版《攻媿集》卷七五。

一三六　跋黃知命帖

山谷真跡，中更禁絕，重以兵燹銷爍，而四方得之者甚眾，則知此老所書未易以千億計。知命但傳詩篇，今始見此帖於子耕許。風度大似伯氏，所謂一不爲少者，尚可想見白衫騎驢，搖頭而歌之時。

山谷以名太高，一世憂患，卒以謫死。知命雖以蹇廢，優遊終老，殆伏波家之少遊耶？武英殿聚珍版《攻媿集》卷七五。

一三七　跋陳君彥直《楚薌圖》

"小子何莫學夫詩，多識於草木之名。"《離騷》具載香草，多湘楚間所產。陳君篤好之，圖形作讚而闕所不知者四，以是知詩人亦不能盡見。痛飲讀之，取其大指而已。

陳君所記亦有與余所聞不同者。人言木蘭即木筆，雖別有辛夷之名，未知孰是，而頗有證焉。半山有"籬落黃花滿地金"之句，歐公云"菊無落英"，半山云"歐九不曾讀《離騷》"。公笑曰："乃介甫不曾讀耳。"竟無辨之者。余嘗得其説，不惟悟歐公之意，《騷》之旨亦明。靈均自以爲與懷王不能復合矣，每切切致此意。木蘭仰生而欲飲其墜露，菊花不謝而欲餐其落英，有此理乎？正如薜荔在陸而欲採於水中，芙蓉在水而欲搴於木末，皆此意也。又嘗於蘭有感焉，凡花之生深林者，皆能不以無人而不芳。然古人必以稱蘭者，非蘭不足以當此。正如疏影暗香，他花亦有之，惟梅可以語此耳。有若無，實若虛，犯而不校，初止言昔者。吾友嘗從事於斯，而後世以爲顔子不疑，又此意也。

余老矣，本終身山澤間，牽挽至此，日墮膠擾中。一見《楚薌》卷軸，雖未及見陳君，已覺鄙吝意消。又知爲同年雍甫之季也，縱筆及此，俟來過我，相與一笑。武英殿聚珍版《攻媿集》卷七五。

一三八　跋舊答李希岳啟

少嘗問從兄編修景山："老杜、韓、柳洎本朝歐、蘇、半山、山谷諸公，晚而詩文益高，何耶？"兄曰："文章精神之發也，學問既充，精神有養，故老而日進。"余嘗佩服斯言。

數年前余方投閒，李希岳惠以駢儷之文，嘗手報之。復以來示，又出大篇，筆力愈進。余退視舊作，自覺只在故處。爲書卷尾，以誌吾之媿，尚勉希岳之進也。武英殿聚珍版《攻媿集》卷七五。

一三九　跋汪季路所藏書帖（節錄）

付官奴《樂毅論》

從簡見此刻多矣，未有如此之精明者。半山集中有《江鄰幾邀觀三館書畫》詩，或云梅聖俞作，有云："羲獻墨跡十一卷，水玉作軸排疏疏。最奇小楷《樂毅論》，永和題尾付官奴。"豈承平時此論猶有真跡耶？

淳化本《修禊序》

余嘗蓄一二禊序，近歲得畢少董所藏豢龍董氏淳化中本，最勝。少董跋其後甚詳，自言董氏有三百本，取其尤者三，此又其最佳者。後多名士題跋，而田君秀實大篇亦以此爲三本中第一，故尤寶之。與此本無一毫之差，而此長半寸許，當是裝潢者用刷太重，遂引而伸之爾。以上武英殿聚珍版《攻媿集》卷七六。

一四〇　跋揚州伯父《耕織圖》

周家以農事開國，《生民》之尊祖，《思文》之配天，后稷以來世守其業。公劉之厚於民，太王之於疆於理，以致文武成康之盛，周公《無逸》之書，切切然欲君子知稼穡之艱難。至《七月》之陳王業，則又首言授衣，與夫"無衣無褐，何以卒歲"，"條桑"、"載績"，又兼女工而言之，是知農桑爲天下之本。孟子備陳王道之始，由於黎民不飢不寒，而百畝之田，牆下之桑，言之至於再三，而天子三推，皇后親蠶，遂爲萬世法。

高宗皇帝身濟大業，紹開中興，出入兵間，勤勞百爲，櫛風沐雨，備知民瘼，尤以百姓之心爲心，未遑他務，下重農之詔，躬耕耤之勤。

伯父時爲臨安於潛令，篤意民事，慨念農夫蠶婦之作苦，究訪始末，爲耕、織二圖。耕自浸種以至入倉，凡二十一事。織自浴蠶以至剪帛，凡二十四事，事爲之圖，繫以五言詩一章，章八句。農桑之務，曲盡情狀。雖四方習俗間有不同，其大略不外於此，見者固已韙之。

未幾，朝廷遣使循行郡邑，以課最聞。尋又有近臣之薦，賜對之日，遂以進呈。即蒙玉音嘉獎，宣示後宮，書姓名屏間。初除行在審計司，後歷廣閩舶使，漕湖北、湖南、淮東，攝長沙，帥維揚，麾節十有餘載，所至多著聲績，實基於此。晚而退閒，斥俸餘以爲義莊，宗黨被賜者近五紀，則其居官時惠利之及民者多矣。孫洪深等慮其久而湮沒，欲以詩刊諸石。鑰爲之書丹，庶以傳永久云。

嗚呼，士大夫飽食煖衣，猶有不知耕織者，而況萬乘主乎？累朝仁厚，撫民最深，恐亦未必盡知幽隱。此圖此詩，誠爲有補於世。夫霑體塗足，農之勞至矣，而粟不飽其腹；蠶繅織紝，女之勞至矣，而衣不蔽其身。使盡如二圖之詳，勞非敢憚，又必無兵革力役以奪其時，無汙吏暴胥以肆其毒，人事既盡，而天時不可必。旱潦螟螣既有以害吾之農夫，桑遭雨而葉不可食，蠶有變而壞於垂成，此實斯民之困苦，上之人尤不可以不知，此又圖之所不能述也。

伯父諱從玉從壽，字壽玉，一字國器，官至朝議大夫。武英殿聚珍版《攻媿集》卷七六。

一四一　跋先大父《嵩嶽圖》

嵩高維嶽，峻極於天，巍然居四嶽之中，蓋天下之絕境也。

大父爲登封宰，家間舊有《嵩山圖》，丹青故暗。揚州伯父設於雲岫堂屛間，而書大父《二十四峰》詩於左右，鑰幼時猶及誦之。

先是，建炎中四明遭兵燹最酷，諸父僅得生全，故廬焚蕩，一物不遺，亦不知嘗刻之石也。嘉定三年，鑰叨居政地，鄉人張致遠翼仕京西，一日得書，謂北客有以雜碑至榷場貿易，忽見《嵩山圖》碑下有序文及詩，知其爲大父遺跡，遠以見寄，如獲拱璧，真我家舊物也。惜其歲久，細字欲漫，乃敬書之，移於樂石。於是鑰年七十有四矣，不能更作注字，使第三子治書之。碑不載歲月，知縣伯父生於元符二年，小名曰嵩，家藏詩序書元符庚辰。大父又於少室山達磨面壁處作菴其上，後山先生陳無己爲記，今在集中云。建中靖國元年，則辛巳歲也。曇潛書，潛即參寥子。以二者攷之，在縣首尾凡三年。大父字試可，參寥集中多有唱和。如《登嵩山絕頂》等詩，大父遺文顧無傳焉。《三十六峰賦》亦不知何在，故此碑尤當寶之。

嗚呼，大父薨於宣和五年甲辰，後十四年，是爲紹興七年丁巳，而鑰始生，既不獲逮事，而登封舊治尚淪於胡塵中，北望慨然，何能自已？大父登元豐八年乙科，文氣政術過人遠甚。讀此碑者，可以想見大概。受知祐陵，官至徽猷閣直學士。嘗守鄉郡，再任涉五載，其詳見於神道碑銘中。後諸父累贈至少師，鑰始追贈太師齊國公云。武英殿聚珍版《攻媿集》卷七六。

一四二　跋山谷奇崛帖

山谷草書"釣魚船上謝三郎"之詞，後有云："上藍寺燕堂夜半鬼出，助吾作字，故尤奇崛。"吾儕生晚，恨不識山谷。上藍何等鬼物，乃得以夜半助奇崛之筆，此鬼正自不凡。武英殿聚珍版《攻媿集》卷七七。

一四三　跋唐林夫父子帖

唐質肅公盛名，士大夫戶知之。少時見《唐氏風憲記》及東坡守杭州贈林夫詩，又知有林夫之名。鄭君寅宰吉之太和，今工部尚書汪季路其舅也，以林夫嘗自諫院謫五羊，移監太和鹽酒稅，遂取所藏林夫所書少陵《劍器行》《哀江頭》二詩與家問等及其父翰林侍讀學士彥猷二帖，並使刻之。縣有林夫墨池，山谷後爲令，嘗爲之賦詩，則其工書可知。父子筆墨相照映，後來當自知識別，不待讚揚云。

季路好古有素，鄭宰實知樞密院惠叔之次子，聞其博雅有能稱，必能訪求遺跡，以增益之。武英殿聚珍版《攻媿集》卷七七。

一四四　跋《六逸圖》

孫登長嘯　馬融臥吹笛　陶潛漉酒巾　邊韶晝眠　阮孚蠟屐金貂換酒
畢卓甕下　雅　放　樂　暢　達　逸　蘇子美書

頃在高炳如家見案上有《六逸圖》，意其爲竹谿李白、孔巢父諸賢，閱之乃孫登、馬融、陶潛、邊韶、阮孚、畢卓。此卷絕似而有滄浪真跡，以六字目之，尤爲可寶。余於此見淵明，又在館中見唐人爲太白寫照，始知今世所畫陶則狀其遠韻，李則極其俊氣，殆出龍眠諸人意匠，未必真也。

展玩未已，童子忽曰："豈針灸圖耶？"坐客爲之絕倒。武英殿聚珍版《攻媿集》卷七七。

一四五　跋《吉日圖》

此圖古矣，意其出於唐人。是時六經未版行，本各不同，故滄浪錄舊文。而以今本證之，前有壯士驅羣醜而前，以待王射，得悉率左右以燕天子之意。然御者當居中以執轡，主將居左，必擇勇者爲右。此畫御者或在左，或在右，殊未曉也。武英殿聚珍版《攻媿集》卷七七。

一四六　跋米元暉著色春山

向薌林有題元暉橫軸云："早爲山谷印可，晚陪帝所清閒。筆力休論扛鼎，神工更解移山。嚮日家居道士，今朝筆落仙鄉。胸次山高水遠，筆端雲起風狂。"可謂曲盡矣。關仝李成皆世名筆，多大山喬嶽之形。元暉專貌江南山水，自成一家。

此卷尤爲勝絕，超然故物也。後人多作贗本，去此遠矣。武英殿聚珍版《攻媿集》卷七七。

一四七　跋王都尉湘鄉小景

國家盛時，禁臠多得名賢，而晉卿風流尤勝。頃見《雅集圖》，坡、谷、張、秦一時鉅公偉人悉在焉。淮海詞所謂"憶昔西池會，鴛鷺同飛蓋"者，又有詩云："夢入平陽舊池館，隔花猊口吐清寒。"皆爲此也。嘗畫孫浩然金陵離亭燕詞："多少六朝興廢事，盡入漁樵閒話。"曲盡其妙。

今又見湘鄉小景，著身富貴，不以平陽池館爲戀，而樂荒閒之野，雖嘗因謫居而見之四時，草木羣飛，皆有生意，胸次可想而知。武英殿聚珍版《攻媿集》卷七七。

一四八　又跋東坡《三笑圖讚》

坡書《三笑圖讚》，不言爲誰，山谷實以陶、陸、遠公事。陳賢良舜俞《廬山記》亦云："舉世信之。"有宗室彥通字叔達作《廬嶽獨笑》一編，乃以爲不然，謂遠公不與修靜同時。

余曾因其言細攷之《十八賢傳》，遠公卒於晉義熙之十二年丙辰，年八十三，而吳筠所撰《簡寂陸君碑》，修靜卒於宋明帝元徽五年丙辰，去遠公之亡正一甲子，而修靜年七十有二。推而上之，生於義熙之三年丁未。遠之亡，修靜纔十歲。況修靜宋元嘉末始來廬山，遠之亡已三十餘年，淵明之亡亦二十餘年矣。淵明生於晉興寧之乙丑，少遠公三十一歲，卒於元嘉之四年丁卯，遠亡時淵明年已五十矣，固宜相從。

姑志之，以示好事者。武英殿聚珍版《攻媿集》卷七七。

一四九　跋汪季路所藏書畫（節錄）

顏魯公書裴將軍詩

魯公集中不見此詩，裴將軍不知爲誰。既言劍舞，疑爲裴旻。曾於言有若無實若虛，犯而不校，昔者吾友嘗從事於斯矣，初不指名爲何人，而後世皆以爲顏子不疑。

此書不見姓名，其劍拔弩張之勢非忠肝義膽不能爲。此所謂言言如嚴霜烈日，真可畏而仰哉！

蔡端明《吐谷渾曲》

此柳河東鐃歌鼓吹曲第十篇，李靖滅吐谷渾西海上曲也。

忠惠公字，人言愈小愈好，而大字亦足名世。瑰詞妙墨，可稱二絕。

范寬雪景

范寬畫亦可模，見真者輒能辨之。刻削窮絲髮，而行筆堅勁，鐵屋石人無能及者。非其天性甚寬，亦不能爲此也。

燕文貴畫卷

《圖畫見聞誌》載燕文貴本隸尺籍，工畫山水，不專師法，自立一家規範。預玉清昭應宮之役，偶畫山水一幅，人有告都知者，因補圖畫院祗候，實爲精品。

此卷不入家數而布置精工，別有一種風氣，豈其是耶？以上武英殿聚珍版《攻媿集》卷七八。

一五〇　跋王逸老《飲中八僊歌》

朱巖壑跋逸老草書《蘭亭禊序》云："逸少作行書，逸老爲草字，外人那得知，當家有風味。"逸老以草聖擅名，其爲名公稱道如許。寓居烏戍，是時先太師岐國公爲監鎭，與之往還。舊亦得其《八僊歌》，此本改從九從日字爲"顚"，蓋長史素有此稱也。羔羊居士乃其自號，聖采爲所居之堂，得柳軒，豈亦其家耶？鑰隨侍時當紹興十一二年間，猶識其人。

此卷書於庚午歲，自言年七十有五，則知生於丙辰。余生於丁巳，後公六十一年，方識公時纔五六歲。嘉定四年辛未始見此書，則亦七十五矣。感今念昔，爲之惘然。武英殿聚珍版《攻媿集》卷七八。

一五一　跋張謙中篆《金剛經》

謙中之篆自成一家，近嘗跋《復古編》頗詳。此蓋其真跡也。然坡公有與趙清獻公帖云："表忠觀碑額可用，張子野之孫有書之。"子野，吳興人，名先，而此云追薦亡父張三先生，何耶？更當詳考。其間以"袒"爲"但"，以"轉"爲"褥"，以"薩"爲"薛"之類，是終不欲書篆法之所無也。武英殿聚珍版《攻媿集》卷七八。

一五二　跋李晉明所藏書畫（節錄）

文與可竹

"笑"字從"竹"從"夭"，而字書不述其義。李陽冰云："竹得風其體夭屈，如人之笑。"坡公亦曾用其説。湖州兩枝，開卷一閲，真欲嚮人而笑者，妙處可得而窺哉！

與可老木

廉博士宣仲以古木墨戲得名於紹興間，嘗以坡公真筆映之，全無精采。兹見湖州老筆，又出其上。坡公有云："孰有愛其德如愛其畫者乎？"以上武英殿聚珍版《攻媿集》卷七八。

一五三　跋趙氏所藏大士

趙君所供大士，聞竹石皆廉博士宣仲之筆，梵相則出於司馬參議端行。廉諱布，司馬諱梲，皆以畫得名於紹興初。余家亦有此像，端行併作山林。此軸得二名士各盡所長，尤可寶也。武英殿聚珍版《攻媿集》卷七八。

一五四　跋東坡備水帖

蘇少公序《黃樓賦》，謂長公之備水有三焉：水至而民不恐，水大至而民不潰，水既去而民益親。

此帖言得旨見役七千餘人，蓋水去之後，請增築徐城，以木堤捍水衝之時。熙寧七年七月，河決澶淵。九月，水至城下。帖稱二月十日，則其明年，元豐元年戊午也。坡時年四十三，筆雖未老，而精彩照人，可寶也。武英殿聚珍版《攻媿集》卷七八。

一五五　彈《廣陵散》書贈王明之

唐李琬聞樂工羯鼓，謂雖精能而無尾，工異而問之，自以爲求之久矣。琬曰："曲下意盡乎？"工曰："盡。"琬曰："意盡則曲盡，又何索焉？"工曰："奈聲不盡何？"琬曰："可言矣。"使以他曲解之，果相諧協。

余嘗愛其說，少而好琴，得《廣陵散》於盧子嘉，鼓之不厭。然此曲多潑攦聲，蓋他曲所無者。二序正聲亂聲或以此始，皆以此終。小序爲一曲權輿，聲乃發於五六絃間，疑若不稱，屢以叩人，無能知者。

王明之精於琴，爲余作此小序，獨起以潑攦雍容數聲，然後如舊譜，聞而欣然，遂亟傳之。邢婆娑雞得屈柘急遍而得其尾，今《廣陵》不假他曲而得其首，聲意俱盡，古語真不虛也。《晉史》稱《廣陵散》於今絕矣，而韓皋論之甚詳。且其所謂哀憤躁蹙、慘痛迫脅之音始末具見，而尤致意於宮商二絃，至亂聲而愈覺痛快，必非後人能作。余所得數聲，未必真出於古也，以其深愜素懷，故書以贈明之。武英殿聚珍版《攻媿集》卷七九。

一五六　贈寫照郭拱辰

藝無大小，胸中有書者居然不凡。

三山郭君登晦菴之門，而遊戲丹青，挾寫照以示予。若鄭公尚書、晦菴數公，展卷對之，如欲笑語。陋質不足煩君爲貌。武洞清神物，能得其真，有不怒而威之意。

勉旃，更添數百卷書，則顧、陸不足進矣。武英殿聚珍版《攻媿集》卷七九。

一五七　東坡畫讚

出則鳳鳴，處則龍臥。論議觸海翻，聲名塞天破。百謫九死，一毫不挫。嗚呼，固已知前無古人，後有作者，殆恐無有過之者也。武英殿聚珍版《攻媿集》卷八一。

一五八　題東坡墨竹

東坡天資超邁，故其所作輒與人殊。不獨詩文爲然，其墨竹之在人間如至珍也。觀此卷，風韻可見矣。文淵閣四庫全書本《式古堂書畫彙考》卷四三。

一五九　跋李氏所藏《蘭亭》墨跡

唐文皇賜韓王，有崔潤甫之題爲可攷。若李重光撥鐙書，斷然無能效之者，爲真筆何疑！朱、徐開皇之記，則已見少裴之辨。開元、貞觀未遠，潤甫又職校定四部圖書，以爲最善本。辨才之本既殉昭陵，今世以定武本爲第一，又出歐陽率更所臨，石本自應在墨跡之下，則知此本信爲冠絕，蓋希代之寶也。

然考之新舊唐史，崔湜弟液、滌及從兄涖並有文翰，居清要。液至殿中侍御史，液弟滌明皇用爲秘書監，出入禁中，後賜名澄。如此，則液爲湜之親弟，而爲秘書監者滌也。又《宰相世系表》，博陵安平崔氏仁師相太宗、高宗，次子擢之子液吏部員外郎，第四子挹之子湜相中宗，湜之弟滌秘書監。如此則液爲湜之從弟，又不爲秘書監。《傳》之與《表》已自不同，而液之親筆乃爾，以是知作史與考古之難也。

因併述之，仍賦長句，以副少裴好古之意。文淵閣四庫全書本《蘭亭考》卷五。

一六〇　跋清閟居士本《蘭亭序》

薛道祖名紹彭，向之子也，與米元章、劉巨濟相爲莫逆之友。不惟人物翰墨相上下，所蓄法書名畫亦略相埒。今有《清閟堂帖》，名字印章瞭然，跋語所謂河東公者也。從孫棣近以伯父揚州所藏《禊叙》，問清閟爲誰，誦所聞以告之。樓大防。文淵閣四庫全書本《蘭亭續考》卷一。

陳傅良藝話（一八則）

陳傅良（一一三七～一二〇三）字君舉，號止齋，溫州瑞安（今浙江瑞安）人。爲人英邁不群，強學篤志，其爲文出人意表，自成一家，人爭傳誦，從遊者常數百人。以永嘉鄭伯熊、薛季宣爲師，及入太學，又與張栻、呂祖謙相友善。乾道八年進士。教授泰州，改太學録，通判福州，爲言官論罷。後五年，起知桂陽軍。光宗禪位，遷提舉湖南常平茶鹽、轉運判官，轉浙西提點刑獄，除吏部員外郎。紹熙三年，遷秘書少監，嘉王府贊讀，除起居舍人。四年，兼權中書舍人。光宗不朝重華宮，諷諫不聽，自免而歸。寧宗即位，召爲中書舍人兼侍讀、直學士院、同實録院修撰，御史論罷，提舉興國宮。慶元二年，又以論削秩罷祠。嘉泰二年始復官，知泉州，辭。三年卒，年六十七，諡文節。傅良爲永嘉學派巨擘，其學以通知成敗、諳練掌故爲長，自三代秦漢以下，精研經史，貫穿百氏，一事一物，必稽於實。其文簡潔平和而曲折有法，多切於實用，而密栗堅峭，自然高雅，雄偉而不放，精深而不晦，馳騁而不迫，錯綜而備務，體究人情，無南宋末流冗沓腐濫之氣。其詩風格蒼勁，但成就遠不如文。一生著述甚富，有《讀書譜》二卷、《春秋後傳》十二卷、《左氏章指》三十卷、《周禮進説》三卷、《進讀藝祖皇帝實録》一卷、《詩訓義》《歷代兵制》《皇朝大事記》《皇朝百官公卿拜罷譜》《皇朝財賦兵防秩官志稿》等，多已亡佚。今存《春秋後傳》《歷代兵制》《永嘉先生八面鋒》《止齋論祖》《止齋文集》等。

一 題《明皇醉歸圖》

騎者兩人扶不正，夾道誰知爲萬乘。一人前馳一顧後，懷欲並驅無號令。狩人亦忘記鷹犬，仰視只愁天欲暝。有司剌候上起居，杳莫得詳宮鑰靜。嗚呼開元自英主，前鑒竟遺盈幅紙。君不見漢宮圖，妲己未必當年甚如是。文淵閣四庫全書本《止齋集》卷三。

二 題僧法傳爲沈仲一畫《聽松圖》

古松不知幾千年，直幹欲上干青天。樛枝下與人世接，冷風過之萬壑喧。猿驚鶴怪樵牧遁，百鬼愁絕誰傍邊。紛紛海內絲竹耳，何處縹緲来矆仙。整襟拱聽移永日，置琴弗顧僮攲眠。松風有際意無盡，莊騷不數惟易玄。嗟乎深山大澤松不乏，斯人往往千載之陳編。筆端若有夜半力，一日忽在軒檻前。止齋虛靜對立久，晴昊亦爲生蒼煙。畢宏韋偃骨已朽，畫工一世脂粉便。北湖居士安得此，奄有二子雲山傳。北湖居士雲山傳，吾詩孰與杜老起九原？《止齋集》卷四。

三　題瑞安宰朱元成乃祖《雲壑莊圖》

功成不受富貴汙，輕舟扁然下五湖。至今風流在姑蘇，我復見此雲壑圖。兩坡喬木樛相扶，殘山剩水千里餘。天際未知何有無，一葦橫絕雙風蒲。楊花春岸秋蓴鱸，在在著此儒仙臞。世無宗師貌不如，誰其嗣之吾大夫。《止齋集》卷四。

四　皷琴行送許深父同知被詔赴闕　並序

廼季秋朔旦，上御祥琴，公亦始免喪蓋五日而趣召至。揆路虛左以待公者三年矣，盛事盛事。初某識高宗所賞之琴僧於西湖，晚入太學。高宗晏居殊宮，而僧亦希得進見。數與之遊，歸琴一張，寶之有年。今覩盛事而不敢愛，持以贈別，故作是詩以道其所從來，因檮以爲辭焉。

伯牙非不善鼓琴，指下能寫山高而水深。亦有師曠號精絕，螢雪白晝爲重陰。吾琴不以與二子，二子不過衰季愁嘆而悲吟。后夔安在九嶷遠，南風不競鳳鳥瘖。恭惟高宗復古殿得此，净洗禁昧朱離任。一鼓朝綱日井井，再鼓邊柝秋沉沉。桑麻萬里皆按堵，笙歌三紀無沾襟。橋山遺此歲月侵，何時雅頌得所籲不愔。寶藏豈愛五重玉，市價敢論雙南金。公歸舊隱三霜砧，天子恭默思商霖。君臣祥琴適相際，使者十輩来駸駸。白麻已草弄印久，端揆虛左誰當今。我抱此琴病山林，不如送公西歸調金鬵。但願爲作南風音，上以對揚高宗中興之大業，下以追還虞舜萬國之歡心。《止齋集》卷四。

五　跋歐王帖後

魯直帖往往有之，如歐、王二公帖，蓋不多見。靖康之變，士大夫故家文物淪喪，可勝道哉！間見一二，令人隕涕。

歐公以嘉祐四年罷府事，明年書成。是歲王仲儀以侍讀學士出知益州。逢原遺腹女是生吳說傅朋，傅朋嘗通判永興，以其母念逢原之墓，乞改襄陽。於是作養志堂焉。余悲逢原無後，併著於此。四部叢刊影印弘治十八年刻本《止齋先生文集》卷四一。

六　題杜大春畫梅

偶與文叔時亨論十五《國風》次第，取季札舊序，參孔氏序，特退秦於魏、唐之後，繫豳於末。略經改定，而意以獨至。晚於燈下觀蜀客卿作梅，筆墨無幾，如在離落。因悟萬事無支離法。《止齋先生文集》卷四一。

七　題石時亨所藏呂真人畫像

他畫欲作塵外想，類多輕揚。今觀太清樓本，儼若孔、老，予微笑曰：得之矣，真人固應如此。彼不知其人，而求其壽，與他畫師何異？《止齋先生文集》卷四一。

八　跋周伯壽畫貓

余家有數貓，終日飽食，相跳躑爲戲，而不捕鼠。余怪而問人，人曰：貓之善捕鼠者，日常睡。因見伯壽所藏畫，遂書此語。《止齋先生文集》卷四二。

九　跋徐夫人手寫佛經

余苦不學書，自兒時及今，所課書未嘗手抄一卷。往時從常州先生薛士龍學，每見抄書，動十百卷，竟帙無一字行草，心嘆服之，以爲視司馬文正何如耳，他人無及也。

今見蔡同年之母徐夫人手寫佛經九十五卷，往往得唐人筆法，則又愧焉。字畫亦細楷〔一〕，以余之不能手抄一卷書，至愧於徐夫人，而或者輒意輕天下士，余不敢也。《止齋先生文集》卷四二。

〔一〕楷：原闕，據《止齋題跋》卷二補。

一〇　跋陳求仁所藏張無垢帖

世未有言無垢先生善作字者，而筆勢如此，令人起敬。嗚呼！豈但字畫哉？

余嘗聞呂伯恭父云："某從無垢學最久，見知愛最深，至今亡矣。念無以報，獨時時戒學者無徒誦世所行《論語解》，以爲無垢之學盡在是也。"

始，余與伯恭父有爲言之也，今見求仁先大夫與往還書，説《論語》事甚悉，蓋《雍也》以前，無垢已恨早出。余所著，未嘗示人。無垢無多著書，而《論語解》要非成書。學者但尊信之，以此窺見無垢，宜伯恭云爾也。則世之知無垢者何如哉？

余少時方省事，無垢來爲郡守，間見鄉人父老數百人以淫雨害稼訴郡，無垢若不省然。俄而駛足來索狀，而數百人者，皆以不滿解去，狀亦不知安在矣。且日還鄉下，自城以南達里安。凡閘者、堰者，皆已決；捕魚箪筍，凡可以梗水者，亦已徹去。不數日水落，是歲大熟。無垢永嘉之政，初非赫然有聲也。而敏事若此，則世之不知無垢者，不但其問學也。無垢擯斥流落，道不爲世用以死，其不爲人知者，何可勝道！

余因求仁先大夫說《論語》事，且有助於永嘉之政，故併著之。《止齋先生文集》卷四二。

一一　跋林宗大家藏湯氏畫梅

湯梅近稍不貴重於世，余慮宗大藏之之悔也，故爲之書。《止齋先生文集》卷四二。

一二　跋朱宰所藏竹石

余苦不識畫，獨嘗得東坡先生竹石於司馬文正諸孫，把玩久之，略窺其意。今見此圖筆勢殊逼坡仙，愛賞不已。於卷末得蔡子俊、薛道祖二跋，皆藏畫名家，余幸偶合爾。《止齋先生文集》卷四二。

一三　跋朱宰所藏孫介畫

孫介不見朱氏《畫史》。唐孫遇〔一〕，廣明中避地入蜀，長於天王、鬼神，筆力狂怪，不以傅彩爲工。此畫亦然。介豈其家學耶！《止齋先生文集》卷四二。

〔一〕孫遇：原闕，據永嘉叢書本補。

一四　跋林伯順七世祖畫像

陳子曰：自元豐季年至今，故家舊物希不失矣。而吾友林大備所藏七世祖像，見之面如生，真家寶也。

公諱頌，字雅文，薛寺丞先生銘大備父，嘗識之序引中。公起家累數鉅萬，而不及仕，今衣冠，蓋貌工尊大之云。《止齋先生文集》卷四二。

一五　跋謝大成所藏曹公顯墨跡

高宗中興，一時元從皆將相也。公顯獨善避權勢，以眉壽終。今觀所遺謝大成雜語一紙，豈偶然哉？豈偶然哉？

大成與余同年生，而强健過余。薄物細故，身親不倦，亦必有得於此矣。《止齋先生文集》卷四二。

一六　跋黃元章所藏山谷墨跡後

以余所見，士大夫家山谷墨跡皆可寶，獨衡州守鄭如、醴陵丞李九齡與今元章所藏，廼其家世舊物。然後知得之它人，與魯納郜鼎何異？

自百餘年間，故家三世希不失者，而元章凜凜，有論新法意象，又不但家藏如此。《止齋先生文集》卷四二。

一七　跋樓大防《重屏圖》

右《重屏圖》，其一圖薾然衰疾人也，識者以詩知其爲自傳無疑。其一圖衣冠容貌皆甚偉，必王公大人，而莫知之者。王君明清濁以所嘗見廬山祠堂〔一〕，其夜並圖書像〔二〕，謂其二人爲李中主、韓熙載，更二人亦不知爲誰也。

嗟乎！名字之著不著如此哉！孔子所論伯夷、叔齊、齊景公，萬世不可易矣！《止齋先生文集》卷四二。

〔一〕濁：似當作"獨"。
〔二〕此句似有誤。

一八　跋王順伯所藏定武《蘭亭叙》

讀右軍牋奏，見其錯綜機務。使逢其時，能發明功名，著見於世矣。蘭亭禊叙，蓋《國風·兔爰》之倫，千載而下，廼獨以其書傳。因見王順伯定武舊本，重爲慨然。陳傅良跋。文淵閣四庫全書本《蘭亭考》卷七。

龔頤正藝話（一則）

龔頤正（生卒年不詳）字養正，本名敦頤，避光宗諱改今名。和州歷陽（今安徽和縣）人，後家吳中。原曾孫。年五十猶未仕，爲洪适門客，著《符祐本末》三十卷，又著《元祐黨籍三百九人列傳》。淳熙末，洪邁奏授下州文學，補迪功郎，監潭州南嶽廟。光宗即位，用薦主管吏部架閣文字，遷太社令，宗正簿。著《續稽古録》，言韓侂冑定策功，擢兼資善堂小學教授，遷樞密院編修官。嘉泰元年，賜進士出身，兼實錄院檢討官，預修孝宗、光宗實錄。遷秘書丞，尋致仕，卒。侂冑死，詔毀《續稽古録》。有文名，尤爲范成大所賞識。周必大稱其博通史學，嫺於辭章。陳造稱其詩文"老健渾厚"，深得其父所傳（《跋龔刊院詩集》）。著書甚多，有《中興忠義錄》三卷等，已佚。今存《續釋常談》三卷、《芥隱筆記》一卷。《四庫全書總目》卷一一八稱《芥隱筆記》"考正博洽，具有根柢"，"不在沈括《筆談》、洪邁《隨筆》之下"。

跋榮氏藏《蘭亭》帖

曾大父得侍徽祖經帷，獲賜書畫金石刻數十，定武《蘭亭》其一也。紹興辛巳，敵破歷陽，書卷俱燼。今見榮氏所寶，不勝慨歎。龔敦頤書，乾道辛卯正月十二日。文淵閣四庫全書本《蘭亭考》卷七。

張枃藝話（一則）

　　張枃（或作杓，生卒年不詳），字定叟，漢州綿竹（今四川綿竹）人，浚次子。以父恩授承奉郎，歷廣西經略司機宜、通判嚴州，差知袁州，改衢州。遷湖北提舉常平，改浙西。遷兩浙轉運判官，昇副使，改知臨安府。歷知鎮江、明州，召爲戶部侍郎、吏部侍郎。光宗即位，以權刑部侍郎兼知臨安府，出知襄陽、建康、隆興府，進端明殿學士。以疾乞祠，卒。

王獻之帖跋

　　此帖視余所見諸本爲勝，惜其所傳止此，不及見全帖也。
　　丙文居廬陽，在五溪窮絕處，而家蓄先賢書帖，往往有中州士夫所無者，其好尚文雅，蓋不在黔中秦子明下。世豈無山谷，安知不遇賞音？紹熙壬子重陽日，廣漢張枃書於襄陽郡齋。中華書局一九六〇年影印本《寶晉齋法帖》卷六。

曾機藝話（一則）

曾機（一一三七～一二〇〇）字伯虞，號靜庵，吉州吉水（今江西吉水）人。謝諤高弟，諤稱其"靜敏寡言，不事表襮"。累試不第。慶元六年卒，年六十四。著有《靜庵集》十卷。

《嘯堂集古錄》跋

武王戒、書、鑑、矛等銘，凡十有四，規警備至，成書具在。迺知古人一械一物，必有款識，非特文字刻畫之爲諒也。呂、劉相嬗，日趨便簡，器用淪圮，更千百載。如嶧山火泐，石鼓泥蟠，何可勝紀！

先正歐陽文忠先生始集名碑遺篆而錄之，蓋精力斯盡，而所著無幾。元祐以後，地不愛寶，頹堤廢墓，堙鼎臧敦，所觸呈露，由是考古博古之書生焉。蓋盈編鱗秩，而包羅莫究。

王君子《嘯堂集古》最爲後出，然而奇文名跡，自商迄秦，紊紊凡數百章，尤爲精夥。初不曉其前晦而今見，意者天地之氣運，必有與立於此，否則中原故物，將有不得揖讓其間之歎者，此尤君子之所深感也。

余因得其鋟板，試摘所藏邵康節秦權篆銘校之，豪髮不舛，益信子俜裒類之不妄。敬書於後，且掇古人所爲觸物存戒之意以拜之，庶幾不徒字畫之泥，而古意之未亡也。淳熙丙申六月既望，廬陵曾機伯虞謹跋。中華書局一九八五年版《嘯堂集古錄》卷末。

王信藝話（二則）

王信（一一三七～一一九四）字誠之，處州麗水（今浙江麗水）人。紹興三十年進士，授建康府學教授。丁父憂，服除，進所著《唐太宗論讚》及《負薪論》，授太學博士，添差溫州教授。召爲敕令所刪定官，淳熙二年，權考功郎官，授軍器少監。丁母憂，起知永州，入奏事，留爲將作少監，復考功郎官。七年，轉軍器少監，昇右司員外郎。兼玉牒所檢討官、提領户部酒庫，爲中書門下檢正諸房文字。十三年，遷太常少卿兼權中書舍人，當時有"落筆妙天下"之褒（陳傅良《煥章閣待制知鄂州王信知池州制》）。除給事中，劾陸九淵。假禮部尚書使於金，歸言金人必衰。以論事剛直爲人所嫉，提舉崇福宫。起知湖州，歷知紹興府兼浙東安撫使。紹熙三年，徙知鄂州，改池州。以通議大夫致仕。五年卒，年五十八。著有《是齋集》，已佚。

一　題游少逵所藏《蘭亭》帖

世傳唐文皇所愛《蘭亭》，蓋草稿也，義之醉中所書，醒後屢作皆不及之。詔十八學士摹寫，又不知用何工，本孰爲精到？初本既歸昭陵，流落世間皆摹寫者。今人多重定武本，問其所分別，不過以一二字爲證。

余過定武得二本，一差肥，似新刊者；一謂舊本，與人所取又不同。余亦未能辨其是否。近得唐搨賜侍臣本，卷首尾三印，曰"賜書"、"翰林院文字"、"延質庫之印"，備一時官吏銜名，有蔡君謨跋。刊之郡齋甫畢，而游君少逵持所藏定武本來，余見而喜，既不去手，因併書之。王信誠之。文淵閣四庫全書本《蘭亭考》卷六。

二　刊《蘭亭》帖題跋

寶劍既分，識者知其必合。凡物在天地間，離而復會，若有數焉。

余始得蔡君謨字二紙，甚愛之，恨不見所跋唐搨賜《蘭亭》本及魯公《與澄師大德帖》，可稽其始末。越數年，僚友石德興過余，偶於卷軸中見之，愕然良久，曰："吾家舊物却有此二本，而無蔡跋。"乃取其遺余以足之，相與賞異，第不知何時析而爲二。今兹復會，其適然邪，其默有數邪？紹熙辛亥，余守會稽，因併刊之郡齋，爲此邦佳話云。《蘭亭考》卷七。